王树增战争系列

抗日战争

第一卷
[1937年7月～1938年8月]

王树增 著

人民文学出版社

图书在版编目(CIP)数据

抗日战争.1/王树增著.—北京:人民文学出版社,2015(2025.9重印)
ISBN 978-7-02-011003-2

Ⅰ.①抗… Ⅱ.①王… Ⅲ.①纪实文学—中国—当代 Ⅳ.①I25

中国版本图书馆 CIP 数据核字(2015)第 124912 号

选题策划　脚　印
责任编辑　王　蔚
装帧设计　刘　静
责任校对　朱美凤
责任印制　张　娜

出版发行　人民文学出版社
社　　址　北京市朝内大街 166 号
邮政编码　100705

印　　刷　三河市宏盛印务有限公司
经　　销　全国新华书店等

字　　数　600 千字
开　　本　680 毫米×1000 毫米　1/16
印　　张　36.75　插页 4
印　　数　467819—477818
版　　次　2015 年 6 月北京第 1 版
印　　次　2025 年 9 月第 32 次印刷

书　　号　978-7-02-011003-2
定　　价　66.00 元

如有印装质量问题,请与本社图书销售中心调换。电话:010-59905336

目录

序　章
　　世界上还有另外一种逻辑？ / 1

第 一 章
　　最后关头 / 65

第 二 章
　　中国决不放弃领土之任何部分 / 109

第 三 章
　　寇深矣！祸急矣！ / 145

第 四 章
　　丧师失地未有如是之速者 / 181

第 五 章
　　八路军上来了 / 213

第 六 章
　　从滑稽故事的迷雾中脱颖而出 / 247

第 七 章
　　使中华民族永存世上 / 287

第 八 章
　　舍抗战外无生存 / 321

第 九 章
　　用精神和血肉争取一个像样的结局 / 367

第 十 章
　　台儿庄是吾人光荣所在 / 407

第十一章
　　不让鬼子过黄河 / 439

第十二章
　　保卫"东方马德里" / 481

第十三章
　　日军没有后方 / 513

序　章
世界上还有另外一种逻辑？

一

纵观世界近现代的一百多年历史,没有哪个民族如同中华民族一样,在动荡与战火中度过了漫长的岁月。

在所有不堪回首的历史往事中,没有哪个事件比发生在二十世纪三四十年代的中日战争给中华民族造成的创伤更为惨重。

那场战争,中国战史称之为"抗日战争",日本战史称之为"中国事变"。

日本,太平洋北部一个由四个大岛和无数散碎小岛组成的岛国。在并不遥远的过去——十九世纪中叶以前——岛国上衣衫褴褛的农夫、饥肠辘辘的武士、阴鸷贪婪的庄园主在狭窄的火山缝隙里构成了一幅贫穷混乱的社会场景。自公元六百多年始,岛国上的海盗、浪人以及官员们,年复一年地乘船向西——无论是为了抢劫、偷盗还是朝贡——当他们踏上隔海相望的巨大大陆时,总是战战兢兢的。他们长久地把这个国土面积足有日本三十一倍之多的富饶国度称为"天朝上国"。

中国自古以来就不是一块未开发的"新大陆"。当哥伦布还没有发现美洲、库克船长还没有在澳洲登陆的时候,中国已经殿宇金碧辉煌,城郭密如繁星,江河舟楫穿梭,沃野稻黍摇曳。数千年来,中国的哲人们捧读经典洞察玄机,诗人们浅唱低吟华章如锦,农人们参悟天象耕云播雨,武人们琴心剑胆横刀立马。中国国土广袤,边塞飘雪南岭飞花;中国人口众多,挽手为岳哈气成云;中国人杰地灵,豪杰辈出圣贤代代。

这样的中国,屹立在日本人可望不可即的大海的另一边。

然而,发生在二十世纪中叶长达十四年的中日战争,却使中国大半国土沦丧在日军的铁蹄之下,三千五百余万中国军民在战火中伤亡。

时至今日,日本右翼政客依旧认为,日军对中国残暴的战争行为,是值得大和民族骄傲的壮举。

而中国人是否知晓在这个世界上还有另外一种逻辑?

四百多年前,中国明朝万历年间,首次完成国家统一的日本庄园主丰臣秀吉,在向荣立战功的将领们分发领地时,明确意识到日本本土狭小与贫瘠的局面必须改变。一五九二年,丰臣秀吉指挥二十万日军跨海冲进东亚大陆。为计算并领受战功,日军将领和士兵用盐和醋保存了无数朝鲜人的耳朵和鼻子——这些耳朵和鼻子一部分是战死的朝鲜官兵的,另一部分是割下来的朝鲜老弱妇孺的——它们被当成战利品,埋葬在日本京都方广寺的西侧,被称为"鼻冢"。

毫无疑问,中国有世界上为数最多的耳朵和鼻子,还有足够分赏的无边无际的肥沃土地。丰臣秀吉发誓,终有一天要让日本天皇去中国当皇帝,把中国分割成无数碎块,成为日本将领和大臣的私属领地:"准备恭请天皇于后年行幸唐都,呈献都城附近十国(州)予皇室,诸公卿将予采邑。"[①]丰臣秀吉的最终目标是:

> 不屑国家之隔,山海之远,直入大明国,使四百州化我俗,施王政于亿万斯年,此乃吾之宿愿。[②]

这一发声于四百年前的狂言,不仅表明地处弹丸之地的日本早已对中国怀有侵略野心,更令人震惊的是,在看待国与国之间的关系上,日本从那时起就不认为世界上有"侵略"存在——他们把野蛮入侵别国国土叫作"直入"——四百年后的日本右翼政客把武装侵略中国叫作"进入"。这个星球自有人类以来,发生过无数入侵别族或别国的行为,但是从认知逻辑上丧失"侵略"与"被侵略"这一常识判定的国家,前所未有。

十七世纪初,日本进入德川幕府掌权的江户时代,丰臣秀吉的思想得到拓展。日本人并河天民在其《开疆录》一书中,第一次提出将"小日本"变成"大大的日本国"的扩张理念,扩张的目标直指中国:"大日本国之威光,应及于唐土、朝鲜、琉球、南蛮诸国……大日本国更增加扩大,则可变成大大日本国也。"③

但是,在相当长的历史时期内,岛国日本仍旧是"小日本"。与近代中国一样,长达两百多年的闭关锁国,使得日本经济凋零,吏治腐败,武备废弛。一八五三年,一支美国舰队在海军准将马休·佩里的率领下,"直入"日本江户(东京)海岸的浦贺,美国人要求与日本建立外交关系并进行商品贸易,日本近代史称之为"黑船事件"。无力抗衡美国军舰的日本被迫签订了《神奈川条约》,同意向美国开放下田和函馆两个港口,给予美国最惠国待遇。

日本的黑船事件与中国的鸦片战争大致发生在同一历史时期,但从别国"直入"的角度讲,黑船事件无论性质和后果都无法与鸦片战争相比。西方列强既没有在日本划分势力范围的企图,更没有占领那个大海中的岛国的打算,美国人不过是想跟日本人做做生意。但是,当西方列强的舰炮在中国海岸轰鸣时,当中国人还在懵懵懂懂地观望洋鬼子如何爬上中国的海滩时,数千公里之外的日本却举国人心惶惶了。

日本人的危机意识与生俱来。

日本地处环太平洋地震带上,地震、海啸、火山爆发等自然灾害不断发生,狭窄的耕地面积使得粮食产量十分有限,火山岩浆堆积的新生陆地几乎没有可供开采的矿产,而日本却是世界上人口密度最大的国家之一——"有限土地出产之物亦有限,然年年出生国民之增加无限,国民终多于国产,国产少于所增之国民,终难遂之所欲。"④——无法化解的天然生存矛盾,是形成日本危机意识的地缘因素。

因此,当看到"天朝上国"被西方列强打败后,日本人迅速生成了一种极度焦灼的情绪,这种混杂着不解与震惊的情绪,其核心还是生存危机意识。应该特别指出的是,同样面临着生存危机,与近代中国的当权者和谋臣们不同,岛国上的人从来没有试图固守疆土以便苟且偷安。黑船事件发生后,日本的下级武士和豪商志士开始激烈地反对封建幕府,呼吁改革,畅想由"小日本"变为"大大日本国"的宏伟蓝图,其主张与丰臣秀吉等人的扩张思想混合在一起,产生出一种极为日本式的开国方略和逻辑准则。

至今影响着日本右翼政客的思维逻辑,产生于中国大清咸丰年间,名为"补偿论"。

出生于武士家庭的吉田松阴,是这一论述的鼻祖。据说他十五岁极出击的文化差异,是造成中国近代以来悲剧历史的根源之一。

一八六八年初,中国大清同治七年,日本以中下层武士为首的倒幕府派,以天皇的名义颁布《王政复古大号令》,推翻了封建幕府持续了六百八十二年的统治。九月,睦仁天皇改元"明治",并开始了将日本引向资本主义强国的维新改革。日本模仿西方订立民法、刑法和商法;废除身份制度;结束藩主割据,废藩置县,将权力集于中央;统一货币;依照德国和英国的模式重编陆军和海军,规定全国凡二十岁以上的男子一律须服兵役……在迅速完成向资本主义国家体制的过渡后,日本政府以天皇的名义颁布施政纲领,提出了"开拓万里波涛,布国威于四方"⑪的基本国策。

基于这一对外扩张的国策,第一要务便是建立强大的军队。在设立兵部省、外务省和发展军工的工部省后,日本又设置了由天皇直辖的军部。军部凌驾于内阁之上,直接对天皇负责,从此确立了军阀在日本的特殊地位。日本政府正式把日本军队称为"皇军",即天皇统领下的军队,要求皇军为扩张战争奉献生命乃至一切。一八八二年,天皇又颁布《军人敕谕》,要求日本皇军遵循忠节、礼仪、武勇、信义、朴素等"神道"精神和"武士道"德行。"神道"和"武士道"的确立,是日本走上军国主义国家体制的重要标志。

"神道"的基本含义是:在这个世界上,日本不是一般的国家,而是一个"神国"。日本是单一民族,万世一系,民族文化中潜存着一种强烈的优越感和排他性。"国是神国,道是神道也……一神之威光,遍照百亿的世界;一神的附属,永传万乘之王道。"⑫由"神国"引申,便是"神国中心论",即:日本在东方,"东方,春也,朝也,春是四季之始……故天地开辟,由东方开始……"⑬

日本人的"神国"论衍生出两个重要概念:

其一是绝对尊皇。中国也是帝制形成很早的国家,但同时又是世界上少有的泛神论国家。中国流行过各种各样的宗教,但没有哪一种宗教能够成为国民的信仰主流。自古以来,中国人可以什么都信,也可以什么都不信,信与不信的确立大都出于功利目的。中国人会向神灵索取自己需要的一切,从发家致富到消灾避祸,再到家里生下一个男婴。对于普通中国百姓来讲,虽然国家有一个皇帝,但是皇帝与他们既没有精神上的融合也没有利益上的关联。因此,中国人除了惧怕直接

— 7 —

管辖他们的官府恶吏、乡间恶霸以及突然闯入家门的兵丁和散匪之外,谈不上由衷地敬畏什么。而日本国民对"天皇是神的后裔"之说确信不疑。率先指挥日军入侵远东的丰臣秀吉就曾向国人宣布:"夫日本神国,神即天帝(天皇),天帝即神,全无差别。"⑭尊皇为神的根本目的,就是要求子民无条件地服从。日本人对"神"即天皇的绝对敬畏和服从,已经超出宗教的范畴,成为延续至今的日本文化的核心。

其二是从"神国中心论"到"神国所有论"的延伸。中国也曾长久地视天下别的国家为"夷"。经历两次鸦片战争后,一八五八年,西方列强将禁止中国人使用"夷"字,堂而皇之地写进了《天津条约》。特别为一个字的使用制定一条外交条款,这在国际关系史中为罕见的一例。大清政府被迫通告全国,在外交公文往来中一律将"夷"改用为"洋人"。但是,即便如此,中国人也从没有产生过世界属于中国的想法。而日本宣称自己位于开天辟地的起始之地,是为了证明整个世界本该属于日本。对此,佐藤信渊的表述是:"故若能经纬其根本,则全世界系可为郡县,万国君长皆可为臣仆。"⑮"以此神州之雄威,征彼蠢尔蛮夷,混同世界,统一万国,何难之有哉?"⑯

从尊皇到"神国",最终形成了日本人,特别是日本军人,共同遵循的精神和行为准则,即"武士道"。

武士本是日本封建庄园制的产物。为了保护庄园不受外侵,庄园主武装了部分庄民,这些庄民逐渐脱离生产成为专职武士。在日本国内长期的战乱中,各个政治集团都拥有效忠于自己的武士集团,这些武士集团成为日本社会一个特殊的阶层。自一一九二年第一个武士政权镰仓幕府建立,至一八六七年最后一个武士政权德川幕府被推翻,上层武士集团统治日本长达六百七十五年,武士的行为方式和思维方式在漫长的浸染中逐渐形成了日本文化中的武士道。

武士道的精神内涵复杂,主要由两个层面组成。

一是没有善恶评判的服从。神道是武士道的精神来源,是武士道存在的基石。神道的核心是忠,从对祖先的尊敬,对父母的孝行,直到对神即天皇刻骨铭心的忠诚。这是一种绝对的盲从。倒不是日本民族没有善与恶的概念,而是判定善与恶的最高标准就是"忠"与"不忠"。——"不为舆论所迷惑,不问政治,而专念于守本分之'忠'节,牢记义重于山岳,死轻于鸿毛。"⑰

就已经饱学中国儒术,十七岁提出日本必须向东亚大陆扩张的主张。近代中国的政客谋臣们,一旦国家面临危机,他们给皇帝提出的方略通常都是如何"议守"或"议和"。而吉田松阴给日本幕府提出的治国方略却是"皇化四海"和"武力扩张"。他建议从距离日本最近的朝鲜半岛登陆,然后横扫整个中国。以四百多年后依然是危机导火线的竹岛(韩国称独岛)作为"直入"中国的跳板,就是由吉田松阴最早提出的:"一旦君临满洲朝鲜,竹岛是最好的落脚点",它是"日本将来进军大陆的基地和雄略航海的浮城"。⑤

"进军"中国的目的是什么?

是劫掠。

> 我与美俄的媾和,既成定局,不可由我方断然背约,以失信于夷狄。但必须严订章程,敦守信义,趁机养蓄国力,割取易取的朝鲜、满洲、中国,在交易上失之于美俄的,应以朝鲜和满洲的土地求得补偿。⑥

"补偿论"的基本含义是:在强国面前,隐忍所有的屈辱和损害,同时向弱国动用武力,把在强国那里的损失——包括物质上和精神上的——统统补偿回来。"把美国视为东藩,西洋作为藩土,与俄国结成兄弟唇齿之邦,略取附近之国家是第一要紧的事。"⑦

这种逻辑违背了常理。

常理应该是:受到劫掠,弱者顺从屈服,强者奋起反抗,两者必选其一。而日本两者都没有选,不去劫掠者那里讨回损失,却去劫掠别人以挽回损失。这是弱,还是强? 通常的逻辑是:凡极度狂妄和偏执者,多内心极度自卑;凡对强者奴颜婢膝者,多对弱者残忍凶狠——自卑和凶狠需要相互补偿,这才是"补偿论"的真谛。

当时,中国和日本都是封建国家,而日本在封建社会跨越式地产生出西方资本原始积累时代的殖民扩张思想,这在历史发展规律上也不合乎逻辑。

日本的近代史是世界史中的特例。

为了实现"大大日本国"的宏伟目标,依照"补偿法"的基本原理,在确定劫掠目标时,日本人认为最易得手的莫过于中国:"凡经略他邦之法,由弱易取之处开始。当今世界万国之中,由皇国易取之土,莫过于中国之满洲。何也？满洲之地，于我日本之山阴，与北陆、奥羽、松前等地隔海相对，总八百余里。固知其势易扰。骚扰也当以不备处始，西备乱妨东，东备骚扰西，彼必奔走而救之。彼奔走之间，以知其虚实强弱，而后避实就虚侵它……如此黑龙江之地方悉为我有。"⑧

日本人设计了占领朝鲜半岛和中国东北后大举南下占领整个中国的军事计划：

> 军船由此入侵渤海边，趁其混乱，大军攻盛京……盛京危机，清皇帝必走陕西，或不走，我大军集结山海关，不得守固。这之间，大泊省的日向、萨摩诸军由琉球取台湾，直到浙江之地，攻略台州、宁波诸州……先头兵直冲江南，取南京应天府……⑨

这一计划现在读来仍会令中国人心惊。

佐藤信渊，生于一七六九年，卒于一八五〇年，日本著名学者。他的上述言论，大约产生于一八三二年，即中国大清道光年间。一百年后，日军竟然完全按照上述路线，发动了对中国的侵略战争——先东北，再华北，再东南，再南京——日本人的顽固持守令人难以置信。

一般认为，日本走上军国主义的历史转折点，自一八六八年明治维新始。曾在侵华战争中出任日军参谋本部作战课长的服部卓四郎对此阐释道："日本通过明治维新，打破了持续三百年之久的锁国政策下的世外桃源迷梦，从封建国家走上近代资本主义国家的发展道路。它既对欧美先进国家灿烂的物质文化瞠目而视，同时又对这些先进的帝国主义列强侵入东亚的锋利势头感到惊愕……日本的朝野人士便不约而同地把视线转向海外，把所谓富国强兵作为国策，力图建成一个能与列强为伍的国家。日本的国家主义乃至军国主义倾向，实际上就是在明治维新和以后日本所处的客观形势中开始形成并发展起来的。"⑩

值得中国人反思的是，面对"欧美先进国家灿烂的物质文化"和"先进的帝国主义列强"的"侵入"，近代中国与日本一样"瞠目而视"并"感到惊愕"，但是，"瞠目"和"惊愕"之后，两个国家得出了完全不同的历史结论。中国致力于固守疆土，购买军舰横陈港口，修建炮台把守海岸，千方百计地要把列强阻挡在国门之外。而日本却把富国强兵作为国策，把疆土防线从本土推向海外。这种向内消极防御和向外积二是超越生死的信念。武士道尚武求勇,而要做到勇猛,就需要在理念上破除生死界限。武士道要求沉静地面对死亡,甚至要求厌恶生而亲近死:"昼夜是一日之死生,呼吸是一时之死生,只是寻常事","死生荣枯只是一气之消息盈虚"而已。被称为日本武士道经典的《叶隐论语》一书,对此说得最为精到:武士道,即赴死之道。[18]

武士道由一种职业操守,上升为一种人生境界,不但被普及为日本国民的集体信念,更成为近代以来日本军人的精神支柱。

日本军人把武士道的冷酷以及自虐和虐人发挥到极致,使得持续多年的中日战争遍布令人惊悚的血腥气息,令"大日本皇军"一词至今仍是中国人记忆里凶残野蛮的代名词。

但是,日本的右翼政客不这么认为。他们的理由是:日本人是真正的文明人,皇军屠杀的中国人乃至除日本民族之外的所有亚洲人,统统都是野蛮人。——既然是文明人面对野蛮人,就没有什么道理可讲,也没有什么逻辑可循。

被称为日本近代思想家的福泽谕吉,是日本军国主义的启蒙者之一。他最早提出"日本东亚盟主论",也是"化我国为欧洲帝国,化我人为欧洲国民"的"脱亚论"的鼓吹者。他认为西方列强入侵亚洲是文明人的举动,呼吁同属亚洲的日本站在"文明人"一边,"共狩共食野蛮国家"。[19]——"共狩共食"一词用得极为阴险——中国人是愚昧野蛮的猎物,是"文明人"猎杀的对象,日本人不但要脱离亚洲成为文明的欧洲人,还要和欧洲人一起猎杀中国并分享之。

福泽谕吉"共狩共食"的理论依据是:这个世界上任何的国际公法以及和平条约,都不如一门大炮和一筐弹药来得实在——"百卷万国公法不如几门大炮,数册和亲条约不如一筐弹药","各国交际之道,或使他国灭亡,或为他国灭亡"。[20]福泽谕吉所说的"他国"即指中国:"如果满清政府依然如故的话,那么所谓把中国导向文明开化的地步实是一场空话。无论如何,若把这个衰老的政府根除之后另行改组,则人心也许会为之一变。"[21]——福泽谕吉替代"侵略"的词语是"改组"。

自鸦片战争始,西方列强不断染指中国,这使得在明治维新后国力不断强大的日本"改组"中国的欲望愈加强烈。一八七九年,日本参谋本部首任长官山县有朋在给天皇的上奏中呼吁,当前日本第一位的是"强兵",因为"兵强,国民志气始可旺,国民自由始可言,国民劳力始可积,然而国民之富贵可守"。㉒没有哪一个国家不想强国富民,但以强大的武力掠夺他国,达到强国富民目的,这是日本独有的逻辑。

这一年,日本占领冲绳,将属于中国的琉球改为冲绳县,将包括钓鱼岛在内的中国岛屿强行纳入日本版图。

大清王朝北洋大臣李鸿章请求美国出面调解,无效。

一八八七年,中国大清光绪十三年。这一年的中国看上去似乎并无动荡:五月,总理衙门大臣奕劻、孙家鼐与法国驻华公使在北京签订《中法续议商务专条》和《续议界务专条》,中国再度降低边界贸易的进出口税率,开放广西龙州、云南蒙自两处通商口岸,给予法国在中国南境、西南境享有无条件最惠国待遇。十月,总理衙门大臣奕劻与葡萄牙全权代表在北京签订《中葡和好通商条约》,其主要内容为:中国允葡萄牙永驻和管理澳门以及澳属之地;允葡萄牙派驻北京公使;允葡萄牙在中国通商口岸设领事,并享有领事裁判权。各种条约被蝇头小楷写成奏折送往颐和园。在颐和园休养的慈禧太后很喜欢昆明湖上那个被荷花簇拥的小岛,她并不认为大臣们不断向她提起的远在东海深处的琉球群岛和钓鱼岛以及南面的那个澳门半岛,与她的大清国和她当下怡然的心境有什么要紧的关系。这一年中国的民间看上去似乎也无大事。北方,黄河于九月在郑州附近再次决口,灾民们照例开始四处移动。南方,一个男孩儿出生于浙江溪口镇的一户富商家里,没人会料到这个名叫蒋介石的中国人日后会成为日本人的死敌。

但是,一八八七年,在日本却出现了一件与中国相关的大事:自明治维新以来一个最为嚣张的侵略中国的蓝图出笼了。

小川又次,福冈县人,职业军人,日本陆军对外实施扩张战争的倡导者。这个在中日甲午战争时任日军第一军参谋长的军官,被认为是影响了日本陆军数十年的战略家。他在一八八七年首先提出了侵略中国的作战计划——当时他的军衔是大佐,任日本参谋本部第二局局长——这一作战计划被日本军方视为全面侵华的重大军事机密,名为《清国征讨方略》。

日本陆军参谋本部始终抱有一个荒诞的逻辑,即"日中连带论"。这个逻辑的核心是:日本与中国的关系,从来不是两个独立国家的关系,而是日本一国自家的事情。日本的未来与中国紧密相关,中国的归属决定着日本的命运。如果中国被西方强国抢先占领,那么日本的前途不可预料;而日本抢先占领中国的种种障碍,除了西方列强的窥视外,最为重要的是必须先下手为强,绝不能坐等中国强大起来。——"清国虽老衰腐朽,仍乃一世界大国,自尊傲慢成风,自称中国"。"清国自尊傲慢,若实力达此程度,即便对无关邻国,亦欲玩弄实力"。因此,日本唯一的出路,是在中国还没有强大时灭亡它:"趁彼尚幼稚,断其四肢,伤其身体,使之不能活动,我国始能保持安宁,亚洲大势始得以维持。"㉓

鉴于此,小川又次提出了入侵中国的详尽作战计划:主攻放置在北路,出动六个师团,在海军的支援下,于渤海湾登陆,直接攻击北京,占领中国都城并俘获中国皇帝。同时,在中国的南方实施助攻,动用两个师团和海军一起自吴淞口冲进长江,水陆并进,占领长江沿岸的镇江、南京、安庆、荆州等城市,以牵制长江以南的中国兵力使之无法北上救援——在七年后的甲午战争中,乃至五十年后的中日战争中,这一作战计划被按部就班地执行了。

武力占领中国后如何处置这片偌大的国土?

小川又次提出的方案是:

> 自山海关至西,长城以南,直隶、山西两省之地,河南省之黄河北岸,山东全省,江苏省之黄河故道、宝应湖、镇江府、太湖,浙江省之杭州府、绍兴府、宁波府东北之地以及旅顺半岛、山东登州府、浙江舟山群岛、澎湖群岛、台湾全岛、扬子江沿岸左右十里之地,属于日本版图;东三省及内兴安岭山脉以东、长城以北之地,分给清朝,使之独立于满洲;于中国本部割扬子江以南之地,迎明朝后裔,建王国,并使之成为我国之保护国,镇抚民心;扬子江以北、黄河以南,再建一王国,使之属于我国;西藏、青海、天山南麓,立达赖喇嘛;于内外蒙古、甘肃省、准噶尔,选其酋长或人杰为各部之长,并由我国监视之。㉔

也许由于上述计划过于露骨,为说明占领并分割中国"并非暴举",小川又次费尽心思地做了一番离奇的辩解。首先说,当年清朝夺取的是属于明朝的中国,既然清政府没能把中国引向文明,就应该让清人退回到满洲老家去,将拯救中国的责任交由日本承担;但让中国的明朝复兴,又无异于制造出一个新的大清王朝,这样中国还是没有任何改变,所以不如把中国分割成块以便利于日本统辖。然后说,日本人的这种分割,充分尊重了中国人的意愿,日本可以让中国人建立一个王国,这个王国不但能恢复明朝汉人的统治,而且日本还将负责地为中国寻找一个"关羽后裔"来当国王——中国人喜欢财,关羽是国人的财神,中国人自然会拥戴这个决定。——当然,即使是"关羽的后裔"也应该在日本的庇护之下。至于西藏、内外蒙古、青海、新疆等地,令其保持原状,由日本册封几个酋长,只要听从日本的管辖,将保证其社稷安宁人民幸福。——如此周全仁厚的方案,"谁能一味视我国为土地掠夺者"?

与丰臣秀吉一样,虽然出笼的是侵略计划,小川又次仍回避着"侵略"二字。在《清国征讨方略》中,替代"侵略"的词语是"进取"。

一八九〇年,日本发生第一次经济危机,这是资本主义高速发展带来的一种必然。农民失去土地,农村更加凋敝,城市的发展与农村的落后形成社会冲突的爆发点,资本主义经济的需求与国内市场的狭窄以及资源严重短缺的矛盾也日益凸显。日本是后起的垄断资本主义国家,很难与西方老牌资本主义国家进行竞争,因此必须扩张资本并寻求海外市场。这个时候的日本,只有一条路可走,那就是发动战争。

四年后,中日甲午战争爆发。

二

甲午战争爆发后,日本内阁参事官德富苏峰发表了《大日本扩张论》。不但狂热地吹捧日本正在进行的战争是"开国五十年来所淤积之磅礴活力的发泄";而且毫不掩饰地声称日本对华作战的根本原因是:如果不征服中国,在自己狭窄的国土上,日本就只能人住在人的上面了:

> 时至今日,就像住一间房子里的两个人一样。在贫穷的国土上,每年增加四十万人口,照此计算,这样不断积累的话,人就只能住在人上面了……我国向世界各地扩展人口之时,成为阻碍之大敌的不是白色人种,而是支那人种。据我所想,我国将来的历史,是日本国民在世界各国建设新故乡的扩张史。如果我们日本能够战胜土地是我们十五倍、人口是我们的十倍的大清国,不仅可以扬祖宗之名,留名于子孙,面向世

界,永远立步,还可以增强我们站稳世界的自信心。因此,我们必须认识到,我们不仅仅是为了在世界上建设扩张性的日本而战,还是为了建设扩张性日本的自信心而战。㉕

《大日本扩张论》也对侵略进行了辩解,只是这个辩解更加耸人听闻:

> 三百年来紧缩的日本一跃而为扩张膨胀的日本的大好时机,不在此刻又在何时呢?这对于我们自身来说,也是为了日本国的开放解脱;对周边国家来说,给世界上的顽固主义以一大打击,把文明之荣光注入野蛮的社会……宣战的目的是为了确保东洋的永久和平。要确保永久和平,不对大清国进行十二分的惩罚是不可能的……我们之所以与清政府发生战争,是因为大清国反对保有我们的正当权利、国运振兴和国民的向外扩张。㉖

这位内阁参事官秉持的无赖逻辑是:自己家房子小人口多住不下,需要寻找新的住处,但身边那个房子宽敞的邻居不肯把房子让出来,这是严重侵害"我们的正当权利"的行为,所以我们要对这个邻居进行"十二分的惩罚",而惩罚的方式是"发生战争"。

尽管大清王朝在一八八五年就成立了总理海军事务衙门,并于《清国征讨方略》出笼的第二年,即一八八八年,成军了具有二十五艘战舰、总吨位堪称亚洲第一的北洋舰队,但是,仅仅六年后,大清王朝的北洋舰队即在甲午战争中全军覆没。

一八九五年,战败的清廷与日本签订《马关条约》,中国割让台湾、澎湖列岛和辽东半岛予日本,同时赔偿日本军费白银两亿两。尽管后来在列强利益关系的制衡下,日本被迫归还了辽东半岛,但中国需要再多赔偿日本白银三千万两,此项赔偿被称之为"赎辽费"。——自己的国土竟要从劫掠者那里赎买回来,这样的逻辑在国际关系史中绝无仅有。

> 在未获得这项赔款以前,日本的财政官从未读到数万万的大数字。国库收入仅达八千万元。因此两亿三千万元巨款流入国内,在朝在野的人都认为是无尽的财富。㉗

在日本为巨额赔款举国狂喜的同时,中国北洋舰队残剩的战舰被拖到日本,停靠在一个海港的民用码头,被用于渔船停泊时人员和货物登岸的"趸船"。日本人对此举所作的说明是:永久地侮辱厚颜无耻的大清国和那个低劣的支那族。

近代以来,日本给与中国人的精神侮辱,远比物质抢劫更为深重。

二十世纪前后,西方列强争先恐后地在中国划分自己的势力范围。为占据并保护各自的在华利益,他们几乎同时提出了"保护中国"的建议——这显然是坐地分赃的伎俩。看到独霸中国已不可能实现,一八九八年,日本时任首相大隈重信,发表了题为《中国保全论》的演说。声称中国陷于被瓜分的局面,不在于外来势力过于强大,而是中国内部的腐败和倾轧所致。目前"除了日本,没有哪个国家能保护和扶持引导中国。作为中国的邻国,且人种相近、文字相同,只有日本才有义务和实力保护中国,拯救中国国民"。㉘

一九〇〇年,大清光绪二十六年,列强们果然一起来"保全"中国了。他们联合入侵并占领京城,大清皇室仓皇出逃,列强们的军队在紫禁城阅兵后,开始了大规模的抢劫。在对中国入侵和抢劫的八国联军中,第一次加入西方阵营的日本出兵最多、劫掠也最多。日本利用清廷被迫签订的《辛丑条约》,获得三千四百七十九万三千一百两白银赔款。有了这笔赔款,日本进行了第一次产业革命,支付了巨额的扩军军费。——两年后,日本陆军总兵力已是甲午战争时的两倍以上;四年后,日本购买并建造了大量战舰,其海军军力一跃成为世界第四。更为严重的是,《辛丑条约》令日本获得了在中国的天津和北京以及华北腹地的驻兵权,其驻军被称为"清国驻屯军"。这就是三十多年后的中日战争为什么爆发于北京卢沟桥的历史原因。

列强们在庚子事变中所获甚多,但他们侵占的只是中国的一隅,他们知道世界上没有任何一个国家能够独占并统治巨大无比的中国,他们也不愿看到任何一个国家独自享用如此广袤的疆土和丰饶的物产。日本虽对西方列强成为其全面占领中国的障碍万分恼怒,但也不得不与列强们妥协:"维持中国独立,保全领土,各国在华之商业,持机会均等主义。"㉙——只是,以日本人特有的欲望和境况,如何甘心与西方列强"机会均等"?

一九一四年,第一次世界大战爆发,西方列强不但无暇顾及中国,且都在战争中削弱了各自的实力。日本人认为,他们独霸中国的机会终于来了。八月,日本借口对德宣战,派遣军队从中国山东半岛登陆——此前那里是德国在华的势力范围。日本人占领了济南、青岛和整个胶州湾,使得中国的东海几乎成为日本的内海。这个时候,大隈重信不再提"保全"二字,直接向中国政府提出了"二十一条",其主要内容是:中国承认日本在山东的一切权益;旅顺、大连的租借期及南满、安奉铁路的经营管理期延长为九十九年;承认日本在南满和内蒙东部的开矿、购地特权;中国沿海港湾及岛屿不得割让或租借他国;中国政府聘用日本人为顾问,中国军械厂由中日合办;将武昌至九江、南昌,南昌至杭州、潮州间的铁路建筑权让给日本;日本有在福建省内修筑铁路、开矿等投资的优先权,等等。这是一个要将整个中国变成日本附属国的要求。大隈重信再次强调,中国是日本的"利益线",日本成为中国的"保护国"理所当然:"按中国之现状,并无自保之力,外国则除日本外无此资格。盖中国之保全与日本之存在,二者乃不可分离之事实,则只有日本负此责任。"[30]

日本内务大臣后藤新平,在其所著《日本膨胀论》一书中,将日本比做一棵"盆栽的公孙树"——公孙树,稀少名贵的木种——具有伟大的品性却生长在花盆里,因而不能伸展枝干。所以,应该"把日本民族从这狭小天地拯救出来,移植于世界的沃野中",让这棵名木"于广大的地球上繁茂是日本的固有使命"。[31] 姑且不论日本是不是一棵"名木",值得注意的是,后藤新平为"侵略"二字又发明了一个新的替代词:"移植"。

那么,日本应该向哪里"移植"呢?

日本人的结论是:我们知道对岸有合适的地方。

从十九世纪中期至二十世纪初,在一次次抵抗列强入侵的行动中,中国从未赢得过胜利。一九〇一年《辛丑条约》签订后,名义上主权独立的中国已成为国土最为破碎的国家。沙俄控制了蒙古和半个东北;日本在占领台湾后,又占据福建和东北南部;法国割据广东、广西、四川以及云南;英国占领香港后,染指长江流域的大半个中国,并武装入侵西藏;德国的势力占据山东;葡萄牙进占澳门。在中国的主要城市和通商口岸,遍布着列强们掠取的租界;不平等贸易使中国的经济几近瘫痪,巨额的战争赔款又让列强们以借款的名义控制了中国的金融、矿山、冶金、交通等一切国之命脉。中国的当权者——无论是皇上还是大总统——一直奉行着"量中华之物力,结与国之欢心"的苟且政策。结果是国家一贫如洗、国民苦难深重。

但是,给中国造成巨大苦难并在中国的苦难中掠取了巨大利益的日本,却认为他们也处在无边的苦难中。一战结束后,美英为遏制日本崛起后的扩张势头,规范东亚地区的国际殖民秩序,于一九二一年末至一九二二年初召开华盛顿会议,会议产生的公约和条约促生了一种新的国际体系——华盛顿体系。华盛顿体系不但将日本在亚洲的扩张进行了种种限定,比如确认满蒙地区是中国领土不容别国占领,而且还给太平洋地区的国际殖民秩序排出了名次:美英为一流帝国,日本为二流帝国,法国和意大利等为扶助角色。——觊觎着整个亚洲的日本,被列强们列入了二流,这让日本人感到愤懑和难堪。

更让日本严重不安的是中国日益增长的反日情绪。

近代中国对洋人的蔑视,最甚莫过于对日本人。确切地说,中国人从没把日本人当洋人看待过。这不仅因为日本人除了说话之外,相貌和体征与中国人差不多;更重要的是,中国人历来把那个岛国视为一块没有开化的蛮荒之地,只不过秦时从中国去了几对男女才让岛上有了人烟。自唐开始,中国的国土上就能看见从那个岛国来的人,除了学经的和尚,就是手拿竹棍的浪人,中国人将他们统称为"倭",将那个岛国称为倭奴国:"倭在东南大海中,依山岛为国。"十四世纪,日本人开始在中国沿海以抢掠劫盗为生,中国人对之始称"倭寇",意为"矮小的强盗"。近代以来,日本对中国的入侵持续不断,中国人的排日情绪逐渐高涨,民间不断地发起抵制日货的行动,官方更是把日本视为最阴险的外交对手。出于自身境况的考虑,中国一直采取依赖美英、牵制日本的外交策略。一战结束后,中国北洋政府依靠美英迫使日本交还山东主权,并表示拥护华盛顿会议签订的《九国公约》,希图以此遏止日本打破列强在中国的均势从而攫取更多利益的图谋。

面对中国,日本的苦闷源于这样的逻辑:中国很贫穷,日本很强盛;中国人很愚蠢,日本人很聪明;中国人很野蛮,日本人很文明,可中国为什么就是不肯依附日本?作为一个"没有自理自治能力"的国家,与其让西方列强们瓜分,不如成为同属亚洲的日本的一部分。可中国为什么宁可接受西方列强而坚决地抵制日本?

这种苦闷催生了日本军界的法西斯主义思潮。

一九二一年,几名被派往欧洲的日本少壮派军官,依据第一次世界大战的经验教训,在莱茵河畔的巴登温泉订立盟约,约定回国后在军界"消除派阀、刷新人事、改革军制、建立总动员态势",全力推进日本的军国主义国家改造,史称"巴登巴登密约"。参加订立"巴登巴登密约"的军官们,均毕业于日本帝国陆军士官学校,有时任日本驻瑞士武官永田铁山、日本驻德国武官东条英机、日本驻俄罗斯武官小畑敏四郎,还有专程赴欧洲考察的冈村宁次少佐。一年或两年后,他们先后归国,日本名目繁多的法西斯团体随之纷纷成立,这些团体逐渐控制了陆军省、航空部、资源局等要害部门。而那些带头发起组织法西斯团体的青年军官,后来绝大多数成为日本军政首脑人物以及侵华战争中的军事将领:石原莞尔、冈村宁次、板垣征四郎、东条英机等。

也是一九二一年,日本在企图扶持中国东北军阀张作霖的同时,明确表示:"满蒙地区与我国领土相接,对我国防及国民经济生存,关系极为密切。以此两个利益为主,在满蒙地区扶植我之势力,此乃我对满蒙政策之根本。"[32]

还是一九二一年,在中国的上海,一个新的政党出现了。这个名为中国共产党的政党,在后来反抗日本侵略的战争中,成为抱有最不妥协态度并拥有最顽强意志的政党。中国共产党和中国国民党同怀拯救衰弱中国的梦想。尽管两党在政治上存在巨大差异,但在拼死抵抗日本对中国的侵略上不存在分歧——过去是这样,现在依然是这样。

可是,一九二一年的中国已深陷军阀混战中。自一九一六年袁世凯去世后,各路军阀为争当统治者接连开战,整个中国在你来我往的厮杀中四分五裂。一九二〇年,直系军阀吴佩孚在奉系军阀张作霖的支持下,通过大战取得对皖系军阀段祺瑞的胜利,北洋政府权落直系与奉系手中。一九二二年,第一次直奉战争爆发,奉系战败的结果导致张作霖退守山海关。一九二四年,第二次直奉战争爆发,这一次奉系军队战胜直系军阀吴佩孚,张作霖推戴段祺瑞再掌北京政权。此时,在中国的南方,孙中山领导的国民革命军于一九二四年成立黄埔军校,一九二六年开始北伐战争,孙中山希图通过北伐结束军阀混战,将中国引向统一和强盛。一九二六年初,为防止南方的国民革命军入侵,张作霖通电全国宣布东三省独立,并随之开始全力扩充军队。

无论南方国民革命军的北伐从战场距离上看与中国的东北地区相

距多么遥远,对日本人来说,他们与张作霖一样,依旧认为北伐将对其在东北的"特殊利益"构成威胁。一九二三年日本关东发生大地震,不但造成二十四万人伤亡,还给日本经济造成极大重创。经济危机使得执政内阁倒台,新任首相是曾在日俄战争中出任满洲军总司令部作战部参谋的田中义一。这位军人出身的首相上台伊始,便否定西方列强坚持的满洲是中国领土的一部分,他的强硬立场立即得到因在中国辽东半岛南部设置"关东州"而得名的关东军的支持。以至于日本军部把能够动员的三十二个师团中的十六个师团,直接针对着中国的东北、京津、山东、华北、上海和福建方向,甚至还策划了对中国心脏地区汉口的作战蓝本。

一九二七年,国民革命军仍在北伐期间,蒋介石以国民党武汉政府受共产党控制为由,在南京另组国民政府。武汉政府下令开除蒋介石的国民党党籍,并准备出兵征伐南京,史称"宁汉分裂"。无论国民党内部矛盾纷争如何激烈,但双方很快在一个政治目标上达成了一致,那就是必须在中国的政治舞台上清除共产党。国民党开始了对共产党人的杀戮,中国共产党与中国国民党彻底决裂。

中国国民党与中国共产党的分道扬镳,令日本人再次幻想可以趁机从国民党人那里获得对其在东北地区权益的承认。一九二七年六月二十七日,在田中义一的主持下,日本内阁召开专门讨论中国局势的东方会议,宣称中国目前的混乱局面使得日本的在华权益受到威胁,特别是中国的东北地区关乎日本生命线的安全,因此日本必须刻不容缓地采取"自卫措施"。会后,田中义一起草奏折,于七月二十五日呈送天皇,明确提出"惟欲征服支那,必征服满蒙;如欲征服世界,必先征服支那"的侵略国策。这就是最为臭名昭著的《田中奏折》。

> 所谓满蒙者,乃奉天、吉林、黑龙江及内外蒙古是也。广袤七万四千方里,人口二千八百万人,较我日本帝国国土(朝鲜及台湾除外)大逾三倍,其人口只有我国三分之一。不惟地广人稀,令人羡慕,农矿、森林等物之丰,当世无其匹敌。我国欲开拓其富源,以培养帝国恒久之荣华,特设南满洲铁道会社,藉日支共存荣之美名,而投资于其地之铁道、海运、矿山、森林、钢铁、农业、畜产等业达四亿四千余万元。此诚我国同

业中最雄大之组织也。㉝

《田中奏折》首先说明，自明治维新以来，凭借与中国"共存共荣"之名，日本已成功地在物产丰富的中国东北地区建立起庞大的殖民机构，南满洲铁道会社便是其中"最雄大"者。接着，《田中奏折》阐述了日本应对中国东北地区实施的基本策略，这一政策概括起来就是：占领中国的东北地区，进而以发展贸易的"假面具"将日本势力推至全中国，然后利用中国丰厚的资源进军亚洲乃至世界：

> 倘支那完全可被我国征服，其他如小中亚细亚及印度、南洋等异服之民族必畏我而降于我，使世界知东亚为我国之东亚，永不敢向我侵犯……我对满蒙之权利如可真实地到我手，则以满蒙为根据，以贸易之假面具而风靡支那四百余洲；再以满蒙之权利为司令塔，而攫取全支那之利源，以支那之富源而作为征服印度及南洋各岛以及中小亚细亚及欧罗巴之用。我大和民族之欲步武于亚细亚大陆者，握执满蒙权利乃其第一大关键也。况最后之胜利者赖食粮，工业之隆盛者赖原料也，国力之充实者赖广大之中国国土也……㉞

当然，日本仍需为侵略中国东北地区寻找理由。《田中奏折》认为，以前日本在外交中的失误，就是以外交文件的形式以及在列强的压力下承认东北地区是中国领土。这一失误必须纠正，日本要向中国乃至全世界宣布，中国东北地区自古以来就是一块无主的土地，只有在这样的借口下日本才能"得寸进尺"：

> 兹所谓满蒙者，依历史非支那之领土，亦非支那特殊区域……最不幸者，日俄战争之时，我国宣战布告明认满蒙为支那领土；又华盛顿会议时，九国条约亦认满蒙为支那领土，因之外交上不得不认支那为主权。因二种之失算，致祸我帝国对满蒙之权益……我国此后有机会时，必须阐明满蒙领土之真相予世界知道。待有机会时，以得寸进尺方法而进入内外蒙，以新其大陆。㉟

《田中奏折》，这份通篇都在宣扬武装侵略占领别国的军国主义文件，最终成为日本入侵中国的重要依据和指南。

— 19 —

三

《田中奏折》呈送天皇两个月后,为迎娶宋美龄,蒋介石到日本拜望宋母倪桂珍。期间,他密会了首相田中义一、陆军大臣向川义则等日本军政首脑,以谋求日本对他本人以及北伐的支持。田中义一表示,北伐军不应急于北上,中国的当务之急是解决共产党,如果国民党不能控制中国南方,共产党就会重新崛起,日本对此不会袖手旁观。因为一任共产党在中国蔓延,不但有碍日本的在华利益,还会影响到日本国内的政治倾向,从而危及日本的国体。——力量十分有限的中国共产党,竟可能危及日本的"国体",这显然是夸张之辞。田中义一的真实意图是:倘若北伐军顺利北上,很可能危及日本对中国东北地区的控制。他希望蒋介石"以南京为目标,统一长江为宗旨"。而蒋介石则表示,"非从速完成北伐不可",因为"中国如不能统一,则东亚不能安定"。他希望日本改变对华政策,放弃支持军阀张作霖——"不可再以腐败军阀为对象,应以求自由平等之国民党为对象。"[36]

一九二八年初,蒋介石复任国民革命军总司令,他发布《告全党同志及全国同胞书》,言历史赋予的使命是:"誓竭全力,策励军心,会师前线,重申北伐,拥护中央,以固根本,震慑纷乱,以苏民生。"

五月一日,北伐军进入济南,结束了奉系军阀张宗昌的统治。然而,蒋介石进入山东督办公署还不到三个小时,日军就在派遣军司令官、第六师团师团长福田彦助中将的率领下开进了济南城。日本人的借口是:保护"居该地的帝国臣民的生命财产的安全"。[37]

没人相信日军是来"保护侨民"的,因为北伐军的作战目的与日本侨民没有任何关系,且当时济南城里的日本侨民不及两千,而从青岛和天津陆续抵达的日军多达三千五百人。面对中日两军一触即发的对峙局面,急欲完成北伐以统一中国的蒋介石决定隐忍。蒋介石派人与日方秘密联络,表示愿意承担日军军费,条件是日军撤回青岛。然而,日本人知道,北伐军的北进将成为日本控制中国东北乃至华北地区的严重威胁。

五月三日,日军开始炮击济南城区,国民革命军第四十军被迫还击。深夜,日军包围了山东省交涉公署。中国战地政务委员会外交处长、山东特派交涉员蔡公时与日方交涉,因拒绝向日军下跪并破口大骂,被日军割掉耳朵、鼻子和舌头后,连同其下属十七人被枪杀。国民政府外交部部长黄郛再次前去与日军交涉,日军军官胁迫这位中国外交部长在所谓中国军队枪杀了一个日本军曹的"调查报告"上签字,直到黄郛被迫签上一个"阅"字后才将他放回。蒋介石认为日军正逼他趋于"无可忍",以为进一步的军事行动寻找借口,因此下令北伐军"全数撤离"设防地域。——蒋介石在日记中写道:"如有一毫人心,其能忘此耻辱乎?忘之乎?雪之乎?何以雪之?在自强而已!"㊳然而,北伐军撤离后,日军并没有停止进攻,十一日济南全城沦陷。日军烧杀抢掠,奸淫妇女,济南变成了一座人间地狱。史称"济南惨案"。

此时,在日本国内,田中义一内阁决定驻扎在名古屋的陆军第三师团迅速开往中国山东,同时对外宣称:日军在济南与中国军队的冲突是"中国人日积月累轻蔑日本人心理的具体体现";日军的回击性行动是为"显示皇军的威武",是对中国人进行的"断然惩处",是为"使全中国感到震骇"。㊴——把入侵中国和屠杀中国人称为对中国的"惩罚"和"惩处",在以后相当长的历史时期内,这成为日本官方和军方惯用语。

早在"济南惨案"发生前,日本关东军就已形成共识:国民革命军北伐进入中国北方后,如果张作霖的奉系军队顶不住,势必会退守他们的大本营东三省,那将极大地"威胁"日本百万移民的生命财产安全,更不要说北伐节节胜利的蒋介石从没认可日本对中国东三省的统辖权。

果然,不出日本人所料,"济南惨案"发生后,蒋介石指挥北伐军绕道济南直逼京津,张作霖的北洋政权岌岌可危。日军紧急将山东的一部分兵力派往天津,同时向蒋介石和张作霖发出了武力威胁:奉军如不主动撤军将被解除武装;奉军撤退,如北伐军追击至山海关外也将被解除武装,因为维持满洲的治安秩序是日本的责任。蒋介石的态度是:如果张作霖的部队撤出京津,北伐军在天津方向将"进至静海止",在北京方向将"进至长辛店止"。㊵于是,日本人转而逼迫张作霖放弃北洋政权,不给北伐军进攻东北地区以借口。

张作霖眼见大势已去,决定奉军退回东三省。他并不知道,就在这个时候,一个针对他的暗杀行动已经布置完毕。一九二八年六月四日五时许,当张作霖乘坐的专列从北京行进至奉天附近的皇姑屯时,伴随着轰然一声巨响,专列被炸翻,冲天的大火将列车焚毁,身受重伤的张作霖于四个小时后死亡。

"皇姑屯事件"为日本关东军精心策划,目的是"杀死中国东北的巨头,以彻底解决满蒙问题"。具体实施者是日本关东军高级参谋河本大作,河本大作曾表示:"贯彻执行国策,解决满蒙问题,是我的夙愿。"[41]

张作霖死后,其子张学良继任东北保安总司令。国民政府劝说张学良改旗易帜,日本人劝说张学良在东北独立。面对国耻家仇,张学良于一九二八年十二月二十九日通电全国,宣布奉军从即日起遵守三民主义,服从国民政府,将北洋政府的五色旗换为国民政府的青天白日旗。史称"东北易帜"。

张学良的"易帜"令关东军极为恼怒。

但关东军并没有即刻动武,原因是日本陷入了新的危机。

"济南惨案"发生后,抵制日货运动遍及中国的各大城市,仅一九二八年的七、八两个月,日本对华贸易损失高达一千七百万日元。皇姑屯事件发生,导致中国人的反日情绪更加剧烈。因对华贸易额大幅度萎缩,田中义一内阁遭到了日本财界的猛烈抨击。同时,美、德、意、英、法等国相继与中国缔结新的关税条约,致使日本在国际上陷入外交孤立。一九二八年七月,美国政府正式承认国民政府后,中国在外交上开始强硬起来,宣布业已期满的一八九六年《中日通商行船条约》和一九〇四年的续约失效。随着北伐军自南向北的推进,国家统一、民族自立的思潮风靡中国,且矛头直指日本,中国人喊出了"收复旅顺和南满铁路"的口号。接着,一九二九年爆发的全球性经济危机席卷日本。这场经济危机以纽约华尔街金融交易所倒闭为开端,迅速波及全球,新生的资本主义国家日本受到的冲击最为猛烈。出口美国的主要生丝商品价格暴跌,对外贸易和工业产值全面急剧下降。经济危机引发了各国的关税战,以英美为首的西方各国建立起森严的贸易壁垒,实施严格的贸易保护主义。而日本随着工业化的推进,需要从海外进口更多的物资,并开辟更多的海外商品市场,但是在列强们的一系列保护措施面前,日本的结局只能是从世界市场中逐渐地被排挤出去。人口过剩、资源匮乏、资金不足、银行倒闭、生产萎缩、工人失业和贸易衰微相互交错,日本的生存受到严重威胁。

一九二九年,田中义一内阁垮台,接任的首相是滨口雄幸。

滨口雄幸是日本第一位出生于明治维新时期的首相。

上任伊始,出于挽救经济的目的,滨口内阁采取了修复日中关系的外交策略,促成新任驻华公使佐分利贞男与蒋介石的国民政府达成了"全面改善日中气氛"的共识。但是,一九二九年十一月,刚刚上任两个月的佐分利贞男在回国述职期间遭到暗杀。滨口内阁再派小幡酉吉继任驻华公使,但因国民政府认为他是"二十一条"的参与者而拒绝。一九三〇年,日本内阁任命驻沪总领事重光葵代理驻华公使。重光葵在一战期间曾任日本驻英大使馆书记官,极其厌恶军国主义,在他的努力下中日关系逐渐显出回暖征兆。

国民政府没能认清日本人的行事逻辑。

历史证明,凡是日本政客大谈"改善对华关系"之时,便是日本军人策划对中国更大规模侵略之日。

当时的日本,决定政策和国策的不是政客而是军人。

驻扎在中国东北地区的关东军认为,仅靠表示善意就想在他国扩展本国利益,世界上还没有成功的先例:

> 对于推行以经营满蒙谋求稳定我国民生活之国策,一味追求渺茫的中日亲善,结果使我举国上下汲汲于逢迎中国,以致陷入自屈而不觉,徒使趋炎附势之中国人妄自骄傲。求得中国方面之善意固属当然,但须首先具有发动本国国力之决心方可。企图在别国扩展本国之国力,而对该国官民仅感之以善意,如此国策,未闻有成功之先例。㊷

尽管用"在别国扩展本国之国力"这样的隐晦言词替代了"武装侵略",但关东军还是明确建议日本内阁对于中国要"断然增兵或派兵",不必在乎中国人指责这是侵略行为,因为从根本上讲这个世界上没有哪个国家会心悦诚服他国的入侵:

> 在执行发展国力之国策时,纵为对方所不满,亦不应踌躇不前。英人之印度政策,并不在于印度人之善意欢迎;法人在阿尔及利亚虽无人望,但亦不放弃其国策;而美国人在中美则被视为蛇蝎。任何土人亦不可能箪食壶浆以迎入侵者。唯独吾人之执行对华对满政策,却片面恐惧中国之排日感情,实难理解……当前之对策,每逢机会即应首先向天津、山海关、洮

南、吉林、临江、间岛各地断然增兵或派兵……[43]

一九三〇年九月，日军陆军省的一批年轻军官，在参谋次长二宫治重中将、陆军省军务局长小矶国昭少将的支持下，秘密组织了法西斯团体“樱会”，其纲领是推翻政党内阁，建立军人政权，全面推行对外武力扩张政策。一个月后，右翼分子在东京车站狙击首相，滨口雄幸身负重伤，日本内阁受到沉重打击。这一年的年底，日军在制订《1931 年形势判断》时，就如何解决满洲问题进行讨论，最后决定了三个阶段的实施方案：打破现状，建立亲日政权，完全占领中国东北地区。基于此，参谋本部对内阁发出的威胁是：“在满洲惹起事端后，政府若不追随，就决心发动军事政变，使满洲问题易于解决。”[44]——“惹起事端”这一措词证明，日军已有在中国东北制造引发战争事端的计划了。

一九三一年，日本的经济危机达到高峰。这一年，日本的工业总产值比一九二九年下降了三分之一，对外贸易总额比一九二九年下降了近乎一半。国际收支出现巨额赤字，储备黄金源源外流，国内市场严重萎缩，工农业产品价格一路猛跌，中小企业的倒闭如大坝决口，失业与半失业人口将近四百万。一般的规律是：帝国主义国家在发生经济危机时，唯一的解决之道是：猛烈扩充能够带来高额利润的军事工业。一九三一年，日本政府大幅度提高军费开支，强力扶持以军事工业为母体的财阀，致使三菱、中岛、川崎等著名企业开始了大规模的军火制造。

日本军国主义的战争机器终于发动了。

四

一九三一年，注定是中国历史上最为刻骨铭心的年份。

这一年，中华民国进入了第二十个年头。新年到来的时候，国民政府要员拜谒了国父孙中山的陵墓。此时的中山陵刚建成两年，陵墓四周栽下的树木还没有成荫。之后，在南京机场举行定都南京后的第一次阅兵。国民政府主席蒋介石邀请各国使节前来观看的用意很明显：赢得上一年中原大战的胜利后，中国南北统一的大业已经完成。南京市区的街道上立起了五彩牌坊，普通人家的大门上也贴上了春联。这一年，中国共产党苏区的红军战士用上了新的识字课本，上面写着：“工农革命，打土豪，分田地，天不怕，地不怕。”刚刚识字的红军士兵打败了国民党军队对苏区的第一次"围剿"。毛泽东在写《兴国调查》时显然心情不错,他认为苏区的百姓已在享受革命的成果:分了田,分了山,分了地主的谷子,大家都吃上了价格便宜的米,年轻人不用非得有钱才能讨老婆了,因为苏区主张婚姻自由且严格禁止买卖婚姻。这一年的上海,人口已经超过三百万,成为继伦敦、纽约、巴黎和柏林之后世界第五大城市,全球最时髦的商品都可以在这座扼守着长江入海口的大都市里找到。只是,入夏以来,全国性的洪灾给这个国家的欢乐蒙上了阴影,长江中下游和淮河流域洪水泛滥,四十多万人死亡,超过五千万人无家可归,连被外国人称为"东方芝加哥"的武汉也在洪水里浸泡了一百多天。这一年,在中国的北方,城市规模位列全国第四的沈阳人口约为七十万,其中日本人多达二十万,他们不叫"侨民"而叫"移民"。在关东军的保护下,这些"移民"俨然把沈阳视为了一座日本城市,沈阳商埠区的地名一律以"町"命名,日本兵、俄国人、朝鲜人、从关内来的内地人以及这些日本"移民"使这座城市混乱而热闹。关内的时髦之风已经吹了过来,满城都可以听见南方味道的《毛毛雨》:

  毛毛雨下个不停

  微微风吹个不停

  微风细雨柳青青

  哎哟哟柳青青

  小亲亲不要你的金

  小亲亲不要你的银

  奴奴呀只要你的心

  哎哟哟你的心

  一九三一年,没有多少中国人意识到国家已经大难临头。

  这一年,军国主义在日本已经形成强大势力,主张占领中国东北地区的叫嚣已经完全公开化。来自关东军的声音是:"要建设大日本超级大国,很显然,必须取得相应的领土或具有同等价值的东西……这就需要把满洲置于我国绝对权力的统治之下。"[45]在主张武力扩张的日本军人中,关东军高级参谋板垣征四郎大佐和作战主任石原莞尔中佐最为激烈而强硬,他们提出了以"占领满蒙"来"转变日本国运"的侵华建议。

石原莞尔认为：以日本为中心的"东洋文明"和以美国为中心的"西洋文明"必然开战，而下一次世界大战将是"人类最后的大战"。为了备战，同时也为解决日本国内危机，必须入侵中国——"武力解决满洲问题已成为陆军省部主要课长等幕僚的坚定信念。"[46]因此，关东军的首要任务是占领满蒙地区。板垣征四郎强调："在对俄作战上，满蒙是主要战场；在对美作战上，满蒙是补给的源泉。从而，实际上，满蒙在对美、俄、中的作战上都有最重要的关系。"[47]石原莞尔的建议本不新鲜，但在日本深陷经济危机而不能自拔的时刻，这一建议立即受到日本政界的热烈追捧。——日本军界和政界在以武力扩张摆脱国内危机的策略上达成了高度一致。

四月，日本将由北方士兵组成的第二师团，与驻扎在中国东北地区的第十六师团调防，以适应中国东北地区的严寒作战。七月，日本军事参议官会议决定，再调一个陆军师团进入中国东北地区；同时密令驻扎在中国东北的守备队向苏家屯、沈阳一带集中；之后又向朝鲜增派了一个师团的兵力，准备于必要时渡江参战。八月，日军进行了异常的人事调整，任命本庄繁中将为关东军司令、土肥原贤二大佐为沈阳特务机关长。之所以"异常"，是因为这两人都是有名的"中国通"：本庄繁曾当过张作霖的顾问和驻华武官，土肥原贤二则是长期在中国活动的特务头子。八月三日，日本陆军在东京召集关东军、朝鲜军、台湾军司令官和师团长会议，传达满洲作战计划。天皇分别接见了各位司令官。将领们都明白，这就意味着天皇知道并批准了"最近和将来要发生的事"。而在皇宫外面的大街上，日本右翼分子在演讲结束时高喊："我们站起来的时候终于来到了！"[48]

"最近和将来要发生的事"是什么事？

"我们站起来的时候终于来到了"是什么意思？

紧接着，中国发生了"万宝山事件"和"中村事件"。

万宝山位于长春以北三十公里处，一九三一年时，那里既不是日本南满洲铁道会社的管辖地，也不属于一九〇九年签订的《中日图们江界约》所划属的区域，那里是中国政府所辖之地。七月，租种土地的朝鲜人与中国农民发生了纠纷，正在寻找挑衅借口的日本关东军立即介入，大肆煽动，导致朝鲜国内发生了杀害华侨的流血惨案。几乎与此同时，日军参谋本部派出的特务中村震太郎，在中国东北进行秘密军事侦察时被中国军队俘获,审讯后即被处死。日本方面立即表示,这是中国蔑视日本权益的表现,陆军省声言必须对中国东北地区进行"保护性占领"。关东军作战主任参谋石原莞尔兴奋地认为,这是"向附属地以外的地方出兵之天赐良机",强烈主张"应利用中村事件这个机会诉诸武力,一举解决各项悬案,确保我之各项权益"。[49]日本国内的军人们走上街头,狂呼"武力征服满蒙"的口号,飞行员驾机升空向日本各大城市撒下传单,传单上画着插有日本国旗的中国东三省的地图,写着:"啊,我国的特殊权益!"[50]

至今仍有一部分中国人在日本人惯用的伎俩面前百思不得其解:明明是占领了中国的领土,侵犯了中国的权益,怎么日本人总是叫喊他们是无辜的受害者?

一九〇五年日俄战争结束后,日本从俄国人那里获得了在中国东北地区的特殊权益。经过二十多年的大量移民和殖民统治,日本举国都已经认为中国的东北地区就是日本的国土。但是,即使是无赖,强占别人财产时,也需表白这份财产为何归他所有,因为无赖知道这本不是理所当然的。于是,自近代以来,日本的政客和军人总是在"适当"时机蓄意制造一个事件,然后歇斯底里地声称野蛮的中国人侮辱了日本,忍无可忍的日本除了对中国进行"惩罚"之外别无选择。话音未落,日本军队大规模的武装入侵便开始了。——而在这个时刻,中国人往往仍被日本人制造的那个"事件"或"事变"弄得一头雾水。如同面对一个狂呼乱喊的神经错乱者一样,正常的人如果并不熟谙这类境况往往会不知所措。

一九三一年九月,在中国东北肥沃的黑土地上,高粱红到了天边。十八日那天晚上,关东军独立守备队第二大队第三中队队副河本末守中尉带领六名士兵来到沈阳北大营西南八百米处的柳条湖,他们将四十二包黄色炸药放置在南满铁路的铁轨上。二十二时三十分,这些炸药被引爆,一段一米多长的铁轨在炸裂的巨响中被炸弯。二十分钟后,一列从长春开来的列车,居然安然无事地通过爆炸点驶向了沈阳——爆炸似乎没有达到效果,但对于关东军来讲,这样的效果已经足够了——爆炸过后不久,埋伏在四公里外的第二大队第三中队队长川岛正大尉下达了对北大营中国东北边防军第七旅的攻击命令。二十三点四十六分,驻扎沈阳的日本特务机关辅助官花谷正,以土肥原贤二的名义给驻扎旅顺的关东军司令部发出第一份电报,声称中国军队破坏了北大营附近的铁路,袭击了日本守备队,日中两军正在冲突中。半个多小时后,花谷正发出第二份电报,声称中国军队与日本守备队已经陷入激战。日本关东军司令官本庄繁、参谋长三宅光治、作战主任参谋石原莞尔等当即决定:按照预定计划,迅速向沈阳集结,先"惩罚"中国军队,然后占领东三省。

震惊中外的"九一八"事变猝然爆发。

日本关东军偷袭北大营的时候,中国东北的军政大员们正安闲自在:东北边防军司令长官张学良长期驻留北平,那天晚上他正在前门外中和戏院观看梅兰芳表演的京剧《宇宙锋》;东北边防军司令长官公署参谋长荣臻正忙着给他父亲做寿;黑龙江省主席兼东北边防军副司令长官万福麟也在北平,他将黑龙江的军政大权交给了他的儿子;吉林省主席兼东北边防军副司令长官张作相为其父奔丧回了锦州,军政大权由他的参谋长熙洽代理。——沈阳城内的东北地区以及辽宁省的军政要员们大半不在岗位上,就连东北军重要的北大营军营驻军、东北军第七旅旅长王以哲也不在军营里。

关东军开始攻击后,第七旅参谋长赵镇藩命令部队进入阵地,同时用电话向王旅长和荣参谋长报告。荣臻给赵镇藩下达的命令是:"不准抵抗,不准动,把枪放在库房里,挺着死。大家成仁,为国牺牲。"[51]——这种军事命令,恐怕前所未有。凌晨时分,本庄繁命令关东军所能调动的部队全部向沈阳开进。四时,驻扎铁岭的部队抵达,配合独立守备大队占领北大营;五时三十分,赵镇藩带领退出北大营的第七旅到达沈阳东山嘴子;六时三十分,驻扎海城和辽阳等地日军赶到,占领沈阳内城后,联合向东大营发起攻击,东北军和讲武堂官兵不战而退;八时,东北边防军长官公署、省政府、兵工厂、机场以及所有的军政机关和金融机构均被日军占领,军警全部被日军缴械。日军犹如进入无人之境,仅在沈阳兵工厂就缴获步枪十五万支,手枪六万支,重炮和野战炮二百五十门,各种子弹三百余万发,炮弹十万发。张学良多年购买的三百余架飞机也全部落入日军之手。

"九一八"事变是中国抗日战争史上的标志性事件。

这一事件中的两个史实甚为重要:一是日本发动了侵华战争。自一九三一年事变时起,直至一九四五年日本投降,中日两国处于战争状态长达十四年之久。二是关东军发动事变时,双方的兵力异常悬殊:关东军正规部队和非正规部队各一万人,满铁沿线的警察约三千人,总计约两万三千四百人;而中国东北边防军总兵力约三十万人,除因军阀之战十一万人被调入关内,留在东北地区的部队尚有二十万人。特别是,事变爆发时,攻击北大营的日军仅有六百五十人,而驻守北大营的东北军有一万两千多人,但是这座坚固的军营很快就被日军占领了。

"九一八"事变后,仅仅一周之内,两万多日军在中国东北的广阔地域上几乎兵不血刃地相继占领了辽宁和吉林的三十多座城市。

在此后相当长的时期内,众多相关历史陈述都言是国民政府下达了"不抵抗"的命令。关于这一点,一九九○年,耄耋之年的张学良对采访他的记者说:"我要郑重地声明,就是关于不抵抗的事情……那个不抵抗的命令是我下的,说不抵抗是中央的命令,不是的,绝对不是的。""当时,因为奉天与日本的关系很紧张,发生了中村事件等好几个事情。那么我就有了关于日本方面的情报,说日本要来挑衅,想借着挑衅来扩大双方的矛盾……我下的所谓不抵抗命令,是指你不要和他冲突,他来挑衅,你离开他,躲开他……""政府给的回答不外乎是两句话,就是你妥善办理,相应处置。"[52]

按照张学良的说法,那时候日本关东军经常寻隙挑衅,走在街上看见东北军官兵的刺刀,上来就在刺刀上划火柴,如果碰上脾气大的东北军很可能一刀捅过去,因此张学良曾下令"绝对不许抵抗",他的初衷是"老子就是不让你有借口"。——事实上,这是一种令人困惑的选择:如果说拥有飞机大炮的数十万中国军队驻扎在东北地区的目的不是对付日本人,那么,用百姓的血汗供养的中国军队存在的目的到底是什么?——"老子就是不让你有借口"之说,将那一段的中国历史弄得荒诞不经。

张学良后来以主张抗战而闻名史册。但是,"九一八"事变发生的时候,他给东北边防军下达的第一个命令确实是"不抵抗"。

东三省"易帜"后,张作霖家族不再是独立于国民政府之外的地方军阀,东三省已经有了名副其实的"中央"。因此,关于"不抵抗"问题,作为国民政府首脑的蒋介石难脱干系。

"九一八"事变前,日本关东军图谋制造事端的迹象愈加明显,蒋介石曾在给张学良的电报中称:"无论日本军队此后如何在东北寻衅,我方应不予抵抗,力避冲突,吾兄万勿逞一时之愤,置国家民族于不顾。"[53]为此,张学良电令他的参谋长荣臻:"查现在日方外交渐趋吃紧,应付一切,亟宜力求稳慎,对于日人无论其如何寻事,我方务须万万容忍,不可与之反抗,致酿事端。即希迅速密令各属切实注意为要。"[54]——无论是蒋介石还是张学良,日后逐渐成为著名的抗日统帅和将领。只是,至少在一九三一年的时候,面对日本关东军发动的侵略,他们的抉择是忍让。

蒋介石和张学良都认为,日本过于强大,中国过于贫弱,中国尚没有力量与日本全面开战,一旦全面战争爆发,中国将在极短的时间内全部沦陷。近代以来,中国曾有过"天朝上国"的自豪,但自十九世纪中叶以后,这种自豪在列强的不断入侵中逐渐消蚀乃至消失,最终形成了"中国无力有效地抵抗外来入侵"的集体性共识。这一民族心理上的无奈,令中国的仁人志士在忧患时肝肠寸断,令中国的军人们在抵抗入侵时颜面尽失,也令中国的政客们在外交上如履薄冰。

"九一八"事变后,蒋介石甚至想到,如果与日本全面开战,不出三天,日军将占领中国的长江流域,切断整个国家的政治、军事、经济命脉:"以中国国防力薄弱之故,暴日乃得于二十四小时内侵占之范围及于辽吉两省,若再予绝交宣战之口实,则以我国海陆空军备之不能咄嗟充实,必至沿海各地及长江流域,在三日内悉为敌人所蹂躏,全国政治、军事、交通、金融之脉络悉断,虽欲不屈服而不可得。"[55]再者,那时的国民政府始终对"国际调停"抱有幻想。"九一八"事变的第五天,张学良派他的副司令长官万福麟面见蒋介石,蒋介石在他当天的日记中写道:"告以外交形势,尚有公理,东省版图,必须完整,切勿单独交涉,而妄签丧土辱国之约。倭人狡横,速了非易,不如委诸国联(国际联合会)仲裁,尚或有根本收回之望。否则,亦不惜与倭寇一战,虽败犹荣也。"[56]——无论是"九一八"事变前的中国历史,还是战争全面爆发后的中国历史,都证明了一个真理:任何一个国家或民族绝不能将捍卫主权与领土的希望寄托于"国际道义"。最后,对于蒋介石和他领导的国民党来讲,消灭国内的共产党力量与抵抗日本对中国东北地区的侵略,两者权衡,前者更为重要。"九一八"事变前的七月,蒋介石在南昌行营发布作战命令,率三十万大军对共产党的瑞金中央根据地进行第三次"围剿"。他在《告全国将士书》中表示:"赤祸是中国最大的祸患。"

张学良随即致电蒋介石,愿率东北军"唯钧座之命是从"。[57]之后,蒋介石又发表了《告全国同胞书》,首次提出"攘外应先安内"的国策:"惟攘外应先安内,去腐乃能防蠹……故不先消灭'共匪'……则不能御侮。"[58]蒋介石担心全国的排日情绪被共产党利用,要求无论官民要"抑制"排日情绪:"发生全国的排日运动时,恐被共产党利用,逞共匪之跋扈,同时对于中日纷争,更有导入一层纷乱之虞。故官民须协力抑制排日运动,宜隐忍自重,以待机会。"[59]

无论后人如何评述中国共产党与中国国民党在历史上的政治博弈和武装斗争,有一点是显而易见的:日本的政客和军人始终把"反共"作为入侵中国的一个重要借口,而国民党军队对共产党军队的"围剿",无论在政治上还是在军事上,都给日本侵略中国造成了一种有利的局面。这一点,连中国的普通民众都看得清楚。

"九一八"事变后,中国各地相继爆发大规模的抗日游行,民众要求政府停止内战,收复东北,对日宣战。事变发生十天后,南京中央大学学生赴外交部请愿,学生们冲入部长室,打伤了王正廷部长。接着,全国各地的请愿学生涌入南京,总数达到七万之多。无奈之下,蒋介石接见请愿代表,并发表了一番讲话,这番讲话绕来绕去,令请愿代表无从捕捉到任何确切答案:

> 关于抗日情事,假如本人想要全国国民拥戴我,是最容易做到的。只要对日本宣战,全国国民一定称赞我。我为什么不这样做,反给一般人疑我不抵抗呢?不是我怕死,而是我不能把国家的命脉断送,不能使民族的生命危殆,我要为国家的前途打算,要为民族的前途着想,不能为个人名誉而使中国灭亡!纵令不致永久灭亡,或者灭亡不过是几十年或几百年,还是可以复兴的话;但是如果我们现在有办法可以使中国不亡,使中国不致受几十年或百年亡国痛苦,我们为什么不采用?为什么反而愿意冒几十年或几百年的痛苦?[60]

作为一国政府的首脑,这番话表达了一个无论过去还是现在的中国人都难以解读的逻辑:面对日本的侵略,他不是不抵抗,而是为了国家前途着想不能抵抗,因为抵抗就会亡国。为什么抵抗了反而亡国,难道不抵抗就不会亡国吗?——蒋介石没有解释。

之后,《中国国民党中央执行委员会告全国学生书》发布:

> ……自日本帝国主义军队侵占辽沈以来,风声所播,全国民气如汤之沸。青年学生有尽质其衣履以赈灾,只身请求入伍者;有热血奔涌,无可遏抑,自杀以殉国难者。此种舍身为国之精神,已足为国必不亡之征象……宣战问题,决不能以学生之罢课与否为衡者。可战而不战,以亡其国,政府之罪也;不可战而战,以亡其国,政府之罪也;备战未毕,而轻于一战,以亡其国,政府之罪也;备战完妥,而不敢战以亡国,政府之罪也。政府在此时期,负全国存亡之责,全民生死之寄,所愿以与国与民同生共死者,惟有以公忠之决心,受人民之信托,秉唯一之权能,以定唯一之大计耳……⑥¹

在中国举国民情激愤之时,日本也同样举国民情鼎沸。"九一八"事变后,关东军入侵中国的行为不但得到日本国民的广泛支持,而且日本国民就此沉浸在了军国主义的集体狂热中。土肥原贤二在致东京参谋本部参谋次长的电报中说,事件的起因,是"暴戾之中国军队"破坏南满铁路,袭击了日军守备部队。由此,日本官民共同认为,这无异于给了日本以"建立满蒙独立国家"的"最良机会",声称必须"以此事件为契机求得满蒙问题的解决"。⑥²——一九三一年秋天的日本,已经成为一个集体性狂热尚武的国家,武士道精神和极端民族主义相结合,致使日本的少壮派军人更加肆无忌惮。一九三二年五月十五日,日本军人冲入首相官邸,乱枪打死了首相犬养毅。十天之后,以海军大将斋藤实为首的内阁成立。——日本政党内阁终结的结果是:军国主义者开始控制整个国家的政权运行。

五

日本关东军在一九三二年策划的两件事出乎中国人的预料。

在中国东北,日本人突然将前清末代皇帝溥仪请了出来,就任满洲国执政。一九三四年,溥仪正儿八经地在东北"登基复国",并把这个"国家"叫作"满洲帝国",年号"康德"。这一古怪事情,从策划到实施,是日本关东军用特务手段制造的:当溥仪从天津抵达长春时,"看见到处是日本宪兵队和各色服装的队列。在队列里,有袍子马褂,有西服和日本和服,人人手中都有一面小旗"。溥仪看见那些夹杂在日本太阳旗中的大清黄龙旗时,不禁热泪涌流,顿觉大清朝的复辟"是有希望的"。㊿——无法得知这个已被中国人抛弃的皇帝是如何产生了所谓的"希望",他应该记得,就在不久前,他几乎是被日本人用绑架的方式从天津弄到东北来的,而日本人命令他穿的竟然是日军军装——这个被王朝的訇然倾覆弄得十分脆弱的昔日中国皇帝,穿上日本军装的时候该是一副什么模样?

早在"九一八"事变前,日军参谋部就已决定:必须使中国东北地区"脱离中国本土"。㊿为此,需要建立一个独立国,扶植一个傀儡政权,然后把东三省并入日本版图。

为了配合这场闹剧,在中国上海,日本人又开始制造"事变"了。由于关东军距离上海很远,所以这次出面的不是日本军人,而是几个日本和尚与打手。一九三二年一月十八日下午四时,日本和尚天崎启升和水上秀雄等在上海街头受到袭击,不久后日方宣布水上秀雄因伤重死亡——这显然又是一场精心策划的阴谋。战后日本公使馆驻上海武官助理田中隆吉少佐的供词是:

问:……那末,当时,有五个日莲宗的化缘和尚在化缘,而叫人在上海马路上向这些人袭击的,就是你吗?

田中:是的,是我。

问:那是怎样的经过呢?

田中:在前一年的九月十八日,发生了满洲事变。到十一月末,大体上平定下来了。日本人想使满洲独立起来。可是,外国方面非常麻烦。于是,关东军高级参谋板垣征四郎打了一个电报给我:"外国的目光很讨厌,在上海搞出一些事来!"就是说打来电报,叫把外国的目光引开,使满洲容易独立。这样,就送了二万日元来。㊿

接下来的事情没有悬念:日本国内大肆渲染中国人的野蛮和无理,日本驻上海总领事村井仓松向上海市长吴铁城提出严重抗议,要求中国正式道歉,惩办凶手,赔偿损失,取缔抗日运动和抗日团体。所不同的是,这次声称要动用武力"惩罚"中国的,不是关东军,而是日本海军。日本海军省次官左近司政三已经急不可待了:"陆军在大陆大显了身手,这次在南边轮到海军了。"⑯

国民政府担心战火蔓延至整个长江流域,示意吴铁城尽一切可能避免与日本全面开战。因此,上海市政府表示将"逮捕及严惩纵火杀人之罪犯",同时希望事件能够"从速解决,以息纠纷,而睦邦交"。⑰但是,二十八日晚九时,日本海军陆战队在中国上海附近的海岸登陆了。午夜时分,日军向上海闸北一带发起攻击。"一·二八"事变爆发。

率领日本海军作战的,是第一外遣舰队司令官盐泽幸一。他曾扬言,只要战斗开始,他一挥动日本国旗,中国军队就会落荒而逃,用不了四个小时,日本海军就能占领整个上海。然而,战斗真的打响后,盐泽幸一才明白,"九一八"事变没有在上海重演,坚决抵抗的中国军队令日军举步维艰。

守备上海的中国军队是第十九路军,其前身是国民革命军第四军第十师和第十一军。一九三一年十一月,第十九路军调防京沪地区,全军官兵三万三千多人。一月二十二日,村井仓松以保护日侨为名,要求驻守上海闸北地区的第十九路军后撤三十公里。第十九路军得知消息后,于二十三日召开营以上干部紧急会议,总指挥蒋光鼐、军长蔡廷锴和淞沪警备司令戴戟分别发表了讲话,其核心内容是:"死力抵抗"!"一决死战"!"决心去死"!第十九路军同仇敌忾的态度令军政部长何应钦十分不安。二十七日深夜,何应钦连续致电蔡廷锴,要求第十九路军不可妄动。二十八日,日方发出最后通牒,限第十九路军即日撤出闸北,防区由日军进驻,遭到蔡廷锴的拒绝。战事随即爆发。

"一·二八"事变的第二天,第十九路军通电全国:

> ……暴日占我东三省,版图变色,国族垂亡。最近更在上海杀人放火,浪人四出,极世界卑劣凶暴之举动,无所不至。而炮舰纷来,陆战队全数登岸,竟于二十八日夜十二时在上海闸北,公然侵我防线,向我挑衅。光鼐等分属军人,惟知正当防卫,捍患守土,是其天职,尺地寸草,不能放弃。为救国保种而抵抗,虽牺牲至一人一弹,绝不退缩,以丧失中华民国军人之人格……⑱

第十九路军和增援而来的第五军拼死抵抗,日军先败于吴淞,再败于庙行。惨重的伤亡令日军不断增兵,最终使攻击上海的总兵力达十万以上。但是,战场局面依然与日军事先设计的军事目的相距甚远。——"中国军队的抵抗异常顽强,终于未能突破阵地。在连日的战斗中,人员损耗甚大,弹药缺乏,殊堪忧虑。"⑲

第一外遣舰队司令官盐泽幸一因指挥不利被撤职。

这一刻,中国人对日本积压甚久的仇恨火山一般爆发了。

全中国都注视着上海,每一个中国人都要表达对第十九路军的声援:全世界华侨寄来的慰问品在上海码头堆积如山,华侨富商们的捐款瞬间达到千万元以上,自愿参军的青年两天之内就有千人之多。各界民众组织起义勇军、敢死队、情报队、救护队、担架队、通讯队、运输队。城市妇女和纺织厂女工在战火中救助伤员;上海郊区的农民们筹集了大量的粮食和蔬菜送往前线;来自全国各地的大学生在前线战壕里组成了一道防线,仅复旦大学义勇军就有两百多人在战斗中牺牲。第十九路军官兵在前线看见了两位著名的夫人:孙中山夫人宋庆龄身穿白色护士服为伤员服务,廖仲恺夫人何香凝五天之内组织上海妇女为前线赶制出三万套御寒棉衣并亲自送上前线。

近代以来,对于日本,中国已经忍了太久。

中国人已经不能再忍了。

日本人发现,中国国民政府的态度也开始强硬起来。

一九三一年底,蒋介石因对日立场软弱受到内外夹攻,再次被迫下野。国民党召开四届一中全会改组政府,由林森出任国民政府主席,孙中山之子孙科出任行政院院长,蒋介石、汪精卫、胡汉民担任国民党中央政治会议常委(轮流担任主席)。一九三二年初,严重的财政危机令南京政府几乎无法运转,上任不到一个月的孙科被迫辞职。孙科恳请在奉化老家的蒋介石重回南京。蒋介石表示,无论于国、于公、于私、于总理(孙中山)、于旧部,都不能不"往救"。于是说服汪精卫同赴南京。一月二十八日,国民党中央政治会议决定:汪精卫出任行政院院长。当夜"一·二八"事变爆发。第二天,蒋介石复任军事委员会常委,负责调动军队,指挥对日战事。三十日,国民政府宣布将首都迁至中原的洛阳——对于一个国家来讲,迁都是非常之事,如果没有大灾大难,除非准备长期作战,难以解释何以迁都。二月一日,蒋介石在徐州召开军事会议讨论对日作战计划,决定将中国划分为四个防卫区:

黄河以北为第一防卫区,司令长官张学良;

黄河以南、长江以北为第二防卫区,司令长官蒋介石;

长江以南与闽浙两省为第三防卫区,司令长官何应钦;

两广地区为第四防卫区,司令长官陈济棠。

十四日,国民政府军政部令陆军第八十七师(师长张治中兼)、第八十八师(师长俞济时)以及中央陆军军官学校教导总队(总队长唐光霁)合编成第五军,张治中为军长,紧急增援上海。二十一日,蒋介石令陆军第十师(师长李默庵)、第八十三师(师长蒋伏生)紧急开赴浙江。二十二日,蒋介石令驻扎河南的陆军第一师(师长胡宗南)于二十七日前抵达浦镇;二十三日,蒋介石令陆军第九师(师长蒋鼎文)集结于杭州;二十九日蒋介石令陆军第四十七师(师长上官云相)由镇江赶赴昆山。

三月初,国民党在洛阳召开四届二中全会,蒋介石被推举为军事委员会委员长兼总参谋长,阎锡山、冯玉祥、李宗仁、张学良、陈枢铭、李烈钧、陈济棠成为军事委员会委员。会议发布宣言,号召"全国军队,应抱同一长期抗战之决心",表明"中国抵抗之决心,则随时随地将历久而无间"。但也特别阐述道:"外交与军事,相辅而行,尤须衡情审变,由统筹民族厉害而决策,不宜应付国内环境而定计。"⑦

那时候,汪精卫和蒋介石在对日立场上基本一致,即一面交涉,一面抵抗。汪精卫有"最低限度"之说:"现在国民政府并没有签订丧权辱国的条约,所以同时并行一面抵抗,一面交涉。军事上抵抗,外交上交涉,冀不失领土、不丧主权。在最低限度以下时,我们决不让步;在最低限度以上时,亦不固作强硬,这是我们共赴国难的方法。"⑦蒋介石则表示,一旦超出"忍受之防线",就要与日本拼个鱼死网破:"交涉必须定一最后防线与最大限度,此限度至少不要妨碍行政与领土完整,即不损害九国公约之精神与不丧失国权也。如果超此限度,退让至不能忍受之防线时,即与之决战,虽至战败而亡,亦所不惜。必具此决心与精神,而后方可言交涉也。"⑦

这是蒋介石首次在对日关系上使用"决战"二字。

日本面临的另一个问题是国际干涉。

策划"一·二八"事变的初衷,是各列强对日本的制约或制衡很碍事,需要"在上海搞出一些事来"将其注意力引开,以"使满洲容易独立"。现在,事变搞出来了,"满洲国"成立了,但列强们的强硬干涉却让日本招架不住了。中国的上海不是位于东北地区的沈阳,列强们各自在上海都有重大的经济利益,英国在华投资的百分之八十、法国在华投资的百分之九十、美国在华投资的百分之六十都在上海。由此,日军对上海的攻击立即引起列强们的严重不安,英国和美国的军舰迅速向上海开进,同时两国的领事也立即出面调停。——在中国近现代历史上,当列强们因侵占中国发生内讧时,由列强们自己出面"调停"的事层出不穷。这种在中国的土地上俨然主人的情景,比在与列强作战中血流成河的创伤更令中国人剧痛。——英美调停没有效果,国际联合会站出来了。一九三二年二月十六日,国际联合会各会员国发出呼吁,要求日本政府注意盟约的第十条:"凡有违反该条而致侵害任何国联会员国领土之完整,及变更其政治独立者,国联会员国均不应认为有效。"[73]这是国际联合会第一次单独针对日本而不是同时针对中日双方发出的呼吁。国际联合会的明确倾向,让日本感到了前所未有的压力。

一九三二年五月五日,中日双方在上海英国领事馆内签订了《上海停战协定》。这是一个带有侵辱中国主权内容的协定。《协定》规定了中日在上海地区的驻军范围;规定了由列强国"共管"地区的范围;要求中国政府在浦东、苏州河南以及龙华对岸的若干地区不驻扎军队;要求中国军队第十九路军换防调离上海。这等于是间接承认了日本军队可以驻留在吴淞、闸北、江湾等地,而中国军队却不能于上海周边布防。《协定》还规定,如果停战措施在施行中发生问题,中国方面无权调查和参与处理,需要交由"与会友邦代表查明之"。中国政府代表、外交部次长郭泰祺在宣读协定时,两次发布声明,其一表示这一协定对于中国军队在其领土内调动"不含有任何永久之限制",其二表示日军暂驻区域内的行政权、警察权由中国政府行使。

但是,日本人的目的已然达到:军队进驻掌控中国政治和经济命脉的长江流域;在成功地转移国际视线后,中国的东三省已在日本的绝对控制之下。

国民政府的对日妥协,引发了全国性的抗议。在国民党内部,监察院院长于右任认为,《协定》没有送立法院审议,要求弹劾行政院院长汪精卫。中国共产党发表声明,"反对国民党出卖上海",号召全国民众进行民族革命战争以保卫国家主权和领土完整。上海抗日联合会通电全国,坚决反对《协定》,谴责汪精卫"敢冒不韪""誓死媚日"。上海各民间团体纷纷组织示威游行,数十名民间团体的代表冲进郭泰祺的住宅并痛打了他。就在《协定》签订的前几天,日本军队在上海虹口公园举行阅兵式,韩国义士尹奉吉向主席台投掷了一枚炸弹,日本上海派遣军司令官白川义则大将、第三舰队司令官野村吉三郎中将、第九师团长植田谦吉中将、日本驻华公使重光葵、日本驻上海总领事村井仓松都被炸成重伤,日本驻沪留民团行政委员长河端贞次被当场炸死,白川义则后因伤势过重于五月二十六日死于医院。

汪精卫和蒋介石竭力为《协定》的签订辩护,宣称国民政府与日本之间的谈判仅仅是军事问题,绝对没有任何政治性质,《协定》的签订是"中国外交上的胜利"。

"绝对没有政治性质",这句辩解令人疑窦丛生。

《上海停战协定》墨迹未干,五月二十一日,蒋介石亲自兼任豫鄂皖三省"剿匪"总司令,准备对共产党根据地发动第四次"围剿"。国人此时才明白,国民政府已拥有两百多万人的军队。但是,在第十九路军与增援部队于上海对日作战时,日军增兵达到十万人之多,而驻扎上海的中国军队自始至终不过六万。国民政府参谋本部次长黄慕松说得明白:"沪战在外交上应视为局部问题,不能扩大;在军事上,'剿赤'部队不能调用。"[74]蒋介石自己则在"剿匪"会议上宣称:"我们这次'剿匪'戡乱,就是抗日御侮的初步。""攘外必先安内,是古来立国的一个信条……必须看到我们内部最大的不安是在什么地方:第一,是我们内部的政见不一致;第二,是赤祸的纷扰。我们可以说:日本不配做我们的敌人,我们当前的敌人还是赤匪。"[75]

日军在"一·二八"事变中付出的代价是:陆军死亡六百二十人,负伤一千六百二十二人;海军死亡一百四十九人,负伤七百人。中国方面的损失是:第十九路军和第五军官兵牺牲四千二百七十人,负伤九千八百三十人。上海市民在日军的轰炸中死亡六千零八十人,负伤两千人,失踪一万零四百人,财产损失高达十六亿元。更为严重的是,中国历史最悠久的出版机构商务印书馆在日军的狂轰滥炸中全部被毁,而上海东方图书馆所藏的数百万卷书籍,包括十多万册珍贵的宋版、元版古籍和清乾隆年间编撰的四库全书,也全部被烧毁或抢劫。

日本人说,摧毁中国人的抵抗意志要从摧毁中国文化开始。

日本人以为焚毁中国的古籍,就可以摧毁中国的文化,这个逻辑过于简陋。中国文化在中国人的心里,在中国人的血液里,不然这个国度古老的悠长历史便无法绵延。宋庆龄认为:"得精神胜利之人民,必日益奋进于伟大光荣之域;得物质胜利者,只日增其侵略与帝国主义野心,终于自取覆亡而已。"⑩

就中国近现代史而言,中国人需要在精神上站立起来!

六

上海战事激烈进行之时,中国的北方正值严冬。被酷寒包裹着的"满洲国"皇宫,在日军的严密监控下,弥漫着僵尸一般的气息。从挂满冰锥的窗户向外望去,风雪迷蒙的山峦和原野上升腾着令日本人内心惶恐的杀气——这是不屈的中国人的杀气。

自关东军试图将中国的东三省彻底"日本化"以来,他们一贯以为的"懦弱的中国人"这一概念便逐渐瓦解了。尽管不少中国的地方官吏在刺刀下对他们表示效忠,但这片黑土地上的中国百姓能够逃离的都已跑到了关内,没有机会和能力逃离的如同冰寒的雪原一般沉默着。也就是从那时候开始,雪原深处的茫茫老林中,抗日的枪声从来没有停止过。关东军在对东三省的中国百姓采取殖民统治的同时,动用军事力量连续不断地对东三省的抗日武装进行清剿。想把他们杀死的对手来路复杂:一腔热血的爱国青年、不堪残酷统治的东北农民、发誓斩尽杀绝日本人的绿林好汉、散落到民间决心雪耻的东北军官兵,还有就是中国共产党组织起来的成建制的抗日武装。这些抗日力量各自为战,呼啸山林,在一片又一片雪原上留下他们奔袭的脚印。关东军以酷刑著称,血淋淋地让中国人看见了世上竟然还有如此残酷的折磨人的方式。抗日志士的头颅被挂在城市的电线杆上,但是很快日本兵的尸体就横陈在了这座城市的街道上,散落在尸体周围的传单上写着大大的汉字"还我河山"!中国东三省的抗日志士是一群决死的中国人,他们在拿起大刀或长枪的那一天,就把自己的性命交给了东三省的土地。他们没有给养供应,没有弹药支援,没有衣被御寒,没有药品疗伤,有的只是满腔的仇恨。他们知道凭借自己的力量不可能赶走侵略者,可他们坚信:只要继续战斗,中华民族就有赶走侵略者的那一天。在漫长的日子里,倒下的抗日志士多数没有留下名字,尸骨至今散落于那片黑土之下;而得以留下姓名的志士,至今为中国抗日战争的历史所铭记。——抗日联军的八位女战士被关东军包围,正是乌斯浑河即将封冻的季节,她们砸碎了枪支后,手挽手向着冰冷的河水走去,直至被河水淹没。她们的名字是:冷云、胡秀芝、杨贵珍、郭桂琴、黄桂清、王惠民、李凤善、安顺福。牺牲时,她们中年龄最大者二十三岁,最小者年仅十三岁。杨靖宇,东北抗日联军的创建者和领导者之一,孤身一人被关东军讨伐队包围后战至牺牲。他死后,关东军解剖了他的尸体,他们不知一个人何以在多天没有任何食物的情况下坚持战斗。他们在杨靖宇胃里发现的是棉絮、树皮以及一种连牛都不吃的积雪下的草根。赵一曼,时任东北抗日联军第三军第一师二团政治委员。这位女共产党人在与日军作战时因负伤被捕,在赴刑场的路上,她撑着受尽酷刑的身躯,给自己年仅六岁的儿子写下了遗书,这篇文字时隔七十多年读来依旧令人潸然泪下:

> 宁儿!母亲对于你没有能尽到教育的责任,实在是遗憾的事情。母亲因为坚决地做了反满抗日的斗争,今天已经到了牺牲的前夕了。母亲和你在生前是永久没有再见的机会了。希望你,宁儿啊!赶快成人,来安慰你地下的母亲!我最亲爱的孩子啊!母亲不用千言万语来教育你,就用实行来教育你。在你长大成人之后,希望不要忘记你的母亲是为国而牺牲的![77]

一九三二年,日本与"满洲国"国务总理郑孝胥签订《日满议定书》,日本正式承认"满洲国",确认了日本的既存权益,承认了日满共同防卫及日本驻兵权。至此,日本人认为,他们在中国东北地区的作战目的已经完成。

日本军方将下一个作战目标指向了中国的热河省。

热河省,省会承德,东接辽宁省,西接察哈尔省,南接河北省,全省辖境面积十七余万平方公里,万里长城的东端蜿蜒其中。

日本计划入侵热河省的主要目的是:迫使中国政府承认长城沿线为"满洲国"的边界线,"消灭扰乱满洲国根源的张学良势力",巩固对东三省的殖民统治,为将来入侵华北乃至全中国打开方便之门。

"中国侵略了日本"——凡是开始新一轮武装侵略的时候,日本的政客和军人便会策划又一个"事件"。刚上台的日本首相斋藤实、外相内田康哉以及关东军司令官武藤信义,一致对外宣称"热河为满洲国的一部分","热河问题纯粹是满洲国的内部问题"。荒谬的言论说到极致的时候,就产生了"中国的抗日武装是侵略者"这样的逻辑:"在该省内捣乱治安者,为满洲国之不逞分子,其侵入省内者为侵略者。"⑱

面对日本进一步的侵略阴谋,中国军队将领、民主人士和知识分子纷纷发表通电,指出日本对热河和长城一线的野心关乎民族存亡,要求国民政府全力以赴派出军队阻止日军的侵略。宋庆龄甚至提出,中国军队的百分之八十应该派往抗日前线去。中国共产党中华苏维埃临时中央政府发表宣言,表示在保证民众的民主权利、武装民众和停止进攻苏维埃的条件下,共产党领导的工农红军愿意和国内任何武装力量订立抗日作战协定。国民政府驻国联代表顾维钧从日内瓦来电,指出如果中国不以自己的行动来捍卫领土,则国联就没有依据为中国说话。

"倭寇北犯侵热,其期不远。"意识到北方迫近的军事危机,同时承受着国内的巨大舆论压力,蒋介石采取了一系列备战措施。他命令张学良派三至五个旅的兵力前往热河加强防守,特别要求在山海关驻扎"相当兵力"以免"又使国人误为不抵抗"。⑲在给张学良的电报中,蒋介石措辞之强硬前所未有:

……此间自中回京后,已积极筹备增援,期共存亡,并已密备六个师随时可运输北援,粮秣弹药,中到沪亦已备办,甚望吾兄照预定计划火速布置,勿稍犹豫。今日之事,惟有决战,可以挽救民心,虽败犹可图存,否则必为民族千古之罪人……⑳

一九三三年元旦午夜,山海关突然响起一连串的爆炸声。紧接着,驻扎在山海关的日本守备队向中国守军提出"抗议",说中国守军向日军发动了袭击,要求中国守军撤退。中国方面表示,待天亮调查后再开始交涉。日方的回答是:本事件无须调查。"限即时答复,否则开始攻击"。㉑

山海关,中国北方最著名的关口,扼守辽、冀咽喉,为平津屏障,素有"天下第一关"之称。如此战略要地,之所以有日军驻扎,是因为二十多年前签订的《辛丑条约》中,有"英、美、日、法等十一国有权在秦皇岛、山海关等战略要地驻兵"的条款。

天亮了。

上午八时许,日军开始攀登城墙,被中国守军击退。十时,三千日军在炮火、坦克和飞机的助战下冲击南门,未果。第二天上午十时,日军再次发动攻击,中国守军伤亡过半。下午三时,山海关被日军占领。守卫山海关的东北军第九旅,兵力不足两千,而陆海空相互配合的日军兵力在三千人以上。

张学良自北平电告蒋介石:

> ……敌于本日上午十时许以飞机向榆关(山海关)内作大规模之轰击,并联络装甲车山野重炮联合之炮兵及海面炮舰向我城内猛烈射击,点为南门附近,致城内外起火破坏甚巨。同时,敌之坦克车又在其炮火掩护之下向我南门猛攻,我军官兵奋不顾身竭力抵抗。下午三时许,将我南门冲破。我军卒因武器悬殊,我方工事均已被破坏,城墙亦多处被毁,并于地形上受制于人及兵力薄弱种种关系,至伤亡奇重,守南门之安营长(安德馨)以下几全部殉职,全团官兵伤亡半数以上,不得已暂行退集安民寨附近,从事收容。是役彼我两军战斗之激烈为历次战役以来所未有……[82]

山海关失守后,张学良到南京请蒋介石北上指挥作战。北方的中国军队将领也致电蒋介石请他北上。蒋介石的答复是:"弟近日须赴赣,约半月布置妥当后方得北来。"他命令张学良和张作相分别率部保卫热河,并派代理行政院院长宋子文、军政部部长何应钦等人赴北平代他指挥。

蒋介石派出的大员到了北平。宋子文对新闻记者表示:"热河为整个中国之一部分,正如广东、江苏省然,攻击热河,不啻攻击首都。日本若实行攻击,则吾人将以全国之力对付之。"[83]宋子文对热河守军的将领们说:"本人代表中央政府,敢向诸位担保,吾人决不放弃东北,吾人决不放弃热河,纵令敌方占我首都,亦无人肯作城下之盟。"[84]热血沸腾的张学良也发出通电,表明自己已是"忍无可忍",只有"舍身奋斗"以"救亡图存"。——全国的舆论不禁为之亢奋,举国上下均认为热河一战中国军队必胜。由此,中国有望。

二月底,关东军分三路全面入侵热河省。

张学良急电蒋介石:

……迭据各方探报,热边情况日趋紧急,证以最近日军进向该处之积极活动,大有箭在弦上一触即发之势。我方入热部队,只东北军四旅,现已调沈克部赶速前往,俾资援助,但其防线均在凌源凌南一带,大都偏于南部。至于东部开鲁赤峰一带,则全由吉(吉林)江(黑龙江)退回之杂军义勇军热军一部防守,而各军杂处,意见分歧,统率无人,所有一切布置亦未能臻于巩固,日军倘由各处乘虚进攻,则前途变化洵属在在可虑。现正调孙魁元(孙殿英)部开往热北,并拟派张委员作相即日前往统属冯占海所部作为中心势力,并联络其他各部一体防御。惟该处情形极为复杂,仓促整理,亦难期其于事有济。良(张学良)为未雨绸缪,力图周密计,拟请速赐电调中央军及晋军即日开赴热东一带,以增实力,而备万一。否则战端一起,深恐局部稍有不支,全局大受影响。事机迫切,间不容发……㉕

然而,热河守军还是没有得到任何增援。

日军第六师团在伪军刘桂堂部的配合下向开鲁、赤峰方向发起攻击,中国军队第五军团汤玉麟部(由东北军第五十五军组建)驻守开鲁的骑兵七旅接敌便溃,之后便投敌了。中国军队第四十一军孙殿英部抵近赤峰,以阻击战与日军相持七天七夜后撤退,开鲁、赤峰相继沦陷。日军第八师团向朝阳、承德方向发起攻击,中国军队汤玉麟部一〇七旅因一个团长投敌而稍战即撤,日军顺利占领朝阳。日军只在承德方向遭到中国军队的节节阻击,但由于中国军队第四军团(由东北军第五十三军组建)万福麟部的动摇,阻击线一处坍塌全线即溃。汤玉麟不但率部逃离了承德,还征集大批汽车转运自己的财宝,致使日军兵不血刃占领了热河省省会。日军第十四混成旅攻击绥中、凌源方向,虽受到中国守军的一路阻击,但还是步步推进到冷口附近,并开始向喜峰口发起攻击。

喜峰口,长城上的一个关口。

日军从发起攻击到占领承德,仅用了十余天的时间。

热河省沦陷后,举国上下群情激愤。

国民政府监察院委员联名要求对失职者进行弹劾。

蒋介石约见张学良劝其辞职,明知蒋介石是在为丢失国土寻找替罪者,张学良也只得答应,于三月十一日宣布下野。蒋介石一不做二不休,当即把张学良的东北军改编为四个军,归何应钦的北平军分会指挥。由此,蒋介石既转嫁了丢失热河的责任,同时又取得了对东北军的控制。

万里长城横亘在日军面前。

自一九三三年三月五日起,发生在长城东段各口及其附近地区的作战,前后持续八十多天,最终以中国军队的失利告终。

从双方投入的部队来看,作战力量相当悬殊。在中国军队的作战序列中,七个军团十三个军三十六个师十五个旅,总计约二十五万官兵,其中东北军占绝大多数,还有少量的晋军、西北军和新组建的中央军,甚至还有那个以盗窃清陵闻名全国的土匪军孙殿英部。而日本军队则由关东军司令官武藤信义大将亲自指挥,所辖第六、第八师团,第三十三、第十四混成旅以及关东军的飞行队,总计约为八万人,但从官到兵均是久经沙场。

在喜峰口,中国第二十九军主力与日军第十四混成旅激战数日,双方来回拉锯,一场又一场的肉搏战竟使日军的飞机和火炮无法发挥威力。让日军胆寒的是,中国官兵手持大刀猛杀猛砍,令日军士兵血肉横飞。战斗胶着之时,赵登禹、佟泽光两位旅长率部夜袭日军阵地,日军正在熟睡,中国的大刀突然出现,在漆黑的夜色中寒光闪闪,数百名日军顿时身首异处。中国官兵的血性振奋了全国,中国的舆论充满了对大刀的赞颂。但是,很少有人真正知晓,手持大刀的第二十九军官兵付出的代价。第二十九军一万五千多人中,携带的武器三分之一是汉阳造,三分之一是毛瑟枪,剩下的便是土枪了。这些古老的枪支没有配备刺刀,所以他们只有背上沉重的大刀,利用近战夜战的机会把敌人的脑袋砍下来。日本人的脑袋在长城两侧的陡坡上滚落的时刻,也是第二十九军官兵遭受日军现代化武器杀戮的时刻。对于久违了的"忠勇"精神的强烈渴望,令那个时候的中国人混淆了时空概念,仿佛回到了久远的冷兵器时代。只有置身前线战火中的军人明白:只要日军与中国的大刀保持在砍杀半径之外,战局就会急转直下。果然,日军采取正面攻击和迂回侧背的战术,逐步突破了中国守军的防线,相继占领滦县、遵化、玉田、平谷、三河、密云等县城,逼近通县、顺义乃至北平城下。

日本人认为时机已到,提出双方举行谈判。

长城抗战持续三个月,中国守军伤亡一万八千三百五十二人,日军伤亡两千四百人。停战始于一九三三年五月二十五日,双方军队对峙于平津之间。

中日双方拉锯式的谈判结果是——《塘沽协定》。

《塘沽协定》是一个严重出卖国家主权的协定。它规定中国军队必须撤退到长城线以南,且以后"不得超过该线前进"。这就等于规定了中国军队永远不能越过该线去收复热河省以及东三省的失地,也等于中方承认了日本占领热河省的事实以及长城线是"满洲国"的边界线。它还特别规定日本军队可以不受长城线的限制,这就等于为日本入侵中国华北颁发了一张特许证。

《塘沽协定》的签订,受到全国舆论的强烈谴责。中国共产党发表宣言,决不承认其任何一项条款;全国各地相继爆发了示威游行,反对国民政府在《塘沽协定》上签字;不少国民党将领发表通电,表示"与暴日不共戴天,妥协苟成,无异于圈牢待宰,等一死耳"[86]。就连列强们看到《塘沽协定》也十分惊骇,感到日本人得到的利益实在太大了,因为中国的热河省不但被割让给日本,"更可耻的是把长城以南以山海关、北京、天津为三角顶的五千平方英里人口稠密的三角地带划为'非军事区',在这个地区内,中国人没有任何权利,只有办理民政的苦差事,而日本人则享有一切权利"[87]。

一九三三年的中国,是一个极其混乱恍惚的国度。

这一年,上海的《东方杂志》征集不同阶层的中国人的梦想。中央监察委员柳亚子的梦想是:全世界成为一个大联邦,在这个大联邦内没有金钱,没有铁血,没有家庭,没有监狱,也没有宗教,各尽所能,各取所需,一切平等,一切自由。《中学生》杂志编辑叶圣陶的梦想是:人人有饭吃,人人有工作,凡所吃的饭不是什么人的膏血,凡所做的工作绝不为充塞一两个人的大肚皮。而开明书店编译所所长夏丏尊说:"我梦见中国捐税名目繁多,连撒屁都有捐;我梦见中国四万万人都叉麻雀,最旺盛的时候,有麻雀一万桌;我梦见中国人用的都是外国货,本国工厂烟筒里不放烟。"[88]

这一年,上海评出的电影皇后胡蝶唱出的一首歌充满了悲壮气氛:

  亲爱的先生,感谢你的殷勤,
  恕我心不宁,神不静,这是我的最后一声。
  你对着这绿酒红灯,可想到东北怨鬼悲鸣?
  莫待明朝国破恨永存,今宵红楼梦未惊!
  看四海沸腾,准备着冲锋陷敌阵,
  我再不能和你婆娑舞沉沦,
  再会吧,我的先生,
  我们得要战争,战争里解放我们,
  拼得鲜血染遍大地,为着民族争最后光明![89]

这一年,北京大学文学院院长胡适接受第七军团总指挥傅作义的请求,为其麾下第五十九军在长城抗战中阵亡的将士纪念碑撰写碑文。这是胡适第一次用白话文撰写碑文:

  这里长眠的是二百零三个中国好男子!
  他们把他们的生命献给了他们的祖国。
  我们和我们的子孙来这里凭吊敬礼的,
  要想想我们应该用什么报答他们的血。

碑文刚刚镌刻在纪念碑上,傅作义就接到北平政务委员会何应钦的命令,要他抹掉一切抗日的标志。傅作义被迫把纪念碑上的"抗日阵亡将士公墓"改成了"长城阵亡将士公墓"。

这一年,深受日军空袭侵害的国人,以高涨的热忱用民间的方式捐献了二十多架飞机。国民政府也意识到空军的重要,于一九二九年在杭州建立了中央航校,一九三三年一年就购买了二十架菲亚特B.R.3轰炸机。

这一年,中国南方旱情严重,而北方却暴雨不停,黄河下游决口多达五十六处,洪水茫茫中满目人间惨景。以洪水泛滥为题材的电影《狂流》成为上座率最好的电影。电影表现了中国农村的阶级对立:官员和地主挪用了救灾款,走投无路的农民们揭竿而起。

这一年,全国第五届运动会在南京召开。会上最耀眼的人是短跑飞人刘长春。闭幕式上,刘长春发表《告别书》:"诸位有家回去,我们随地漂流。热烈希望下届运动会在沈阳举行,恢复东北河山颜色。"满场的国人声泪俱下:"收复东北！还我河山！"⑨

这一年,共产党中央苏区瑞金也举行了运动会,红军学校足球队和中央联合足球队分别取得冠亚军。操场边的学校里传来孩子们的读书声:谁做衣,谁造米,谁铸金钱,谁架房子？这都是工人和农民。哪个有衣,哪个有米,哪个有房屋,哪个有金钱？这都是土豪劣绅。

这一年,国民政府外交部部长罗文干由于《塘沽协定》的签订愤然辞职。他也给《东方杂志》投稿表达了他的梦想:"内争的勇敢毅力,专用来对外,武官不怕死,文官不爱钱。"⑨

这一年,庐山的山路上十分拥挤,被蒋介石召集而来的将领一个接一个乘轿上山。蒋介石决定动用一百万军队、两百架飞机,对共产党中央苏区瑞金发动第五次"围剿"。蒋介石告诫他的将领们:

> ……外寇不足虑,内匪实为心腹之患,如不先清内匪,则决无以御外侮,亡明覆辙,殷鉴不远。今举国之人忘却心腹大患之内匪,而侈言抵御外侮,既觉其先后缓急之倒置,乃复闻我在赣直接负剿匪责任之各将领,亦多以内匪难剿,意在御侮,以博一时之虚荣。此种心猿意马、南辕北辙之心理,未有不归于灭亡,岂仅暴露我革命军人无决心、无勇气之弱点而已。徒使匪寇枭张,坐失良机,必致一事无成,束手待毙,可不痛乎！本总司令来赣督剿,实示以有我无匪之决心,如我剿匪各将领,复以北上抗日请命,而无意剿匪者,当以偷生怕死者视之,非特我革命军中所不齿,直视为亡国奴之不若,是其死有余辜,本总司令决不稍加姑息……⑨

尽管蒋介石强调共产党才是心腹大患,但是这一年还是出了两件与共产党有关的大事。一是第十九路军官兵不满国民政府一再对日妥协,发动了著名的"福建事变"。就在《塘沽协定》签订后不久,驻军福建的第十九路军与江西瑞金的共产党中央苏区取得联系,表示愿意和红军联合对日作战。由此,双方签订了《反日反蒋的初步协定》。蒋介石立即调集大军向福建进攻,并用重金和官职收买了第十九路军的部分将领,最终导致第十九路军的主要将领逃亡香港。二是冯玉祥公开与蒋介石决裂,组建"察哈尔民众抗日同盟军",与日伪军进行了多次作战,其中收复多伦一战成为"九一八"事变以来中国军队第一次从日军手中收复失地的作战。但是,蒋介石认为冯玉祥受到共产党的蛊惑,抗日同盟军有逐渐被"赤化"的嫌疑,调集大军准备对冯玉祥部实施围剿。而日军也同时集结了重兵准备反扑多伦。在多重军事压力下,冯玉祥被迫出走,隐居泰山,抗日同盟军内部随即分裂。

亡国迫在眉睫之时,中国国内的政治分歧几乎成了一个死结。

无法解释的是,此时的蒋介石却突然关注起中国人的道德问题。"我们中国何以始终不能获得平等,而且还要一天天被帝国主义者侵略压迫呢?一言以蔽之,就是我们一般国民无论衣食住行都不能如同我们的古人或现在外国人一样合乎礼义廉耻。"[93]一九三四年五月十五日,国民政府正式颁布《新生活须知》。身在"围剿"共产党苏区前线的蒋介石,亲自对这个《须知》作了详细修订,除要求中国百姓在"礼义廉耻"方面要遵守规矩之外,还要求中国百姓在衣食住行等方面也必须遵守《须知》中的条款——之所以按照有关档案原文引用,是因为以下"要则"无论当时还是现在读来都令人恍如隔世。

关于"食":一饮食用国产,二饮食有定时,三饮食有节制,四碗筷要齐正,五食具要干净,六坐席要端正(不要占邻席),七喝嚼不出声,八饭屑要收拾,九羹汤莫漏泄,十骨刺莫抛地,十一物不洁不食,十二水不沸不饮。关于"衣":一服装用国货,二衣冠要整齐,三材料要坚实,四服色要朴素,五破烂速修补,六衬衣要常洗,七被褥要常晒,八钮扣要扣齐,九鞋子要穿正(不可拖鞋跟)。关于"住":一住居要整齐,二厨房要清洁,三厕所要干净,四家具要简单,五沟渠要疏通,六窗户要多开,七门前街道要常扫,八什物堆积要排齐,九用具发锈要擦净,十尘土立刻要除净,十一墙壁莫涂污,十二垃圾莫堆积,十三要爱护公物,十四要利用废物……关于"清洁":一要漱口,二要刷牙,三要洗澡,四要剪头发(头发不可留到二寸长),五要剪指甲(指甲不可长过二分),六要多晒太阳,七要呼吸清气,八要扑杀老鼠,九要扑灭蚊蝇,十要种痘防疫。关于"戒条":一勿要嫖赌,二勿要酗酒,三勿要吸鸦片,四勿要乱吐痰,五勿要乱小便,六勿要流鼻涕,七勿纳贿,八勿贪污,九勿客气,十勿隐瞒,十一勿吵闹,十二勿冷笑,十三勿要开口骂人(勿傲慢),十四勿要动手打人(勿蛮暴),十五勿要站马路,十六勿要泼香水,十七勿要诬害别人,十八勿要错过一生(勿懒惰),十九勿要讨便宜,二十勿要靠别人。[94]

连年的自然灾害、军阀混战以及日本入侵引发的战乱,令这片国土上难民和流民在死亡线上挣扎;由于贫富差别的巨大以及社会不公的加重,占这个国家绝大多数人口的农民常年衣不蔽身食不果腹,苦难深重中的百姓怎么可能做到食具要干净,物品要排齐,走路胸部要挺出,衬衣要常洗,头发不超过二寸?

一九三四年十月,蒋介石指挥的军队冲进了共产党中央苏区腹地,中国工农红军突围而出并开始了大规模的军事转移,史称"长征"。

七

也许到了这个时候,蒋介石才开始认真地考虑日本问题。

蒋介石是一个坚定的民族主义者,历史证明他在持续八年之久的对日战争中从未有过苟且行为。但是,至少在一九三四年的秋天,他面对中日问题时充满困惑和矛盾。由陈布雷笔录的名为《敌乎?友乎?》的长文公开发表了,蒋介石很想让自己的这篇口述实录获得全国舆论的支持。蒋介石首先对中日关系中的隐晦感到百思不得其解:

> ……国际间许多悲剧,都是起因于一时毫厘之差,致酿成万劫不复之祸。为打开中日两国彷徨的局面,免使愈走愈趋绝路,也为确奠东亚和平、消弭世界战机起见,对于中日问题,实在有作一番忠实的检讨、无避忌无隐讳的下一番坦白的批判之必要……一般有理解的中国人,都知道日本人终究不能作我们的敌人,我们中国亦究竟须有与日本携手之必要。这是就世界大势和中日两国的过去现在与将来(如果不是同归于尽的话)彻底打算的结论。我想日本人士中间怀抱同样的见解的,当亦不在少数。但至今为止,不但没有打开僵局,以更新两国关系的征象,而且也找不到一点曙光,只是苟且迁延,得过且过,任令自然变化。人类已进步到了二十世纪,还不能直认事实,而却是遮遮掩掩的缺乏勇气与真诚,真令人大惑不解……

蒋介石认为,日本从发动攻击到致使中国的许多城市沦陷,最多不过十天;假若国民政府迅即与日本绝交,也许日本在十天之内便可使整

个中国沦陷。由此,他解释说,国民政府目前与日本的对立完全是因为"实在没办法":

> ……本来从世界大势来看,如果中国从远大的将来着想,中日两国便应该相互提携而没有交恶到底的理由。现在虽然有许多国民,激于当前的仇恨,颇有愿与日本偕亡的气概,但中国国民党的当局,既然自任以全国安危之重,便应该从大处着想,堂堂正正的有忠于国家利害的打算。我们固然知道中日问题,主动完全在日本,当日本无意缓和时,中国无法单独缓和,但依目前所标榜的"一面抵抗""一面交涉"的政策,实在只足以表示当局的无办法……

接着,蒋介石就中日在处理两国关系上的错误进行了分析。中国方面的错误是:没有早些与日方商榷,态度过于激愤强硬,但又缺少当机立断的勇气,缺乏自知之明,对国际社会过分依赖等等。日本方面的错误是:日本误判了国民政府,蒋介石不是李鸿章,而更不能忽视的是中国的民心。日本言"不取得满蒙,无以解除日本国防安全",这其实只是日本实现"独霸太平洋"野心的一种欺骗。不要认为占领满洲就能经略中国,日本对中国国情没有正确的认识,对中国历史没有正确的认识,日本绝不可能彻底控制甚至灭亡中国。

> ……日本如以任何理由对中国正式用兵,中国的武力比不上日本,必将大受牺牲,这是中国人所不容讳言。但日本的困难,亦即在于此。中国正唯因为没有力量,即是其不可轻侮的力量所在。战争开始,在势力相等的国家,以决战为战事的终结;但在兵力绝对不相等的国家,如日本同中国作战,即无所谓正式的决战。非至日本能占尽中国每一方里之土地,彻底消灭中国之时,不能作为战事的终结。……日本至多也不过能占领中国若干交通便利的都市与重要的海港,决不能占尽四千五百万平方里中国全土。中国重要都市与海港全被占领时,在中国诚然将陷于极度的困苦与牺牲,然日本又何尝能彻底消灭中国之存在?

最后,蒋介石表示,中日关系是同生共死的关系,打破中日僵局完全取决于日本是否有"直认事实"的勇气:

……中日两国在历史上地理上，民族的关系上，无论哪一方面说起来，其关系应在唇齿辅车以上，实在是生则俱生，死则同死，共存共亡。究竟是相互为敌以同归于绝灭呢？还是恢复友好，以共负时代的使命呢？这就要看两国，尤其日本国民当局有没有直认事实、悬崖勒马的勇气，以廓清障蔽谋及久远的和平。⑨⑤

此文与其说是给中国人看的，不如说是给日本的一份外交文件——作为一国首脑，蒋介石仍旧没有把日本人的侵略逻辑搞清楚。

日本人倒是在此文中看出了蒋介石"善意的真诚"。

一九三五年一月，日本外相广田弘毅在议会演说中提出了"不威胁、不侵略"的对外关系原则。或许此举被看作是对中国方面"善意的真诚"的反应，蒋介石立即邀请日本驻华公使馆武官铃木美通到南京会谈。蒋介石表示："无论如何，中日两国有提携之必要，愿中日两国以互相之精神努力进行。"⑨⑥接着，国民政府行政院院长汪精卫也为改善中日关系大造舆论："日华两国有此共识，只要双方共同努力，两国关系改善的局面就能走上正轨，我们将为此而感到欣慰。"⑨⑦

为进一步表明改善中日关系的诚意，国民政府专门派大员去东京会见日本军政要人，反复表达愿意改善中日关系的意向。同时，蒋介石、汪精卫联名向全国发出通令严禁排日运动，国民党中央政治会议也通告各媒体禁止刊载排日消息。

日本方面很满意，主动提出把驻华公使升格为驻华大使。

接着，中日发表了双方使节同步升格的决定。

一九三五年的春天，中日关系似乎"亲善"了起来。

无法解释，在这个时候，国民政府何以会在日本是敌是友这个问题上如此混淆。这一问题已是无需探究的事实：中国的东北三省已成为日本的殖民地。热河一线的沦陷表明日本的野心是进占华北之后侵占整个中国，他们决不会停止在长城边上与中国"友好亲善"。一九三四年，日本陆军省颁发《国防的真实意义和加强国防的主张》，明确表述："战争是建设之母，文化之母。"——在这个世界上，没有哪个国家把建设和文化的发展确立在战争之上。而以往的历史应该让中国人知道，日本人所说的战争，其目标首先是中国。——无论中国人如何送出笑脸，日本自有日本的逻辑，这是中国在付出巨大代价后得到的历史教训。然而,为什么中国的当权者依旧混沌?历史证明,国民政府并没有与日本沆瀣一气出卖自己民族和国家的企图,但是他们的所作所为究竟应该作何解释才合情合理?

就在中日双方的政府大员为中日"亲善"开始欣慰的时候,日本军部正在紧锣密鼓地策划着下一步的入侵计划,目标是中国的华北。

一九三五年三月,关东军谋划了他们的"对华政策":一、依据《塘沽协定》以及附带条款,扩张日本已经取得的权益,在中国华北确立亲日地带,以为"满洲国"的地缘保障;二、为造成华北与"满洲国"紧密的经济关系,需尽快提升两地棉、铁等产业的开发和交易。四月,关东军司令官南次郎和驻屯军司令官梅津美治郎开始策动"华北自治"。所谓"华北自治",日本陆军次官桥本虎之助在发给侵华日军各部参谋长和驻华武官的一份文件中作了具体阐释:在"反共"和"自治"的名义下,于华北五省建立与日本"有实质亲善关系"的脱离南京中央政府的傀儡政权。关东军参谋田中隆吉在战后远东国际军事法庭上说得更清楚:"华北自治运动,始于一九三五年四月",其目的之一是"建立蒙古地区以外的统一的华北自治政权",使"南京政权统辖之下的华北五省脱离南京,成为自治地区,将满洲国西南方的中国置于日本领导之下,以解除对满洲国的威胁"。同时还可以"削弱以抗日为外交政策中心的南京政权的势力,以减少对满洲国及日本的影响"。[98]

日本军人开始在华北制造各种"事件",其手段还是老一套:或者派遣特务深入华北地区侦察军事情报,如果被中国方面捉住就大喊"中国非法监禁日本公民",然后要求"惩罚凶手""赔偿损失";或者直接向中国军队挑衅,如果发生了冲突,就立即扩大战事,并要求中国军队让出防区;或者雇用流氓地痞,制造一个具有政治背景的案件,然后要求国民政府给日本一个"满意的答复",否则就武力解决。——一九三五年五月,天津的两个亲日的记者相继被刺杀;接着热河南部的抗日义勇军在日军追击下被迫进入长城以南地区。日军先是指责国民政府支持排日行动,继而指责中方违反了《塘沽协定》,结果导致北平军分会代委员长何应钦与日本中国驻屯军参谋长酒井隆签订了《何梅协定》。在《协定》谈判的过程中,日本对中方的蔑视登峰造极:先是把装甲车、火炮和机关枪在河北省政府办公楼前排开,飞机在北平和天津两市上空持续盘旋,然后驻天津的日军开始举行全城巷战演习。当何应钦表示已惩办了相关人员后,酒井隆当即提出:将中国驻平津地区的第五十一军军长于学忠免职,从天津撤走国民党党部,解散所有的抗日团体。谈判进行的时候,关东军向长城一线调集兵力,以向北平施加军事压力。何应钦最终答应了酒井隆的所有要求。但是,酒井隆又提出了四点要求:河北省内的国民党党部一律取消;中国军队第五十一军撤至河北以外,并将全部撤离日期告知日方;中国军队第二师、第二十五师也必须撤至河北以外;排日行为必须禁止。根据南京政府的训令,何应钦再次答应了日方的所有要求。

日本方面心情舒畅,说起话来更加狂妄。

一九三五年九月二十四日,日本天津驻屯军新任司令官多田骏散发了一本名为《日本对华基础观念》的小册子,小册子里的声明令不久前还沉浸在"亲善"幻觉中的国民政府颇感惊骇。

多田骏首先说,中国是一个可怜的国家,近代以来饱受列强的侵略——日本军人终于说出了"侵略"二字——但"侵略"中国的都是西方列强,只有日本一直在"保全"中国:

> 自西力东渐以来,各国之对华态度,或主分割,或图共管,或谋扩张势力范围,或思争夺权利市场,大有惟日本不足之况。此等侵略手段,虽与时推移,屡经变迁,盖不外牺牲中国,以图繁荣其本国而已。独我帝国,依据国是,始终一贯,力图保全中国领土,并以日华共存共荣尤应亲善提携根本主义……

近代以来,侵占中国领土的列强,以日本为最。可能是因为明知事实无从抹杀,所以多田骏反复强调日本对中国的所有行为,都是出于"解放救济"中国这一"无愧于天地"的"信念":

> 帝国之对华态度,必当遵循我之国是与使命。我帝国大陆政策之根本方针,在谋自身之发展,同时解放救济东洋之被压迫民族,使之安居乐业,保持各民族之面目,尊重其独立,与帝国相亲协同,在政治经济上、军事上,树立密切不可分之关系,此道实证之天地之公道而不谬,施之中外而不悖,乃皆吾人俯仰无愧于天地之信念也。

血腥的殖民主义,无一不把掠夺标榜为"解放"。但把侵略和掠夺视为国家"信念"的,只有日本。

中国何以需要日本"解放"？多田骏对"中国之病源"的"诊断"是：

> 中国民众,六千年以来,均为政府、地主、财阀榨取之对象物……即统治者除榨取以外,无增进民众福祉之热忱。观乎民众之不信赖官吏,以不干预自己为善政,明矣。今中国民众,自民国以来,受各军阀贪婪无厌之榨取,近因党阀加以向未曾有过之苛敛诛求,呻吟于此种状况之下,生活艰难每况愈下,加以天灾、兵灾、匪灾,循环而起,农村趋于崩溃,将为匪化乎？为流民乎？抑为共匪乎？彷徨歧路,无所适从。⑨⑨

基于此,多田骏表示,"鱼肉民众,以饱私腹"的中国政府是日本"及中国民众共同之敌",也是"天地之道义"与世界之"公明正大"之敌,为"可怜四万万民众",消除"东亚和平之祸根",日本不得不对中国"使用正当威力"。

十月七日,中国驻日大使蒋作宾约见日本外相广田弘毅,抗议多田骏的言论令中国方面"感到惊诧"。

然而,更令中国人"惊诧"的事随即发生了：一九三五年十一月二十一日,日方突然对中国提出了十三条要求：

一、停止现在英国经济顾问罗斯进行一切谈判。

二、华北区之鲁、晋、绥、察、河北五省财政独立。

三、中国脱离国联。

四、承认"满洲国"。

五、中、日、"满"三国合作创远东经济集团。

六、须将粤、闽、浙、苏、鲁五省武装解除。

七、设立满洲各地与扬子江流域各地间之客货运输便利机关,华北所有铁道皆由满铁经营。

八、军事委员会取消军权集中于何应钦领导之军政部,但实权仍须集中于行政院。

九、停止中国反日运动。

十、免张学良职,并将其军队撤退于陕西及西北各地。

十一、对于剿共匪事宜,尤以西北各省,中、日两国坦白合作。

　　十二、日本观察家日后得参加国民党大会,以窥中国是否诚意。

　　十三、中国对于政治、经济、财政上,应完全放弃英、美之援助。[100]

还未等国民政府对这些等同于"最后通牒"的蛮横要求作出回应,两天之后,在关东军的特务头子土肥原贤二的策划下,一个名叫"冀东防共自治委员会"的伪政权机构在北平以东的通县宣布成立了,领头的中国人叫殷汝耕。殷汝耕,浙江人,留学日本早稻田大学,娶了一位日本妻子,在日本人看来这是个"任何时候都是甘心情愿地投靠日本"的人。——很快,这个又改名为"冀东防共自治政府"的伪政权官员去"满洲国"进行了"国事"访问,然后"满洲国"的官员煞有介事地对"自治政府"进行了"回访"。

日本人的狂妄放肆令国民政府既难堪又愤怒。尽管国民政府对殷汝耕发出了通缉令,但蒋介石还是认为,国民政府一旦惩罚这个日本人庇护下的汉奸,就一定会与日本人发生直接冲突——"我们现在力量不够,不得不暂时容忍。"[101]这一年的年底,为防止"自治"事件被不断复制,国民政府解散了北平军分会,成立了一个主权名义上属于中国、性质为半地方自治的"冀察政务委员会"。

面对接连的屈辱,南京晨光通讯社记者孙凤鸣,在国民党四届六中全会上行刺了汪精卫。孙凤鸣出生于贫寒农家,曾在第十九路军担任排长、代理连长参加上海抗战。《塘沽协定》签订后,第十九路军调防江西,孙凤鸣因不愿"剿匪"脱下军装。一九三五年十一月一日,一百多名国民党中央委员于六中全会后在南京会议厅合影,以记者身份进入会议厅的孙凤鸣高呼"打倒卖国贼"向汪精卫连开三枪。当被问到为什么要行刺行政院院长时,他的回答是:"看看地图,整个东北和华北那半个中国还是我们的吗?"被卫兵击伤的孙凤鸣于次日凌晨离世。

接着,深感"华北之大,已经安放不得一张平静的书桌"的北平学生冲出了校门,震动全国的"一二·九"运动猝然爆发。毛泽东说:"青年学生好比是一二九运动的柴火,一切都准备好了,只差用火一点。点火的人是谁呢?就是共产党。"[102]北平六千多名爱国学生涌上街头,向国民党军政部部长何应钦请愿,高呼"反对华北五省自治!""打倒日本

— 55 —

帝国主义！"的口号。尽管遭到军警的阻拦,百名学生被捕,数百学生受伤,但大规模的游行仍旧持续数天之久。北平学生的行动迅速得到全国的热烈响应,各大城市纷纷举行示威游行,反对"假自治之名,行叛国之实"。冀东的十一个县县长也发表声明:"绝不附逆"。冀东同乡会通电全国,要求政府"查抄殷逆浙江省永嘉县原籍家产,一面坐以重罪,以为媚人叛国者戒"。[103]

此时,中国工农红军第一方面军经过长征抵达陕北。中国共产党人在陕北发表了《为抗日救国告全体同胞书》:"最近以来,汉奸卖国贼等在'中日亲善'、'中日合作'和'大亚细亚'等口号之下所作的降日卖国之露骨无耻行为,简直是古今中外未有之奇闻！""同胞们起来！为祖国生命而战！为民族生存而战！为国家独立而战！为领土完整而战！为人权自由而战！"[104]

中国已经忍无可忍。

八

一九三六年元旦,大雪纷飞,天寒地冻。

由平津两地五百多学生组成的"平津南下扩大宣传团"出发了,学生们将深入到河北各地宣传抗日。几乎同时,上海的电影人刚刚拍摄完成电影《狼山喋血记》,其主题歌《打狼歌》唱道:

> 生死向前去,打狼保村庄,
> 兄弟血如海,姐妹尸如霜。
> 豺狼纵凶狠,我们不退让,
> 情愿打狼死,不能没家乡！

在全国舆论的压力下,国民政府开始改变对日态度。

国民党内部,长期存在着以蒋、宋、孔、陈四大家族为代表的英美派以及以汪精卫为代表的亲日派。汪精卫被刺,提出辞职,国民政府行政院院长由蒋介石取代,这标志着国民党内部亲日派的地位大幅下降。同时,日本在中国华北的扩张,已严重危及英美在中国的经济利益,至一九三五年,日本在华北和山东等地的投资额超过了英美,这无疑加深了英美与日本间的矛盾。国民党内部英美派势力的渐强,连同英美对日态度的渐强,助推了国民党高层开始改变对日政策,更为重要的是国民政府开始对日进行战争准备。这些准备包括:聘请德国顾问团设计兴建军事设施,各要地国防军事工程被要求"星夜赶筑"。为了彻底摆脱日本的干扰控制,国民政府于一九三五年底进行币制改革,其中重要的一项是废除银本位货币制,这使中国货币摆脱了国际银价的制约,同时又遏制了国家白银的大量外流。而在外交上,国民政府不仅靠拢英美,也开始改善中苏关系,试图借助苏联的力量牵制日本关东军。

意识到对日作战已无可避免的蒋介石,在国民党第五次全国代表大会上演讲,首次表达出捍卫国家和民族尊严的决心:

> 苟国际演变不斩绝我国家生存民族复兴之路,吾人应以整个的国家与民族之利害为主要对象。一切枝节问题当为最大之忍耐,复以不侵犯主权为限度,谋各友邦之政治协调;以互惠平等为原则,谋各友邦之经济合作。否则即当听命党国下最后之决心,中正既不敢自外,亦决不甘自逸,质言之,和平未到完全绝望之时,决不放弃和平;牺牲未到最后关头,亦决不轻言牺牲。以个人牺牲事小,国家之牺牲事大,个人之生命有限,民族之生命无穷故也。果能和平有和平之限度,牺牲有牺牲之决心,以抱定最后牺牲之决心,而为和平最大之努力,期达奠定国家复兴之目的……[105]

就在中国政府已经意识到战争危险临近的时刻,日本国内突然发生了一起现代史上规模最大的陆军暴动。

长期以来,日本陆军内部逐渐形成了以陆相荒木贞夫为核心的"皇道派"和以陆军将佐永田铁山、东条英机等人为首的"统制派"。两派在尊崇天皇和对外扩张上没有分歧,而是在如何进行"国家改造"的问题上各执一词。"皇道派"主张取消政党政治,组建军人内阁,实行军事独裁;"统制派"则坚持天皇制下的军国主义体制,主张军队的一切行动均由军部中央统制。随着日本陷入世界性经济危机而不能解脱,两派在如何对外扩张的问题上屡屡产生分歧,"皇道派"主张对苏战争,而"统制派"主张先向中国内地进行武力扩张。一九三五年七月,两派因人事安排发生激烈的冲突,导致"皇道派"少壮军官冲进陆军省砍死了军务局局长永田铁山。为遏制矛盾进一步激化,日本陆军部决定将"皇道派"桀骜不驯的军官们的主要据点——驻扎在东京的陆军最精锐部队第一师团——调往中国的东北地区。调动命令尚未下达,"皇道派"军官们便决心发动一场军事政变,将天皇身边的那些妨碍实现军国主义政治理想的谋臣们杀掉,以建立法西斯军事独裁政权。

一九三六年二月二十六日,东京下了一场数十年不遇的大雪。凌晨,"皇道派"的九名军官率领一千四百名士兵冲出军营,迅速攻占陆军省和警视厅,占领东京政治中心永田町一带,包围并袭击了日本政治家和内阁大臣的官邸和住宅,砍杀了内政大臣斋藤实、财政大臣高桥是清和教育总监渡边锭太郎,重伤了天皇侍从长铃木贯太郎。企图砍杀冈田启介首相时,仅杀害了首相秘书,首相本人侥幸逃脱。他们还袭击了朝日新闻社和东京日日新闻社,向被他们称为"卖国贼"的新闻记者们开枪扫射。这些陆军军官的暴动计划并不严密,他们没能控制通往皇宫的道路,也没有应对始终与陆军对立的海军的准备,结果天皇下令对叛乱实施镇压,海军在东京湾集结了军舰,准备随时听候天皇的调遣。尽管日本军中不少人同情这场叛乱,但在天皇明确表态后叛乱的部队开始瓦解。四天后,大多数叛乱官兵返回军营,一部分叛乱军官自杀,其余全部投降。

无论如何,不管是"皇道派"还是"统制派",日本军人企图通过非常手段建立法西斯独裁统治的目标是一致的。天皇对这次陆军的叛乱采取了姑息的态度,认为"有必要在一定程度上答应军部的要求"[100],因"皇道派"的失势而乘机控制了军部的"统制派"自此成为日本法西斯独裁体制的主角。

日本陆军叛乱后,幸免于难的冈田首相辞职,原外相广田弘毅出面组阁。控制了日本军部的"统制派"将领寺内寿一、梅津美治郎和杉山元等人立即向新内阁发难,不但强行插手内阁阁员的安排,还制订了一系列有利于军部控制内阁的措施。广田弘毅对军部唯命是从,全面接受了军部的主张,恢复了一九三一年废除的军部大臣现役武官制,军部首脑改为现役军人担任。——日本陆军的暴动虽未成功,但军人们的目的还是达到了,即日本军部事实上控制了中央政府。

控制了内阁的"统制派"军人和广田弘毅的阁员们修改制定了《帝国国防方针》和《国策基准》,其核心策略是:在遏制苏联并尽量避免与之发生军事冲突的前提下,集中所能动员的全部财力、物力和军力扩大中国占领区,最终目标是"南方"——日本军人所谓的"南方",指的是全中国和处于南太平洋的整个东南亚地区——直到一九四五年日本在第二次世界大战中战败投降,这一"南进"策略始终是日本军部的既定军事方针,依此可以解释日本军人在整个战争进程中所有疯狂举动的由来。

军人夺取政权,使得法西斯势力在推动战争上得到了制度保证。

日本军人摆脱了羁绊,可以毫无顾忌地走向全面战争了。

此时,在焦灼情绪的笼罩下,中国犹如一只随时要爆炸的火药桶。城市里,街头的抗日演讲吸引着成千上万志忑不安的民众;流浪的东北难民和学生在悲惨境地中的苦闷歌声在广袤田野上回荡;上海成立的"全国各界救国联合会"领导人宋庆龄,甚至来到监狱里要求与抗日爱国人士一起坐牢;国民党广东实力人物陈济棠和广西实力人物李宗仁联合向国民党中央和国民政府发电,痛指"今日已届生死关头,惟抵抗足以图存,除全国一致奋起与敌作殊死战外,则民族别无出路"[107]。接着,国民党中央委员会西南执行部和西南政务委员会举行联席会议,决定把第一、第四集团军改称为"中华民国国民革命抗日救国军",北上抗日。粤桂两军在湖南境内与蒋介石的中央军发生军事冲突,"两广事变"的爆发震动全国。而此时的中国共产党决意国难当头之际联合中国可以联合的所有力量进行抗日作战,为此可以放弃多年来用无数共产党人的鲜血和生命顽强坚持的政治主张。——自此,中国共产党完成了从"反蒋抗日"到"联蒋抗日"的政策转变。毛泽东频繁地给国民党军将领写信,最多的时候一天写下九封之多。他对华北将领宋哲元表示:"弟等甚望先生能于艰难困苦之中坚持初志,弟等及全国人民必不让先生独挡其难,誓竭全力以为后援。"[108]他致信晋绥军将领傅作义:"先生北方领袖,爱国宁肯后人?保卫绥远,保卫华北,先生之责,亦红军及全国人民之责也。今之大计,退则亡,抗则存;自相煎艾则亡,举国奋战则存……近日红军渐次集中,力量加厚,先生如能毅然抗战,弟等决为后援。"[109]毛泽东还致信国民政府全国经济委员会主席宋子文,表示:"十年分袂,国事全非,救亡图存,惟有复归于联合战线。""弟等频年三呼吁,希望南京当局改变其对外对内方针,目前虽有若干端倪,然大端仍旧不变,甚难于真正联合抗日。"[110]毛泽东起草了《中国共产党致中国国民党书》,呼吁实现国共重新合作,以停止内战、一致抗日,"保卫及恢复中国的领土主权,拯救全国人民于水深火热之中"。而如若国民党人能够做到,共产党人将"同你们结成一个坚固的革命的统一战线,如像一九二五至一九二七年第一次中国大革命时两党结成反对民族压迫与封建压迫的伟大的统一战线一样"。⑪

在中国共产党人的呼吁下,国共双方开始了政治接触,牵制中国军力甚大的内战有了停止的希望。

突然,中国的西北部传来捷报:绥远省政府主席、中国第三十五军军长傅作义不但与日军打了一仗,而且打赢了!

一九三六年夏天的时候,关东军参谋长板垣征四郎曾去绥远,企图劝说傅作义归顺日本。傅作义严厉地回复道:"华北是中国的领土,绝不许任何人出来搞一个独立局面。内蒙和绥远都是中国领土,不许任何人来分隔独立,也不许任何人来侵占蹂躏。"⑫板垣征四郎见劝降不成,决定攻击绥远。十一月十五日,日伪军五千余人在大炮、飞机和坦克的配合下,向红格尔图中国守军猛烈攻击,傅作义亲往前线指挥反击,在中国军队三个步兵团、一个骑兵团和一个炮兵营的反攻下,日伪军的指挥所被摧毁。傅作义得知日伪军准备再次进犯之时,集中了三个骑兵团、三个步兵团和炮兵、装甲车分队各一部,由骑兵第二师师长孙长胜、步兵第二一一旅旅长孙兰峰担任前敌指挥,在零下二十多度的低温中踏着深过膝盖的积雪向日伪军奔袭而去,战斗进行了一天一夜,英勇异常的中国官兵痛歼了日伪军大部,收复了被日军占领的重要军事据点百灵庙。

百灵庙的收复,是中国军队第一次坚决的对日作战,第一次通过作战从日军手中收复失地。消息传遍全国,引发万众欢腾。北平、上海、天津、西安、武汉等大城市的民众团体代表,携带着慰问品和捐款到绥远前线慰问,学生们奔赴绥远前线为伤员服务,著名电影演员陈波儿前往绥远为部队演出《放下你的鞭子》,音乐家吕骥为第三十五军写出了《三十五军军歌》。不足一个月,傅作义收到的捐款达到二十多万元,他用这些钱买了两百多辆汽车发给部队,准备打更大的胜仗。毛泽东和朱德派人前往慰问并向傅作义发出贺电:"足下孤军抗日,迭获胜利,日伪军不能越雷池一步,消息传来,全国欢腾,足下之英勇抗战,为中华民族争一口气,为中国军人争一口气。"⑬

在祭奠英灵宣读祭文的时候,傅作义潸然泪下:

> 这次绥远抗战,敌炮摧残你们的肢体,毒气瓦斯遏止你们的呼吸,还加风雪严威刺裂你们的肌肤,但是凭你们热血的沸腾,终于战胜一切,完成下列使命……要知道人生的短促,谁能不死,可是死的代价就有"轻如鸿毛、重于泰山"的悬殊。我们后死的人,纵然抱着必死决心,能不能得到这样死的机会,又未必都像你们的这样光荣……现在中华民族已走上复兴之路,相信你们的鲜血灌溉了四万万人的心灵,而充实了自力更生的信念。只要后死者一息尚存,应当继续着你们的伟大精神,共同奋斗! ⑭

傅作义表示,军人为了国家上前线是本分,而全民众的同仇敌忾令他看到了中华民族的希望:"由此肯定国家必能复兴,民族必能自救,其道理不仅是军人敢于牺牲,而是全国人心不死!"⑮

对于大多数中国人来讲,多少人知晓绥远在何方?多少人知晓百灵庙为何处?但是,只要知道那里是中国的领土,那里的一群血性十足的中国军人不但打败了日本人,而且把失去的国土夺了回来,这就足以让屈辱苦难中的中国人奔走相告,而傅作义将军的那句"人心不死"令全中国人泪如泉涌。

绥远抗战的胜利,极大地提升了中国军队对日作战的自信。距绥远战场并不远的东北军官兵情绪激荡,这些由于丢失了东三省而饱受国人指责的官兵大多数是东北人,个个思乡心切满怀内疚,而他们之所以驻扎在陕西,也正是国民政府按照日本人意愿调防的结果。东北军的将士在张学良面前痛陈,即使中央政府不同意,他们也要组织队伍与傅作义一起打日本。而张学良自东三省丢失后,一直戴着"不抵抗将军"的帽子,傅作义绥远一战便成为全国英雄,这深深地刺痛了张学良的爱国之心。此时,蒋介石身在西安,他的目的是指挥三十万大军对共产党中央红军进行第六次"围剿",他认为这是对共产党军队的最后一击,三十万大军对付三万人的红军,不出一个月就能解决问题。因此,当张学良向他表示要率部支援绥远抗日时,受到了蒋介石的严厉训斥。张学良不得不如此向蒋介石表达他的心情:"绕室彷徨,至深焦悚!每念家仇国难丛集一身,早想拼此一腔热血,洒向疆场,为个人赎一份之前愆,为国家尽一份天职。"⑯但是,认为"剿共已达最后五分钟"的蒋介石,只给张学良两条路供其选择:一是前往剿共,攻入陕北苏区,把共产党斩尽杀绝;二是把东北军的阵地让出来,让中央军剿共,东北军将被调往福建。前者张学良表示不愿意,后者意味着东北军将被调到距离家乡东三省更远的地方任由自生自灭。张学良无从选择,与蒋介石争辩也没有结果。于是,一九三六年十二月十二日,东北军的将士们扣押了蒋介石,震惊中外的西安事变爆发。

无论是起因、过程还是结局,西安事变都是在中国历史上影响最为深远、评议最为激烈的历史事件之一。十二月二十五日,西安事变在中国各方政治力量特别是共产党人的努力下和平解决,蒋介石在张学良的护送下返回南京。二十七日,中共中央召开政治局会议,毛泽东在关于西安事变问题的报告中指出:"西安事变给国民党以大的刺激,成为它转变的关键,逼着它结束十年的错误政策,结束十年内战,而内战的结束也就是抗战的开始。西安事变促进了国共合作,是划时代的转变,是新阶段的开始。"⑰

从中国对日关系的角度讲,西安事变与其说是一次兵变,不如说是中国东北军官兵压抑甚久甚深的情绪总爆发。虽然扣押了蒋介石,但东北军官兵没有任何伤害蒋介石的意图,更没有从国民政府夺权的目的,他们只想上战场与侵略自己故乡的日本人拼命,用热血和生命给国人,特别是东北的父老乡亲一个男人样的交代。

就在历史的这个重要时刻,一首歌传遍了全中国——这是青年作曲家聂耳为电影《风云儿女》写的主题曲,名为《义勇军进行曲》:

> 起来,不愿做奴隶的人们!
> 把我们的血肉,筑成我们新的长城!
> 中华民族到了最危险的时候,
> 每个人被迫着发出最后的吼声:
> 起来!起来!起来!
> 我们万众一心,冒着敌人的炮火,
> 前进!前进!前进!进!

九

一九三七年到来了。

中国人保卫国家尊严和生存权利的渴求达到了顶点。

对入侵中国急不可耐的日本军人的焦躁也达到了顶点。

无论如何,日本面对的是一个国土辽阔人口众多的巨大国家,他们要对中国发动全面战争,可他们真的了解中国吗?

一九三六年,日本驻北平特务机关长松室孝良在关东军长春特务会议上作了秘密报告。报告对当时中国的现状进行了详细分析,其内容值得所有的中国人一读。

> "九一八"迄今之帝国对华历次作战及对中国军之作战,中国军因依赖国联而行无抵抗主义者,故皇军得以顺获胜利。及后华军昧于知己知彼之认识,受帝国皇军威胁,而竟疑神疑鬼,转成普遍的恐日病,帝国相煎愈烈,中国之惶惑亦愈甚,则一般当局的恐日愈益趋加重。

在松室孝良看来,中国人只关心自我不关心国家,只想获得利益不愿承担责任,为了满足一己之权欲或物欲甚至能够"甘心祸国",而中国军队"变兵为匪"扰乱甚深,作为军人"正式作战反多败"。此种种劣质,足以让日本军队"不战而胜":

> 中国官吏普遍的慑于恐日病而不敢稍行违抗帝国也。现在全华北约十分之七,不能精诚团结联合应付,大都采自保主义维护自身之存在;在不违反帝国之原则下,苟延图存。此等各个独立的小势力,其所关切者只此小集团之目前利益,当然难抗帝国之攻击。故彼等自私的心理,实予帝国以非常的便利,竟可不战而胜,一言而获……中国实力派大部采个人或小集团的繁荣主义,缺乏为国为民的观念,因此形成独霸一方独裁私兵状况,国家之存亡,民众之疾苦,彼等不负任何责任。彼等政治欲物质欲非常旺盛,彼等除维持现状以解决其欲望外,殊不愿粉碎其势力也,真能爱国为民者为数极少,大都为顾己而不顾人之辈,其实力维持现状、镇压反动,尚感不足,遑论抗日?彼等因欲望极高,志气多趋于薄弱,而不堪利诱与威胁……

那么,日本人就没有什么可畏惧的吗?

日本人对中国共产党军队表示出担忧:

> 共产军之主力,现虽返还陕北,然有袭入察(察哈尔)绥(绥远)向满洲联苏抗日之危虞,此帝国不可忽视者也。此种红军,实力雄厚,战斗力伟大,其苦干精神,为近代军队所难能。其思想极能浸渍民心,以中国无大资本阶级,仅有小的农工阶级,即被煽惑,竟由江西老巢绕华南华中华西趋华北,转战数万里,备历艰辛,物质上感受非常压迫,精神上反极度旺盛……彼等善能利用时势,抓着华人心理,鼓吹抗日,故其将来实力,不容忽视。

最终,日本人担心的是"中国的官民能一致合心而抵抗":

> 倘彼时中国的官民能一致合心而抵抗,则帝国之在满势力,行将陷于重围,一切原料能否供给帝国,一切市场能否消费日货,所有交通要塞、资源工厂,能否由帝国保持,偌大地区、偌大人口能为帝国所统辖,均无切实之把握……⑱

基于此,松室孝良强烈主张,趁着中国人的"恐日病"正在流行,日本军队要赶紧行动,"乘势进攻,夺取特殊之权益"。

这就是一九三六年的时候日本人对中国人的认识。

这就是日本对中国所持逻辑的根基。

这样的逻辑操纵着日本的战争机器全面启动了。

政客的狂躁、军人的狂热以及对丰饶生活的全民性蛊惑——中国肥沃的土地、富饶的物产和顺从的百姓,能使一个普通的日本农民在那里过上贵族的生活——所有引发战争的条件,在历史的这一时刻似乎都具备了。日本政客和军人从来没有彻底解读中国和中国人的意愿,看待中国,他们只有"文明人"对"野蛮人"的狂妄、傲慢以及残忍,他们所秉持的逻辑令其自我膨胀异常疯狂又极度顽强。

秉承"知己知彼,百战百胜"哲学的中国人,近代以来百战百败。

那么,将再次面对战争的中国人是否读懂了日本人的逻辑?

两个近在咫尺而心隔万里的国家之间一旦爆发战争,便无人知晓:战争将持续多久?战争将索取何等代价?战争的结局到底会怎样?

只有一点可以肯定:中国必须对日作战了!

第一章
最后关头

中国士兵与日本士兵保持着对视姿态,但彼此都看不清对方的面容,因为下着雨,天空雾气迷蒙。

距北平三十里的宛平县城,是一座被掩映在茂密庄稼地里的孤零零的小城。城门外的大道上泥泞湿滑,深深的车辙里淌着浑浊的雨水。城墙上架设着机枪,中国士兵在城门口持枪荷弹。距离城门不远的地方,一队日本士兵也站立在大雨的泥泞中。

日本士兵要通过城门,中国士兵不允通过。

从凌晨开始,双方已经这样对视了十多个小时。

入夏以来,中国北方阴雨连绵。暑气和水汽纠缠蒸腾,四野弥漫着青草、树木和庄稼的青涩气息。湿透了的城郭和村庄疲惫地卧在泥泞里,大块的雨云在铅灰色的天空中飘来荡去。

在这个连人心都被雨水泡软的季节里,没有多少人会注意到在中国这片偌大的国土上,一座小城的城门口到底发生了什么。这里除了雨声之外没有其他特别的声响,除了这种对视之外什么事情也没有发生——这是没有什么可以载入历史的普通的一天。

一九三七年七月六日。

此刻,中国平津地区的统辖模式已经支离破碎。

自国民政府在日本人的胁迫下签订《何梅协定》后,国民政府北平军分会、中央军、国民党河北省党部以及北平和天津的国民党党部在平津地区的管辖权岌岌可危。这块地域至少有三股势力同时存在:属于西北军系的中国军队第二十九军进入平津地区,成立了冀察政府,总部设在北平城,军长是西北军系将领宋哲元。西北军是一支不曾占据过中国要地的军队，入驻北平令宋哲元格外重视，为了保住这一显要地盘，他既要防止蒋介石的中央军重返平津，还要警惕共产党人力量的渗透，更要防止日本人在平津地区反客为主。宋哲元的日子过得可谓耗尽心力。因此，当日本人强迫宋哲元签订一个允许日方在华北地区修建铁路的协定而南京中央政府坚决不准时，谁也惹不起的宋军长跑回山东乐陵老家躲了起来。在北平的东面，还存在一个"政府"，即以殷汝耕为首脑的"冀东防共自治政府"，地点在通县。这是一个无可争议的傀儡政权，几名"政府要员"除了为日本人唱赞歌和组织保安队为日本人维持治安外，无公可办。因此，这个汉奸组织谈不上是个"政权"，更何况此时的殷汝耕必须躲来躲去，因为抗日志士们正四处打听他的下落，准备要他的脑袋呢。通过数年的努力，日军在中国华北的渗透已经取得成效。司令部设在天津的驻屯军，除了军事上处心积虑地策划如何扩大占领范围外，还涉及了经济、贸易、政治、外交、财政等一个政府所应承担的所有职能，俨然一副中国华北地区的真正统治者的姿态。只是，一九三七年的夏天，日本驻屯军正处于群龙无首的状态：司令官田代皖一郎中将因心脏病发作正在医院里抢救。

但是，从中国士兵与日本士兵在大雨中对视的眼神上已能够窥见，这里将是中国历史上隐藏着前所未有的巨大危险的区域。

日军已经占领东三省、热河和察哈尔东部地区，关东军把部队的前锋推进到长城沿线的山海关、喜峰口、古北口和独石口等关隘的两侧。关东军控制的伪蒙军八个师约四万人，驻扎在北平西北部的张北、尚义和宝昌等地——对于中国华北的平津地区来讲，日军实际上已经兵临城下。

当时，日本在中国华北的军事力量，是以"中国驻屯军"的名义存在的。之所以有这一名称，是根据一九〇一年大清王朝与各列强国签订的《辛丑条约》，条约中规定了各列强可以在中国驻军的条款。除日本军队外，在中国华北驻屯军队的国家还有英、美、法、意等国。其中英国驻屯军在天津有七百二十二人、北平有二百三十六人，归驻香港的英军司令官管辖；美国驻屯军在天津有六百五十八人、北平有五百零八人，归美军驻菲律宾司令官统辖；法国驻屯军在天津有一千三百七十五人，北平有二百二十九人，归法军驻天津司令官统辖；意大利驻屯军在天津有二百二十九人，北平有九十九人，归意军驻上海远东舰队司令官统辖。①——国力衰败的中国可谓浑身千疮百孔。在中国平津地区驻屯的列强军队中,以日本军队人数最多,达到五千六百多人。

一九三七年七月,平津地区中日两军对峙的军事态势是:

天津到北平之间的通县、怀柔和顺义一带,部署着"冀东防共自治政府"所统辖的五个伪保安队总队,约一万五千多人。此外,日本在中国的驻屯军由一个步兵旅团、一个炮兵联队和直属分队组成,主要部署在山海关至北平丰台的铁路沿线上,其分布是:军司令部、步兵第二联队、第一联队第二大队和直属分队驻扎在天津及附近地区;第二联队第三大队分布在唐山、滦县和山海关地区;驻扎在北平地区的是步兵旅团旅部和第一联队(欠第二大队),其中第一联队的第三大队驻扎在丰台。

驻扎在平津地区的中国军队第二十九军,军长宋哲元,副军长秦德纯、佟麟阁,辖四个步兵师(每师四个旅)、一个骑兵师、一个骑兵旅、一个特务旅和一个保安队,总兵力十万人。其军力部署是:北面,第一四三师刘汝明部辖保安第一、第二旅,独立第二十九、第四十旅以及骑兵第十三旅,驻扎在张家口和宣化地区;东面,第三十八师张自忠部辖第一一二、第一一三、第一一四旅和独立第二十六旅,驻扎在天津以及北宁路平津沿线;南面,第一三二师赵登禹部辖第一、第二旅和独立第二十七、第二十八旅,驻扎在河北任丘和河间一带。驻扎在北平的,是第三十七师冯治安部和骑兵第九师郑大章部。其中第三十七师所辖第一〇九、第一一〇、第一一一旅和独立第二十五旅驻扎在北平西苑一带;骑兵第九师和军部特务旅、独立第三十九旅以及冀北保安队分别驻扎在北平的南苑、北苑与黄寺。

中国军队第二十九军,由中原大战后张学良收编的冯玉祥西北军残留部队编成。西北军素以勇猛善战闻名,在长城抗战中,西北军部队与日军苦战一个多月,战后在调防北平、冀中和察哈尔的过程中大力扩编部队,成为西北军留存部队中兵力最为雄厚的一支。

新加入第二十九军的年轻官兵,大多是乐观的速胜论者,认为中国国土太大,日军也就几十万人,要把中国全占领了,一个县也摆不进几个兵,且中国军队有两百多万,又是在自己的地盘上打仗,占尽了天时、地利、人和的优势。同时,第二十九军官兵又多是必战论者,认为中日之间的战争,不是打与不打的问题,而是早晚要打,早打比晚打强。

不知是否是宋哲元的有意安排,第三十七师驻防北平,这让日本人感到了隐隐的不安。在日本人看来,第三十七师从师长冯治安到每一个官兵都是抗日的死硬分子。在长城抗战中,这支部队的官兵半夜举着大刀摸进日军军营专砍人头的事,至今仍是日本兵的噩梦。

第三十七师驻防北平后,中日两军驻地和活动区域最为接近的地点,是控制北平进出的丰台车站以及宛平城这两个交通要道。为了防范日军挑衅,宋哲元在这两个敏感地区派出了他最得力的部队:由旅长何基沣指挥的第一一〇旅二二〇团。团长戴守义把张华亭营长的二营部署在丰台车站驻防,张营长随即命令以车站为中心构筑工事,这一工事距离东面的日军军营只有四百米。同时,第一一〇旅的二一九团驻扎在宛平与长辛店地区,团长吉星文命令该团一营、二营以及团部集结于长辛店,战斗力最强的三营则被派往最敏感的宛平城与卢沟桥一带。三营是一个由营长金振中指挥的名副其实的加强营,拥有四个步兵连,轻重迫击炮和重机枪各一个连,全营一千四百人。金营长把战斗力最强的十一连部署在铁路桥的东侧,十二连部署在宛平城的西南角,九连驻防宛平城内,十连为营预备队。

两军近在咫尺,往往目光相对,中国官兵流露出的除了警觉即是仇恨。日军驻守丰台的官兵常常身佩利刃,三五成群地在车站站台上乱逛,与警戒的中国士兵常因彼此多看了对方一眼就扭打起来。张华亭营长多次向日军联队长交涉,要求他们停止挑衅行为,但日军变本加厉,反而在中国士兵的眼皮底下开始演习,夸张地做出向中国驻军冲锋的姿态,甚至一度冲到中国士兵的警戒线内,结果又是一场拳打脚踢扭成一团。一九三六年六月的一天,日军声称他们的一匹军马跑到了中国军队的警戒线内,要求送回,不然就武力解决。中国官兵回答,要马没有,要打就打一仗。结果两军真的交火了。日军在炮火支援下向三营防区发起进攻,三营官兵坚守不退,战事越演越烈,直到冯治安师长命令第二二〇团的两个营前往增援,日军这才撤退。

为了缓和局面,宋哲元军长在北平中南海怀仁堂设宴招待日本驻屯军步兵旅团司令官河边正三以及所有中队以上军官,由宋哲元出面率领第二十九军驻北平团以上军官作陪。中日两军的军官们,相互交叉地整整坐满了十张大桌。但是,酒还没喝两盅,一个日本军官就跳上桌子唱起了日本歌曲,第一一〇旅旅长何基沣也跳上桌子唱起了中国歌曲,第三十八师副师长李文田干脆跳上桌子上吼出一段怒气冲冲的京剧黑头腔。日本军官又开始跳舞,在冯治安师长的示意下,两名中国军官舞起了充满杀气的中国拳术。日本人又要比写中国字,日本军官中确有汉字写得精彩之人,但那天宋哲元还请来了老军阀吴佩孚作陪,吴佩孚的书法是出了名的,一幅"醉笔"写得"龙飞凤舞,气势磅礴"。日本军官们又把宋哲元军长和秦德纯副军长举了起来,边喊号子便往上扔,中国的旅长团长们立即把日军河边正三旅团司令官也举了起来,而且扔得更高。最后,两军军官竟然拔刀相向,第三十八师独立第二十六旅旅长李致远"按捺不住心头的怒火",招呼他的传令兵取来"用最好的钢打造而成的柳叶刀","劈了一趟十多岁时学来的滚堂刀,以压倒对方的骄横"。②

进入一九三七年以来,为实现攫取中国华北的企图,日军在平津地区开始了紧张的军事准备:从日本本土和关东军抽调作战飞机、坦克和大炮,充实中国驻屯军的实力;日本的军界要人也频繁地出现在北平地区视察军情。此刻,日军已经基本控制了北平城的对外交通,惟有西面的宛平城一带仍由中国军队第二十九军掌控,而宛平城与卢沟桥是平汉铁路通往内地的交通要地,不控制这两个要地日军就不能说扼住了北平的咽喉。因此,日军开始加强对宛平城和卢沟桥一带的军事准备。

《中国驻屯军步兵第一联队战斗详报》:

> 平时在卢沟桥附近的城内驻有营部和一个连,长辛店约驻一个骑兵连。到五月中下旬之间,城内兵力似无变化。宛平县城外增加步兵约一个连,卢沟桥下河道的岛上分别配置约两个步兵连。六月,长辛店新增步兵第一二九团约两个营。在长辛店北面高地,原在地脚一侧设有永久性机枪阵地两处,高地上设有野炮阵地。而六月以来,又构筑了新的散兵壕。在卢沟桥附近,自龙王庙以至铁路线间堤防上以及东面高地,修改和加固了固有的散兵壕。而且夜间施工掘出了过去用沙土掩没隐蔽的碉堡(以卢沟桥为中心,原在永定河左岸构筑的十几个桥头堡,用以沿湖向北平进攻或退却)。③

面对日益危险的局势,出于高度的警觉,中国军队开始禁止日军驻丰台部队通过宛平城去卢沟桥进行军事演习。

卢沟桥附近一带是采掘北宁线路用的砂石地区。在这片荒芜的土地上只能种些花生等农作物。当夏季农作物如高粱等茂盛时期,丰台驻屯部队将此作为唯一的演习场。然而,最近,当我演习时,中国军队却说我侵入农田,或要求我夜间演习须事前通报,或对我夜间实弹演习提出抗议等,对我屡施警戒。过去龙王庙堤防及该处南面铁桥地区,我方可自由行动。但最近,特别是自六月下旬,禁止行动了……④

中国军队虽无法禁止日本驻屯队演习,但不让他们通过宛平城门是可以做到的。于是日本军队来一次,中国军队就堵截一次。

不让你过去,你可以退回或者绕道,但是日本人不走,他们在城门外站着,一站就是一天,天黑了撤回去,第二天早上再来,依旧站在城门外。这样一次又一次,让中国士兵感到古怪又诡异。

一九三七年七月六日,在宛平城门外的大雨里与中国士兵对视了一整天后,日军撤了回去。

第二天,日军又来了。

这一天,是一九三七年七月七日。

与以往有所不同的是,日军下午才出现,他们绕过宛平城城门,直接奔向了卢沟桥以北。

这支日军是中国驻屯军步兵旅团第一联队第三大队八中队,中队长清水节郎。这位日军大尉的日记,后来成了中日关系史上重要的历史档案。日记里关于一九三七年七月七日的记述,支离破碎且前后矛盾:

> 昭和十二年七月七日下午(昭和十二年即一九三七年),第八中队为了进行夜间演习,从丰台兵营出发,开向卢沟桥西北约一千米的龙王庙。当晚演习的题目是:黄昏时接近敌主要阵地与拂晓时的攻击。预定从龙王庙附近的永定河堤向大瓦窑进行演习。下午四时半左右,去演习地看了一下。河堤上有二百名以上的中国兵,穿着白衬衣正在构筑工事……开始演习的预定时刻过去了。到了下午六时,他们的工作不像有停止的样子……这天晚上,完全无风,天空晴朗而没有月亮,星空下面仅仅可以看到远处若隐若现的卢沟桥的城墙

（即宛平城城墙），以及旁边移动着的士兵的姿态，是一个静悄悄的黑夜……晚上十时半左右，前一阶段训练完毕。为了休息到次日黎明时为止，我叫传令兵对各个小队长和假想敌司令传达演习终止和集合的命令。一吹军号是可以迅速集合的，可是中队为了训练的必要，已经习惯了晚上尽量不用军号。我站起来看了一下集合的情况，骤然间假想敌的轻机枪开始射击起来。我以为是那边的部队不知道演习已经终止，看到传令兵而射击起来。这时，突然从后方射来几发步枪子弹，凭直觉知道的确是实弹。可是，我方的假想敌好像对此还没有注意到，仍然继续进行着空弹射击。于是，我命令身旁的号兵赶紧吹集合号。这时，从右后方靠近铁路桥的河堤方向，又射来十几发子弹。回顾前后，看到卢沟桥的城墙上和河堤上有手电似的东西一明一灭（似乎打什么信号）。中队长正分别指挥逐次集合起来的小队做好应战准备的时候，听到一名士兵行踪不明的报告，就一面立即开始搜索，一面向丰台的大队长报告这种情况，等待指示。行踪不明的士兵，不久就被发现。我命令传令兵向大队长报告，对于中队以后应该采取什么行动作了种种考虑，但下不了决心。可是，等到好像在东北方的高粱地里出现怪火，终于决意撤离当地，向西五里店移动。⑤

日记的大意是：一九三七年七月七日晚，日军在卢沟桥附近演习时，听到了不明来路的枪声，然后就发现一名士兵失踪了，于是赶快向上级报告，可不一会儿那个士兵自己回来了。其余的叙述，诸如"突然从后方射来几发步枪子弹，凭直觉知道的确是实弹""从右后方靠近铁路桥的河堤方向，又射来十几发子弹""卢沟桥的城墙上和河堤上有手电似的东西一明一灭"，以及"东北方的高粱地里出现怪火"等等，后来都被认定为子虚乌有。

与中国方面的相关记载对照，只有一点与这篇日记记述一致，那就是一九三七年七月七日晚，二十二时三十分左右，宛平城的中国守军也听到了从卢沟桥方向传来的机枪发射的声音，并为此加强了警戒。——后经查实，驻守宛平城的中国军队，当晚官兵的子弹一发未少，清水节郎所说的子弹飞来的方向，根本没有中国军队存在。而那个名叫志村菊次郎的"失踪"士兵，当晚因为闹肚子拉稀去了，拉完后很快跑了回来。对此，清水节郎明确无误地再次向驻军丰台的一木清直大队长报告："行踪不明的士兵，不久就被发现。"

至此为止，这个连绵阴雨突然停止了的夜晚，似乎并没有十分特别的异样。可是，接下来，日本各方显示出的态度之蛮横与激烈，既出乎正常反应又令人疑窦丛生。

日本驻屯军司令部接到卢沟桥事件的报告后，立即指示北平特务机关长松井太久郎大佐："机不可失"，马上派人与中国方面交涉，"占领宛平城东门，俾军使交涉顺利"。⑥

于是，在明知"失踪士兵"已经归队的情况下，松井太久郎还是打电话给第二十九军副军长兼北平市市长秦德纯，声称："有日本陆军一中队在卢沟桥演习时，仿佛听见由驻宛平城内的军队发出的枪声，使演习部队一时纷乱，结果失落日兵一名，日本军队今夜要入城搜索。"⑦

八日凌晨二时，宛平县长王冷斋、冀察政府外交委员会主席魏宗瀚、委员孙润宇、专员林耕宇与冀察政府交通处副处长周永业一起，开始与松井太久郎以及第二十九军日本顾问樱井德太郎谈判。王冷斋县长反复解释说，经过调查，中国军队七日夜晚没有开枪，军中"每人所带子弹并不短少一枚"；经过中国警察搜寻，宛平城内"也未发现有所谓失踪日兵的踪迹"。况且，"夜间宛平城门已闭，日兵在城外演习，怎么能在城内失踪"？⑧但是，松井太久郎仍坚持日军必须进城，强调王冷斋身为地方行政长官，"应负当地处理的全责"，企图胁迫王冷斋当即速订一个有利于日方的协议，从而使日军不战而得宛平城。王冷斋坚持先调查后处理的原则。双方正僵持中，有人报告说，日军驻丰台的一个大队五六百人，携带六门火炮，由一木清直大队长率领正向卢沟桥方向开进。中国方面的谈判代表与樱井德太郎、日本北平特务机关辅佐官寺平忠辅、秘书斋藤栗屋一起前往现场。车行至距宛平城约两里地的地方，王冷斋发现公路两侧和铁路涵洞已被日军占领，机枪大炮架设着，日军士兵都横着刺刀。寺平忠辅认为已达到了威吓中国县长的目的，再次提出中国军队撤离宛平城的要求："事态已十分严重，现已不及等待调查谈判，只有请你速令城内驻军向西门撤出，日军进至东门约数十米地带，再商解决办法，以免冲突。"⑨王冷斋再次予以拒绝。寺平忠辅凶狠地说，之前日军经常穿城而过，今天不能进去，这显然是中国方面别有用心。

王冷斋县长认为自己守土有责：

> 我再驳斥说:"你接事的日子不久(寺平忠辅接任不及三个月),或者尚未明了以前情形。我在这里从未允许你们演习部队穿城而过,你所谓先例在何月何日？请给我一个事实的证明。"这时,日本指挥官森田(森田彻)联队副,胁迫我行至战线,欲以武力恫吓。他们两人这种举动大似绑票。我仍坚持调查原议,斥责他们前后不应该如此矛盾,万一事态扩大,他们二人当负全责。双方相持十余分钟,森田见威胁不成,乃向寺平示意,仍由寺平同我进城调查。⑩

就在中国县长与日本辅佐官在宛平城外的暗夜里争吵不休的时候,凌晨三时,远在天津的日本驻屯军司令部里灯火通明,主任参谋大本民枝只用了两小时,便把一份旨在扩大卢沟桥事端的军事计划拟了出来。日方把这份军事计划定名为"宣传计划"——把一份典型的侵略计划称之为"宣传计划",这完全符合日本人阴暗诡秘的心理——这份"宣传计划"显示出日军好战军官的毒辣：

首先,"必要时不顾敌我双方的损害,果断地攻击","占领卢沟桥","至迟于九日正午前占领宛平城"。其次,"立即将秦德纯、冯治安绑架至北平警备队内,不许自由发表言论和行动",这一任务由北平特务机关实施,驻屯军步兵第一联队援助。至于如何对付尚在山东老家的第二十九军军长、冀察政务委员会委员长、冀察绥境公署主任宋哲元,"宣传计划"拟订了五种方案：一、催促宋哲元乘火车迅速返回北平;二、或者让其乘坐飞机去天津;三、如果宋哲元不回,就严密监视;四、让宋哲元去青岛退避;五、以上若均不行,济南的特务机关"可果断采取最后手段",由中国驻屯军负责实施。——谁都明白,日本特务机关的"最后手段"是什么。

此份"宣传计划"还附加了特别"说明",强调要千方百计地"证明事件发生非我方有计划之行动"。只是这种宣传要有分寸,不然很可能适得其反——"过多强调,将陷于自我辩解。"⑪

一九三七年七月七日晚,发生在卢沟桥的事件,到底是不是日本人的精心策划,上述"宣传计划"已经显出些许端倪。

宛平城的谈判依旧在僵持中,突然传来一声炮弹的爆炸声,急于占领宛平城的日军已经等不及了,于凌晨四时二十分向宛平城内开炮了。

一木清直大队长指挥五百日军向宛平城中国守军发起了攻击。中国守军第三十七师二一九团团长吉星文立即向师长冯治安和旅长何基沣报告。冯治安师长的命令十分严厉:一寸土地都不许退让。中国守军扼守宛平城东门,任日军如何冲击,城门坚固如铁。日军的炮弹呼啸着飞过城墙,瞬间就将宛平专员公署炸塌了。此时的王冷斋在炮声中想起一个细节:指挥攻击的那个日军大队长一木清直,曾在宛平专员公署成立的时候前来表示祝贺。奇怪的是,从日军驻地到宛平城好几里地,一木清直那天没有像往常一样骑马,而是徒步走来的。现在才明白,这个日本军官是在用步子测量炮兵射击的准确距离。

伴随着炮声,谈判双方的情绪都异常冲动。中国军队宛平城守军三营营长金振中,这个态度强硬的中国军人,坚决不允许日军踏入宛平城,过去不允许,现在不允许,将来也不允许。日方威胁说,如不允许,就要动用武力强行占领。怒火万丈的金振中营长踢翻了桌子,几乎与日本军官扭打起来。

此时,日军正面攻击宛平城未能得手,随即改变攻击方向,集中兵力猛扑卢沟桥铁桥和龙王庙的中国守军防区。两军在龙王庙附近遭遇,中国守军只有两个排约七十多人,而日军有两个中队五百多人。在日军的轮番攻击面前,中国士兵用步枪、机枪和手榴弹顽强阻击,最后用大刀进行白刃战,日军伤亡百人以上,两个排的中国守军全部阵亡。——从兵力对比上看,这近似一场蓄意屠杀。

天亮了,雨云密布。

七十多名中国官兵的遗体,血迹斑斑地散落在永定河边的沙坎上,一双双死不瞑目的眼睛望着灰蒙蒙的天空。

此刻,卢沟桥事变的消息传到了日本东京。

日军陆军部接到中国驻屯军第一封电报的时间是凌晨五时五十四分:

> 丰台驻屯部队的一部在夜间演习中,二十二时四十分因受中国军队的不法射击,立即进入敌对状态,派出问罪使者使其承认事实,开始交涉道歉及其他事项。⑫

八日十时二十分,日军陆军部接到中国驻屯军的第二封电报:

> 丰台驻屯部队当对不法射击进行交涉时,又遭到龙王庙中国军队的射击。我军于五时三十分对其进行攻击,并占领永定河堤防线。对卢沟桥城内的中国军队,正予以解除武装中。⑬

日本外务省东亚局局长石射猪太郎说:"鉴于六年前关东军炸毁南满铁路"时使用的"诡计",东京的军政要员们一致认为,中日两国这次是"又干起来了"。⑭

在如何应对卢沟桥事变上,日本内阁和统帅部内部形成了"不扩大派"和"扩大派"两种不同意见。无论是"扩大派"还是"不扩大派",在侵华问题上并不存在本质上的分歧,分歧仅仅在于选择全面侵华战争的时机上。"不扩大派"以参谋本部作战部部长石原莞尔、战争指导课课长河边虎四郎、战争指导课主任参谋堀场一雄以及陆军省军务课课长柴山兼四郎等人为代表,他们担心日本目前兵力不足,一旦发动对华全面战争,很可能陷入长期战争的困境,并格外担心苏联会从远东方向出兵夹击日本。——"目前我国正专心致志完成满洲建设和对苏战备以巩固国防,不要因插手中国而弄得支离破碎。"⑮"不扩大派"认为,在没有动员十五个师团,"发动军需动员准备量的半数",筹备五十五亿日元军费、作战期限限时于半年的条件下,全面出兵中国将是一种失策。相比"不扩大派",日本军政高层中"扩大派"的人数众多,包括陆军大臣杉山元、参谋本部作战课课长武藤章、中国课课长永津佐比重、陆军省军事课课长田中新一以及陆军省次官梅津美治郎等人。他们认为,中国是个不堪一击的国家,只需动用三四个师团的军力,就可以征服中国。永津佐比重甚至扬言,只要将军舰开到塘沽附近,即使日军没有登陆,"北京也好、天津也好,将会投降"。至于对苏联出兵的担忧,"扩大派"更是不屑一顾,认为苏联正在经历政治大清洗,很多红军的高级将领都被斯大林处决了,严重的军心涣散将导致苏联无力介入。而英国在欧洲受到纳粹德国的牵制,美国因奉行孤立主义也不会介入远东战争。这样的国际环境于日本非常有利,应该利用卢沟桥事变这一"千载难逢的良机",发动对华全面战争。为此,杉山元大将上奏天皇,信誓旦旦地表示,如果增派大量的部队,"事变大约一个月就可以解决"。⑯

日本关东军军官几乎都是"扩大派",得知卢沟桥"又干起来了"的消息后欣喜若狂,认为"目前北方是安全的,所以趁此时机应对冀察给予一击"。为此,他们报告参谋本部:"鉴于华北形势,已以独立混成第一、第十一旅团之主力及空军一部作好立即出动准备。"⑰关东军高级参谋田中隆吉——那个上海"一·二八"事变中的点火人——此时已经跑到了天津,建议关东军和驻屯军联合起来,对中国华北地区发动全面作战;而关东军参谋辻政信甚至跑到了卢沟桥,直接对第一联队队长牟田口廉也说:"关东军支持你们,彻底地扩大下去吧!"⑱

当时,七十三岁的皇族参谋总长载仁亲王未理部务,参谋次长今井清中将也在生病疗养中,因此,参谋本部的工作实际上由作战部部长石原莞尔主持。作为"不扩大派"的核心人物,八日晚六时四十二分,石原莞尔以参谋本部"临命第四〇〇号"指示,向中国驻屯军发出了命令:"为了防止事态扩大,应避免进一步行使武力。"⑲

石原莞尔的命令遭到"陆军部内的强烈反对"。陆军部的军官们已拟出向中国增兵的计划:从关东军抽调两个旅团,从朝鲜军抽调一个师团,从日本国内派遣三个师团,共赴中国华北地区作战。海军部也下达了命令:"一、在台湾演习的第三舰队返回原防地;二、加强警备,以备事件扩大,禁止任意行动;三、准备好机动兵力,以备对华紧急出兵。"八日深夜,陆军大臣杉山元下达命令:"京都以西各师团,原定七月十日复员的步兵联队二年兵延期复员。"这样,日军等于又"增加了四万兵力"。⑳

石原莞尔的命令刚一下达,中国卢沟桥再次爆发战事。

黎明即将来临之时,大雨又至。中国军队第三十七师二一九团二营由长辛店驰援永定河,于河西岸向日军发动了反击,双方在铁路桥和龙王庙阵地的争夺中反复拉锯。为夺回并巩固阵地,何基沣旅长亲自率领西苑驻军前来助战。二一九团组成突击队,乘着夜色用绳梯悄然爬出宛平城,在青纱帐的掩护下,沿着永定河向铁路桥靠近,然后突然向日军发起了冲锋。突击队员们没有开枪,而是使用了西北军最著名的大砍刀,日军猝不及防,被砍得血肉横飞,鬼哭狼嚎。其中一位年仅十九岁的突击队员,连续砍杀了十三名日本兵,同时生擒了一名。瓢泼大雨之中,一个中队的日军几乎全部被砍倒在铁路桥上。新的一天到来时,夺回了阵地的中国士兵站在永定河铁路桥上,背着的大砍刀在薄明天色的映照下寒光凛冽。

卢沟桥事变犹如一道大堤出现的一条裂缝,裂缝迅速扩大,以致洪水汹涌而出——几乎所有的中国人都知道自己的国家是何等的贫弱,自己的国民曾经何等的隐忍,但是,因贫弱一直隐忍的国民不等于没有国家与民族尊严的最后的底线——骤然间,底线的堤坝轰然垮塌:

> 大刀向鬼子们的头上砍去!
> 二十九军的弟兄们,
> 抗战的一天来到了!
> 抗战的一天来到了!
> 前面有东北的义勇军,
> 后面有全国的老百姓,
> 咱二十九军不是孤军,
> 看准那敌人,把它消灭!
> 把它消灭! 冲啊!
> 大刀向鬼子们的头上砍去! 杀![21]

一位名叫麦新的中国作曲家创作的这首名为《大刀进行曲》、副题为《献给二十九军大刀队》的歌曲,墨迹未干便怒吼于整个中国。

卢沟桥事变发生时,国民政府行政院院长兼军事委员会委员长蒋介石正在江西庐山。八日上午,他收到了宋哲元关于卢沟桥事变的电报:

> 日军驻丰台部队炮四门,机枪八挺,步兵五百余人,自阳夜十二时起,借口夜间演习,向我方射击。企图占领我卢沟桥城(即宛平县城),向该城包围攻击,轰炸甚烈。我驻卢沟桥之一营,为正当防卫计,不得已不能不与之周旋,现仍在对峙中。除以在事态不能扩大可能范围内沉着应付外,如何之处,请示机宜。[22]

蒋介石的第一个反应是:全面战争可能真的来了。

蒋介石复电宋哲元:

> 宛平城应固守勿退,并须全体动员,以备事态扩大。此间

已准备随时增援。[23]

无法确切地知道,至少在名义上是中国军政首脑的蒋介石,于庐山上那个云雾缭绕的早晨思考了什么。这个生于中国浙江的南方人,对北方的卢沟桥并不特别熟悉,然而他一旦面对军用地图,就可以立即得出结论:日军之所以要占领那座桥,是因为那座桥扼守着平汉铁路。一旦日军控制了这个由北平向南一直延伸到华北大平原的交通要点,不仅可以把整个北平收入囊中,还可以打开沿着平汉铁路南下中国的大门。这么多年与日本人打交道的经历,让蒋介石作为一个大国的首脑历尽惶恐、迷茫、屈辱和愤怒,往事堆积叠加起来逐渐确立了他的信念,那就是用中国式的宽容和忍让求得与日本邦交的正常化,不但可望不可即,而且根本就是中国的一厢情愿。由此,蒋介石制定了应对卢沟桥事变的方针:不屈服、不扩大、不求战、必抗战。

对于全中国的抗日怒吼来讲,"必抗战"三个字已经足够了。

蒋介石接连发出的电报,都是基于应战的准备——他命令开封以西部队派出一个师开赴黄河以北,再准备两个师以备随时出动;命令位于平汉铁路附近的第二十六路军抽调两个师,向石家庄或保定集中;命令第四十军及第八十四师同时开赴石家庄;命令正在庐山参加暑期训练团的将领们全部下山归队,准备打仗。最后,蒋介石致电南京军事委员会办公厅主任徐永昌、参谋总长程潜、训练总监部总监唐生智、军政部部长何应钦:

倭寇挑衅,无论其用意如何,我军应准备全部动员。各地皆令戒严,并准备宣战手续。除前令各部开动外,第二十一、第二十五各师,亦令动员候调为要。[24]

毫无疑问,庐山上的蒋介石听到了全国对日的怒吼之声,并且他知道这一次的怒吼不同往常。在作出重大抉择之后,蒋介石希望知道各方民意究竟如何。于是,他给各路军阀发出了一致抗战的号召,并召集他们与各界名流一起上庐山,共商国家对日战争将要涉及的所有问题。令蒋介石没有想到的是,一直与他争权夺利,乃至与他开战厮杀的各路军阀们,这一次竟对他的号召报以了从未有过的热烈响应。

在国民党林立的派系中,蒋介石最强硬的政治对手,是广西的桂系军阀。桂系首领李宗仁和白崇禧收到蒋介石共商大计的邀请后,"不假深思,便复蒋先生一电说,中央既已决心抗战,我辈誓当拥护到底"。桂系决定派白崇禧启程赴庐山面见蒋介石。四川省政府主席、川系军阀首领刘湘,云南省政府主席、滇系军阀首领龙云得知后,致电劝阻李宗仁和白崇禧——"他们认为蒋先生的为人,最尚权诈,万一籍抗日之名,将我李、白二人骗往中央,加以羁縻,则广西省政必为蒋系所控制。唇亡齿寒,川、滇两省也将岌岌可危了。"

李宗仁和白崇禧给这两位老兄的回电可谓言辞恳切:

>……因日本侵略者现正着着逼我,不只是蚕食而已,而是实行其一举征服中国的政策。相信中枢已无忍让的余地。今日的局势只有两条路可循,不是抗战图存,便是投降亡国。中央和蒋先生纵有意拖延,日本侵略者也未必容许,此其一。如中央此次仍无心抗战,而欲采取投降一途,则不特全国军民不能同意,恐怕蒋先生的嫡系部队也将自动实行抗战,此其二。根据以上两点判断,我们认为中央和蒋先生除抗战外,实无他路可走。今蒋先生既有发动抗战的决心,广西自当响应号召实行全省动员,参加抗日。希望刘、龙二公也秉"先国难而后私仇"的大义,动员全省人力物力,拥护中央,参加抗战。切勿迟疑不决,致贻蒋先生以吾人不愿共赴国难的口实,而向侵略者低头。㉕

随即,山西的阎锡山、宁夏的马鸿逵等纷纷表示拥护国民政府抗日;四川的刘湘和潘文华更是表示:"此国难当前,正我辈捍卫国家报效领袖之时",决定"通电全省,主张于委座整个计划之下,同德一心,共同御侮"。㉖

蒋介石更没有想到的是共产党人的态度。

卢沟桥事变发生的第二天,中国共产党中央委员会向全国发出通电,指出只有实行全民族抗战才是救国的唯一出路,并为此决心与国民党人"亲密合作":

>……全中国同胞们!我们应该赞扬与拥护冯治安部的英勇抗战!我们应该赞扬与拥护华北当局与国土共存亡的宣言!我们要求宋哲元将军立刻动员全部二十九军,开赴前线应战!我们要求南京中央政府立刻切实援助二十九军,并立

即开放全国民众爱国运动,发扬抗战的民气,立即动员全国海陆空军,准备应战……我们要求全国人民,用全力援助神圣的抗日自卫战争!我们的口号是:

武装保卫平津,保卫华北!

不让日本帝国主义占领中国寸土!

为保卫国土流最后一滴血!

全中国同胞,政府与军队,团结起来,筑成民族统一战线的坚固长城,抵抗日寇的侵掠!

国共两党亲密合作抵抗日寇的新进攻!

驱逐日寇出中国![27]

同一天,蒋介石接到了毛泽东、朱德、彭德怀、贺龙、林彪、刘伯承和徐向前的联名电报,表示共产党军队愿在国民政府"领导之下,为国效命":

庐山蒋委员长钧鉴:

日寇进攻卢沟桥,实施其武装攫取华北之既定步骤,闻讯之下,悲愤莫名!平津为华北重镇,万不容再有疏失。敬恳严令二十九军奋勇抵抗,并本三中全会御侮抗战之旨,实行全国总动员,保卫平津,保卫华北,规复失地。红军将士,咸愿在委员长领导之下,为国效命,与敌周旋,以达保土卫国之目的。迫切陈词,不胜屏营待命。

毛泽东、朱德、彭德怀、贺龙

林彪、刘伯承、徐向前叩

庚亥[28]

或许日方感受到了中国人对卢沟桥事变的激烈反应,或许日军在兵力投入与部署上尚未做好全面准备,日方突然提出"和平解决"。

九日凌晨三时,中日双方在卢沟桥前线达成协议:一、双方停止射击;二、日军撤至丰台,中国军队撤至永定河西岸;三、宛平城防务由中国保安队接任,人数约二三百人,于当日上午接防。

但是,当中国保安队根据协议前往宛平城接防,行至卢沟桥附近的大井村时,突然受到日军的阻击。王冷斋县长反复与日方交涉都没有结果。中午,日方又提出,中国保安队的人数限定为五十人,只能携带步枪和三十发子弹,并由日军旅团长在宛平城内监视中国军队的撤退。除了第三项,中国方面答应了日方的要求。可当保安队准备进城时,又遭到日军的阻击,日军旅团长已命令第二大队向宛平城前进了。

十日上午,双方再次开始谈判,地点在北平市长秦德纯的家里。日方出席的仅仅是第二十九军的日本顾问樱井德太郎等,他们之中没有一个人能代表日本军部,但这几名日军下级军官却气焰嚣张。刚坐下来,他们就要求中国方面撤换有关军政指挥官,并向日军道歉赔礼。在场的何基沣旅长勃然大怒,拔出手枪拍在桌子上厉声说,这次卢沟桥事件,完全是日方蓄意挑起,日本应该向中国道歉,并保证以后不再挑衅侵略,否则中国军队就将消灭你们! 中国旅长的气势让日方代表一时无言可对。日方要求在卢沟桥保持相当兵力,要求寻找在永定河西岸阵亡的日兵尸体。双方轮番舌战,激烈辩论。突然,日方代表们找借口出去了,而且竟然一去不复返。

很快,中国方面接到了日方提出的新的停战条件:"一、第二十九军代表向日本军表示道歉,并声明负责防止今后再发生类似事件;二、对肇事者给以处分;三、卢沟桥附近永定河左岸不得驻扎中国军队;四、鉴于此次事件出于蓝衣社、共产党及其他抗日的各种团体的指导,今后必须对此做出彻底取缔办法。以上要求须向日方提出书面承认。"只有中国承认了上述条件,日军才会回到原驻地,但"卢沟桥附近须按我方要求进行"。[29]

第三十八师师长张自忠派出代表与日方交涉,由于他坚决不同意"永定河左岸不得驻扎中国军队"的条件,谈判进行了三个多小时没有任何结果。

中日两方正在谈判的时候,牟田口廉也指挥日军一部再次占领龙王庙地区,并向卢沟桥前线的中国守军发动了夜袭。在施加了一系列军事压力后,日本北平特务机关长松井太久郎冒着大雨来到张自忠家进行交涉,张自忠仍是坚决不答应撤兵和惩处"肇事者",双方还是没有达成协议。

此时,在日本东京,陆军部的"扩大派"已经制订了向中国派兵的作战方案,这令"不扩大派"的核心人物石原莞尔"极为苦恼"。因为派兵就"含有事态扩大的因素",作为作战部部长,他希望卢沟桥事件可以"不动员国内师团而就地解决";但另一方面他也承认,中国驻屯军的现有兵力,确实不足以面对"扩大派"的军官们一直叫嚣的岌岌可危的局面。于是,石原莞尔最终同意向中国派兵。

十一日上午十一时三十分,日本政府内阁举行由首相(内阁总理大臣)、外相(外务大臣)、陆相(陆军大臣)、海相(海军大臣)、藏相(财务大臣)参加的五相会议,陆相杉山元在会上提出:"为了确保中国方面实行道歉和必要的保证,必须火速以关东军、朝鲜军准备好的部队增援中国驻屯军,同时也要从国内抽调必要的部队(五个师团,目前暂用三个师团和十八个飞行中队)迅速派往华北。"[30]对此,外相广田弘毅提出了"保留条件":"一、虽说是必要时实行派兵,应只限于为保护侨民和中国驻屯军的自卫安全所必需时,才实行动员;二、关于动员国内部队,按陆相说明,只能理解为当前的准备性打算。"[31]会议两点结束,接着又召开了内阁会议,陆军部的派兵提议得到全体阁员的支持:"议定举国一致来处理事件",并决定"本事件今后称为事变,出兵改派兵"。[32]

内阁会议结束后,首相与参谋总长觐见天皇,天皇批准了向中国派兵的方案。

十一日十八时三十五分,日军参谋本部参谋总长载仁亲王下达了"临参命第五十六号",命令关东军独立混成第一、第十一旅团之主力,侦察机、战斗机和重型轰炸机各两个中队,高射炮两个中队,包括装甲列车在内的铁道第三联队之主力,电信第三联队一部、汽车队一部和防疫队一部,隶属中国驻屯军司令官指挥,"急速派遣至华"。三个小时后,"临参命第五十七号"下达,驻守朝鲜的日军第二十师团被命令:"务须迅速到达华北,编入中国驻屯军司令官管辖下。"[33]参谋本部制订的行动计划是:独立混成第一旅团,旅团长酒井镐次少将,十三日从公主岭出发,十七日集结于顺义;独立混成第十一旅团,旅团长铃木重康中将,十二日从古北口出发,十九日集结于高丽营;第二十师团,师团长川岸文三郎中将,十七日从龙山出发,由铁路输运,十八日在天津、唐山、山海关附近集结。

这一天黄昏时分,日本发表了《关于向华北派兵的政府声明》:

> 中国方面的侮日行为接踵发生,中国驻屯军对此正在隐忍静观之中。一向与我合作、负责华北治安的第二十九军,于七月七日半夜在卢沟桥附近进行非法射击。由此发端,不得

已而与该军发生冲突。为此,平津方面形势紧迫,我国侨民濒于危殆,而我方未放弃和平解决的希望,根据事件不扩大方针,努力做局部地区的解决。第二十九军虽曾答应和平解决,但于七月十日夜,突然再次向我非法攻击,造成我军相当伤亡。而且不断增加第一线的兵力,更使西苑部队南进,同时命令中央军出动等,进行战争准备,对和平谈判并无诚意,终于全面地拒绝在北平进行谈判。

从以上事实说明,这次事件完全是中国方面有计划的武装抗日,已无怀疑的余地。

就帝国和满洲国来说,维持华北治安,是很迫切的事,不待赘言。为维持东亚和平,最重要的是中国方面对非法行为,特别是排日、侮日行为表示道歉,并为今后不发生这样的行为采取适当的保证。由此,政府在本日内阁会议上下了重大决心,决定采取必要的措施,立即增兵华北。

然而,维持东亚和平为帝国之夙愿,因此,政府为使今后局势不再扩大,不抛弃和平谈判的愿望,希望由于中国方面的迅速反省而使事态圆满解决。关于列国权益的保全,当予充分考虑。㉞

这份政府声明,可视为日本政客和军人向中国乃至全世界宣布的一份对华发动战争的宣言。

日本战史承认:"上述派兵声明对中国刺激甚大。"㉟

日本驻屯军闻讯后,更是摩拳擦掌,决定"暂时停止过去的和平谈判","集结兵力,伺机对河北省的中国军队予以彻底的打击和扫荡",从而"以此次事变为转折,从根本上解决华北问题"。㊱

只是,增援的兵力尚未抵达。

十一日晚八时,日方代表松井太久郎与中国冀察方面代表秦德纯签订了《卢沟桥事件就地协定》。这份包括第二十九军代表向日军道歉、卢沟桥周围及龙王庙改由保安队维持治安、取缔共产党抗日团体等内容的协定,基本上是按照日方的意愿制订的。即使如此,当协定的内容传至东京后,"扩大派"的军官们立即草拟了一篇广播,并于午夜时分从东京播出:"接到在北平签订了停战协定的报告,鉴于冀察政权以往的态度,不相信其出于诚意,恐将仍以废纸而告终……"而因为派兵

令业已下达、政府声明业已宣布,"不扩大派"此时也对这份协定怀有了诸多不安:

> 一、在现地签订的协定,虽可认为现在事态大致缓和,但从全面解决目前时局中存在的问题看,还不能安心。
>
> 二、对海军来说,当然不希望事态扩大,但面对席卷全中国的抗日气氛,要充分戒备,在未看出事情的结果之前,执行现在配备,不能放松,须继续进行。
>
> 三、帝国应以严肃态度监视中国方面履行协定,国内师团的派兵可以暂停。㊲

此时此刻,对于中国来讲,无论东京持有何种立场,国民政府必须面对大量日军将要踏上中国领土这一严重的事实了。

十日,蒋介石给仍在山东老家的宋哲元打电报:"守土应具决死决战之决心与积极准备之精神应付。至谈判,尤须防其奸狡之惯技,务期不丧丝毫主权为原则。"同日,再电:"从速构筑预定之国防线工事,星夜赶筑,如限完成为要。"㊳蒋介石催促宋哲元回到北平主持大局,或者赶赴保定以备指挥一触即发的战事。

十一日,国民政府军政部在"卢沟桥事件第一次会报"会上详细讨论了中国军队在军事上的应变措施,除指示各部队待命和配备作战武器外,还命令后勤部门向黄河以北运输储存可供二十个师三个月消耗的弹药、粮食及两百架飞机使用的汽油。

同一天,重病的中国驻屯军司令官田代皖一郎已处于弥留之际,日军教育总监部部长香月清司于凌晨四时接到了继任中国驻屯军司令官的命令。香月清司立即拜会了参谋总长、次长以及陆军大臣,得到的指示相互矛盾,一会儿说"根据不扩大方针行事",接着又说继续大规模向华北增兵,甚至说要动员国内两个师团去中国的山东——"原定登陆地点是青岛,但海军希望在海州附近登陆,意见还没有一致。"直到登上飞机飞往中国驻屯军司令部所在地天津时,这位新任司令官依旧心绪紊乱:"陆军省一片黑云弥漫、忧愁沉郁的状态,反之参谋本部却使人感到形势紧迫已极。那种即时必要的紧急派兵、准备动员国内的数个师团、山东作战的意向等等,简直觉得对华全面作战就要开始了。"㊴

这一天,在蒋介石的一再催促下,第二十九军军长宋哲元动身离开了山东老家。这位五十二岁的职业军人此刻更是心如乱麻。

宋哲元出生时,家境已经败落,童年和少年生活的贫苦饥寒养成了他倔强暴烈的性格。自一九〇七年进入武备学堂开始军人生涯后,从加入冯玉祥的部队当哨长开始,由于作战勇猛而逐步提升,至一九二六年他已是冯玉祥部第二集团军第四方面军总指挥,同时兼任陕西省政府主席。宋哲元指挥他的部队,剿灭了陕西省内由于军阀混战形成的各路小军阀,从而巩固了北伐军的后方。在攻克陕西关中西路重镇凤翔后,宋哲元做出了一个震惊全国的举动:将五千俘虏全部砍头。行刑时,他坐在刑场的一边,面对如此规模的屠杀场面,声容丝毫不为所动。这场骇人听闻的屠杀血迹未干,陕西的大小军阀纷纷前来跪倒在地恳求开恩。一九二九年,日本与国民政府签订协议退出济南,协议规定济南将由负责山东防务的西北军接收,但是蒋介石通知日方济南必须由中央军接收。这一事件导致蒋介石与冯玉祥的矛盾公开化。冯玉祥宣布反蒋,蒋介石欲解决冯部,始终追随冯玉祥的宋哲元受到蒋介石的通缉。随即爆发的蒋冯大战,以冯玉祥部败退告终。接着,冯玉祥联合阎锡山再度反蒋,蒋冯大战持续五个月,冯玉祥部再度败退。宋哲元一战再战,实力尽失,西北军残剩部队被张学良收拢改编为第二十九军。一九三〇年十一月,宋哲元被委任为第二十九军军长,军部设于山西阳泉。一九三三年初,第二十九军奉张学良之命开往北平附近,接着就被调往长城战场。在长城坚守喜峰口的战斗中,第二十九军名声大噪,宋哲元也获得了"抗日英雄"的美誉。他赞赏他的大刀突击队杀鬼子就像砍瓜一样痛快,他大情大义地收养了长城抗战烈士的遗孤。当国民政府向日方妥协,撤出在华北的势力后,华北地区便失控于南京中央,宋哲元借机迅速扩充部队,并将北平的各种税收纳入他的管理之中,他的地盘囊括了河北、察哈尔两省与北平、天津两市,可谓大权在握。

但是,宋哲元的日子并不好过。首先他要对付日本人。作为平津地区的掌权人物,他自然成为日本人拉拢的对象。虽然他和他的第二十九军将士打心眼里仇恨日本侵略者,但是他又不得不与日本人"和平相处",他不想在他的地盘上发生战争,他深知一旦战争爆发,多年来苦心经营的平津地区不是被日本人占领就是被蒋介石的中央军控制,而自己瞬间就会连立身之地都没有了。宋哲元还必须与南京国民政府周旋,因为蒋介石与冯玉祥矛盾很深,历史上曾经几次兵刃相见,他是冯玉祥的老部下而不是蒋介石的嫡系,所以绝不能不提防蒋介石的暗算。一九三五年,国民政府下令免去他察哈尔省政府主席的职务,此事至今还令他备感难堪和怨忿。宋哲元曾表示,无论发生什么情况,他决不会投降日本人。但不可否认的是,眼下他确实存在着利用日本人在华北的存在遏制蒋介石的中央军北上的想法。另外,受到冯玉祥的影响,宋哲元还要处理好与共产党的关系。他赞同反共但不赞成"剿共",认为共产主义在中国成不了气候,对共产党领导的抗日救亡运动不主张采取血腥镇压的方式。

由于处在特殊而敏感的位置,宋哲元最大的心结是怕人说他是汉奸、卖国贼。他是有血性要脸面的人,承受不了这种指责。冀察政务委员会成立时,有人向他建议与蒋介石、张作霖一样,制作一批"宋委员长就职纪念邮票",他一听就火了,认为这是在暗示他独立,表示除了服从中央之外,他没有任何个人野心,并说以后谁再出这种主意以汉奸罪论处。

至少在抗日战争初期的历史中,宋哲元的名字似乎与妥协派甚至是投降派连在一起。他的副军长秦德纯曾为他辩解说,国内外人士之所以责难颇多,是因为不明就里。宋哲元军长身处特殊时期和特殊位置,除了委曲求全之外别无他路。秦德纯对宋哲元的理解,也源于蒋介石曾托他转告宋军长的这样一番话:

> 日本是实行侵略的国家,其侵略目标,现在华北。但我国统一未久,国防准备尚未完成,未便即时与日本全面作战。因此,拟将维持华北责任,交由宋明轩(宋哲元,字明轩)军长负责。务须忍辱负重,委曲求全,以便中央迅速完成国防。将来宋军长在北方维持的时间越久,即对国家之贡献愈大。只要在不妨碍国家主权领土完整大原则下,妥密应付,中央定予支持。此事仅可密告宋军长,勿向任何人道及为要。⑩

"维持的时间越久,即对国家之贡献愈大",怎样理解并落实蒋介石的这句话呢?在"不妨碍国家主权领土完整大原则下"的"维持",又该是什么分寸?如何才能做到让日本人老老实实,不挑衅?让共产党不要在自己的地盘上煽动抗日?让蒋介石的中央军没有借口重返平津而把自己的第二十九军再挤到贫瘠的西北去？怎么才能即使不在全国舆论中有个好口碑,但至少不能落一个千夫所指遗臭万年的下场？——自认为见多识广的宋哲元,面对如此错综复杂的局面,终是不知如何是好。

作为中国华北地区的最高军政长官,宋哲元没有按照蒋介石的电令要求返回北平或到保定开设作战指挥部,而是直接去了天津,这让南京的中央政府颇感意外。

十一日夜,抵达天津的宋哲元与第二十九军高级将领开会研究对策。在第二十九军内部,将领们在如何处理与日军的关系上分歧很大。第三十七师师长冯治安等人主张坚决抗击,第三十八师师长张自忠等人则主张与日方交涉和平解决。至于张自忠等将领为何主张和平解决,不是他们对日方抱有希望或是对日军怀有畏惧,后来的历史证明他们都是对日作战中的中坚力量,与宋哲元一样,他们归根结底还是舍不得西北军好不容易到手的平津地盘。卢沟桥事变时,当张自忠得知与日军发生了武装冲突后,曾在电话里训斥过何基沣旅长:"打起来对共产党有利,遂了他们借抗日扩大势力的野心;对国民党有利,借抗日消灭杂牌。我们西北军辛辛苦苦搞起来的冀察这个局面就完蛋了。"[41]在第二十九军高级将领会上,张自忠的主张占据了上风。宋哲元决定接受日方的苛刻条件,并让张自忠转达日本驻屯军参谋长桥本群:"哲元从现在起留在天津,愿遵从司令官的一切指导。"[42]会后,宋哲元发表了公开谈话,恳切地谈到"东亚和平"和"人类责任":"此次卢沟桥发生事件,实为东亚之不幸,局部之冲突能随时解决,尚为不幸中之大幸。东亚两大民族,即是中、日两国,应事事从顺序上着想,不应自找苦恼。人类生于世界,皆应认清自己的责任。余向主和平,爱护人群,决不愿以人类做无益社会之牺牲。合法合理,社会即可平安;能平即和,不平即不能和。希望负责任者以东亚大局为重。若只知个人利益,则国家有兴有亡,兴亡之数,殊非尽为吾人所能意料也。"接着,宋哲元向第二十九军下达命令:

一、从十四日早开始第一班列车以后,列车运行正常化;

二、解除北平戒严;

三、释放逮捕的日本人;

四、严禁与日军摩擦。㊸

宋哲元的态度令南京方面异常惊骇。此刻,国民政府已经启动了应对战争的准备:蒋介石向位于陕西、河南、湖北、安徽、江苏的部队发布了正式动员令,命令以上地区部队向以郑州为中心的陇海、平汉铁路沿线集结,同时命令山东省政府主席韩复榘担任津浦路北线的防卫任务,命令平汉、陇海、津浦三个铁路局集结军用列车,所有的轮船公司将船舶回航到指定地点待命。鉴于此,军政部长何应钦以特急电报再次催促宋哲元速去保定准备作战:"津市遍布日军,兄在津万分危险,务祈即刻秘密赴保,坐镇主持,无任盼祷。"㊹而宋哲元一面向南京国民政府发出电报,请求暂缓派中央军北上;一面向日方表示,"对日决不抵抗,对南京抗争"。

新任中国驻屯军司令官香月清司于十二日上午十一时飞抵天津。他听取了参谋长桥本群的汇报,然后召集参谋会议,并于十三日晨草拟出一份《七月十三日的中国驻屯军情况判断》,以紧急电报的形式发给了东京的陆军大臣和参谋总长。《判断》的主要内容是他所指挥部队集结的位置以及集结的目的:"军将第一次所增加兵力(包括第二十师团)合并使用,必要时一举歼灭第二十九军。"为了给中国方面施加压力,香月清司向冀察政务委员会提出七项要求:一、彻底镇压共产党的策动;二、罢免排日要人;三、撤去驻在冀察的排日中央系统各机关;四、撤去冀察排日团体;五、取缔排日言论及宣传机关和学生、民众的排日运动;六、取缔学校、军队的排日教育;七、北平的警备将来由公安部队负责,城内不得驻屯军队。如不答应上述要求,即解散冀察政务委员会,第二十九军撤出冀察。㊺

香月清司击中了宋哲元的要害。

如果不答应日方提出的条件,日方将以武力将第二十九军驱逐出平津地区。

宋哲元感到了心力交瘁,他对日方表示:原则上没有异议,只希望延缓实施。

面对宋哲元滞留天津,且有向日方妥协的倾向,焦灼的蒋介石于十三日给宋哲元发去一封立场鲜明却又言辞恳切的电报,表示中央已定"宁为玉碎,勿为瓦全"的作战决心,要求宋哲元务须与中央保持一致,"共同生死,义无反顾"。蒋介石向宋哲元强调,这是"国家与个人之人格"问题：

> 宋主任勋鉴：卢（卢沟桥）案必不能和平解决，无论我方允其任何条件，而其目的，则在以冀察为不驻兵区域，与区内组织用人皆得其同意，造成第二冀东（"冀东防共自治政府"）。若不做到此步，则彼必得寸进尺，决无已时。中早已决心，运用全力抗战，宁为玉碎，勿为瓦全，以保持为我国家与个人之人格。平津国际关系复杂，如我能抗战到底，只要不允任何条件，则在华北有权利之各国，必不能坐视不理，而且重要数国外交皆已有把握。中央决宣战，愿与兄等各将士，共同生死，义无反顾。总之，此次胜败，全在兄与中央共同一致，无论和战，万勿单独进行，不稍与敌方以各个击破之隙，则最后胜算，必为我方所操。请兄坚持到底，处处固守，时时严防，毫无退让余地。今日对倭之道，惟在团结内部，激励军心，绝对与中央一致，勿受敌欺，则胜矣。除此之外，皆为绝路，兄决心如何？请速详告，中正手启。㊻

十三日这天——七七事变爆发近一周后——中国国民政府召开军事会议，确定了以蒋介石为大元帅的战时体制，任命程潜为参谋总长，白崇禧为副参谋总长，同时命令作战部门开始编制战争爆发后各战区所属集团军、军团、军、师及独立旅的战斗序列。

十四日，宋哲元给何应钦回电，拒绝了让他赴保定指挥部队做抗战准备的命令："因兵力大部在平津附近，且平津地当要冲，故先到津部署，俟稍有头绪，即行赴保。辱蒙关切，至为感谢。"㊼宋哲元依旧对香月清司抱有幻想，他很想与这位新任司令官面谈，但香月清司对他反应冷淡，只派了一名少佐参谋见了他一面。宋哲元只能再派张自忠去找桥本群谈判。张自忠因兼任天津市长，与司令部位于天津的日本驻屯军比起宋哲元要熟稔些。张自忠开列的妥协条件是：处罚卢沟桥事变中的中国营长；由第二十九军副军长兼北平市市长秦德纯出面向日方道歉；将冯治安的第三十七师调出，由张自忠的第三十八师接替北平城防；立即取消一切抗日活动等。但是，日方的态度依旧蛮横，说这些条件仍未能满足日方的要求。

同一天，宋哲元再次向南京发电，言他会本着"中央之意旨"处理相关事宜,但因他的部队均处驻防状态,散落于平津各地,集结需待时日。且天津"大沽小站一带"已非常危险,请示南京是否应该放弃驻防。蒋介石立即回电,告知宋哲元"天津绝对不可放弃",同时切望第二十九军"从速集结兵力应战"。为促使宋哲元尽快行动,蒋介石专门抽调了六个高射炮连开赴保定,命其归宋哲元指挥,并命令军政部部长何应钦"速运子弹三百万颗"给第二十九军。㊽

但是,宋哲元的态度还是模棱两可。

七月十四日下午,国民政府军政部召开"卢沟桥事件第四次会报"会。会议对卢沟桥事件本身没多议论,话题反而都集中在宋哲元身上。何应钦说,委座要求外交部发表一份对日声明,但是外交部非常为难,因为据说宋哲元已经认可了日方所提的苛刻条件——"中央尚不知底蕴,仍在调兵遣将,准备抗战,是中央与地方太不联系,故发表宣言,甚难措辞。"何应钦还通报说,日方在北平"对宋大肆挑拨:谓日军此次行动,系拥护冀察利益,拒止中央军来占冀察地盘"。而宋哲元之所以与日方签约,似乎不是惧怕日军,而是为了给足日方面子:"宋发表谈话,谓代表所签字承认之条件,系敷衍日方面子。日方兴师动众,非得一点凭据,面子不好看。现在日本全国仅二十个师,用于平津者不过五六万人。现中央交四个师归我指挥,决不怕日军之压迫。"㊾

在国民党军政系统内部,中央派系与地方军阀派系间的猜忌与倾轧,始终是近代中国诸多问题中的一个死结。

日本人对此心知肚明。

就在宋哲元想方设法与香月清司商谈妥协条件时,日军紧张地准备着进攻北平和歼灭第二十九军的作战计划。这一计划于十五日报给日军陆军部:"以突然行动进攻第二十九军,并将其扫荡至永定河以南"。同时,"以现有兵力进出保定、任丘之线,增加兵力后进至石家庄、德州一线,并准备与中央军进行决战"。作战计划拟动用的兵力除以河边正三为旅团长的中国驻屯军步兵、炮兵、坦克兵和骑兵之外,还有增兵中国的第二十师团,独立第一、第十一混成旅团以及以德川好敏中将为兵团长的航空兵团。以上部队均配属炮兵、坦克兵、骑兵、工兵等特种部队,航空兵团拥有侦察机七十二架、战斗机八十四架、轻型轰炸机三十六架、重型轰炸机三十架,作战飞机总计二百二十二架。㊿

中国方面得到相关情报后,何应钦再次急电宋哲元,告知他日军正在集结,企图包围北平并歼灭第二十九军全部。始终对南京怀有戒心的宋哲元不但将信将疑,而且为了不刺激日军,竟在这天致电上海各界救亡团体,谢绝了抗日热情高涨的国民对第二十九军的慰劳:"遇此类小冲突,即劳海内外同胞相助,各方盛意虽甚殷感,捐款则不敢受。"[51]

宋哲元对蒋介石中央军的警惕,比日军还甚,这让中央军派系的大员们感到既恼怒又无奈:"宋哲元犹疑不决,并向中央表示:要抗战,没有钱,没有军火。中央拟派第二、第十、第二十五、第二十七、第三十七、第三十八、第八十七等师协同作战,他拒绝了,并说第二、第十、第二十五各师是失败过的军队,他不欢迎;还表示:河北人民很苦,中央军如来,最好不要住民房。"[52]

十六日,关东军的两个旅团抵达平津地区,朝鲜驻军的一个师团正在向平津疾进,德川好敏的航空兵团已集结于长城附近待命出击。

此时,蒋介石召集的各路军阀和各界名流已陆续上了庐山。一九三七年七月十七日——七七事变爆发十天后——蒋介石在庐山上发表了讲话。在这个著名的关于"最后关头"的讲话中,中国政府表明的抵御外侮的决心前所未有:

各位先生:

中国正在外求和平、内求统一的时候,突然发生了卢沟桥事变,不但我举国民众悲愤不止,世界舆论也都异常震惊。此事发展结果,不仅是中国存亡的问题,而将是世界人类祸福之所系。诸位关心国难,对此事件当然是特别关切。兹将关于此事件之几点要义,为诸君坦白说明之。

第一,中国民族,本是酷爱和平。国民政府的外交政策,向来主张对内求自存,对外求共存,本年二月三中全会宣言,于此更有明确的宣示。近两年来的对日外交,一秉此旨,向前努力,希望把过去各种轨外的事态,统统纳入外交的正轨,去谋正当解决。这种苦心与事实,国内外都可见。我常觉得我们要应付国难,首先要认识自己国家的地位,我们是弱国,对自己国家力量,要有忠实估计,国家为进行建设,绝对的需要和平,过去数年中不惜委曲忍痛,对外保持和平,即是此理。前年五全大会,本人外交报告所谓:"和平未到根本绝望时期,决不放弃和平;牺牲未到最后关头,决不轻言牺牲。"跟着今年二月三中全会对于"最后关头"的解释,充分表示我们对于和平的爱护。我们既是一个弱国,如果临到最后关头,便只有拼全民族的生命,以求国家的生存。那时节再不容许我们中途妥协;须知中途妥协的条件,便是整个投降、整个灭亡的条件。全国国民最要认清所谓最后关头的意义,最后关头一到,我们只有牺牲到底,抗战到底;唯有牺牲到底的决心,才能博得最后的胜利。若是彷徨不定,妄想苟安,便会陷民族于万劫不复之地。

第二,这次卢沟桥事件发生以后,或有人以为是偶然突发的,但一月来对方舆论或外交上直接间接的表示,都使我们觉到事变发生的征兆。而且在事变发生的前后,还传播着种种的新闻:说是什么要扩大塘沽协定的范围,要扩大冀东伪政府组织,要驱逐第二十九军,要逼迫宋哲元离开。诸如此类的传闻,不胜枚举。可以想见这次事件,并不是偶然的。从这次事变的经过,知道人家处心积虑地谋我之亟,和平已非轻易可以求得。眼前如果要求平安无事,只有让人家军队无限制地出入于我们的国土,而我们本国军队反要忍受限制,不能在本国土地内自由驻在;或是人家向中国军队开枪,而我们不能还枪。换言之,就是人为刀俎,我为鱼肉。我们已快要临到这极人世悲惨之境地,这在世界上稍有人格的民族,都无法忍受的。我们的东四省(黑龙江、吉林、辽宁和热河)失陷已有了六年之久,继之以塘沽协定,现在冲突地点已到了北平门口的卢沟桥,如果卢沟桥可以受人压迫强占,那么我们五百年故都北方政治文化的中心与军事重地的北平,就要变成沈阳第二。今日的北平若果变成昔日的沈阳,今日的冀察亦将成为昔日的东四省。北平若可变成沈阳,南京又何尝不可变成北平。所以卢沟桥事变的推演,是关系中国国家整个的问题,此事能否结束,就是最后关头的境界。

第三,万一真到了无可避免的最后关头,我们当然只有牺牲,只有抗战;但我们的态度,只是应战,而不是求战。应战,是应付最后关头必不得已的办法,我们全国国民必能信任政府已在整个的准备中;因为我们是弱国,又因为拥护和平是我们国家的国策,所以不可求战。我们固然是一个弱国,但不能不保持我们民族的生命,不能不负起祖宗先民所遗留给我们的历史责任,所以到了必不得已时,我们不能不应战。至于战争即开之后,则因为我们是弱国,再没有妥协的机会,如果放弃尺寸土地与主权,便是中华民族的千古罪人。那时候便只有拼民族的生命,求我们最后的胜利。

第四,卢沟桥事件能否不扩大为中日战争,全系日本政府的态度;和平希望绝续之关键,全系日本军队之行动。在和平根本绝望之前一秒钟,我们还是希望和平的,希望由和平的外交方法,求得卢(卢沟桥)事的解决。但是我们的立场有极明显的四点:(一)任何解决不得侵害中国主权与领土之完整;(二)冀察行政组织不容任何不合法之改变;(三)中央政府所派地方官吏,如冀察政务委员会委员长宋哲元等,不能任人要求撤换;(四)第二十九军现在所驻地区,不能受任何的约束。这四点立场,是弱国外交最低限度,如果对方犹能设身处地,为东方民族作一个远大打算,不想促成两国关系达于最后关头,不愿造成中日两国世代永远的仇恨,对于我们这最低限度之立场,应该不至于漠视。

总之,政府对于卢沟桥事件,已确定始终一贯的方针和立场,且必以全力固守这个立场。我们希望和平,而不求苟安;准备应战,而决不求战。我们知道到全国应战以后之局势,就只有牺牲到底,无丝毫侥幸求免之理。如果战端一开,那就是地无分南北,年无分老幼,无论何人,皆有守土抗战之责任,皆应抱定牺牲一切之决心。所以政府必特别谨慎,以临此大事。全国国民亦必须严肃沉着,准备自卫。在此安危绝续之交,唯赖举国一致服从纪律,严守秩序。希望各位回到各地,将此意转达于社会,俾咸能明了局势,效忠国家,这是兄弟所恳切期望的。㊳

中国共产党人毛泽东赞扬道:"这个谈话,确定了准备抗战的方针,为国民党多年以来对外问题上的第一次正确的宣言,因此受到了我们和全国同胞的欢迎。"㊴

在决定中国命运的历史关键时刻,蒋介石之所以选择"如果战端一开,那就是地无分南北,年无分老幼,无论何人,皆有守土抗战之责任,皆应抱定牺牲一切之决心"的强硬立场,至少基于三个理由:

其一,此时的国民政府对各地军阀统辖的地盘控制能力薄弱。华北的宋哲元始终担忧与日军进入战争状态后会损兵折将削弱实力,惧怕由此导致中央军以增援为名进入冀察而丧失地盘,因此一再期望与日方取得和解以求自身的生存。而山东的韩复榘、山西的阎锡山、云南的龙云、广东的陈济棠等等军阀,何尝不是这样的心境?军阀们都对中央抱有如此戒心,那么,如果不在抗战立场上表示出没有余地的强硬,一旦中日之间爆发全面战争将会造成战局的不可收拾。

其二,不强调"收复失地"而强调"只是应战,而不是求战",强调在不丧失主权和领土完整的前提下仍望以和平的外交方式解决危机,但同时又强调"如果临到最后关头,便只有拼全民族的生命,以求国家的生存"。这是国民政府惯用的一种外交策略,因为在自身国力贫弱的国际关系中,态度越强硬,冲突和平解决的希望就越大。

其三,与日本的国力和军力相比,中国处于劣势。中国如果决心应对战争,必须拖延开战的时间以求进行战争准备,从这个意义上讲,主动求战不符合军事战略的常规。外交上的强硬不但不损害民族尊严,还可以使双方的谈判得以持续,由此尽可能多地赢得战争准备时间。

此刻,在日本军政高层内部,矛盾的激化仿佛他们也到了"最后关头"。战争狂热情绪的日益膨胀,令作战部部长石原莞尔十分焦虑,因为他计算了一下,日本国内能够动员的兵力总数为三十个师团,除去在"满洲国"和朝鲜的驻军之外,在中国方面最多只能投入十一个师团。因此,如果这时候发动对华全面战争,"其结果只有和西班牙战争中的拿破仑一样陷入无底深渊"。因此,他甚至主张应果断地将华北军队全部撤至山海关以北,然后由"首相亲自飞南京和蒋介石解决中日根本问题"。可是,"扩大派"的将领坚决反对石原莞尔,他们认为这样会导致日本丧失在中国的全部权益,甚至会导致日军不得不从"满洲国"撤退,这样一来将是日本"国策"最悲惨的失败。——"现在到了要不全部放弃权益,实行彻底的不扩大;要不就放弃不扩大,而保护权益,二者必择其一的关头了"。[55]

从后来的战争结局上看,此刻的石原莞尔,可能是日本军界唯一预测到了未来的清醒之人。只是,他的主张并不是基于反对对中国的侵略,而是出于苏联有可能对日开战的高度警惕。他认为现在日本的战争能力,在维持"满洲国"统治和戒备苏联南下两方面勉强够用,如果在没有充分准备的情况下,再贸然对中国全面开战,很可能由于兵力捉襟见肘而陷入战争泥潭不能自拔,还有可能因为战场巨大战线众多而陷入持久战争。——但是,在日本政客和军人眼里,中国广袤的国土和丰富的物产已在手边,怎么可能放弃?

十七日上午十一点——几乎是蒋介石发表"最后关头"讲话的同时——东京日军参谋本部正式通报了陆海军《关于华北作战的协定》。《协定》的具体说明是:"讨伐华北的中国军队,作战尽量限制在华北。然由于情况变化,可能转为对华全面作战";决定在二十日之前,动员国内三个师团的兵力向华北集中;增援兵力集中完毕后,"一举击溃中国军队,并占领保定、独流镇以北"。参谋本部对战争的预定是:两个月内消灭中国军队第二十九军,三至四个月内以全面战争消灭中国的国家政权。[56]

日本政客和军人的极度狂妄由来已久。

何应钦将日本扩大战争的情报通报给宋哲元。然而,就在蒋介石发表"最后关头"讲话的当晚,张自忠代表宋哲元向日本驻屯军提出了妥协方案,内容包括:宋哲元道歉,处分当事者营长,取缔排日言论、组织和活动,北平由宋哲元卫队驻扎等。第二天,宋哲元和张自忠一起面见香月清司并当面道歉。十九日,宋哲元留下张自忠在天津,他与冀察军政首脑们乘坐日本人准备的专列离开天津前往北平。就在列车行进于半途中时,卢沟桥前线再次传来中日两军发生冲突的消息。当晚十时,日方发表了一个类似"最后通牒"的声明,声称二十日午夜后日本驻屯军将"采取自由行动"。得到消息的张自忠立即派出代表会晤驻屯军参谋长桥本群,一个小时后,即与日方签订了包括"彻底弹压共产党的策动"、"冀察方面主动"罢免"不适宜职员"、第三十七师主动撤出北平等条款在内的秘密协定。

宋哲元认为,既然已经全部答应了日本人的要求,日军就不会把第二十九军赶出平津地区了。因此,第二十九军副参谋长、中共党员张克侠拟定的集中兵力歼灭日军分散据点,然后迅速向长城一线推进阻击日军的作战方案,不但没有得到采纳,将领们反而接到了宋哲元拆除北平城内巷战堡垒以及第三十七师移防涿州的命令。宋哲元甚至向日本北平特务机关长松井太久郎保证,他有能力阻止蒋介石的中央军北上,至少能够确保中央军停留在保定以南。

就在宋哲元与日方签订秘密协定的九个小时前,十九日十四时四十分,国民政府外交部代表董道宁针对平津地区的中日问题特别声明:此次事件"因有地方性质,故希望在地方谋求解决,但任何现地协定,须经中央政府承认"。日方立即表示无法接受,言"冀察政务委员会乃有别于其他地方政权的大规模特殊政治形态。多少次重要的地方交涉向来由其进行,南京政府并未过问。而今竟突然主张我方和冀察政权的对话,必须经过承认,完全是故意为圆满解决事件设置障碍"。[57]——难道日本人真的不懂,冀察是中国领土的一部分,任何冀察政权组织都是中国政府职能的地方代行者,难道东京可以与世界上任何一国签署协定而日本政府不能过问也无需认可吗?

日军参谋本部在部长会议上确定:"立即中止天津军对冀察的交涉,转为作战行动。"[58]

这一天,日军增兵部队两万五千人抵达,连同中国驻屯军在内,日军在中国平津地区的兵力已达三万以上。

蒋介石关于"最后关头"的措辞强硬的讲话,于十九日正式公开发表。二十二日,蒋介石致电北平市市长秦德纯转告宋哲元:

> 昨电至今尚未见复,甚念!闻三十八师阵地,已撤北平城内,防御工事也已撤收,如此,则倭寇待我北平城门通行照常后,将其部队与兵员乔装入城,充分布置,或待我城内警戒松懈时,彼必有进一步要求,或竟一举而占我北平城,思之危急万分!务望刻刻严防,步步留神,勿为所算。故城内防范,更应严重,万勿大意。与倭所商办法,究为如何?盍不速告,俾便综核,而慰愁虑。[59]

蒋介石一再追问,宋哲元还是没有告知与日方签订的秘密协定的内容。第二天,蒋介石再次致电已从保定赶赴北平的参谋次长熊斌,请他转告宋哲元:目前日军的机械化部队正秘密向北平大量运送,大连方向也有大量日军部队正在登陆,"预料一星期之内,必有大规模之行动"。切望第二十九军"时刻防备并积极布置"。[60]

得知日军正向北平大规模集结后,宋哲元终于明白战争已经无法避免。出于一位中国军队将领的良知,他开始考虑并部署备战问题。他命令第三十七师停止移防涿州,第一三二师在永定河以南集结,独立第二十七旅进入北平担负城防。但同时,宋哲元还是对自己的地盘留有最后的不死之心,他致电蒋介石,要求已经北上备战的部队暂时稍微后退,以便使目前剑拔弩张的局势得到一时和缓。宋哲元给蒋介石提出的理由是:让他有时间妥善完成应战准备。

但是,一切都为时已晚。

为彻底占领并控制中国平津地区,日本驻屯军决定,首先肃清北宁铁路天津至北平间主要车站上的中国守军,以便打通华北这两座大城市之间的交通。

廊坊车站,天津至北京间的一个大站,由第二十九军第三十八师第一一三旅旅部率二六六团(欠二营和三营十二连)驻守。

二十五日下午四时半,日军的一个中队乘火车到达这里,并开始在车站内构筑作战工事,声称他们要修护日军军用电线。第一一三旅旅长刘振三和二二六团团长崔振伦随即与日军交涉,言这里是中国军队的守备区,不允日军随意进出并有所动作。但日军竟然要求中国守军退出车站,两军随即发生冲突。日本驻屯军立即命令第二十师团第七十七联队和驻屯军步兵旅第二联队第二大队前往增援。二十六日拂晓,日军的飞机轰炸了廊坊中国驻军的兵营,陆续到达的地面部队同时向廊坊车站的中国守军发动了猛攻。因作战实力悬殊,中国守军于中午十二时向通州方向撤退,廊坊车站遂被日军占领,平津之间的铁路交通被日军切断。

廊坊冲突发生后,香月清司向东京参谋本部请求他可以"随时行使兵力",参谋本部即刻通知中国驻屯军:"要坚决予以讨伐,上奏等一切责任,由参谋本部承担。"当晚,参谋本部下达"临命第四八〇号",特别指示:废除石原莞尔在卢沟桥事变发生的第二天下达的"为了防止事态扩大,应避免进一步行使武力"的"临命第四〇〇号",以便香月清司"得以行使武力"。[01]这一命令的下达,令驻屯军的军官们欣喜异常:

> 卢沟桥事件到今天已十八天,在军司令部里对中国方面有无诚意或程度如何的判断,以及对不扩大方针可行不可行的争论,各持己见相互对立不知所措。参谋长、军司令官同样也无法把这些意见统一起来。东京也拿不出果断的态度。这

些天就是在浑沌中度过来的。终于到了下定决心对待事态的时候了。㉒

香月清司随即向第二十九军发出了最后通牒,要求第三十七师必须于二十八日中午前全部撤出北平城区,否则日军将"不得不采取单独行动"。最后通牒发出的同时,驻屯军第二联队第二大队从廊坊乘火车向北平开进,抵达丰台车站后,分乘二十六辆卡车扑向北平城,于黄昏时分抵达广安门,谎称是刚从城外演习回来的日本总领事馆的卫队,要求进城。广安门的中国守军,是第二十九军第一三二师刘汝珍团的一个连,眼见日军要强行冲关,中国守军立即向日军开火,两军在广安门城门前发生战斗,战斗持续了三小时,最终一部分日军冲进城内,一部分被阻挡在城外。

到了此时,宋哲元才彻底明白,他对日本人抱有的所有幻想已经化为泡影,他对中央军取而代之的担忧已经为日本人所利用,而日军以全歼他的第二十九军为目标的军事行动已经开始。三天前还在要求北上部队稍事后退的宋哲元不得不致电南京,报告平津局势"实堪危虑",请求"速派大军由平浦线星夜兼程北进,以解北平之围"。㉓蒋介石回电,命令第二十九军死守北平勿退,并请宋哲元不要在北平停留片刻,迅速赴保定指挥即将到来的大战,并承诺中央政府一定全力增援。

廊坊事件和广安门事件,与"九一八"事变、"一·二八"事变一样,都是日军有计划的军事行动。事件发生后,日军陆军大臣杉山元上奏天皇批准,下令全国动员,拟向中国派出规模约二十一万人的作战部队。其中第五、第六、第十师团增援华北——"占领平津地区,并策划持久占领";第十一师团开赴上海,第三师团开赴青岛——以便"在情况不得已时,对青岛、上海附近作战"。值得特别注意的是:被派往中国华北的日军第五师团师团长板垣征四郎、第六师团师团长谷寿夫后来都成为罪大恶极的战犯。

几乎同时,增援平津地区的中国军队也开始向北推进。

仓促应战的宋哲元于二十八日向第二十九军各部队下达了平津地区防御作战命令。只是,命令刚刚下达,部队尚未展开,日军便开始了对北平的进攻。

二十八日上午八时,香月清司指挥增援日军第二十师团、关东军独立混成第一、第十一旅团以及中国驻屯军步兵旅团,在空军的支持掩护下,向驻守北平北苑、西苑和南苑的中国守军发起全面攻击。

南苑地处北平南郊,自此处可长驱直入永定门。第二十九军军部原本设在这里。二十七日,宋哲元已将军部临时移驻到了北平城内。现在这里防守的,除副军长佟麟阁率领的军事训练团外,还有第二十九军特务旅的两个团、第三十八师师部特务团、第三十八师第一一四旅的两个团以及骑兵第九师的三个团、高炮营、装甲汽车大队,总计约七千人,由临时从城内赶来的第一三二师师长赵登禹担任总指挥。赵登禹因情况危急而来,到达后才发现这里部队众多,管理混乱,防御工事薄弱,遂立即命令第一三二师第一、第二旅连夜驰援。但是,援军尚未抵达,日军的进攻就开始了。

日军第二十师团主力在四十架作战飞机的配合下,自东、南两面实施主攻,独立混成第一、第十一旅团从北面实施助攻,集结于丰台的日本驻屯军旅团主力切断了南苑通往北平城的退路。日军对南苑中国守军阵地猛烈轰炸,没有任何防空武器的中国守军的通讯设施很快就被炸毁,联络中断,指挥失灵,中国守军很快就被日军包围在狭小的营区内,仅仅凭围墙作掩护进行抵抗。

这是中日双方在平津地区首次真正意义上的作战。

尽管副军长佟麟阁和总指挥赵登禹身先士卒,中国守军官兵不怕牺牲拼死抵抗,但由于事先没有战争准备和作战预案,且各部混杂在一起于横飞的炮弹中难以协同,致使战事初起中国守军便伤亡惨重。日军随即投入了装甲部队,很快攻占了大红门一带,从而完成了对南苑中国守军的全面包围。中国守军开始撤退。撤退时因没有统一指挥,也没有掩护部队,秩序十分混乱。副军长佟麟阁在大红门附近收容部队向北平城撤退时,腿部中弹负伤,在坚持指挥作战中被敌机炸弹击中,当场阵亡。总指挥赵登禹手持大刀督战,遭到日军伏击后,于冲杀突围时胸部中弹阵亡沙场。

五个多小时后,南苑被日军攻占。

中国守军伤亡两千人以上。

残余官兵在暮色中向北平城方向退去。

佟麟阁,河北高阳人,早年追随冯玉祥,从士兵升至师长。中原大战冯玉祥讨蒋失败后,佟解甲归田,"九一八"事变后受宋哲元邀请重新任职。一九三三年任抗日同盟军第一军军长兼察哈尔省政府主席。

抗日同盟军被蒋介石撤销后,他再次隐居,后又受宋哲元邀请复出,任第二十九军副军长兼军事训练团团长。他是坚定主张抗战的将领,表示国难当头,战死者荣,偷生者耻。他本可在城内指挥,但他决心一死,阵亡时年四十五岁。

赵登禹,山东菏泽人,从军后担任冯玉祥的随身卫兵,跟随其参加北伐战争。他武艺出众,胆大机智,屡获战功。中原大战后,冯玉祥的部队败北被张学良整编,他被任命为第二十九军第三十七师第一〇九旅旅长。长城抗战喜峰口大刀队袭击日军一战就是他的杰作,为此他荣获青天白日勋章一枚,并升任第一三二师师长,被授予陆军中将军衔。南苑一战阵亡时,手中依旧紧握大刀,刀刃上沾满倭寇之血,时年仅三十九岁。

两位将军阵亡,举国震惊,同声哀悼。

国民政府发布褒恤令,追认佟麟阁、赵登禹为陆军上将。

两位抗日的中国军人的名字,被北平、天津、武汉等城市命名为街道名称,以传后世。

南苑失守后,日军随即占领丰台、清河、沙河等地。

北平已经门户洞开。

二十八日那天,北平市民心境复杂。当听见南边响起枪炮声,得知自己的军队终于与日军真枪实弹地干起来时,全城雀跃。市民们组织起支前队和慰问队,甚至还请来了几十名磨刀人,以专为第二十九军官兵磨快杀倭寇的大刀。

磨刀霍霍中,宋哲元、张自忠等人在铁狮子胡同官邸商讨战事。时近黄昏,骑兵第九师师长郑大章闯进来报告:南苑丢失了。经过紧急磋商,决定平津防务和政务交由张自忠负责,宋哲元当晚与冯治安、秦德纯等人一起撤往保定。

从南苑方向撤退的第二十九军官兵,夜幕降临后到了永定门城门下。守城的中国士兵不敢打开城门,他们用绳索把城外的兄弟吊上城墙。看见这一幕的北平市民不由得有些惊惶,但更多的市民沉默着,他们在沉默中于路两旁摆上食品,并且向自己的士兵脱帽致敬:

> 市区已不见岗警,但行人不少。马路两侧还摆放着西瓜、酸梅汤、馒头等食品,叫士兵们食用;有些学生给我们带路;有的市民见到我们队列行进,脱帽致敬。此情此景,使我们这些

溃兵辛酸而惭愧。㊾

据说,北平警察局一夜之间把冀察绥靖公署所有工作人员以及第二十九军军官和家眷们的户口全都改了,为的是万一日本人进城后不让他们惹上麻烦。

第二十九军残存的官兵到中南海怀仁堂集合。中南海里凌乱不堪,到处是遗弃的军装、枪支和破坏了的汽车。军副参谋长张克侠命令部队凌晨两点出发,军官发路费五元、士兵二元,行军路线是:出西直门,经大灰厂、门头沟,至良乡、琉璃河、高碑店,到保定集中。

二十九日凌晨,第二十九军残部大部分撤出北平。其中第三十七师独立第三十九旅旅长阮玄武投敌。滞留城内的第一三二师独立第二十七旅被日军解除武装。张自忠躲入了德国人开办的医院。第二天,由日方组织的以年近七旬的汉奸江朝宗为委员长的北平维持会成立。

那一天,北平大雨。

北平陷落的消息传到了天津。

驻守天津的中国官兵决定主动出击,与日军决一死战。

驻守天津的中国军队,尚有第二十九军第三十八师副师长兼天津公安局局长李文田指挥的约五千多人,这些部队是第三十八师手枪团、独立第二十六旅的两个团、天津保安队三个中队和一千多人的武装警察。二十八日黄昏,李文田副师长召开军官紧急会议,参加会议的有手枪团团长祁光远、市政府秘书长马彦翀、保安队队长宁殿武、警备司令部司令刘家鸾、第一一二旅旅长黄维纲以及独立第二十六旅旅长李致远。他们计算了一下,日军在天津尚有步兵三个大队以及临时航空兵团等部队,兵力约五千人左右。双方虽都是五千多人,但无论武器还是备战中国守军都不如日军,可军官们最后还是决定以流血牺牲来宣示他们与日军的不共戴天——日军痛恨砍他们脑袋的中国军队第三十七师,他们严重忽视了第三十八师也是一支抗日情绪高涨的部队——在平时训练中,除了常规军事课目外,这个师还有一个训练内容叫作"精神讲话":

……每逢国耻日,馒头上印上"勿忘国耻"四个字,或者让官兵都躺在铺上凝视天棚,不吃饭,想一想,以示不忘国耻。有伙食节余的团营就买几头活猪,拉到操场上用黄纸糊在猪身上,写上"日本帝国主义",然后让各连队向猪做冲锋动作。哪个连队刺死了猪,哪个连队就抬走吃了。吃饭时唱吃饭歌:"这些伙食,人民供给;我们应该,为民努力。帝国主义,国民之敌;为国为民,我辈天职。"⑥

这群明白伙食是人民供给的中国军人对日军发动袭击的具体部署是:独立第二十六旅配属保安队一个中队,攻击天津火车总站和日军的机场;另一个保安队中队攻击火车东站;武装警察负责交通与通讯联络。

二十九日凌晨一时,天津的中国守军出击了。

由于对天津火车总站和火车东站采取的是偷袭战术,战斗进展顺利:由独立第二十六旅的朱春芳团长率领的二营和一个保安中队,在炮轰天津火车总站后发起攻击,将那里的日军压迫至车站仓库的口上,总站随即被中国官兵占领。火车东站的战斗进行了两个小时,那里的日军基本上被消灭。飞机场距离较远,为达到突袭的目的,营长和两名排长跑在最前面,其余的官兵每人携带一壶汽油和一盒火柴跟进。待营长和两名排长跑到机场时,后续部队还没有到达。他们在机场大门口用大刀把站岗的日本兵砍死,正好有一辆汽车开出来,他们开枪把汽车打坏了。这时后续部队赶到,官兵们一起往机场里面冲,日军飞行员都睡在飞机的机翼下,听见枪声迅速上了飞机准备起飞。中国官兵扑上去,把汽油倒在飞机上,然而携带的火柴因为跑步时出汗而弄湿了,竟然一根一根地划不着。日军飞机发动起来横冲直撞,有的强行起飞了。这是一个混乱的场面:

> ……驻在机场的日军,疯狂向我士兵射击,我士兵一部分设法烧飞机,一部分抵抗。这时约有二十多架飞机即将起飞,有些士兵急了,不管管事不管事,用刀乱砍飞机;有的抓住飞机不放,飞机起飞,只好放手掉下来,跌伤了三四个士兵。起飞不了的飞机,士兵们用大刀砍,用刺刀刺,用枪打,用手榴弹炸;起了火的飞机,士兵们不管火烫用手撕下着了火的飞机碎片,再到别的飞机上引火,霎时机场上烟火冲天。我军喊杀之声惊天动地,将守卫机场的日军压迫到机场办公楼和营房工事里。起飞了的飞机黑夜里看不清地面,在机场上空乱飞。⑥

在枪炮声中慌恐地过了一夜的天津市民这才知道,是中国军队与日军干上了。市民们夹道为上前线的官兵鼓掌欢呼,送上茶水、西瓜和饭菜。天津的公私车辆全部主动为中国军队运送兵员和弹药,在日军轰炸和反击时,市民们帮助自己的军队修筑街垒,商店的店员把铁门卸下来,喊着号子向前线送。一些市民在四处横飞的枪弹中倒下了,军民的鲜血混合着,在大街上流淌。

天津的战局从二十九日下午开始恶化。

日军飞机开始对天津全城狂轰滥炸,中国官兵和天津市民的伤亡急剧增加。要求增援的电话一再打到第三十八师总指挥部,而总指挥部所在地被日军发觉,遭到了飞机的猛烈轰炸,加上汉奸的大肆破坏,总指挥部与各部队的联络中断。由于各处战斗伤亡很大,预备队也所剩无几,天津的中国守军残部只能撤退。

二十九日黄昏,天津沦陷。

就在天津的中国军队向日军发动袭击时,驻通县的伪冀东保安队突然暴动了。伪保安队第一总队队长张庆余之前曾与第二十九军秘密联系,商定一旦与日本开战,保安队就起义反正。二十九日凌晨,起义的伪保安队突袭了驻通县的日军和伪冀东防共自治政府,击毙了通县的特务机关长细木繁中佐以及日军官兵数十人,消灭了日军守备队、汽车大队,还抓获了伪政府主席、大汉奸殷汝耕。当日军增援部队抵达时,起义官兵已经押着殷汝耕前去投奔第二十九军了。但是,他们走到北平城下时才得知第二十九军已经撤离。他们只好向保定方向追赶,谁知在北平西郊与日军遭遇,起义部队伤亡巨大,殷汝耕在混乱中脱逃。

卢沟桥事变爆发二十二天后,北平和天津相继失守。

尽管中国军队第二十九军对日本侵略者进行了顽强的抵抗,但在北平地区仅战斗第一天即遭重创,高级将领阵亡两名,全军官兵伤亡达五千余人。日方的伤亡统计是:"战死一百二十七人,伤三百四十八人,合计四百七十五人。"[67]

日军在武器装备上占绝对优势,异常凶猛的地空协同火力是造成中国军队迅速失利的主要原因。但是,中国军队第二十九军高层领导的政治和军事失误责任不可推卸。始终出于地盘利益考量一切问题,既没有认清日本侵略者的野心,又没有理解中央政府强硬的抗战决心,置全中国军民的抗战意愿于不顾,置国家和民族危急关头的命运于不顾,一味地委曲求和,致使负有守卫平津之责的第二十九军严重贻误了备战和战机。军长宋哲元作为中国华北地区的最高军政长官,在明知中央已经派出部队北上增援的情况下,仍旧滞留天津,不断试图与日本人进行求和接触,导致战事爆发时,第二十九军的高层将领连日军究竟有多少兵力、日军的作战计划和突击方向一概不清。宋哲元离开北平后,没有留下明确的作战计划,负责留守的张自忠直到南苑失守才得知大规模作战已经开始,而这时候,第二十九军位于南口至张家口铁路沿线的第一四三师竟然没有任何行动,这一切足以显现第二十九军作战指挥上的混乱。天津的中国守军的反击以及冀东伪保安队的起义,都是自发的行动,没有得到任何支持与增援。

抵达保定的宋哲元心境灰暗:好不容易到手的冀察地盘就这样丢了。如果说今后只有抗战一途,可平津一战部队损失惨重,再拿什么置身于军中战场?更重要的是,当年第二十九军于长城抗战时得到全国民众的一致赞扬,现在则是纷至沓来的责难。宋哲元给蒋介石打电报,认为自己应该受到国家的严重处分——在以后漫长的对日战争中,因失职被处决的中国军队高级将领不在少数——但令宋哲元没有想到的是,蒋介石为他承担了责任:"余身为全国军事长官,兼负行政,所有平津军事失败问题,不与宋事,愿由余一人负之。余自信尽全力、负全责,以挽救今后之危局。"蒋介石同时勉励已经撤到保定的第二十九军军师将领:"平津得失不足为虑,战争胜败全在最后努力,务望兄等鼓励全军,再接再厉,期达歼灭倭寇目的,雪耻图强,完成使命。"㊽但是,一九三七年八月三日,宋哲元还是通电全国,辞去了第二十九军军长职务。

在中日双方都认为的"最后关头",局部战争已经爆发。

那么,历史将如何演变下去?

在日本军政高层内部,就对华战争的问题,立场从来没有统一过。平津一战,日军以五个旅团以上的兵力,经过几十个小时的作战,夺取了北平和天津两大城市。之后,怎样切实可行地处理对华问题,成为日本军政高层必须立即面对的问题。作战部部长石原莞尔认为,若再派遣国内的师团,"就等于全面战争"了,而现在日本与中国南京政府之间,"还留有通过外交谈判根本转变局势的可能性"。当然,一旦谈判不成,"只能是全面战争了",那将是"非常长久的持久战"。目前,日本对中国能够使用的兵力,出于防范苏联因素的考虑,最多只能动用十一个师团,用这样少的兵力"解决中国是根本不可能的"。如果持久地打下去,"就不是单纯军方可以处理的问题"了。虽然日本军界强硬派,特别是关东军的军官们,主张一鼓作气地干下去,但最终日本内阁,乃至日本天皇,还是认同了石原莞尔的顾虑,希望战争只要能在中国华北地区的永定河、滹沱河与绥远一线形成一个战略缓冲区,就可以将战事暂时停下来。

出于这一目的,日方开始寻找与中国国民政府直接对话的可能性。

七月二十九日,当有记者询问"平津失守后国民政府的对应方针"时,蒋介石再次强调中国已身临"最后关头",因为"日军既蓄意侵略中国,不惜用尽种种之手段","今日平津之役,不过其侵略战争之开始,而绝非战事之结局"。而中国对待日本问题的底线是"不能丧失任何领土与主权"。所以,国民政府"岂能复视平津之事为局部问题,任听日军之宰割,或更制造傀儡组织"?最后,蒋介石对这一问题的明确回答是:"政府有保卫领土主权与人民之责,唯有发动整个之计划,领导全国,一致奋斗,为捍卫国家而牺牲到底,此后绝无局部解决之可能。"⑩

什么叫"发动整个之计划"?

是否可以理解为"全面抗战"?

蒋介石"绝无局部解决之可能"的表态,令日本人试图以协定的方式让平津乃至华北像此时的东三省一样脱离中国中央政府,再以傀儡"自治"的形式实现日本的占领与控制,从而达成石原莞尔所认为的"通过外交谈判根本转变局势"的目的,成为泡影。

中国政府之强硬令日本内阁感到震惊。

此时,距卢沟桥事变爆发,不足一个月。

整整七年后,制造卢沟桥事变的中国驻屯军步兵旅团第一联队队长牟田口廉也,已经升任日本侵缅部队第十五军司令官。在他自己提升上任的时候,日本战败的结局已经显露。心情黯淡的牟田口廉也这样回忆了往事:"大东亚战争,要说起来的话,是我的责任,因为在卢沟桥射击第一颗子弹引起战争的就是我,所以我认为我对此必须承担责任。"⑪

卢沟桥,始建于金大定二十九年,即一一八九年。

这座中国北方著名的古代石桥,横亘在永定河上已经数百年之久,是一座工艺精美且建造坚固的古老石桥。但是,在中国的历史上,这座石桥的最大价值是:在历史的某一时刻,它激发了中国人自近代以来前所未有的民族血性的爆发。

一九三七年七月三十一日,从中国传出了振聋发聩的战争动员令——蒋介石《告抗战全军将士书》:

> 这次卢沟桥事变,日本用了卑劣欺骗的方法,占据了我们的北平、天津,杀死了我们的同胞百姓,奇耻大辱,无以复加,思之痛心!自从"九一八"以后,我们愈忍耐退让,他们愈凶横压迫,得寸进尺,了无止境,到了今日,我们忍无可忍,退无可退了!我们要全国一致起来,与倭寇拼个你死我活。我们军人平日受全国同胞血汗供养,现在该怎样的忠勇奋发,以尽保民的责任?我个人做了全国的统帅,负着国家存亡、将士生死的全责,自然要竭我心力,操着最后必胜的把握。我常常说,我们既战,就要必胜。只要我们全体将士能够一心一德,服从命令,结果一定可以打败倭寇,雪我国耻。在此即刻就要与倭寇拼命抗战的时候,特意提出下面最重要五点,希望大家注意。

蒋介石提出的第一点:"要有牺牲到底的决心"。他表示"战争的胜负,全在于精神",我们不怕日本人,他们就会怕我们,而"怕人的一定失败,不怕人的一定胜利"。虽然中国军队的枪炮不如日本,但"只要我们抱定牺牲到底、忠勇不怕的革命精神"去战斗冲杀,"倭寇必败无疑"。

蒋介石提出的第二点:"要相信最后胜利一定属于我们"。他表示倭寇进入中国,到处"地形生疏",到处是"我们的同胞",他们必会寸步难行,只能仗着飞机大炮想将中国吓退,以避免战争作战。所以,我们只要誓死拼命,顽强抵抗,"不怕苦、不怕难、不怕死",以"持久死守"来消耗日军实力,就一定能"争得最后五分钟的胜利"。

蒋介石提出的第三点:"要运用智能自动抗战"。他表示一旦战争全面爆发,最高统帅部承担着国家战略战术的制订与颁布,但位于各地的部队将领也须"自动地详细研究"战局,以"助总部之所不及"。特别是命令未达时,面对突发情况应"临机应变","自动地运用智能"谋取战场的胜利。"这是上自军长、师长、旅长、团长,下至连长、排长都应该有的责任和本领"。

蒋介石提出的第四点:"要军民团结一致亲爱精诚"。他表示"任何战争得民众帮助的,一定胜利。这次抗战,尤其应该发动全国各地方全体民众的力量",来与强大的敌人拼命。特别是对于战区及附近的民众,"更须告以国家已到了危亡关头了,既是中华民族的同胞,就应该大家一致起来杀敌救国"。如果军民能够"甘苦相共","敌人未有不打败仗的"。

蒋介石提出的第五点:"要坚守阵地有进无退"。他表示"革命军的精神,就在于有进无退"。过去作战如此,现在对于倭寇作战更要如此,"使得勇敢的可以放心,怕死的想退也不敢退,才可以得到最后的胜利"。在日后的战争中,"倘使未得到统帅部的命令,擅自退却","无论任何官兵,一律以卖国罪处死毋赦"。虽然人都有一天要死的,但"总要死得值得,死得光荣"。

最后,蒋介石告知全国的将士们:

> 我们自"九一八"失去了东北四省以后,民众受了苦痛,国家失了土地,我们何尝一时一刻忘记这种奇耻大辱。这几年来的忍耐,骂了不还口,打了不还手,我们为的是什么?实在为的要安定内部,达成统一,充实国力,到最后关头来抗战雪耻。现在既然和平绝望,只有抗战到底,那就必须全国一致,不惜牺牲来与倭寇死拼。我们大家都是许身革命的炎黄子孙,应该怎样的拼死图报国家,以期对得起我们总理及过去牺牲的先烈,维持我们祖先数千年来遗给我们的光荣历史与版图,报答我们父母师长所给我们的深厚的教诲与养育,而不至于对不起我们后代子孙。将士们!现在时机到了!我们要大家齐心努力杀贼,有进无退,来驱除万恶的倭寇,复兴我们的民族。⑦

中华民族的最后关头,到来了。

第二章
中国决不放弃领土之任何部分

驻上海的美国《密勒氏评论报》主编鲍威尔,决定去距上海不远的舟山群岛度过一个凉爽的周末。但是,当他搭乘名为"三北"号的中国小火轮,顺着黄浦江缓慢地驶向宽阔混浊的长江入海口时,立刻感到情况有点不大对头:这艘属于中国轮船公司的小火轮,除了中国船长和中国水手在忙来忙去外,还有一位据说也是船长的德国人穿着崭新的制服神气十足地站在甲板上。并且,这艘中国轮船竟然升起了一面德国纳粹卐字旗。

> 我们看到日军的驱逐舰三三两两地停在黄浦江中,而吴淞口防波堤外,也泊着六七艘军舰。当我们的小船从军舰旁驶过时,舰上的日本军官就用望远镜仔细地打量着我们。在这样一条狭窄的河流中,日本海军军官的举动,自然引起我们一次次的恐慌。①

那位职责似乎仅仅是面向日本军舰微笑的德国船长告诉鲍威尔:这家中国轮船公司与一家德国公司签订了协议,把中国轮船全部转到德国公司的名下,理由是"中国人已经料到战火早晚会烧到扬子江流域","一旦交战,日本人不至于没收悬挂纳粹旗帜的船只"。②

上海,中国最大的经济文化中心,中国近代以来最为国际化的都市。精明的上海人关于可能要打仗的判断是有依据的。刚刚传来北平和天津被日军占领的消息,紧接着,一九三七年八月九日,上海便发生了日军军官被打死的事件:日本海军特别陆战队西部派遣队队长、海军中尉大山勇夫和一等兵斋藤与藏被中国士兵击毙于虹桥机场大

— 110 —

门口。③

所谓"虹桥事件",流传着五花八门的版本。上海市民听闻的最普遍的说法是:大山勇夫和斋藤与藏驾驶着一辆汽车至虹桥,要强行通过中国卫兵的警戒线进入机场,他们不但对中国卫兵的警告置之不理,还向中国卫兵开枪射击,导致一位名叫时景哲的中国军队二等兵中弹身亡。之后,中国卫兵开枪自卫,将大山勇夫和斋藤与藏当场击毙。

是否有一名中国卫兵被打死,史料的记载存在着分歧。

史说,时任中国军队第九集团军司令部作战科科长,他这样解释了机场大门口为什么会有一具中国卫兵的尸体:"这些(中国)士兵平时恨透了日本人,一见日本军人横冲直撞,不听制止,就坚决自卫,开枪打死了那个军曹。淞沪警备司令部急了,参谋长童元亮和上海市长俞鸿钧商量,让一个死囚犯穿上保安部队服装,把他打死在虹桥机场大门口,说是日本军曹要强进机场大门时,先把我卫兵打死了,以便与日本人交涉。"④事件发生的当日,上海市长俞鸿钧给南京国民政府军事委员会发去一封密电,电报对事件经过是这样叙述的:

> 今日下午五时左右,虹桥飞机场附近,有日军官二人,乘小汽车越入我警戒线,向飞机场方向直驶,不服制止命令,反向我守兵开枪。守兵初未还击,后该车转入牌坊路,该处保安队士兵闻枪声仰视,该日军官复开枪向之射击,保安队遂还击,一时枪声四起,该车前轮乃跌入沟内。车内一日军官下车向田内奔走,在附近因伤倒毙。另一军官伤毙车外。检查身内有明片两张,印有海军中尉大山勇夫字样。我士兵亦倒毙一名。⑤

无论事件经过到底怎样,有一个前提是必须强调的:两个日本军人在中国的国土上横冲直撞,企图冲击中国重要的机场设施,且无视中国卫兵的警告时被打死——且不说当前中日两军在中国北方已经进入交战状态,就是在和平时期,中国方面的处置也是正当的。

然而,中国人的正当处置,又一次成为日本人的"事端"。

日本人对在中国上海发动战争蓄谋已久。

上海是长江的入海口,中国华东地区的门户。一旦占领上海,不但能控制华东,还可以进逼南京,其战略位置的重要性日本人十分清楚。

因此,"一·二八"事变后,日军利用《上海停战协定》中对中国军队驻军上海加以限制的条款,一直在做着战争准备。一九三六年八月,日军参谋本部在拟定一九三七年《对华作战计划》时,已针对中国华东地区制订出详细的作战计划,这一最终目标指向中国首都南京的作战计划,其主要内容包括:以三个师团占领上海及其附近地区,以两个师团"从杭州湾登陆、从太湖南面前进",形成"两军策应向南京作战,以实现占领和确保上海、杭州、南京三角地带"。⑥只是,出于对苏联介入远东权益的高度警惕,日本担心一旦与苏联发生冲突时其主力部队如果已置于中国南方便无法迅速向北集结,因此仅在淞沪地区投入了少量的海军。

"一·二八"淞沪停战后,在上海,日军建立了以北面虹口军营为基地的核心设施,以东面杨树浦、西面沪西为支撑的外围据点。经过多年的经营,上海市区内的日本租界,实际上也已经成为坚固的军事堡垒,里面的机关、学校、商店和住宅内部,都构筑了各式的军事掩体,并隐藏着大量的武器弹药。至卢沟桥事变前夕,日军在上海地区拥有百余处军事设施,部署了约一万五千人左右的兵力,计有步兵一个大队、海军特别陆战队以及拥有三十多艘军舰的第三舰队,海军的航空队也有百余架飞机可随时准备支援作战。

在上海方向,日本海军已是作战心切。

日本海军与日本陆军在对华战略上存在着分歧。陆军方面出于对苏联的戒备,于战争初期向中国南方用兵时十分保守;海军方面则坚持认为,日苏之间暂时不会发生大规模军事冲突,日本军力的投入方向完全可以向南,从南中国一直延伸到整个太平洋地区。由此,卢沟桥事变后,日本海军立即准备出动以支援陆军在华北地区的作战,同时还迅速提出了向中国南方施加军事压力的计划。在求战心切的日军海军将领中,以驻扎上海地区的第三舰队司令官长谷川清中将最为踊跃。卢沟桥事变发生时,他正率队在台湾与陆军进行联合演习,事变的次日,第三舰队便停止演习返回了吴淞口外,长谷川清向东京日本海军军令部(司令部)提出:"华中作战,应以必要兵力确保上海和攻占南京",所以,需再向中国华中地区增派五个陆军师团。⑦

按照日军的一贯伎俩,发动战争要事先制造"事件",所以近两年来中日两军在上海摩擦不断。一九三六年九月,日本海军以"出云"号战舰三名水兵在租界内遭到狙击为借口,出动海军陆战队在全上海市布设岗哨。一九三七年七月,日本海军在上海地区连续举行军事演习,派遣舰队频繁出入上海附近的各港口,并登陆进行军事勘察。根据一九三二年中日签订的《上海停战协定》,中国方面不能在上海驻有正规部队,于是国民政府成立了保安部队,名为"保安团",实际上仍由正规部队的官兵组成。中国官兵对日军的愤恨积压甚久,只要遇有机会就会立即爆发。卢沟桥事变发生后,上海的"保安部队"立即做好了战争准备,军官们把家眷全部送回原籍,部队开始加紧军事训练,并大量准备构筑街垒的原材料。就在这时,突然有人来到中国"保安部队"的驻防地,说是需要"查门牌",中国士兵发现来人可疑,将其扣押询问,并让来人把鞋脱下来——依照中国士兵的经验,日本人的大脚趾是叉开的——来人这才承认,他们是日本海军陆战队的一名小队长和一名士兵曹长。从这两人身上搜出的笔记本上,记满了中国军队在上海的军事据点以及武器和兵力情况。中国士兵把这两名日军痛打了一顿。经过日方的反复交涉,这两名日军才被释放。但是,没过两天,上海香山路上又发生了类似事情,这次愤怒的中国士兵把捉到的日本军官捆在电线杆上打了个半死,其结果导致中日双方连续数日的激烈交涉。

一九三七年七月二十八日,日本政府"训令侨居扬子江沿岸二万九千二百三十名日侨撤离(指示在上海的侨民于八月六日撤到日租界)。在海军第十一陆战队掩护下,到八月九日完全撤到了上海"。[⑧]——应该特别注意日本政府规定的撤侨完毕的日期:八月九日。就是这一天,日军海军中尉大山勇夫和一等兵斋藤与藏冲击了上海虹桥机场的中国守军。

在这个世界上,凡是发生的事都不是绝对偶然的。

至少在"一·二八"事变后,国民政府已经明确意识到,日军在淞沪地区发动侵略战争不是可能与不可能的问题,而是时间早与晚的问题。于是,自一九三三年起,国民政府令参谋本部派人勘察地形,部署在宁、沪、杭地区修建国防工事,并组织陆军大学第十期学员实施战术演习用以研究和拟定设防计划。为防止日军从杭州湾和吴淞口南北两面登陆继而向南京推进,国民政府军事委员会成立了秘密机构,专职负责宁、沪、杭三地国防工事的设计和构筑,并划分出京沪、沪杭和南京三个作战防御区,在四条主要防御线上修筑以钢筋水泥为主体的防御工事;京沪防御区以吴福线(吴江至福山)和锡澄线(无锡至江阴)为主阵地;沪杭防御区以乍嘉线(乍浦经嘉兴至苏州)和海嘉线(海盐经嘉兴至吴江)为主阵地。为了便于部队机动,还特别修筑了苏州至嘉兴的铁路。一九三六年二月,国民政府在苏州成立了一个秘密作战指挥机构,对外称"中央军官学校高级教官室",后又改称为"中央军官学校野营办事处",军事长官为张治中,其任务是:负责制订京沪地区的作战计划,主持防御线上国防工事的修筑,一旦淞沪发生战争迅速转变为前线指挥所。最后这一点甚为重要。

张治中,原名本尧,字文白,安徽巢县人。一八九〇年十月生于一个世代耕田的贫苦家庭。先后毕业于武昌陆军军官第二期预备学校和保定陆军军官学校。一九二四年进入黄埔军校担任第三期入伍生总队长。张治中既是蒋介石重用的将领,同时也是共产党人的挚友,这决定了他的政治生涯复杂而曲折。一九三二年淞沪抗战中,他主动请缨,以左翼军指挥官的身份,率领部队与日军激战多日,战局失利后退守常熟,大有壮志未酬的遗憾。被任命为京沪防御区的军事长官后,因为知道战争已经迫在眉睫,亟待操办之防御准备又千头万绪,张治中心情始终沉重而焦急。包括日本军方在内,没有人知道以他为首的"中央军官学校野营办事处"是什么机构,而他已派出一批批人"到淞沪线、苏福线、锡澄线一带实地侦察、测量、绘制地图。这批人回来之后,完成了战术作业和初步的作战方案,并开始构筑淞沪线、苏福线和锡澄线一带的小炮机关枪据点工事"。令张治中十分不安的是,战争已呈一触即发之势,各地的军政要员们"仍不免空泛、纡缓、推诿,使部属无所秉承,如徒有作战计划,迄今毫无准备"。随着日军以军事演习为名,在淞沪地区的挑衅日益频繁,张治中开始秘密地扩充上海"保安团"的力量,同时命令他所能指挥的第三十六师由无锡推进到苏州附近,第八十七师由江阴推进到常熟福山一带,第八十八师由南京附近推进到无锡和江阴一线。张治中不断地向南京陈请必须增兵,因为此时上海只有一个"保安团",淞沪地区只有三个作战师,而按照他所制订的攻防计划,至少还需增加三至四个作战师。一九三六年十二月,西安事变爆发后,为给蒋介石"救驾",国民政府军事委员会将他部署在上海周边的第三十六、第八十八师都抽调走了。那是张治中最为担忧的一段时日:万一日军趁西安事变大举进攻上海,后果不堪设想。——"不过上海方面的日军,却反而采取了冷静观望的态度。"这或许是因为西安事变完全出乎日方意料的缘故。⑨卢沟桥事变后,张治中接任京沪警备司令官。为了预防万一,他命令补充第二旅的一个团化装成宪兵入驻松江;另一个团化装成上海"保安队"入驻虹桥和龙华两个机场——打死日军上尉大山勇夫的中国"保安",实际上正是张治中部署在机场的正规军士兵。

张治中强烈主张对于日本应该"先发制敌":

> 我有一个基本观念:这一次在淞沪对日抗战,一定要争先一着。我常和人谈起,中国对付日敌,可分作三种时期:第一种他打我,我不还手;第二种他打我,我才还手;第三种我判断他要打我,我就先打他,这叫做"先发制敌",又叫做"先下手为强"。"九一八"东北之役,是第一种;"一·二八"战役、长城战役,是第二种。这次淞沪战役,应该采取第三种。⑩

张治中向南京郑重建议,基于中国军队力量薄弱,而上海又是"系国际视听"的要地,因此必须采取攻势防御,即"先以充分兵力进驻淞沪,向敌猛攻,予以重创"。⑪

"先发制敌",意味着主动发起作战行为。——在与日本侵略者对抗的往事中,中国方面什么时候"先发制敌"过?除了"他打我,我不还手"以及"他打我,我才还手"之外,中国什么时候曾有过"判断他要打我"之时,抢先出手,把对方打得晕头转向的先例?

在南京军政高层内部,还有一些与张治中持相同或相近观点的人,包括副参谋总长白崇禧、军令部作战组组长刘斐、武昌委员长行营陆军整理处处长陈诚以及军事委员会委员长侍从室副主任姚琮等。他们的基本主张是:绝不能让日军把上海作为侵入华中的军事基地,必须主动歼灭上海的日军及其长江内河里的日军舰艇,开辟华东战场。他们的理由是:日军装备有飞机、大炮、坦克、装甲战车、航空母舰等先进武器,军队训练有素,崇尚武士道精神,百年以来几乎每战必胜,如今仍处于战斗力旺盛时期。如果中国军队把主力投入华北大平原与之决战,势必会被日军迅速各个击破,因为在大平原上日军可以充分利用其机械化优势,又有京汉、津浦铁路可以利用。一旦日军从北到南长驱直入,将中国军队主力逼退至东南沿海,战争就基本上结局已定了,日军很可能就此实现三四个月内灭亡中国的妄想。而如果中国军队在华北地区节节抵抗的同时,在华东地区开辟对日作战的"第二战场",就可以分散日军的力量,迟滞日军的南下进攻。目前,淞沪是开辟"第二战场"的理想之地。因为这里是中国的经济中心,日军肯定要发动作战。可也正因为如此,一旦淞沪爆发战事,各国列强的利益必然受到损害,列强们不可能坐视日本独霸中国权益,于是很有可能介入战争,列强的介入是有利于中国方面的。从军事上讲,利用上海城市的钢筋水泥建筑群与日军进行巷战,牵制住敌人,随后把日军逐渐引向江南的水网地带,使其机械化武器不能充分发挥作用,这样就会把日军拖入长期战争的泥潭。只要中国坚持抗战,最终会得到国际社会的援助,这是最后战胜日本的正确途径。当然,还有战场地理上的解释:从中国的地势特征上看,自东面沿海向西,地势逐渐抬升,是逆河流流向而上的,日军将一路被迫处于仰攻的态势中,这对进攻的一方不利;而中国的抗战后方基地在西南,即使边打边撤,也是背对着后方作战,且越退地势越高,这对作战的防御一方有利。

以上见解,确是远见卓识。

首先,这不是妥协论调,更不是投降论,是出于坚决抗战的立场。仅就这一立场而言,对于中华民族的前途和命运弥足珍贵。其次,就交战双方的实力对比和两国国情上讲,试图拉长战线并准备长期作战,无疑是一种冷静清醒的抉择。

但是,在淞沪主动开辟"第二战场",需要冒的巨大风险也是显而易见:这里是中国柔软的腹部,是经济最发达的地区,一旦爆发战争,经济会受到巨大的冲击和损失。而且,这里距离首都南京太近,在国家都城附近发生战争,必然会带来巨大的政治和军事压力。更重要的是:谁能知道列强在中日开战后是否会出面干涉?如果干涉是否能干涉到令日本停止对华侵略的程度?

历史一再证明,中国从来没有依靠列强摆脱任何苦难。

明知战争不可避免却又求战心切的张治中,对淞沪地区的中国军队发布了一篇文告,在历数中日甲午战争后的国耻后,他号召将士们在即将到来的抗战中为国捐躯:

>……时至今日,敌我间之诸般问题,已非和平所能解决,在我尤非抗战无以图国家民族之生存。全面应战之烽火高

燃,舍身报国之良机已至! 凡我袍泽,当必奋兴,雪恨歼仇,此其时日! ……虽然,我袍泽当知此伟大的神圣民族抗战之必然胜利,实由无量惨痛、无量牺牲所换来,盖惟有牺牲到底之决心,方能博取最后之胜利。故吾人之生命在此日实无其他生命意义之可言,仅属民族解放之祭礼而已,仅属无量牺牲无量热血牺牲中之一粟而已。唯具献身为国之决心,方能成就千秋盛业;亦唯具"我死国生"之至勇,方能所向无前! 血幕展开而后,我中国每一块土地,均将满布每一个国民之血迹,人人将成英雄烈士,人人可成志士仁人! 吾人分属前驱,岂期后死? ……⑫

日本方面显然察觉了淞沪局势的不妙。他们从上海租界英国巡捕房军事探长潘连璧和于一星那里,获悉了中国方面正在加紧构筑市中心军事据点和扩充上海"保安团"兵力的情报。日本驻华海军武官冲野亦男以中方违反"停战协定"为由,向国民政府外交部亚洲司司长高宗武提出抗议,并要求现场查看,被中方拒绝了。上海市市长俞鸿钧的答复是:不但所谓"停战协定"的相关条款中没有限制中国方面建筑防御工事的字眼儿,而且中国人在自己的国土上建造任何工事别国根本无权过问。日方据此说中国的做法是"敌对行为"没有道理。相反,倒是日方没有按照"停战协定"所约定的条款从规定地区撤出军事力量,这才是敌对行为的明确表现。

令日方感到更加不妙的是,"虹桥事件"发生后,中国方面的态度十分强硬。八月十一日下午四时,俞鸿钧市长会见了日本驻上海总领事冈本季正。冈本季正首先表示:"虹桥机场案"发,日方"着海军制服之军官及水兵为华人惨杀",这是"对皇军的重大侮辱",已经导致日本"全国激愤"。因此,日方要求中国方面立即拆除军事工事,撤退保安队。俞鸿钧当即表态:"该处系我国国土,无所谓撤退。"冈本季正又主张召开由中、英、法、德、意、日各国委员组成的淞沪停战共同委员会紧急会议,请求各国制裁中国。俞鸿钧更是寸土不让:"(一)停战协定早为日方破坏。因日方军队时常侵入八字桥一带区域,该处地段按照协定日方军队应悉数撤退。(二)日方既破坏停战协定,则根本无依据该协定作任何提议之权。(三)日方每利用共同委员会为实施该国侵略政策之工具,于己有利时提及之,于己不利时漠视之,应请各国注意。

(四)日方对于虹桥事件,一方同意以外交方式解决,一方军舰云集、军队增加、军用品大量补充,此种举动影响各国侨民生命财产之安全,且已对我国构成威胁与危害。"⑬——俞鸿钧很清楚:谈判是日方一贯的拖延时间等待增兵的手段,一旦日方准备好了,不仅是对所谓"共同委员会"漠视的问题,而是要对中国发动一场大规模的侵略战争。

以一名中尉和一名上等兵的性命换来的机会"失不再来"。

焦灼万分的日本海军表示,决不能"让死者为无意义之牺牲"。

"虹桥事件"发生的当晚,第三舰队司令官长谷川清便命令在国内待命的第八战队、第一水雷战队、第一航空战队和第一、第二特别陆战队做好出动准备。十一日上午,第三舰队所辖十九艘军舰抵达吴淞口,载来海军陆战队员两千名。十二日,随着另外五艘战舰的陆续抵达,日军在淞沪地区的军舰猛增到三十一艘,同时还有包括一艘航空母舰在内的九艘军舰停泊在吴淞口外,日军海军陆战队的作战人员激增到九千人以上。

日本海军知道,一旦战争打响,必须得到陆军的协同。十日,日本海军大臣米内光政在内阁会议上正式提出了"动员派遣陆军部队"的要求。陆军大臣杉山元即刻表示同意。第二天,日军参谋本部制订了派兵方案:"(一)上海方面派遣部队是以第十一师团(缺一部)和第三师团为基干编成一个军,八月十五日为动员第一日;(二)青岛方面派遣部队,预定是第十一师团的一部和第十四师团,其派遣时间伺机而定;(三)运送:继续挪用现在担任运送第二次动员部队的船只(预定十六日完成);(四)动员规模:兵员约三十万,马匹约八万七千。"⑭

国民政府也启动了全面的抗战准备:将一切国防事宜由平时状态转为战时状态;将全国军队编为抗战序列,第一线约一百个师,预备部队约八十个师;将国家多年存储的弹药进行分配,黄河以北及长江地区囤三分之二,江南囤三分之一,可供所有部队六个月作战之需,同时确定海外输入路线以保证枪支弹药"源源接济";购办一百万作战人员、十万马匹六个月所需粮秣;建立三十个兵员补充营;因平津沦陷,河北境内再无飞行场及航空油料储备地,决定参加华北作战的空军部队以太原机场为根据地。等等。

八月十一日,蒋介石召集最高国防会议,研究对日作战策略。这是一次绝密的会议,参加者除了国防委员会副主席汪精卫、军事委员会正、副参谋总长何应钦和白崇禧以及各位军事委员会委员外,工作人员只有汪精卫的机要秘书黄浚(担任会议记录)。会议决定对日军实行"先机下手"的策略,趁日军陆军主力集中在华北之际,率先歼灭日本海军在上海地区的陆战队,同时封锁江阴要塞一带最狭窄的长江江面,以阻止日军军舰溯江而上攻击南京,截获停留在南京、九江、武汉、宜昌等各口岸的日军军舰和日本商船。据此,军事委员会当晚发出命令:张治中司令官率第八十七、第八十八两师于今夜向预定之围攻线挺进,准备对淞沪实施围攻作战;位于蚌埠的第五十六师、位于嘉兴的炮兵第二旅的一个团和装备有新式榴弹炮的十团的一个营立即开赴苏州,一并归张治中指挥。

接到命令的张治中下令:第八十七师一部进至吴淞,主力则向上海市中心前进;第八十八师进至北站与江湾(吴淞以南)之间;炮兵十团一营和炮兵八团进至真茹、大场(江湾西南);独立第二十旅进至南翔(大场西南)。同时命令炮兵三团二营和第五十六师星夜兼程向上海前进。

十一日夜半,张治中离开苏州,率部向上海全速推进,于天亮前占领了上海市区的预定阵地。

十二日,天亮了,上海市民清早从梦中醒来,看见窗外遍地都是中国军人,惊讶地问从哪里来?怎么来得这么快?自一九三二年"一·二八"淞沪战事之后,上海市民就没有见过中国正规的陆军部队,这支军队的突然出现令他们十分惊喜:

> 头戴德式钢盔,身着草绿色军装、短裤,脚穿草鞋,官兵都系皮腰带,士兵手持带刺刀的新式步枪,带两百发子弹,胸前八颗手榴弹,军官腰挎盒子枪,一个个雄赳赳、气昂昂,眼神中向同胞们流露出杀敌的决心。[15]

中国海军也奉命开始了军事行动。

十一日,三艘测量船在两艘炮艇的掩护下,对江阴下游长江航道进行了大规模破坏,先后把西周、浒浦口、铁黄沙、西港道、狼山下、姚港嘴、狼山、大姚港、通州沙、青天礁、刘海沙、长福沙、海北港沙、龙潭港、福姜山等地的各种航标一律拆除了。行动中,两艘测量船遭到日舰攻击和日机轰炸,沉没。十二日,国民政府海军部部长陈绍宽率领主力舰队前往江阴,将中国海军"通济"号、"大同"号、"自强"号、"德胜"号、"威胜"号、"武胜"号、"辰字"号、"宿字"号八艘舰艇,连同从民间征集的各种货轮商船,共计二十八艘,全部凿沉于江阴江面,用以堵塞长江航道。——中国海军老旧的军舰如果用于作战,不是日本海军现代化战舰的对手,大战来临前,或许这是这些军舰最实用的用途。但百姓衣食所寄的民船何辜?——在此开列一九三七年八月十二日,淞沪大战前夕,为了民族图存而自毁的商船之名号:"嘉禾""新铭""同华""遇顺""广利""泰顺""回安""通利""宁静""鲲兴""新平安""茂利二号""源长""醒狮""母佑""华富""大赉""通和""瑞康""华新"。

但是,此次行动没有实现截获日军军舰和日本商船的目标——蒋介石的命令尚未传达到部队,宜昌、汉口、九江、南京等长江各口岸的日军军舰和日本商船,已纷纷沿着长江顺流而下,迅速通过了江阴要塞。后经查明,参加最高国防绝密会议的唯一工作人员、汪精卫的机要秘书黄浚是一个日本间谍。

被黄浚出卖的中国国防会议绝密内容不仅是封锁江阴水道,更重要的是中国军队准备在淞沪"先机下手"的战略意图以及作战计划。此时的日方对中国军队将要展开的军事行动了如指掌。

十二日,中国在淞沪地区的作战部队奉命进入攻击出发位置。——此时,为了适应战时体制,京沪警备司令部已撤销,所属部队被改编为第九集团军,司令长官张治中。张治中打电报给蒋介石求战:"本军各部队在本日黄昏前可输送展开完毕,可否于明日(即十三日)拂晓前开始攻击?我空军明晨能否同时行动?"[16]

中国军队即将面对的是由司令官长谷川清指挥的日本海军第三舰队,其所属部队为:第十战队,司令官下村正助少将,作战舰是"天龙"号等两艘巡洋舰和三艘驱逐舰;第十一战队,司令官谷本马太郎少将,作战舰是"八重山"号等一艘驱逐舰、一艘敷设舰和七艘炮艇,多为适于中国长江作战的浅水舰艇;第五水雷战队,司令官大熊正吉少将,作战舰是"夕张"号等一艘巡洋舰和五艘驱逐舰;第八战队,司令官南云忠一少将,作战舰是"比良"号等一艘巡洋舰和三艘驱逐舰;第一水雷战队,司令官吉田庸光少将,作战舰是"川内"号等一艘巡洋舰和六艘驱逐舰;上海特别陆战队,司令官大川内传七少将,辖五个大队,每个大队约五百四十人,编有步兵中队和工兵、通信、机枪小队,配备小型坦克、轻型装甲车、山炮、野炮和高射炮等重武器。

日本海军第三舰队指挥的海军航空兵所属部队为：第一联合航空队，辖木更津航空队和鹿屋航空队，木更津航空队有96式陆基攻击机二十架，鹿屋航空队有98式陆基攻击机十八架和95式舰载战斗机十四架；第一航空战队，共有战斗机二十一架、轰炸机十二架和攻击机九架；第二航空战队，共有战斗机十二架、轰炸机十二架和攻击机十八架。

中国方面参战的是张治中指挥的第九集团军，其主要组成部队是：第八十七师，师长王敬久，辖第二五九旅，旅长沈发藻，第二六一旅，旅长刘安祺；第八十八师，师长孙元良，辖第二六二旅，旅长彭巩英，第二六四旅，旅长黄梅兴；第五十六师，师长刘和鼎（兼第三十九军军长）；独立第二旅，旅长钟松；第五十七师第一六九旅；上海保安总团，总团长吉章简；上海警察总队，警察局长蔡劲军；炮兵三团、八团、十团。

中国军队主力部队第八十七、第八十八师，是一九三六年由德国顾问训练的教导第一、第二师改编而成。每师两个旅，每旅两个团，直属分队有骑兵连、炮兵营、工兵营、通信营、辎重营、卫生队和特务连等。全师共一万零九百二十三人，步枪三千八百余支、轻重机枪三百二十八挺、各式火炮和迫击炮四十六门、掷弹筒二百四十三具。其中第八十八师还配属有一个战车防御炮兵连。第五十六师，系北伐战争时由皖军马祥斌部和闽军吴新田部改编，卢沟桥事变后自福建开至上海，全师下辖三个旅，共计八千一百七十人，装备较差，战斗力较弱。

以上位于淞沪地区的中国陆军总兵力约五万人。

国民政府军事委员会随后下令，将苏浙边区公署改编为第八集团军，司令官张发奎，下辖第六十一、第六十二、第五十五、第五十七师和独立第四十五旅、炮兵第二旅（欠三团）。划定的作战区域为：以自西向东流入黄浦江的苏州河一线为界，北为第九集团军，南为第八集团军。

一九三七年的中国海军装备老旧，与日本海军的实力相比，几乎没有任何制胜的可能。在淞沪地区参战的，基本属于海军部指挥的第一、第二舰队以及练习舰队和测量船队，这两支舰队中的一些老船，还是清朝水师遗留下来的，已经被沉入长江航道当障碍物使用了，真正能够与日本海军交战的舰艇，只有"平海"号、"宁海"号、"应瑞"号和"逸仙"号四艘巡洋舰，而这四艘主力舰的总吨位不足一万吨，还不如日本海军

"出云"号一艘装甲巡洋舰的吨位量。

一九三七年的中国空军正属于发轫时期,飞机数量和质量与日本空军相距很大。卢沟桥事变后,中国空军二十五个主力中队奉命北上华北,迟滞日军南下。待淞沪战事将起时,以南京、广德为基地,以曹娥、杭州、嘉兴、扬州、苏州、长兴为主要机场,淞沪地区可以参战的空军只有四个大队,战机百余架。

大战即将爆发时,从中日双方在淞沪地区的军力对比上看,中国军队在陆、海、空军的武器装备上远落后于日军——海军基本上没有对抗的可能,空军只能说是略占优势,因为日军暂时能够投入的战机有限,且中国空军由于距离基地较近补给便捷。在中国军队方面,占有绝对优势的,只有地面部队的兵力总数。

"一举把日本海军陆战队扫荡出上海。"这是淞沪地区中国军队官兵们的决心。

蒋介石致电第九集团军司令长官张治中:

> 张司令官文白兄:对倭寇兵营与司令部之攻击,及其建筑物之破坏与进攻路线障碍物之扫除,巷战之准备,皆须详加研讨,精益求精,不可徒凭一时之愤兴,以致临时挫折;或不能如期达成目的之气馁,又须准备猛攻不落时之如何处置,以备万一。倭营钢筋水泥之坚强,确如要塞,十五生(十五厘米)的重榴炮与五百磅之炸弹,究能破毁否?希再研讨,与攻击计划一并详复。中正手启。[17]

一九三七年八月十三日上午,日军海军陆战队第三大队突然越界强占了八字桥,袭击了中国守军第八十八师的步哨,两军随即发生了小规模的步哨战。八字桥枪炮声一起,日方立即说:"在商务印书馆附近的中国军队,突然向陆战队阵地进行射击"[18];而中方说:"日陆战队今晨违背诺言,轻启衅端,向我北区守军攻击。"[19]

这一天张治中心绪烦乱,因为他昨夜收到蒋介石的密电:"希等候命令并须避免小部队之冲突。"[20]——"本想以一个扫荡的态势,乘敌措手不及之时,一举将敌主力击溃,把上海一次整个拿下。但现在失此良机,似乎是太可惜了!"攻击发动前夕,蒋介石突然命令避免冲突,原因是列强们组成的"上海外交团"建议中国政府把上海设为"不设防城市"。这一建议,让"南京政府不免犹豫了一下","故突然命令"张治中先不要进攻。[21]十三日上午日军向八字桥发动的袭击,令张治中心情更加恶劣:先下手的反而是日军了。

上海市市长俞鸿钧以抗议书的形式向日方提出了严重抗议:"贵方陆战队于本晨九时十五分,在北区地带急向本市区内警戒线内冲入,攻击我守军,当经我守军沉着抵抗后,因我方不欲事态扩大,除将贵方挑衅部队驱回外,并未追击,纠纷旋即停止。本市长认为贵方陆战队此举足以危害和平,妨碍治安,相应提出抗议,请烦查照,转之贵国海军当局尊重承诺,严切制止为荷。"[22]

史称淞沪抗战为"八一三"战役。实际上,八月十三日并未开战,只是中日两军发生了小规模的军事冲突。但无论如何,这是中日两军在淞沪地区正规部队的正式接战。史称的"八一三淞沪会战"自此爆发。

只是,中日双方都没有料到,两军在中国淞沪地区的正式作战,竟然从空战开始。

按照日方拟定的作战方案,日本海军航空兵的任务,是在开战第一天对中国空军进行大规模急袭,力争取得先发制人的效果。十三日午夜,长谷川清对他指挥的海军航空兵下达了十四日清晨倾巢而出的作战命令:第二航空队空袭南京、广德、杭州机场;第一联合航空队的鹿屋航空队空袭南昌机场;第八、第十战队和第一水雷战队空袭上海虹桥机场;第一航空队以及木更津航空队作为预备队待命。

十四日黎明时分,中国东南沿海的海面上移动着一股巨大的低压气流,天空风雨交加,风速达到每秒二十二米。由于气象条件恶劣,凌晨五时三十分,长谷川清下令:等待天气好转后升空作战。

尽管日方已经得知,中国空军将大部分作战飞机紧急调向了东南沿海地区,至少在淞沪这一局部空域里,中日两军的空军力量并没有明显的优劣,但日军还是没把中国空军放在眼里。他们普遍认为,中国空军机型老旧,数量有限,舍不得拿出来血拼;且中国空军的飞行员作战经验不足,没有胆量与日军真枪实弹地作战,只要用急袭的手段把中国空军的作战飞机击毁在东南沿海几个机场的停机库里或者跑道上,中国空军就基本上等于被消灭了。

但是,这一次日本人错了。

十三日,日本海军陆战队与中国军队第八十八师小规模的冲突发生后,下午二时,中国空军前敌总指挥周至柔下达了第一号空军作战命令,要求部队在十四日黄昏前做好出动的一切准备。其出发机场的分配是:第九大队在曹娥机场;第四大队在笕桥机场;第二大队在广德和长兴机场;暂编大队在嘉兴机场;第五大队在扬州机场;第六大队的五队在苏州机场,四队在淮阴机场;第七大队、第十六大队在滁县机场;第八大队和第三大队八队在南京机场;第三大队十七队在句容机场。由于得知日军军舰大量麇集吴淞口,并且已经开始炮击上海市区,加之十四日中国军队的地面部队将有大动作,十四日凌晨二时,周至柔又发布了第二号作战命令:

(一)毁灭公大纱厂敌之飞机及破坏其机场。

(二)轰炸向我射击及游弋海面之敌舰。

(三)第二大队由航校霍机(霍克战斗机)掩护,以一队轰炸公大纱厂附近敌构筑之机场及飞机,以两队轰炸吴淞口向我市府射击之敌舰;吴淞口若未发现敌舰,应向集结崇明附近之敌舰轰炸之。

(四)航校霍机六架,应掩护第二大队之轰炸。

(五)第二大队及霍克队,以九时四十分到达目标为准……

(六)第五大队(欠二十八队)先集中扬州,携带五百磅炸弹于本日(十四日)午前七时准备完毕,向长江口外敌舰轰炸之,以午前九时到达目标为准。

(七)第三大队自本日(十四日)晨起,采紧急警戒姿态,担任首都之防空。

(八)第六大队仍不断侦查海面,特须侦查敌航空母舰之行踪……如发现敌航空母舰时,则加马力飞回,迅速报告。

(九)本日(十四日)出动之空军,以达成轰炸任务为第一目的,切忌与敌在空中作战……

(十)各驱逐机在离地之前,遇敌机来袭时,应在地面拉脱炸弹,立即起飞应战,以掩护友机之起飞。

(十一)十四日开始轰炸后,应迅速准备连续轰炸,至敌

舰毁灭为止……㉓

十四日晨七时,杭州笕桥机场,中国空军第三十五独立队的五架寇蒂斯BT-32型轰炸机起飞了——风急雨猛,云高三百米,在恶劣气象条件下,日军在等待天气好转,中国空军却果决地升空了——五架轰炸机成楔形队形,以一千五百米的高度,冒着日军密集的地面高射炮火,直扑公大纱厂的日军阵地和军械库,命中目标后全部安全返航,部分飞机机身上弹孔密布。

八时四十分,第二大队副大队长孙桐岗率领二十一架诺斯罗普-2E轻型轰炸机,携带十四枚二百五十公斤炸弹、七十枚五十公斤炸弹自广德机场起飞,兵分两路轰炸日军的公大机场、汇山码头以及吴淞口海面上的日军军舰。轰炸机场和码头的飞机在八百米投弹,全部命中目标。轰炸吴淞口日军军舰的轰炸机,由于能见度很差,投弹后效果不详,但是被轰炸的日舰已经开始向长江入海口逃窜。返航时,二十一架轰炸机有六架因天气恶劣迫降其他机场,两个小时后全部归队。

九时二十分,第五大队大队长丁纪徐驾驶霍克式驱逐机,携带五百磅炸弹一枚,自扬州机场起飞,沿着长江寻找日舰,在南通附近江面发现日军驱逐舰一艘,俯冲投弹后,日舰舰尾中弹,随即沉没。

长谷川清没有想到中国空军能够不顾恶劣气象条件抢先下手了。当停泊在吴淞口外的第三舰队旗舰"出云"号受到攻击时,他决定不顾天气是否转好命令航空兵立即出击。

午后,在新一轮的轰炸中,中国空军第五大队、第二大队以及第三十五独立队的飞机,先后轰炸了上海日军海军陆战队司令部和日军基地公大机场、汇山码头等地。日军显然加强了防空火力,第五大队被击落一架驱逐机,击伤两架;第二大队的轰炸机被击伤两架。

中国空军在黄浦江上空冒着日军高射炮的弹幕,毫不畏缩奋勇轰炸日军地面目标和军舰的作战,让上海市民进入一种难以名状的兴奋中,他们纷纷跑向外滩,登上各个大厦的楼顶观战,欢呼雀跃之声响彻整个城市。

日军海军陆战队在大规模轰炸中伤亡惨重,因此不断呼叫空军请求援助。但是,第三舰队的空战飞机多是舰载飞机,由于风浪太大,舰载飞机无法在军舰上安全起降。长谷川清只好命令驻守台北的鹿屋航空队升空,拦截中国空军的轰炸机,摧毁上海周边中国空军的主要机场。

笕桥机场是中国航空学校所在地,也是中国空军在淞沪作战的主要基地,于是成为日军鹿屋航空队发动袭击的首选目标。

杭州上空,狂风暴雨。

中国空军第四大队,原定用于华北作战,已于八月四日飞抵周家口机场,但十三日那天接到命令:全队向杭州笕桥机场转场。十四日,大雨滂沱中,全队三十二架飞机有的无法起飞,有的因为跑道过于泥泞而发生事故,仅有二十七架战机安全飞抵笕桥。刚刚着陆,敌机靠近机场的战斗警报就响了。大队长高志航命令全队紧急加油。没等全部飞机加油完毕,鹿屋航空队的九架飞机已经进入杭州空域。这些日式双翼轰炸机在风雨中努力保持着队形,摇摇晃晃地终于从雨云的缝隙中发现了笕桥机场。突然,他们看见中国空军的飞机迎面而来。首先紧急起飞的是大队长高志航和二十一队分队长谭文,两人当即将一架日军飞机击落。日机发觉中国空军在此有备,迅速拉升进入云层躲避,但第四大队升空的飞机已经追击而来。二十二队队长郑少愚在曹娥江上空追上了一架日机并将其击落,二十一队队长李桂丹和队员柳哲生、王文骅也合力击落一架日机。

空军初战的结果,令日本人大感意外。

木更津航空队队长石井义因羞愧难当剖腹自杀。

激烈的空战发生在一座人口稠密的繁华城市上空,对于这座城市的市民而言无疑是一场悲剧。大量的航空炸弹直接落在了上海城区内——有的是日军飞机投掷的以及军舰上的舰炮发射的,有的是中国轰炸机轰炸黄浦江上的日舰时投掷误差造成的。被驻上海的外国通讯社称之为"黑色星期六"的这一天,两颗重磅炸弹落在了距外滩不远的公共租界与法租界相邻的虞洽卿路(今西藏中路)和爱多亚路(今延安东路)相交的大街上,那里有一个由上海著名的娱乐公司大世界设立的救济站,五千多难民每日到那里领取救济粥。炸弹爆炸的那一刻死伤无数:"第一枚炸弹在马路的沥青路面上爆炸;而第二枚炸弹,显然是在离地面数英尺的空中爆炸的。由于弹片的散落,人员死伤特别多。数十辆汽车挤成一团,车内的人们不是被碎弹片击伤,就是因车子油箱爆炸燃烧而活活烧死。至于街上的数百名行人,则被炸得尸肉横飞,四分五裂。最惨不忍睹的场面是在大世界游乐场前面的广场上,数千难民当时正簇拥在施粥站前。血肉模糊的尸体中有男人、女人,还有孩子,大部分人的衣服都被烧光。后来,尸体都被堆在这幢建筑物的旁边,其高度惊人有五英尺。"㉔接着,又有五颗航空炸弹落在了繁华的南京路上,在两家上海最著名的饭店——汇中饭店和华懋饭店的大门口爆炸,当时的南京路上挤满了欲去租界里避难的难民,即刻又有数百人死伤。那一天,驻上海的美国《密勒氏评论报》主编鲍威尔的记述是:"生平第一次看见人血汩汩流入下水道的惨象。"美国总统罗斯福的妻子埃莉诺·罗斯福正在上海访问,她目睹了"毫无防卫能力的平民百姓,惨遭杀戮和毁灭"的惨状,立即给中日双方的领导人发出电报,呼吁停止轰炸公共租界。在发给日本内阁首相的电报中罗斯福夫人说:

> 我今天致电蒋介石夫人,希望在上海租界的无辜平民的生命得到保障前,暂停轰炸上海。由于数量过多的日本陆海军部队出现在上海公共租界的边界内外,使得中国方面认为他们必须采取必要的军事措施加以防卫。我请求阁下设法使上海中立化,并使非战斗人员获得安全。鉴于贵国皇室过去对我的友谊,故致电向你请求。㉕

罗斯福夫人的电报,令日本海军第三舰队旗舰"出云"号驶离了它之前的停泊地点,即避开了"上海市区的正面"。只是,"出云"号的驶离,令中国空军的轰炸"从上海市区的边缘向外延伸",日本海军也用舰载重炮"越过上海市区"轰击中国军队,这就使得上海郊区的百姓又死伤无数。

作为淞沪战场最高指挥官,张治中目睹了上海市民的遭遇,他特别发表声明告诉百姓:"和平确已完全绝望,牺牲已到最后关头",中国军队与日本侵略者不共戴天,必以"当年喋血淞沪、长城之精神,扫荡敌军出境,不达保卫我领土主权之目的,誓不终止"。㉖同日,国民政府发表《自卫抗战声明书》,宣示抵抗侵略的决心不可动摇,因为"中国决不放弃领土之任何部分":

> ……中国之领土主权,已横遭日本之侵略,国联盟约、九国公约、非战公约,已为日本所破坏无余。此等条约,其最大目的,在维持正义与和平。中国责任所在,自应尽其能力,以维护其领土主权,及维护上述各条约之尊严。中国决不放弃

领土之任何部分,遇有侵略,惟有实行天赋自卫权以应之……㉗

十四日下午,张治中下达了总攻命令。

在猛烈的炮火准备后,中国军队第八十七、第八十八师向日本海军陆战队阵地发起了攻击。——与空战相反,在兵力上占据绝对优势的中国军队,当地面进攻开始后,即刻遭遇了重大伤亡。

第八十八师是最早进入淞沪地区的部队。早在卢沟桥事变发生不久后,这个师就已派出部分官兵化装成保安队分批潜入上海市区,并对市区内的战场进行了详细侦查。师主力于十一日夜乘火车急运上海后,师长孙元良命令部队抢占火车北站、宝山路、八字桥和江湾路一线,沿着上海至吴淞口的铁路线,建立起自南向北延伸的轴心阵地。第八十八师官兵面对的日军阵地,是以汇山码头为起点、以日军海军陆战队司令部为终点,沿着吴淞路、北四川路直至虹口公园的一条背靠黄浦江的线形防御阵地。按照预定作战计划,第八十八师需集中兵力在第一时间击毁日军海军陆战队司令部。

攻击开始后,原来据守前沿的第二六二旅以火车北站为中心在右翼牵制日军,黄梅兴旅长指挥的第二六四旅为主攻部队从左翼突进直扑日军海军陆战队司令部。自知兵力不足的日军节节抵制,尽量拖延时间以待援军。两军面对面相搏,作战技能和武器装备的差距立即显现。日军作战意志强悍,单兵武器精良,加上"一·二八"事变后的多年经营,各个据点都有高大的围墙以及密集的明碉暗堡。这些明碉暗堡多为钢筋水泥建筑,十分坚固,经得起五百磅以上炸弹的轰击。特别是在虹桥与吴淞之间的江湾路一线,日军建筑以厚钢板为主体的防御工事,火力配备十分密集。攻击开始的时候,第八十八师德国军事顾问决定,按照德军的作战样式,在突击正面组织一支五百人的突击队,对日军阵地实施"闪电战"。突击队的行动被取名为"铁拳计划"。这个旨在先行捣毁日军指挥部的突击计划,策划得近乎完美:选择日军阵地的薄弱点,五百精壮士兵配备轻便的自动武器,由一个炮兵营专门为其炮火开路支援,以便形成一个拳头猛插狠攻进去。但是,尽管带队营长刘宏深身先士卒,士兵们勇猛冲击,却还是几乎每前进一米的距离都要用战死士兵的尸体铺路,日军凶猛的火力令中国军队在正面攻击时付出了惨重的伤亡代价。最终,"铁拳计划"没有成功。营长刘宏深,湖南醴陵人,黄埔军校第五期毕业,阵亡时年仅二十八岁,新婚不足百天。中国左右两翼的攻击部队,在炮兵支援不利的情况下拼死向前。随着中国官兵的决死推进,其攻击前锋已至距日军海军陆战队司令部不远的地方,日军终于在抵抗线上显出了退却的迹象,一些日军士兵开始向租界方向逃跑。但是,就在这时候,一发炮弹击中了第二六四旅的前敌指挥所,旅长黄梅兴、旅参谋主任邓洸以及通讯排三十多名官兵当场全部阵亡。黄梅兴,广东平远人,出身贫苦,一九二四年考入黄埔军校第一期。一九三二年上海爆发"一·二八"事变时,身为第二六四旅五二八团团长的他,奉命率部增援与日军作战的第十九路军。在著名的庙行战役中,五二八团不但扼制了日军深入的企图,且以顽强的意志和强大的火力逐步迫使日军后退。因战功卓著,战后他升任第二六四旅旅长,晋级为陆军少将。黄梅兴旅长的阵亡和前敌指挥所的被毁,令中国军队最前沿的攻击部队失去了指挥,攻击不得不停止。

此战没有达成攻占日军海军陆战队司令部的目的。

攻击停止后,经过清查,在数小时的攻击中,担任主攻的第二六四旅,包括旅长在内伤亡千人,其中五二七团就有七名连长阵亡。

十四日晚上,张治中突然接到蒋介石电令:"今晚不可进攻。另候后命。"[28]

无法得知蒋介石为什么命令停止攻击。

至少有一点可以肯定,那就是这一天的战斗让中国军事统帅部意识到,之前对中日两军在综合战力上的衡量与预计存在着严重误判。——至少在淞沪会战开始的时候,中国军队的兵力是日军的十倍,这个"十比一"的战场兵力对比比例,在今后长达数年之久的战争中,对中国方面的战役决策与部署影响甚深。

十四日,日本召开内阁会议,讨论了一系列急需明确的问题:局势发展到今日,是否已不再是不扩大战争,但也还不是全面战争?战争的目的何在,是否应该把"华北事变"改称为"日华事变",继而有必要对中国宣战?最后的结论是:"筹划战时形势下所需要的各种对策";向第三、第十一、第十四师团等下达紧急动员令。[29]

十五日,中国军队没有发动全线攻击。

为了迫近日军海军陆战队司令部,为了给再次开始的总攻击做准备,中国军队第八十七、第八十八师组织了突击队向日军阵地实施渗透,并多次突破日军的防线,占领了五洲公墓、爱国女校以及粤东中学等日军据点。第八十七师突击队甚至一度攻入日军海军俱乐部,将陆战第一大队第二中队中队长贵志金吾击毙。同时,中国海军电雷学校的两艘鱼雷快艇向日本海军第三舰队旗舰"出云"号实施了一次鱼雷攻击,但是没有成功。

鉴于十四日海军航空兵在作战中的惨败,十五日,日本海军第三舰队的作战飞机几乎倾巢而出对中国空军实施报复性攻击。早晨七时三十分,鹿屋航空队的十四架攻击机从台北机场起飞,前往攻击南昌机场;九时十分,木更津航空队的二十架攻击机从大村机场起飞,袭击南京机场;与此同时,十六架94式舰载轰炸机、十三架96式舰载攻击机和十六架89式舰载攻击机,从吴淞口外的日军"加贺"号航空母舰上起飞,前往攻击绍兴、笕桥、嘉兴等机场。也是从早晨七时起,中国空军的第五、第二、第六和第七大队相继带弹升空,对日军军舰、日军海军陆战队司令部以及日军虹口军营进行轰炸和袭击。驻扎杭州笕桥机场的中国空军第四大队在警报声中登机起飞,在大队长高志航的率领下,迎击从"加贺"号航空母舰上起飞的日机机群。中国空军飞行员凭借胆量和仇恨,冲入敌机机群展开如同陆地上拼刺刀般的格斗,先后有五架日军飞机被击落和击伤。木更津航空队在南京上空也遭遇中国空军的拦截和追击,飞机被击落四架、击伤六架。十五日中日空战的最后统计是:日军损失飞机二十架,中国空军仅损失九架。如果说这一天中国空军有损失的话,主要不是来自空战,而是自己造成的混乱:第九大队从河南许昌机场向浙江曹娥机场转场时,有九架飞机因找不到目标试图在杭州机场降落,因被中国的地面部队误认为是日本飞机而遭到炮火射击,降落时又与机场上停着的飞机相撞,结果这些飞机尚未参战便损失惨重,而它们都是国民政府刚从美国购置的崭新的雪腊克超低空攻击机。

十五日,为加强上海方向的作战力量,以"在不扩大战争原则下就地解决"上海战事,日军大本营决定组建上海派遣军。下辖第三、第十一师团,直辖野战重炮兵、战车独立攻城重炮大队、独立飞行中队等。

同一天,日本裕仁天皇批准了参谋本部下达的"临参命第七十三号",即派遣军队"占领上海及其北方地区要线"的命令:

命　　令

　　一、上海派遣军派到上海。

　　二、上海派遣军司令官应与海军协力扫灭上海附近之敌，占领上海及其北方地区要线，保护帝国臣民。

　　三、动员管理官应各使其动员部队到达国内乘船港口。

　　四、中国驻屯军司令官应将临时航空兵团中之独立飞行第六中队派往上海附近，编入上海派遣军司令官隶下。

　　五、上海派遣军编制内之部队，自国内港湾出发时开始，即解除各该动员管理官之指挥，编入上海派遣军司令官隶下。但独立飞行第六中队，自到达上海附近时起，编入上海派遣军司令官隶下。㉚

十五日，蒋介石急电张治中："第三十六师或钟松旅，加入第八十七师方面，预定明天拂晓全线总攻击，一举歼灭敌军，占领虹口为要。"

为了配合地面部队作战，十六日，中国空军出动轰炸机轰炸日军据点，在江苏句容机场上空，两架日军战机被击落。十七日，中国空军第五大队的八架霍克式驱逐机，轮番向日军海军陆战队司令部所在地俯冲扫射并投掷炸弹。空战中，中国空军年轻的飞行员表现出惊人的英勇无畏。隶属于第五大队二十五队的飞行员阎海文驾驶的第2501号战机在俯冲时被地面炮火击中，阎海文被迫跳伞，落在了日军阵地附近。十几名日军端着枪向他跑来，边跑边喊着"支那飞行士投降"，阎海文拔出手枪还击，当场击毙数名日军，然后从容地举枪自杀。阎海文，辽宁北镇人，"九一八"事变后毅然从军，毕业于中央航校第六期，卢沟桥事变后由南昌驻防淮阴，牺牲时年仅二十岁。目睹了中国空军军官的英勇，战斗结束后日军就地厚葬了阎海文，为他竖立的墓碑上题有"支那空军勇士之墓"的字样。日本《大阪每日新闻》为此发表通讯，说中国青年飞行员的勇猛证明："中国已非昔日之支那。"㉛

中国军队的轰击不断，日军第三舰队司令官长谷川清终于感到了处境的危险。十六日一天之内，他接连向东京海军部发去三封求援电报，说他的陆战队损失惨重，必须得到增援，一天都不能等了；又说预料日后还有激战，如国内紧急派兵困难，请求先将驻扎旅顺的特别陆战队调来增援。晚上，长谷川清紧急命令第一、第二特别陆战队的两个大队共计约一千四百余人,搭乘第四水雷战队的舰只自旅顺港起航火速赶往上海。

中国军队预定的攻击部署,是不求攻坚而求寻找日军阵地的缝隙猛烈穿插。但是,自十六日起,在每一条攻击路线上,中国军队的攻击都被日军坚固的防御工事和装甲车支援的防御火力所阻止,预计的穿插行动在总攻发起不久后就变成了攻坚战。中国炮兵的火力凶猛,弹着点也准确,但由于缺乏燃烧弹,一般的爆破弹对日军坚固工事的破坏效果不明显。第八十八师奉命向八字桥、法学院、虹口公园一线攻击,部队伤亡巨大,仅在法学院一处的阵亡官兵就有近一个营。第八十七师奉命攻击日军海军俱乐部、海军操场、沪江大学以及公大纱厂等处,尽管师长王敬久报告已经占领了海军俱乐部和海军操场,但实际上中国军队仅仅将日军逼到了四层楼的油漆公司据点里,并由于日军的死守双方形成对峙。

中国军队的全线攻击开始不久后,蒋介石突然下令再次停止攻击——这是上海战事爆发以来的第三次——这一次的原因是,蒋介石获悉,英、美、法三国政府已正式向日本政府提出:将上海作为中立区,中日两军同时撤出上海。

然而,中国军队停止攻击的时候,从旅顺增援来的日军海军特别陆战队抵达了上海。同时,从日本国内出发的陆军第三、第十一师团正向中国淞沪地区集结。

十九日,日本政府明确拒绝了将上海作为中立区的建议。

蒋介石再次命令第九集团军全线出击。

这或许是在日军陆军增援部队到达之前,将日军海军陆战队赶下海去的最后时机了。接近黄昏时分,第八十七师师长王敬久给张治中打来电话,说他的左翼部队已经突入杨树浦租界和岳州路附近。张治中决定立刻扩大战果,全力突破日军汇山码头阵地,将日军沿黄浦江布设的防线切成两截,然后从南北两面实施压迫,以期一举将日军歼灭。此时,增援的中国军队第三十六师(师长宋希濂)和第九十八师(师长夏楚中)已经到达战场,张治中率第九集团军司令部也抵达了位于江湾的第八十七师司令部。张治中的部署是:第三十六师向汇山码头发动攻击;第九十八师第二九二旅归第三十六师指挥;第九十八师第二九四旅归第六十七师(师长黄维)指挥,加入该师的左翼,向沪江大学、公大纱厂发起攻击;刚刚从南京抵达的装甲战车两个连和战防炮一个营也被配备给了第八十七师。

中日两军在上海繁华市区的街垒战又一次开始了。

中国空军再次大规模升空,为支援地面部队轰炸日军军舰和日军阵地。但是,空军的攻击刚一开始,飞行员们便感到了异样:只要中国空军的飞机升空,无论是从哪个机场起飞,立即就会遭遇日军战机的拦截,日军战机到来的速度之快,仿佛早已得知中国空军的作战时间表。同时,日军轰炸机相当精确地轰炸了中国军队的重要目标,其中有的目标极其保密,如南京兵工厂、南京中央陆军小学以及中国军队的参谋本部。尽管在轰炸地面防空火力极其密集的南京兵工厂时,日军海军航空兵大尉飞行员梅林孝次被击落,但日军轰炸的精准程度令中国方面立即意识到,很可能是空军使用的电报密码泄露了。于是,即刻更换空军的密码,同时在重要地区对日本间谍展开大规模的搜捕。

尽管如此,中国空军的英勇无畏再一次震撼了日本人。十九日上午,中国空军第二大队奉命起飞轰炸日舰,当飞临吴淞口外的日军海军第三舰队上空时,十一队队长沈崇海和队员陈锡纯驾驶的第904号双座轰炸机突然发生机械故障。沈崇海立即决定飞离机群处置情况。沈崇海,清华大学毕业后投考空军,入航校后学习驾驶轰炸机,毕业时成绩名列第一。因早已抱有以此身雪国耻的愿望,遂决心用自己的飞机去撞击日舰与敌人同归于尽。飞到中国军队阵地上空时,他指示陈锡纯立即跳伞逃生,明白队长决心的陈锡纯用手一次次地指点下面的日舰,用点头的方式坚决表示愿和队长一起赴死。沈崇海大吼一声,开足马力,推下机头,挂有一枚八百磅炸弹的中国空军飞机俯冲而下直接撞向了日军战舰"出云"号的甲板。

"出云"号顿时火焰冲天,两名中国青年军人粉身碎骨。

仰天观看空战的上海民众在那个瞬间不禁泪飞如雨。

中国地面部队的攻击依旧艰难缓慢。在攻击杨树浦时,尽管有装甲车助战,第八十七师付出巨大代价后收效甚微。以杜聿明为团长的南京装甲团,是当时中国军队仅有的一支坦克部队,奉命开到前线的是配备自重七吨的装甲战车的两个连,两位年轻的连长都是黄埔军校第六期的毕业生。当张治中命令他们协助突破杨树浦时,两个连长表示,状况好的战车都调往北方了,开到这里的是刚从修理厂拉出来的战车,还带着故障,不怎么好使。张治中的命令是:"你的坦克不攻入,休来见我!"中国军队平时没有步坦协同的训练,步兵只知躲在战车后面,不知战车需要火力掩护,当战车冲进杨树浦街市后,因前进的速度与武器的操作都不能尽如人意,几辆战车先后被日军击毁,两名战车连长当即阵亡。事后张治中懊悔不已,许多年后回想起来"还觉得难过"。

原驻守上海的中国军队第三十六师,与正在淞沪地区血战的第八十八师是"姐妹师",都是由原国民政府警卫部队改编而成。第三十六师曾因西安事变从苏州移驻西安,八月十三日,师长宋希濂才接到率部紧急开赴上海的命令。一路上,民用列车一律为这辆军列让路,军列不但畅通无阻,而且因是去上海前线打日本,沿途受到各地百姓的热情款待,在南京、镇江、常州、无锡和苏州车站,欢送第三十六师的百姓人山人海,饼干、罐头、糖果、香烟等慰问品被密集地扔进车窗,将第三十六师的官兵们感动得不知如何是好。

抵达淞沪战场后,第三十六师的攻击位置在第八十七师与第八十八师之间的天宝路一线。令宋希濂师长没有想到的是,攻击刚刚开始,部队就出现了巨大伤亡。二一五团二营一度攻入华德路十字路口,并在街巷内与日军展开了肉搏战。日军用坦克阻塞住路口,集中火力猛烈射击,二营三百多名官兵全部阵亡。担任攻击汇山码头任务的是二一二团和二一六团。自二十日开始,二一二团和二一六团逐屋争夺,顽强推进,致攻守双方伤亡都很大。二一六团团长胡家骥是员身先士卒的猛将,攻击过程中,他的两名卫士一名阵亡一名重伤,他自己身上也有五处中弹。当中国军队终于逼近汇山码头时,日军支撑不住了,争相向外白渡桥方向逃跑,然后纷纷向桥南的英军投降。抵近码头的中国官兵无法摧毁坚固的铁栅栏门,胡家骥团长冒着弹雨率先往铁门上爬,士兵们在他的身后跟进,但日军侧射火力猛烈,第三十六师部队终因伤亡太大,还因预定协同作战的第九十八师迟迟未到,最终被迫退回。——"仅汇山码头一战,我师伤亡五百七十余人。敌军除向英军投降外,死伤也不下四百余人。"[32]战后师长宋希濂认为,第三十六师对汇山码头的攻击,是"最精彩、最激烈、功绩卓著"的一仗。

淞沪战事至此,已容不得任何犹豫不决。但是,在中国的军政高层内部,对于是否应该开辟淞沪战场,是否应该在淞沪战场继续打下去,各方的意见竟然未能完全统一。而这种意见不一,于中国当时的历史命运来讲是十分危险的。

八月十四日,蒋介石急电令正在庐山负责军官训练团事务的陈诚火速回京(南京)。陈诚于十六日凌晨二时抵达后,蒋介石布置给他三件事:一、华北和晋陕将领要求派陈诚到华北指挥作战;二、陈诚必须立即去上海了解张治中的作战情况并协助之;三、迅速编定中国军队抗战的作战序列。

陈诚初入军中就任孙中山大元帅府的警卫连长,黄埔军校成立后在蒋介石麾下参加讨伐军阀的征战,到北伐战争结束时已经成为指挥五个警卫团、两个炮兵团的中将司令。西安事变发生时,正值他从太原到达西安向蒋介石汇报与阎锡山接洽晋军出兵增援绥远抗日事宜,结果与蒋介石一起被张学良扣押。陈诚告诉张学良,如果蒋介石遇害,就先一步将他枪毙。可谓是国民党内追随蒋介石最久、深得蒋介石信任的人。十六日当天,陈诚即与江西省政府主席熊式辉一起赶赴上海。十八日两人返回南京后,熊式辉问是否需要统一意见再汇报,陈诚答可以各自报告视察情况并提出相关建议,以便最高统帅部能够多一份参考。事后陈诚得知,熊式辉的建议是中国与日本"不能打"。而他向蒋介石提出的是:中国与日本,"不是能不能打的问题,而是要不要打的问题"。

> ……敌对南口在所必攻,同时亦为我所必守,是则华北战事扩大,已无可避免。敌如在华北得手,必将利用其快速部队,沿平汉路南犯,直趋武汉;如武汉不守,则中国战场纵断为二,于我大为不利。不如扩大淞沪战事,诱敌至淞沪作战,以达成二十五年(一九三六年)所预定之战略。㉝

陈诚认为:日军已经占领平津,如果淞沪战场始终僵持,华北的日军就可以腾出兵力沿着平汉铁路南下攻击中国的华中重镇武汉。一旦日军得手,集中了中国政治、经济、文化中心的东部地区,将被日军于平汉铁路东西两边"纵断"为两个战场,即淞沪与武汉,而在这两个战场的中间就是首都南京。因此,目前必须扩大上海的战事以分散日军的兵力。而所谓达成一九三六年"预定之战略",即指一九三六年国民政府初步拟定的对日战争基本策略:"持久战、消耗战、以空间换时间。"㉞

蒋介石非常认同陈诚的判断与策略,当即表示中日战争"一定打"。

陈诚马上建议："若打，须向上海增兵。"

当日，国民政府军事委员会任命陈诚为第三战区前敌总指挥兼第十五集团军总司令，立即赶赴淞沪战场指挥作战。同时下达了增调部队赴沪参战的命令：位于长沙的第十五师（师长汪之斌），由汉口乘船，限九月五日抵达南京；位于江西的第十六师（师长彭松龄），即刻开赴苏州，限九月二日在嘉兴集结"候命"；位于温州的第十九师（师长李觉），除一个团留守外，其余部队限九月六日到达杭州；第六十三师（师长陈光中）前推至松江或平湖一线，限八月十九日必须到防；第一军（军长胡宗南）"除留一旅在徐州外"，其余部队速通过京沪路运送，限九月一日集结完毕。

几乎是同一时间，日军上海派遣军司令官松井石根也制订了增援上海的作战计划：

> （一）与海军协同，以一有力兵团在川沙镇方面、以主力在吴淞附近登陆，击败当面之敌，尔后占领上海及其北面的重要地带，保护帝国臣民；
>
> （二）二十三日黎明起开始登陆，尔后以在川沙镇附近登陆的十一师团迅速进入罗店镇，对嘉定进行攻击，并准备尔后向南翔及顾家宅附近前进。在吴淞附近登陆的第三师团要确保吴淞附近，并准备向大场镇附近前进。[35]

日军的作战目标是：从登陆地南下，控制沪宁铁路，切断上海与南京的交通，对上海市区内的中国军队形成包围之势，然后从侧背发起攻击歼灭中国军队。松井石根要求海军主力在距上海西北四十五公里的杭州湾以及扬子江上游发动佯攻，以掩护陆军登陆；还特别要求在第三师团登陆时，海军特别陆战队为掩护部队。

二十二日，中国军队集结的战线位置是：南起上海北站，沿横浜路、五卅公墓、爱国女校、狄家浜南，沿沙泾港、欧家路、唐山路、华德路，至沪江大学北端。中国军队淞沪战场上的主力部队与日军第三舰队海军陆战队，对峙于从苏州河北岸一直向北延伸至黄浦江沿岸的川沙口、狮子林、宝山、吴淞一线的地域。与此同时，仅有少量战斗力极弱的杂牌军和保安队被部署在海岸地区。这导致了当日军陆军主力师团登陆的时候，来自中国海岸的抗击微弱得令日军难以置信。

二十三日，日军第十一师团从上海东南方向的海面上换乘小型舰艇沿黄浦江北上，于凌晨时分集结于川沙口的停泊处，五时从川沙镇的北面开始强行登陆。负责川沙镇附近守备的仅有中国军队第五十六师的一个连。一个连的中国官兵根本无法抵挡日军潮水般地涌入。成功登陆后的日军很快占领川沙镇，并派出一部兵力直逼重镇罗店。——罗店位于川沙镇以南、宝山城以西，以这里为支撑再向南，便是嘉定（陈诚部指挥部）、南翔（张治中部指挥部），还有沪宁铁路，越过沪宁铁路便可直达日本海军第三舰队在上海的虹桥军营。

登陆日军遭到了中国空军的攻击。

这些从日本本土出发的陆军官兵，想到了登陆时可能遭遇中国守军的手榴弹、枪弹、火炮，甚至是传闻中血淋淋的大刀片，他们根本没有想到中国空军的轰炸机、驱逐机和攻击机会飞到他们的头顶上实施攻击。中国战机飞得很低，引擎声轰鸣作响，日军都能看见中国飞行员的护目镜一闪一闪地反射着东方海岸薄明天色的微光。突然，这片微光炸裂开来——中国战机扔下炸弹并开始猛烈扫射。

日军海军第三舰队的舰载机很快升空拦截中国战机，中国战机除了少量的轰炸机外，大部分是载弹量很小的驱逐机和侦察机，最终没能对日军的大规模登陆形成根本的威胁。

日军第三师团的登陆先遣部队在驱逐舰舰炮火力的掩护下，于凌晨三时在吴淞镇南约三华里的铁路轮渡码头以及吴淞镇正南方向的张华浜强行登陆。守备该处的上海保安总团和警察总队虽然进行了抵抗，但终因势单力薄根本无法阻止日军。登陆后的日军先遣队很快突破至军功路一线，试图为后续部队建立起巩固的滩头阵地。中国军队教导总队二团在日军猛烈的舰炮轰击中，在日军登陆先遣队的轻重机枪构成的火网中，强行连续发起反击，双方都出现了严重伤亡。冲在前面的日军是第三师团第六联队，联队长仓永辰治大佐。这是一个心事重重的军官，自日本上船后就一直面色阴郁。十天前，部队刚刚进行参战动员，他接到了妻子病重的消息，那时候第六联队的军营已经封闭，任何人都不许外出不许与家人联系。乘船向中国来的海路一路颠簸，他捧着妻子和两个儿子的照片不思寝食。二十三日凌晨，作为登陆先遣队的指挥官，他收藏起妻子和儿子的照片，率领他的士兵冲上了中国的海岸。但是，就是在那一时刻，他的师团长藤田进中将接到了国内留守部队发来的电报:仓永辰治夫人已去世五天四夜,留守部队获知消息后,派人前往处理时尸体已经腐烂,现已将尸体火化并保存了骨灰。仓永辰治大佐的两个儿子,十三岁的太郎和十岁的次郎,因无人监护已被送进少年军校。考虑到第六联队正在投入战斗,藤田进没有把电报的内容告诉仓永辰治。不久,前方传来消息:仓永辰治大佐在向中国阵地冲锋时,心脏部位被重机枪子弹击中,带着对妻子和儿子的牵挂阵亡。仓永辰治至死都不知道他的妻子已经离他而去;仓永辰治更无法想到,在他阵亡四年后,他的长子仓永太郎已经十七岁,作为一名日军士兵,在跟随部队赴南洋吕宋岛强行登陆时,被美军的机枪子弹射中,射中的部位也是心脏。——日本佐贺县的一个家庭就这样在战争中毁灭了。

　　日军顺利登陆后不顾一切地迅速扩展,中国军队数次反击,但罗店和宝山还是在短时间内相继失守。宝山位于黄浦江江口,如上海之门的钥匙;而罗店在淞沪的侧背,日军占领罗店后就可沿浏沪公路向南直接攻击大场和嘉定,中国军队重要的后方联络线沪宁铁路也将受到严重威胁。此时,中国军队的精锐部队第十八军第十一师(师长彭善)、第十四师(师长陈烈)、第六十七师(师长黄维)都已抵达战场,第五十一师(师长王耀武)和第六师(师长周磊)也在增援上海的路上。张治中建议对上海市区内的日军采取防御态势,集中兵力阻截歼灭登陆的日军。陈诚表示同意,二十三日,他向蒋介石报告了作战部署:

> 为击灭狮子林、川沙登陆并继续围攻淞沪之敌,拟定新部署如左:(一)淞沪围攻军由张总司令(张治中)指挥,仍继续进行攻击。同时并在原攻击阵地作固守准备。(二)第十八军之第十一、第十四、第五十六师诸部由职指挥,任沿江已登陆之敌之歼灭。(三)第十一师、第六十七师、第九十八师、炮兵第十六团为右翼军归罗军长卓英指挥,对狮子林、川沙未登陆之敌行歼灭战。(四)第五十六师、第十四师为左翼军,归刘军长和鼎指挥,协同左翼队攻击,并任浏河口以西沿江要点守备,阻击敌之登陆。(五)第六师、第五十一师位置于南京、苏州间铁道两侧地区为总预备队。(六)职现在苏州部署中。㊱

　　此时,中国军队在淞沪战场实际上已经形成两个作战集团,即张治中的第九集团军和陈诚的第十五集团军。其基本分工是:张治中所部继续与上海市区的日军海军陆战队对峙,陈诚所部全力抗击日军增援而来的登陆部队。

如果不把登陆日军遏制住,稳定前线的局势,中国军队的战线就会有崩溃的危险。为防日军包抄中国军队的后路,张治中决定亲自去前线设法挽救危局:

> 从南翔到江湾只十几里路,本不算远,但我们一出门就碰上了敌机,三架至九架,不断地在上空来往轰炸扫射。我本来坐的小汽车,敌机临头,我就下车隐蔽,敌机转头,又马上前进;但走不多远,敌机来往太多,小汽车不能再坐了,我穿着一双马靴徒步走去。中途遇见一个骑脚踏车的传令兵下车向我敬礼:"怎么,总司令走路?"我也来不及对他说别的了,骑上他的脚踏车就走。一路上,我一会停止掩伏,一会又乘隙前进,就这样冒险赶到江湾叶家花园八十七师师部,才把正面军心稳住。我到了江湾,决定不顾任何困难,抽调十一师、九十八师迎击登陆敌人。那时由正面抽出这些部队真不容易,且因敌机狂炸、扫射,部队简直无法行动。十一师师长彭善在初接到调动命令时对我说:"简直炸得不能抬头,怎么办呢?"我说:"不能抬头也得走,难道我能从南翔一路冒轰炸走到江湾,你们就不能从江湾走到罗店吗?"就在这个万分危急的局势下,抽调两个师迎敌。由于这样一个迅速的部署,才把已经失去的罗店收复。㊲

第十一师第三十三旅的官兵杀进罗店时,在死亡的日军士兵身上搜查,方得知在这个方向登陆的日军是第四十三、第四十四联队和工兵第十一联队。

尽管有所准备,但中国军队在抗击日军登陆部队的作战中出现的巨大伤亡,还是出乎预料——"往往一个部队,不到几天就伤亡殆尽地换下来了。我亲眼看见教导总队那个团,整整齐齐地上去,下来时,只剩下几副伙食担子了。"㊳二十五日,蒋介石在南翔召集师长以上将领会议时特别指出:"纵观近日之战况,我军伤亡奇重。战争固不能免于伤亡,然指挥失当致增伤亡,牺牲殊无价值。我军缺点在于攻击实施之先,未能充分考虑,率尔从事,牺牲遂大。今后应悉心研究,当攻则攻,当避则避。"[39]

登陆的日军也同样伤亡很大。由于中国军队主力部队陆续到达,阻击作战勇猛顽强,日军后续部队的登陆作业很难展开。随着作战双方伤亡人数的增加,战局看上去很难转变。已经登陆的日军请求海军支援,海军航空兵立即对中国军队阵地进行狂轰滥炸。直到二十五日中午,日军第十一师团和第三师团的第五旅团才全部登陆完毕。

由于罗店是双方都必须保持的战场支撑点,登陆后的日军立即对罗店实施了反攻,争夺与反争夺的战斗演变成惨烈的拉锯战。

二十五日夜,坚守罗店的第六十七师第二一○旅联络中断,蒋介石获悉这一消息后,越过陈诚,直接致电归属第十五集团军的第十八军军长罗卓英:"(一)今晚必须恢复罗店。占领罗店后,即在罗店附近构野战工事,一面在淑里桥、南长沟、封家村构筑据点工事。(二)第十一师、第九十八师今晚仍照预定目标攻击前进。(三)第十四师留一团在太仓,一团在福山口构筑工事,主力今夜应向嘉定、罗店前进。(四)第六十一师在大场、杨家行一带赶筑工事。"[40]

二十六日,陈诚接到报告:"罗店未失,仍在固守。"[41]

二十七日,日军第二十二、第二十三、第三航空队都参加了对罗店的轰炸。

二十八日,罗店被日军第十一师团攻占。

罗卓英于二十八日傍晚发出的作战命令是:第九十八师第二九二旅,向罗店东北地区"猛攻敌之侧背";"第十一师除以一部守备阵地、抑制当面之敌外",主力沿浏河至罗店公路向敌人阵地正面猛攻;第六十七师第四〇一团,"于小堂子附近原阵地待机出击";第十四师的两个团及第六十七师之一部,重于西北方面,由西向东猛攻罗店。[42]然而,各部队奉命再次向罗店发起攻击时,大雨如注,道路泥泞,连日的苦战令部队伤亡严重,官兵体力严重透支,各部队之间又没有很好地协同动作,致使中国军队对罗店的攻击失败。

根据罗卓英的命令,第十八军第十四师的七十九、八十三两个团,由师长霍揆彰、参谋长郭汝瑰率领,于二十九日自常熟赶到了罗店前线。日军尚不知道中国军队增援部队已到达,霍揆彰和郭汝瑰决定趁此时机出其不意地杀进去:八十三团由团长高魁元率领自西向东正面进攻,七十九团由团长阙汉骞率领迂回到敌人的侧背实施包围,第六十七师负责佯攻和掩护。八十三团奉命向罗店发动了进攻。攻击线路上有一条小河,小河上的桥被日军的轻重机枪严密封锁。八十三团数次向这座桥发动冲击,但支援作战的炮兵尚未跟上来,没有炮火支援的官兵在日军的火力压制下不断地倒下去,小桥的桥头阵亡了上百名中国官兵后进攻没有获得进展。迂回的七十九团在指挥决断上也出了问题。团长阙汉骞率领部队迂回到日军侧后时,日军并没有发现他们,如果此时发动突然袭击,不但能减轻正面进攻的八十三团的压力,甚至或许能够利用日军分兵顾及前后的时机突过桥去,起到两个团前后夹击敌人的效果。但是,阙汉骞团长没有及时下达突击命令,他只是命令三营向前移动。三营的前面也有一条小河,官兵们找来些桌子、板凳和门板搭起一座浮桥,顺利地过去了。此时日军依旧没有发觉。过了河的三营偷袭了日军的一个后勤支援点,缴获颇丰:除大量的军装、背包和食品之外,还有大量的味精和日本酒。接下来,三营的行为令人不解:他们没有继续向前突击,而是在附近找了一片竹林藏了起来。

三十日天亮后,第十四师的两个团对罗店的进攻结果是:八十三团撤了下来,伤亡两百多人;七十九团的两个营也撤了下来,但不见三营的影子。后来才知道,藏在竹林里的三营被日军发现,受到了机枪、火炮和飞机的猛烈攻击,官兵们撤退时又到了那条小河边,临时搭建的浮桥已经被河水冲走,部队在日军的追击下发生了混乱,一些士兵掉到河里被淹死,营长李伯钧在横飞的枪弹中阵亡。到三十日下午,归队的三营官兵的人数不足全营的一半。

第十四师是中国军队第十八军的主力师,装备好战斗力也以强劲自称。然而,该部在兵力优势下对罗店发起进攻,不但没有成功反而自身伤亡巨大。与对手相比,第十四师至少暴露出两个弱点:官兵实战经验欠缺,特别是指挥员战场决断能力不足;步炮协同、友邻协同以及上下协同在实战中严重脱节。

日军巩固罗店阵地后,吴淞镇的中国守军不断以火力袭击出入黄浦江的日本军舰,同时也期望以此对日军第三师团的侧背形成威胁。日军上海派遣军司令官松井石根决定:第三师团对罗店以南的吴淞镇实施攻击,第十一师团一部由罗店北面的川沙口沿黄浦江向南实施扫荡,于吴淞镇与第三师团会合,从而打通两个师团在陆上的联络。三十一日,在炮舰的支援下,日军第三师团第六十三联队开始攻击吴淞镇。

中国第三战区前敌指挥部立即部署第九十八师沿黄浦江岸防御宝山、狮子林、月浦阵地,调第六师、第五十一师和第五十七师防守外围据点。而驻防吴淞镇的中国守军是第六十一师。第六十一师原属第十九路军,素以勇敢善战闻名,但是在"福建事变"后,师的主要将领都已换人,战斗力明显下降,加上部队刚刚从福建抵达,各种情况均不熟悉,导致刚一接战便溃不成军,吴淞镇轻易被日军占领。蒋介石即刻下令:撤职查办第六十一师师长杨步飞,将该师残部和独立第二旅合并,任命旅长钟松为第六十一师师长。

日军上海派遣军自登陆以来,在中国军队第九集团军和第十五集团军的顽强阻击下,不仅人员伤亡很大,战场推进艰难,而且已经处在各部队被分割的不利处境中。因此,松井石根致电东京紧急求援,声称他当面都是中国最精锐的陆军,如果日本要在上海战事中取得胜利,至少还要投入五个陆军师团以上的兵力才行。他要求立即派遣第十四师团以及本属于第十一师团而现在青岛的天谷支队火速增援。

九月一日,日军第十一师团派出浅间支队企图打通与第三师团的联络。浅间支队向狮子林炮台发起猛攻。在该处防御的中国军队第九十八师的一个营孤军奋战,最后时刻与日军白刃格斗长达四小时,到全营官兵全部阵亡后狮子林炮台阵地丢失。

第二天,为策应狮子林与宝山的中国军队,罗卓英军长指挥第十八军部队向罗店的日军发动了反攻,经过昼夜的持续激战将日军压缩于罗店镇内。

九月三日,日军海军增援部队抵达战场。

五日,日军海军宣布:彻底封锁中国的东南海岸,切断中国上海与外界的一切联系。

蒋介石两次急电罗卓英:"罗店关系重要,必须限期攻下……要求将士有进无退,有我无敌,不成功便成仁……此次抗敌作战,为我民族死中求生唯一出路……凡贪生怕死、临阵畏怯不能发扬战术与武器威力者,同侪将士,应共弃之。凡信仰动摇、精神松懈,不能尽其责任而贻误战机者,同侪将士,应共除之……""按照军律,衡情论罪,不稍宽假。"㊸

六日夜,罗卓英再次下达了攻击罗店的命令。中国军队四个师联合顽强攻击,扫清了罗店外围日军的据点。可是,正准备发起总攻的时候,得到了日军已经打通吴淞与狮子林之间的交通,日军陆海军增援部队已经抵达并攻占宝山的消息。这样的战场态势直接威胁着中国军队的侧背,对罗店的攻击随即停止。

此时的中国军队第九十八师,全师伤亡人数已近五千,其中各级军官伤亡两百人以上。当日军在舰炮和飞机的支援下猛攻罗店与宝山之间的月浦时,伤亡惨重的第九十八师依旧拼死作战。在与日军的反复拉锯中,阵地三次易手,团长路景荣、团附李馨远相继阵亡,日军在付出巨大伤亡代价后缓慢推进。十一日,月浦进入巷战状态,血战后中国守军由于伤亡过大撤离阵地。日军由此推进到了宝山、狮子林、川沙口一线,两军于黄浦江岸的几处要地形成对峙。

"中国决不放弃领土之任何部分"。

尽管登陆的日军已经突入,尽管武器装备、战略战术都无法与之相比的中国守军已经血流成河,但是中国官兵至死也不愿意背离这句誓言。就在罗店争夺战进入肉搏状态的时刻,一九三七年九月六日,防御宝山的中国守军为此振臂呐喊,誓不弃守。自五日凌晨开始,日军在舰炮和飞机的助攻下,调集大量坦克猛攻宝山城门。中国守军第九十八师五八三团三营,在营长姚子青的率领下死守不退。久攻不下的日军向这座孤城发射了大量燃烧弹,宝山全城顿时大火冲天,房屋接连坍塌,满城砖石瓦砾。姚子青营长一面向师长夏楚中求援,一面和全营官兵作出一个约定:人从生下来就注定要死的,但好汉死要死出个样子。今天,三营谁也不许后退一步,谁也不许苟且偷生,让日本人看看咱中国人的骨气!援军迟迟不见踪影,废墟之中进行着惨烈的巷战,每一条街巷里每一道断墙边都发生着肉搏战,中国守军在数量为自己数倍的日军面前使用刺刀、匕首、木棒、石块乃至自己的牙齿,咒骂着,厮打着,直到血肉模糊地倒下去。残酷的肉搏战一直持续到六日上午十时,中国军队第九十八师五八三团三营,除了一名奉命出城报告战况的士兵外,全营五百余人全部殉国。

肉搏战停止了,宝山城内一片沉寂,呆站在血泊里的日军官兵沉默无语。这是一座中国最为普通的小县城,城墙之内方圆不过几里,城楼因为年代久远已残破不堪,城门启闭时还会吱呀作响。日军士兵听他们的长官异口同声地说过,中国军队是一支一触即溃的军队,于是眼前出现的情景令他们不寒而栗:如何解释在根本没有任何救援希望的情况下,这支中国军队会如此怒不可遏,如此不顾一切,如此想要拼烂最后一副身躯、流干最后一滴鲜血?!

姚子青营全体殉国的壮举,被写入了中国抗日战争史,也写入了近代以来中国人抵御外侮的心灵史。

中国军队失守宝山城的那一天,日军参谋本部派往上海视察的第三课部员西村敏雄少佐向东京报告了上海前线的危机:

(一)敌人的抵抗实在顽强,无论是炮击还是被包围,绝不后退;

(二)估计敌人第一线兵力约十九万,第二线停战区内有二十七至二十八万;

(三)中国居民对敌人有极其强烈的敌忾心;

(四)由于调军舰运送紧急动员的部队,派遣军后方接济不上,两个师团陷于严重的苦战中。㊹

毫无疑问,自淞沪地区作战开始至今,中国军队的顽强抵抗和不屈精神大大出乎日本人的预料。日军作战原则上的表述是要"惩罚一下中国人",可至少目前看来,受到惩罚的是那些爬上中国东南海岸的日军官兵。而对于抗击日军的中国军队来讲,伤亡之大出乎预料,淞沪战场已被西方记者形容为"血肉磨坊",这让刚刚开始的战争蒙上了一层令人忧虑的阴影:中国固然国土辽阔,人口众多,但是如果战争按照这样的伤亡比例和沦陷速度持续下去,中国将能坚持多久?

战争中的不屈精神,不是靠某个人、某支部队,甚至是正在作战的某个战区来支撑的。

赢得战争的最可靠的力量,将是中华民族的意志!

一九三七年的八月,日本人突然得到一个更令他们震惊的消息:中国两个敌对的政党——中国共产党和中国国民党——不但宣布已经真诚地联合在一起,而且联合的目的十分明确:打日本,保中华!

第三章
寇深矣！祸急矣！

自一九二七年以来,国共两党不共戴天。

成立于辛亥革命时期的中国国民党,与稍晚些时候成立的中国共产党,是对中国近现代历史影响巨大的两个政党。两党曾集合于中国民主革命先驱孙中山先生的旗帜下携手并肩,同怀拯救中国于贫弱衰败的宏阔梦想。为了实现这个梦想,包括蒋介石和毛泽东在内,两党成员曾于二十世纪初叶波澜壮阔的大革命中生死与共。

但是,随着中国革命进程的深入,两党在各自秉承的信仰理论、代表的社会阶层的攸关利益以及在社会革命的最终目的上,出现了无法弥补的、不可调和的分歧与断裂。

二十世纪以来,世界政治文明发展极其迅速。代表不同社会阶层的政治集团也是五花八门,但几乎所有的政治集团都声称自己代表着社会的绝大多数。中国是一个农业国家,沿袭了数千年的封建制度,造成土地的高度集中和农民的赤贫。中国革命乃至社会进步的最重要的目的,就是拯救并解放占人口绝大多数的赤贫的农民。接受马列主义革命理论,并使之与中国国情相结合的中国共产党,其初期进行的革命就叫"土地革命"。在二十世纪上半叶,对待"泥腿子"的态度,成为国共两党的根本政治分野。"全世界无产者联合起来";"从来就没有救世主,也不靠神仙皇帝";"一切权力归农会",这就是共产党人的基本政治立场。中国国民党代表的不是中国的无产者,因此,他们认为争取尊严和社会权力的无产者的暴力反抗,与土匪没有什么区别。于是,在历史上的某个瞬间,中国的无产者与有产者以及各自代表他们阶级诉求的政治集团,即中国共产党与中国国民党,势必不共戴天。

一九二七年,国共两党不可避免地决裂了。

决裂的后果,对于中国共产党人来讲,极其残酷。

首先是中国历史上大规模的政治杀戮。国民党的口号是"宁可错杀一千,不可放过一个"。共产党人以及接受共产党政治理想的青年被处决的场景处处可见。接着,就是对共产党人赖以生存的根据地进行大规模的军事"围剿"。作为执政党的国民党,既然已经把敌对的共产党定性为"匪",那么对于"匪"的格杀勿论显得理直气壮和毫不留情。

面对国民党对共产党根据地发动的数次军事"围剿",共产党人没有可以利用的任何国家资源与政权资源,唯一可以依靠的是这个巨大国家中占人口绝大多数的无产者的人心——贫苦的农民们,他们手里只有大刀、长矛这类最原始的武器,也情愿为共产党的政治主张和社会理想付出他们的身家、骨肉乃至性命。当共产党人立足的狭小根据地被攻破后,国民党的将领们在那里看见的是苏维埃政府简陋的礼堂、军民两用的打谷场和操场,到处写着的"打土豪、分田地"的标语。能够跟着共产党走的青壮年都走了,国民党对共产党根据地扫荡的原则是:"树要过火,石要过刀"。于是,贫苦百姓的理想之国荡然无存。

当共产党人失去根据地被迫开始长征后,国民党军队的围追堵截令那条后来举世闻名的万里路途上的每一公里都由红军的生命铺就。最终,共产党人进入了中国贫瘠偏僻的黄土高原。由此,一个困惑开始缠绕着国民党人:总说再有几个月就可以把共产党"剿灭",但是共产党人经历了千难万险的苦战,为何就是没有丝毫意志的屈服与溃灭的迹象?当日本对中国东北发动侵略后,又一个现实问题开始困扰着国民党人:无论围追堵截得多么凶狠,共产党却坚定地要与国民党联合抗击日本的侵略。尽管国民党不断"揭露"共产党的这种联合背后是有"阴谋"的,或者对共产党的联合呼吁置之不理继续实施军事打击,可中国共产党联合全国民众包括国民党人共同抵抗日本侵略者的决心锲而不舍。这令在"安内还是攘外"中纠结不堪的国民党人不知所措。

一九三一年,东北"九一八"事变爆发后,中国共产党发表了《中国共产党为日本帝国主义强暴占领东三省事件宣言》:

……各国帝国主义,尤其是日本帝国主义,是压迫中国、屠杀中国民众的万恶强盗……现在他更公开更强暴地占领中国领土,其显明的目的显然是掠夺中国,压迫中国工农革命,使中国完全变成他的殖民地,同时更积极更直接地实行进攻苏联,企图消灭全世界第一个无产阶级的祖国,世界革命的大本营……同时帝国主义强盗也非常明白,现在世界革命积极发展,中国工农革命日益高涨……这一革命浪潮的高涨,必然要根本推翻外国帝国主义及中国豪绅地主资本家国民党的反动统治,建立工农兵苏维埃政权。外国帝国主义看着中国国民党军阀已经不能消灭革命,看着他在中国的走狗军阀国民党等已经不能随心所欲地替他保护并扩张对华掠夺的利益,因此便直接占领满洲中国领土……全中国工农兵士劳苦民众,必须坚决一致在争取工农革命胜利自求解放的利益之下,实行反帝国主义反国民党的斗争……①

中国共产党还发表了《中国共产党为反抗帝国主义国民党一致压迫与屠杀中国革命民众宣言》,表示国民党完全是"帝国主义的走狗与工具",因为他们在"逆来顺受",在"无抵抗",在向反对日本帝国主义的"革命民众进攻"。所以,全中国的民众必须"武装起来","在中国唯一的革命政党,中国共产党的领导之下,为了推翻帝国主义国民党在中国的统治,为了苏维埃革命在中国的胜利而斗争"!②

一九三二年,上海"一·二八"事变爆发,中国共产党以中华苏维埃临时中央政府主席毛泽东的名义发表了《对日战争宣言》:

> ……国民党政府及其各派军阀,他们不但不能而且早已不愿真正反对日本帝国主义实行民族革命战争,他们只能倚靠某一派帝国主义反对另一派帝国主义,企图挑起世界大战,以便帝国主义强盗在大战中解决瓜分中国问题……中华苏维埃共和国临时中央政府特正式宣布对日战争。领导全中国工农红军和广大被压迫民众,以民族革命战争,驱逐日本帝国主义出中国,反对一切帝国主义瓜分中国,以求中华民族彻底的解放和独立。苏维埃中央政府向全国工农兵及一切被压迫民众宣言:要真正实行民族革命战争,直接与日帝国主义作战,必须首先推翻帮助帝国主义压迫民族革命运动,阻碍民族革命战争发展的国民党反动统治,才能直接的毫无障碍的与日

帝国主义作战……"③

接着,共产党中央执行委员会又发布了《中华苏维埃共和国临时中央政府关于动员对日宣战的训令》:要求"在红军与地方武装中实行政治的动员","激励起全体红色战士对日宣战的热忱与勇气"。要求"每一个红色战士都能了解:积极发展革命战争,消灭国民党军阀进攻苏区的部队,向外夺取中心城市,摧毁国民党的统治,正是进行反日的民族革命战争的必要前提"。要求在还没有"发展到接近日本帝国主义势力的地方,红军的作战任务,首先是要消灭与帝国主义勾结一致的国民党军队";而当"红色游击队向外发展到接近日本帝国主义势力的地方,则应领导民众组织抗日义勇军","实行游击运动,直接对日作战"。④

共产党人的宣言,鼓荡着中国不断高涨的抗日舆论。

然而,鉴于中日民族矛盾急剧上升的现实,鉴于国民政府开始部署对日作战的转变,中国共产党意识到了"反蒋抗日"的狭隘性,于一九三五年首次提出国共两党"化干戈为玉帛"。当时,在莫斯科参加共产国际第七次代表大会的中国共产党代表团,在法国巴黎出版的《救国报》上发表了一份《八一宣言》。指出:中国正处于"五千年古国将完全变成被征服地,四万万同胞将都变成亡国奴"的"生死关头"。"抗日则生,不抗日则死,抗日救国,已成为每个同胞的神圣天职"。因此,"共产党和苏维埃政府再一次向全体同胞呼吁:无论各党派间在过去和现在有任何政见和利害的不同,无论各界同胞间有任何意见上或利益上的差异,无论各军队间过去和现在有任何敌对行动,大家都应当有'兄弟阋墙外御其侮'的真诚觉悟",停止内战,"以便集中一切国力(人力、物力、财力、武力等)去为抗日救国的神圣事业而奋斗"。⑤——此时的中国共产党,尽管仍把蒋介石排除在外,还是于中国历史的危急时刻,第一次提出了无论党派团体各界建立"统一的国防政府"的建议,这一建议便是日后中国抗日民族统一战线形成的最初蓝本——曾经与国民党不共戴天的共产党是这样表述的:"只要国民党军队停止进攻苏区行动,只要任何部队实行对日抗战,不管过去和现在他们与红军之间有任何旧仇宿怨,不管他们与红军之间在对内问题上有任何分歧,红军不仅立刻对之停止敌对行为,而且愿意与之亲密携手共同救国。"⑥

一九三六年五月五日,毛泽东、朱德以中华苏维埃人民共和国中央政府主席、中国人民红军革命军事委员会主席之名,联合向南京国民政府发出《停战议和一致抗日通电》:"国难当头,双方决战,不论胜负属谁,都是中国国防力量的损失,而为日本帝国主义所称快。"十月,中国共产党中央又公开发表《中国共产党致中国国民党书》,表示如果国民党"坚决的为驱逐日本帝国主义挽救中国于危亡而斗争",共产党将愿意同国民党"结成一个坚固的革命的统一战线,如像一九二五至二七年第一次中国大革命时两党结成反对民族压迫与封建压迫的伟大的统一战线一样,因为这是今日救亡图存的唯一正确的道路"。这一年的十二月一日,中国共产党以所有红军将领和二十万红军官兵的名义,给蒋介石写了一封长信,言辞之恳切无以复加:

介石先生台鉴:

去年八月以来,共产党苏维埃与红军曾屡次向先生要求,停止内战,一致抗日。自此主张发表后,全国各界,不分党派,一致响应。而先生始终孤行己意,先则下令"围剿",是以有去冬直罗镇之役。今春红军东渡黄河,欲赴冀察前线,先生则又阻之于汾河流域。吾人因不愿国防力量之无谓牺牲,率师西渡,别求抗日途径,一面发表宣言,促先生之觉悟。数月来绥东情势益危,吾人方谓先生将翻然变计,派遣大军实行抗战。孰意先生仅派出汤恩伯之八个团向绥赴援,聊资点缀,而集胡宗南、关麟征、毛炳文、王均、何柱国、王以哲、董英斌、孙震、万耀煌、杨虎城、马鸿逵、马鸿宾、马步芳、高桂滋、高双城、李仙洲等二百六十个团,其势汹汹,大有非消灭抗日红军荡平抗日苏区不可之势。吾人虽命令红军停止向先生之部队进攻,步步退让,竟不能回先生积恨之心。吾人为自卫计,为保存抗日军队与抗日根据地计,不得已而有十一月二十一日定边山城堡之役。夫全国人民对日寇进攻何等愤恨,对绥远抗日将士之援助何等热烈,而先生则集全力于自相残杀之内战。然而西北各军官佐士兵之心理如何,吾人身在战阵知之甚悉,彼等之心与吾人之心并无二致,亟欲停止自杀之内战,早上抗日之战场。即如先生之嫡系号称劲旅者,亦难逃山城堡之惨败。所以者何,非该军果不能战,特不愿中国人打中国人,宁愿缴枪与红军耳。人心与军心之向背如此,先生何不清夜扪心一思其故耶？今者绥远形势日趋恶化，前线之守土军队为数甚微，长城抗战与上海一二八之役前车可鉴。天下汹汹，为公一人。当前大计只须先生一言而决。今日停止内战，明日红军与先生之西北"剿共"大军，皆可立即从自相残杀之内战战场，开赴抗日阵线，绥远之国防力量，骤增数十倍。是则先生一念之转，一心之发，而国仇可报，国土可保，失地可复，先生亦得为光荣之抗日英雄，图诸凌烟，馨香百世，先生果何故而不出此耶？吾人敢以至诚，再一次地请求先生，当机立断，允许吾人之救国要求，化敌为友，共同抗日，则不特吾人之幸，实全国全民族唯一之出路也。今日之事，抗日降日，二者择一。徘徊歧途，将国为之毁，身为之奴，失通国之人心，遭千秋之辱骂。吾人诚不愿见天下后世之人聚而称曰：亡中国者非他人，蒋介石也；而愿天下后世之人，视先生为能及时改过救国救民之豪杰。语曰：过则勿惮改；又曰，放下屠刀，立地成佛。何去何从，愿先生熟察之。寇深祸急，言重心危，立马陈词，伫候明教。

    毛泽东　朱　德　张国焘　周恩来
    王稼祥　彭德怀　贺　龙　任弼时
    林　彪　刘伯承　叶剑英　张云逸
    徐向前　陈昌浩　徐海东　董振堂
    罗炳辉　邵式平　郭洪涛
    率中国人民红军二十万人同上
    一九三六年十二月一日⑦

  此时中国共产党的主张是"联蒋抗日"。就像毛泽东说的，我们不再把反蒋与抗日并列起来。历经了国民党残酷屠杀与疯狂"围剿"的中国共产党，在面对历史与现实的抉择中，经过了"反蒋抗日"到"联蒋抗日"的心路历程，这一历程证明了中国共产党拥有能够承载民族大义、足以改变国家命运的政治胆识与历史胸怀。

  十二月十一日，毛泽东从延安致电上海办事处主任潘汉年，甚至提出了在国共联合抗日的前提下中国工农红军如何开展对日作战的问题："红军在彼方忠实地明确地承认其参加抗日救亡之前提下，可以改换抗日番号，划定抗日防地，服从抗日指挥。在这些上面我们并不坚持形式上的平等,也不须两个政府出面谈判,但必须是两党(不是两政府)平等地签订抗日救亡之政治军事。红军不能减少一兵一卒,而且须要扩充之。离开实行抗日救亡任务,无任何商量余地。"⑧

第二天,西安事变爆发。

共产党中央召开政治局紧急会议,商讨关于西安事变的诸方面问题。毛泽东指出:"要争取南京,要争取西安,只有内战结束才能抗日。有六种力量可能使内战结束:一是红军,二是东北军,三是西安的友军,四是人民,五是南京的内部分化,六是国际援助。应把六种力量团结起来,使内战结束,变国内战争为抗日战争。"会后,毛泽东再次致电潘汉年:"请向南京接洽和平解决西安事变之可能性,及其最低限度条件,避免亡国惨祸。"⑨

经过多方的斡旋、磋商、谈判,蒋介石不得不同意停止"剿共",联共抗日。

西安事变和平解决后,一九三七年二月,中国国民党召开三中全会,为促成国民党政策的转变,共产党中央委员会发出致全会电,首次提出:在"停止一切内战,集中国力,一致对外"等条件下,苏维埃政府可以"改名为中华民国特区政府,红军改名为国民革命军,直接受南京中央政府与军事委员会之指导"。

中国国民党三中全会诸先生鉴:

西安问题和平解决,举国庆幸,从此和平统一、团结御侮之方针得以实现,实为国家民族之福。当此日寇猖狂,中华民族之存亡千钧一发之际,本党深望贵党三中全会,本此方针,将下列各项定为国策:

(一)停止一切内战,集中国力,一致对外;

(二)开放言论、集会、结社之自由,释放一切政治犯;

(三)召集各党、各派、各界、各军的代表会议,集中全国人才,共同救国;

(四)迅速完成对日抗战之一切准备工作;

(五)改善人民的生活。

如贵党三中全会果能毅然决然确定此国策,则本党为着表示团结御侮之诚意,愿给贵党三中全会以如下之保证:

(一)在全国范围内停止推翻国民政府之武装暴动方针;

（二）苏维埃政府改名为中华民国特区政府,红军改名为国民革命军,直接受南京中央政府与军事委员会之指导;

（三）在特区政府区域内,实施普选的彻底民主制度;

（四）停止没收地主土地之政策,坚决执行抗日民族统一战线之共同纲领。

国难日亟,时不我待,本党为国忠诚,可矢天日,诸先生热心为国,定能允许本党之请求,使全民族御侮救亡统一战线,从此实现也。我辈同为炎黄子孙,同为中华民族儿女,国难当前,惟有抛弃一切成见,亲密合作,共同奔赴中华民族最后解放之伟大前程。谨此电达,伫候明教。并致民族革命的敬礼!

中国共产党中央委员会

二月十日⑩

毛泽东认为,国内各方对此电报"会有不同的看法",但是它能在政治上说明中国共产党"真正抗日团结御侮"的决心。

史称:中国抗日民族统一战线的形成自此开始。

为了谋求第二次国共合作,谋求抗日民族统一战线的建立,共产党派周恩来和叶剑英等人,频繁地与国民党军政高层蒋介石、顾祝同、宋子文等人,先后在西安、杭州、庐山、南京等地举行了数次谈判。国民党提出成立国民革命同盟会,向红军和陕甘宁边区派遣正职官长等要求,目的是取消共产党在组织上的独立性,继而逐步控制红军和陕甘宁边区。尽管共产党方面做出了重大让步,如同意蒋介石提出的设立总的军事指挥部,红军待其名义发表后改编等,但谈判仍未取得实质性进展。

就在这时,卢沟桥事变猝然爆发。

民族危难近在眼前,国共联合迫在眉睫。

卢沟桥事变爆发时,周恩来、博古和林伯渠正在去庐山的路上。七月十三日,平津处于极度紧张之时,国共两党在庐山开始了谈判。国民党方面除蒋介石外,还有邵力子、张冲、宋美龄等人参加。共产党代表团向蒋介石提交了《中共中央为公布国共合作宣言》,并就公布国共合作、红军改编、苏区改制等问题展开磋商。之前,共产党方面已致电蒋介石,做出了最大限度的让步:原则上同意组织国民革命同盟会,但须先确定双方认可的纲领,然后由双方干部组成最高会议,蒋介石担任主席;关于红军改编,共产党方面不再坚持必须设立指挥,让步为设立政治机关但应具指挥机关的权能;对于边区政府,共产党方面同意由南京指派一名正职官员;同时,同意由红军担任由蒋介石划定的平绥线的国防防御任务。但是,由于卢沟桥事变已经引发战端,蒋介石在共产党武装力量的指挥权上寸步不让,国共之间的沟通陷入了僵持。这一次,双方代表于庐山进行面对面的谈判时,蒋介石将共产党方面的所有让步全部搁置,坚持红军改编后不能设立指挥机关,红军三个师直属军事委员会委员长西安行营管辖,三个师的参谋长均由南京派遣,共产党人负责的政治机关"只管联络,无权指挥"——蒋介石依旧不愿给共产党以合法与平等的地位,企图通过改编红军根除共产党对武装力量的掌握,他甚至劝毛泽东和朱德"出洋"。军阀混战时,凡是战败的军阀都以出国作为其政事与军务的结束。此一建议的提出,足见蒋介石对中国共产党人的认识是何等的肤浅。

共产党方面坚决拒绝由国民党掌握红军的指挥权与人事权。

二十日,毛泽东致电周恩来:"我们决采取蒋不让步,不再与谈之方针。"⑪

九天后,北平失守。

紧接着,天津沦陷。

面对万分紧张的军事形势,蒋介石托西安行营代主任蒋鼎文转告共产党方面:十天内改编红军,南京给三个师的番号,红军出动抗日。对此,毛泽东提出的改编原则是:"一、八月十五日编好,二十日出动抗日;二、三个师以上必须设总指挥部,朱(朱德)正彭(彭德怀)副;并设政治部,任弼时为主任,邓小平为副主任,以便指挥作战;三、三个师四万五千人,另地方一万人,保安队正副司令,高岗为正,肖劲光为副,军饷照给;四、主力出动后集中作战,不得分散;五、担任绥远方面之一线;六、刺刀、工具、子弹、手榴弹等之补充。"⑫

八月一日,蒋介石密电邀共产党方面去南京"面商大计"。周恩来、朱德即刻从延安启程赴西安,偕同在西安的叶剑英一起飞抵南京。自十二日开始,国共双方代表在孔祥熙公馆举行谈判,内容集中在发表合作宣言与红军改编的问题上。这是一个艰难的过程,双方甚至要为一个词的使用反复争辩。蒋介石主张在合作宣言里不提"民主",以"民用"二字代替,并且取消对民族、民权、民生的解释,同时把"国民党"三个字一律改称"政府"——蒋介石的意思很明显:共产党是向政府输诚的。周恩来表示,两党合作绝非以强凌弱,也不是一方向另一方投降。关于红军的改编,共产党方面坚决反对蒋介石提出的由国民党派遣政治部主任的要求。

双方争论难以调和时,上海"八一三"事变爆发。

中日战争已呈全面爆发之势,国共谈而不决的状况随即转变。蒋介石同意红军改编为国民革命军第八路军,设立总指挥部,下辖三个师,国民党方面只向八路军总部和各师派遣联络员。一个月后,正式公布中国工农红军改编命令时,依照中国抗日武装力量的整体序列,改称八路军为国民革命军第十八集团军。

中国共产党人对抗战前景充满自信。

二十二日至二十五日,中共中央二十三位高层领导聚集在渭北洛川一个只有四五十户人家的小村庄里,召开了政治局扩大会议,通过了《中央关于目前形势与党的任务的决定》《中国共产党抗日救国十大纲领》,以及抗日宣传鼓动提纲《为动员一切力量争取抗战胜利而斗争》。

《中国共产党抗日救国十大纲领》:

(一)打倒日本帝国主义;

(二)全国军事的总动员;

(三)全国人民的总动员;

(四)改革政治机构;

(五)抗日的外交政策;

(六)战时的财政经济政策;

(七)改良人民生活;

(八)抗日的教育政策;

(九)肃清汉奸卖国贼亲日派,巩固后方;

(十)抗日的民族团结。[13]

洛川会议确定了"全面的全民族抗战"政策以及持久战的基本战略方针。毛泽东在他起草的宣传鼓动提纲中说,"卢沟桥中国军队的抗战,是中国全国性抗战的开始"。"为了挽救祖国的危亡",全国人民必须"坚固地团结起来,为保卫祖国而作战到底"。[14]

洛川会议结束的这天,《中共中央革命军事委员会关于红军改编为国民革命军第八路军的命令》正式发布：

> 南京已经开始对日抗战，国共两党合作初步成功。为着实现共产党中央给国民党三中全会红军改名之保证，使红军成为抗日民族战争的模范，推动这一抗战成为全民族的抗日革命战争，以争取最后的彻底胜利，特依据与国民党及南京政府谈判结果，宣布红军改名为国民革命军第八路军。着将：
>
> 前总指挥部改为第八路（军）总指挥部，以朱德为总指挥，彭德怀为副总指挥，叶剑英为参谋长，左权为副参谋长。
>
> 总政治部改为第八路（军）政治部，以任弼时为主任，邓小平为副主任。
>
> 第一军团、十五军团及七十四师，合编为陆军第一一五师，以林彪为该师师长，聂荣臻为副师长，周昆为参谋长，罗荣桓为该师政训处主任，肖华为副主任。
>
> 二方面军、二十七军、二十八军、独立第一第二两师及赤水警卫营、前总直之一部等部，合编为陆军一二〇师，以贺龙为师长，萧克为副师长，周士第为参谋长，关向应为政训处主任，甘泗淇为副主任。
>
> 四方面军、二十九军、三十军、陕甘宁独立第一、二、三、四团等部，改编为陆军第一二九师，以刘伯承为师长，徐向前为副师长，倪志亮为参谋长，张浩为政训处主任，宋任穷为副主任。
>
> 以上各部改编后人员委任，照前总命令行之。各师改编为国民革命军后，必须加强党的领导，保持和发挥十年斗争的光荣传统，坚决执行党中央与军委会的命令，保证红军在改编后成为共产党的党军，为党的路线及政策而斗争，完成中国革命之伟大使命。
>
> 　　　　　　　　　　　　中央革命军事委员会
> 　　　　　　　　　　　　　主席　毛泽东
> 　　　　　　　　　　　　　副主席　朱　德
> 　　　　　　　　　　　　　　　　周恩来[15]

对于蒋介石来说，不能把共产党人称为"匪"了，但他又不情愿称为"友",于是使用了一个古怪的称呼:"第三者"——"一切旗帜、符号、服装均改换,主官亦改名换姓。"在以往的日子里,国民党没能用军事手段将共产党武装"剿灭",也许是出于"斩草除根"的心理延续,蒋介石亲自给共产党的将领们换了名字:朱德叫朱蹭陂,彭德怀叫彭特立,林彪叫林育荣,贺龙叫贺云青,萧克叫萧格,徐向前叫徐象谦。——在后来的战争岁月中,共产党将领们的这些名字从来没有使用过,甚至几乎无人知晓。而国民党方面给予工农红军的三个师的番号,虽然原是属于东北军旧部的,但自重新发布的那一刻起,第一一五师、第一二〇师、第一二九师便成为中国抗日战争史中带有特殊意义的称谓。

还是这一天,八路军总指挥朱德、副总指挥彭德怀,向全国发出了就职通电,通电的抬头极为壮观:

南京林主席、蒋委员长、冯副委员长、各部院长、太原阎副委员长钧鉴:

西安顾主任、蒋代主任、何副主任、孙主席、开封刘主任、商主席、成都刘主席、南宁李总司令、白副司令、黄主席、广州余总司令、吴主席、昆明龙主席、长沙何主席、南昌熊主席、汉口何主任、黄主席、福州陈主席、济南韩主席、保定冯主席、太原赵主席、绥远傅主席、万全刘主席、兰州贺主席、宁夏马主席、青海马主席、迪化盛督办、各总司令、总指挥、军长、师长勋鉴:⑯

各报馆、各民众团体公鉴:

  日寇进攻,民族危急,敝军请缨杀敌,义无反顾!兹幸国共两党重趋团结,坚决抗战,众志成城。本月养日(八月二十二日)奉国民政府军事委员会蒋委员长委任令开,特派朱德为国民革命军第八路军总指挥,彭德怀为副总指挥,等因奉此,遵即将红军改为国民革命军第八路军,并宣布就职,部队现已改编完毕,东进杀敌。德等愿竭至诚,拥护蒋委员长,追随全国友军之后,效命疆场,誓驱日寇,收复失地,为中国之独立自由幸福而奋斗到底。肃电奉闻,敬候明教。

       中华民国国民革命军第八路军
      总指挥朱德、副总指挥彭德怀叩有⑰

蒋介石复电:"忠诚谋国,至为嘉慰。仍希一致团结,共赴国难,为盼。"⑱

阎锡山复电:"两兄遂令改编所部,追随委座,前驱杀敌,复兴民族,我武维扬,引企旌麾,良深佩慰。特电复贺。"⑲

李宗仁、白崇禧复电:"两兄新膺特命,总绾军符,望东指之旌旗,赋同仇而御侮,歼朔方之倭寇,复失地以奏功。伫听捷音,祗申贺悃。"⑳

蒋鼎文复电:"率部抗敌,壁垒增新。行见马肥苜蓿,壮秋塞之军容;酒熟葡萄,励沙场之斗志。扬我国威,挫彼寇焰,河山还我,指顾可期。特电复贺,并颂戎祉。"㉑

傅作义复电:"台麾荣膺特命,东进杀敌,扬我军威,同深忭贺。刻下寇氛日炽,国难益急,尚冀军骊早发,俾利戎机,翘望节旌,无任驰企。"㉒

九月,上海抗日战事酷烈。

国民党中央通讯社公开发表了《中国共产党中央发表"共赴国难"宣言》。在这个宣言中,国人不但看到了共产党人抗日的坚定决心,还看到了共产党人为达成全民抗战不惜放弃了以往他们坚持的主张:

亲爱的同胞们:

中国共产党中央委员会谨以极大的热忱,向我全国父老兄弟诸姑姊妹宣言,当此国难日益严重民族生命存亡绝续之时,我们为着挽救祖国的危亡,在和平统一团结御侮的基础上,已经与中国国民党获得了谅解,而决心共赴国难了。这对于我们伟大的中华民族的前途,有着怎样重大的意义啊!因为大家知道,在民族生命危急万状的现在,只有我们民族内部的团结,才能战胜日本帝国主义的侵略,现在全民族团结的基础已经定下了,我们民族的独立自由解放的前提亦已创设了。中共中央特为我们民族的光明灿烂的前途庆贺。但我们知道,要把这个民族的光辉前途,变为现实的独立自由幸福的新中国,仍需要全国同胞,每一个热血的黄帝子孙坚忍不拔的努力奋斗。中国共产党愿乘此时机,向全国同胞提出共同奋斗之总的目标,这就是:

(一)争取中华民族之独立自由与解放,首先须切实的迅速的准备与发动民族革命抗战,以收复失地和恢复领土主权之完整；

（二）实现真正的民主共和政治，首选须保障人民之自由，召开国民大会，以制定民主宪法与规定救国方针；

（三）实现中国人民之幸福与愉快的生活，首先须切实的救济灾荒，安定民生发展国防经济，解除人民痛苦与改善人民生活。

凡此诸项，均为中国的急需，以此悬为奋斗之鹄的。我们相信必能获得全国同胞之热烈的赞助。中共愿意在这个共同纲领的目标下，和中国国民党及全国同胞手携手的一致努力。

中共深切的知道，在实现这个崇高目标的前进路上，须要克服许多的障碍和困难，首先将遇到日本帝国主义与汉奸的阻碍和破坏。为着取消敌人阴谋之籍口，为着解除一切善意的怀疑者的误会，中国共产党中央委员会有更一次披沥自己对于民族解放事业的赤忱之必要。因此，中共中央特再向全国宣告：

（一）孙中山先生的革命的三民主义为中国今日之必需，本党愿为其彻底的实现而奋斗；

（二）与现在中国占领导地位的国民党推诚相与，共同为对外抗战对内民主与民生幸福而努力，取消一切推翻国民党政权的暴动政策及赤化运动，停止以暴力没收地主土地的政策；

（三）取消现有的苏维埃政府，实行民权政治，以期全国政权之统一；

（四）取消红军名义及番号，改编为国民革命军，受中央军事委员会之统辖，并待命出动，担任抗战前线之职责。

亲爱的同胞们！本党这种光明磊落大公无私与委曲求全仁至义尽的态度，早已向全国同胞在言论行动上明白表示出来，并早已获得同胞们的赞许。现为求得与国民党的精诚团结，巩固全国的和平统一，我们准备把这些诺言中在形式上尚未实行的部分，如苏区取消红军改编等立即实行，以便用统一团结的全国的力量，抵抗外敌的侵略。

寇深矣！祸急矣！同胞们！起来！让国共两党更亲密些

团结起来罢！让全国四万万同胞更亲密些团结起来罢！让我们更加和睦地为着保卫华北实现抗战而更加努力罢！我们伟大的悠久的民族是不可战胜的。起来！为巩固民族的团结，为推翻日本帝国主义的压迫而奋斗！胜利是属于我们中华民族的！民族统一战线万岁！独立自由幸福的新中国万岁！

中国共产党中央委员会

中华民国二十七年九月二十二日㉓

此为第二次国共合作正式形成的标志。

第二天，蒋介石针对共产党的宣言发表谈话，表示："国民革命之目的，在求中国之自由平等。孙中山曾说'三民主义为救国主义，即希望全国国民一致，为挽救国家危亡而奋战'。"今日，全国能够一致"深切"认识到"存则俱存亡则俱亡之意义"，认识到"整个民族之利害，实超出于一切个人一切团体利害之上"。"此次中国共产党发表之宣言即为民族意识胜过一切之例证"。总之，"中国民族既已一致觉醒，绝对团结，自必坚守不偏不倚之国策，集中整理民族之力量，自卫自助，以抵抗暴敌，挽救危亡，中国不但为保障国家民族之生存而抗战，亦为保持世界和平与国际信义而奋斗"。㉔

实事求是讲，在国民党一方，对于国共两党的再次联合，从始至终都充满了忧虑。其心绪之复杂，原因显而易见：一方面日寇凶残，已经深入国土，面对战争压力，从民族大义上讲，集聚全国力量实行对日战争是必须的；另一方面，除了长期与共产党在政治上的严重分歧以及军事上的严重对抗外，国民党最大的不安是，共产党会在这个历史时机生存下来且很有可能发展壮大。国民党的这种复杂心绪，贯穿了持续数年之久的对日战争，并由此引发了两党两军的摩擦与冲突。

国民党人的不安与忧虑，来自对共产党认识上的固执与偏差。

首先，国民党方面认为，共产党已到了被彻底"剿灭"的最后时刻。而事实上，这只是国民党方面一厢情愿的判断。自一九二七年起，执政的国民党动用国家所有的政权和军力资源，用了整整十年的时间也没有把共产党"剿灭"。共产党人的长征在国民党看来无异于穷途末路，共产党人也确实在长征中几乎遭遇灭顶之灾，比如令工农红军从八万六千人锐减至三万余人的惨烈的湘江之战。但是，蒋介石永远也没有明白一点，那就是他要"剿灭"的并不是他所谓的一群"匪"，而是伫立在人世间的一种信仰、一种主义,是这个国家中大多数的人情愿为之舍身的一种社会理想——"砍头不要紧,只要主义真。杀了我一个,自有后来人。"——世界历史上至今尚没有用杀戮手段把一种信仰、一种主义乃至一种社会理想彻底剿灭的先例。过去没有,现在没有,将来也不会有。

其次,国民党方面固执地认为,共产党主张抗日民族统一战线的真实目的是为了自身的生存与壮大。这一判断也属于一厢情愿。且不说中国共产党有强大的生存意志与生存智慧,仅就为了生存而言,也尚有比向国民党方面作出政治与军事让步更为有效的方法。后来的历史证明,即使日本侵略者深入中国,也没能深入到西北的腹地,共产党人落脚的地域是中国最安全的地域之一。而为了应对对日作战,国民党方面将会无暇顾及陕甘宁边区,只要置抗战于不顾而只图偏安一隅,共产党人的生存与壮大会有更大的可能。但是,为了抗日民族统一战线的形成,共产党人宣布搁置或放弃已经为之奋斗多时的革命目标,而这些革命目标是无数共产党人在困苦、磨难、酷刑,甚至面对死亡时都不曾放弃的。据此,如果将共产党方面把赖以生存的武装力量送往前线去与侵略者作战,说成是为了生存,逻辑上都是荒谬的。毛泽东在一九三六年十二月二十二日致中华民族革命同盟的信中曾这样说:

>……红军当唯抗战之利益是务,决不干涉当地之行政与决不对友军有任何不利的行动。来信问到红军在西北的战略企图,我告诉你们,红军的唯一企图在保卫西北与华北,目前是集中于陕甘宁边区,首先求得国民党军队的谅解,在合作基础上共同进入抗日阵地,舍此并无其他企图。我们现已向西北一切国民党军队发表申明:红军自动地停止攻击他们,仅在他们进攻时采取必须之自卫手段……总之,当此国亡无日之时,我们的志愿是抗日救亡,也仅仅在于抗日救亡。各方虽尚有若干对我们怀抱疑虑的人,但悠长的岁月将证明我们所说的就是我们所做的……㉕

至于后来共产党方面的不断壮大,应是国共双方当初都不曾预料的。基于中国历史的现实角度,应该这样理解中国共产党的行为:民族的存亡盛衰,即是全体中国人民的命运,民族大义永远高于一切,共产党人也不可能例外。民族灭亡了,国共两党都不会存在,这个道理不言而喻。因此,即便蒋介石对共产党人进行了十年的屠杀与"围剿",此时此刻的共产党人依然坚信,抗日民族统一战线的形成,必是对中华民族战斗精神的推动,必是对中华民族战斗意志的提升,这种推动和提升将是赢得中国抗日战争胜利的根本保证。

毋庸讳言,红军的改编,至少在中国对日作战初期,其政治意义远大于军事意义。从军事意义上讲,三个师兵力的加入,对即将在这片辽阔国土上展开的规模巨大的战争影响有限。况且红军改编的三个师武器装备简陋,红军官兵对现代集团式的地面作战经验也欠缺。对此,毛泽东曾十分清醒而明确地指出:"今日红军在决战问题上不起任何决定作用",红军的决定作用是"真正独立自主的山地游击战(不是运动战)"。㉖

中国共产党认为,在大敌当前的危难时期,民族之心的凝聚和振奋生死攸关。共产党方面有两个最著名的口号:一是"自己动手,丰衣足食",说的是指望天上掉馅饼的人肯定要饿死;二是"自力更生,奋发图强",说的是指望别人的恩赐任何事业都不可能成功。中国近代历史已经证明:中华民族屡屡面临危机,而危机的拯救永远不能依靠外来势力,每一次指望列强随之而来必是更大的一场噩梦。就像一九〇一年,大清王朝在被迫逃亡的遭遇中与列强签下了《辛丑条约》,导致不但为巨额赔款需要向列强借款,同时还要允许列强的军队驻扎在中国,于是三十多年后的中日战争在宛平城外的卢沟桥爆发。救中国只能靠中国人自己同心协力——从对世界乃至中国历史的洞察而言,中国共产党人远比国民党人清醒得多。

"万一中日交战,英国应该立即远避,中国不可空望援助。"㉗——早在卢沟桥事变前,英国财政大臣和外交大臣就曾对中国明确表态。英国在东南亚有巨大的殖民利益,最惧怕的就是自己的利益受到损害。卢沟桥事变后,英国首相张伯伦在内阁会议上强调,如果英国对日本实行经济制裁,日本就可能在德国和意大利的怂恿下,对英国在东南亚的殖民地进行报复性打击。虽然英国人将日本与德、意列为一个阵营,但在中日战争初起时,德国的表现却令日本人强烈不满。那时候,日本已与德国签订《反共产国际协定》,彼此成为政治上的同盟,但德国自近代以来就与中国关系密切,国民政府的军事顾问是德国人,武器装备也大多采购于德国。所以,卢沟桥事变爆发后,德国一方面担心日本陷入中国战场不能自拔,从而丧失德国盟友的意义反而给德国增添累赘,另一方面又担心日本会独占中国使德国失去在华利益。因此,希特勒并不赞成日本人的行动。德国外交部随即宣布,对中日战争采取中立立场。日本一再要求德国召回在华的军事顾问,停止为中国输送军火,并且扬言要退出《反共产国际协定》,但希特勒除了命令德国军事顾问不准到前线参战之外,德国与中国的军火和工业贸易并没有停止,这种情况一直持续到日军逼近中国首都南京之时。意大利与日本在一点上极为相近,即对中国的极度蔑视。意大利法西斯党机关报曾公开声称:"中国是一个无组织不进步的国家","日本是代表世界文明人类惩罚文化落后的民族"。[28]从中日战争一开始,意大利就坚决支持日本,并由此成为中国抗日军民的死敌。

抗战初期,中苏关系复杂微妙。很早的时候,德国就曾警告过日本:"日本的对华政策很可能会使中国投入苏联的怀抱。"[29]早在"九一八"事变后,出于日俄战争时俄国战败从而失去对中国东北地区控制的旧恨,更重要的是出于日本占领中国东北地区后关东军已经兵临苏联边境的担忧,作为社会主义国家的苏联开始试图改善与军阀混战的中国的关系。一九三七年四月,苏联得知中国已经启动对日作战的军事准备,便主动向国民政府建议两国签订互不侵犯条约,提供五千万美元的贷款供中国订购急迫所需的军火。卢沟桥事变后,苏联外交人民委员李维诺夫会见了中国驻苏大使蒋廷黻,明确表示"苏联愿意援助中国"。一个多月后《中苏互不侵犯条约》签订。根据这个条约,苏联成为世界上第一个向中国提供物力、财力和人力支援的国家。但是,国民政府在如何处理与苏联的关系上也十分苦恼。国民党人始终认为,苏联是中国共产党的后台,共产党企图推翻国民党统治的暴力革命是受苏联共产党主持的共产国际的指挥。只是,在日本亡华企图越来越明显的时刻,国民政府不得不接受苏联雪中送炭般的援助。蒋介石认为,中国的对日作战急需国际支持,否则难以获胜——共产主义革命,日本帝国主义,两者在蒋介石都是不能容忍的,如今他只有两害之中取其轻,即接受苏联的援助用以抗击日本。一九三七年九月,苏联援助中国的第一批军事物资——轰炸机六十多架、驱逐机一百余架、坦克八十余辆、反坦克炮三百余门以及一批重型轰炸机和高射炮,连同苏联教官和技师一起陆续到达中国。应该特别指出的是,苏联援助中国,与中国共产党无关,共产党方面没有得到过苏联援助的一枪一弹;苏联对中国的援助,也与"对中国人民怀有友好感情"无关。苏联完全是出于自身利益的考量:苏联是世界上唯一的社会主义国家,是帝国主义者攻击的主要目标。自近代以来,苏联与日本就是势不两立的死敌,同时苏联又是世界大国中唯一与中国接壤、与日本相邻的国家。因此,全力支持中国,使中国有力量在本土拖住日军的主力,就可以避免与法西斯德国开战时苏联出现东西两面都需作战的被动局面。

美国本土距离中国很远,但美国在太平洋有特殊利益,这一特殊利益与日本有着天然的、不可回避的冲突,冲突决定着美国对中日战争的立场。日军登陆上海后,通过上海港向中国出口物资,致使美国对华贸易减少了百分之八十六。可是,对日贸易也是美国主要的国际贸易。权衡之下,为避免日美矛盾激化,美国对日本的战争行为采取了绥靖政策。卢沟桥事变爆发后,美国国务卿科德尔·赫尔表示,美国站在中间立场,将对中日双方都保持"公正无私的态度"[30],要求中日双方在战端面前都要保持克制。为了显示美国是有正义感的国家,总统罗斯福甚至下令禁止美国商船向中、日两国运送军事物资。直至日本对中国的战争扩大,美国在华利益受到严重威胁时,罗斯福总统才在芝加哥发表了著名的"隔离演说"——"世界上无法无天的流行症看来确实在蔓延中"。"当一种流行症开始蔓延时,为了保护社会全体成员的健康,社会就会认可并参与把病人隔离起来"。战争,不管是先宣而战还是不宣而战,都是传染病。[31]——罗斯福把日本比喻为流行病毒的携带者,但无法得知美国所说的"隔离",在外交、经济、军事乃至政治上到底是什么意思。美国国务院立即对总统表示了支持,谴责日本对中国的战争不符合国际关系准则。但是,总统和国务院的话音未落,立即遭到美国国内孤立主义者的抨击,他们认为总统和国务院的言辞对美国来讲是危险的,因为美国"在中国没有什么利益使之有理由去冒与日本开战的危险,而且对一个崇尚武力到如此地步的国家(日本)来一次'道义上的雷击'也是徒然的"[32]。罗斯福总统只好解释说,美国不会放弃中立立场,也从来没有考虑对日本实施制裁。然而,这番话却又引起了日本的强烈不满:为什么美洲可以实行门罗主义,而在亚洲却要实行门户开放?日本对中国的占领与美国武装干涉占领加勒比海沿岸有什么区别？为什么英国和荷兰可以理直气壮地占领印度、香港、新加坡以及东印度群岛，而日本不行？靠烈酒和屠杀从印第安人那里掠夺了整片土地的美国，有什么理由对日本占领满洲如此愤怒？

曾经担任"满铁"总裁的松冈洋右，反驳罗斯福的言辞直率得令人吃惊，他说日本通过战争寻求扩张，如同"孩子要长大一样，是很自然的"：

> 有哪个国家，在它的扩张时代，没有使它的邻国恼怒？且问问美国印第安人和墨西哥人，当年的美国是何等令人恼怒吧！日本的扩张如同美国的扩张，就像孩子要长大一样，是很自然的，只有一件事能阻止孩子长大——死亡。㉝

日本外务省情报部部长河相达夫的愤怒与松冈洋右如出一辙：

> 当今世界存在"占有国"与"非占有国"的斗争，严重地表明原料、资源分配的不公平。这种不公平如果不予纠正，在既得权利方面，"占有国"对"非占有国"拒绝让步，那末，解决的办法就只有诉诸战争。㉞

日本人观点的核心是：这个世界几乎已被列强瓜分完毕。殖民主义者在全球抢占地盘的时候，没有遭到过国际社会的任何谴责，怎么轮到日本时就出现了声讨、警告、制裁？而日本人提出的"占有国"与"非占有国"的概念，即指美国、英国、俄国、法国等老牌殖民主义国家，它们都属于"占有国"，它们都已将殖民地占领完毕；只有日本属于"非占有国"，还没有在瓜分世界的过程中捞到什么好处。在如此情形下，如果"占有国"再不给"非占有国"一点方便，那么就只有通过战争成为"占有国"了。问题是：在这个世界上，除了"占有国"和"非占有国"之外，还有中国这样的"被占有国"——谁为"被占有国"的命运着想了，"被占有国"又该如何解决侵略者的"占有"问题？

在国与国之间，决定关系的重要因素往往是利益。

因此，中国在一九三七年面临的严酷现实是：全民族团结起来，独立对日作战。

这也是中国共产党与中国国民党达成共识的根本基础。

全面战争在即，一个无法回避的问题迎面而来：中国能不能打赢这场战争？

战争是物质的抗衡,是交战双方国家综合实力的对决,即交战双方国力和军力的对决。

战争也是精神的较量,是交战双方作战决心、作战意志、作战毅力与战争智慧的抗衡。

就一九三七年的中国而言,面对将会蔓延至整个国土的战争,全民的坚强意志以及胜敌决心是必须的,但显然还是不够的。尽管中国的总人口比日本多数倍,国土面积也比日本大数十倍,可仅从综合国力上比较,当时的世界舆论普遍认为,中国在与日本的全面战争中几乎没有获胜的可能。

一九三七年,日本工业增长速度高达百分之九点九,工业产值占国民经济总产值的百分之八十以上,成为全世界资本主义阵营中发展速度最快的国家。而一九三七年的中国,仍旧是一个落后的农业国,即使把外国在中国开办的企业算在内,中国的工业产值也仅占国民经济总产值的百分之十。除了沿海部分城市及长江中下游地区拥有少数的轻工业外,中国所谓的"工业"绝大多数仍处于手工阶段,这一阶段在中国至少已经延续了上千年。而战争,其实是在打一个国家的工业能力。

战争开始的一九三七年,中日两国的主要经济指标是:

工业总产值:日本六十亿美元,中国十三亿六千万美元;

钢铁产量:日本五百八十万吨,中国四万吨;

煤炭产量:日本五千零七十万吨,中国两千八百万吨;

铜产量:日本八万七千吨,中国七百吨;

石油产量:日本一百六十九万吨,中国一万三千一百吨。㉟

唯一能够掣肘日本工业能力的因素,是岛国本土资源的匮乏,特别是棉花、橡胶、羊毛、铅、锡、锌等有色金属以及石油和煤炭。日本本土年产铁矿仅为四十五万吨,加上从朝鲜掠夺来的六十万吨,也仅能满足其所需的六分之一。中国的东北地区,煤、铁蕴藏量极其丰富。当时,抚顺年产煤七百万吨,本溪年产煤六十万吨,产量合计居全国第一。东北的铁矿藏量和钢铁产量也居全国第一,辽宁一地的铁矿储量就占全国的百分之七十九,鞍山和本溪两处的钢铁产量合占全国的百分之四十。还有石油,东北地区的储量占全国探明储量的百分之五十二。但是,中国的东北地区已经成为日本统治下的"满洲国",对于中国来说这"无异于丧失了经济命脉"。"日本本土资源实甚贫乏"的现状,自侵

占中国东北地区后"情势为之一变"。㊱

依靠强大的工业生产能力,日本猛烈地扩张军事工业的规模。一九三七年,日本军事工业投资高达二十二亿三千万日元,比上一年增加了两倍以上,占到当年日本工业投资总额的百分之六十一点七。日本已具备年产各种作战飞机一千五百八十架、大口径火炮七百四十四门、坦克三百三十辆、汽车九千五百辆的军事工业水平。至于步兵轻武器和小口径火炮的产量,完全可以满足进行大规模战争的年需要量。㊲一九三七年,如果说中国尚有军事工业的话,其水平与清廷重臣李鸿章、张之洞经办洋务的时代区别不大。整个国家没有生产大口径火炮、坦克和汽车的能力,飞机和舰船虽然能够少量生产,但主要的零部件和原材料必须依赖进口,远达不到支持一场全面战争的批量生产规模。中国能够生产的只有步兵的轻武器以及小口径火炮,其生产能力同样无法支撑大规模战争的需要量。

一个是强盛的资本主义工业强国,一个是半封建半殖民地的农业国,两者之间的差距不仅仅体现在生产能力的统计数字上。当时的中国与日本,还是两个呈现出完全不同面貌的国度。处于现代化经济高速发展中的日本,国民怀有一种狂热追求未来的集体意识,宪政制度带来的社会运转程序的相对合理,不但促使经济不断繁盛,并由此带动了科学技术的进步。仅就教育而言,清末以来,中国派遣或自行留学日本的风潮盛极一时,国民党内军政高层——包括蒋介石在内——都是从日本留学归来的。而遍及全国的各种爱国团体、准军事组织等,使日本积蓄起巨大的驱异求同的潜在能量,使得全民族全社会形同一个坚固的精神整体。

二十世纪上半叶却是中国最为混乱的历史时期。尽管孙中山先生在民国创建之初颁布过《中华民国临时约法》,但此后很长一段时间中国是个连一部国家正式宪法都没有的国度。列强的野蛮掠夺和对民族工业的压制,使得中国薄弱的国民经济日益衰败,连年的军阀混战更是在民不聊生的境况下令整个国家于不断的战火中奄奄一息。这个国家曾以文明发祥绝早而自豪,但数千年的文明积累仍是无法挽救国民麻木萎靡的现状。没有多少中国人对未来充满热切的渴望,如同农民无法预测天象收成只能听天由命一样,即便是志士的流血与精英的呐喊,也唤不醒无边无际的死气沉沉的原野。到处是水车在缓慢地转动,牛车在深深的车辙中挪移,还有低矮的阜屋和饥饿的孩子。因为有着惊人的忍受精神苦难和肉体痛苦的能力,中国人能"在一个地方一动不动地坐很长时间",无论街巷与乡村,到处都可以看见这种无所事事的沉默,而沉默者脸上"麻木的、呆滞的神情","很容易令人联想到什么叫无助与绝望"。这个古老的国度,已如一个病入膏肓的老人,步履蹒跚地徘徊在永远的日出日落之中。

一个衰败落后的国家是无法打造出一支强大的军队的。

根据日本陆军史记载,中日战争开端的一九三七年七月,日本总兵员四百四十八万一千人,其中战斗兵员一百九十九万七千人。除国内常驻的十一个师团外,其余为朝鲜军、关东军、台湾军和中国驻屯军。其兵力配备是:

中国驻屯军:一个混成旅以及关东军所属的第一、第二、第四和第十二师团。

关东军:除了第一、第二、第四、第十二师团外,还有独立混成第一、第十一旅团,第一、第二、第三、第四、第五独立守备队,骑兵第一、第三、第四旅团,独立山炮兵第四联队,野战重炮兵第九联队,高射炮兵第十二联队,飞行集团司令部,飞行第十、第十一、第十二、第十五、第十六联队,铁道线区司令部,铁道第三联队,电信第三联队,汽车第一、第二联队,测量队,防疫队,军马防疫厂,野战兵器厂,野战航空厂,临时军事法庭,下级军官候补队,旅顺要塞司令部,宪兵队,陆军医院以及陆军仓库等。另外,关东军各师团在国内还有留守部队,包括两个步兵旅团和骑兵、野炮兵、工兵联队,通讯队以及辎重部队,共计一万零五百多人。

朝鲜军:第十九、第二十师团,此外还有要塞司令部、医院、仓库等部队。

台湾军:台湾守备司令部,步兵第一、第二联队,山炮兵联队,重炮兵联队,高射炮队,基隆、澎湖要塞司令部以及陆军医院等部队。

日本陆军航空兵司令部设在东京,辖第一、第二、第三飞行团和直属部队,分别驻扎在日本本土、中国台湾和朝鲜等地。

日本陆军在本土的部队是:近卫师团、第三、第五、第六、第七、第八、第九、第十、第十一、第十四、第十六师团,共计十一个师团。[38]

日本陆军的"师团"建制,世界上绝无仅有,实际上是一个各兵种联合的作战单位。自明治以来,日本陆军一直沿用的"师团"编制为:

步兵旅团两个,骑兵、炮兵、工兵、辎重兵联队各一个,通讯队、卫生队、野战医院以及少量的后勤单位。其中一个步兵旅团辖两个步兵联队,一个步兵联队辖三个步兵大队,一个步兵大队辖四个步兵中队。因此,一个日本陆军师团,常设四十八个步兵中队。而每一个师团的兵力数,各个时期不相同,平时与战时也不同。一九三一年"九一八"事变时,日本陆军师团平时兵力为一万三千,战时为一万八千;一九三七年卢沟桥事变时,日本陆军师团兵力平时一万五千,战时为两万多。[39]

日本是第一个实行现代征兵制度的亚洲国家,法律规定全国凡年满十七岁至四十岁的男子都须服兵役。一九三七年七月,日本除了现役的三十八万官兵外,尚有预备役兵七十三万八千人,后备役兵八十七万九千人,第一补充兵一百五十七万九千人,第二补充兵九十万零五千人。日本总人口约为一亿零五百万,其兵役制的规定意味着日本陆军在战争需要时,可动员兵力能够达到一千万人。[40]

而中国直到战争爆发前一年才开始整编陆军。国民政府军事委员会军政部的计划是:一九三八年完成六十个调整师的编制。调整后的陆军师被分为甲、乙两种:

甲种师,每师辖两个旅四个团,辖三个团的师不设旅部。师部直属骑兵连一个,炮兵、工兵、通信、辎重营各一个,卫生队、特务连各一个。甲种师是陆军主力部队。

乙种师,每师辖两个旅四个团。师部直辖一个骑兵连、一个炮兵营和一个通信连、一个无线电排、一个特务连、一所医院。乙种师是陆军预备部队。

一九三七年七月,中国陆军编制为四十九个军,一百八十二个步兵师又四十六个独立旅,九个骑兵师又六个独立旅,四个炮兵旅又二十个独立团以及少量的特种部队,总兵力为一百七十余万人。但是,这仅仅是编制数量,作战初期预计真正可以投入使用的陆军兵力为:步兵八十个师,九个独立旅,九个骑兵师,两个炮兵旅和十六个独立团,兵力总数尚不足百万。[41]

因为在漫长历史中实行的募兵制根深蒂固,中国一九三三年颁布《兵役法》后始终没有得到施行。募兵制在中国自唐五代一直延续至清,即使清末袁世凯组建陆军新军时,兵员依旧来源于募兵制。与征兵制不同的是,募兵为招募与应募,应募者的多少好坏是招募者无法掌控的。一九三六年三月,国民政府强制实施《兵役法》,即依照国家法令合乎标准的国民均有服兵役的义务,可实际上落实下去仍旧变成了招募与应募。因此,中国军队没有预备役,后备兵源仅有一九三六年底才训练出来的五十万壮丁。——在日后漫长的对日战争中,中国在兵力动员上常常处在难以为继的窘境里,这对于一个人口大国来讲真乃咄咄怪事。

在武器装备方面,中国军队与日本军队也相差甚远。

日本陆军一个师团与中国陆军一个师对照:各种枪支,日军师团九千四百七十六支,中国师三千八百三十一支;掷弹筒,日军师团五百七十六具,中国师二百四十三具;轻机枪,日军师团五百四十一挺,中国师二百七十四挺;重机枪,日军师团一百零四挺,中国师五十四挺;野山炮,日军师团六十四门,中国师十二门;步兵炮,日军师团四十四门,中国师三十门。㊷——以上仅为常规武器,尚不包括日军师团拥有的上千辆特种战车以及数十辆坦克。就战斗实况而言,日本陆军不但配备有大量的特种兵,还能得到空军和海军的全力支援。

一九三七年,日本海军仅次于英、美,实力位居世界第三。中日战争爆发时,日本海军已经服役的作战和辅助舰艇有:航空母舰四艘,主力战列舰九艘,重巡洋舰十二艘,轻巡洋舰二十一艘,驱逐舰一百零二艘,潜水艇五十九艘,练习战舰一艘,水上机母舰两艘,潜水母舰五艘,布雷舰六艘,海防舰七艘,炮舰十艘,水雷舰八艘,扫雷舰十二艘,以及修理舰、运输舰、特务舰、测量舰、布雷舰、猎潜舰等,总计二百八十五艘,总排水量达一百一十五万三千吨。另外,尚有两艘主力舰、两艘航空母舰、四艘轻巡洋舰、十二艘驱逐舰、三艘水上机母舰、四艘水雷舰等正在建造中,即将全部投入作战序列。㊸

中国海军至中日开战前夕,共有各种舰艇一百二十余艘,且都是小型舰艇,总排水量仅为十一万吨。即便如此,实际可以投入作战的舰艇仅有六十余艘,总排水量约六万吨,不足日本海军的二十分之一。中国海军的舰艇,不但小而且老,最大的巡洋舰"海圻"号是光绪二十二年即一八九六年北洋水师从英国购买的;装备最好的巡洋舰是仅次于"海圻"号的"海琛"号,同样是大清王朝的北洋水师一八九八年从德国购买的,排水量仅为两千九百五十吨,航速每小时十九节,装备有十五厘米舰炮三门、十点五厘米舰炮八门、四点七厘米舰炮四门以及三十七厘米四连发鱼雷发射管一具。而此时日本海军所拥有的常规巡洋舰，排水量都在一万三千吨以上，航速每小时六十一公里以上，普遍装备有二十厘米舰炮十门、十二点七厘米舰炮十六门、六十一厘米四连发鱼雷发射管四具。如此，可以想见，中国海军的主力舰一旦遭遇日本海军的主力舰，战局将会是怎样的。

日本没有独立的空军，航空兵隶属于陆军和海军。陆军航空兵拥有五十四个飞行中队，其中战斗机中队二十二个，每个中队有常用战斗机十二架，备用战斗机八架；轻型轰炸机中队六个，每个中队有常用轰炸机九架，备用轰炸机六架；重轰炸机中队八个，每个中队有常用轰炸机六架，备用轰炸机四架。另外还有侦察机中队十五个，轰炸、侦察混合中队三个，每个中队拥有的飞机数量与战斗机中队相同。总计，日本陆军航空兵有各种作战飞机约九百六十架。此外还有运输机、训练机和研究机等数百架。㊹

中国空军名义上拥有各种飞机六百多架，但能够参战的飞机仅有三百零五架。这些飞机分别购自美、德、英、法等多个国家，由于机种复杂，维修困难，十分不利于作战。少量的国产飞机也由于零部件依赖进口而长期不能使用。

除了武器装备，中日两军最重要和最明显的差距，是整体素质之别。

明治维新以来，日本依托现代资本主义和天皇一统的混合政治体制，建立起一整套完备的现代军事指挥系统。大本营的军事指挥统一而高效，对陆海军拥有绝对的权威。日本内阁里陆相和海相的设置，近似于美国的三军参谋长联席制，指挥权的高度集中使之对军队的调度和作战的指导迅速便捷。日本军队已经完全摒弃了幕府时代割据的弊病，成为一支宣誓效忠天皇并以"武士道"为精神支柱的强大的武装力量。日军官兵对内的绝对服从，对外的凶狠顽强，对自身的舍生殉道等基本素质，使"其能征惯战之精神为世界各国军队首屈一指"，是当时世界范围内军力强悍的武装集团之一。

由于历史的原因，中国陆军虽然名义上隶属于国民政府，但实际上组织领导和军事指挥并不统一。国民政府军事委员会直辖部队约七十个师，习惯上被称为"中央军"，其中约四十个师来自第一次国共合作时期由黄埔军校学生组建的国民革命军，后来一直在德国军事顾问的指导下进行训练,装备相对较好,官兵素质较高。其余的三十个师,均来自北伐时期跟随蒋介石或者被蒋介石收编的旁系部队,虽然仍被叫作"中央军",但无论武器装备还是官兵素质都比较差。中国的地方军阀部队,是近代以来中国社会的一个畸形存在。这些部队基本上是地方军阀的私属军队,他们各有各的招募制度、编制制度和军需制度,武器也是自己筹款购置或是自己土法生产的。财力丰厚的军阀部队武器装备好一些,财力薄弱的军阀军队武器装备就相当原始。特别是,在这些军阀部队的内部,吃空额、喝兵血的弊端习以为常,一些官兵沾染上吸毒、狎妓、纳妾等恶习。因此,国难当头之时,尽管地方军阀部队愿意抗日救国,但这终究是两国之战而不是两省厮杀。——面对作战意志极其统一坚定的日本军队,中国军队"无论就编组、训练、装备、补给任何一方面言,都是杂乱无章的"[45]。而对于一支军队来讲,如果官兵素质、作战能力、武器装备、整体协同乃至统一指挥均陈旧落后,那么在战争来临时就会"不堪一战"或是足以致命。

国民政府在认识到中日战争不可避免的同时,也认识到了中国军队与日本军队间的巨大差距。

一九三五年十二月,国民党五届一中全会通过《确定国民经济建设实施计划大纲案》,称:"值此国际风云,益趋险恶,设战事一旦爆发,海洋交通隔绝,外货来源阻断,举凡吾人平日衣食住行之所需,将立呈极度之恐慌。届时即无强敌之侵入,我亦将因社会经济之混乱而自行溃亡也……应速具勇往果断之决心,采取最进步最有效之方式,迅速做适当之准备,调整原有生产组织,统制社会经济活动,使国民经济得为有组织有计划之活动。"[46]该案在计划条款中特别提出:"国民经济建设,应以整个民族为目标,在目前国际情况下,尤应审度各地交通地理之形势,凡基本工业之创办,重大工程之建设,均须择国防后方之安全地带而设置之。"[47]国民政府提出:"拟以湖南中部如湘潭、醴陵、衡阳之间,为国防工业之中心区域,并力谋鄂南、赣西以及湖南各处主要资源之开发,以造成一个主要经济中心。"[48]

国民政府制定了"三年重工业建设计划"。一九三六年计划拨款一千万元,一九三七年——战争爆发的这一年——拨款猛增到两千万元。从一九三六年至一九三七年上半年,国民政府先后投资建立了二十多家重工业企业,主要包括铁矿、炼钢、有色金属矿和冶炼、煤矿、电机制造、机器制造等,并且从应对战争角度考虑,将这些企业大多分散在了湖南、湖北、江西、云南、四川,甚至是在青海。中国对日作战全面开始后,这些企业大部分已经动工兴建,有些甚至已经投入生产,在一定程度上对战争起到了重要的支撑作用。

中国没有自成体系的国防工业,国内仅有的几家兵工厂分散在各地军阀手里。特别是东北地区被日本占领后,国民政府可以控制的兵工厂只有上海、金陵、汉阳、巩县等少数几家。一九三五年,巩县兵工厂仿制出德式毛瑟枪,被定名为"中正式",并投入了批量生产。金陵兵工厂能够仿造出马克沁重机枪。汉阳兵工厂可以制造出七十五毫米的野炮、一百毫米榴弹炮和二十毫米高射炮。但是,直至中日战争爆发前,国民政府可以控制的几家兵工厂产品品种之少和产量之低,对于一个面临全面战争的国家以及这个国家数量庞大的军队来讲,简直就是杯水车薪:

金陵兵工厂:月产八十二毫米迫击炮一千八百门,手提机枪三百五十八挺,马克沁重机枪三十三挺;

上海兵工厂:月产七十五毫米山炮六门,七九式机枪子弹、六五式步枪子弹各二百四十万发;

汉阳兵工厂:月产七十五毫米山炮两门,八八式步枪四千七百支,三十节式重机枪三十五挺;

巩县兵工厂:年产"中正式"步枪五万支,月产元年式步枪三千一百二十支,捷克式轻机枪二十五挺;

汉阳火药厂:月产枪药三十吨。[49]

自己制造不了,只有在有限财力支撑下进口武器。由于国民政府的军事顾问是德国人,于是中国从德国进口的武器最多。中日战争爆发前,从德国购买的坦克、重炮、高射炮、机枪、探照灯、鱼雷和舰艇等,大约装备了三十万人的中国军队。

德国军事顾问提醒蒋介石:"发展具有战略性的交通系统,在日本入侵时,可以迅速地输送部队至危急地区,实为当前首要任务。"[50]蒋介石立即派出军事交通考察团赴欧洲考察,并主持制定出国防交通建设计划。截至一九三七年上半年,国民政府先后建设的铁路项目有:一九三五年九月,同蒲铁路通车,打通了平绥、陇海两大干线;一九三六年四月,株洲至韶关段通车,全线贯通了粤汉铁路;同年,浙赣铁路通车至南昌;一九三七年七月,广九铁路和苏嘉线投入运行;一九三七年上半年,陇海铁路宝鸡以东至连云港线路通车;一九三七年夏,南昌至株洲段通车。同时,钱塘江铁路大桥也基本建成。㉑——中国铁路的通车里程已达一万三千公里。国民政府在一年半的时间里新建铁路总里程是中国一九二七年至一九三五年八年间铁路建设里程的六倍多。国民政府还动用大量储备资金购买机车设备,至中日战争爆发前,中国铁路共有机车一千二百七十二辆,货车一万六千三百四十二辆,客车两千四百一十六辆。全国各条重要铁路线上增设了军用站台、军用岔道二百多公里;各铁路干线还储备了可供使用一年以上的铁路器材和燃料,修建了防空壕和地下室。㉒但是,中国几乎所有重要的铁路干线都是单行线,而且铁轨规格不统一,其中同蒲路、正太路、浙赣路的杭江段竟然还是无法与全国其他铁路网有效连接的窄轨。中日战争爆发时,中国的公路已有十万九千五百公里,其中铺设路面四万三千五百二十一公里,土路六万五千九百七十九公里,全国连接各省之间的公路网基本形成。㉓但是,中国的公路即使是铺设了路面,也多是沙石路,晴天尘土飞扬,雨天泥泞不堪,土路更是会令所有的交通工具寸步难行。汽车在当时的中国还是新奇的东西,偌大的国土之上,载人汽车加起来不足一万辆,载货汽车也只有一万三千辆。现代交通工具的严重匮乏,直接导致了在本土作战的中国军队调动的速度,竟然比不上从异国侵入的日军。

或许认识到中国军队很难快速调防,快速突击,于是按照中国人"兵来将挡,水来土掩"的思维惯性,国民政府耗费巨资在沿海和沿江诸要点修筑了大量的国防工事。国防工事按坚固程度分为三种:钢筋水泥构筑的永久式、铁轨和枕木构筑的半永久式、简易材料构筑的临时式。国民政府在预计未来将与日军作战的主要地点构筑的军事阵地的分布是:

一、山东区:潍河、鲁西、鲁南;

二、冀察区:北平、天津、张家口、沧县、保定、德县、石家庄;

三、河南区:豫北、归德、兰封、开封、郑州、巩县、洛阳;

四、徐海区:海州、运河、徐州、蚌埠、淮阴;

五、山西区:晋东、晋北;

六、绥远区:绥东、绥北;

七、浙江区:沪杭线、宁波、温州、台州、京杭;

八、江苏区：京沪线、南通、南京；

九、福建区：龙岩、延平、福州、厦门；

十、广东区：潮州、汕头、雷州、琼州、广州、惠州。

中日战争爆发前夕，江苏、浙江、山东、河南、陕西、绥远、冀察各区的第一期国防工事已基本修筑完成。[54]可是，日后的战争进程证明，这些花费大量资金修筑的国防工事基本上没有派上用场，它们或是被撤退中的中国军队遗弃，或是当敌人来临时工事还没有完工，或是完工了但却是根本不能使用的"豆腐渣"工程。

国民政府只有一种战争准备下手很早，且在日后的战争中真正起到了重要作用，即大后方的选择和建设。全面作战尚未开始，国民政府就意识到，只要仗一打响，中国军队连同政府一起很可能要往内地跑，而跑到哪里合适要提早筹划。一九三四年，蒋介石派军事委员会委员长南昌行营第一厅厅长贺国光入川，督导对贵州、四川和云南的经营建设。到了一九三五年年底，蒋介石已经明确了控制中国西南的目的："川滇黔为中华民国复兴的根据地……只要川滇黔能够巩固无恙，一定可以战胜任何强敌，恢复一切失地，复兴国家。"[55]"将向来不统一的川滇黔三省统一起来，奠定我们国家生命的根基，以为复兴民族最后之根据地……从此不但三年亡不了中国，就是三十年也亡不了中国。"[56]——国民政府对战争后方基地的建设，解决了中国对日战争时一个生死攸关的问题。

中国应对战争的准备有着无法逆转的重要欠缺。

但是，战争已在眼前。

一九三七年初，国民政府制订了极其详尽的甲乙两套作战计划，涉及敌情判断、敌情判决、作战方针、作战指导要领、战斗序列及战场区分、各兵团之任务及行动、航空与防空、海军、交通和通信、兵站、警备等，均为一个国家在战争状态下必须面对的重要问题。其中的重中之重，是对中国将要面对的战争局势的判断：

（一）敌国之军备及一切物质上，均较我优势，并掌握绝对的制海权，且在我华北造成强大之根据地。故其对我之作战方针，将采取积极之攻势，而期速战速决。

（二）敌军之攻击方向，对黄河以北，由古北口——山海关经北平——天津，沿平汉——津浦两路，向郑州——济南——徐州前进,期将我主力歼灭。或将我国军向西北贫瘠之区压迫,期以封锁之。其副作战,由多伦经张家口——绥远——河套——大同,及由北平经保定、石家庄,向太原前进,取包围山西之势。

此外更将利用其有绝对制海权,由胶州湾——海州等处登陆,以威胁我在黄河北岸作战军之侧背。

(三)长江下游太湖附近之地区,为我国最重要之经济中心及首都所在地,敌今在上海已构成相当根据地,将以有力之部队,在本方面登陆,协同海军而进攻,期挫折我国抵抗意志。

(四)在二三两项之作战,敌为贯彻其根本国策,具有极重大之意义。然敌国惯以武力恫吓之手段,以遂其要求。今我国既有坚决抵抗之意志,则将来战争爆发之初期,或不即实现大规模之武装冲突,而由局部战斗以揭开其序幕。

(五)敌我两国如已入于正式战争中,惹起俄日战或美日战,甚至中俄英美联合对日战,则敌将以陆空军主力应对俄军,海军主力应对英美,对我者只有一部兵力而已。

(六)在中日战争而演成世界大战初期,或由俄日或美日战开其端绪,则敌为掠取资源,筑固作战之基础,或将以主力对我国取攻势,使在短期内消灭我抵抗之能力与意志。

(七)杭州湾以南沿海岸各要地,预料只有局部之攻击,以达其扰乱之目的;唯福州——厦门——广东之汕头等地可与台湾——琉球亘日本三岛,构成一中国海之防御线,敌将有占领之企图。

(八)敌国为对俄形成包围有力之势,或将以一部协助伪匪由多伦经张北——化德——归绥——包头——河套前进,以为向蒙古及陕甘新攫取根据。[57]

应该说,国民政府的判断是准确的。

即使对于日本来讲,虽然已经发动了对中国平津以及淞沪的战争,但是在必须确保的"满洲国"的东北西三面,苏联远东军的存在始终是一个巨大的忧患,忧患令日本在向中国全面开战时不得不想到这也许是"一种冒险":"苏联远东军(包括西伯利亚军区)有二十八个阻击师,四五个骑兵师,六个装甲旅,一千五百架飞机,另外还有十个师的蒙古骑兵,战时远东兵力达三十一至五十个师。"因此,即使在一九三七年夏天,日本还是想到过速战速决的问题,内阁首相近卫文麿向军方提出了一个即使在日后长期的战争中日本人也始终没能解决的困惑:"究竟进攻到什么地方蒋介石才能屈服?"正在进行的淞沪战事,远没有日本人设想的那样"取得进展"。更重要的是,中国已经动员起全国所有的力量进行战争准备。因此,日本人认为,必须"依靠行使必要的实力来收拾事态","务必给予"中国军队"以彻底的打击,使其丧失战斗意志"。——已由中国驻屯军司令官升任参谋次长的多田骏在参谋本部的会议上预感到:"这次事变战争将延续相当长的时间。"㊽

八月十二日,国民党中央常务委员会召开临时会议,决定设立国防最高会议为战时党政军的最高领导机构。这个机构以国民政府军事委员会委员长蒋介石为主席,以国民党中央政治委员会主席汪精卫为副主席。会议还决定组成中国大本营,由蒋介石任海陆空大元帅,程潜任参谋总长,白崇禧任副参谋总长。中国大本营是国家战时体制,集军事、政治、经济大权于一身,以实行国家总体战。

中国大本营将全国划分为五个战区:

第一战区:司令长官蒋介石兼任,辖第一集团军,总司令宋哲元;第二集团军,总司令刘峙;第十四集团军,总司令卫立煌。

第二战区:司令长官阎锡山,辖第六集团军,总司令杨爱源;第七集团军,总司令傅作义;预备军,总司令阎锡山兼任。

第三战区:司令长官冯玉祥,辖第八集团军,总司令张发奎;第九集团军,总司令张治中;第十集团军,总司令刘建绪;第十五集团军,总司令陈诚。

第四战区:司令长官何应钦,辖第四集团军,总司令蒋鼎文;第十二集团军,总司令余汉谋。

第五战区:司令长官蒋介石兼任,辖第三集团军,总司令韩复榘;第五集团军,总司令顾祝同。

由大元帅和参谋总长直辖的部队是:

第一预备军,司令长官李宗仁;

第二预备军,司令长官刘湘;

第三预备军,司令长官龙云;

第四预备军,司令长官何成浚;

第十七集团军,总司令马鸿逵;

第十八集团军,总司令朱德。

海军总司令陈绍宽;空军总司令蒋介石(兼),空军前敌总指挥周至柔。⑨

接着,国民政府以大元帅蒋介石的名义正式下达了大本营第一、第二、第三号训令,在年初制订的甲乙两套作战计划的基础上,连续颁布了一系列的作战指导训令,要求所有部队"仰即遵照实施之":

第一战区:"近迫该当面之敌,实行柔性之攻击,以吸引其主力,俾我第二第三战区之作战得从容展布。但如敌军企图真面目与我决战时,则应毅然尽全力以防制之。"

第二战区:"打破敌军惯用包围行动之企图,使其对我第一战区不敢放胆施行正面之攻击,同时牵制热河以东之敌军,使其对青岛、淞沪之作战不能转用兵力。"

第三战区:"迅将目下侵入淞沪之敌,陆海军及其空军陆上根据地,扫荡扑灭,以准备敌军再来时之应对。同时对于浙江沿海敌可登陆之地区,迅速构成据点式之阵地,阻止敌人登陆,或乘机歼灭之。"

第四战区:"除对敌海陆空之扰乱,完成战备态势外,应充分准备参加第二期之作战。"

第五战区:"本战区作战之特性,为对敌强行登陆之作战,故以立于主动地位,确占先制之利,根本打破敌军登陆之企图,此为作战指导上之第一要义。纵使敌军一部先行登陆,务必迅速围攻而歼灭之,不使后续兵团籍此以为安全登陆之掩护。此为作战指导上之第二要义。必要时,在指定地区之范围内扼要固守,绝对限制敌军之进展,运用机动部队而歼灭之,以确保我国军南北两战场作战连系之中枢。"

海军:"淞沪方面实行战争之同时,以闭塞吴淞口,击灭在吴淞口以内之敌舰,并绝对防制其通过江阴以西为主,以一部协力于各要塞及陆地部队之作战。"

空军:"空军应集中主力协同陆军,先歼灭淞沪之敌(以敌舰及炮兵为主要目标),尔后任务另指定。"

第一至第四预备军:"除别命所示者外,各依指定之地区,迅速集中完毕后,根据各战区前方会战之经验,各自实施(必要时可与中央各军事学校连络)适当之战时教育,并保有随时应战之机动性。"

直属部队与预备军同。

后方勤务部:"适应各战区作战之要求,完成通讯、交通诸设备,充实弹药器材诸项补充。对集积运输之要领,即务必分散配置,顾虑对空遮蔽,以避免敌空军及炮兵之轰炸,且能不失时机补充前方,并考虑第二期作战之物资充足法为要。"⑥

几乎是同时,日本陆军参谋总长载仁亲王和海军军令部总长伏见宫博恭王晋谒天皇,呈奏扩大对华战争方案。在奉答天皇的垂询时,两总长就如何能使"中国丧失战斗意志"进行了凶狠的表述:

一、为早日达到目的,当前最值得期待的手段是以海军航空兵力消灭敌国军队最为出色的航空兵力,并且反复攻击其重要军事设施、军需工业中心和政治中心等,以使敌国军队及国民丧失战斗意志。为此,需要迅速夺取在上海附近的陆上航空基地。

二、仅以上项措施不能保证达到目的,因此须做好战局将相当拖长的思想准备,从而继续或重新实施以下各项措施:

(一)在华北方面,必须确保平津地区及其周围的主要占据地区的安定,同时对企图向我采取攻势的中国中央军给以打击,使其丧失抗日的自信心。

(二)确保上海,使其丧失经济中心的机能。

(三)在适当的时机,果断地实行对中国沿海的封锁,以威胁中国国民及军队的生存,并切断对外经济活动。⑥

八月二十四日,日本内阁召开会议,决定以帝国议会开幕式诏书的形式,代替天皇正式的宣战诏书——无论使用什么形式,日本天皇的这份诏书,等同于日本已经向中国宣战:

依靠帝国和中华民国的提携合作,确保亚洲安定,以求得共荣,乃日夜不能忘怀之事。中华民国不理解帝国之真意,肆意制造事端,以至有今日之事变。朕对此深为遗憾。今朕之军人正排除万难发挥忠勇,只为促使中华民国醒悟,迅速确立东亚之和平,别无他意。朕切望帝国臣民配合今日之时局,忠诚奉公,同心协力,达所期待之目的。⑥

什么是"所期待之目的"?

— 179 —

九月三日,日本召开第七十二届帝国议会,除正式发表开幕式诏书外,决定"建立举国一致的战时体制"。日本内阁首相近卫文麿发表施政报告,明确回答了日本"所期待之目的"是什么:"今日日本所应采取的手段是,尽可能迅速给中国军队以彻底的打击,使其丧失战斗意志。然而,这个方面如仍不觉醒,继续顽固抵抗,则日本长期战斗下去亦在所不辞。"㊿

一九三七年九月,无论早有预谋的日本,还是尚在准备的中国,都已表示出强硬的立场。

日本人说,须迅速彻底地让中国丧失战斗意志。

中国人说,须用中国的不屈意志战胜强大的侵略者。

中国人同时也知道,面对这场战争,这片国土将承受难以预料的灾难与苦痛。

"寇深矣!祸急矣!"

中国人是信奉祖先神灵的民族。每当预感到灾难即将来临时,中国人都会期望得到祖先神灵的保佑,并祈求在祖先那里获得勇气和力量。中国共产党人毛泽东、朱德因此而撰文,祭祀中华民族的列祖列宗:

> 赫赫始祖,吾华肇造;胄衍祀绵,岳峨河浩。聪明睿知,光被遐荒;建此伟业,雄立东方。世变沧桑,中更蹉跌;越数千年,强邻蔑德。琉台不守,三韩为墟;辽海燕冀,汉奸何多!以地事敌,敌欲岂足;人执笞绳,我为奴辱。懿维我祖,命世之英,涿鹿奋战,区宇以宁。岂其苗裔,不武如斯,泱泱大国,让其沦胥。东等不才,剑屦俱奋,万里崎岖,为国效命。频年苦斗,备历险夷,匈奴未灭,何以家为。各党各界,团结坚固,不论军民,不分贫富。民族阵线,救国良方,四万万众,坚决抵抗。民主共和,改革内政,亿兆一心,战则必胜。还我河山,卫我国权,此物此志,永矢勿谖。经武整军,昭告列祖,实鉴临之,皇天后土。尚飨。㊿

祭祀之地在黄河岸边的黄土高原上。

黄河以北,青纱帐一望无际。

一九三七年初秋,谷穗满了,高粱红了,鬼子来了。

第四章
丧师失地未有如是之速者

八月,沿着津浦路南下的日军,突然遇到一群红脸的中国人。

在天津南面的津浦铁路线上,有一个小站名叫静海。小站边有一条减河。天津被日军占领后,北方的大雨仍旧断断续续,减河水因此涨起来,河面足有二十米宽。在长满茂密芦苇和杂草的两岸堤坝之间,横着一座木制拱桥。

日军陆军中将矶谷廉介指挥的第十师团在天津大沽口登陆后,沿着津浦铁路向南推进。当其前锋第三十三旅团第十联队在泥泞之中推进到减河边那座木桥时,突然愣住了。

一群中国军人,不但脸红得耀眼,而且每人举着一把刀柄很长的大刀——日本人大多熟知中国古代人物关羽,在他们的记忆里画像中的关羽便是这般模样。

这群中国军人,就是从天津撤退下来的第二十九军第三十八师独立第二十六旅的官兵。天津失守后,部队向南撤退,退到了静海车站,官兵们停下来准备死守。旅长李致远认为,兵力和武器都不如日军,要吸取在天津城区与日军拼阵地战的教训,除留一个营守车站、一个营守县城外,专门用一个营在津浦路两侧打游击——鬼子来的人少就往死里打,人多就与他们转圈子,不能让日军直接攻击我们的主阵地。日军的装甲火车曾试图冲进静海车站,但官兵们在铁轨上铺上麦秸并埋设了地雷,日军的装甲火车没敢再往前开。车上的日军下车后想攻击车站,被打游击的那个营抄了后路,日军丢下十几具尸体跑回去了。

这次,师部下达的命令是:一个大队的日军正沿着津浦路急速南下,他们要通过那座木桥抢渡减河,担任津浦路沿减河至海岸边防御任务的独立第二十六旅要阻止日军南下。他们在减河边苦守了二十多天。

李致远旅长召集团长和营长们训话:如果不把日军顶回去,让他们顺利过了河,师的防线就会垮。所以,这一次,独立第二十六旅要在减河边与鬼子玩命。

> ……我大声而肯定地说:"我们要死守这条河,每团选出敢死队,每人带着长把大刀和四颗手榴弹,用洋红抹成大红脸,冲过桥去,用大刀砍!"我问谁愿领敢死队?当时朱团长把胸脯一拍激昂地说:"我带着去!"说着把上衣一脱,跑到他选出来的敢死队前说:"脱了光背,将红抹上,跟我来!"这一百多人全跟去了,马团选出来的一百多人也去了。我看人数太多,想拦住,他们还是都跑过去了。用长柄大刀,是根据过去的战斗经验,因为我们的刺枪术不敌日军,将大刀把接长三尺,在白刃战时有利。每人一包洋红抹脸,据说日本人怕红脸,也是表示我们流血死拼的决心。①

敢死队呼喊着冲过桥去。日军面对突然出现的一片红光和长柄大刀没有任何准备,愣了片刻后掉头就往回跑。军靴上沾满了泥,跑起来很笨拙,二百多把长柄大刀不由分说地乱劈下来,瞬间就砍倒了不少鬼子。后面赶来的日军被吓得魂飞魄散的败兵冲乱了,也跟着往回跑。一个日军军官被劈下马来,混乱中没有人能顾及他。中国官兵杀红了眼,连旅长调他们回来的号音都没听见。李致远之所以命令他们回来,是敢死队队员都没带枪,怕他们杀出去远了吃亏。号声不管用就派副官骑马去追,快马终于追上了朱团长,敢死队这才罢手返回。

但是,仍有一些弟兄没能活着回到减河边。

官兵们把所有的船都凿沉了,然后在木桥上泼上汽油放了一把火。

日军仅用少数兵力就占领了中国北方政治和军事中心平津地区,这使得日本大多数军政要人更加轻视中国的抵抗能力与决心。日军开始制订在整个华北的作战计划,其最终目的是:迅速对华北地区的中国军队和参战的中国空军以毁灭性打击,从而"根本解决华北问题"。在华北作战结束之前,不与中国方面作外交上的任何交涉,也不允许第三国干涉——要"使南京政府在失败感下不得已而屈服,并由此造成结束战局的机会"。②一九三七年八月,中国驻屯军在结束平津地区的"第一期作战"后,迅速制订出"第二期作战"计划。该计划不但把驻扎在河北的中国军队称为"侵入者",而且以横扫一切的狂妄声称"所到之处将敌消灭":

  一、为消灭侵入河北省的敌野战军,计划待大致集中完后进行决战。首先向保定、沧州一线前进。主决战方面定位于沿平汉线地区。决战时间预定在九月下旬或十月上旬。
  二、军使逐步集中的第五师团及铃木兵团,从平绥沿线地区开始作战,席卷察哈尔省,进入山西北部和绥远地区。为此,须与关东军紧密协作。
  这一作战至少应在主力决战之前占领张家口附近。情况允许时,还将调第五师团主力迅速到河北作战地。
  三、在保定、沧州附近的会战,向石家庄、德州之线追击。
  四、根据情况决定以后作战指导。预料军在第二期以后,或将策应可能在山东方面和扬子江下游方面进行作战的作战军。
  五、军在八月十二日左右,由铃木兵团消灭南口之敌,一举夺取八达岭,并掩护第五师团挺进。
  六、使逐次集中的第五师团沿平绥线,首先向张家口方向作战,消灭侵入察哈尔省的中国军队。在八达岭以西的作战,由第五师团长指挥,使与关东军密切配合。
  七、军以两个师团(第六、第二十)由平汉线方面,以一个师团(第十)由津浦线方面采取攻势,向保定、沧州一线前进。
  九月中旬开始前进,下旬进入保定、沧州附近敌之阵地前沿。决战日期,计划在九月下旬或十月上旬。
  八、敌若开始进攻,则我军不要等待全部兵力集中,即开始攻击前进,所到之处将敌消灭。③

但是,计划还未实施,日军大本营又暂时修改了进攻方向。
这也是减河边的中国军人能够坚守二十天的重要原因。
日军位于平津地区的部队,被命令将主攻方向首先转到沿平绥铁路向西的张家口。其原因是:关东军急切地希望解决"蒙疆问题",即占领中国的内蒙古、绥远和察哈尔地区,以确保"满洲国"侧后的安全。同时,在华北地区的平汉线、津浦线作战开始前,必须扫除后方的威胁。

担任平绥线攻击任务的日军主力第五师团尚在集结中。

中国驻屯军第二十师团独立混成第十一旅团,奉命率先向南口地区的中国守军发起攻击,目的是夺取八达岭等长城一线的要地为后续开来的第五师团开路。

中国方面对日军作战企图的判断是:"敌国为使现在平津一带敌军之作战便利起见,将以有力之一部先进占平绥各要点(张家口、南口等处),而后或深入山西,以威胁我第一战区之侧背;或转进于正定、保定方面,以直接协力于其在平津部队之攻击。"④之所以判断日军会首先攻击平绥线,是因为南口一线地理位置极其重要,是中国军队的"旋回之轴":"平绥线为第二战区之生命线,亦中苏联络之生命线,更为我国军旋回作战之能实施与否之中枢线。应以南口附近为旋回之轴,以万全、张北、康保等地方为外翼。要固守南口、万全,国军作战方有生机;要攻略张江、赤城、沽源,国军方能展布。如南口、赤城、沽源之线,始终为国军保有,则平津方面之敌,决不敢冒险南下。"⑤

据此,中国方面决定:"固守南口、万全之线"。

中国的平绥铁路,自北平起,经张家口、大同,直到包头,是联系华北北部的一条交通大动脉。平绥路东段的重镇南口,是北平通向西北地区的门户。南口附近高山峻岭,关隘重重,内外长城蜿蜒于铁路两侧,是中国北方著名的天险。日军企图进犯张家口,占领察哈尔省,然后分兵晋、绥,中国军队要保卫察哈尔、山西、绥远三省,对于南口的控制都是必须的。

早在七月底至八月初,蒋介石针对南口防御就下达了一系列命令:位于绥东地区的汤恩伯的第十三军紧急备战;察哈尔省政府主席刘汝明负责炸毁青龙桥八达岭一带的铁路;绥远省政府主席傅作义、太原绥靖公署主任阎锡山做好迎战准备;调第八十四师高桂滋部"迅即集中张家口",协助刘汝明"固守张垣";令第二十一师(师长李仙洲)和第八十四师合并为第十七军,高桂滋任军长,归刘汝明指挥。

蒋介石要求南口阵地应"深沟宽壕,使敌骑与坦克不能侵入",让日军的机械化长处"无所用";同时,特别要求汤恩伯、刘汝明以及傅作义"切实联系","死守勿失"。⑥

但是,任何事情,只要在中国,都有可能变得万分复杂。

首先,要与日军在南口地区打仗了,而这一地区跨越第一、第二两个战区以及河北、察哈尔两省,参战的部队有西北军、晋军、中央军和其他杂牌军。由于部队组成复杂,各有各的指挥,那么让谁当战场总指挥才能让各路部队都听从军令?从一般常识上看,与西北军、晋军都有渊源的傅作义担任总指挥比较合适,蒋介石也这样认为,但在任命第七集团军前敌总指挥的时候,蒋介石还是任命了中央军系的汤恩伯。由于汤恩伯指挥不动除中央军以外的任何部队,于是,军情紧急必须制订全面防御计划的时候,只能由第十三军军长汤恩伯、察哈尔省政府主席兼第六十八军军长刘汝明以及第十七军军长高桂滋三个人"协商制定"。为了给地方军阀留有面子,汤恩伯特请刘汝明担任第七集团军前敌副总指挥。可是两天后,当蒋介石命令阎锡山抽调晋军两个师援助平绥线作战时,因担心阎锡山会不买顾祝同的账,其手令中又称以"傅作义为集团军总司令"。——平绥线作战的指挥问题,仗还没打已成一笔糊涂账。至于平绥线的作战计划,蒋介石的部署是:汤恩伯负责南口地区的作战,刘汝明负责张家口地区的作战,傅作义负责指挥预备部队。

于是,更大的问题接踵而至:刘汝明拒绝汤恩伯的部队通过他管辖下的张家口。中国陆军第十三军属于中央军嫡系部队,下辖第八十九师(师长王仲廉)和第四师(师长王万龄),是汤恩伯的基本部队,也是蒋介石的嫡系部队。一九三五年,该军被蒋介石从江西调往陕西潼关;第二年奉命再度北调,集结在绥远以东长城北面的丰镇一带整训。一九三七年七月,军长汤恩伯被蒋介石召见,得到的指令是:全军迅速向东,沿平绥线开赴南口。无法得知当南口已处于危险状态时,蒋介石为什么不用原在那里的刘汝明部而专门指令汤恩伯的部队担负作战任务。或许蒋介石认为,南口对于华北局势过于重要,地方军阀的部队有些靠不住?南口本是西北军出身的刘汝明的势力范围,可是,蒋介石的作战部署却将它划在了汤恩伯防守的地段内。这样一来,第十三军就要将刘汝明的部队换防下来,同时接管刘汝明部队的阵地。无论是换防还是接管阵地,第十三军都必须通过刘汝明所管辖的张家口。于是,怪事出现了:满载第十三军官兵的火车停在半路不走了,接着就传来了刘汝明的命令:第十三军去南口可以,但不能从张家口通过——要去南口,无论铁路、公路,都必须经过张家口——这道命令等于让汤恩伯的部队根本无法到达南口!

第十三军参谋长吴绍周带着参谋彭静秋赶到张家口与刘汝明接洽。刘汝明说,南口目前问题不大,日军没有大的动向。刘汝明的参谋长杨然接着表示,欢迎第十三军接防,但接防部队不能过张家口,因为"客军过境,会引起军民误会"⑦。第十三军副参谋长苟吉堂再去接洽时,刘汝明的回答是:"恐大军过境,日方借以启衅。"⑧

此时,中日华北大战迫在眉睫,可吴绍周在张家口没有看到任何战争准备的迹象。这座城市既没有修建街垒工事,也没有修建任何防空设施,日本人设立的特务机构仍在天主教堂内堂而皇之地办公,各色日本人仍在大街上自由自在地活动。蒋介石曾在七月三十日至八月三日的四天内,七次直接或间接致电刘汝明,每一次都问及部队是否集结到指定位置,铁路线是否已经炸毁,国防工事构筑到何种程度:

> ……今平津失陷,冀察交通断绝,兄孤军在张,无任忧虑。兹将应注意各点速办如下:一、青龙桥及八达岭一带铁路务速尽量炸毁,勿使为敌利用。二、已构成之国防工事,应尽量加强,星夜赶成。三、决派第八十四师高桂滋部先到张家口,协助兄固守张垣,并赶筑附近工事,勿使敌战车侵入我阵地。四、张垣应死守勿失,务尽守土之责。五、倭寇既占我平津,正式战争已经开始,对在张之日人,一律驱逐,切勿再与之敷衍,应即先行断绝其往来。六、兄部给养,以后可由中央供给勿念。七、对青龙桥一带铁路易毁否?八、已构筑国防工事阵地构筑程度与地点?九、张垣如何布防?皆请详复。十、以后兄部后方,应以绥远为基础,请与阎主任、傅主席切实联系。十一、汤军长恩伯在绥东,亦可切实联络,如有必要,可约其到张垣面商一切也……⑨

无论蒋介石如何心急如焚,刘汝明的张家口仍是一切照旧。

眼下,他急于把吴绍周打发走,办法是派他的交际科长不断地询问吴绍周的动身时间,说是刘主席准备送给吴参谋长一张火车票。——在相当一部分中国地方军阀的心里,日本人的威胁很远,蒋介石中央军的威胁近在眼前。刘汝明拒绝第十三军去南口的真实意图人人心知肚明:他担心蒋介石趁机把他这个杂牌军灭了,然后把属于西北军的地盘抢占了。

汤恩伯大为光火,将刘汝明的阻拦报告给蒋介石,蒋介石立即把汤恩伯的告状电报转发给了冯玉祥。蒋介石的用意是:冯玉祥不是声称主张抗日吗?不是曾经出言不逊地抨击他回避作战消极抗日吗?现在破坏抗日的是冯玉祥一手提拔的将领刘汝明,这下他倒要看看冯玉祥如何处理。冯玉祥在蒋介石转来的电报上批示:如所报属实,请委员长依法拿办。——冯玉祥的意思是:如果我的部下破坏抗日,你枪毙他就是了。蒋介石不可能枪毙刘汝明,他只好把西北军的老前辈、军法执行总监部副监鹿钟麟请了出来。鹿钟麟前往张家口的路途十分惊险:日军已经开始轰炸大同至南口的铁路,鹿钟麟乘坐的列车刚一出大同,大同车站就遭到了轰炸;列车经过下花园时,铁轨又被日军炸毁,抢修至深夜才继续前行。鹿钟麟好不容易抵达了张家口,刘汝明不能不给老上司面子,只好答应汤恩伯的第十三军从张家口经过,但条件是运兵列车不准在张家口停车。

由于刘汝明的阻碍,第十三军的行动被整整耽误了四天,结果自军列出动起便遭到日军飞机的猛烈轰炸。顶着轰炸的第十三军,每天只能完成一次运兵,每次只能运送一团兵力,至八月三日运赴南口的部队仅三个团。当第十三军官兵抵达南口时,发现刘汝明的部队已经撤走了,没有任何人向他们交代防御阵地的情况,而那些号称国防工事的"阵地",实际上就是一堆堆的石头和残破的旧碉堡,按照参谋长吴绍周的说法:"那只是秦始皇遗下的一段万里长城。"

第十三军两万多名官兵的决心很大。由营长以上的军官带头,官兵们普遍写了抗日决心书,还把属于自己的东西全部扔了——"除了在战场所需要的武器之外,别的什么也不带,以示决心。"⑩与飞扬的血性不符的是,尽管是中国陆军的主力部队,第十三军的装备还是差到了令人难以置信的程度:

> 炮兵,仅第八十九师有日本大正式的山炮九门,且为使用过时的陈货,射程最多四千公尺或五千公尺;其他炮兵情况不明,但还比不上第八十九师。当时据我所知第四师只有几门小炮,另有用绳子拉上山的战防炮两门,是苏联试制品,直到使用时,才发现所领到的炮弹是一些试射弹。在南口战役中,敌人恃优势炮兵,每天同时用山炮轰击我第一线,野炮轰击我

第二线,重炮和铁道重炮轰击我第三线。我军不仅山炮小炮无法抬头,以后连迫击炮、重机枪也时常停顿,以免暴露目标,不敢轻易使用。⑪

蒋介石的预期是:第十三军在友军的策应和支援下,尽量延长固守南口一线的时间,迟滞日军攻击张家口和自山西北部攻入华北侧翼的企图。八月六日,蒋介石致电汤恩伯:

……最近敌必向我南口猛攻,此时兄部只有一心对当面之敌作战,不可再顾虑多伦、张北之敌。预计该方面敌军须于删日(十五日)能集中承德,如期到达察北必在下月之初。故于本月内,兄可专对当面之敌也。但目下兵力重点,应注意平绥路以西地区,而后方联络线应在怀来、桑园堡向蔚县、广灵、浑源为主要线,而不必以张口为基地,则察北敌情可以无虑矣。如南口能固守半月之久,则各方应援,皆可兵发矣……⑫

汤恩伯牢牢记住了蒋介石要求的"固守半月"。

也就是说,只要他的第十三军在十五天之内不把南口阵地丢了,哪怕南口一线仅剩下一个山头,也算是完成了任务。然而,当第十三军与日军真正开战后,汤恩伯才知道半月实在是太长了。

第十三军的防御部署是:

一、沿八达岭、居庸关、南口的平绥线的正面,为第八十九师作战地区;南口车站及其东南方向的龙虎台(又名关公岭)为该师罗芳珪的五二九团阵地,即正面第一线。

二、南口东北方向的得胜口、苏林口,为第八十九师谭乃大的五三〇团阵地,即右翼第一线。

三、居庸关以北的凤凰台、青龙桥,为第八十九师舒荣的五三四团预备队位置,即正面第二线。

四、八达岭或三堡车站附近的岔道、苟涧子,为第八十九师李守正的五三三团集结的预备队位置,该团位于五三四团的正后,为正面第三线。

五、居庸关西边的横岭城、镇边城、十八家(长城分段路门)一带,为第四师作战地区,即南口之左翼。其第一线在横岭城以西一带山地,预备队位于十八家。

六、居庸关以西至横岭城的东边,即第八十九师与第四师的中间地区,为吴绍周支队作战地区,其第一线在吊明湖南边的山地,预备队位于榛子岭。吴绍周支队由第四师刘汉兴的二十二团以及临时增援而来的河北民军朱怀冰师所属的两个团编成。

七、第八十九师炮兵阵地位于居庸关以南山地;第四师炮兵阵地在横岭城附近。

八、第八十九师师部驻康庄车站,其前方指挥所位于居庸关。第四师师部驻横岭城,前方指挥所在该城以南约七华里的地方。吴绍周支队司令部驻榛子岭。第十三军军部及所属补充团驻怀来。增援的朱怀冰师部驻怀来。[13]

从作战部署上看,中国军队第十三军将主要兵力放在了南口的正面防御上,其中以第八十九师第二六五旅各团压力最大。

攻击南口的中国驻屯军独立混成第十一旅团,以单独执行任务的强悍以及攻击意志的凶狠而著称,旅团长铃木重康的军衔比其他旅团长高一级,为中将。旅团下辖步兵第十一、第十二联队,骑兵第十一联队,野炮兵第十一联队,山炮兵第十二联队,工兵第十一中队以及辎重兵第十一中队,兵力四千零九十五人。[14]

汤恩伯的第十三军后续部队还在向南口开进,日军已经开始大规模地轰炸南口车站附近的中国守军阵地。八月四日上午,日军向南口阵地正面的制高点龙虎台发起攻击。中国守军猛烈还击,日军人马出现伤亡。下午,南口的东西两面山地都发生了战斗,而龙虎台依旧是日军的主攻方向。由于日军飞机的猛烈轰炸和炮火的猛烈轰击,第十三军官兵出现严重伤亡。五日以后,日军的攻击阵容中增加了坦克,在飞机、坦克和火炮的掩护下,日军步兵开始强攻南口一线中国守军阵地。右翼对得胜口阵地的攻击,被谭乃大团长指挥的五三〇团击退。但在龙虎台阵地出现了反复争夺的拉锯战。七日,日军采取空军集中掩护,步兵分散成小组向龙虎台顽强推进的战术。因为久攻未下,这一天的黄昏时分,日军使用了毒气弹,龙虎台上的中国守军一个加强排全部中毒阵亡,日军在付出包括一名联队长在内的伤亡后爬上了龙虎台。

师长王仲廉严令第二六五旅旅长李铣把阵地夺回来,但这位旅长"自战斗开始即蹲伏掩蔽部,惊恐万状,几次向王仲廉哭闹"[15]。师长王仲廉只好亲率军部补充团的一个营增援南口车站,并命令罗芳珪的五二九团二营营长李瑾带领两个连连夜反击龙虎台。李营长和他的夜袭队果真神勇,打死了二十多名日军,还捉了两个活的,以伤亡五十余人的代价把龙虎台夺了回来。

八日晨,日军的炮火对龙虎台阵地实施了报复性轰击,五二九团指挥部被完全炸塌,指挥部的人被埋在了里面。王仲廉师长向汤恩伯报告了这一情况,消息竟然迅速出现在南京和上海的各大报纸上,题目是血淋淋的《罗芳珪全团殉国》——罗团长负伤后经救治已然脱险,而报纸显示出的焦灼足见全中国对于南口作战的极度关注。

八日晚,汤恩伯决定放弃南口车站,把防御重点放在龙虎台。部队刚刚调整完毕,九日拂晓炮声再起。还是在坦克的掩护下,日军再次向南口正面阵地发起攻势。双方激烈攻守已经持续了四天之久,日军开始加强步炮协同,使用小兵力多路渗透的战术令伤亡逐渐减少,而中国守军的伤亡却不断增加。特别是在日军猛烈炮火的轰击下,中国守军阵地上的防御工事已成一片焦土,当日军的炮弹蝗虫一样落下来时,中国守军根本没有藏身之处。第十三军有限的炮兵无法对日军炮火形成压制,反而是只要开炮就会招致日军对中国炮兵阵地的猛烈攻击。因不停地躲避炮击而几乎没有还手的机会,中国守军的情绪开始焦躁,官兵们认为与其被炸死不如一命拼一命来得痛快,于是纷纷要求实施主动的短促突击以肉搏为快。师长王仲廉认为士气可用,即组织了一些小型机动部队,无论白天还是夜间,不断地出击对日军进行猛烈袭扰,日军面对突然再次增加的伤亡,攻击开始放缓。

十日,汤恩伯亲临居庸关视察战况。在与王仲廉师长磋商后,决定在前沿阵地埋设地雷以阻断日军坦克的突击,同时破坏青龙桥至南口车站之间的铁路桥梁和涵洞,把南口机车车辆厂里的火车机车藏起来以免资敌。汤恩伯还没离开居庸关,前方的报告来了:龙虎台阵地再次丢失。

十一日,日军第十一混成旅团主力继续对南口实施攻击,另派一部向南口西侧的长城线实施助攻。中国守军的每一个阵地上都发生了近距离的肉搏战,到天色昏暗时中国守军已经伤亡数百人。第二天,日军的增援部队抵达战场。日军立即集中起五千多步兵、三十多辆坦克和大量的火炮,向南口、虎峪、苏林口、得胜口等中国守军阵地发起全线进攻。在龙虎台与南口之间,一个排的中国守军全部阵亡,阵地被日军从中撕开。当日军的坦克冲上来时,中国守军没有反坦克武器,也没有打坦克的实战经验,只能拼命。五二九团七连连长隆桂铨带领两个排的士兵迎着日军疯狂射击的坦克冲过去,只要不被打死便跳上坦克掀开盖子往里塞手榴弹,两个排最后以阵亡过半的代价击毁了日军六辆坦克。此时,位于南口正面第一线阵地的五二九团已经苦战八天,全团仅剩下四百余人。舒荣的五三四团和王仲廉师长带来的军部补充团的两个营,全都被补充到了第一线阵地。在残酷的拉锯战中,目睹着尸横遍野的景象,前沿上的中国官兵打红了眼,连长、排长和班长开始进行收复山头争胜的较量,明知不可为就是要拼死舍身为之,这种残酷的血战令中国守军几近疯狂,而日军因此遭遇了他们不曾预料到的顽强抗击。最终,尽管付出了很大代价,日军对南口的攻击仍未取得进展。

战至十三日,汤恩伯命令放弃南口一线阵地,一线所剩部队向北后退,移至八达岭和居庸关的主阵地上。

"汤恩伯先生因为日夜辛劳的结果,瘦得不成样子了。"始终在前线采访的著名记者范长江写道,"两个眼睛深深地凹入,整个身体剩下了皮包骨头,我们惊异他消耗得如此厉害,几乎有几分认不清楚。原来猛攻南口的日军,在优势兵力兵器条件下,汤恩伯实遭受空前的劲敌,故日夜操劳,精密指挥,已半个月未曾得一安眠的机会,整天和电话地图接近,时时注意敌人一寸一尺的移动,我们一次一次的战斗经过。而其入察抗日以来,所遭受常人意料以外之打击,尤觉痛心。间有人提及此等伤心事,汤辄不言,但见其眼泪往往盈眶欲坠,默对客人出神。人不畏外在之强敌,而忌内在之困难,汤氏之处境,惟身临其境者,始能知其有难言之痛也。"⑯

令汤恩伯军长热泪盈眶的"难言之痛"是什么?

汤恩伯,时年三十八岁,一八九九年九月出生于浙江武义县岭下村,祖上历代为普通农家。十九岁从杭州专科学校毕业,投奔浙军师长陈仪当了一名排长。浙军很快被北洋军阀孙传芳打败,汤恩伯短暂的军事生涯就此结束。不久,同乡的一位富商去日本留学需要陪同,汤恩伯自告奋勇跟着富商去了日本。他希望能进日本士官学校,因没军政要人的推荐而不能,进入明治大学法科学习政治经济学。不久富商回国,为了维持读书,他在东京开了一家饮食店,小店维持两年后倒闭,汤恩伯被迫退学回国。幸运的是,他再次见到他的师长陈仪并得到鼎力资助,不但再渡日本进入梦寐以求的士官学校专习炮兵,并且与在日本留学的陈仪师长的外甥女相识并结婚。再度回国后,恩师陈仪已依附于蒋介石,汤恩伯追随陈仪先任陆军第一师学兵连连长,又任中央陆军学校军事教官和学员大队长。一九三〇年,中央陆军学校成立教导师,三十一岁的汤恩伯升任教导第二师第一旅少将旅长,随即参加蒋介石与冯玉祥、阎锡山展开的中原大战,战后升任第四师副师长兼第十八旅旅长。汤恩伯行事的准则是:"我只听委员长的命令,我对其他的人一概不理。"果然,他的忠心耿耿令他一路升迁,先后任第二师师长、第八十九师师长,直至一九三五年擢升为第十三军军长。

陷于南口苦战中的汤恩伯极其焦虑。

作为中央军将领,蒋介石耳提面命,作战不敢有半点马虎。可是,照这样打下去,自己起家的老底子第十三军肯定就要打光了,这等于是中国人说的把家底挥霍光了;但如果南口丢失,脑袋可能就要被自己挥霍了,那时候家底同样不存在了。这实在是进退两难之事。况且,作为中央军,在此作战多有不便。上司傅作义曾是冯玉祥和阎锡山的部下,而他当年作为蒋介石的部下,曾在中原大战中与冯玉祥和阎锡山血战,旧仇可不是喊一声"抗日"就能一笔勾销的。因此,在南口这块战场上,第十三军总有些孤军的味道,这个味道令他十分忐忑不安。此外,还有更令人不安的汉奸问题——"汉奸之多,骇人听闻"。怀来县县长公然声称,汉奸是此地的"不可救治之症"。"敌人利用汉奸为谍报,为飞机指示,破坏通讯机关,破坏交通,扰乱军队,使我们无一日安宁。而我对敌方,反不能发动民众,以做上述同样之工作,皆因冀、察政治弄成之恶果。"[17]中国军队在本土作战,竟然"无一日安宁","中国人有些良心甚差"可能是一个理由;同时,又该如何理解"冀、察政治弄成之恶果"这句话呢?

眼下,汤恩伯除了指挥作战之外,最重要的是不断地催促增援部队。为了得到苦苦等待的增援,他不惜电话电报一日数次,即使明显感到蒋介石对他的叫苦有些恼怒时,依旧坚持不懈地请求立即增援。

十八日,半个月的时间已到,汤恩伯接到了蒋介石的电报:

> 即使长城线突破时,我军仍应照预订计划固守各据点,待援反攻,切勿全线退却。卫(卫立煌)部已催伤星夜急进矣。[18]

卫立煌的第十四集团军已经从保定出动,正在急速北上以期增援南口战场。由于平津失陷,卫立煌的部队无法由铁路或公路直接运送,只有绕道北平以西的山地。蒋介石命令孙连仲的第一军团派一部分兵力抢先占领房山西北面的高地,以掩护第十四集团军北上;接着蒋介石又致电傅作义,要求他从绥远出动增援汤恩伯的第十三军:"以全公私,勿使其孤军受危、南口失陷,国家民族,实利赖之。"[19]

在平绥前线的汤恩伯,接到死守南口的命令的同时获悉张治中在上海战场也与日军血拼上了。接着,他终于等来了一部分援军:朱怀冰的第九十四师和李仙洲的第二十一师。

但是,从日本本土开来的日军第五师团也抵达了战场。

第五师团是日本陆军的精锐部队,师团长板垣征四郎中将,下辖国崎登少将指挥的步兵第九旅团和三浦敏事少将指挥的步兵第二十一旅团,还有师团直属的骑兵、野炮兵、辎重兵、工兵各一个联队,附属通讯队、卫生队以及野战医院。[20]

第五师团加入战斗序列后,中国守军的防线危在旦夕。

十六日,日军新一轮的攻击开始。

居庸关的正面是第八十九师五三四团,右翼是五三三团,师长王仲廉的指挥部就设在关上。居庸关山谷幽深,山岭险峻,日军一度冲入前沿,中国守军连长牛桂卿等阵亡,幸存官兵在弹药用尽后抱起山上的石头迎敌。但是,当日军再次集中兵力和火力发起强攻时,中国守军的主要阵地相继丢失,从而导致防御线全线动摇。中国守军的勤杂人员、炊事兵和马夫等都参加了搏斗,直到李仙洲的增援部队抵达后,阵地才被暂时稳定。这个时候,日军突然放缓了对居庸关的攻击——日军改变了主攻方向和战术:第五师团出动直扑长城关口,其第二十一旅团的第四十二联队快速攻占了长城防线上的最高峰一三九〇高地,随即居高临下开始攻击从一三九〇高地至镇边城间的各个要隘。日军企图以侧翼迂回的战术突破中国守军的长城防线,夺取怀来,切断居庸关方向中国守军的退路,瓦解中国军队的整个防线。

至此,第十三军第四师的防线也开始承受巨大压力。

汤恩伯还在不断地求援。

第二战区司令长官阎锡山命令傅作义增援第十三军。此前,阎锡山曾命令刘汝明的第六十八军和赵承绶的骑兵第一军向张北、商都一带的伪蒙军实施攻击,以策应南口方向的作战,减轻第十三军的压力。傅作义执行了这一决定,向商都发起了猛攻。商都是察南重镇,对其实施攻击,一能巩固绥远的战略防御,二可维护张家口侧背的安全。傅作义的部队突袭不成改为强攻,最终以伤亡官兵两百余人、毙伤敌伪三百余人的战果收复商都。但是,刘汝明却没有执行阎锡山的命令,他的第六十八军主力第一四三师"仍分驻张垣、宣化、逐鹿一带"。[21]刘汝明的自保,使得张家口的侧背处在日军的威胁之下。因此,当阎锡山命令傅作义再次增援时,傅作义认为张家口的暴露令他无法确保部队迅速抵达南口方向,但他可以再次出击张北,以加强张家口侧背的安全。傅作义的建议遭到阎锡山的斥责。不得已,傅作义率第七十二师(师长陈长捷)及第二〇〇旅、第二一一旅和独立第七旅驰援南口方向。

这时候,卫立煌的增援部队已经接近周口店一线。

十九日,第十三军的全线防御阵地都遭到日军空前猛烈的攻击,双方在黄楼院、禾子涧、沙锅铺、八五〇高地一带反复争夺,几乎每一个阵地上都出现了近距离的肉搏战,以致一天之内拼死抵抗的中国守军伤亡达一千二百人以上。

二十日,傅作义赶到了怀来。

这是居庸关与张家口之间的一个小城,汤恩伯的前敌指挥部就设在这里。傅作义和汤恩伯紧急商讨战场局势,特别是增援部队抵达后的作战方向和任务。就在这时候,卫立煌的电报到了,说他指挥的第十师、第八十三师和第八十五师已分别从涿县、周口店和涞水兼程北上,预计二十一日抵达战场。傅作义和汤恩伯立即商定当援军到达后如何对当面日军实施反击以期把日军赶出整个长城线。

汤恩伯终于松了一口气,第十三军的苦日子就要结束了。

但是,谁也没有料到,战场形势竟然瞬间急转直下。

傅作义一直担心的张家口方向突然出现了巨大危机:由强悍的关东军组成的察哈尔兵团,在参谋长东条英机中将的率领下,已从察北方向直扑张家口。

无论是张家口,还是察哈尔全省,始终是关东军觊觎的目标。

南口战役尚未爆发,日军中国驻屯军已针对张家口制订出作战计划:"逐步集中的第五师团及铃木兵团,从平绥沿线地区开始作战,席卷察哈尔省,进入陕西北部及绥远地区。为此,须与关东军紧密协作。

这一战,至少应在主力决战之前占领张家口附近。"尽管作战计划只要求关东军"紧密协作",但无论是东京的参谋本部,还是天津的驻屯军司令部,谁都知道关东军对此次作战有着"异常的热情",而关东军自己对于这种"异常"的解释是:为了"满洲国"的"国防"安全。[22]

关东军察哈尔兵团一个步兵支队十三日到达沽源,一个步兵大队十四日到达张北,一个步兵联队十九日到达张北,一个混成旅团十八日从承德出发目的地是张北,另一个混成旅团十八日从通州出发目的地是万全。——关东军已经从张家口的东北和西北方向全线压来,一旦占领张家口,就能与从居庸关向北进攻的第五师团会合,彻底打通平绥线。

张家口的中国守军,主力是刘汝明的第六十八军。根据张家口三面环山的地形,刘汝明把保安第二旅布防于张北与长城之间,独立第四十旅布防于长城内的膳房堡以北,军主力第一四三师以及傅作义的增援部队第二〇〇旅布防于万全附近,保安第七旅布防于崇礼以南。

二十日,关东军察哈尔兵团以第二混成旅团为前锋,在飞机和坦克的协助下向张北地区实施突击。刘汝明部的保安第二旅抵挡不住,旅长马玉田阵亡,官兵死伤数百,退守至距张家口八十里的神威台阵地。二十三日,日军攻击神威台,同时迂回万全。神威台的中国守军在三名营长相继阵亡后丢失了阵地。二十四日,防守万全县城的中国守军拼死血战,当城门被日军猛烈的炮火轰塌后,营长舒效孔在巷战中阵亡,他指挥的一个加强营官兵伤亡殆尽,万全县城失守。关东军沿着公路开始向张家口急进,张家口的失陷只是时间问题了。

为了保住张家口,准备增援南口方向的傅作义的部队半路返回,而汤恩伯日夜盼望的卫立煌的部队也没能如期抵达。卫立煌的部队刚一动身就遭到日军的顽强阻击。日军第六师团第三十六旅团(旅团长牛岛满)编成的牛岛支队,获悉卫立煌部增援南口的情报后,立即进入门头沟以西地区实施阻击。卫立煌的第八十三师一直苦战到二十四日才得以摆脱日军。可部队没走出多远又被永定河挡住了脚步:连日大雨,永定河河水泛滥,没有渡河装备的部队过不去。

几近绝望的汤恩伯紧急缩短战线,他将防区分成了几个固守的据点:居庸关据点由第八十九师和第二十一师固守,横岭城据点由第七十二师和第四师固守,延庆据点由第九十四师固守,怀来据点由独立第七旅固守。

汤恩伯的命令是:没有命令不得退却。

蒋介石的命令是:死守勿退。

但是,横岭城方向,镇边城方向,中国守军皆因伤亡殆尽终致阵地失守。

二十五日下午,日军坦克冲过了居庸关。

二十五日夜,汤恩伯急电蒋介石报告战况。蒋介石对汤恩伯的回复是:反正是一死,逃跑而死,不如固守而死。

> 急。怀来。汤总指挥勋鉴:有(二十五日)酉(下午五时至七时)电悉。我军必须死守现地,切勿再退;否则,到处皆是死地。与其退而死,不如固守而死,况固守以待卫(卫立煌)军之联络,即是生路。此时唯一生机,惟力图与卫联络之一途而已。中正手启。寝(二十六日)午。㉓

汤恩伯根本联络不上卫立煌。

卫立煌的第十四集团军仍停留在河水暴涨的永定河的上游。

汤恩伯不想死。

二十六日十三时三十分,他下达了南口守军全军突围的命令。

当日,日军第五师团占领怀来。

接着,日军独立混成第十一旅团占领延庆。

汤恩伯的部队刚刚突围而出,卫立煌的前锋部队第十师抵达镇边城。发现汤恩伯已经撤离后,第十师立即回撤至房山,然后越过拒马河,直抵保定以西的满城,再沿平汉路西侧越过大沙河,一直回撤到了石家庄。

南口一线全部丢失后,日军于南北两面向张家口压来,刘汝明不得不下达撤退令。二十六日,张家口陷落。日军占领张家口后,沿平绥线继续推进,致使张家口以东以北地区全部被日军占领。

南口之战,双方伤亡数字,各类档案史料统计差别甚大。如取平均数值,中国军队伤亡约两万六千余人,日军伤亡约两千六百余人,比例仍是十比一。㉔

因为《大公报》记者始终在南口前线即时报道,汤恩伯得以名传全中国。汤恩伯自己也认为,除了"固守而死"他没有做到外,他和他的第十三军没有别的过失:防守时间超出了蒋介石的规定;南口最终全线失守在于侧背突然受敌,而侧背张家口的失守责在刘汝明。

南口之战,由于战场指挥不统一,各部队难以协同作战,官兵武器装备以及作战素质有严重欠缺等因素,面对强大的日军,中国军队没有长期固守的任何可能。因此,以一场血战显示中国人的不屈与无畏,称之为一场胜利并不言过其实,尽管中国军队的防守仅仅坚持了十几天。对此,共产党中央机关刊物《解放》发表短评:"不管南口阵地事实上的失却,然而这一页光荣的战史,将永远与长城各口抗战、淞沪两次战役鼎足而三,长久活在每一个中华儿女的心中。""我们不否认南口的失守,对整个抗战战局是增加了一个困难,也不否认察绥咽喉的放弃,是增加了黄河下游各省的危险。然而,南口抗战的英勇,全国民众对南口抗战的后援与拥护的热烈气象,给了我们证明,不管多大的困难,都是可以克服的。中华民族绝不会灭亡!"[25]

可是,南口战役之后,面对日军自北向南的全面进攻,驻防华北的数十万中国军队却如同洪水决堤般地退败了。

日军没有料到南口方向的作战推进如此之快,战场态势的改变令日军认为:可以在平汉路的保定与津浦路的沧州一线与中国军队决战了。只是,日军必须投入更多的兵力才能确保决战的胜利。

八月中旬,南口方向作战还在进行时,日军参谋本部提出应再动员四个师团加入中国战场。参谋本部的用意是:尽快解决中国问题的唯一方法,是动用大兵力迅速把中国军队彻底击垮。——"通过华北会战获得一个大的胜利,以迅速结束战局而不至陷于持久战争……通过平定华北重要地区可以促使南京政府反省,在二个月以至半年以内,大概就能取得政治上的解决。"[26]日本人之所以仍旧希图"迅速"解决,还是因为"满洲国"北面苏联军队的军事存在是其心腹之患。二十四日,日本内阁会议同意动员四个师团投入中国战场,陆军大臣杉山元对于阁员们的询问是这样回答的:不是问进攻到什么地方蒋介石才能屈服吗?"将要到来的华北会战正是这样的一战"![27]

三十一日,日军参谋本部发布命令,修改中国驻屯军编制,编成华北方面军以及临时航空兵团、铁道部队和通讯部队。

华北方面军战斗序列如下:

华北方面军司令部(司令官寺内寿一大将)。

第一军:第一军司令部(军司令官香月清司中将),第六师团(师团长谷寿夫中将),第十四师团(师团长土肥原贤二中将),第二十师团(师团长川岸文三郎中将),战车第一、第二大队,独立山炮兵第一、第三联队,野战重炮兵第一、第三联队,独立野战重炮兵第八联队,第一军通信队。

第二军:第二军司令部(军司令官西尾寿造中将)、第十师团(师团长矶谷廉介中将)、第十六师团(师团长中岛今朝吾中将)、第一〇八师团(师团长下元熊弥中将)、野战重炮兵第六旅团、第二军通信队。

第五师团(师团长板垣征四郎中将)。

第一〇九师团(师团长山冈重厚中将)。

中国驻屯军混成旅团(旅团长山下奉文少将)。

临时航空兵团(兵团长德川好敏中将)。

华北方面军直属防空部队。

独立攻城重炮兵第一、第二大队。

华北方面军通信队、铁道队、直属兵站部队。

中国驻屯军宪兵队。

以上部队,加之特种部队以及关东军察哈尔兵团,兵力共计约三十七万。[23]

此时,担任华北地区防御任务的中国军队,为隶属第一、第二战区的部队,其战斗序列是:

第一战区:

第一集团军(总司令宋哲元),辖第五十九军(西北军,军长宋哲元兼)、第七十七军(西北军,军长冯治安)、第五十三军(东北军,军长万福麟)、第六十七军(东北军,军长吴克仁)、第二军团(军团长庞炳勋)、第四十军(西北军,军长庞炳勋兼)、第四十九军(东北军,军长刘多荃)、骑兵第三军(军长郑大章)。

第二集团军(总司令刘峙),辖第一军团(军团长孙连仲)、第五十二军(中央军,军长关麟征)、第三十二军(晋军,军长商震)、第三军(滇军,军长曾万钟)、集团军直属部队、骑兵第四军(东北军,军长檀自新)。

第十四集团军(总司令卫立煌),辖第十四军(西北军,军长李默庵)。

挺进军(司令马占山)、特种兵部队。

第二战区：

第六集团军(总司令杨爱源)，辖第三十三军(晋军,军长孙楚)、第三十四军(晋军,军长杨澄源)。

第七集团军(总司令傅作义)，辖第三十五军(军长傅作义兼)、第六十一军(晋军,军长李服膺)、第六十八军(西北军,军长刘汝明)、第十七军(西北军,军长高桂滋)、第十三军(中央军,军长汤恩伯)、集团军直属部队。

预备军(总司令阎锡山)，辖第八路军(总指挥朱德)、第十九军(晋军,军长王靖国)、骑兵第一军(晋军,军长赵承绶)。

以上部队共二十四个军、五十三个师、二十一个旅,加上其他部队,兵力约六十万人。[29]

九月四日,华北方面军司令官寺内寿一抵达天津,当日即制订了华北会战指导方案,总方针是："在保定—沧州一线的附近努力围歼进入该线及其附近的中国军队。为此,以平汉线地区为主决战方面,预定决战时间大概为十月上旬。"具体作战方案是：

第一军在北平集结完毕后,第二十师团于平汉线西侧,"以急袭突破敌阵地,以机动部队神速占据敌阵地后面的交通要点",阻断敌之退路；第六师团和第十四师团于平汉线东侧发起攻击,与第二军相配合,"在正定(平汉路)—沧州(津浦路)大道以北地区围歼敌主力"。第一军进行上述作战的同时,华北方面军主力部队于九月中旬前后推进至保定以北,从西面的易县至东面的霸县一线,对保定至沧州一线发起攻击。"若敌人很快退却,一举向顺德—德县一线追击,在该线以北地区围歼所在之敌"。航空兵团初期协同第一军"消灭敌先头兵团",之后"要尽力阻止敌人撤退,切断来援的增援兵团,为此,要伺机轰炸黄河桥梁"。[30]

中国军队第二十九军从北平一直撤退到保定。不久,接到命令开赴津浦线上的唐官屯、马厂一线阻击南下的日军。到达预定地域后,第二十九军主力沿着减河将第三十八师放在了铁路以东,第三十七师放在了铁路以西,第三十七师的六五七团是全军的前沿。

在津浦线上的减河边抗击日军的那群红脸汉子,终于等来了主力。

自卢沟桥事变以来,华北的大雨就没有中断过。沿着津浦铁路南下的日军第十师团在向中国守军六五七团前沿阵地发起攻击时,大雨倾盆,四野汪洋。泥里水里,六五七团坚守不退,几天下来全团两千四百多人只剩下七百多人,连排长伤亡过半,两名营长身负重伤。团长王维贤不断地向军部请求增援,但却总是没有回音。此时,第二十九军正奉命扩编为第一集团军,原来的各师都扩编为军,第三十七师和第一三二师合编为第七十七军,第三十八师扩编为第五十九军,第一四三师、独立第四十旅扩编为第六十八军,河北保安第一、第二旅改编为第一八一师。部队扩编等于原地升官,又是国民政府的委任,将领们自然忙成一团。而在前沿苦战的王团长用电话找遍了旅部、师部和军部,都没找到自己的长官。眼见部队要打光了,日军随时可能突破前沿阵地,王团长只好直接找到了集团军总部。可是,军扩编成了"集团军",师长们都当上了军长,高官多管事的人反而少了。新任第一集团军总司令宋哲元正在山东养病,职务由新任第七十七军军长冯治安代理,第七十七军军长职务由新任第三十七师师长刘自珍代理,王维贤团长找了半天,只找到个参谋处长李剑飞,得到的回答是立即增援。直到第二天下午,也未见增援部队抵达。天黑时分,好容易上来两个营,可是阵地已经垮了。往后撤退的时候,传来代总司令冯治安的命令:谁丢了阵地砍谁的头!王维贤又冤枉又害怕,经过哭诉和申诉,虽然没被砍头,但被命立即收复阵地。没等王维贤返回去拼命,全线撤退的命令又到了。王维贤团长后来才得知,从渤海湾登陆的日军第十六师团已经推进到了唐官屯、马厂以东,于是,"不仅停止了收复静海的行动,唐官屯、马厂之线也未经激战即全部后撤"。——"第二十九军在津浦路上对日作战的实际情况,基本上只是敌人追我们跑而已"。㉛

  津浦路上的作战,一开始就败局已定。

  为了在津浦路阻击住日军,防止平汉路正面的防御线侧背受敌,蒋介石把在淞沪战场指挥作战的第三战区司令长官冯玉祥调到了津浦路,并于津浦路的北段地区划出一个新的战区,即第六战区,司令长官为冯玉祥,长官部设在德州以北的桑园,统辖第一、第三集团军的部队。蒋介石之所以让冯玉祥来津浦路,并专门为他划分出第六战区,是出于白崇禧的建议。白崇禧的理由是,此时在津浦路作战的中国军队大多是冯玉祥的西北军旧部。可是,令蒋介石和白崇禧都没有想到的是,冯玉祥的旧部多数不愿意接受他的指挥。冯玉祥一上任,就命令第三集团军总司令韩复榘派兵北上增援,可韩复榘拒绝调动自己的部队。为了商讨作战问题,冯玉祥专程到第一集团军司令部会见宋哲元,宋哲元仅在专车上与冯玉祥见了个面,就推说身体不好请假回山东休养去了。冯玉祥又召见第一集团军代总司令冯治安,冯治安借口说前线战事紧张就是不肯来见。

没人买战区司令长官的账,仗该如何打?

九月十八日,沿着津浦路,日军第十师团从马厂、青县开始南下,首先向中国守军第一八一师阵地发起攻击。第一八一师刚从地方保安部队改编而成,官兵极低的作战素质致使阻击阵地很快丢失。二十一日,日军开始攻击中国守军第五十九军的主阵地,第五十九军只抵挡了两个昼夜,阵地也丢了。二十三日,日军的攻击线已推进到第四十、第四十九军的正面。日军知道这里接近沧州了,攻击十分凶狠,先是航空兵群对中国守军的阵地、阵地后方以及两翼进行连续轰炸和扫射,接着炮兵集中火力对中国守军的主阵地实施压制和破坏性射击,然后步兵在坦克和装甲车掩护下攻击推进。中国守军阵地在第一时间就遭到严重击毁,官兵尚未作战就出现的大量伤亡导致姚官屯阵地出现危机。第一〇九师奉命增援前沿,黄昏时分才将突入前沿的日军反击回去。二十四日,天还未亮,日军航空兵和炮兵的轰击便又开始了,步兵随后沿着铁路两侧向前突击。为了加强阻击阵地,冯玉祥命令第五十九军一部和集团军总预备队一部策应一线作战。中国守军虽然奋力苦战,姚官屯等阵地还是相继被日军突破。到了这天下午,除了第四十九军第一〇九师一部仍在固守沧州外,其余部队在夜间撤退时因遭到日军猛烈追击而发生混乱。二十五日凌晨,日军追击至沧州城郊,第一〇九师阵地受到更为猛烈的轰炸,在战场前沿,双方很快进入了残酷的白刃战。第三二五旅六四九团八连连长穆春茂,一个强壮高大的北方汉子,在子弹打光后与日军拼上了刺刀,连续刺倒数个鬼子后血流殆尽阵亡。在这天的战斗中,仅六四九团就有三百多官兵在白刃战中伤亡,其中与八连连长穆春茂一样拼尽最后一滴血的军官还有一营营长王肖孔、一连连长吴荫华和六连连长宋连基。

沧州失守后,日军紧追不舍。

为了争取喘息的时间,第一集团军代总司令冯治安下令扒开运河。

滔滔运河水造成了沧南的泛滥,中国军队位于沧南的预设阵地全部淹没,南撤的部队根本无法在沧河南岸停住脚步进行防御,本已陷入混乱的部队只有沿着津浦路继续向南皮、冯家口一线撤退。

此时,一个更令人忧心的消息传来了:平汉路上的重镇保定已经失守。

负责平汉路防御的中国守军是刘峙指挥的第二集团军。

八月初,依据国民政府于卢沟桥事变后制订的第一集团军反攻天津、第二集团军反攻北平的预想,刘峙曾充满自信地制订出一个反攻北平的作战计划。但是,到了九月初,从张家口南撤至蔚县的刘汝明的第六十八军又开始南撤,致使平汉路以西的涞源告急,不但刘峙部的侧翼已经不安全,且蒋介石还命令他抽出三个团去防守涞源时,刘峙反攻北平的雄心壮志顿时烟消云散。就在这时,他得到了日军准备沿平汉路大举向南攻击的情报,只有匆忙沿平汉路两侧和纵深部署第二集团军的防御:

孙连仲的第一军团防守房山、周口店、黑龙关一带;

裴昌会的第四十七师防守涿县、马官屯和长沟镇一带;

曾万钟的第三军除增援涞源的三个团外,其余部队防守高碑店以南的定兴一带;

檀自新的骑兵第十师防守长安城、马头镇一带;

关麟征的第五十二军防守满城、漕河头、保定一带。

这个从北向南的阶梯式展开的部署,既没有防御重点,也没有各部队间的协同关系。

沿平汉路南下,是日军的主攻方向,由香月清司中将指挥的第一军担负作战任务。第一军自北平南部的出发地,从西向东并排投入了川岸文三郎的第二十师团、谷寿夫的第六师团以及土肥原贤二的第十四师团,三个师团在五个炮兵联队和两个坦克大队的支援下,于九月十四日分三路齐头推进,其投入兵力之大攻击来势之凶,完全出乎了刘峙的预料。

首先发起攻击的是东侧的第十四师团。原计划发起攻击的时间是日落时分,但该师团整整提前了八个小时,原因是提前一天潜入中国守军阵地的侦察员发现,中国军队阵地上兵力很少,且已有撤退的迹象。土肥原贤二即刻决定不等日落马上攻击。上午九时,攻击刚一开始,当面中国守军的阵地就出现了动摇。两个小时后,日军第十四师团突破当面抵抗,强渡了永定河。受到土肥原贤二的带动,谷寿夫的第六师团也于下午二时开始渡河,向宋哲元的第一集团军与刘峙的第二集团军的结合部,即津浦路与平汉路之间的固安一线发起攻击。中国守军冯占海的第九十一师和周福成的第一一六师阵地,在日军的狂轰滥炸下顷刻成为一片废墟。面对日军的大举进攻,刘峙下达了迎击日军的命令:动用涿县、定兴的二线部队,速赴固安方向迎击日军,力争将日军压缩在永定河畔实施围歼。为此,命令孙连仲的第一军团除了巩固原有阵地外,以第三十一师主力会合第四十七师,除防守平汉路以西紫荆关、涞源以及高碑店原有阵地外,其余部队由定兴、高碑店一直向东攻击日军的左侧背。刘峙命令各部队要勇猛出击,不得已时至少要固守大清河的西岸。

但是,土肥原贤二的第十四师团十五日拂晓已经进至拒马河,当晚全部渡河完毕,这就意味着日军已经通过了紫荆关,急速推进到了位于涿州、高碑店一线的中国守军的背后。谷寿夫的第六师团也通过了难以通行的低洼湿地,与向固安赶来的中国军队迎面撞击。曾万钟的第三军在苦战中伤亡两千五百余人,残部侥幸冲出重围。而檀自新的骑兵第十师本应当面阻击越过拒马河的日军,但是部队尚未见到日军步兵,就在日军飞机的猛烈轰炸下渡过大清河逃回了涿县。刘峙命令第四十七师师长裴昌会协同第三十一师池峰城部的一个团迅速将日军击退,并投入预备队四个营在涿县、松林店之间占领阵地;命令檀自新的骑兵师在涿县东北山地实施搜索,协助池峰城部固守涿县县城和附近阵地;命令第三军军长曾万钟立即派出部队阻击迎面日军。但是,刘峙的部队尚未调整好,日军第二十师团的攻击开始了。

日军第二十师团的攻击目标,是北平西南房山以北的孙连仲部。孙连仲的第一军团属西北军系,辖第二十七、第三十、第三十一师和独立第四十四旅,卢沟桥事变后,该部奉命从湖北孝感和应山北上,集结于保定地区待命。日军向平津发动攻击时,该部向北平前进迎敌,曾与日军在良乡、琉璃河、窦店附近激战多日,官兵继承西北军使用大刀的传统,坚守阵地,给日军极大的杀伤。南口战役时,为策应汤恩伯的战场,该部曾向良乡的日军实施反击,给日军造成了局部混乱。这一次,面对当面强悍的日军师团,孙连仲亲率第三十师防守房山西南的高地,同时命令第三十一师防守明顶山,第二十七师防守琉璃河。日军的攻击刚一开始,孙连仲就感到了极大的压力:明顶山阵地的中国守军死拼不退,直到一个连的守军全部阵亡;窦店阵地始终处于炮火的攻击下,守军营长因部队的巨大伤亡而不知所措,最终擅自撤退。窦店丢失后,日军第二十师团强渡永定河向高碑店迂回。由于琉璃河阵地过于前突,第二十七师放弃阵地向涿州转移,试图与第三十、第三十一师共同组成新的阻击线。但是,中国守军的阻击线尚未形成,日军第二十师团跟着杀了过来。受到凶猛冲击的中国守军一片混乱,各部队在雷雨之夜仓皇撤退。——孙连仲部在房山与琉璃河一带,自卢沟桥事变以来坚守了一个多月,因部队伤亡惨重多次请求刘峙增援,而刘峙始终没有增援一兵一卒,最终部队撤退时也没有得到任何掩护,这导致了孙连仲与刘峙之间裂痕纵深,平汉路防御战的前景由此更加令人不安。

十八日,土肥原贤二的部队占领松林店。

至此,刘峙的第二集团军各部,大多都因官兵伤亡过多丧失了作战能力。刘峙曾试图收拾残部建立起新的阻击线,然而本来就薄弱的通讯网早已被日军彻底破坏,不但刘峙已经无法控制部队,各部队将领也无法控制士兵,惊恐的退却无论什么命令都无法制止,溃败的洪水直接涌向了平汉路上的保定。

保定,中国华北大平原的重镇,四野平坦开阔,利于日军机械化部队展开作战。

十八日,日军华北方面军第一军的作战命令是:

一、第二十师团应突破石板山附近,进入方顺桥附近,切断敌之退路。

二、第十四师团应突破满城附近,进入保定西面地区消灭敌人。

三、第六师团应沿平汉铁路前进,消灭保定附近之敌后,不失时机以步兵旅团长指挥的军追击队向石家庄追击敌人。

四、步兵第一一八旅团应集结在涿州。㉜

保定危急,刘峙向南京求援。

此时中国军队主力大部分在上海激战,无法北调,蒋介石只能命令刘峙使用现有兵力与日军在保定地区死战。而刘峙只是简单计算了一下就明白,以他目前掌握的部队守住保定是不可能的:右起白洋淀,沿着漕河向西,依托满城西北高地的保定,其正面防线长约七十公里,至少需要十个师才能谈得上全线防御。眼下,刘峙能够掌握的只有关麟征的第五十二军,该军是八月才由第二十五师为底子组建起来的中央军系部队,辖郑洞国任师长的第二师和张耀明任师长的第二十五师。另外,还有刚刚增援而来的陕军赵寿山的第十七师。

二十一日,日军第十四、第二十师团猛攻保定外围,至天黑时分,郑洞国和张耀明两师的阵地相继被日军突破,战斗接近保定城垣。

第二天一大早,在飞机火炮的支援下,日军继续向保定城垣外围的满城、漕河一线阵地发动攻击。毕竟是中央军系的部队,在保定左翼漕河一线防御的第二十五师顽强阻击。第七十三旅旅长戴安澜指挥一四五团在阻击日军强渡漕河时,团附霍锦堂、一营营长陈仪章身负重伤,连排长和士兵伤亡两百余人,但阵地依旧在。渡河的日军转而攻击邻近的第七十五旅一四九团阵地,激战中,该团三营阵地被日军撕开——三营营长徐克让是军长关麟征的陕西老乡,很傲慢,不听团长覃异之的指挥擅自后撤;覃团长命令二营上去恢复阵地,二营营长李正谊也是军长关麟征的陕西老乡,也不听指挥,跟着三营一起往后撤,结果一四九团的阵地丢失,仍在坚守的一四五团三营的侧翼暴露。日军突破保定以西满城高地的防御阵地后,开始向保定中国守军的侧后迂回,支持不住的第二十五师向保定南面退去。

与此同时,处于战场正面的郑洞国的第二师也在激战中。前沿工事几乎全被日军炮火摧毁,第二师守军在倒塌的工事里拼死抵抗,双方官兵的尸体交杂布满了阵地前沿。日军的坦克冲上来时,缺乏反坦克武器的中国官兵把炸药和手榴弹绑在身上,拼死往坦克上爬,然后拉响导火索。处于前沿的第六旅伤亡太大,旅长邓士富要求增援,师长郑洞国从保定城内抽出一部兵力上了前沿,但很快便伤亡殆尽。天黑了,双方的激战没有停歇的迹象,夜空被战火映得如同白昼。

二十三日上午,日军集中所能调集的飞机、火炮和坦克,全力支援步兵,向保定城门发起猛攻。保定城墙外虽有一条护城河,但根本没有发挥作用,日军很快就突入了城门。中国守军第二师直属部队从两翼实施反冲击,激战数小时后才把日军反击出去。晚上,战况显出了恶化的趋势,日军骑兵部队趁第二十五师南撤的机会,袭击了第二师的后方机关,将该师的辎重部队、医务队和电台等全部冲散,最终不但对保定城完成了四面包围,而且致使第二师与外界的联络完全中断。——"保定事实上已经成为一座孤城。"师长郑洞国派人去寻找友军和军部,以求得增援并得到作战指示,但派出去的人全都失望而归:第十七师找不到,据说已经后撤了;军部和第二十五师更是不知去向。第二师师长郑洞国对军长关麟征很有看法。"我们都是黄埔军校一期同学,共事日久,彼此总该有些关照,但作战时他将我这个师摆在最危险的地方,撤退时竟连个招呼都不打,任凭我们去牺牲,不仅全无一点情义,而且也太不负责任。"[33]

二十四日天刚亮,日军第六师团对保定城的总攻开始了。

日军飞机呼啸着向城垣密集俯冲,城内在连续的爆炸声中大火冲天。日军的重炮整整轰击了一个小时后,保定城墙坍塌,日军蜂拥而入。中国守军第五十二军第二师官兵与日军展开了残酷的巷战,到处是拼杀声和伤员的呻吟声。万分危急时刻,第四十七师师长裴昌会突然出现在郑洞国面前,这令郑洞国既意外又感动。作为第五十二军的预备部队,裴昌会师长坚决执行了刘峙让他增援保定的命令,现在他的第四十七师已经抵达保定城外,他仅带着几名随员从南门钻进了战火中的保定城,找到了郑洞国的指挥所。——"裴氏北伐前原系孙传芳部下一员战将,久历戎行,作战经验丰富,所部也颇有战斗力。这时各路友军已不受命令约束,都在竞相向后方逃命,惟裴将军不避艰险,依令而来,此举使我对他十分敬重。"[34]

尽管蒋介石下令"不准撤退",但裴昌会和郑洞国两位师长见解一致:"死守保定城已无希望"。保定城内的文武机关和商民都在外逃,特别是保安队和警察早已提前跑光;日军已经完成对保定的包围,守军不但孤军作战且伤亡惨重。目前巷战虽仍在持续,但日军已占据大半个城区,第二师第四旅被迫突围而出,城内的部队仅剩师直属部队。在这种境况下,即使把第四十七师填进来,也无法支持下去,必须速作决断,否则就一切都来不及了。

二十四日中午,郑洞国师长下达了弃城突围的命令。

平汉路上的保定与津浦路上的沧州的丢失,使得整个华北战局急转直下。中国守军在日军凌厉攻势面前作战能力丧失殆尽,所有的部队都已处在沿着铁路线惊慌向南溃退的混乱状态中。

在津浦路方向,日军发现中国军队正无序退却后,长驱直下不停顿地向南猛烈追击,并决定趁势向德州发起攻击。

二十五日,国民政府军事委员会致电第六战区司令长官冯玉祥,要求他在德州以北集结兵力建立起有效的防御阵地。冯玉祥随即命令各部队侧击日军,以减轻津浦路正面中国守军的压力。二十六日,日军第十师团先遣部队的骑兵和装甲兵抵达大运河岸边,师团主力分三路向南攻击占领了沧州以南的冯家口。二十九日,第六战区副司令长官鹿钟麟督率第五十九军、第四十九军、第四十军由南皮北上,企图侧击冯家口的日军,但始终未能与在津浦路正面阻击日军的部队联系上,南北夹击没有起到预计的效果,部队纷纷回撤。迅速南下的日军第十师团如入无人之境,顺着铁路连克中国守军的四道防御线,占领了南皮、东光和连镇。此时日军已经推进到河北与山东的交界处了,其快速装甲部队甚至已经进入山东境内,装甲车停在了津浦路位于河北最南端、山东最北端的一个小车站——桑园站内。

山东,韩复榘的地盘。

韩复榘不允许任何人进入他的地盘,包括日本人。

韩复榘的第十二军第八十一师,正在为防日军从烟台登陆紧急修筑潍烟公路上的阻击工事,得知日军逼近山东后,该部被韩复榘紧急调到了津浦路方向。师长展书堂和第二四三旅旅长运其昌商量后,决定组织敢死队夜袭桑园车站的日军装甲部队,把日本人赶出山东地界。敢死队以四八六团为主,各连选出身强力壮、武艺高强的士兵共五百人,由团长赵廷璧亲自率领,趁着夜色直扑桑园车站。日军毫无防备,又不是擅长面对面交战的步兵,因此被杀得一片溃乱。天亮时,四八六团敢死队抢了日军的一列装甲车,沿着铁路向德州开去。但是,为了集合部队回撤,赵廷璧团长下令吹响了集合号,可没想到号声含义被日军破译,得知当面中国军队顶多只是一个团后,日军迅速整理部队向敢死队发动猛烈反击。敢死队员在日军的突然反击中伤亡惨重。

日军后续部队抵达后,继续沿着铁路向南攻击德州。

位于前线的第六战区司令长官部准备后撤德州城。长官部的警卫排长刘海蓬带人前往德州打前站,但令他们没想到的事情发生了:韩复榘不让战区司令长官冯玉祥进入山东,理由是冯玉祥指挥的部队都是河北的,河北的部队到山东来干什么?——"守卫德州的岗哨是韩复榘所属的宪兵。他们拦住我们说,上级有令不准进城。虽然再三交涉仍不同意。我们强调说：'冯长官（冯玉祥）、冯军长（冯治安）要来德州，不准我们进，完不成任务如何交待？'他们说，上级命令不叫进。我们要他们给德州政府打电话请示，回答仍像前一样，而且还说：'这里是山东，你们是河北的队伍，到河北地盘去！'"㉟

十月三日，日军开始攻击德州——既然连战场最高司令长官都不能进山东，那么，沿着津浦路边打边撤的其他部队自然更不能进去。因此，退到这一线的中国守军离开铁路线向西转向了河北南部——守德州的自然是韩复榘自己的队伍。

还是第八十一师第二四三旅，只不过由于四八六团夜袭桑园出现伤亡，德州守军以四八五团为主力。面对强大的日军师团，仅一个团如何守住一座德州城？飞机提前轰炸后，坦克开始撞击城门。德州城门上的三连连长古大长是个脾气暴烈的人，当日军坦克把城门撞得震天响的时候，他疯狂地从城门上往下扔迫击炮弹，城门下的那辆坦克被炸瘫的同时，古连长身中数弹从城墙上掉了下来。四八五团只在日军进攻的第一时间抵抗了一下，就因势单力薄不得不突围而出。

位于中国河北与山东的交界处的德州沦陷。

沿着津浦路向南攻击的日军，暂时停止在了这座飘散着烧鸡香气的小城里。

消息传来，南京国民政府宣布：为津浦路北段作战而专门成立的中国军队第六战区即刻撤销——这是漫长的抗日战争中唯一一个寿命如此短促的"战区"。

平汉路上的保定失守后，为了协同指挥各军作战，蒋介石派参谋总长程潜抵达石家庄，代理第一战区司令长官。九月二十五日，程潜召集前方各部队将领召开军事会议。会议分析了华北战局后得出的结论是：必须死守石家庄！石家庄西依太行，北依滹沱河，历来是兵家必争之地。整座城市处在平汉铁路与正太铁路的枢纽位置，自此向西入娘子关便是山西了。娘子关是山西的门户，一旦失守，太原不保，日军就能控制太行山一线。对于中国华北而言，太行山是支撑全局的军事要地，一旦日军依据太行山居高临下，黄河以北也就无险可守了。会议随后制订了死守石家庄的军事部署：

第十四集团军总司令卫立煌指挥第十四军、第三军以及第二十七、第八十五、第八十九、第一七七师等部，负责防御平汉路上的正定、石家庄以及石家庄以西至滹沱河以南一线；

第二十集团军总司令商震指挥第三十二军，第十七、第四十七师，独立第四十六旅等部，负责防御平汉路以东、滹沱河南岸阵地。以孙连仲的第一军团、黄光华的第一三九师和刘家麒的第五十四师为预备队，于平汉路西面的平山县以南集结待命。

中国守军军事会议召开的时候，日军谷寿夫的第六师团先头部队在装甲车的掩护下沿着平汉路继续向南推进。指挥部在保定的刘峙，自第二集团军部队全面退却后，一直试图收拾部队重新整理出防御战线，曾派出冯钦哉的第十四军团，在保定与石家庄之间的定县附近阻击日军，可这支陕军部队装备极差，与日军第六师团刚一接触，就主动退却进了太行山区，第六师团在几乎没有抵抗的情况下推进到了定县与石家庄之间的新乐。刘峙万般无奈，督促部队赶紧破坏铁轨和桥梁，自己则匆忙逃回石家庄。

于平汉路东侧、津浦路西侧推进的日军第二军，在司令官西尾寿造的指挥下，第十六、第一〇九两个师团沿着向西倾斜的攻击路线直指石家庄。这条防线正面的中国守军，是军长吴克仁指挥的第六十七军。第六十七军部队先是奉命在马厂以西的留各庄一带阻击日军南下，接着又奉命从留各庄向南后撤，配合左翼万福麟的第五十三军和右翼冯治安的第七十七军，共同固守滹沱河与子牙河交汇地带的献县。第七十七军虽系西北军部队，但军长冯治安一直采取拒绝冯玉祥、架空宋哲元的策略，此刻出于保存实力的目的始终没有落实防御部署，致使献县附近蒋介石一再要求的沧石国防线根本没有建立起来。而出身东北军的战区将领万福麟，当部队在永定河边被日军击溃后，非但没有重新组织防线阻击，还派人到留各庄找吴克仁部，劝其一起进太行山以保存实力。万福麟部的溃败使日军第二军对石家庄的攻击解除了来自侧翼的所有压力，日军战史对此的表述是："此次作战谋略工作很成功，以万福麟十月六日退却为转折，中国军队的前线开始崩溃。"㊱——无法考证日军所说的"谋略工作"指的是什么，但万福麟部守土失责确是事实——吴克仁的第六十七军装备简陋，武器陈旧，在日军第十六师团两个昼夜的围攻下，伤亡惨重，献县很快就失守了。

献县的丢失，使得沿平汉路直接南下的日军与从津浦路方向斜插过来的日军得以并驾齐驱，锋头直逼石家庄。

十月六日，日军华北方面军下达了作战命令：

一、敌军主力现在正定附近苟延残喘，第二军的一部昨五日午后进入武强、衡水及新河中间附近的滏阳河左岸地区，估计其当面之敌正在向西面退却中。

二、方面军准备在河北平原一击覆灭敌战斗力。

三、第五师团应向太原前进，攻占太原。

四、第一军应在适当时机开始进攻，特别期待不出所料地捕捉退避的敌人。攻击的重点指向石家庄附近，一突破敌人战线即向顺德（邢台）附近急追敌人。不失时机地再以一部进入井陉以西要地，切断敌在山西方面的交通，而后策应第五师团。

五、第二军应从滏阳河左岸攻击敌主力的背后，策应第一军的攻击和追击。

六、临时航空兵团随着第一军开始攻击，以主力协同第一军、以一部协同第二军及第五师团的行动，特别在适当时机应努力阻止敌主力的退避，要迅速消灭当面之敌航空兵力。[37]

命令下达当日，日军第一军司令官香月清司指挥谷寿夫、土肥原贤二、川岸文三郎和下元熊弥的四个师团，在一个炮兵旅团以及航空兵和装甲兵的配合下，沿着曲阳、定县一线向南突破当面中国守军的阻击，于七日推进到正定城下。

正定，石家庄北面的最后一道屏障。

防守正定城垣的，是商震的第三十二军和鲍刚的独立第四十六旅。日军集中重炮猛烈轰击城防工事，之后惨烈的搏斗在城墙和城门附近展开，双方士兵伤亡都极大，而中国守军始终处于弱势，直到守城部队伤亡过半后，中国守军弃城撤往滹沱河南岸，正定失守。

日军紧追不舍，强渡滹沱河，从三面包围了石家庄。

此时，板垣征四郎的第五师团和关东军察哈尔兵团，已经从察哈尔和绥远分兵两路协同攻入山西北部，山西濒危的局势令第一战区部队相继前往增援。

石家庄已无力可守，中国军队遂决定放弃。

由于第二集团军总司令刘峙先于部队撤退，而且没有在滹沱河上建立可供后续部队通过的任何设施,"以致退却军队的辎重多被抛弃在河的北岸,遍地都是,令人痛惜。有些骡马陷入淤泥中,不能动弹。南逃的老百姓,散在沿河岸,无人拯救,这是平汉线上战局最黯淡的一刻"。——滹沱河虽然水"可徒涉,但河底地质系油沙淤泥,越踩越活,越陷越深,不能自拔……"[38]

依旧是出于对苏联可能对关东军采取军事行动的担心,同时由于上海、山西的两面作战都处在激战中致使日军发生兵力调配上的困难。因此,日军参谋本部命令华北方面军暂时不得越过石家庄和德州一线。

华北战事暂时停歇。

中国军队的数十万守军,一个月内狂退数百里,致使华北大片国土沦落敌手。除了武器装备差等因素外,中国军队指挥能力之低,战略战术水平之劣,各部队协同作战意识之乏,令人悚然!为此,第六战区司令长官冯玉祥愤怒无比:"自涿州撤退至保定总退却止,官不知兵,兵不见官,只知奉命石家庄集合,不知其他。所以一退数百里,将民财骡马拉抢一空。"[39]

负责防御日军主攻方向平汉路的第二集团军总司令刘峙难逃其咎。十月二十六日,国民政府监察院对刘峙提出弹劾案:"豫皖绥靖主任刘峙,怯怯畏死,未经激战,遂下令总退却,一退至石家庄,致使全冀皆失,而豫晋两省交受其祸。今又退至彰德矣。夫自琉璃河至石家庄计里四百余,石家庄至彰德计里亦四百余,是旬日之间,败退几达千里,自古至今,丧师失地未有如是之速者矣。"[40]

刘峙没有受到军法的任何处分,反被蒋介石提升为第一战区副总司令,负责督练后方部队,致使全国舆论一片哗然。

正当国人心情晦暗之时,突然,山西方向传来了捷报:在一个名叫平型关的地方,中国军队赢得了一场对日作战的重大胜利,而作战的主角是共产党的八路军。

于是举国北望:平型关是个什么地方?

第五章
八路军上来了

第六十一军军长李服膺被处决的时候,喊出这样一句话:"不讲理的阎锡山万岁!"

> 车到小东门大校场,李下车距预铺红毡还有两三丈远,就被一枪打倒。据执行人、阎锡山的警卫营连长康增谈,因为前几年枪毙十旅旅长蔡荣寿时,一枪打倒抬回家去,还活了多半天才气绝,所以这次阎锡山特别指示,当场击毙后,执行人须守尸一小时,才许家人收尸。①

李服膺是中日全面开战以来,第一个因丢失防区而被处决的军长。李军长丢失的防区是山西北部的天镇。

平绥路上的南口、张家口相继失陷后,板垣征四郎的第五师团集结于怀来,东条英机的关东军察哈尔兵团集结于宣化,继续向南攻击山西的企图显而易见。只是,中国方面暂时还无法判断其作战方向和计划。

日军进逼山西无非有两种可能:一是在冀西北部与晋东北部交界处的蔚县、广灵发动佯攻,主力沿平绥路西进攻取大同,切断中国军队山西与绥远间的联络;二是在晋东北的天镇方向实施佯攻,主力攻取广灵,切断中国军队山西与河北间的联络。然后,两路兵力即可协同向南直插山西的腹地。

中国军队第二战区制订了兼顾两种可能的作战计划:"本军以利用山地歼灭敌人之目的,以主力配置于天镇、阳高、广灵、灵丘、平型关各地区,以一部控制于大同、浑源、应县附近,以策应各方之战斗,相机转移攻势。"②——这个计划的要点是:无论日军的主攻方向在哪一边,都以局部的死守待援、东或西面的紧急增援,形成夹击日军的战场态势。

为此,司令长官阎锡山将第二战区部队部署如下:

杨爱源部第六集团军第三十三军独立第三旅和第七十三师布防晋东北的广灵;第三十四军第二〇三旅布防广灵以西的浑源,第一九六旅布防浑源西南方向的应县,第七十一师在应县西南方向的岱岳(山阴),新编第二师在平型关以西的砂河。

卫立煌部第十四集团军第八十五师控制平型关以西的大营。

傅作义部第七集团军第六十一军第一〇一师固守晋东北的天镇,第二〇〇旅布防天镇西南面的阳高,独立第七旅布防大同以东地区;第三十五军新编第六旅固守兴和,新编第五旅布防隆盛庄,第二一八旅固守集宁,第二一一旅布防归绥,第二旅和第二〇五旅布防大同至丰镇间。

从北向南,第二〇九旅控制在大同与怀仁间,预备第七十二师控制在应县,第二一五旅控制在雁门一带,独立第一旅控制在平型关,第六十六师控制在太原。此外,在山西、绥远与察哈尔的交界处,骑兵军主力布防在商都、尚义、化德一线。

第六十八军刘汝明部在蔚县一带防御。

第十七军高桂滋部布防广灵。

司令长官部行营进驻雁门关以西的太和岭口村。

但是,令中国军队没有想到的是,东条英机指挥的察哈尔兵团和板垣征四郎指挥的第五师团,从攻击一开始就两路齐头并进,令第二战区无法判断出到底哪个方向是主攻。

九月三日,关东军察哈尔兵团独立混成第十五旅团,在旅团长筱原诚一郎的指挥下自张家口以南的宣化方向出动,向驻守天镇的中国守军第六十一军发动猛烈进攻。李服膺军长指挥的第六十一军刚刚从柴沟堡方向南撤至天镇,各部队仓促间进行了部署,也是一线式的防御阵形:第二〇〇旅的四〇〇团据守天镇附近的盘山制高点;第一〇一师占领盘山以北的罗家山、李家庄以及沿平绥路两侧一直到北山瓦窑口一线的阵地;第二〇〇旅三九九团驻守天镇城防;第六十一军司令部以及四一四团驻守天镇西南方向的阳高县城。

日军显然把攻击重点放在了天镇外围唯一的制高点盘山。武器简陋的中国守军在察哈尔兵团凶悍的攻击面前几乎没有还手之力。日军重炮轰击和飞机轰炸持续不停,第六十一军简单的野战工事被反复摧毁,四〇〇团高保庸营藏身的多处掩体被炸塌,一个营的官兵全被压死在藏兵洞里。日军步兵轮番冲锋,日夜猛扑,中国守军只能依靠弹坑掩护自己,用手榴弹和刺刀抵抗。后方的补给线和联络线被切断,弹药上不来,伤员下不去,支撑整整三天后,阎锡山下令再守三天。四〇〇团团长李生润请求增援,但李服膺军长手里没有预备队,四〇〇团伤亡了五百多人,其他各团也都伤亡在千人以上。最后时刻,李生润团长已无法控制部队,还活着的士兵纷纷后退。盘山失守。

盘山失守的这一天,日军第五师团于天镇以南的蔚县方向开始了突进,其第九旅团攻击广灵,第二十一旅团从广灵西面迂回。在这个方向防御的是刘汝明的第六十八军,该军竟然连日军的影子还没见到就擅自撤退,致使防线如无人之境。汤恩伯急忙命令高桂滋的第十七军前往填补。高桂滋派出的一个团以急行军的速度赶往蔚县,距蔚县还有五里的时候得到消息:蔚县已被日军占领。

战事已起,阎锡山的判断是:日军的主攻方向是大同。于是他策划了一个"大同会战"的方案,即把日军主力引进大同以东的聚乐堡,那里有晋军已经建好的国防阵地,然后调动强大兵力从南北两面对日军实施夹击。为此,他给第六十一军军长李服膺下达了在天镇阻击日军的命令:只要能把日军迟滞在这一带,为调动部队争取到必要时间,"大同会战"计划就可以得到实施。只是,不知阎锡山是否清醒,能够迟滞日本关东军攻击的中国军队,至少在他的第二战区内不存在。

天镇外围制高点盘山失守后,日军直冲而下。除了天镇城中的三九九团外,城外第六十一军布防的部队均被冲垮。接着,日军兵分两路直插聚乐堡。为了增加追击力度,日军甚至动用了预备队。天镇尚在被包围中,身后的阳高城竟然也被日军攻陷了,李服膺军长只好带着司令部再向南撤退。防守阳高城的第六十一军四一四团在守城战斗中伤亡很大,团长白汝庸认为如果巷战持续下去,即使全团战至殆尽城池最后还是守不住,于是召集残部向城外突围,一千多人的团,跟着白团长突出来的仅有三百多人。

阳高陷落,天镇成了一座四面被围的孤城,孤城里的孤军是三九九团。

中国陆军第六十一军第二〇〇旅三九九团,团长张敬俊,全团十二个步兵连,加上机枪连和迫击炮连,总计一千四百余人,从军官到士兵也多是河北、山东和河南人。——中国的北方人有股子拼命的蛮劲。攻击天镇的日军认为,这座孤城里的中国守军不会再守下去了,没有人会在没有任何希望的情况下找死。因此,日军高举着日本旗,列队向天镇城东门走来,仿佛不是在攻击而是准备接管。日军刚一走到城门下,突然遭到来自城墙上方的猛烈射击,队伍瞬间混乱起来。很快,日军的重炮开始轰击城防,坦克也抵近射击,天镇城墙被摧毁,日军的飞机把小城炸成一片火海,接着便是步兵的轮番冲锋。三九九团守军格外顽强,就是找死一般死也不退。战斗持续了三天,三九九团伤亡惨重。天镇县县长劝张敬俊团长不要再守了,因为拼死打下去最终也打不赢,小城里的老百姓在战火中太遭罪了。痛苦万分的张敬俊让团附把残存的部队带走,他要一个人留下来尽军人的职责。官兵们不愿意,表示要走一起走,要死一起死。于是,"九月十一夜间,三九九团有秩序地撤出天镇城"。③

天镇陷落,"大同会战"瞬间成为泡影。

阎锡山命令各部队向大同以南、桑干河南岸的山地转移。

九月十三日,关东军察哈尔兵团独立混成第一旅团未经战斗进入了晋北重镇大同。

大同,平绥、同蒲两条铁路衔接处,"为晋、察、绥之交通要冲"。

恼羞成怒的阎锡山将第六十一军军长李服膺扣押了。

第二战区司令长官部少校副官庞小侠目睹了阎锡山审问李服膺军长的过程,这是一次典型的家族式的审判:

> 十月三日晚上十一点左右,阎锡山在省府大堂审讯李服膺。他坐在中间,谢濂(保安司令)、张建(宪兵司令)、李德懋(原绥署副官长)坐在两边。我那天是值日官。宪兵用汽车把李服膺押来后,阎锡山对李说:"从你当排长起,一直升到连长、营长、师长、军长,我没有对不起你的地方,但是你却对不起我。第一,你做的国防工事不好;第二,叫你死守天镇、阳高,你却退了下来。"说到这里,李服膺插嘴说:"我有电报。"

阎说:"你胡说!"接着又说:"你的家,你的孩子,有我接济,你不要顾虑!"李服膺这时掉下了眼泪,没有再说什么。阎锡山向周围点了一下头,就走了。阎锡山走后,警卫营就带着绳子去捆李。谢濂说:"那只是个样子!"于是没有捆,只把绳子搭在脖子上。记不清是张建还是李德懋问李服膺:"有对家里说的话没有?"李服膺摇了摇头,没说话。之后,就把李押上汽车。李走得很刚骨。④

执行枪毙任务的康连长回来跟庞副官这样说的:"我就用山西造的大眼盒子,一枪收拾了他。"⑤

几乎所有熟悉李军长的人都为他喊冤,尤其是第六十一军官兵。他们认为,天镇、阳高一线战斗惨烈,面对日军重型武器的官兵手里的枪械都是山西造的,导致伤亡十分严重。战斗中,部队既得不到明确指示,又得不到任何支援,就这样把李军长不明不白地枪毙了实在不公平。还有官兵揭露,国民政府出钱修筑国防工事,可第六十一军从太原领到的钢筋、洋灰等材料不足计划的百分之一,据说官员们把修筑国防工事的拨款都贪污了。

天镇失陷后,日军迅猛南下,晋北战场呈现出混乱局面。

局面的恶化,绝不是处决一个军长就能挽救的。

九月十一日,侧翼的日军第五师团从蔚县出动,向广灵方向推进,并以一部向火烧岭一带迂回。汤恩伯命令高桂滋的第十七军第二十一师主力防御广灵城正面,第八十四师在火烧岭一线阻击。十二日,日军向火烧岭中国守军阵地发起攻击,同时向广灵方向的中国守军阵地压迫。十三日,布防火烧岭以西刘家沟的第八十四师四九九团陷于苦战;广灵城正面防御阵地上的第二十一师也处在激战中,四二四团在与日军的肉搏战中伤亡甚重,阵地最终被日军突破;四二三团团长吕超然率部实施反击时中弹阵亡。

日军第五师团于侧翼向南发起的猛攻,令阎锡山从北向南部署的防线出现了倾斜。十三日,阎锡山不得不重新调整部署,重点是调集部队堵住日军第五师团的南下势头,以图稳住整个战场的侧翼。

十四日,日军第五师团的攻击力度丝毫未减,布防广灵方向的第七十三师在以弱对强的阻击中伤亡惨重。阎锡山命令汤恩伯,如果实在守不住防线,可以撤退到广灵以南建立新的阵地。汤恩伯接到命令后,立即命令第七十三师、第八十四师和第二十一师全部撤退。广灵遂被日军占领。

这一天,为了避免战场混乱以及无法遏制的互相推诿,阎锡山划分了各军作战地域以便各负其责。这些地域自大同向南基本呈现出左右两部分:左侧的部队是第六十一军、第三十四军、第十九军、第三十五军,以傅作义为总司令;右侧的部队是第三十三军、第十七军、第十五军,以杨爱源为总司令。第十八集团军、第七十一师和第七十二师为预备队。

日军第五师团第二十一旅团占领广灵后,向广灵以南的灵丘和广灵以西的浑源方向继续追击。十五日,阎锡山严令第七十三师师长刘奉滨在广灵南面的山地坚守,如果再退就军法论处。刘师长率部在广灵以南一个叫直峪口的险要山口挡住了日军第二十一旅团,全师官兵拼死作战,陡峭山崖上的阵地五次失守又五次发起反击而复得,直到刘奉滨师长负伤后,第七十三师才向后转移阵地。

虽然部队节节推进,但师团长板垣征四郎恼怒了:华北方面军命令他率主力折向东,去支援平汉路上的作战。——眼看第五师团推进顺利,如果没有干扰的话,他可以向南直插五台山然后打进太原城,在关东军面前把这个头功抢到手。心有不甘的板垣征四郎下达命令:第九旅团继续占领浑源,第二十一旅团继续攻击灵丘。

二十日,从广灵南撤的第七十三师,因顶不住日军强攻再次南撤,灵丘城被日军占领。

至此,在中国军队晋北防线的右翼,日军已经迫近内长城。

从灵丘再向南,是内长城的一座关口,名叫平型关。

平型关为山西境内内长城南翼之要隘,扼守冀、察入晋之要冲。

此时,阎锡山正在制订一个新的作战计划:把日军放进平型关内加以围歼。即诱使日军通过平型关,深入平型关以西的砂河盆地,然后中国军队从恒山、五台山两面发动夹击,截断平型关要隘,把日军歼灭在滹沱河上游的盆地里。

这个庞大的作战计划看上去气魄非凡:

在平型关的正面,第六集团军指挥第三十三军、第十七军,布防于平型关、团城口南北线上,右起五台山东,北到团城口,依次排列着独立第二旅、第七十三师、独立第八旅,团城口并列着第十七军和第二十一师。以上部队先顽强阻击,然后主动后退,进入五台山隐蔽起来,组成南机动兵团待命出击。

平型关北面,以雁门山、恒山为屏障,除第十五军在恒山外,以第三十四军在北娄口、大小石口、茹越口之间布防,重点是内长城关口茹越口。以第十九军和第三十四军扼守五斗山、马兰口、虎峪口、水峪口直至雁门关、阳方口之间的阵地,重点置于雁门关及其西南方向的代县。第三十五军控制在阳明堡,负责对雁门关实施策应。

在砂河至繁峙之间的决战地带,以第二〇〇旅一部在砂河镇以东占领阵地,对从平型关通过的日军逐次抵抗,诱敌向西南方向的繁峙深入,预备队位于繁峙城的南北线上,以五台山的北台顶、繁峙城垣、恒山为支撑点,将日军吸引到主阵地前。

第三十五军作为机动兵团向代县东进,与第十五军同为北机动兵团,由傅作义指挥,在繁峙的北翼展开,等第二〇〇旅将日军吸引到繁峙主阵地时,南北两个兵团立即发动夹击以全歼日军。

第三十三军第七十三师和第八十五师负责包抄平型关的后路,将日军的后方联络线截断。

阎锡山认为,自己布好了一个口袋阵,保准日军进得来出不去。

毛泽东要求周恩来赶赴太原或大同,会晤阎锡山,协商八路军"入晋后各事",包括"活动地区、作战原则、指挥关系、补充计划"等。⑥九月七日凌晨,周恩来、彭德怀、徐向前赶到了位于雁门关附近太和岭口的阎锡山指挥部。此刻,山西战场的对日作战已经没有退路,但与日本人打仗阎锡山还没有把握。周恩来劝导阎锡山:"日本军国主义是可以打败的,虽然目前是敌强我弱,但打下去,必然使敌人一天天弱下去,我们一天天强大起来。"⑦阎锡山向共产党方面告知他的作战计划,周恩来建议阎锡山"不要单纯死守雁门关,而应主动出击,实行侧击和伏击来破坏日军的进攻计划",明确表示八路军第一一五师可以"配合友军布防平型关一带"。⑧

毛泽东致电彭德怀:

> 阎锡山现在处于不打一仗则不能答复山西民众,要打一仗则毫无把握的矛盾之中,他的这种矛盾是不能解决的。你估计他放弃平型关,企图在砂河决战的决心是动摇的,这种估计是完全对的。他的部下全无决心,他的军队已失战斗力,也

许在雁门关、平型关、砂河一带会被迫地举行决战,然而大势所趋,必难持久,不管决战胜败如何,太原与整个华北都是危如累卵。⑨

后来的晋北战局证明,毛泽东的预见和判断是正确的。

阎锡山的作战计划最令人困惑之处在于:凭什么判断日军的主攻方向只能是平型关?如果日军的主攻方向不是平型关,全盘依此部署的作战阵势将如何紧急应对?另外,平型关是著名的关隘和天险,是阻击日军的有利地形。从山西最北部的天镇、广灵一路退下来后,第二战区司令长官部不断地命令部队重建阻击线,以阻止日军继续向南推进的势头,现在已经退到了阻击最有利的天险关隘,为何反而放弃不守要退到关内的砂河盆地里决战?最后,如果把日军放进平型关,一旦预计的围歼无法达成,部队如何迅即部署才能确保太原的安全?

尽管共产党方面对阎锡山诱敌深入的作战设想不敢苟同,但与其协同作战保卫晋北要地的决心是坚定的。

八路军政治部主任任弼时说:

> 山西自雁门关以南,井陉、娘子关以西系高原多山地区,对保卫华北,支持华北战局,有极重大的意义。敌人要完成其军事上占领华北,非攻占山西不可。如山西高原全境保持我军手中,则随时可以居高临下,由太行山脉伸出平汉北段和平绥东段,威胁敌在华北之平津军事重地,使敌向平汉南进及向绥远的进攻感受困难。故山西为敌我必争之战略要地。⑩

彭德怀与阎锡山商定,位于日军第五师团攻击方向的平型关以及位于关东军察哈尔兵团攻击方向的茹越口和雁门关,都要派出强有力的部队防守,八路军第一一五师可以在日军攻击平型关时于日军的侧后出击,第一二〇师可以在日军攻击雁门关时于侧翼出击。

八路军决心在晋北与日军面对面地打上一仗。

但是,在平型关前线指挥作战的第六集团军副总司令孙楚反对阎锡山的作战部署。他认为,日军的主攻方向依旧是关东军察哈尔兵团直指的雁门关,而不是平型关,当前向灵丘进攻的日军第五师团不过是起牵制作用的助攻。据此,孙楚不同意将日军第五师团放进平型关内来,而主张以第十七军和第三十三军以及进入平型关附近的八路军第一一五师,扼守平型关和团城口,相机出击,配合雁门关方向的主战场。第六集团军总司令杨爱源同意孙楚的见解。

听了杨爱源的当面陈述后,阎锡山批准了孙楚的计划,决定固守平型关和团城口一线,将第十七军第二十一师向北延,与布防恒山的第十五军阵地连接,掩护恒山的东翼。——此时,恒山已成为日军占领冀、察、晋三省的战略中枢。

孙楚按照新的作战计划向各部队发出指令,但是第十七军军长高桂滋却对孙楚的部署极为抵触,他是唯一赞同阎锡山把日军放进平型关的前线将领,理由很明显:他的第十七军处在与平型关并行的团城口,面对日军的进攻首当其冲,如果按照阎锡山的作战计划,他的任务是不必死守,只要打一下跑进恒山里就行了。高桂滋的抵触对于后来的战局演变成为一个巨大的隐患。

二十一日,日军第五师团第二十一旅团旅团长三浦敏事,率领第二十一联队第三大队和配属的第十一联队第一大队,从位于晋东北的灵丘出发,沿着灵丘通往平型关的公路,追击仍在后撤的中国军队第七十三师。

这一天,中国空军在山西参战了。中国空军前敌总指挥周至柔电告阎锡山,空军编组了支援山西作战的四个飞行中队,指挥所设在太原,以洛阳、西安、南阳机场为基地,以太原、临汾、长治为前进机场。就在日军第二十一旅团发起攻势的时候,关东军飞行第十六联队的十五架战斗机,掩护第十二联队的八架重型轰炸机,轰炸了太原城。中国空军第二十八中队队长陈其光率领七架驱逐机迎击,将日本陆军视为"军宝"的第十六联队第一大队队长三轮宽少佐所驾驶的九五式战斗机击伤。该机在太原附近的农田中迫降,爬出机舱的三轮宽被当地农民打死。

除了这个令阎锡山兴奋的好消息外,还是这一天,日军第二十一旅团在向前攻击的时候,首先遭遇奉命破坏公路的中国守军一个营,日军苦战了大半天才得以摆脱。接着又遭遇了第十七军第八十四师的一个营,又苦战了大半天,好不容易推进到平型关面前时,被中国守军第三十三军独立第八旅六二三团所阻。

二十三日,攻击平型关不成的日军,开始转攻旁边的团城口。第十七军五〇二团团长在战斗中身负重伤。在日军迂回东、西跑池南北高地的时候,独立第八旅防守高地的两个连全部阵亡,高地遂被日军占领。孙楚命令第十七军再投入两个团、第七十三师一部和独立第八旅的一个团同时向日军实施反击。下午,中国守军反击成功,东西跑池及其附近高地阵地失而复得。

尽管日军对平型关的攻击规模并不强大,但终究是敌人已经攻到天险隘口前了。阎锡山十分紧张,他动用了预备队,命令第七十一师附新编第二师共八个团向东西跑池、小寨方向迂回,以形成对日军的侧击;第七十二师和第三十五军的两个旅作为出击预备队,由傅作义担任出击总指挥。

这一天,南京大本营收到的来自山西前线的战况报告是:

> 敌人一旅团,坦克车、(装)甲车各二十辆,昨夜十时起向平型关、团城口攻击。我独八旅、八十四师出击应战。敌向蔡家峪(团城口以东)溃退。我七十一师本晚已抵大营(平型关以西)。第八路军定明拂晓由上寨村、冉庄村(灵丘南山中)向敌出击。二十一师、十五路(为)接续部队。本午有敌八百余向小窝单、讲堂村攻击。应县、浑源大道有敌千余向东移动。战事决在平型关外决战。⑪

阎锡山从太和岭口前线指挥部致电第十八集团军总指挥朱德:"我决歼灭平型关之敌,增加八个团兵力,明拂晓可到,希电林师夹击敌之侧背。"⑫

"林师",即林彪指挥的八路军第一一五师。

共产党领导的抗日队伍,第一次以正规部队的名义,加入在国民政府军事委员会统辖的战斗序列里,奔赴抗日战场参战了。

根据八月二十二日国民政府军事委员会颁布的国民革命军第八路军的改编命令,八月二十五日中共中央发布的红军改编命令,第八路军之第一一五、第一二〇和第一二九师的编制序列是:

第一一五师,由红一方面军第一、第十五军团和陕南第七十四师改编,师长林彪,副师长聂荣臻,参谋长周昆,政训处主任罗荣桓,副主任肖华。辖第三四三旅(六八五团、六八六团),旅长陈光,副旅长周建屏;第三四四旅(六八七团、六八八团),旅长徐海东,副旅长黄克诚;独立团和三个直属营。全师一万五千五百人。

第一二〇师,由红二方面军第二、第六军团和陕北红军第二十七、第二十八军,独立第一、第二师,赤水警卫营、总部特务团各一部改编,师长贺龙,副师长萧克,参谋长周士第,政训处主任关向应,副主任甘泗淇。辖第三五八旅(七一五、七一六团),旅长张宗逊,副旅长李井泉;第三五九旅(七一七团、七一八团),旅长陈伯钧,副旅长王震;教导团和五个直属营。全师一万四千人。

第一二九师,由红四方面军第四、第三十一军,陕北红军第二十九、第三十军,陕甘宁独立第一、二、三、四团和第十五军团骑兵团改编,师长刘伯承,副师长徐向前,参谋长倪志亮,政训处主任张浩,副主任宋任穷。辖第三八五旅(七六九团、七七〇团),旅长王宏坤,副旅长王维舟;第三八六旅(七七一团、七七二团),旅长陈赓,副旅长陈再道;教导团和五个直属营。全师一万三千人。

后方总留守处主任肖劲光。

八路军总部直属队约三千人。

全军总计约四万六千人。⑬

为了加强党对抗战时期军事工作的领导,中共中央政治局洛川会议决定,成立新的中共中央军事委员会,毛泽东为书记(实际称主席),朱德、周恩来为副书记(实际称副主席)。成立前方军委分会(后称华北分会),朱德为书记,彭德怀为副书记。十月,中共中央决定成立军委总政治部,任弼时为主任,恢复了一度取消的政治委员制度,聂荣臻、关向应、张浩分别为第一一五、第一二〇和第一二九师政委,肖华、黄克诚、李井泉、王震、王维舟、王新亭分别为第三四三、第三四四、第三五八、第三五九、第三八五、第三八六旅政委。撤销了各级政训处,恢复了师、旅两级政治部。中国共产党还在南京、武汉、西安、重庆、太原、广州、迪化(今乌鲁木齐)等地成立了八路军办事处,在长沙等地成立了八路军通讯处。

改编不是问题,问题是改编后以何种方式参战,以何种策略作战。

八路军所辖的三个主力师,加上直属与后方部队,总计不过四万多人,从军事上讲,即使全部投入战场,对于偌大国土上的全面对日作战而言,影响只能是局部的。而在共产党方面看来,如果没有正确的作战方略就盲目参战,等同于自我蹈火。为此,毛泽东明确表示,改编后的八路军要扬己之长、避己之短,长处在于有游击战的丰富经验,短处在于兵力有限武器简陋。因此,八路军能够采取的作战方略只能是"独立自主的分散作战的游击战争",只有这样才能最大限度地打击敌人同时保存自己,才能对抗日战争做出中国共产党人的贡献。

八月一日,毛泽东就八路军的作战原则进行了如下阐述:

> 关于红军作战,依当前敌我情况,我们认为须坚持以下两原则:
>
> (甲)在整个战略方针下,执行独立自主的分散作战的游击战争,而不是阵地战,也不是集中作战。因此,不能在战役战术上束缚。只有如此,才能发挥红军特长,给日寇以相当打击。
>
> (乙)依上述原则,在开始阶段,红军以出三分之一的兵力为适宜,兵力过大,不能发挥游击战,而易受敌人的集中打击,其余兵力依战争发展,逐渐使用之。⑭

八月五日,当朱德、周恩来、叶剑英受蒋介石密邀赴南京参加国防会议时,毛泽东请他们将八路军的作战任务与兵力使用原则告知南京方面,以使国共双方对于八路军的对日作战具有共识性的准确定位:一、"总的战略方针暂时是攻势防御,应给进攻之敌以歼灭的反攻,决不能是单纯防御,将来准备转变到战略反攻,收复失地";二、"正规战要与游击战相配合,游击战以红军和其他适宜部队及人民武装担任之,在整个战略部署下,给与独立自主的指挥权";三、"担任游击战的部队原则上应分开使用,而不是集中使用";四、"依现实情况,红军应以三分之一兵力,依冀、晋、绥四省交界地区为中心,向着沿平绥路西进及沿平汉路南进之敌执行侧面的游击战,另以一部向热冀察边区活动,威胁敌人后方(兵力不超过一个团)";五、"要发动人民的武装自卫战,这是保证军队作战胜利的中心一环"。⑮

八月十日,毛泽东致电八路军总部参谋处处长兼八路军驻太原办事处主任彭雪枫,就八路军作战问题进行了更加详细的阐释:

> ……同各方接洽,在积极推动抗战的总方针下,要有谦逊的态度,不可自夸红军长处,不可说红军抗日一定打胜仗,相反要请教他们各种情况,如日军战斗力、山地战、平原战等等红军素所不习的情形,以便红军有所依据,逐渐克服困难。不

可隐瞒红军若干不应该隐瞒的缺点,例如只会打游击战,不会打阵地战,只会打山地战,不会打平原战,只宜于在总的战略下进行独立自主的指挥,不宜于以战役战术上的集中指挥束缚,以致失去其长处。这些都应着重说明……⑯

根据国共双方达成的协议,八路军划属中国军队第二战区,由战区司令长官阎锡山统辖。

共产党领导的八路军出发了。

日本人、蒋介石和阎锡山,三方的心绪都很复杂。

日本是一个反共国家,其军国主义者在发动对中国的侵略战争时,其中一个重要的借口,也是诱使国民党妥协的筹码,就是彻底铲灭中国共产党。抛开政治因素,日本对中国共产党人的顽强不屈有深刻的了解,深知日本军队与国民党军队作战,不必有太多顾虑,但如果与共产党军队直接作战,那就另当别论了。日本驻北平特务机关长松室孝良,在一九三六年秋所作的秘密报告中,曾经特别警告日本当局,在中国,日本军队的真正"大敌",是共产党领导的武装力量,因为这支军队尽管人数不多但能量惊人,中国共产党人是一个不能用常规逻辑解释的群体:

> 共产军之主力,现虽返还陕北,然有袭入察绥向满洲联苏抗日之危虞,此帝国不可忽视者也。此种红军,实力雄厚,战斗力伟大,其苦干精神,为近代军队所难能,其思想极能浸渍民心。以中国无大资本阶级,仅有小的农工阶级,即被煽惑,竟由江西老巢绕华南华中华西趋华北,转战数万里,备历艰辛,物质上感受非常压迫,精神反极度旺盛。此次侵入山西,获得相当之物质,实力又行加强。彼等善能利用时势,抓着华人心理,鼓吹抗日,故其将来实力不容忽视。中国大部分青年,鉴于国内政治腐化,军事经济之乏更生希望,政府之无抗日决心,退让无止境之主义,于彻底抗日之共同目标下,抗日图存收复失地号召下,纷纷加入共党,甘为共产军之前锋,潜伏华北,积极活动,并与在满红军取得联络,将来之扩大充实,亦为帝国之大敌。

> 以共产军之实质言,实为皇军之大敌。世界各国军旅,无

不需要大批薪饷、大批物质之分配与补充,换言之,无钱则有动摇之虞,无物质更有不堪设想之危。共产军则不然,彼等能以简单的生活,窳败的武器,不充足之弹药,用共产政策,游击战术,穷乏手段,适切的宣传,机敏的组织,思想的训练,获得被压迫者的同情,实施大团结共干硬干的精神,再接再厉的努力,较在满的红军尤为精锐。此等军队,适应穷乏之地方及时零时整之耐久游击、耐久战术行军,则适其于将来不能速战速决物质缺乏之大战,极为显著,故皇军利于守而不利于攻,应严防其思想之宣传,及不时之游击与出没无定扰攘后方之行军。⑰

可以想见,当听到中国共产党领导的武装力量与国民党领导的军事力量即将联合抗日的时候,日本人会是一种什么样的心境。

尽管接纳共产党是蒋介石面对严峻的民族危机做出的明智选择,但无论如何这一选择于他是迫不得已的。有一点他很清楚,如果八路军直接与日军作战,那么,他用了十年时间都没有达到的消灭共产党武装力量的目的,强大的日本军队或许能够帮他达到。只要八路军被推到战场的最前沿,武器装备十分简陋的红军即使不被彻底消灭也会遭到重创。因此,自红军接受改编之日起,蒋介石就不断地催促八路军赶赴平绥路前线。而八路军从其驻扎的陕北进入华北,必须通过阎锡山的地盘。为此,蒋介石专门致电阎锡山,口气如同一个下级在请示上级:

急。阎副委员长勋鉴:共军要求在韩城附近渡河,在同蒲线以西地区行进,至绥远集中,以便给养与行动迅速。可否照办?请速示复。中正叩。⑱

阎锡山一贯奉行的是除了他的势力外谁也别想染指山西的政策。但是,现在有三股力量同时进入了他的地盘:蒋介石、共产党和日本人。在阎锡山看来,这三股力量都是他的敌人,可他无力消灭其中的任何一方。如何在抗日又不公开与日本人拼杀,拥蒋又能始终保持山西的独立,联共又不真的与共产党人合作的分寸中取得平衡呢?

阎锡山说:"我是在三颗鸡蛋上跳舞,踩破哪一颗都不行。"⑲

在中国的地方军阀中,阎锡山与日本的关系最为密切。自一九〇九年从日本陆军士官学校毕业后,他一直与日本保持着极为友好的联系。一九一七年,他从日本购买了一个炮兵营的装备;一九一九年至一九二〇年间,他两次邀请中国驻屯军高级军官访问山西;一九二八年,张作霖的顾问土肥原贤二到访山西时,受到他极为热情周到的接待;一九三〇年,在与蒋介石进行的中原大战中败北后,躲避在大连的他受到日本人的精心庇护;一九三一年,在日本飞机的护送下他重回山西。阎锡山在山西的日子过得很不错,他对自己是全国皆知的亲日派颇为自得:"在中国会走日本路线的,只有我阎锡山一个人。"[20]中日关系紧张起来之后,现在率第五师团攻击平型关的板垣征四郎曾对阎锡山的部下说过:"只要阎锡山不作一切抗日准备,永远与日本亲善友好,日本今后对他仍然尽力支持,给予应有的帮助。"[21]阎锡山自己也认为:"华北纵然被日本打进来,山西境内也不会发生什么战事。"[22]

然而,日本人的企图是,把河北、山东、山西、察哈尔、绥远五省从中国的版图中分离出去。日方多次派代表来山西,企图利用与阎锡山的亲密关系,利用阎锡山与蒋介石的矛盾,拉拢阎锡山出面充当日本制造的"华北五省自治"政府的头面人物。但是,日本人意外地在阎锡山那里碰了钉子。阎锡山不是个糊涂人。除了作为中国人在民族大义上所秉持的基本底线外,他认为日本人严重地损害了他的利益。阎锡山将山西盛产的煤炭和铁矿运往日本,交换来大型工厂和其他机械设备,在山西建起了一个庞大的工业体系,这一体系需要巨大的市场来维系。可是自日军占领平津后,山西销往华北的煤炭已被日本人截断,支撑山西经济的棉花销售也受到了日货的冲击。日军占领热河后,把山西商人全部赶走,彻底损害了山西钱庄和商人在热河的经济利益。更严重的是,日军相继侵占绥远和察哈尔一带,南下进入山西的企图十分明显。所以,摆在阎锡山面前的要害问题是,他必须要保住自辛亥年间成为山西大都督后苦心经营了二十多年的山西地盘:"你们看看九一八的东四省(辽宁、吉林、黑龙江、热河),现在的察北,在这种情势下,要不想叫人把自己的财产抢了,除过这一块土上的人大家起来抵抗死守,还有什么好法子?"[23]

阎锡山与日本人翻脸了。

阎锡山是个喜欢自己创造名词、思想和理论的人。自决心抗日后,他提出的最著名的口号是"守土抗战"。阎锡山对这一口号的解释是："以反侵略反畏缩的意义,站在整个国家责任立场上,纯论是非、不顾成败的抗敌行为。"阎锡山不下决心便罢,下了决心就表现得十分强硬,声称："我已抱定决心,不惜牺牲性命,为救山西。但同时我也要擒住山西人,与我一块牺牲。"[24]他训练山西的官员、民众和学生,组建起一支一万多人的"预备军官团",同时大量吸引华北各省的爱国学生进入山西的军官学校,以至于太原大街上的人"至少有一半穿着军装"。阎锡山认为,他的晋军向来以"守"闻名,于是他提出的又一个口号是："能守住就能存在"。为了表示自己的抗战决心,他把父亲留给他的八十七万元遗产以他母亲的名义捐给了绥远前线。在阎锡山的带动下,晋军军官们纷纷捐款,山西的民众和学生也发起了节衣缩食运动支援抗战。

城府极深的阎锡山看待任何事,都如同面对一本需要分析的商业账目。他说他无论干什么都必须顾到"利"："以我们守土抗战说,是地方长官义不容辞的责任,应当尽力而为之,成功是成功,失败也是成功,不容返顾。当汉奸,国人共弃,是义所不当为者,失败是失败,成功也是失败,不容尝试。收复失地,是以成败定是非。成功是成功,失败是失败,必须审慎,到能成功的时候,才可为之。要是不估计我们的力量,和守土抗战认为同样的路线,孤注一掷,那就不但不能收复东四省,恐怕连华北华南也要失掉!要知道当敌人进攻东四省的时候,我们和他拼命,是个义;现在想得收复失地,必须顾到利。"[25]

谁能真正读懂这个说话擅长绕来绕去的阎锡山?

唯一可以肯定的是,阎锡山顾不了别处,但要为自己的地盘尽"义不容辞的责任"。

阎锡山与蒋介石之间的貌合神离人所共知。一九三六年二月,在中央红军发动东征战役,从陕北大举进入山西后,阎锡山与蒋介石的矛盾逐渐激化。一心想吃掉阎锡山的蒋介石,以阎锡山请求军事支援为借口,立即任命陈诚为"剿匪"总指挥,同时派出自己的嫡系部队星夜疾驰进入山西。红军回师之后,蒋介石的部队不但赖在山西不走,蒋介石还利用各种手段拉拢晋军将领,使他们与阎锡山离心离德。对此,阎锡山不惜动用了非常手段,靠收买卫士将投靠蒋介石的晋军将领暗杀了——"我不亡于共,亦要亡于蒋。"[26]阎锡山对蒋介石最大的不满,是当日军威胁山西的企图已趋明显时,蒋介石在援助绥远的问题上态度消极。一九三六年夏,阎锡山认定"绥远、晋北是日之在所必取",如不守,这里会成为另一个"满洲国",守则需要"强大之兵力与坚固之工事",因此希望南京政府给予支持。为此,他甚至同意"将晋绥军队与国家财政统归中央",可蒋介石只是一再命令他出兵陕北"围剿"共产党武装。显然,阎锡山已经算计出,此刻对于他的山西来讲,日本人的威胁为当务之急。他回复蒋介石:钧座可以另派部队,晋军决不出兵陕北。阎锡山知道他的山西"要有绝大的危难",而依靠蒋介石解山西之危几近幻想。所以,他"决心自己牺牲一切,能救几分救几分"。㉗

毫无疑问,阎锡山对共产党不但充满惧怕,也充满仇恨,特别是共产党武装长征到达陕北之后,与他的山西一河之隔,令他更加万分警觉。他在山西组织了一个庞大严密的"防共"网,制订了各种各样的"防共"措施,命令"所有各县境内暗通共党及扶助共党危害地方之人民,应即严拿立予枪毙"㉘。阎锡山的悬赏令是:"一、凡在省会拿获确有证据之共产党者,每名赏大洋一百元;二、拿获共探者每名赏大洋二百元;三、通风报信因而拿获者,每名赏大洋五十元;四、赏洋立时向绥署领取。"㉙悬赏令一下,山西全省草木皆兵,为了领赏,乞丐、行旅和小贩都成了共产党,甚至身上发现了红线、红布条者也会被当即逮捕。由于"嫌疑犯"杀得太多,连阎锡山自己都承认"各县办理此种案件,不免有草菅人命之情事"㉚。但是,对于中国共产党坚定的抗日立场,阎锡山既是确信不疑的又是己所急需的:"东北失守后,张学良退出东三省,坚持抗战的都是共产党,没有一个国民党,假如日本人打进山西来,山西抵抗不了,蒋介石也抵抗不了,怎么办?"㉛希望保住地盘的阎锡山开始考虑联共问题,他认为借助共产党的力量或许是保存自己的一条出路。信奉"存在就是一切"的阎锡山不再提"防共"了,转而提出山西的第一政策是清除汉奸。一九三六年九月,尽管明知有共产党地下组织的支持,他还是宣布以动员山西民众抗日为宗旨的"牺牲救国同盟会"成立,并亲任会长。阎锡山表示:"和平的确到了绝望的时候,牺牲确已到了最后的关头。"看到了阎锡山的转变,共产党人托晋军第六十六旅三九二团团长郭登瀛给他带来了毛泽东的亲笔信。毛泽东在信中劝解阎锡山:"救国大计,非一手一足之烈所能集事。敝军抗日被阻,然此志如昨,千回百折,非达目的不止,亦料先生等终有觉悟的一日。"㉜共产党方面表示,愿意与阎锡山达成谅解,联合一致共同抗日。出于内心的不踏实,阎锡山召集将领和幕僚们举行了一次"民意测验",题目是:如果日本进攻绥远,是中立好,还是帮助日本人打共产党好?还是联合红军抗日好?阎锡山要求当即不答,给出审慎思考的时间。——"数日后开会表决,到会三十八人,以三十一对七票成决议,赞成联合红军抗日。"㉝

历史在某一时刻会突然变得令人惊愕:昨天还在血拼的不共戴天的两军,今天成为需要协同作战的盟者。坐在阎锡山客厅里的共产党人,周恩来自不必说,彭德怀和徐向前都是与国民党军队血拼的悍将。此时此刻,阎锡山绝不会想到,仅仅十年后,正是面前的这两个共产党将领共同指挥了攻击他老巢的太原战役,将他和他指挥的国民党军赶出了他至死也没能再见一面的山西。

平津相继失陷后,阎锡山到南京接受了第二战区司令长官的任命。在南京期间,他聆听了周恩来代表中国共产党在国防会议上发表的对抗日战争战略意见。回到寓所后,阎锡山对随员说了这样一句话:"非打不行了!不打,共产党不答应!"㉞

共产党武装已经进入他的地盘,因此阎锡山对共产党方面格外在意。

晋北战局的恶化速度大大出乎阎锡山的意料,不到一个月的时间日军就从绥远一直打到了内长城脚下,已经逼近太原。

阎锡山希望八路军能够发挥作用,凭他以往与共产党武装作战的经验,他知道八路军能够起到作用。

"八路军上来了!"的消息迅速传遍全中国。

尽管换上国民党军的帽徽的时候,红军官兵的思想出现了波动,但经过耐心的讲解工作以及给每个官兵发了一枚"红军十年艰苦奋斗"奖章,红军官兵打鬼子的热情不断高涨起来。

一九三七年八月二十二日,八路军第一一五师三四三旅作为先遣部队从陕西三原出发,该师第三四四旅和直属部队相继跟进,于韩城东渡黄河;第一二〇师于九月三日从陕西富平出发,紧随第一一五师于韩城东渡黄河;第一二九师作为第二批出动部队移驻富平,并准备于九月三十日出发。八路军集结于晋北,一是因为这里是其从陕北开赴抗日战场最便捷的地方;二是因为晋北复杂的地形不利于日军坦克大炮等重武器作战,却有利于八路军发挥其山地游击战的优势。九月二十一日,朱德、任弼时、左权、邓小平等率八路军总部进抵太原。

八路军出发前,在陕西泾阳县的云阳镇召开了抗日誓师大会。会场上挂着"为保卫国土流尽最后一滴血"的标语,老百姓把会场外围挤得里三层外三层,很多人趴在树枝和屋顶上。在朱德的带领下,八路军官兵把《八路军出师抗日誓词》复诵得震天响:

> 日本帝国主义,是中华民族的死敌,它要亡我国家,灭我种族,杀害我们父母兄弟,奸淫我们母妻姐妹,烧我们的庄稼房屋,毁我们的耕具牲口。为了民族,为了国家,为了同胞,为了子孙,我们只有抗战到底。
>
> 我们是工农出身,不侵犯群众一针一线,替民众谋福利,对友军要亲爱,对革命要忠诚。如果违反民族利益,愿受革命纪律的制裁,同志的指责。谨此宣誓。[35]

八路军出发了。

正是收秋的日子,沿途的大道两边,老百姓摆着茶壶茶水和干粮鸡蛋。前方不断传来日军仍在向南推进的消息。过黄河的时候,八路军官兵默不作声,想起了去年红军东渡黄河时牺牲在这里的战友,船工的号子在沉寂的天地间此起彼伏。

八路军行军到达同蒲路,阎锡山派出的火车已在侯马车站等候。官兵们转乘火车一路向北,铁路两边开始出现躲避战火的难民了,官兵们知道离作战前线越来越近了。

第一一五师第三四三旅六八五团团长杨得志率领部队乘火车抵达太原车站时,已是午夜。杨得志奉命去城里的一个晋军招待所找到他的师长林彪并接受任务。太原城门紧闭,杨团长通过城门后,不认识城里的路,只好雇了辆黄包车。拉车的是个骨瘦如柴的老人,杨团长不忍心坐。可老人听说是八路军,不但愿意拉,而且怎么也不收钱。杨团长说,这不是车钱,是我们请您老人家吃顿饭,老人掉了眼泪。

见到师长林彪,林彪表情严肃:原定的作战计划有变。

根据中共中央政治局洛川会议决议,八路军的基本任务是:创建抗日根据地,钳制与消耗敌人,配合友军作战,保存和扩大自己。战略方针是:独立自主的山地游击战。作战区域是:冀、察、晋、绥四省的交界地带。当时毛泽东的设想是:把八路军的三个师集中使用,放在恒山山脉之中以开辟根据地。但是,现在敌情发生了变化:平汉路和津浦路上的日军推进到了石家庄和德州一线,平绥路上的日军占领大同后正沿着同蒲路南下,其第五师团更是南下到了平型关附近,中国军队第二战区部队已全面退守至平型关、雁门关内长城一线。毛泽东的判断是:日军采取的是大迂回战术,企图夺取太原,威胁平汉路的侧背,进而实现夺取华北五省的目标。因此,中共中央决定,改变八路军集中配置恒山地域的原定部署,改成配置于山西的四角:第一二〇师转至晋西北地区;第一一五师进入恒山山脉南段并准备逐渐南移太行山和太岳山方向;第一二九师进至以吕梁山为依托的晋西南地区。这样的变更,能够对日军占领的中心城市和主要交通要道形成包围态势,可以保持八路军在战略上的主动,有利于山地游击战的开展,也有利于配合友军机动作战。但是,阎锡山集中兵力于平型关与日军决战的计划已定,并要求八路军出击日军的侧背。为了完成第二战区交代的作战任务,除命令第一二〇师进至雁门关以西地区,侧击由大同南下的关东军察哈尔兵团以策应平型关外,八路军第一一五师还必须立即向平型关前进,迅速派出侦察分队侦察敌情和地形,准备投入作战——毛泽东曾明确说过,八路军"不打硬仗",但是,即将发动的平型关一战,无论采取什么形式作战,都已超出了"山地游击战"的范畴,都将是一场与日军面对面的硬仗。

第一一五师转向平型关方向急速前进。

从太原乘火车继续往北,没走多远就遭到日军飞机的轰炸。待列车开到原平车站时,铁路被炸毁了,而这里距平型关尚有一百多公里。心急如焚的阎锡山立即派出一个汽车团前往接应。这个汽车团是阎锡山的宝贝,全团清一色的美式卡车——阎锡山不惜一切也要把八路军运送上去。杨得志团长坐在一辆卡车的驾驶室里,司机是个在国民党军中服役多年的中年汉子,他的过分客气让杨得志感到很不自在,后来杨团长才明白了这个国民党老兵客气的原因:

最后一次"围剿"你们,我就开车到了江西。后来,你们长征——我们长官说叫"西窜"——我又开车跟过你们,不久前才调到山西来的。我开车,没打过仗,可见过你们。我曾想跑到你们那里去,可又一想:共产党没有汽车,我又不会打仗,去送死呀?你想,我被抓来当兵,家里上有爹娘,下有老婆孩子,我死了他们咋活?现在,我虽然活着,但也不知道他们还喘气不喘气哩!这回好了。共产党和国民党不打仗了,大家一块打日本鬼子,打完日本鬼子我就可以回家了。我不是当着您说好听的,要真的正儿八经打鬼子,还得靠你们呀!要是我跟着你们,让鬼子打死了,那也不屈。中国人嘛,还能让个小东洋欺负着?㊱

第一一五师赶到了平型关以西的大营,在那里撞上了从前线下来的溃兵,一问是从灵丘方向一路退下来的。第一一五师的战士拦住了他们,溃兵们指手画脚地向八路军形容日军的火力如何猛烈。

日军板垣征四郎的第五师团正向平型关直扑而来。

平型关,位于晋北繁峙县的东北方向,自古为交通要冲。其西面是恒山,东面是太行山,两山之间纵贯一条大道,即蔚代(蔚县至代县)公路。沿着这条公路,从蔚县以南的灵丘至平型关约三十公里。公路的两端地势较为平缓,只有小寨村至老爷庙一段地势险峻:两山夹着一条沟,沟深十至三十米,宽十至二十米,两侧陡壁如削——只要进入沟内,兵力和火力都难以展开,是个伏击歼敌的好战场。

此时,日军第五师团由浑源、灵丘和涞源分三路由东向西攻击,三路日军相距较远,攻击平型关的日军约为一个旅团的兵力。板垣征四郎深知平型关地势险要,因此在这个方向采取的是正面逼迫、侧翼强攻的战术,即用小部队抄小路插入平型关的侧后,以威胁正面阻击的中国军队。具体部署是:第二十一旅团旅团长三浦敏事率三个大队实施正面攻击,第二十一联队队长粟饭原秀率两个大队偷袭平型关侧后。

中国军队平型关地区作战方案由第七集团军总司令傅作义、第六集团军总司令杨爱源以及第十八集团军第一一五师联络参谋一起商定,并由第六集团军总司令部发布:正面主攻部队为第七十一师附新编第二师。第七十一师一个团自团城口至2141.96高地间沿着山麓向东再向南迂回,以团城口北面的蔡家峪、小寨为攻击目标;两个团由2141.96高地至西河口之间向东攻击,掩护团城口正面攻击部队的左侧,截断日军向北撤浑源之路,以平型关以北的王庄堡为攻击目标;一个团为预备队,由团城口附近前进。第十七军第八十四师固守平型关正面原阵地。独立第八旅以一部协助第七十一师攻击,以辛庄为攻击目标。八路军第一一五师担任敌后各地之攻击,以团城口以东的东河南至团城口以北的蔡家峪为攻击目标。

二十四日,傅作义进驻平型关以南的大营指挥部。

应该说,中国军队的作战计划是一个很不错的局部围歼计划,即正面高桂滋的第十七军第八十四师死守不退,同时确保平型关侧翼在我手中,等日军进入平型关后,由林彪的第一一五师和郭宗汾的第七十一师两面夹击,将进入险要地段内的日军全歼。其要点是:正面要守住,出击要迅猛,配合要默契,歼敌要果断。

二十三日,第一一五师召开了连以上干部会议进行战前动员。晚上,师部率主力推进到平型关东南十五公里处的冉庄地区。二十四日,林彪和副师长聂荣臻根据地形勘察结果,确定在平型关东北方向的关沟至东河南村之间长约十三公里的公路两侧设伏。其部署是:以第三四三旅的两团担任主攻,其六八五团占领关沟至老爷庙以东高地,截住敌人的先头部队;六八六团占领小寨至老爷庙以东高地,分割歼灭沿着公路开进的日军,尔后协助六八五团向平型关以西东跑池方向发展。以第三四四旅六八七团占领西沟村、蔡家峪、东河南村以南的高地,断敌退路,阻敌增援;以六八八团为预备队,置于东长城、黑山村附近。师独立团和骑兵营插到灵丘、涞源、浑源之间地区,钳制和打击增援平型关之敌。

午夜,第一一五师在黑暗中冒着倾盆大雨向平型关开进,拂晓前全部进入阵地。

但是,就在第一一五师官兵向阵地前行之时,担任平型关正面阻击任务的第八十四师擅自放弃了阵地。

防守平型关正面阵地团城口的第八十四师,始终承受着日军的强大攻势,残酷的阻击战几乎一直未停,以致军长兼师长高桂滋不断地求援。第八十四师由原属西北军的陕军一部演变而来,在历史渊源上与阎锡山的晋绥军没有太多的关系。此次编成战斗序列时,在阎锡山和他的晋绥军将领们看来,第八十四师是"半嫡系的准中央军",即他们通常所称的"客军",既然是客就不是自家人——中国地方军阀间相互排斥和彼此掣肘的恶习,在战场上影响胜负的关键时刻再次显露出只管自己不顾其余的顽劣。高桂滋担负着最严酷的正面阻击任务,心里本已感受到晋绥军是在"欺客";而面对高桂滋一再请求增援的电报,阎锡山的将领们本着"客军都是打一板子叫十声的"的观念,增援一事就是只说不做。最后时刻,高桂滋甚至在求援电报里用了"最后哀鸣,伏维矜鉴"的字样,声称"再无援军,只有出于冒犯军令进行撤退之一途"。[37]但第六集团军副总司令孙楚坚持说,所有部队都"同样受到猛攻",没有多余的兵力派出。

新任第六十一军军长陈长捷的分析是:

> 由于攻平型关之敌源源北展,高(高桂滋)部发生了恐慌。一闻郭军(郭宗汾的第七十一师)到达大营,更加紧向孙楚呼告不克支持,且直接要求郭军即刻增加前线守御。郭以奉令出击为辞。孙(孙楚)对双方争执,未加明确节制,固认高部意存避敌,以为郭军集结好一展开出击,便可立解纠纷。二十四日晚,敌对高部阵地右翼西跑池和团城口两处发动夜攻,高已觉形势严重,要求开到齐城的郭军一部就近增加于西跑池,郭又未允。当夜孙楚适得八路军高参通报:林师已阻截平型关、东河南敌后的公路,即对敌发动抄击,并以一部向大小含水岭挺进,接应团城口、平型关大军进击。形势大好,敌已陷我掌握之中。孙楚认为高部纵感紧急也是暂时的,可以坚持;郭军须集结全力做大规模出击,不可分割应付,以免陷于胶着。[38]

但是,高桂滋部的说法却是阎锡山为保存实力"按兵不动"。为了堵住日军第五师团的攻击,第八十四师自二十二日起一直处于苦战中。战斗的第一天第二五一旅五〇二团团长腹部中弹,营长李荣光阵亡。尽管部队伤亡巨大却依然坚持着,就是因为每每听说阎锡山的援军就要抵达。可是打到第四天,援军依旧不见踪影。日军的攻击已经不分白天黑夜,大雨中,第八十四师官兵不得不下半身浸在泥水里作战。第二五一旅旅长高建白火了:增援的时间一拖再拖,这是你们晋绥军的地盘,我们是来替你们打仗的,你们怎么能眼看着我们就这样死光?为了国家,军人理应抱牺牲之决心挽救危亡,可是晋绥军也是身穿军服手持武器,却作壁上观!至于"擅自放弃战地"的指责,高建白旅长更是牢骚满腹：

> 我全线官兵，义愤痛恨，达于极点，眼看英勇杀敌的爱国弟兄们一批一批死于炮火与肉搏之中，而十六个团近在咫尺，旁若无事。大家都气愤地说："这是何道理！这是何道理！"十时，敌趁雨猛烈反攻，千呼万唤晋绥军的两个连才姗姗而来……我们再三请求他们开入阵地，参加战斗，他们趑趄不前……我旅官兵自二十一日入关，浴血奋战已有一周，官兵有三日没有吃饭、六日未曾休息者。加以风雨侵袭，枪口内塞满了雨泥，最后只得凭手榴弹来拼命防御。我官兵在敌炮火猛烈扫射下，多数壮烈牺牲。下午，吕晓韬团长也陷敌重围之中，我派奋勇队冲入敌围，将吕团长接出。这时官兵伤亡惨重，全线数处被敌突破，弹尽援绝，被迫后撤。㊴

无论真相如何，事实已经造成：当八路军第一一五师出击的时候，平型关的侧后阵地已经丢失，原计划与他们配合夹击日军的第七十一师出击道路被日军堵塞。二十五日拂晓，第七十一师按原计划出击，遭到日军猛烈炮火的拦截，日军居高临下地俯冲下来，将第七十一师压迫在了迷回、涧头的一侧——所谓"夹击围歼"的作战计划在八路军第一一五师出击之时已经成为泡影。

但是，第一一五师还是准时出击了。

共产党武装此时没有任何别的选择，只有不顾一切地向当面之敌勇猛地杀去！

团城口、鹞子涧、东西跑池一线，大约两公里的正面要点均被日军占领。日军认为一头控制了平型关入口，一头控制了灵丘城，这就等于控制了灵丘至平型关三十公里的通道。从军事常识上讲，这应该是一条安全的通道了。

因此，对于八路军的伏击，日军完全没有防备。

二十五日上午，日军第六兵站汽车队携带着大量辎重由灵丘向平型关开进。这是一支由八十多辆汽车、一百多辆马车和几百名官兵组成的队伍。大雨后的道路泥泞不堪，几乎所有的日军官兵都坐在车上，山谷狭窄，车马拥挤，行进缓慢。由于自认为道路安全，加之进入中国后所向披靡，因此日军竟然没有派出尖兵开路，也没有派出搜索队对道路两侧进行侦察,而是堂而皇之开过来了。上午十时左右,日军前锋出了南面老爷庙沟口,后卫也过了北面的小寨,蔡家峪以东看不见日军了——日军已全部进入了八路军第一一五师的伏击圈。

负责迎头截击的是杨得志的六八五团。

这个团是共产党武装力量的老底子部队之一,三个营都有着光荣的历史,三位营长都是红军时期的干部:一营是朱德从南昌起义带出来的部队,营长刘正;二营是毛泽东从秋收起义部队中带出来的,营长曾国华;三营是赣西南黄公略领导的红三军的底子,营长梁兴初。全团许多战士都是经历过万里长征的了不起的士兵。

包括杨团长在内,六八五团全团没有一块手表,官兵们不知道确切的时间,直到听见了日军的汽车马达声传来。大雨停了,地还是湿的,官兵们伏在地上,军装都湿透了,远远地看到了第一辆汽车上的太阳旗,然后看见了坐在车上头戴钢盔、身穿黄呢大衣、把上了刺刀的步枪抱在胸前的步兵。这是八路军官兵第一次见到日军。

他们的印象是:"真有些不可一世的味道。"

第一辆汽车到了六八五团阵地前,杨得志团长发出了开火的命令。八路军的子弹和手榴弹从天而降,日军的汽车和马车相互撞击着,步兵们惊慌失措地滚下车来四处散开。火焰在公路上冲天而起,日军官兵的身上鲜血直流,到处是惊叫声。短暂的惊慌之后,日军军官们举起了指挥刀,士兵们从汽车底下爬出来,开始形成战斗小组,向公路边的高地冲去。

六八五团一营冲到公路边,一连和三连抢先一步冲上高地,把正在攀爬的日军打了下去。然后转身一个反冲锋,把眼前的这股日军消灭了。四连在抢占高地时晚了一步,冲击时连长负伤,一排长替代指挥位置,全连分成两路猛攻,最终把爬上高地的日军逼回了公路。这时候,日军的飞机来了,低空盘旋着,但无法射击和投弹,因为双方已经完全混战在了一起。

> 最激烈的白刃格斗在二、三营的阵地上展开。二营五连连长曾贤生同志,外号叫"猛子"。战斗打响前,他就鼓励部队说:"靠我们近战夜战的光荣传统,用手榴弹刺刀和鬼子干,让他们死也不能死囫囵了。"发起冲锋后,他率先向敌人突击,二十分钟内,全连用手榴弹炸毁了二十多辆汽车。在白

刃战中,他一个人刺死十多个日本兵,身上到处是伤是血,一群日军在向他逼近……曾贤生同志拉响了仅剩的一颗手榴弹,与敌人同归于尽。他的壮烈行为鼓舞着我们,更鼓舞着他身边的战友。这个连的指导员身负重伤,依然指挥部队;排长牺牲了;班长顶替;班长牺牲了;战士接上指挥。就这样,前赴后继,打到最后,全连只剩下三十多位同志,仍然顽强地与敌人拼杀!三营的九连和十连冲上公路后,伤亡已经很大,但他们依然勇敢地与敌人拼杀,以一当十,没有子弹了就用刺刀,刺刀断了就用枪托,枪托折了就和敌人抱成一团扭打,哪怕只有几秒钟的空隙,他们也能飞速地拣起石块将日本兵的脑壳砸碎。战斗到最后,两个连队眼睛都打红了,尽管伤亡都超过了半数,战斗情绪却依然旺盛得很。这是血战,是意志的搏斗,也是毅力的考验。⑩

六八六团出击前,每人只发了一百多发子弹和两颗手榴弹。由于向阵地运动时突遇山洪暴发,官兵们个个满身泥水,嘴唇发紫,趴在地上冷得发抖。这个团位于伏击圈的中部,只等前面的六八五团一打响,他们就冲下去。但是,还没听见六八五团枪声的时候,面前的日军却停了下来,而且还向两侧开枪射击。无法判断这是盲目射击,还是敌人发现了什么,于是出击的命令下达了。

公路上短暂的混乱之后,日军纠集起战斗序列开始向老爷庙高地冲锋。此时六八六团三营奉命抢占老爷庙高地,当官兵们呐喊着冲上去时,瞬间就与日军面对面撞在了一起。团长李天佑在电话里得到报告说,三营营长负伤,九连的干部全打光了。李天佑严令三营不要怕伤亡,坚决地冲上去!命令下达后,三营再也没有关于伤亡的报告。老爷庙高地前的四十多米的斜坡上,双方肉搏战持续了近两个小时,到处是双方官兵的尸体,最终日军支持不住退了下去。六八六团占领老爷庙高地后不久,日军重新集结向老爷庙高地展开集团冲锋,六八六团死顶不退,一直坚持到六八七团攻了上来。

六八七团负责的是攻击日军行列的尾部,然后向前压缩。当日军在老爷庙打开突围缺口的企图绝望后,又转向团城口方向冲锋,第一一五师投入了预备队六八八团,得以形成将日军包围的态势。之后,残酷的近战持续到傍晚,直到"马路上、山沟里,半山上所有望得见的地方,再没有活着的敌人"。

就八路军官兵而言,无论多么身经百战,还是被眼前残酷的战斗情景震惊了。在他们的战斗经历中,之前没有遇到过如此顽凶的敌人。完全可以把躲在汽车下已被包围的日军士兵击毙,但八路军官兵没有开枪,而是像往日里一样俯下身子喊:出来吧!但是,出来的不是人而是子弹。直到这时候,八路军官兵才明白这是日本人。遇到负了重伤的日军士兵,八路军官兵本能地要为其裹伤,却被伸过来的刺刀猛地戳进了胸口——即使战场上的战斗已经结束,双方的伤员依旧扭打在一起,直到其中的一方死亡为止。

日军士兵听不懂"缴枪不杀"的喊话。

在日军士兵所受到的军事教育中没有"缴枪"一词。

日军第六兵站汽车队《参加平型关作战的战斗详报概要》显现出他们对所遭遇的对手极为困惑,因为这个对手不但拥有不可比的勇敢,而且其战斗员"均为二十岁以下的少年兵":

> ……车队以矢岛中队在前、中西中队在后的顺序前进,队长的位置在接近矢岛中队前列的地方。矢岛中队的全部、中西中队的一半进入凹道时(九时三十分),忽听前方的喊声,我方同时受到来自两侧悬崖约一个旅敌人的攻击,战斗即刻开始。敌人向我射击、扔手榴弹。由于先头的自卫队受敌压迫,中队长即命第一小队长一并指挥自卫队向敌发起进攻,同时向队长报告了进攻决心。随即遭到右侧高地上的重机枪、迫击炮的射击……此时,汽车队本部陷入敌重重包围之中,队长派出传令兵向旅团告急……后续的中西中队已在远方左侧高地上开始散开射击。另外,前面的自卫队不断出现战死者,敌向第二小队背后逼来,中队完全陷入敌之重围。上午十时三十分,旅团派来援兵一个步兵小队,乃命其在中西、矢岛两中队之间投入战斗……十一时三十分,传令兵带来队长战死的消息,大家愤慨万分(此系误传,从第一小队长处获悉,队长被手榴弹炸伤)。但其后接到队长遭左侧高地重机枪扫射而战死的可靠消息后,中队长命令边烧掉汽车边后撤,时间为十二时四十分……当面之敌几乎均为二十岁以下少年兵,作战勇敢,远非以前所遇之敌可比,或为以学生等组成的军队。

再者,其战术类似苏军之战术,显系在其指导之下。㊶

报告中所说的"队长"名叫新庄淳。日本《东京朝日新闻》一九三七年九月二十七日第三版报道:"陆军辎重兵中佐新庄淳于二十六(二十五)日上午十一时在山西省光荣战死。该中佐为山口县人,陆军士官学校第二十五期毕业生,曾任陆军整备局委员。"㊷

二十五日深夜十二时半,日军第五师团获悉其补给部队被伏击围歼的消息。位于蔚县指挥作战的板垣征四郎立即命令第二十四联队第三大队从灵丘出发前去救援。二十六日,第三大队到达那条遍布着日军尸体的公路时,八路军第一一五师已经撤出。

日军第五师团第二十一旅团第二十一联队的记述是:

> ……行进中的汽车联队似遭突袭全被歼灭,一百余辆汽车惨遭烧毁,每隔约二十米,倒着一辆汽车残骸。公路上有新庄淳中佐等无数阵亡者及被烧焦躺在驾驶室里的尸体,一片惨状,目不忍睹……用了长达三个小时,才把一辆辆烧焦的汽车拖到公路的一边,处理好阵亡者的尸体……遇险的中尾贞义所介绍的经过综合如下:粟饭原秀部队(第二十一联队)的大行李队和山口、中岛两个大队的大小行李队,编成了约有七十辆辎重车辆、十五名辎重兵、七十名特务兵的车队,车上满载着部队军官的行李、士兵的冬服和粮食、弹药等。九月二十五日,行李队认为若走三浦(三浦敏事)支队经过后的路,大概是安全的,于是从灵丘出发上路……正当行李队全部进入长约三百米的沟道时,队伍前后两方,突然从头顶上方投下了手榴弹。这完全是突如其来的袭击,因为是三浦支队走过的路线,完全放心前进,以致在吃惊的同时队伍完全混乱。最初前端的车马受到打击,而使夹在中间的车辆无法动转。加以特务兵既无枪支又无手榴弹。恰有师团的桥本参谋因去三浦支队进行联络搭车同行,他命令高桥小队分成两部,攀登两侧悬崖,桥本参谋、高桥少尉各指挥一侧,努力实行防御战。但敌人依仗人多势众,投掷手榴弹,接连不断地向我发起进攻,无奈寡不敌众,无能为力,小队完全覆灭,最后一点枪声也听不到了。峡谷前后均被敌人包围,人马几乎全都死亡。下午

三时,已无一人对敌反抗,敌人在凯歌声中,夺取峡谷中的军官行李、服装、粮食等。㊸

桥本参谋战死的消息由《东京朝日新闻》一九三七年九月二十九日晚刊刊出:"步兵中佐桥本顺正于二十五日在山西省灵丘县小寨村附近的战斗中光荣战死。该中佐为京都人,毕业于陆军士官学校第二十七期步兵科,成绩优秀,后在陆军大学毕业,前途颇受瞩望,曾任中国驻屯军参谋,对其战死不胜痛惜。"㊹

就在这一天,八路军总指挥朱德和副总指挥彭德怀代表八路军全体官兵发出了一封《八路军告日本士兵书》,中间也谈到了故乡、父母和妻儿,谈到了死亡:

日本的士兵们:

你们大概早就听说过红军这个名字吧。我们现在的第八路军就是原来的"红军",也就是日本报纸上常说的"共产军"……日本士兵们!想想吧,你们在中国战场上被牺牲,被打死,有什么好处呢?一点好处都没有。如果日本胜利了,牺牲是日本的士兵,日本的工农,而日本的资本家、地主、军阀则坐享幸福。如果日本胜利了,那么日本的统治者更加可以巩固他们的地位,增强他们对于日本工农的剥削,延长他们对于日本工农的剥削,同时也更增强日本军阀对中国人民的奴役……日本士兵们!你们的牺牲是一钱不值的,你们的尸首也落在中国没有收殓,你们国内的工农也不愿意你们打中国人民,全世界的工农也都不愿意你们打中国人民!你们就是牺牲了,全世界的工农都在埋怨你们!你们想想吧,觉悟吧!……日本士兵们!不要为日本军阀而牺牲你们的生命!回日本去吧,你们的父母妻子在望你们!回日本去吧,与你们国内的工农一齐起来革命!日本士兵与中国士兵联合起来!停止战争进行联欢!……㊺

平型关伏击战,八路军第一一五师伤亡六百多人。

尽管伤亡很大,但这无疑是一次惊人的胜利,是中日全面开战以来中国军队第一次打赢歼灭战,且因缴获了大批步枪、机枪、子弹而斩获甚丰。

但是,从平型关战场的全局看,从中国军队最初的战役设想看,整个战役存在着巨大的遗憾,以至于阎锡山对此咬牙切齿:"高桂滋放弃团城口,比刘汝明放弃张家口,更为可杀!"[46]仅就当时中日双方的兵力对比和战场态势而言,如果中国军队各部坚决贯彻作战计划,彼此之间紧密协同配合,完全有可能打一场更大规模的歼灭战,并一举改变晋北战事的被动局面,为日后作战奠定更为有利的基础。

但是,一切都已再无可能。

日军第二十四联队第三大队抵达战场后随即投入作战。同时,由大同南下的关东军察哈尔兵团混成第二旅团也从浑源出动以增援团城口地区的作战。二十六日,日军与中国守军第七十一师和独立第八旅展开激战,第七十一师陷入包围,苦战待援。关东军察哈尔兵团混成第十五旅团当日攻击茹越口,受到中国守军第三十四军的阻击。战场僵持时刻,受八路军第一一五师胜利的鼓舞,阎锡山认为可以把日军挡在平型关外,于是彻底放弃了原定作战计划,重新下达了作战命令:

一、平型关正面之敌连日与我激战,已被我击退,本敌由浑源、灵丘增援甚众,其一部约两千余人,炮二十门,向茹越口一带进攻,似有进入关内之企图。

二、第六集团军应联合第十八集团军及总预备军,迅速击破进攻平型关之敌,第七集团军第三十四军应竭力抗击茹越口一带之敌。其余各军固守阵地,以待我主力调整反攻。

为了达成以上作战目的,阎锡山动用了他的嫡系部队:陈长捷率新组建的第六十一军支援平型关方向。

现在的第六十一军,是枪毙李服膺军长后重新组建的。可能与前任军长受到军法处置有关,该军作战积极,上了平型关就把被包围的第七十一师解救了出来。但在日军的猛烈反攻下,经过残酷的肉搏战,中国守军伤亡巨大,已缓解不了围绕着平型关附近诸个要点的混战。第六十一军苦战两天,阵地反复失守和夺回,战局依旧没有明显转变。

二十八日,为了打破僵局,阎锡山和杨爱源、孙楚、傅作义等人共同商定了一个决战方案,除了要求第七十三师和第七十一师坚守阵地外,命令第六十一、第三十五、第三十三军相互配合,向平型关外全面出击,对日军实施围歼。计划刚刚制订完毕,傅作义急调第三十五军参战,部队尚未部署展开,战场恶化的消息已至:进攻茹越口的日军第十五旅团冲破了中国守军防线。二十九日,越过茹越口的日军向南面的铁甲岭攻击,中国守军阵地再失,导致第三十四军向繁峙撤退。第十九军军长王靖国命令独立第二旅侧击茹越口之敌,试图从背后威胁进攻繁峙的日军,但该旅尚未立稳就被日军冲垮了。当晚,繁峙城被日军占领。第三十四军再退时各部都受到日军的凶猛追击而无法立足。

茹越口与繁峙的失守,令两路日军从南北两面逼近了雁门关。

此时,在雁门关以西的太和岭口前敌指挥部里,阎锡山坐卧不安。最后,第二战区执法总监张培梅劝阎锡山不要犹豫了赶紧走。"阎于是准备起身,他带了个修路队,前往繁峙县砂河镇,阎在砂河镇附近的一个村内召开军事会议。"[47]——砂河镇,阎锡山在大战前计划把日军放进来彻底围歼的地点,现在他在此开会研究的已不是围歼日军,而是下一步如何是好。

一九三七年九月三十日的深夜,在砂河南山山麓的一个小村庄里,阎锡山和他的幕僚以及将领们陷入苦思。

多数将领——特别是傅作义——的意见是:目前的战局并没有恶劣到不能打下去的程度。八路军第一一五师在平型关给一部日军重创,从灵丘方向来犯的日军第五师团前方受阻,后方断绝,接济已成问题。而从大同方向来犯的关东军察哈尔兵团虽闯入茹越口占据了繁峙城,但究竟距离板垣征四郎的第五师团还有上百公里,仅能起到声援的作用。中国军队第二战区的主力还有大部布防于雁门关和恒山,兵力尚算得上雄厚,如果动用主力首先围歼闯入茹越口的日军,不但能打破危局,还很有可能创造平型关前的另一个胜利。

无奈,此时的阎锡山,作为战场的主帅,已经"心怯胆寒",他虽然明白"强国以武力为后盾,弱国以决心为后盾"的道理,但一旦临战,他的决心很快就发生了动摇。[48]由于繁峙城被日军占领,阎锡山现在等于置身前敌,一旦日军扑过来,危险的不仅是全局,还有他本人。这个意思被阎锡山的五台山老乡第六集团军总司令杨爱源说了出来。杨爱源说,东条英机的兵团里有不少伪蒙军,这些伪蒙军都是热察地区的蒙古人,这些蒙古人有年年朝拜五台山的习俗,因此他们熟悉从繁峙城经过碾口上五台山的每一条大小路径。一旦他们冲击碾口直上五台山,阎长官回家的路不就断了吗?

这番话让阎锡山如梦初醒:

> 被隔在繁峙以东的阎锡山,视其所辟的从硪口上五台山的土公路,为他当前唯一可以坐车逃生的道路。(阎锡山向来不敢乘马,只能勉强骑驴,还得有人前后扶持缓行,加以照料。)经杨爱源一提示,认为他想逃走的路,明早可能即为敌骑所截。于是意识一震,击案起立,喊道:"我看如此战局,无法补救了,迟退且陷全灭!星如(杨爱源,字星如)、宜生(傅作义,字宜生),就下令全线撤退吧!"㊾

当晚阎锡山上了五台山。

晋北战场下达了全线撤退的命令。

按照阎锡山的命令,杨爱源、傅作义、孙楚等人决定各军向五台山、云中山、芦芽山一线撤退,主力集结布防于忻口与忻县之间以拱卫太原。

将领们的失望情绪溢于言表,认为阎锡山辜负了前线的形势。此时,在平型关、团城口方向,孙楚的第三十三军、郭宗汾的第七十一师、陈长捷的第六十一军,已经先后投入战场,对日军第五师团主力苦战半月,各部队兵员死伤近万。特别是八路军第一一五师已经抄到灵丘敌之后方,完全可以大军出关以围歼日军第五师团。仅仅因为一部分敌人侵入茹越口,袭占繁峙城,就"疑惧丛生"地决定全线撤退,致使中国军队主动放弃了适时进击重创日军的机会,此乃"辜负多矣"。

但是,无论如何,在晋北战场上,八路军第一一五师在平型关取得的战果令全中国人民"曷胜喜慰"。

蒋介石贺电:

阳曲。朱总司令、彭副总司令勋鉴:

> 寝寅(二十六日寅时)电悉。
>
> 有(二十五)日一战,歼寇如麻,足证官兵用命,指挥得宜。捷报南来,良深嘉慰。尚希益励所部继续努力,是为至盼。
>
> 中。俭(二十八日)。侍参。京。㊿

从军事规模上讲,八路军第一一五师的平型关一战,只是一场规模有限的伏击战。然此战之所以能引起"举国同欣",是因为八路军以有限的兵力和简陋的武器,在对日战争初期给中国的民族精神和军队士气注入了令人振奋的鼓动。此战至少带来了这样的社会效果:为了民族大义,中国共产党真心诚意地与国民党人携手联合,真刀实枪地也开赴抗日战场对敌作战。过去国民政府总在说,共产党武装是一群穷途末路的乌合之众,现在八路军不但能打敢拼,而且面对强悍的日军打了一场胜仗。这足以证明一个真理,那就是只要中国人挺起腰杆拿起武器,抗战的胜利就有希望!

在那段历史时期,对于中国,希望比金子都宝贵。

尽管抗战的艰辛之路漫长得看不见尽头。

第六章
从滑稽故事的迷雾中脱颖而出

中国军队在晋北苦战之时,淞沪这边的战事越打越大。

如何迅速结束针对中国的战争,始终是日军大本营焦灼的问题。除了受制于战争资源、外交上的被动以及陆海军之间在"大东亚战略"上的分歧外,日军大本营中的多数将领还有近乎一致的忧虑,那就是担心苏联与日本之间很可能爆发战争。——"包括天皇的宫中方面也忧虑于苏联是否会联合中国攻击日本。"①还在卢沟桥事变刚刚爆发时,天皇问询参谋总长载仁亲王:"万一苏联发动(进攻)怎么办?"载仁亲王的回答是"没办法",天皇"非常不满"。②更加令人不解的是,从日军大本营直至日本天皇,都将日苏战争爆发的时间,预想在一九三七年"晚秋或初冬时期",即十一或十二月间。

没有任何可靠的史据支持日本人的这一臆想。如果非要探究来由,只能是日本人的阴郁心理所致:二十世纪初爆发的"日俄战争",日本最终战胜俄国,夺取了中国东北的所有权益,从此日俄两国势不两立,一直延续至今,成为不可化解的世仇。在日本人看来,远东乃至整个亚洲,包括中国在内,所有国家对日本"生存问题"的威胁都不可惧,甚至可以忽略不计,要向日本复仇的只有苏联。当前的日苏关系可谓处于"最危险的时期",而一旦日军在中国"出现战线胶着状态","将给予苏联对日攻势的好时机"。③日军大本营希望在苏联尚未对日动手之前"迅速结束上海战局"。

苏联人确实会对日本下手。

但令日本人预想不到的是:不但中日战争的结束将在遥远的八年之后,且苏联对日下手的时间根本不是在中日之战初期的一九三七年。

一九三七年八月,日军在中国北方的攻势,呈现出数路并进且所向披靡的态势。而在位于中国南方长江入海口的上海,日军攻势的前景却是一片扑朔迷离,持续的残酷的局部战仍集中在上海北部的罗店地区。

等待援军的日军不断向中国守军阵地发动攻击,每一天攻击的程序大致相同:天蒙蒙亮时,先是飞机对中国军队的阵地进行狂轰滥炸;之后,为海军和陆军地面炮兵指示目标的侦察气球升了起来,高高地悬浮在中国守军阵地的上空。地面炮兵轰击后,步兵在坦克的掩护下开始冲击。这种极具日军特点的冲击一波接一波,每一次冲击都会引发近距离的肉搏战。夜晚到来,中国守军在日军第二天将要经过的公路上埋设地雷、集束手榴弹和障碍物,加强阵地纵深配备,并派出部队埋伏在公路两侧。天亮后,日军的冲击又开始了,中国守军从侧翼出击,先打坦克,后与步兵拼刺刀。正是棉花成熟的季节,中国守军隐蔽在棉花地里,不易被日军的侦察气球发现。但是日军的地面炮火密集猛烈,中国守军无法预测其弹着点,守军官兵因此会整连整排地伤亡。

位于罗店战场前沿的中国军队第十四师,成为久攻不下的日军持续进攻的目标,连续数天的作战令官兵们极度紧张。"每当下级团长营长叫顶不住时,或一部溃退下来",师参谋长郭汝瑰都会急得"汗水顺着钢盔边沿流下来,如同下雨一般"。中国守军采取的是一个团在正面顶,一个团为预备队,如果日军冲上阵地,就派一个营实施反击的战术。如此反复,部队"伤亡很大",往往是"一个团三次就冲光了",反击也不是每次都能得手。八十四团一营营长宋一中在日军冲上阵地时率部反击,没有成功,一营仅剩的官兵退下来后,依照军法要被绑起来枪毙。宋营长苦苦哀求说,反击不成功是死,与日军拼命也是死,与日军拼死总比被枪毙好,要求带领这些官兵再冲一次,结果这一次把日军冲下去了。

第十四师实在顶不住的时候,郭汝瑰在掩蔽部里给他的师长霍揆彰写了一份遗嘱:

> 我八千健儿已经牺牲殆尽,敌攻势未衰,前途难卜。若阵地存在,我当生还晋见钧座;如阵地失守,我就死在疆场,身膏野草。他日抗战胜利,你作为名将,乘舰过吴淞口时,如有波涛如山,那就是我来见你了。我有两支钢笔,请给我两个弟弟

人各一支,手表一只留给妻子方学兰作纪念。④

前敌总指挥陈诚这样告诫前沿士兵：

> 敌人使用轻重机枪,都用"啪啪啪","啪啪啪"三发的点放来考验我们,意思是问你"怕不怕"。我应还以两发的点放,表示"不怕""不怕",敌人听到后就不敢进攻。如果我连续不断地"啪啪啪啪"乱放,就等于说"怕怕怕怕",敌人知道我们是新兵,无作战经验,待我子弹放光后,就猛烈进攻。⑤

持续的胶着战,令训练有素的中央军嫡系胡宗南部也伤亡惨重。胡宗南的第一军,辖李铁军的第一师和李文的第七十八师,每师两个旅,每旅两个团。第一军接到开赴淞沪战场的作战命令,是火速增援宝山方向的周嵒的第六师。可是,当胡宗南的部队赶到时,宝山已经失守,第六师的残兵正在溃退。第一军即刻补上去占领阵地,第二天日军就反扑上来了。拂晓,侦察气球升空后,火炮瞄准猛烈轰击,然后是步兵蜂拥而至。第一军的阵地狭窄,没有既设工事可以利用,在日军猛烈火炮的打击下,在不断发生的阵地肉搏战中,第一军的两个师伤亡十分惊人。第一旅旅长刘超寰与一团团长王应尊负伤,二团团长杨杰和四团团长李友梅阵亡。第一师营长以下官兵伤亡百分之八十以上,全师的连长除通讯连连长外全部都因伤亡而换人。而第七十八师全师的营长仅剩下一人。第一军开赴前线时,临时加强了一个团,是从徐源泉的第十军调来的,这个团也很快伤亡了多半官兵。宝山地区前线的战壕里,满是阵亡者的尸体,运不下去,官兵们只能重新挖战壕,他们说:"如果我们牺牲了,这就是自己的坟墓。"⑥第一军军长胡宗南表现出惊人的坚定,即使部队的伤亡数字不断报来,他依旧对必须坚守和必须反击毫不动摇,大有将第一军全都打光也不退却半步的架势。胡宗南的决心和意志令第一军官兵"士气旺盛,作战顽强,对敌人寸土必争,每屋苦战",始终没有丢失一块阵地。而且,与所有部队不一样的是,胡宗南从来不叫苦也不要求增援。第一军苦战七天后,战区副司令长官顾祝同知道了,在电话里表示当晚换防,胡宗南才说再不换防"明天我也要拿枪上火线顶缺了"⑦。第一军因伤亡太大被撤换下来到后方整补。

九月,上海方向的战事依旧没有发生转变的端倪。

东京日军大本营的焦灼日趋严重,将领们还是担心苏联可能趁中国战事陷入僵持之机,突然从北面打下来,占领中国东北地区,乃至直接攻击日本本土。日军大本营不但制订了对苏作战计划,并且还这样算了一笔账:如果按照现在投入中国战场的兵力,华北八个师团,上海五个师团,还有大本营控制的一个师团以及国内预备作战的三个师团,如想应对苏联陈兵于西伯利亚地区的兵力,足足少了十个师团。一旦苏联真动手了,日本在中国就只能采取守势,因为至少要从中国战场抽出去七个师团才能与苏联作战,否则局面不堪设想。对苏作战计划呈给天皇并获得批准。于是,对于日军大本营来说,目前最迫切的问题是:必须迅速让中国屈服,尽早结束对中国的作战,时间最好是在本年十月底前。

日军《作战计划大纲》:

一、制定计划的基础

本计划制定的基础是,在对华作战期间要能够随时根据对俄年度作战计划进行作战,特别是进行第一期作战。

二、对华作战方针

(一)大致以十月上旬为期,在华北与上海两方面发动攻势,务必给予重大打击,造成使敌人屈服的形势。

(二)以上作战不能达到目的时,即使当时的形势有所变化,也要停止陆上兵力的积极作战,以各种其他办法挫伤敌人的持久作战的意志,同时节约直接对华作战的兵力,将必要的部队调到满洲及华北待机,整顿对俄作战的准备,以备战争长期化。

上述积极作战与持久作战,预定以十月底为界限。

三、兵力的区分、使用及任务

(一)对华决战的时机

华北方面

以华北方面军(以八个师团为基干)击败河北省中部之敌,依据情况方面军的兵力可为九个师团。

上海方面

以上海派遣军(以五个师团为基干)击败上海周围之敌。

(二)对华持久作战时机

华北方面

以一个军(大概以四个师团为基干)确保平津地方及察哈尔省东部,并谋求其安定。

上海方面

以一个军(大概以三个师团为基干)确保上海周围重要阵地,切断上海、南京间的联系,并谋求占领地区的安定。

四、对华持久作战时期

拨充对俄作战的兵力,预定为十九个师团。日俄开战时,预定初期兵力区分为:关东军司令官属下四个军(以十五个师团为基干)及直辖四个师团,另外大本营直辖的四个师团。⑧

从以上作战计划看,日军大本营急切地希求中国能在日军猛烈的攻击下迅速屈服。然而,中国军队的抵抗出乎预料地顽强,眼见到了一九三七年九月,战争丝毫没有将要结束的迹象。九月十一日,日军参谋本部向第九师团、第十三师团、第一〇一师团以及第三飞行团司令部等部队下达了向上海增兵的命令。

日军上海派遣军战斗序列是:

司令官松井石根大将。

参谋长饭沼守少将。

第三师团,师团长藤田进中将,参谋长田尻利雄大佐。辖步兵第五旅团(辖步兵第六、第六十八联队),步兵第二十九旅团(辖步兵第十八、第三十四联队),骑兵第三联队,野炮兵第三联队,工兵第三联队,辎重兵第三联队,师团通信队和卫生队等。

第十一师团,师团长山室宗武中将,参谋长片村四八大佐。辖步兵第十旅团(辖步兵第十二、第二十二联队),步兵第二十二旅团(辖步兵第四十三、第四十四联队),骑兵第十一联队,山炮兵第十一联队,工兵第十一联队,辎重兵第十一联队,师团通信队和卫生队等。

第九师团,师团长吉住良辅中将,参谋长中川广大佐。辖步兵第六旅团(辖步兵第七、第三十五联队),步兵第十八旅团(辖步兵第十九、第三十六联队),骑兵第九联队,山炮兵第九联队,工兵第九联队,辎重兵第九联队,师团通信队和卫生队等。

第十三师团,师团长荻洲立兵中将,参谋长田勇三郎大佐。辖步兵第一〇三旅团(辖步兵第一〇四、第六十五联队),步兵第二十六旅团

(辖步兵第一一六、第五十八联队),骑兵第十七大队,山炮兵第十九联队,工兵第十三联队,辎重兵第十三联队,师团通信队和卫生队等。

第一〇一师团,师团长伊东政喜中将,参谋长西山福太郎大佐。辖步兵第一〇一旅团(辖步兵第一〇一、第一四九联队),步兵第一〇二旅团(辖步兵第一〇三、第一五七联队),骑兵第一〇一大队,野炮兵第一〇一联队,工兵第一〇一联队,辎重兵第一〇一联队,师团通信队和卫生队等。[9]

日军投入淞沪战场的兵力已达五个师团,二十万人以上。

经过近两个月的作战,中国方面的兵力投入持续不断,至一九三七年十月,淞沪战场上中国军队的战斗序列是(调至后方整补和尚未参加战斗部队未列入):

第三战区,司令长官蒋介石(兼),副司令长官顾祝同,前敌总指挥陈诚。

右翼作战军,总司令张发奎。

第八集团军,总司令张发奎(兼)。下辖:

第二十八军,军长陶广。辖第六十二师,师长陶柳;第六十三师,师长陈光中;第五十五师,师长李松山;独立第四十五旅,旅长张銮基;炮兵第二旅,旅长蔡忠笏。

第十集团军,总司令刘建绪。下辖:

第四十五师,师长戴明权;第五十二师,师长卢兴荣;第一二六师,师长顾家齐;暂编第十一旅,旅长周燮卿;暂编第十二旅,旅长李国钧;暂编第十三旅,旅长杨永清;独立第三十七旅,旅长陈德法。

宁波防守司令部,司令王南。

中央作战军,总司令朱绍良。

第九集团军,总司令朱绍良(兼)。下辖:

第七十二军,军长孙元良。辖第八十八师,师长孙元良(兼);上海保安总团,总团长吉章简。

第七十八军,军长宋希濂。辖第三十六师,师长宋希濂(兼)。

第七十一军,军长王敬久。辖第八十七师,师长王敬久(兼)。

第八军,军长黄杰。辖第六十一师,师长钟松;第三十一师,师长李玉堂;第十八师,师长朱耀华;税警总团,团长黄杰(兼);淞沪警备司令部,司令杨虎。

第二十一集团军,总司令廖磊。下辖:

第一军,军长胡宗南。辖第一师,师长李铁军;第三十二师,师长王修身;第七十八师,师长李文。

第四十八军,军长韦云淞。辖第一七三师,师长贺维珍;第一七四师,师长王赞斌;第一七六师,师长区寿年;第十九师,师长李觉;第二十六师,师长刘雨卿;第一三五师,师长苏祖馨。

左翼作战军,总司令陈诚(兼)。

第十九集团军,总司令薛岳。下辖:

第六十九军,军长阮肇昌。辖第五十七师,师长阮肇昌(兼)。

第二十五军,军长万耀煌(兼)。辖第十三师,师长万耀煌(兼)。

第二军,军长李延年。辖第九师,师长李延年(兼)。

第六十六军,军长叶肇。辖第一五九师,师长谭邃;第一六〇师,师长叶肇(兼);教导旅一个团。

第二十军,军长杨森。辖第一三三师,师长杨汉域;第一三四师,师长杨汉忠。

第十五集团军,总司令罗卓英。下辖:

第四十四师,师长陈永;第六十师,师长陈沛;第十六师,师长彭松龄。

第七十四军,军长俞济时(兼)。辖第五十一师,师长王耀武;第五十八师,师长俞济时(兼);独立第三十四旅,旅长罗启疆。

第三十九军,军长刘和鼎。辖第五十六师,师长刘尚志。

第十八军,军长罗卓英(兼)。辖第十一师,师长彭善;第六十七师,师长黄维;第九十师,师长欧震;第七十七师,师长罗霖。

江苏保安第四团、炮兵第十六团及高射炮两个连。

江防,总司令刘兴。辖第一〇二师,师长柏辉章;第一〇三师,师长何知重;第一一一师,师长常恩多;第一一二师,师长霍守义;第五十三师,师长李韫珩;江阴要塞,司令邵百昌等。

第十一军团,军团长上官云相。辖第三十三师,师长冯兴贤;第四十师,师长刘培绪;第七十六师,师长王凌云;太湖警备指挥部。

炮兵,指挥官刘翰东。辖炮兵四团、炮兵三团一个营、炮兵十团一个营以及炮校练习营。⑩

以上中国军队,除了蒋介石中央军系部队陈诚、胡宗南等部外,夹杂了薛岳、余汉谋的粤军,何键的湘军,李宗仁、白崇禧的桂军,杨森的川军以及东北军、西北军、豫军、浙军、闽军、黔军、鄂军,还有收编的北洋军等部。中国各路军事力量的聚集,使得淞沪战场上中国军队总兵力达七十余万人。

狭窄的战场上,双方合计总兵力已达百万之多。

而如果不计兵力,仅从战斗力对比看,双方在这一地区基本上处于平衡态势。因此,日军增援部队尚未抵达之时,战场上呈现出令人焦灼的僵持态势。

九月二十二日前后,增援的日军陆续抵达战场。

交战双方在上海地区的新一轮惨烈厮杀开始了。

日军第一〇一师团先遣队抵达后立即投入战斗。此刻,中国军队也于战场一线增加了九个师的兵力。战斗依旧纠缠于上海北部的罗店、宝山和月浦一线。这个方向的中国守军,第九十八师和第十四师,兵员伤亡的承受力已经达到极限。第九十八师全师伤亡近五千人,团长伤一人亡一人,阵亡的营以下军官达两百多人。由于伤亡过大,部队原地补充了三次,补上来的都是从后方部队临时抽调的官兵,但也基本上是刚上去就负伤了,以至于被送到野战医院后,伤员都说不清自己部队的番号。第十四师第四十二旅八千多人,激战六天后,只剩下了两千多人,且多数是伤员和后勤人员。也就是说,中国军队位于战场前沿的一个旅,需要以平均每天伤亡一千多人的代价战斗。

九月,日军在上海战事中伤亡也达一万二千三百三十四人。

上海派遣军司令官松井石根的计划是:以新增援的台湾步兵旅团协助第十一师团,先把防守罗店的中国军队赶到罗店西南侧;第三师团在增援而来的第一〇一师团先头部队的协助下,对刘家行、顾家宅一线的中国守军发动猛烈进攻。

尽管中国守军顽强死守,但因为相比日军武器甚为简陋,在兵力越来越多的日军的猛烈攻击下,中国守军的一线阵地不断被突破。三十日,日军一部突进中国军队第六十七师阵地,该师一个连的官兵与日军血拼一昼夜,最后仅有两人生还。第七十七师的万桥阵地也被突破。第五十七师实施反击曾一度夺回,但阵地还没巩固便被日军再次攻占,坚守阵地的一个排的官兵全部阵亡,排长王心齐在与日军肉搏中腹部受伤,最后用手榴弹与日军同归于尽。这天傍晚,日军第十一师团由罗店向西、向南推进了三公里,第三师团从吴淞向西、向南推进到顾家宅附近。

十月一日,由日本内阁总理大臣近卫文麿、陆军大臣杉山元、海军大臣米内光政和外务大臣广田弘毅召开的四相会议在东京举行,会议提出了《处理中国事变纲要》。《纲要》出于这样一种设想:"华北及华中的战局要扩大,而且因为眼看战局要旷日持久,所以设想通过十月攻势的战果找到结束战争的机会,与南京政府和平解决。"——日本政府出于对苏联出兵的严重戒备,还是想"迅速结束"对中国耗费重兵的作战。至于如何"结束",内阁的一致意见是:军事上以扩大战争规模的手段"使中国迅速丧失战斗意志"。[11]

问题是:中国是否能够"迅速丧失战斗意志"?

位于上海前线的日军将领们认为,东京大本营对中国军队的认识与他们遭遇的现实之间存在着巨大差距:

> 上海作战关于中国军之抗战意志,与步兵之战斗力,一反三宅板(日本陆军省和军部都位于东京三宅板)以往之判断,其主要原因,为抗战意志坚定。中国军之步兵,遂在日军无情之炮击下,决不由阵地后退。中国步兵战术之要求为近接日军步兵战线,一旦接近日军步兵战线后,则可避免日军之陆、海、空综合火力,舍身进入死地,死里求生,可谓彼等之步兵战术。中国军之狙击,尤为彼等之特技,日军军官常为此等狙击之好目标。[12]

置身于中国战场的日军将领,并不认为中国会"迅速丧失战斗意志"。因此,他们主张必须对中国施加更加强大的政治和军事压力:"由于在华北及上海方面的十月攻势,南京的国民政府大概会有深刻的战败感。但是,这种战败感是否达到了挫伤抗战意志的程度,还有相当大的疑问"。因此,必须在"有重要意义的地方进行大规模作战,使中国政府和人民彻底感到战败了。这样还不足以使其放弃抗战的话,即在华北建立独立政权,加强此独立政权,实行政治上的变革;另一方面空军攻击、海上封锁相辅进行,切断南京政权的粮道和财源,削弱其进行战争的能力,迫使其求和"。[13]——在华作战的日军将领与东京日军大本营在对侵华战争认识上的分歧,几乎贯穿于整个中日战争期间,对战争进程的演变产生了巨大影响。

随着日军第一〇一师团、第九师团和第十三师团主力先后抵达上海战场。松井石根决定采取集中兵力实施中间突破的战法,以罗店、大场公路为轴线,"主力从左边回旋到南面",另一路主力从右面向南,"对大场镇附近进行攻击",以突破大场阵地"进入苏州河一线",⑭完成对中国守军的迂回包围。

日军每天都有增援部队抵达战场,中国守军位于大场前沿的刘家行、万桥等阵地相继失守。十月一日这天,顾祝同下令第一线部队撤退。敌前撤退是万分危险的,各部队在日军猛烈攻击下互相掩护,伤亡还是到了令人难以置信的程度。在前沿已经全线撤退的情况下,第十一师六十二团一连据守东林寺据点,在仅剩排长胡玉政和五名士兵的情况下,誓死不退,与不断突入据点的日军展开肉搏战,用铁锹和刺刀杀死日军中队长宿田信义后,全体殉国。

从白茆河口登陆的日军,沿着沪太公路(北起江苏太仓南至上海闸北)南下,开始攻击蕴藻浜。在日军强大火力的袭击下,中国守军的一线阵地被完全摧毁,不断有部队因伤亡殆尽而需要新的部队顶替。在日军主攻的黑大黄宅方向,布防的是中国军队第八师。该师由北伐战争初期的湘军部队改编而来,奉命从陕西凤翔开赴上海前线后,被编在胡宗南的第一军作战序列里,但该部并不属于中央军嫡系部队。师长陶峙岳对此满腹牢骚:"虽然长期受着蒋介石指挥,却老是遭到排斥和歧视,除发给仅够维持官兵生活的薪饷外,从来不补充武器装备,任其自生自灭一般。这支部队开到上海战场时,使用的还是二十年代的汉阳枪以及各色杂牌枪支,根本没有重武器。这样一支劣势装备的部队,要与拥有海军优势、装备精良、训练有素的敌军交锋,其困难是可想而知的。"⑮"杂牌部队"第八师,在陶师长"死守"的命令下,在前沿顶了二十天,让日军付出了很大代价,直到该师伤亡殆尽,黑大黄宅阵地才被日军突破。——中国军队第八师从战场上全部撤下来时,几千人的部队仅剩下七百多人。

由于中国军队顽强抵抗,日军推进得十分困难,只能采取挖掘战壕的方式一米一米地向前,而近距离的短兵相接使得战场情势更加残酷。日军第九师团先头部队突破黑大黄宅后,强渡蕴藻浜,在南岸建立起长约一公里的滩头阵地,不但使中国守军侧背受到威胁,而且日军的攻击目标已经直指大场。

大场在上海的正北,一旦失守,日军便可以截断闸北、江湾、庙行一线中国守军的后路,同时锋尖直抵中央作战军的侧翼。因此,大场阵地的稳固,关系到上海和数十万中国军队的命运。第三战区司令长官部将刚刚抵达的第二十一集团军投入了战场。前敌总指挥陈诚在重新调整各部队的作战区域和战场划分后,下达了扑灭蕴藻浜南岸之敌并巩固整体防御线的命令。该命令准确地把兵力集中在了日军攻击的左翼。

十一日,日军主力开始在南岸桥头堡的掩护下,强渡蕴藻浜。为了堵住黑大黄宅的阵地缺口,阻止日军渡过蕴藻浜,缓和整个战线出现的危局,陈诚把在昆山增补的第一军和黄杰的税警总团这两支强硬的中央军嫡系部队再次投入了战场。

刚刚补充完毕的第一军上来之后,没坚持几天,全军再次伤亡达百分之八十。与前一阶段不同的是,团以上指挥官阵亡人数减少,但营长以下的军官所剩无几。只是,中国军队也让当面的日军第一〇一师团付出了惨重代价。十一日那天,第一〇一联队联队长加纳治雄大佐刚举起指挥刀站起来,就被中国守军打倒了——他在阵地前的大喊大叫引起了中国官兵的注意,那个瞬间射向他的步枪子弹雨点般密集。加纳治雄,东京人,武士家族出身,曾任关东军第一师团特务机关长,一个多月前才被抽调到上海战场任现职。

由于日军顽强猛烈的攻击,陈诚又从中央作战军那里调来李觉的第十九师、刘雨卿的第二十六师以及左翼军川军杨森部。中国陆军第十九师,是湖南军阀何键的基本部队,曾属于国民革命军第八军,是当年首先攻占汉阳的北伐军部队之一。与所有的地方军阀部队一样,他们备受中央军的歧视:武器装备落后,每连只有轻机枪六挺,重机枪还是汉阳兵工厂造的老式三十节式,步枪除了口径七点九毫米的外,汉阳造、湖南民生工厂自产的步枪等等混杂在一起,常常是打几枪就发生故障,所有样式的枪支都缺少零件。部队开往上海的途中也是备受艰辛,火车白天怕轰炸不敢开,晚上因为铁路被补给列车、伤员列车占满,他们的列车只能走走停停,官兵们挤在车厢里疲惫不堪。接近上海以北阵地的时候,第十九师开始步行。湖南人到了这里不熟悉路,常常走错,加上道路泥泞,官兵们叫苦不迭。满腹牢骚中,突然一辆汽车开过来,司机热情地请他们上车。这位司机竟然是个年仅十八九岁的少女,一问才知是上海童子军的志愿者上前线来接伤员的。一个小姑娘竟然冒死上前线,这些湖南人感动得不知如何是好,纷纷表示既然上来了就要奋勇杀敌。——"官兵们伏卧在棉田里,遭受敌机轰炸不能还击,又受中央军轻视","内心忿忿不平,大都怀着'及锋而试'的思想,让战功来改变友军的轻视态度"![16]十九师一上来就伏击了一股日军,居然把敌人追到了蕰藻浜,迫使日军乘坐橡皮艇逃了回去。可是接下来的战斗中,仅凭手榴弹无法有效地杀伤日军,第十九师自身的伤亡开始加大。该师一一三团在防守郭家牌楼阵地时,连同团长秦庆武在内,全团几乎全部伤亡。湘军不服气,增补上来的是何键的看家部队湖南保安团,这群倔强的湖南人在前沿阵地上苦撑了十几天。

中国陆军第二十军是川军。川军上战场前,军长杨森曾向部队训话:"我们过去打内战,对不起国家民族,是极其耻辱的。今天的抗日战争是保土为国,流血牺牲,这是我们军人应尽的天职。我们川军决不能辜负人民的期望,要洒尽热血为国争光!"[17]川军士气旺盛,进入战场后纷纷给家里写遗嘱。第一三三师七九七团团长陈亲民也写了,并且收到了妻子的回信:"接到你的信,悲感交集,大家以为你已经为国牺牲,当即为你化帛默唁。努力杀敌吧!"[18]第二十军初到战场,蒋介石对这支川军很不放心,于是分散使用,让其接受原阵地军官的指挥。当时,第三十二师快顶不住了,师长王修身命令刚上来的川军第四○二旅旅长杨干才反击,杨旅长把任务交给了八○四团团长向文彬。向文彬的团实际上只有两个营,另一个营是手枪营,专门负责军部警卫不能直接参战。向团长是条汉子,利用夜色的掩护率部猛打猛冲。川人斗狠,日军溃散,白天丢失的阵地被夺了回来。而向团长的团一仗打下来,营长只剩下一人,连长非死即伤,排长剩下四名,士兵剩下一百二十多人。仅剩下的那名营长,把没有负伤的官兵编成了一个连,依旧坚守着夺回的阵地。蒋介石获悉川军的表现后,电话一直打到前线,命令向文彬团长晋升为少将,并给奖金六千元。不久后,蕰藻浜阵地再次危急,川军又一次猛烈反击,把当面日军打了回去。但坚守阵地的部队伤亡太大,团长李介立接到了撤下去的命令,由广西的桂军奉命上来接替他们。日军趁机反击,李团长决定先把日军打下去再移交阵地。反击中,这个团又出现巨大伤亡,士兵仅剩下四十多人,李团长本人也负伤,交接阵地后被送往苏州的后方医院治疗。国民政府军事委员会决定："授予李介立陆海空军甲种一等勋章,升为少将。"[19]

日军将二线部队第十三师团投入了一线作战。

阴雨连绵,这是考验双方战斗意志的时刻。

蜷缩在战壕里的中国守军没有空军的支援。此时的中国空军已经伤亡殆尽,基本丧失了作战能力。而日军的飞机在没有任何空中对手的情况下极其疯狂。日本海军第三舰队和上海派遣军制订了协助陆军作战的协定。原来用于华北战场的轰炸机和战斗机也转场到了上海方向,不但直接支援陆军的地面作战,而且还开始大规模地轰炸南京。仅存的为数不多的中国空军勇敢地升空与日机搏斗,但损失之后难以补充,导致飞机的数量锐减。而中国海军在日机的轰炸下完全陷于被动,仅剩的几艘军舰皆因负伤而丧失了战斗力。——"毋庸讳言,国军无论在装备、训练、后勤各方面都距现代化甚远。"中国军队第八十八师师长孙元良回忆道,"记得有一支队伍从老远开到江湾火线后面,他们挤住在几个乡村里,点火做饭,炊烟四起,空场上晒满了换洗的衣服,随风飘舞。于是引来敌机,敌机飞得差不多触着房顶,机枪乱射,炸弹乱掷。这么一来,这支还未上过火线的部队又要调回后方去补充整训了。还有另一支在内战中素以精悍善战著名的友军,在敌军几个钟头的火力攻击下,被轰得七零八落。他们根本没有看见过敌人的面孔,也被调下火线了。"[20]

坚守蕰藻浜前沿的中国军队第八军,由原财政部税警团改编而来,是国民政府财政部部长宋子文一手创建的,武器从美国购置,排以上军官大多是留美学生,因此战斗力远比当时普通的中国陆军师强。只是,由于中国军队严重缺乏炮兵,官兵们在充满积水的战壕里忍受着日军的炮火,身下泥水齐腰,头上弹片横飞,整个前沿阵地犹如人间地狱。中国陆军由于武器简陋,战斗到最后往往只能靠肉搏。但即便是肉搏,中正式步枪的刺刀也比日军三八式步枪的刺刀短了足足十厘米。日军远离本土,尚未发生难以维持作战的供给困难;在本土作战的中国军队,一线部队却会发生吃不上饭的困难。第十八军军长罗卓英甚至说,前线的中国官兵有饿死的,"因为饭送不上去,士兵身上又没有带干粮。几天几夜没有饭吃,不饿死还等什么"[21]?不间断的白刃战,极度紧绷的神经,无法克制的饥饿,负伤后难以及时后送,大量浸泡在泥水中的尸体开始腐烂。——残酷的上海战场,被中国军方称为"一寸山河一寸血",被日本军方称为"血肉磨坊"。历史的事实是:在上海战事中,中国军队有丢失阵地的,有贻误战机的,有由于种种原因抗命的,甚至有个别贪生怕死的,但就抗击日本侵略者而言,没有妥协和屈服的,从官到兵都没有!

上海周边的战斗异常残酷,但市区内外国人居住的租界里却是另外一番景象。中国陆军第十六师的一名司务长,带着几名炊事兵从前线进入上海市区想弄点食品:

> 走进租界边上,见到街头巷尾都有沙包和铁丝网构筑的工事,外国水兵持枪守卫,外竖一木牌,写着"华军禁止入内",我们见到很气愤。又见附近空地上铺着一丈多宽的英、法国旗,为的是让日机不要轰炸租界区。市区商店照常营业,茶楼酒馆,生意兴隆,娱乐场所,锣鼓喧天,与市外炮声隆隆、血肉横飞、杀声震天的情况,形成两个天地。[22]

日军缓慢但顽强地向前推进,前锋已进至蕰藻浜以南五公里处,中国一线守军将面临退路断绝的危局。中国军队所能承受的极限,也是日军必须同时承受的,在这种胶着状态下,谁能够拼尽最后的气力,谁就可能占据主动。中国第三战区决定对日军发动大规模的反击作战。这一计划得到了副参谋总长白崇禧的支持,并决定反击作战主力由新近投入战场的桂军第四十八军担任。白崇禧认为"桂军英勇善战",所以"亲来前方指挥,适国际联盟开会在即,蒋介石也想打一胜仗,显示中国军队力量"。此时中央军嫡系部队"均已残破不堪",因此反攻之战只有"借重桂军"。[23]

十月十八日晚九时,中国军队反击作战命令下达:

一、敌军主力仍继续向我蕰藻浜南岸阵地攻击。

二、本战区以击破蕰藻浜南岸敌军之目的,决由蕰藻浜两侧地区转移攻势。

三、中央作战军应以八个团编成攻击军,由谈家头、陈家行之线攻击前进,保持重点于左翼。第一攻击目标桥亭宅、顿悟寺之线;第二攻击目标赵家角、西六房之线。

左翼作战军应以四个团编成攻击军,由广福、新陆宅之线攻击前进,保持重点于右翼。第一攻击目标彭宅,第二攻击目标陆桥。

四、其他正面各师,除守备阵地外,应编成四个突击队,向敌阵地要点出击,策应攻击军之战斗,并调整阵线,加强工事。

五、炮兵队火力运用,以火力支援攻击军之战斗。

六、各攻击军应迅速侦察敌阵地状态、地形及前进道路,并搜集通过小河川之架桥材料,于二十一日薄暮前完成一切攻击准备。㉔

各集团军接到命令后立即开始部署:

第二十一集团军总司令廖磊以第四十八军第一七四师为第一攻击军的一线师,第一七三师为二线师,均归第四十八军军长韦云淞指挥;第十九集团军总司令薛岳以第六十六军第一六〇、第一五九师各一部组成第二攻击军,由旅长邓志才指挥;第十五集团军总司令罗卓英以第九十八师第二九二旅为第三攻击军,由该旅旅长指挥。第一线其他各师各自编成突击队。

此次大规模反击作战的主力突击部队,是位于一线的桂军。

李宗仁和白崇禧的桂军,是中国各路地方部队中最具战斗力的。桂军的兵员来自广西特有的征兵制,实行的是"寓兵于团"的政策,广西受过训练的壮丁达一百多万人。桂军除了火炮弱些之外,每年都向德国订购新式步枪一万支,甚至还有先进的自动步枪;每团约一千五百人,都是久经训练并打过仗的老兵。桂军北上抗日的部队,先后编成了三个集团军,即李品仙的第十一集团军、廖磊的第二十一集团军和夏威的第十六集团军。抵达淞沪战场的,首先是第二十一集团军韦云淞的第四十八军,下辖第一七三、第一七四、第一七六师;十月上旬,周祖晃的第七军抵达上海,下辖第一七〇、第一七一、第一七二师。广西人性格剽悍,桂军以死拼闻名,其擅长山地作战的特点人人皆知。

但是,上海战场遍布稻田、港汊和小河,没有山,连丘陵都没有。

二十一日晚七时,中国守军的火炮按照反攻计划全面轰击,大规模的反击作战开始了。之前,第二十一集团军总司令廖磊曾对这些广西兵说:"你们生在这个范围里,死也在这个范围里,若无命令,有敢擅自脱离阵地的,无论任何官兵,只有拿头来见我!"㉕在第四十八军的突击方向,陈家行、顿悟寺、桃园浜一线是日军第十三、第九师团的主攻地段。因此,反击作战一开始,中国军队的进攻就遭到了日军猛烈的炮火拦截。第四十八军火炮数量有限,且多数是射程不远的山炮,自进入上海战场以来,桂军才知这些山炮在密布河汊的地形里根本用不上,随着部队的调动在战场上拖来拖去反而成了累赘,只好把这些没用的东西运回广西去。日军炮火之猛超乎了桂军的想象,第一七三师师长贺维珍与几名旅长刚刚从指挥部出来,炮弹就呼啸着飞过来了,一名旅长当场阵亡,另一名旅长跑向自己的炮兵阵地,试图指挥压制日军火力,结果也被日军的炮弹炸死。桂军官兵多出身于广西民团,剽悍有余,打仗凶猛,但却毫无现代作战的经验。官兵们在日军的火力拦截下伤亡惨重,他们把原因归结在自己的军装上:"在上海战场上的我军,皆戴布帽和着灰色军装,唯桂军戴钢盔,着黄色军装,目标特别显著。"[26]掩护第四十八军反击的炮兵释放了烟雾弹,可是对风向的判断出了错,烟雾迎面向中国军队飘来,出击的部队什么也看不见,日军却把中国军队的出击意图看明白了。

桂军第七军虽然没有参加反击,但负责防御时也伤亡惨重。日军出动坦克向第一七〇师阵地实施冲击,第五〇八旅一〇一六团二营营长王有清阵亡,全营动摇,三营奉命增援时被日军火力拦截。二营阵地的丢失令团长谢志恒很恼怒:"罗旅长对今天战斗很不满,他说我们第七军在国内外素有钢军声誉,守个阵地不到两天就失了,成什么样子!今晚如不把第二营阵地夺回来,从炊事兵到团长都要杀光!"此时,一〇一六团三个营中的十二个连长已经伤亡九人。三营长负责收复阵地,命令任何人"不准畏缩不前,违者军法从事"。两个营仅剩的一百六十多名官兵只能决死战斗了,冲在最前面的是二连连长蓝中民:

> 天差不多快亮了,不能再犹豫不决,我即发出冲锋的口令,撼天动地冲上敌阵,投掷手榴弹,用刺刀与敌人搏斗。冲到战壕时,碰上一个敌队长,他用左轮手枪向我射击,子弹由我左耳朵边飞过,我的手枪同时发射,子弹从他小腹穿过,他倒地了。我的士兵在他身旁拾得左轮手枪一支,战刀一把,又从他身上搜到未婚妻及他妹妹相片、手表等东西。敌人经过我军这样猛攻冲杀,天亮时,狼狈逃窜。我们即用火力追击,夺回第二营阵地……在战壕外,见敌我阵亡官兵尸首混在一起,血流遍地。我王营长(有清)尸体,胸部受刺多处,惨烈之

状,目不忍睹,泪水不禁夺眶而出。㉗

但是,局部的血拼不足以挽救反击全局。

与第二十一集团军同时发起反击的其他各路部队,都因缺乏足够的兵力以及必要的火力支援未能达到作战命令所规定的攻击线。

第二天凌晨,中国军队的反击作战显现出败势。

日军立即发动了反击。

中国军队参加反击作战的各部在日军的攻击下开始后撤。

为堵塞战线裂开的缺口,陈诚调动预备部队补缺,但依旧不能持续支撑。二十四日,中国军队逐次撤退至大场一线。第二天,追击而来的日军猛烈围攻大场。大场及外围阵地由湘军朱耀华的第十八师和旧西北军冯兴贤的第三十三师防守。这两个师刚刚抵达战场,开赴前沿后连简易的野战工事都没来得及构筑,日军便分两路突入,第三十三师不战而溃,第十八师鏖战竟日,身陷重围,援军不至,大场最终陷落,朱师长羞愤自杀。——朱耀华,湖南长沙人,早年入湘军,参加过辛亥武昌起义,历任排、连、团、旅长等职,时年四十九岁。这是上海战事爆发以来第一位在战场殉国的中国师长。

大场失守,上海战局急转直下。

由于侧背受到严重威胁,为防止中国军队被日军围歼,第三战区决定放弃现有阵地全面向苏州河南岸转移。

大场失守的那天,战区副司令长官顾祝同给第八十八师师长孙元良打电话,命令他率第八十八师留下来死守上海市区,当即遭到孙师长的拒绝:

> 十月二十六日早晨,上海战区国军最高指挥官顾祝同先生打电话给我:"委员长想要第八十八师留在闸北,死守上海。你的意见怎么样?"我略加思索,答:"我不同意。为什么呢?如果我们死一人,敌人也死一人,甚至我们死十人,敌人死一人,我就愿意留在闸北,死守上海。现在最可虑的是,我们孤立在这里,于激战之后,干部伤亡了,联络隔绝了,在部队解体、粮弹不继,混乱而无指挥的状态下,被敌军任意屠杀,那才不值,更不光荣啊!第八十八师的士气固然很高,并且表现了坚守闸北两个多月的战绩,但我们也经过五次的补充啊!

新兵虽然一样忠勇爱国,但训练时间短,缺乏各自为战的技能——这是实际情形,所以我不同意。"㉘

后来,这一部署改成留下一个团,孙元良师长还是不同意,最后勉强留下了一个营,指挥官是五二四团团附谢晋元和该团一营营长杨瑞符。史称"八百壮士",实则四百五十二人。㉙——从军事角度上看,无法理解为什么要在日军攻占的地域里留下少量部队。可能的解释只能出于政治意义:蒋介石仍没有放弃国际上对中国抗战的同情和支援,在国际联盟即将开会之际,希望全世界都知道中国军队仍在坚守上海市区,哪怕只有几百名中国官兵。

苏州河,一条横穿上海市区的小河,尽管河面只有百余尺宽,浑浊的河水很浅,枯水时几近露出泥浆河道,但在一九三七年的秋天,它却成为中国军队固守上海的最后一道天然屏障。

留下的壮士们坚守的阵地,是一栋六层楼房,由于是大陆、金城、盐业和中南四家银行联营的仓库,因此上海人把这栋楼叫作四行仓库。四行仓库孤零零地立在已被日军占领的苏州河北岸,大楼里事先储存了足够的饮水、粮食和弹药,四百五十二名中国官兵就在这栋被日军围困的大楼里坚守不退。

二十七日天亮后,日军发现中国守军已全部退至苏州河南岸,唯独河边这栋楼里的中国守军不但没撤,而且所有的窗口都布置了持枪士兵,这令日军整整一上午都处在困惑之中没能有任何动作。下午,日军试探性地向这座孤楼发动了攻势,当中国守军的步枪子弹出膛后,日军的试探转瞬间变成了猛烈进攻。在机枪的掩护下,日军一波接一波地冲锋,都被中国守军打了下去。——四行仓库三面被日军包围,但南面却是公共租界,日军攻击时既不敢出动飞机轰炸,也不敢动用火炮支援步兵,更无法通过租界地区实施进攻,中国守军背后是安全的,这令日军感到十分棘手。

四行仓库的作战,引起了上海市民的关注——原以为苏州河北岸的中国军队全都退到了南岸,现在竟然还有一支部队在与日军死拼。上海市民奔走相告。从二十七日下午开始,四行仓库这边枪声一响,隔着狭窄的苏州河,上海市民"观者如堵,靡不赞叹"。

在观战的市民中,有一位年仅十五岁的女孩儿。女孩儿看见苏州河对面围绕四行仓库的四个方向上,三个方向飘着日本太阳旗,一个方向飘着租界里的英国米字旗,决心一定要让一面中国国旗在四行仓库的楼顶上升起来。

上海市商会和抗日救亡团体筹集了一批物资,准备秘密地通过租界送进四行仓库,女孩儿搭乘着送物资的卡车潜入了公共租界,然后开始了她的惊人之举:

到了晚上,我脱下童子军制服,将一面大国旗紧紧地缠在身上,我再罩上制服。夜是黝黑的,有英国兵走动的影子。马路对面的四行仓库像一个巨人,俯视着我。我观察了一下地形,若是溜过马路,势必要被左右的英国警戒兵发现,把我当作枪靶子。过了马路,四行仓库有重重铁丝网围着,只有沿着铁丝网工事爬到缺口处,再从窗子爬进去。终归是要冒险的,我卧倒在地上,爬过马路。我急跳的心刚稳定下来,突然枪炮声大作。我以为我被敌人或是英国警戒兵发现了,忙伏在路旁的工事里不敢动。红绿的火舌在我头上飞舞。原来是敌人又向四行仓库进攻哩。不过敌人似乎不敢过分乱放枪炮,因为隔着苏州河对岸英租界里立着一排大汽油坦克,一颗子弹飞错方向,全上海市民连日本人也不例外,都要遭受祸殃! 不久,枪炮声沉寂下去,我又开始慢慢爬,终于到了东侧的楼下。谢晋元团长、杨瑞符营长早有消息,知道我要来献旗,他们都在等候我。我脱下外衣,将浸透了汗水的国旗呈献给他们,在朦胧的灯光下,这一群捍卫祖国的英雄都激动得流下泪来了! 谢团长说:"勇敢的同志,你给我们送来的岂仅仅是一面崇高的国旗,而是我们中华民族誓死不屈的坚毅精神!"他立刻吩咐准备升旗。因为屋顶没有旗杆,临时用两根竹竿连接扎成旗杆。这时东方已现鱼肚白,曙色微茫中,平台上站了一二十个人,都庄重地举手向国旗敬礼。没有音乐,没有排场,只有一两声冷枪声,但那神圣而肃穆的气氛,单纯而悲壮的场面,却是感人至深的。我一辈子都不会忘记。谢团长带我参观各处,窗口和各种工事都就地利用仓库积存的整袋黄豆或麦子堆成,十分坚固。负伤的弟兄们躺在地上,有的在呻吟。我的热泪长流,我坚决要留下来替他们服务。但是谢团长硬是把我送出门口,将我推出去。他喊:"冲过马路,跳下河!"我猛冲过去,跃下苏州河,头上枪声大作,我知道是敌军发现了我。这时已是白天了。我平日练就的游泳技术救了我,我深潜入水中,游至对河公共租界登岸。抬头一看,苏州河畔站满了人,纷纷向四行仓库屋顶迎着朝阳招展的美丽国旗招手欢呼!㉚

这位勇敢的中国小女孩儿,名叫杨慧敏。

四行仓库楼顶的中国国旗升起来后,团附谢晋元给师长孙元良写了一封信:晋元"誓不轻易撤退,亦绝不做片刻偷生之计。在晋元未死前,全营官兵必向寇取偿相当代价"。"决不负师座,不负国家"。㉛

中国军队第八十八师第二六二旅五二四团一营,坚守四行仓库四个昼夜,击毁日军两辆坦克,让日军横尸二百余具,守军仅伤亡三十七人,一营营长杨瑞符弹穿左胸身负重伤。

十一月一日,一营奉命"退去戎服",退入公共租界。

为什么突然放弃坚守而退入租界,原因众说纷纭:有认为是各国使节向中国政府提出照会,要求中国政府出于人道主义考虑,将置于日军虎口下的孤军撤离;也有认为是四行仓库距离租界太近,战事已直接威胁到租界安全,各国不希望战火烧到自己的身边。——有一点可以肯定,那就是外国人对苏州河北岸租界区存在一支中国军队向国民政府提出了异议。

撤退的前一天晚上,蒋介石下达了嘉奖令:

第八十八师留守闸北之五二四团团附谢晋元以下各官兵:

> 服从命令,达成目的,殊堪嘉慰,该团各官兵准各升一级;并呈准政府各给予荣誉勋章。至其死亡人员,自该团长韩宪元以下各官兵,待查明下落与其生死后,准予另案呈报,特别抚恤,以奖有功,而志荣哀。㉜

谢晋元部退入公共租界时,租界里的英军指挥官马勒提少将站在机枪阵地前,护送着中国守军通过了日军的封锁线。

只是,自那以后,谁也没想到,谢晋元和他的官兵竟然在租界里驻扎了整整四年。他们的处境很尴尬:日军虽不能进入租界,但在租界的严密看管下,谢晋元的官兵们也不能出去。他们不能称为作战部队,也不能归类于难民,更不是战俘,而因为不是战俘,租界当局不肯按照国际公约供应伙食。幸好公共租界上海的市民可以出入,于是官兵们全靠上海市民接济。谢晋元的孤军在租界里照常出操和训练,往租界里运送生活物资的学生、工人和市民每天络绎不绝,见到五二四团一营的官兵神情犹如朝拜。

一营退入租界一年后,为纪念自己的部队第八十八师出征抗日一周年,官兵举行了升旗仪式。仪式先是受到租界当局的阻挠,被迫把旗杆截短以免让日军看见;仪式进行中,数百英、意和白俄军人突然冲过来,不由分说地开枪射击,四名中国士兵当场死于国旗下,十一人负伤,此事件引发了谢晋元官兵的绝食抗议。

又过了一年,前途未卜的谢晋元给双亲写下遗书,因为预感到不测之日早晚会来,他恳求年迈的双亲在他牺牲后把他葬在抗日将士公墓里。一九四一年四月二十四日,一营照例出操时,谢晋元受到叛徒的袭击,中弹身亡,时年三十六岁。这位誓言至死"不负国家"的中国军人,再也没能见到他的父母双亲,他远在广东老家的妻子,还有四个年幼的儿女。

谢晋元遗书:

双亲大人尊鉴:

上海情势日益险恶,租界地位能否保持长久,现成疑问。敌人劫夺男之企图,据最近消息,势在必得。敌曾向租界当局要求引渡未果,但野心仍未死,且有"不惜任何代价,必将谢团长劫到虹口(敌军根据地),只要谢团长答应合作。任何位置均可给予"云云。似此劫夺,为欲迫男屈节,视此为敌作牛马耳。大丈夫光明而生,亦必光明磊落而死。男对死生之义,求仁得仁,泰山鸿毛之旨熟虑之矣。今日纵死,而男之英灵必流芳千古。故此日险恶之环境,男从未顾及。如敌劫持之日,即男成仁之时。人生必有一死,此时此境而死,实人生之快事也。唯今日对家庭不能无一言,万一不讳,大人切勿悲伤,且应闻此讯以自慰。大人年高,家庭原非富有,可将产业变卖,以养余年。男之子女渐长,必使其入学,平时应严格教养,使成良好习惯。幼民姊弟均富天资,除教育费得请政府补助外,大人以下应宜刻苦自励,不轻受人分毫。男尸如觅获,应归葬抗战阵亡将士公墓。此函俟男殉国后,即可发表。亦即男预立之遗嘱也。

男 晋元谨上
二十八年九一八于上海孤军营㉝

一九四一年十二月,太平洋战争爆发后,因与英美全面开战,日军突入租界将中国孤军全部拘禁,然后将其分遣押解至各地做苦工。其中,被日军押往遥远的新几内亚做苦工的中国军官和士兵的名字是:唐棪、陈日升、冷光前、王长林、吴萃其、童字标、邹莫、汤聘莘、刘一陵、严占标、陶杏春、伍杰、杨德余、刘辉坤、许贵卿、赵庆全、李自飞、赵春山、傅梅山、傅冠芷、石洪华、谢学梅、徐毓芳、周正明、邹斌、陈翰钦、杨柏章、赵显良、张永善、徐玉开、魏成、何英书、杨振兴、任全福、雷鑫海、钱水生。㉞

中国人将永远铭记这些不屈的名字。

中国人也须记住,在日军入侵上海的作战序列中,有两支由中国人组成的伪军部队,其首领名叫李寿山和于芷山。㉟

上海是中国最著名的商业城市。

然而当战争来临时,上海表现出了令举世瞩目的不屈。

不屈服的上海人意识到战争将是长期的,于是力图将支撑国家长期抗战的能力保存下来。就在中国军队用血肉之躯换来的有限时间内,一场向内地搬迁工厂企业的行动大规模地展开了。

近代以来,中国的民族工业大多布局于沿海各省,以上海最为集中。当时中国登记注册的工厂两千四百三十五家,沿海地区占两千两百四十一家,集中在上海的就有一千一百六十八家。淞沪战事爆发后,作为民族工业中心的上海遭受巨大损失,被毁坏的工厂达九百零五家。就行业而言,纺织、造纸、印刷、火柴、盐酸、制碱、矿山机械等损失尤为严重。㊱国民政府资源委员会以及上海的企业家们力主将重要工业设施向内地转移,并为此设立了专门的组织机构,制订出详尽的转移计划和办法:各厂迁移机件、材料以武昌为集中地,然后分别转移至宜昌、重庆、西安、咸阳、岳州(今岳阳)和长沙;广东方向的工厂转移至云南和广西;上海工厂设备、原材料、半成品等一律装箱运走,运费由国民政府补贴。淞沪战事爆发后的第三天,上海的工人开始冒着日军飞机的轰炸拆卸机器并装箱,由于轰炸火车不能运行,汽车也大多上了前线,于是主要利用水路运输。一九三七年八月二十三日,第一批工业设施,即顺阳机器厂、上海机器厂、新民机器厂、合作五金厂四家工厂拆卸下来的设备,分装在二十二条船上,冒险通过苏州河运出上海。随着需要搬迁的工厂越来越多,国民政府不断地调整政策。截至上海市区完全沦陷前,上海共迁出民营工厂一百四十六家,机件一万四千六百吨,技术人员两千五百名。在上海的带动下,中国沿海地区的企业也纷纷内迁:江苏迁出了庆丰纱厂、苏纶纱厂、公益铁工厂、震旦机器厂、大成纱厂等;南京迁出了永利公司机器厂和京华印书馆;青岛迁出了冀鲁制针厂和华新纱厂;济南迁出了大陆铁厂;河南迁出了豫丰纱厂和农工器械厂;浙江迁出了中元造纸厂和嘉兴民丰纸厂;山西迁出了西北制造总厂;江西迁出了九江裕生纱厂和光大瓷业公司;芜湖迁出了中国植物油料厂等等。同时,中国仅有的几家与军工有关的企业,如上海炼钢厂、金陵兵工厂、巩县兵工厂、电信机修厂、交通机械厂、株洲炮兵工厂、广东兵工厂、武昌被服厂等也都迁往了内地。[37]

这是中国历史上从未有过的举国大搬迁。无数的中国人——企业家、资本家、政府官员、技术人员、工人、苦力、船工以及无以计数的各界志愿者,在炮弹和子弹的弹雨下,把每台机器、每个螺丝钉都拆卸下来,装在木箱子里,然后喊着号子搬出厂房。在通往中国内地的大江小河上,马达轰鸣的货轮和无数条摇橹的木船拥挤在一起,承载着这个国家最后的精血,缓慢但却是异常顽强地向着中国的腹地而去——中国人的这一壮举,令整个世界为之震惊。不要说正在前线拼死冲杀的中国官兵,仅凭这蚂蚁负重一般依旧坚持前行的中国人,这个民族的生存韧力、忍辱负重和绝不屈服,在抗战的初期就宣示出这样一种前景:无论战争还要打多久,无论这片土地被战争蹂躏到什么程度,只要整个民族的意志坚强不屈,他们的敌人企图使这个民族屈服的可能性即为零。

只是,就上海地区的战事而言,双方都到了重新抉择的时候。

大场失守后,日军抵达苏州河北岸,战场态势令中国军队的将领们处在焦灼之中。

早在一九三七年上半年,卢沟桥事变爆发之前,国民政府军事委员会即对华东防御作出了相关部署:

> 长江下游地区之国军,于开战之初,应首先用全力占领上海,无论如何,必须扑灭在上海之敌军,以为全部作战之核心,而后直接沿海岸阻击敌之上陆,并对登陆成功之敌决行攻击

而歼灭之。不得已时,逐次后退占领预设阵地,最后须确保乍浦—嘉兴—无锡—江阴之线,以拱卫首都。㊳

目前,中国军队在上海的作战,基本上是照此预案实施的。

问题是:现在是否到了"不得已时"?

多数中国军队将领认为:"不得已时"已经到了。

第八十八师师长孙元良认为,现在上海战事已陷于死打硬拼的状态,中国军队只能用一轮接一轮的数量弥补,来抵消与对手在武器装备、战术运用乃至军事素质上的质量差距。如若中国军队始终处于被动状态,即使死顶着坚持下去,结果只能是部队越打越少。第八集团军总司令张发奎认为,目前这种拼消耗的战法不符合战略原则。最高统帅部为确保上海,拱卫南京,把大量兵力集中于淞沪方向,京沪、京杭两条铁路上的运兵列车日夜穿梭,把一个又一个师补充上来填补火线,但日军武器装备、作战能力、协同配合等各方面均占据优势,空军、海军以及火炮在战场上具有压倒性威力,我们只有临时构筑的简陋工事,所有的武器装备更是简陋。在这种情形下,继续这种纯粹的防御,试图依靠不断补充兵员遏制或歼灭日军已是十分困难。因此,要与日军拼长久的消耗战而不是局部的消耗战,最好是把中国军队的主力撤至预先设置的苏嘉(苏州至嘉兴)—吴福(吴江至福山)国防阵地上。如果有序撤退,就能确保在预设阵地上与日军抗衡三个月以上。

所谓"吴福线""苏嘉线"预设阵地,指的是国民政府自一九三三年始在上海与南京间修筑的一道道防御工事。这些国防阵地充分考虑了中国南方的地形地貌,利用长江、太湖等河流湖泊的天然屏障和散落在水网中的天然高地,修筑起永久性或半永久性的、用碉堡和战壕相互连接的军事防线。为了防线的巩固,国民政府甚至还修建了专线铁路。

从战略上讲,与武器装备处于绝对优势的日军死拼于沿海的一座城市,显然不是消耗敌人而是在消耗自己。最为理想的,也是中国统帅部开战之初的设想是:把日军越来越深地拖入中国战场的泥潭,用持续长久的消耗战去赢得战争的最后胜利。上海战事已无法继续有效地守下去,那就应该有计划地撤往二线,以将日军引向国土的纵深。

李宗仁为此向蒋介石当面陈述。

白崇禧陪我去拜访蒋委员长。此时敌我双方已在上海血战两余月,国军死伤甚巨,南京也时受敌机空袭,市面萧条。但委员长精神饱满,且不时作豪语,一再向我说:"要把敌人赶下黄浦江去!"当时我心中殊不以此言为然,作为最高统帅,断不可意气用事。我想,我们如果能把敌人赶下黄浦江去,敌人也就不敢来侵略我们了……一日,我见有机可乘,便对他陈述意见,略谓,淞沪不设防三角地带,不宜死守。为避免不必要的牺牲,我军在沪作战应适可而止。我并建议将廖磊第二十一集团军和其他增援前线的部队调至苏嘉路国防线上的既设阵地,凭险据守,然后将沪上久战之师抽调回南京整补,再相机向国防线增援。如此更番抵抗,才能持久消耗敌人的力量。至不得已时,我军便自动放弃南京,将大军向长江两岸撤退,诱敌深入,节节抵抗,实行长期的消耗战。无奈蒋先生个性倔强,不听我的建议。㊴

蒋介石为什么要死守上海?

重要原因之一,还是出于他对国际社会制裁、遏制乃至武装干涉日本对中国侵略的误判。九月二十二日,蒋介石在南京就即将召开的国联大会回答了《巴黎晚报》记者的提问:

> 目前之中日战争,乃日人蓄意侵略中国之结果,中国为排除侵略与自卫生存,自不得已全力抵抗。日本军队大规模侵略之用意,无非欲图消灭中国整个民族生存,吾人应付方针,亦当以整个民族生存为目的。上海或华北皆为中国领土,必视为整个问题,如日本在中国境内从事武力侵略一日不止,则中国抗倭之战争一日不止,虽留一枪一弹,亦必坚持奋斗,直至日本根本放弃其侵略政策,并撤回其侵略工具之武力之日为止。为维护世界和平、人类文明、条约尊严与国际公法之效力计,本人热烈期望国联此次能切实执行其在国联会章下应有之义务,对日本做有效之制裁。一九三一年以来,六年中日本之暴行,证明日本征服中国,进为东亚盟主之野心。若列国仍又不采取及时措施,遏制日本之侵略,则不但各国对中国原有之贸易为之消减,即各国在东亚之领土,亦必受严重之威胁。故对日制裁,非所以独助中国,亦所以保护国联会员国及

相关非会员国本身之利益。本人深信各国远大眼光之政治家,必当有见及此,遵照会章制裁日本,以尽其义务矣。⑩

事实是,蒋介石一直寄予希望的这一国际组织,不但对国际事务反应迟缓,无力阻止任何侵略事件,且对于已在欧洲和亚洲不断膨胀的法西斯主义一直采取绥靖政策。这一年的十二月,作为常任理事国的日本退出了简称"国联"的国际联盟。

日军抵达苏州河北岸后,为继续攻击南岸的中国军队,松井石根作出了新的作战部署:"第三、第九师团于十一月二日前渡河";第一〇一师团集结在上海西北侧,跟进第三师团渡河;第十一师团攻击南翔,"掩护军主力的右侧";第十三师团"担任扬子江上游方面的作战"。⑪

十月三十一日晨,日军航空兵和炮兵开始向苏州河南岸的中国守军阵地展开猛烈轰击。至午后,第三师团的左翼部队开始强渡苏州河。当面中国守军第八十八师、税警总团等部队进行了顽强阻击。在孙立人指挥的税警总团四团当面,日军用橡皮舟连接成浮桥,在大部队攻击发动前已经偷渡过来五十多人,藏在了南岸高高堤岸下的洞子里。孙立人亲到一线,带着两名班长,在岸边竖起四块厚钢板当作护墙,然后连续投掷了一百多颗手榴弹,将日军搭建的浮桥炸毁;又把十几捆浸透汽油的棉花包点燃后,推到堤岸下的洞子里,将藏在里面的日军全部烧死。第二天,日军第九师团的右翼部队一度强渡成功,并占领了姚家渡。当面中国军队第一七一、第八十七师和第六师等部队顽强阻击,在胡宗南的第七十八师增援后,强渡成功的日军陷入中国军队的包围。

日军大规模地强渡,显示出与中国守军拼死作战的态势,有计划地撤退到二线的建议,被中国军队的将领们再次提出。

鉴于日军的凶猛攻势,蒋介石终于同意后撤。

但是,后撤的命令刚刚传至各部队,蒋介石的又一命令到达:停止后撤,原地坚持十天以上。——后撤的命令已经下达,有的部队已开始行动。——军事上的基本常识是,一旦撤退,突然中止,将导致整个战线的瓦解,引发士气的严重混乱。

命令下达于日军大规模攻击苏州河南岸的十一月一日。

这一天,蒋介石在南翔附近召集了一次将领会议,第七十八军军长宋希濂是与会者之一:

蒋介石突然于十一月一日晚十时左右,乘专车来到南翔附近的一个小学校里,随来的有白崇禧、顾祝同等人。随即召集师长以上的将领会议,以约半小时的时间,听取了几个高级指挥官的战况报告。接着蒋介石讲话,主要内容分为两个部分,而尤侧重于后者。前一部分,他概括"八一三"以来,敌我双方作战的经过、概况和国际间的一般反映,并对前线官兵的英勇斗争,进行了表扬和鼓励。后一部分则是他此行的目的。他说:"九国公约会议,将于十一月三日在比利时首都开会。这次会议,对国家命运关系甚大。我要求你们做更大的努力,在上海战场再支持一个时期,至少十天到两个星期,以便在国际上获得有力的同情和支援。"同时他又说:"上海是政府的一个很重要的经济基地,如果过早地放弃,也会使政府的财政和物质受到很大的影响。"蒋说这些话,语气很坚定。说完他就走了。㊷

接着,蒋介石又作出了一个更加令人不解的决定:撤销第三战区的中央作战军,总司令朱绍良调往西北任甘肃省政府主席。将上海战场上的中国军队重新划分为左、右两个作战军,分别由陈诚和张发奎指挥。

战事仍在激烈进行,临阵换将意在何为?

第八集团军总司令张发奎接到命令后,"陷入了无限的焦虑",并"生发了悲观的心情":

> 朱绍良将军这时忽奉命调任甘肃省主席,所遗中央兵团的任务,最高统帅部即命令我去接任,并将右翼方面的指挥责任交给第十集团军总司令刘建绪将军接替。这时刘集团军的部队方从杭州向前推进,我一面担忧沿海地带的侧面和刘集团军能否确实接防,一面又感于上海方面的紧张状况,将如何去挽救这危殆的局面。我此时陷入了无限的焦虑,以沉重的决心,担当着残破而没有把握挽救的局面,这在我生命史中是最痛苦的记忆。十一月二日,我的指挥部由南桥移至龙华西侧的北干山,这是极接近火线的位置。当我到达那里时,情况已经变化了,第一线的部队已陷于紊乱状态;同时,渡河的敌

人予我们侧面的威胁也正在日益扩大中。但第一线已经没有可以抽调的部队,后援的兵团又迟迟未能到达。我除了竭尽一切努力来调整这个紊乱的形势外,开始生发了悲观的心情。㊸

面对战局,指挥官都如此悲观,血战的官兵又将如何?

为了突破中国守军的苏州河防线,彻底切断北新泾镇地区的中国军队与南翔地区中国军队之间的联系,松井石根命令原本负责掩护侧翼安全的第十一师团投入到攻击江桥镇的作战中。在苏州河一线,日军孤注一掷的作战致使战局恶化得十分迅速。蒋介石"严申命令,有敢擅自撤退的军法从事"。位于前线的中国军队指挥官们"谁也不敢以真情实况报告。偶承以电话垂询,多诳报士气旺盛,倘直陈实际情形,即遭申斥"。㊹

就在这时候,一个更加令人震惊的消息传来了:日军已从杭州湾登陆。

日军虽然占领了苏州河北岸,但上海战事推进缓慢,至十月底日军已付出了死亡过万、负伤两万以上的代价。日本方面在极度的焦虑中也开始讨论一个问题:是将华北的战事扩大,"摆出挟击山东并攻击南京的态势",以迫使国民政府媾和?还是暂缓华北的战事,将兵力集中于上海战场,以"迅速于上海方面谋求获得所望之战果"?在目前已有六个师团,"并配有轻重战车与重炮兵等特种部队"的情况下,中国军队的抵抗力量仍未被击毁。日军参谋本部对这一局势的研判结果是:需继续向上海增兵以"刻不容缓"结束上海战事。——"华北方面确保占领地域之安定",组建第十军"于杭州湾北岸登陆","与上海派遣军共同扫灭上海周边"㊺之中国军队。

在杭州湾登陆的日军第十军,由第十八师团、第一一四师团、国崎支队(第五师团第九旅)野战重炮兵第六旅团、独立山炮兵第二联队等部队组成,司令官柳川平助中将。同时,日军大本营又将位于华北战场的第六师团调出,命其在长江的白茆口登陆,加入到第十军的作战序列。日本海军也把原来的第三舰队,分编成第三、第四两个舰队,增加了"足栖号"巡洋舰为第四舰队旗舰,以全力协助第十军的登陆作战。

日军第十军的作战部署的第一期作战目的是:十一月二日"断然进行登陆"。之后,"以精锐的一部作为先遣队,神速地进入松江以南地区,掩护军主力渡过黄浦江"。第二期作战目的是:"尽速以一个兵团通过水路,向苏州挺进",切断中国军队回撤南京的退路。"主力在松江西南面地区整顿后开始前进","进入苏州河北面地区",策应上海派遣军消灭中国军队主力。㊻

这是一个极其凶险的作战计划。

如果日军成功登陆,并依上述作战计划占领沪浙交界处的松江地区,即可切断沪杭甬(上海至杭州至宁波)铁路,然后从南向北发动攻势,与从北向南打向苏州河的上海派遣军协同,对上海战场上的中国军队形成包围之势。

日军选择的登陆地点,位于上海南侧杭州湾的北岸。这里近岸水深十米以上,且海岸平直,便于大型舰只靠近和重兵展开。更为重要的是,这个地区公路和铁路发达,不仅可以通往上海和杭州,也是通向南京的要道。早在两百多年前的明嘉靖年间,日本人进犯上海时就是从杭州湾金山卫登陆的——中国人或许忘记了,但日本人牢记心中——国民政府陆军大学聘任过的日本教官,曾公开对中国的军校学员说:金山卫"是登陆的好地方"。可见杭州湾登陆点早已在日本人的窥视下:"关于杭州湾沿岸,平时已在进行侦察,也收集了相当数量的地质资料。"㊼但中国军队的将领们认为,金山卫海水浅滩涂深,海岸纵深又多是水网地带,并不是一个理想的登陆地点。——日本军人与中国军人对同一军事问题的认知相距甚远。

淞沪会战初期,蒋介石接到过日军可能要在杭州湾登陆的情报,为此,国民政府军事委员会专门作出部署,将第八集团军的三个师加一个旅布防于杭州湾北岸。但是,随着淞沪会战的进行,杭州湾北岸部队不断地被抽调至上海战场,最后竟只剩下第六十二师的一部和少量的地方武装,而他们要守卫的是正面宽达几十公里的整个金山卫防区——中国军队统帅部似乎已完全陷于应对上海的惨烈苦战,遗忘了或是忽视了位于上海战场背后的杭州湾——空虚的后方如遭遇突袭,必会使腹背同时受敌的危境降临。这是基本的军事常识,而置身于战场的第三战区指挥官们竟然毫无防范。

日军开始攻击苏州河南岸的时候,在海军的护卫下,集结于八口浦和五岛列岛的日军第六师团和第十八师团,乘坐军舰在济州岛附近的海面上会合。然后,战舰经过距上海东南约一百公里的马鞍群岛,于十一月四日晚潜入杭州湾。五日拂晓,日本海军第四舰队的三十多艘战舰,突然向杭州湾沿岸的奉贤、金山卫、乍浦等城镇开炮轰击,并派出军舰向镇海方向实施佯攻。接着,在空军的掩护下,日军第六师团及配属该师团指挥的国崎支队在金山卫西侧、第十八师团在金山卫东侧同时强行登陆。日军第一一四师团紧随第六师团,第一、第二步兵联队紧随第十八师团。

第十军在日本本土还未启程的时候,参谋本部次长多田骏与第十军参谋长田边盛武少将进行了一次"恳切的谈话":

> 军的任务和作战要领等一如先已给予的指示,没有什么必须补充的。而军在作战上的各种条件并非有利,可以想象作战将是极端困难的,其艰辛程度是可以充分体会到的。但是为了打开目前时局,在上海附近夺取一个大战果乃是迫切的和绝对必要的。因此望能克服一切困难以完成这一作战目的,在全世界注视的战场上发扬我军威武。[48]

日军担忧的"极端困难"没有出现。

在杭州湾北岸,中国守军仅有的防御部队,无法抵挡日军的强大突击,日军先头部队很快击溃中国守军开辟出登陆场。

正在徐家汇指挥作战的第八集团军总司令张发奎和副总司令黄琪翔,急调尚未整休完毕就奉命重回战场的第七十九师前往阻击,同时命令位于青浦方向的第六十七军第一〇七师向松江急进。但是,中国军队各部尚未抵达,日军已从金山卫向东推进至亭林镇、松隐镇一线,其国崎支队已经进入金山县城,第六师团主力正向沪杭铁路急进。

获悉消息的蒋介石在电话里征询陈诚的意见,陈诚建议"为尔后长期抗战计",苏州河一带的中国军队应迅速后撤,转入武进(扼守着沪宁铁路的腰部以及南运河的南岸)一线的国防工事重新部署防御阵地。蒋介石"经半个小时之考虑",同意了陈诚的建议。但之后不久,因仍寄希望于正在比利时首都布鲁塞尔召开的国联大会,为以正国际视听,蒋介石又命上海战场再坚持三天。

没有任何理由能够支撑这一命令的合理性。

而这一命令对于上海战场上的中国军队是致命的。

六日,日军向松江方向急速推进,与中国军队第六十三师的一个团和第六十二师的一个营发生战斗,日军迅速将当面中国军队打散。七日,中国军队第六十二师和第七十九师曾向金山县城实施反击,但未能成功。松江是一个咽喉要点。松江中国守军第四十三军和松江保安队得到的命令是死守三天,以掩护上海战场已经开始的大规模撤退。第四十三军原本只有一个师和一个旅,之前在上海战场的苦战中损失惨重,全军现在只有五六百人,而保安队如何能对抗凶狠的日军正规作战师团?由金山卫西侧登陆的日军第六师团和国崎支队如入无人之境。从华北战场移至淞沪战场的第六十七军奉命增援。第六十七军官兵服从命令,死打硬拼,但终究势单力薄,难以支撑,残部于八日夜晚实行突围。此战,军长吴克仁、军参谋长吴桐岗、师参谋长邓玉琢、三二一旅旅长朱之荣、三二二旅旅长刘启文先后阵亡,三一九旅旅长吴骞身负重伤——第六十七军付出了几乎全军覆没的代价仍是未能阻止日军向松江的推进。

与此同时,从金山卫东侧登陆的日军第十八师团,突破了迎面赶来的中国军队的阻击开始向纵深推进。

七日,为了统一指挥上海战场的日军,日军参谋本部下达命令,编组华中方面军,以松井石根为司令官,统一指挥上海派遣军和第十军作战。上海派遣军司令官一职,由日本皇族陆军少将朝香鸠彦担任。

十日,从华北战场调来的第十六师团在白茆口成功登陆。

至此,数路日军从北、东北、西南、南四个方向朝上海战场蜂拥而来,整个淞沪地区的三十万日军呈现出最后决战的态势。

中国军队除了全线撤退,已经没有任何选择余地。

淞沪战场前敌总指挥陈诚回忆:

> 十一月初,敌后续部队又复增加,我苏州河南岸阵地危如累卵。即于此时,敌第六、第十八师团登陆杭州湾。我为保障侧背安全,派队迎头堵击。但因敌空军侦炸甚烈,我军行动迟缓,敌遂长驱直入。十一月九日,松江、枫泾同时被陷,我淞沪阵地至此乃全陷入敌之大包围圈中,苏州河南岸之预势亦未能挽回。为尔后长期抗战计,唯有迅速转移,重行部署,于是乃作全线之撤退。[49]

一九三七年十一月九日,蒋介石终于下达了全线撤退的命令。

蒋介石对忽视了日军从杭州湾登陆的可能,十分懊恼,并承担了责任:"上海开战以来,我忠勇战士在淞沪阵地正与敌人以绝大的打击的时候,敌人以计不得逞,遂趁虚在杭州湾金山卫登陆,这是由(于)我们对侧背的疏忽,且太轻视敌军,所以将该方面布防部队全面抽调到正面来,以致整个计划受了打击,国家受了很大的损失,这是我统帅应负最大的责任,实在对不起国家。"[50]

撤退命令由第三战区副司令长官顾祝同签署下达。总的原则是:上海战场的部队分别向南京、杭州两个方向撤退,退至其间国民政府已经修筑完毕的国防工事一线。

但是,一切都为时已晚。

在日军从各个方向发起的冲击下,中国军队数十万人马已不可能做到有序撤退,这导致了中国抗战史上最大规模的混乱。

由于撤退的时机过晚,下达命令的手段又十分落后,各部队接到撤退命令的时间不一。有的部队还没有接到撤退命令,只是看到友军撤了也就跟着撤了。撤退命令规定按照秩序撤退,并逐次掩护逐步布防阵地,但于匆忙混乱的撤退中已经没人遵守命令。更严重的是,撤退命令并没有规定各部队的撤退时间、顺序和路线,只是笼统地划定了撤退方向,而上海战场的许多部队都是紧急从全国各地调来的,官兵根本无从知晓上海周边的地理方位,这种情况往往导致十几万的部队拥挤在一条狭窄的公路上,成为日军飞机扫射轰炸的靶子。

贾亦斌,中国军队第一军第一师第二旅四团一营营长——

十一月一日,日军从我友邻部队阵地附近强渡苏州河。五日,日军又在杭州湾北金山卫登陆。我军侧背受到严重威胁,于十二日开始从上海全线撤退。刘楚人团长向我们传达了李铁军师长的命令,要我们营到黄渡附近的一个村庄集合,我们找了一夜也没找到这个村子。天快亮了,才赶到虹桥附近上海到青浦的公路上。几十万国民党军队和难民挤在这条路上,潮水般向前涌流……天刚亮,一架日军飞机飞到我们头上狂轰滥炸。离我不远的一个孕妇,身上背着一个孩子,怀里抱着一个孩子,而且挑着一副担子,一头还装着一个孩子,非常吃力地向前奔逃着。一架飞机向她及周围的一堆人俯冲下来,我连忙喊她赶紧趴下,话音未落,一颗炸弹已在她身边爆

炸,她和她的四个孩子都被炸死,她的腹部被炸开,腹腔里的胎儿还在不停地蠕动,血流满地,真是惨不忍睹。㊶

在上海以西的方家窑附近,贾亦斌营长奉命停下掩护大部队撤退。这里有一条河,河上的桥是撤退的必经之路,中国军队的工兵通过后,为防日军追击埋设了大量的地雷。而贾营长知道,别说是大部队,就是他自己的团还有官兵尚未过河。正心急如焚中,夜晚,炮兵第十四团撤退至此,这是中国军队唯一拥有十五厘米口径重炮的部队,清一色的大炮都是从德国买来的。炮团团长彭孟缉听说桥上埋设了地雷,不禁"失声痛哭",他对贾亦斌营长说:"中国就只有这一个像样的炮团,怎么办呀?"没有人知道该怎么办,大炮过不了河又不能留给敌人,只能"忍痛全推到河里去"。之后,当炮兵们"小心翼翼地走到桥上时,刚走不远就踏上了地雷,很多人都被炸死了"。

一九三七年十一月十二日,上海沦陷。

日军各师团立即对撤退中的中国军队开始了猛烈追击。松井石根下达的追击命令是:"方面军决定占领常熟、苏州、嘉兴一线,准备而后作战;上海派遣军占领福山、常熟、苏州一线,以约两个师团在昆山、太仓附近集结,作为直辖部队;第十军占领平望、嘉兴、海盐一线。"㊷

中国第三战区在日军抢占安亭并向昆山进逼的情况下,发现日军有切断中国军队撤退路线的意图,遂决定改变在昆山一带占领预设阵地的计划,开始全线向吴福线国防工事撤退,企图利用预设的国防工事遏制日军的追击。但是,此时中国方面的任何命令都不起作用了。在日军飞机的疯狂轰炸和步兵的急速追击下,拥挤在公路上的中国军队编制已被打乱,部队失去控制,部队之间也失去了联络,将领们甚至连自己部队的具体位置也不知道。

第七十八军军长宋希濂在九日那天先后接到了两个命令:第一个命令让他必须再坚持几天,紧接着的命令让他立即撤往昆山方向。宋希濂看了一下地图,发现撤退的方向上全是河湖港汊,只有一条公路可走,于是带领部队匆忙西撤。公路上挤满了撤退的部队——"为避免自己陷入敌人的包围圈,各自拼命地向前赶,形成极度的纷乱。"宋希濂遇到了胡宗南的第一军军部以及薛岳的第十九集团军司令部。原来胡宗南的军部在苏州河一线遭遇日军偷袭,"军部人员及警卫连被打死者甚多,胡宗南只身撤出。薛岳乘小汽车,自南翔前往昆山,被敌军机枪扫射,司机和他的一个卫士被击毙,薛岳从车上跳到一条河沟里,幸免于难"。[53]逃脱后的薛岳在安亭附近遇到第五十四军军长霍揆彰。霍军长看见薛岳浑身湿透,冻得缩成一团,忙把自己的大衣给他穿上。此时第五十四军处境也不妙,全军只剩下第十四师一个师,撤退到一座公路桥时又遇到了麻烦,因为守桥的第八十七师士兵要炸桥:

> 如果桥被破坏,我师的第四十旅以及其他部队的几万人就会无法过河。所以陈烈上前制止,守桥的士兵问,你是谁? 不烧桥你能不能负责? 陈说我是第十四师师长,我们还有一个旅的人马没有过来。守桥的士兵又说,那你打电话给我的上级,看怎么办。陈烈便给在昆山指挥青阳港收容部队的第四军军长吴奇伟打电话,说明情况,并表示愿意把师工兵营调来,把炸药安装好,另派一个连守青阳港东岸,组成一个桥头堡,尽量掩护我们的人过桥……一直等了一天一夜,退却的部队仍未过完,我师第四十旅也有一部分伤号尚未到达。这时,混在我退却部队中的日军士兵,突然发起冲击,守桥头堡的连队被冲垮了。工兵营聂营长即令炸桥,但因电机点火装置出了毛病,炸药未能引爆,敌人冲过桥来,占领了西岸桥头阵地。[54]

凌晨时分,沿着太仓公路撤退的桂军第一七○师也被阻止在一座桥前:一群中央军系部队的工兵把几十桶煤油安放在桥上,正准备把桥烧了。如果天一亮,敌机一来,滞留在这里凶多吉少。可无论桂军官兵怎么哀求,工兵就是要立即烧桥,结果两支部队差点打起来。一边说:"不管你们哪一部,过得过不了,我奉命一到时间就烧桥。"另一边齐声大喊:"你现在若烧桥,不给我们通过,先把你杀掉再讲。"于是,急于过桥的桂军官兵端枪"保持着战斗姿态"才得以过桥。[55]第一七○师一○一六团团长谢志恒,在日军飞机的扫射中阵亡在另一座桥上。官兵们把跌入河中的他拖上岸,他说了几句话:"我完了。望你们继续努力杀敌,报仇雪耻,挽救国家民族危亡,争取最好胜利……"谢志恒团长"被安葬在江苏省常熟县虞山上"。[56]

中国军队的大部终于撤到了预设的吴福线国防阵地。然而,官兵们放眼望去顿时不知所措:在这条投入了巨额国防资金,动用了大量部队和民工修筑多年的国防防线上,有的工事虽已经完工,但杂草丛生;有的还没有完工,形同一片废墟。且多数工事位置不符合作战要求,在平地上孤零零地突出地表,连机枪工事和弹药库都暴露无遗,"顶上和周围的覆土多已坍塌"。有的机枪工事甚至修在坡顶上,"射孔很大,只求射界广阔;也有的虑及易被敌炮击毁的后果,工事建筑位置较低,或是因原有基础不固而下沉了"。[57]中国军队第九十八师第二九四旅抵达常熟后,奉命在城东占领预设阵地:

> 所谓国防工事,钢筋水泥机枪掩体在公路大道两旁南北三四百米之线,仅有几十处像坟堆的土包一样。当时掘开土层,有的是机枪掩体,没有钥匙打不开,只有立即钻开。有的扒开了是棺材,不是水泥工事。再向三四百米以外去找寻,就找不到水泥的掩体工事了。我们只有急急忙忙地占领阵地,构筑临时工事。阵地前面隔着一道十余公尺的小河,而敌人也到小河沟对面占领阵地,开始战斗。我所占领的掩体工事皆没有联络交通壕,每个掩体工事仅能容一班兵、一挺机枪,在日间不能联络,后方粮弹也送不上来,只有在夜间补给。我官兵满以为退守到国防工事线定能持久抗战,现在看到公路南北两侧二三公里处,仅有十几座水泥掩体工事,如再往远处就没有工事了。[58]

军政大员们在国防工程中的中饱私囊,让整个国家在战争来临时被袒露在敌人的刀锋下。

十七日,日军华中方面军制订了《从嘉兴向南京追击的作战指导纲要》:上海派遣军准备攻击无锡,第十军以一部攻击湖州,一部协助上海派遣军攻占无锡。在日军第十军召开的幕僚会议上,将领们都认为,只要抓住战机断然追击,"有二十天的时间可以占领南京"[59]。

抵达吴福线的中国军队无法立足,只能继续后撤至锡澄线(无锡至江阴),而日军没有丝毫停止追击的迹象:第十三师团向锡澄线中间的青阳镇攻击,第十一、第十八、第九师团全力攻击无锡。二十三日,各路日军于太湖南北两侧向前推进。二十五日,上海派遣军突破中国军队第七十四、第三十九军的阵地,占领无锡;第十军突破中国军队第七军的防线,占领湖州。

无锡和湖州的陷落,令仍在回撤的中国军队又有被包围的危险,于是各部队接到继续西撤的命令。

中国军队开始西撤后,日军命令第十三师团攻占江阴要塞。

江阴,南京水路之门户。

长江已经被中国海军用沉船的方式封锁,江阴要塞上原有火炮四十九门,上海战事爆发后,又增添了刚从德国进口的八十八毫米半自动炮八门和一百五十毫米加农炮四门。防守江阴要塞的中国军队有:第一〇三、第一一二师,要塞步兵两个营以及江防海军舰艇等部队,江防军总司令刘兴。

在日军的猛烈攻击面前,江阴守军顽强抵抗,要塞外围阵地多次失而复得。要塞新添的大炮击沉了日舰一艘,击伤了两艘,并且击落日军的飞机一架。战至十二月一日,要塞的火炮被日军飞机炸毁,要塞与外界的通信联络中断。日军随即突入江阴城,中国守军第一一二师师长霍守义负伤,部队陷入混战状态。江防总司令刘兴下令突围,突围部队又遭日军阻击,部队被打散后多数各自为战。第一一二师师长霍守义和部分官兵渡江去了镇江,第一〇三师突围时遭遇日军突袭,六一三团团长罗熠斌阵亡,师长何知重、参谋长王雨膏、六一五团团长周相魁脱离部队渡江去了武汉,部队由副师长戴之奇带领退到了镇江。

十二月二日,日军占领江阴,南京的水路门户敞开了。

同时,日军第十八师团占领丹阳,第九师团占领金坛。

沿着太湖南侧攻击的日军,于十一月十四日占领嘉善,二十日占领南浔。中国方面为了阻止日军,命令桂军周祖晃部的第七军向吴兴推进,并集结川军五个师于泗安、广德策应。二十四日,日军向吴兴发起猛攻,中国守军第一七二师奋力苦战,副师长夏国璋不幸阵亡,吴兴失守。为了掩护第七军撤退,川军第二十三集团军奉命迎敌。第二十三集团军副总司令兼第二十一军军长唐式遵,率领部队出川前曾在成都召开誓师大会,宣告"失地不复,誓不回川"。副总司令兼第二十三军军长潘文华出川前,在各界群众欢送会上预立遗嘱:"胜利归,败则死。"川军官兵满怀斗志地出发了,脚上的草鞋很快就在长途跋涉中被碎石磨烂,被泥水泡烂,光脚走路很是辛苦。在公路上看见好几个师的中央军部队装备精良,头戴钢盔,足穿军鞋,很是羡慕又很是生气,因为他们是败退下来的。接近前沿时,一路看见日军"对公路两侧五六华里附近逃离不及的平民百姓,无论男女老幼,全部枪杀,无一幸免。所有房屋,纵火焚毁,凄风遍野,尸体横陈,其惨痛之状,不忍目睹"。川军官兵"无不咬牙切齿,悲愤交集,突遇敌军,怒不可遏,不顾一切,冒死冲杀,争先恐后,以手刃敌兵为快"。⑥但是,战场地形平坦,川军装备低劣,面对日军的坦克冲击无险可守,经过苦战,川军没能阻挡住日军的攻击。日军占领泗安后,当面中国军队各部都接到了继续撤退的命令,只有川军第二十一军第一四六师没接到。这个师不但没有后退,而且还对日军实施了突袭,竟然把泗安夺了回来,歼灭日军数十人,缴获了大量文件和装备,其中包括日军女看护两人和日军军官一人。这名日军军官在中国士兵冲到他面前时剖腹自杀了。但是,没等第一四六师庆祝胜利,官兵们便发现周围的友军全撤走了,于是赶快撤退,泗安又失。川军第二十一军第一四五师数天内孤军作战于泗安镇内,部队伤亡惨重,已经失去作战能力。当师长饶国华命令团长刘洪斋率部反击时,刘团长拒绝执行命令。饶师长为自己的官兵如此懦弱而愤怒,也为丢掉了泗安阵地感到羞愧,于是在师部里给亲属和长官写下几封遗嘱后,径直来到广德城东门外,随从这才明白他们的师长并不是想撤退,而是想死在这里。——"嘱卫士铺好卧毯,饶盘腿坐于卧毯中间,面对日军方向大呼:'威廉第二如此强盛都要灭亡,何况你小小的日本,将来亦必灭亡!'言罢,饶向敌人方向怒目而视,拔出所佩手枪自戕成仁。左右见之,无不下泪。"⑥

好一个烈性的川军师长!

十八日,日军第十八师团占领广德,第一一四师团占领宜兴和溧阳。

南京,已经近在咫尺。

十一月十九日,东京日军参谋本部收到了第十军的电报:

一、集团本日正午许占领嘉兴,大概傍晚扫荡完了。

二、集团十九日晨命令全力向南京追击,大致部署如下:国崎部队(步兵第九旅团)经湖州、广德向芜湖追击,切断敌之退路;第十八师团经湖州、广德、溧水向南京追击;第一一四师团经湖州、长兴、溧阳向南京追击。第六师团向湖州推进。⑥

参谋本部次长多田骏看到电报后“非常惊讶”，他没想到华中方面军的攻击如此神速，更没有想到置于中国战场的日军已决心进击中国首都南京。

占领一国首都，并非只涉及军事。

“因事关紧急所以督促立即发出中止的指示。”

当晚，日军参谋本部作战部部长回复华中方面军参谋长冢田攻：“发来报告谓已部署以全力经湖州向南京追击问题，被认为这已脱离了临命第六〇〇号（作战地区）的指示，殊为念念。”[63]——日军参谋本部临命第六〇〇号：“华中方面军作战地区大概定为连接苏州、嘉兴一线以东。”[64]

由此，各路日军暂时停止了追击的脚步。

淞沪会战结束。

淞沪会战从一九三七年八月十三日开始，至十一月十二日中国军队全线撤离上海战场止，历时三个月。

会战中，日军逐次增加兵力，最后投入战场的总兵力达到十个师团近三十万人，动用军舰五十多艘，战机五百余架，坦克三百余辆。中国军队先后调集全国各地部队会集上海战场，投入总兵力达七十多个师七十五万人，舰艇四十多艘，战机二百五十架。

日军伤亡约四万人。[65]

中国军队伤亡约二十五万人。[66]

淞沪会战粉碎了日本军国主义者速战速决灭亡中国的野心，为保存国家的经济实力，掩护国家进入战时体制赢得了宝贵的时间。

同时，淞沪会战也暴露出中国军队在战役策划、指挥、调度上的弱点，以及军队在作战素质、后勤供给与相互协调上的缺陷，特别是会战最后阶段的溃退，表明中国军队距离打一场现代化战争的要求差距甚大，同时也预示着中国的对日作战未来将更加残酷和艰苦。

关于这场会战的地点选择，史家众说纷纭。有说不该在中国经济中心引发战争，这样会严重损伤中国的战争实力；也有说之所以选择在上海地区会战，是为了把日本的侵略战争从中国的北方引向东南地区，迫使日本陷入战争泥潭，不得不沿着中国特有的东低西高的地势艰难地仰攻。——其实，这两种说法都忽视了一个前提：如果中日双方不在上海开战，日本就一定不会在上海登陆？从历史的角度看，日本一旦全面入侵中国,上海是必然的首战地点,因为上海不但是中国的经济中心,而且距离中国的首都南京很近。因此,无论是中国的被迫进行还是有意为之,淞沪战事从一开始就是无法避免的。

从中国方面讲,淞沪会战的初衷,是出于持久抗战的战略意图,这一点在某种程度上是符合实际的。但是,淞沪地区要进行多长时间的作战以及作战需要多大规模的投入,必须从中国长期抗战的角度上综合考虑,详尽计划。将数十万大军部署于敌人掌握制空权、制海权的狭窄的滨海城市,依靠单纯的一线防御拼消耗拖时间,这完全违背了持久抗战的战略初衷。更为严重的是,希图用鲜血和生命换取国际干涉和支持,事实证明完全是幻想。世界上的列强以前不会,现在不会,将来也不会出于公理和正义而支持与帮助中国,除非这种支持与帮助能够同时维护或保卫他们自身的利益。

淞沪会战的最大收获,是中国全民战斗精神和战斗意志的提升。中国军队面对强悍的侵略者拼死作战,没有丝毫的妥协与屈服,几十万官兵在注定将要付出巨大代价的作战中顽强勇敢,其铮铮铁骨令人对那段一寸山河一寸血的历史肃然起敬。

世界舆论普遍认为:"日军最大与唯一目的,在于摧毁中国陆军,使之不复有坚强有效之战斗力,苟无以达此目的,纵土地若有所得,亦无多大关系。"中国军队"在沪抵抗日军攻击之战绩,实为历史中最英勇光荣的一页","已足造成中国堪称军事国家之荣誉"。《泰晤士报》专门发表社论,称上海的抗战证明中国军队"已从滑稽故事之迷雾中脱颖而出"。[67]——近代以来的中国,面对异族入侵的所有"抵抗",在世界的眼中无论其作战样式、武器装备、军事素质以及军与民的精神状态,都如同一部荒诞的历史滑稽剧。但是,一九三七年,在中国的淞沪战场上,无论是军与民,中国人终让侵略者看到了他们愤怒的容颜以及不屈的身躯!

溽热的酷暑已过。

南京城头,冷风瑟瑟。

第七章
使中华民族永存世上

当上海战事逐步扩大时,中国最高统帅部一度忽视了山西战场。

在山西与河北的交界处,太行山纵贯南北,居高临下地俯视着整个华北地区。自古以来,山西便是华北的西部屏障,控制了山西就等于在制高点上控制了华北。因此,要确保华北就必须确保山西,而攫取华北也必须控制山西。——华北日军从战事一开始,便将主攻方向放在了晋北,依据的就是这一军事常识。

但是,南口战役结束后,当平绥路上的日军大举向山西推进时,蒋介石却把位于第二战区的汤恩伯的第十三军调往了淞沪方向。对此,阎锡山表示严重不满,称其"急其所缓缓其急,何异补疮把肉剜"[①]。共产党人对此也有异议,认为蒋介石"没有清楚认识到保卫山西的重要战略意义,未能以更多的精锐部队首先使用于山西的保卫,这是后来山西失利致使整个华北局势处于不利的一个重要原因"[②]。

日军攻破平型关和雁门关后,攻势直指太原,蒋介石这才意识到山西对于全国战局的重要性:"我们与日本人打仗,不怕从南方打,也不怕从北方打,最担心的是日本人由卢沟桥入山西,再经汉中,入四川。"[③]蒋介石担心的是中国抗战后方的安全——战争刚刚开始,如果没有了后方,仗还怎么打下去?

日军第五师团师团长板垣征四郎急欲占领太原。

按照战争初期日军参谋本部的意图,华北战事应限定在华北的平原地区:"华北方面军的作战地区(不包括航空),大概定位连接石家庄—德州一线以北。"[④]但是,板垣征四郎认为,必须全面控制山西,至少要占领太原:"攻克太原的作战基本理论,是根据这个古来公认的

'制伏山西就能制伏华北,制伏华北就能制伏全中国'而得出的。"板垣征四郎的参谋美山要藏大佐说:"当时第五师团的官兵,几乎都对这句话有一种魅力性的使命感,就好像是能用它来克服一切困难的一种咒语一样。"⑤

关东军与板垣征四郎的看法高度一致,即必须使用强大武力控制山西和华北。之后,迅速建立由日本人掌控的伪政权,以从根本上保障"满洲国"的"国防安全"。日军参谋本部最终同意了板垣征四郎的请求,于一九三七年十月一日下达了攻击太原的作战指令。日军华北方面军随即命令关东军一部归板垣征四郎指挥;命令河北境内的日军一部突破石家庄中国守军的防线,沿正太路(正定——太原)向井陉方向发起攻击,策应第五师团。——井陉,位于河北的石家庄以西,山西的娘子关以东,是正太铁路线上从河北通向山西的要冲。

阎锡山自太和岭口撤退,刚一回到太原,就收到了蒋介石要求他坚守山西的命令,而且要求他坚守的时间越长越好——至少要一个月以上。为此,阎锡山请求将平汉线上的卫立煌的第十四集团军调归第二战区指挥。蒋介石答应了。——阎锡山主动请求中央军部队进入他的山西地盘,这在以往是绝对不可能的。

卫立煌的第十四集团军,中国陆军的精锐部队之一,至少看上去与阎锡山的晋军完全不一样:官兵清一色的深灰色军装,扛着清一色的七点九毫米口径步枪。机枪也不少,甚至还有专门打坦克的德式山炮。大部分人操广东或安徽口音,坐下来休息时不怎么说话,行军时爱唱歌,唱的是卫立煌填词的《第十四集团军军歌》:

> 这是我们的地方,
> 这是我们的家乡,
> 我们第十四集团军,英勇坚强。
> 为祖国的生存而奋斗,
> 团结得好比钢一样。
> 服从命令,保卫边疆,
> 联合民众,抵抗暴强。
> 把自己的力量,献给祖国,
> 完成中华民族的解放。⑥

十月四日,卫立煌先于部队抵达太原。

见到卫立煌,阎锡山不住地慨叹"是咱把你求来的"。

第二天,阎锡山、周恩来、卫立煌、傅作义以及刚刚上任的第二战区副司令长官黄绍竑等人一起讨论忻口防御问题。对于敌情,大家一致的判断是:"敌以主力由大营、繁峙,以一部由大同、雁门沿汽车路进攻,另以一部由阳方口(位于雁门关西南)附近实行牵制攻击,以使其主力攻击容易。"⑦因此,决定中国守军依托东起五台西至宁武附近的山脉,以忻口以北各处要地为作战支撑,缩短战线、集中兵力对南下的日军进行阻击。具体部署是:以朱德的第十八集团军为右翼,卫立煌的第十四集团军为中央,杨爱源的第六集团军为左翼,傅作义的第七集团军为总预备队。

因为日军已经攻占了晋北要地,其攻势的锋刃笔直地向南而悬。这导致了阎锡山对于太原正北面的忻口过于警觉,而忽视了太原以东娘子关方向的防守。为此,毛泽东专门致电周恩来,委托他提醒阎锡山:华北的日军占领石家庄后,定会沿着正太铁路向西进攻,因此娘子关方向必须派出重兵把守,这样才能确保忻口战场侧背的安全。毛泽东认为,进入山西的日军总数不过两个半师团,为了确保晋北的各占领区,日军需要分出兵力守备。因此,攻击忻口的日军,顶多一个师团。如果我军部署妥当,是有可能击败敌人的,但前提是娘子关必须安全稳固。否则,一旦华北战场的日军西进,只要通过了娘子关,不但太原近在咫尺,阎锡山还会因日军的左右夹击而被迫两面作战。——在忻口阻击、后方袭扰与娘子关坚守这三个必须坚持的作战要点中,毛泽东明确地将坚守娘子关放在第一位。

十三日,毛泽东致电周恩来、朱德、彭德怀:

> ……可否向蒋(蒋介石)程(程潜)阎(阎锡山)提议任命黄绍竑为娘子关、龙泉关沿太行山脉以东各军(红军不在内)之总司令,以统一指挥确保娘子关。因娘子关不失则太原虽失仍可支持,如娘子关失守则华北战局立即变为局部战,失掉了全局的意义。须知华北战局重点并不在太原,而在娘子关、龙泉关一带之太行山脉。如太行山脉及正太路在我手,敌进太原如处瓮中,我军是还能有所作为的……⑧

无法得知阎锡山对于毛泽东的提醒是否真正理解并给予过充分重视。尽管后来负责娘子关作战的副司令长官黄绍竑依据毛泽东的提醒,将第一军团孙连仲部调往娘子关作为预备队,但从整个山西战场的兵力分布看,中国军队布防娘子关方向的兵力仍是过于单薄。后来的战争发展进程证明,毛泽东对娘子关的担心不幸成为事实,从而令中国军队在山西战场的作战出现了令人扼腕的遗憾。

就在中国第二战区制订作战计划的时候,板垣征四郎指挥日军第五师团步兵第二十一旅团以及独立混成第二、第十五旅团集结于代县附近,之后开始攻击崞县和原平。

四日,日军占领代县西南方向的阳明堡,继续南下攻击崞县时,被中国守军王靖国的第十九军击退。五日,日军攻击阳明堡以西的阳方口,中国守军独立第七旅与日军彻夜激战后,退守段家岭、瓦窑一线,日军占领了阳方口以南的宁武县城。下午,日军独立混成第二旅团逼近崞县北关,第十九军独立第二旅的两个团与日军于城北混战,在日军猛烈炮火的打击下,中国守军阵地大半被毁,四〇七团团长刘良相、团附高振麟阵亡;第二〇五旅特务排和四〇七团残部奉命发动反击,但因部队伤亡过重被迫退入崞县城内。

日军混成第十五旅团同日开始攻击原平。

此时,卫立煌的第十四集团军主力尚在车运途中,最早也要到八日前后才能抵达忻口战场。这就意味着,原平和崞县一线的中国守军必须死顶不退,尽力迟滞日军南下的速度。可是,就在这时候,阎锡山下达了向日军全面出击的命令,要求左、中、右三个方向的中国军队向当面日军发起攻击,骑兵部队同时在大同附近切断平绥铁路以绝日军后路。阎锡山的目的是对南下崞县、原平的日军实施围歼——无人知晓,在主力部队尚未展开时,何以能够做到全面出击。眼前最迫切的问题是:包括八路军在内,中国守军必须堵住南下的日军,为主力部队在原平以南、太原以北的忻口布阵,赢得必要的时间。

七日,日军独立混成第二旅团在二十余架飞机、二十余门重炮和三十余门山炮的支援下,向崞县发起猛攻。崞县的城墙倒塌了十余丈,中国守军的工事全部被毁,城内的电话线路均被切断,千余日军步兵在坦克的前导下开始了集团冲锋。下午,东桥阵地上的四〇九团伤亡殆尽,四一〇团团长石焕然率残部三百余人前去增援,在路途中遭日军冲击全部伤亡。日军从倒塌的城墙缺口蜂拥而入,中国守军在残酷的巷战后残部退出县城。崞县陷落。

这一天,在原平方向,日军独立混成第十五旅团与中国守军第一九六旅形成对峙。

崞县失守,中国军队失去了阻击的支撑点,同时也失去了反击的支撑点,这让阎锡山发布的全面出击的命令瞬间成为泡影。

八日,阎锡山命令忻口全线改为守势。

毛泽东就八路军各师作战问题致电周恩来、朱德、彭德怀:

甲、完全同意周与程潜、阎锡山共商决定之作战计划。

乙、我一一五师全部除一部做地方工作者外,应速集中于台怀镇以北,大营镇、砂河镇以南之山地,待敌被吸引于原平、忻县地区并打得激烈时,袭取平型关、大营、砂河、繁峙线。得手后,交友军占领该线,我军向北突击,占领浑源、应县地区,开展新局面。

丙、王震部速归还贺师建制。贺师全部除游击支队外,主力此刻应隐蔽于五寨地区,待原平正面打得激烈时,而我一一五师又已实施向大营、浑源行动时,即用主力出长城,袭击朔县、左云一带,与一一五师相呼应,捣乱敌人的整个后方。

丁、一二九师以一个团位于孝义,主力位于包括娘子关在内之正太铁路侧后,主要任务是动员工人及两侧农民,战略上策应林、贺两师,巩固后路。

戊、林、贺两师原来划定之地区,均应派遣必要之地方工作人员,有计划地散开工作,于一定地区完成一定任务,不得因为主力作战而置原定地区之地方工作于不顾。以上部署意见,请朱、彭速即考虑执行。

己、我军部署仅能当面告诉阎锡山,不得用电报告诉他,并要阎不得下达于任何人,严防泄露。⑨

在平型关伏击战取得胜利后,共产党领导的八路军在晋北前线受到了中国军队其他各路部队的尊重。毛泽东特别要求朱德和彭德怀转告八路军所辖部队的所有指挥员,一旦作战中有"国民党交给我们指挥之部队",八路军应该"采取爱护协助态度,不使他们担任最危险的任务,不使他们给养物资缺乏",对他们要"多取商量,表示殷勤爱护之意,力戒轻视、忽视、讥笑、漠不关心"等错误态度。⑩由于与八路军同处一个战场,阎锡山的晋军官兵惊讶地发现,八路军从官到兵都非常年轻,尽管武器简陋,军装粗糙,但每个人都意气风发、斗志昂扬,他们得到了八路军送来的小册子——《抗日救国十大纲领》。

根据八路军总部下达的作战命令,十月一日,八路军第一二〇师雁北支队袭击了朔县以北的井坪镇,克平鲁县城,并在辛庄附近伏击了日军运输队;八日,该师第三五八旅夜袭宁武县城;十日,八路军第一一五师独立团克涞源县城,该师第三四四旅在平型关附近断绝了日军的交通线。由于日军主力部队均已南下,晋北各处要地只能分兵守备。因此,位于敌后战场的八路军,利用日军兵力薄弱之时,发挥袭击战和伏击战的优势,多次歼灭日军运输队,连续转战收复多个城池,"切断了张家口至代县间日军的后方交通线"⑪。

十月六日,蒋介石致电八路军总指挥朱德:

捷报传来,无任欣慰。袭敌侧背,断其联络,收效甚大。
希更发动民众,扩大行动,使敌有后顾之忧,则于占据更有裨益也。⑫

十月七日,蒋介石再次致电朱德和彭德怀:

宋支队(八路军雁北支队支队长宋时轮)奋勇杀敌,收复井坪,殊为欣慰。若能扩大游击,向平绥线山地行动,使敌感受痛苦,尤有意义。并希转前方将士,代致嘉勉,为盼。⑬

八路军的作战,完全是敌后战场的孤军战斗,因此部队伤亡很大。为此,国民政府军事委员会第一部(作战部)专就给予八路军作战奖恤问题,致电时任军事委员会管理部部长张治中:

据第十八集团军朱总司令德(阳曲)江(三日)电称"职路进入战斗以来,以主力于平型关、雁门关、朔县线之两翼侧外,另组织四个支队袭击敌之后方,截断运输,破坏交通,发动群众组织,扩大游击战争等为主要任务,计各支队先后均有胜利。总共缴获汽车八十余辆,九二野炮一门,七三、七五山炮弹三千余发,步枪三百余支,机关枪二十余挺,并毙敌千余人。

现涞源、广灵、灵丘交通已被我完全截断,敌不敢白日运输。但我伤亡官兵六百余名,内副团长、营长各两名,务请颁给奖恤"等语,即希查照核办,径复为盼。⑭

十日,日军在原平县城炮火轰开的城墙缺口处,不间断地发起集团冲锋,反复消耗撤入城内的中国守军第一九六旅的兵力。中国守军伤亡极重,弹药殆尽,在惨烈的巷战中,那些还活着的官兵在每一条街上每一处院内反复拼杀。第一九六旅领受的任务是坚守七天,现在任务已经完成,却接到了要求再守三天的命令,因为忻口方向主力部队的布防尚未完成。眼见部队几近打光,有官兵主张撤出原平,但旅长姜玉贞表示要与原平县城共存亡。

姜玉贞奉命坚守原平后,光着脊梁,身背短枪,每战必身先士卒,提着手榴弹和士兵一起冲杀。战至十一日,原平县城里的残剩兵力只有五六百人。幸存下来的官兵在没有弹药的情况下护送伤员出城,因为所有人都清楚原平城的失守已经不可挽回。只是,姜玉贞认为,只要他这个旅长还在,原平就不能算是失守。最后时刻,跟随姜旅长留在城里的,仅有特务排排长黄洪友和几名士兵,几个人坚守在一座院子里。围攻的日军越来越多,炮弹直接落进院内,姜玉贞被炸倒。士兵们拖着从泥土中爬起来的旅长,从预先挖好的城墙洞口往城外转移。转移途中,姜玉贞的腿部被日军的炮弹炸伤。他身材魁梧高大,士兵们难以背他行走,当日军追上来时,他已因失血过多失去知觉,日军的刺刀刺入了他的腹部。

日军堵截了第一九六旅运送伤员的汽车,将两百多名伤员全部刺死。

特务排排长黄洪友曾带领士兵冒死返回寻找旅长的遗体,未得,大哭不止。

日军查明这是坚守原平城的中国军队的旅长后,将姜玉贞的遗体拖走并将其头颅割下。

姜玉贞,山东菏泽一个贫苦农民的儿子,没出生即丧父,母亲艰难地将他抚养成人。十九岁入阎锡山的晋军,吃苦耐劳,作战勇猛,先后进山西陆军干部学校和中央军校高等教育班深造。一九三四年升任第一九六旅旅长,军衔少将,阵亡时四十三岁。⑮

中国军队第一九六旅,死守原平近十天,歼灭日军近千人,全旅五千官兵仅存活二百余人。

崞县、原平的坚守,以及八路军袭击日军后方的作战,为第二战区主力部队于忻口一线的集结和布防争得了宝贵时间。

忻口,"前往太原途中最后一处可守的山口"。⑯

忻口实际上是一个位于忻县、崞县、定襄三县交界处的大村落,南距太原约一百公里。东面的五台山与西面的云中山,在这里形成了一道纵贯南北的峡谷,峡谷中横亘着一道长十六公里、宽三公里的山岭,地势十分险要。在山岭北端右侧的山脚下,即忻口大村落的北面,滹沱河从北边流来,云中河从西边流来,在此汇合后继续东流。被夹在两山之间的忻口,犹如一个葫芦口,自古便是出入晋中的重要交通孔道。一九三五年,国民政府拨专款在忻口修筑了国防工事,并在忻口西南侧一条名叫"红沟"的山沟里修筑了数十孔窑洞以为战时军事指挥部。

截至十月十一日,忻口前线的中国守军已全部进入指定位置,并占领了预设阵地。

十二日,日军由原平一线继续南下。

阎锡山将装甲车队和空军拨给前敌总指挥卫立煌,并重新划分了各部队的作战任务和区域:右翼兵团由刘茂恩任总指挥,辖第十五、第十七军和第九十四师;左翼兵团由李默庵任总指挥,辖第十四军所属第十、第八十三、第八十五师以及晋绥军的第六十八、第七十一师;中央兵团由郝梦龄为前敌总指挥,陈长捷为前敌副总指挥,辖第九、第十九、第三十五、第六十一军。

前敌总指挥卫立煌的具体作战部署是:

(一)飞行队于明(十三)日起逐日派机侦炸原平以南之敌,并侦查原平、崞县、代县间敌后续部队之状况。

(二)右翼兵团(第十五军),应仍占领上社村、营房里、灵山之线,重点置于左后方,与中央兵团切取联系;并于下社子、东新庄、东西岔村各要点,配置警戒;另以一部向右前方对代县以南地区尽量活动,确实掩护军右侧之安全,并以一部占领南神头、亭子头以东高地,为尔后包围攻击之据点。

(三)中央兵团(第九军——欠第四十七师、第二十一师、炮兵第二十八团、战防炮二连、装甲车一队),仍应占领三家庄以北、界河铺、南怀化、新练庄之线,重点置于中央右后方,与右左两兵团切取联系;并于板市、下王庄各处占领前进阵地。

（四）左翼兵团第十四军（第八十五师、炮兵第二十七团之第二营、战防炮营——欠两连、山炮一连）仍应占领秦家庄、大白水、南岭之线,重点置于中央后方,与中央兵团切取联系;并于后城头亘一四八二高地之线配置警戒。另一部向神山以南地区活动,确实掩护军左侧之安全。

（五）总预备队的位置:第十七军（欠二十一师）仍于西冯村附近地区;独立第五旅仍于忻县附近;第十九军于石岭关一带,构筑该线预备阵地。第一九六旅余部于代群村附近集结,而后赴关城镇归建。⑰

中国军队集结于忻口战场的总兵力约二十八万,除了中央军嫡系部队第九军、第十四军、第九十四师外,还有晋军、陕军、豫军、东北军、八路军等部队,还有炮兵八个团、骑兵四个师,以及可以支援作战的空军战机三十架。

攻击忻口的日军,除了板垣征四郎的第五师团外,还有原属于关东军察哈尔兵团的独立混成第二、第十五旅团以及萱岛高支队和堤不夹贵支队,共计约十五个步兵大队,配属坦克一百五十辆、大炮二百五十门、作战飞机三百架,总兵力约五万。——板垣征四郎总是抱怨兵力不足,特别是他的第九旅团被抽调到杭州湾登陆去了,兵力更觉捉襟见肘。尽管华北方面军司令官寺内寿一从担负平津警备任务的第一〇九师团中抽出了两个步兵大队,再加上一个机械化步兵联队,命其增援山西战场,但板垣征四郎还是认为自己兵力薄弱。

板垣征四郎知道,当面的中国军队必将与他死拼血战。

十月十二日,日军向忻口前沿进行尝试性攻击和潜进,中国守军左翼兵团首当其冲。在飞机轮番俯冲轰炸后,三百多名日军骑兵和四百多名步兵,同时向忻口西北方向一条弧形防御线上的要地——兰村、阎庄、卫家庄和一四八二高地——发起攻击,随即突破中国守军于一四八二高地和卫家庄的阻击。中国守军在炮兵火力支援下奋力反击,击毁日军坦克四辆,致使突入阵地的日军暂时后撤。战斗期间,中国军队左右两翼兵团出动部队,分别向广灵、灵丘、代县和崞县进行敌后游击作战。中国空军第七大队也出动了四架战机,在副大队长吴沛的率领下从太谷机场起飞,飞临崞县上空侦察和轰炸向前运动的日军,日军出现混乱和伤亡,被迫退回。中国战机返航时,一架因迷航撞山而机毁人亡,其余三架安全降落太谷机场。

试探性进攻受挫后,日军决定以混成第十五旅团、堤不夹贵支队为右翼,第五师团为左翼,发起正式攻击。

十三日拂晓,日军先以一部实施火力侦察,然后开始全面突击。由于中国守军的左右两翼有云中山和五台山阻挡,日军集中了五千多步兵,在三十余架战机、五十余辆坦克和五十余门火炮的支援下,采取中央突破的战术,向中国守军第五十四师的南怀化阵地以及左翼兵团的阎庄阵地发起猛攻。战至上午十时,南怀化沿云中河北岸的阵地全被摧毁,中国守军伤亡殆尽。由于增援不及时,日军从撕开的缺口蜂拥而进,渡过云中河,继续向一二〇〇高地攻击。第九军军长郝梦龄命令第二十一师师长李仙洲实施反击。李师长身先士卒,亲率六十三团冲锋。在日军强大的火力面前,六十三团官兵伤亡巨大——"一上午就替换了几个连排长,最后连伙夫也上阵地支援,运子弹、送伤员。"经过三天三夜的激战,第二十一师击毁日军坦克十五辆,将突进来的日军逼回了云中河对岸——"我方终于收复了山头。当攻上制高点时,敌人只剩下一名军官和一名士兵。那名士兵往山下跑,被那个军官一枪打死了,然后军官自己剖腹自杀。"[18]

左翼,日军将攻击阎庄的兵力猛增至三千余人,突破了当面中国守军第十师的阵地,双方进入反复的争夺状态。

右翼,日军九百余人在原平以南的桃园附近渡过滹沱河,中国军队第六十四师的一个团前往迎击,双方陷于持续的激战。

与此同时,八路军第一一五师第三四四旅主力"夜袭团城口,随后收复平型关及浑源县城";同一个晚上,该旅六八八团袭击了砂河镇的日军守军,随后一举向西攻克繁峙县城。接着,八路军第一二〇师第三五八旅七一六团以一部向雁门关日军守军发动袭击,"一度切断了雁门关至忻口的交通"。[19]

"日军似感受极大威胁,其重兵器有后撤模样。"[20]

卫立煌和傅作义判断,当面日军攻击受挫,需要整理态势并等待增援,之后才能重新发动攻势,遂立即决定乘势发动反击。

卫立煌从忻县前线指挥部致电阎锡山,告知准备动用预备部队从中央兵团地域出击。阎锡山立即命令左右两翼兵团部队向敌后运动,阻击日军的增援;命令左翼的第六十八、第七十一师加入中央兵团的作战序列,以厚兵力。

卫立煌和傅作义共同策划了反击作战的要领,即以郝梦龄的第九军(欠第四十七师)附李仙洲的第二十一师,在现阵地抵抗日军的进攻;以卫立煌的第十四集团军由大白水附近、傅作义的第七集团军由忻口附近联合出击,从左右两路对当面日军实施夹击。

十四日凌晨一时,卫立煌下达了全线反击的作战命令:

一、右翼兵团,应以主力于明(十四)日拂晓向桃园、北郭下之敌攻击,与第七集团军密切联系,竭力威胁原平南北敌之增援部队,并控制一部于峙峪附近,依情况进出于原平以北地区,截敌退路。

二、中央兵团,须本(十三)日晚,歼灭侵入南怀化附近之敌,确保原阵地,为第七集团军出击之支援。

三、左翼兵团,应于明(十四)日拂晓,以主力逐次向永兴村及其以北高地之敌包围攻击;一部先与第七集团军协力击灭侵入南怀化之敌后,再向王家庄、安家庄一带攻击。

四、第七十一师,着于本(十三)日黄昏前,接替阎庄、水油沟迄山水村一带第十四军及八十五师阵地之守备,并为该军出击之支援,尔后即归第十四军李军长(李默庵)指挥。[21]

十三日夜,参加反击作战的中国军队均已抵达忻口以北界河铺附近的出击位置。

从军事角度上看,卫立煌的反击计划是正确和果断的:以攻为守,在条件允许的情况下,不失为积极防御的有效手段,而这种积极防御的理念是抗战爆发后中国军队最为缺乏的。

但是,此刻在忻口战场发动大规模的反击作战,理应注意这样一个前提:尽管当面日军攻击受挫,但未到无力攻击的地步,也未到必待增援的境地。日军在十三日攻击未果的情况下,十四日也许会发动更大规模的攻击,而重点很可能是中国守军中央兵团的阵地,即目前李仙洲的第二十一师的阵地。——那么,卫立煌是否想到过,一旦第二十一师既是日军攻击的主要方向,同时又是中国军队反击作战的主要方向——敌我两军迎头相撞,将会出现何种景象？

无法得知当面日军是否掌握了中国军队的情报——当中国守军全面反击作战开始时,当面的日军也同时发动了进攻。

凌晨二时,云中河岸边,中日两军瞬间就冲撞在了一起。

按照作战计划,董其武的第二一八旅向云中河北岸扑过去。在通过河上的一座木桥时,受到当面日军机枪的严密封锁,四二〇团二营机枪连连长王星明等二十多名官兵阵亡。该旅冒着伤亡继续攻击前进时,接到了增援南怀化阵地的命令。南怀化位于界河铺的西北方向,是中国军队忻口一线阵地的核心支撑点,阵地上的守军是第九军第五十四师第一六一旅。日军在猛烈炮火的支援下,向第一六一旅三二二团三营的阵地轮番攻击。三营出现严重伤亡后,一营增援而来,被迫与日军展开残酷的白刃战。日军突破了南怀化阵地前沿,中国守军退入南怀化村中,后又退到村外的小高地上。为了封堵南怀化缺口,第九军军长郝梦龄亲赴前沿督战,指挥部队连续反击,与日军在南怀化村几进几出。三二二团团长戴慕贞、团附赵子立以及三名营长身负重伤被抬了下去,全团伤亡已达千人以上。郝军长命令董其武的部队增援南怀化后,中国守军在阵地前组织起突击队,轮番向日军发动反击,但南怀化阵地依旧没能收复。郝军长将还在阵地上的三二二团官兵进行了合编,他对这些已经苦战多日的官兵说:"一天不死,抗战任务一天不能算完。出发前,我已在家中写下遗嘱,不打败日军决不生还。现在我同你们一起坚守此阵地,决不先退。我若是先退,你们不管是谁,都可以枪毙我；你们不管是谁,只要后退一步,我立即枪毙他。你们敢陪我再次坚守阵地吗？"官兵们齐声高喊:"誓死坚守阵地！"[22] 合编后的部队再次发起反击,试图收复南怀化阵地。日军集中了三十多架飞机、三十余辆坦克和数十门火炮向南怀化猛炸猛轰,致使中国守军置于如雨的弹片中。三二二团二营副营长翟洪章,刚刚接替了一营长的位置,他带领五名传令兵躲进一个临时挖出的掩蔽部里,"不料一颗炮弹恰落其上。掩蔽部被炸塌,五名传令兵全被炸死"。当翟营长从泥土中把自己刨出来时,发现"身上溅满了鲜血和脑浆"。翟营长请求郝军长增援,郝梦龄给他的回复是:"战在何处,死在何处。"[23]

第二一八旅派出四三六团前往增援南怀化。董其武率领着四二〇团继续执行反击作战任务。团长李思温命令一营营长张士珍部为主攻,三营后续跟进,二营为预备队,全团冲进了位于南怀化西北方向的弓家庄。弓家庄里的日军没有想到中国军队会直接冲进来,慌乱中开始向村外逃,遭到预伏在村外的二营官兵的截击,双方混战在一起,日军死伤狼藉,三营七连连长杨子西、九连连长范希文等百余名中国官兵阵亡。接着,第二一八旅继续向东泥河村攻击,将村里正在吃饭的日军歼灭大半,可随后就受到日军坦克的反击,部队再次出现巨大伤亡,旅长董其武在前沿阵地观察敌情时手臂中弹负伤。

此时,在忻口一线,中国军队中央兵团的所有阵地都已处在日军不间断的凶猛攻击下。在弹片横飞的前沿阵地上,一颗子弹射进了第二十一师师长李仙洲的左胸:

> 时至中午,我与郝军长、庄村夫团长在半山腰观察敌情。我正在与团长讲话时,突然感觉有个东西碰了我左胸部一下,当时也没在意,就同他们往山顶爬。郝军长发现我背后有血,大声说:"李师长,你受伤了!"我说:"没事,好像是什么碰了我一下。""还说没事!子弹都从你的背后穿过来了!"郝军长说着给我吃了点白药,这时我还清醒。当包扎时,我就昏迷过去不省人事了。[24]

士兵们把李师长抬下山的时候,军医认为胸腔里有瘀血没有流出来,要求把昏迷的李师长头朝下抬着以控出瘀血,士兵们不忍心这么做,还是头朝上抬到了后山师部。接着,李仙洲被转送到汾阳一家美国教会医院,院长亲自给他做了手术,言子弹从左胸进入、后背出来时李师长恰在"呼气之瞬间"——"心脏向回收缩,子弹在肺叶中间穿过去了。若是在吸气的瞬间,子弹就会打穿肺脏,当时就完了。"两个月后,李仙洲伤愈归队,晋升为第二十九军军长。

十四日晚八时许,卫立煌率独立第五旅来到前沿。他发现前线部队太多,伤亡严重,且指挥很不统一,于是重新调整了部署:命令陈长捷指挥第二十一师,独立第二、第三旅(欠第四团),新编第四旅,负责扫清南怀化之敌;命令郝梦龄指挥第五十四师,独立第三旅的四团,第二一八、第二一七旅,担任正面防御并向日军再次实施反击作战。

十五日,左翼中国军队第十师的大白水村阵地,受到日军在三十多辆坦克引导下的持续攻击。中国官兵最痛恨的就是日军的坦克,他们打坦克的山炮很少,只能在阵地前挖出很深的反坦克壕沟。日军的坦克被阻挡后,中国官兵便用机枪向日军步兵射击,壕沟的底部很快就被日军的尸体覆盖。中国守军为对付日军的坦克使用了各种方法:"先往坦克上浇汽油,再投以手榴弹;或是冲到坦克前面,把手榴弹塞到履带里。抗日战士为了往日军坦克履带中塞手榴弹,手指被辗断者有许多人。"[25]李默庵的第十四军第十师,其武器装备在中国陆军中可算精良:每个步兵连有九挺捷克式轻机枪和七十五支中正式步枪,每个重机枪连有六挺马克沁重机枪和六门迫击炮,这使得每个营的阵地上能够配备二十七挺轻机枪、六挺重机枪、两门迫击炮和二百五十支步枪,另外还临时配备了两门德制的战防炮。但是,面对日军坦克的集团冲锋,大白水村阵地还是危机重重。有限的反坦克战防炮击毁了几辆日军坦克后,立即招致日军报复性的炮击——"十几门大炮集中轰击,雨点似的炸弹、炮弹和飞机上的机枪子弹,不过十几分钟,就把一个战防炮排阵地炸得血肉横飞,尘土漫天,战防炮排的官兵完全与阵地共存亡,无一幸存者。"[26]日军在炮击之后趁势冲锋,冲锋时竟把从中国百姓那里抢来的大群牛羊赶在前面挡子弹。第十师官兵与日军在大白水村里激战多时,大白水村阵地依旧在中国守军手中。

董其武旅长负伤后,孙兰峰接替指挥,第二一八旅奉命攻击威胁中国守军进攻的旧河北村日军阵地。四二〇团攻入村庄后,在一座院落里发现了数名脸上抹了锅灰的妇女,其惊恐万状的样子令官兵们心里十分酸楚。攻到最后一座大院子时,残存的日军龟缩在内不肯投降。突然,从院子里跑出来一个十来岁的小女孩,中国官兵的射击骤然停止。

> 小女孩来到我们面前,声音颤抖地说:院子里的日本鬼子叫我告诉你们说,如果你们不开枪,他们就向西北走。我们照顾好小女孩,仍用中国话喊"缴枪不杀,优待俘虏"等语,但仍不见动静。最后两位李团长商定,派人上房投弹歼敌。随即竖起了梯子,二十余人上房顶,伏在外坡向里投手榴弹。敌人虽多死伤,但始终不肯投降……垂死之敌不肯投降,见房顶上有人,即由房内向房上穿射,致使伏在房上的三排排长张玉山等十余人壮烈牺牲……我军决定火烧大院,全歼该敌。大家

积草堆柴,引火烧房。十几分钟,院内敌人始得全歼。[27]

这一天,中国空军第二十七大队的两架战机自汾阳机场起飞,于凌晨五时三十分轰炸了位于崞县的日军阵地,十分钟后安全返航。六时十五分以及八时十分,两架中国战机再次轰炸了崞县日军阵地,返航时遭遇四架日军驱逐机的拦截,中国飞行员苏英祥、廖兆琼阵亡,飞机残骸坠落于忻县附近。十四时三十分,中国空军第七大队和第十二大队的战机再次起飞,轰炸目标是崞县西北日军运输线上的一座桥梁,但因投弹偏离没有命中,战机安全返航。

忻口激战的同时,根据第二战区的作战计划,八路军继续深入敌后顽强袭扰。第一一五师第三四四旅将从灵丘方向开来的一百三十多辆日军汽车堵在了小寨村附近,尽管日军派出一个大队增援,但第三四四旅死顶不退,日军被迫撤回了灵丘。该师独立团和骑兵营在广灵以南的冯家沟伏击了日军第五师团的第二运输队,毙伤日军百余人后,先后克复广灵、紫荆关、易县、灵丘和蔚县。八路军第一二〇师在忻口的右翼,先后占领了攻击忻口日军的数个后方要点,并向原平附近出击,破坏了大同至太原的公路,严重打击了日军后方补给线。

但是,忻口全线的关键支撑点南怀化阵地,仍在日军手中。

十五日晚,卫立煌严令郝梦龄十六日出击,必须夺回南怀化阵地。

据此,第九军军长郝梦龄和第六十一军军长陈长捷商定了作战部署:一、第五十四师之第一六二旅(欠一个团)向位于南怀化以北的"官村左前方之敌攻击";二、第二十一师之第六十三旅向南怀化以北之敌攻击;三、独立第五旅由现地向南怀化东端之敌攻击;四、新编第四旅强行占领南怀化;五、第五十四师之三二二团为向导队,分属于第六十三旅、独立第五旅和新编第四旅;六、独立第二、第三两旅协同右翼各部队增援新编第四旅,攻击南怀化之敌;七、第二十一师之第六十一旅,由一三〇〇高地攻击南怀化以南新练庄东北之敌;八、第六十八师由南怀化以南的秦家庄、新练庄向北出击,协助歼灭位于南怀化西北方向的后城头的敌人;九、第十师派一部由兰村向北面的前城头与后城头协助攻击;十、第二二七旅及第一六一旅攻击南怀化北面龙庄、下王庄以北之敌;十一、第二一八旅攻占后城头以北的旧河北后,向南怀化之背后实行攻击;十二、第二一一旅、第十九军之第二〇九旅于金山铺泡池村集

结,为预备队;十三、以上各部队,均于十六日二时开始行动。㉓

出击的时间还是午夜两点。

这几乎是中国军队孤注一掷的反击。

与十四日的情况一样,中国军队刚刚发动反击,日军的大举进攻同时开始了。担负反击南怀化阵地任务的独立第三、第五旅和新编第四旅等部队,作战一开始就陷入了混乱——阵地狭窄,地形复杂,夜色黑暗,日军的枪弹炮弹大雨一般倾泻,新编第四旅二团团长梁鸿勋腰部和腿部负重伤,二营营长覃连登和三营营长张学英阵亡,全团的四名连长张振华、李登山、李明和王明亮阵亡后,接替的代理连长陈三缘和徐鸿章也相继阵亡。十二团代理团长李正元以及该团的营连长也伤亡过半,两个团士兵的伤亡人数已达两个营的兵力数。独立第五旅向日军无名高地连续发起三次冲锋都未能得手,组织第四次冲锋时,旅长郑廷珍亲上前沿,日军的一颗子弹从他的右眼入,后脑出。郑旅长不幸阵亡。

郑廷珍,中国陆军第十四集团军独立第五旅旅长,河南人,出身一个中医世家,但他没有子承父业,而是在二十岁那年加入冯玉祥的队伍开始了从军生涯。此次部队奉命从河北开赴山西战场,他对第五旅的官兵们表示,过去打内战,胜不足武,败不足惜,现在是打侵略者日本,拼死拼光也值得,这是军人的光荣。部队途经河南时,他打电报让家人来车站见面。在车站站台上,戎装男儿跪倒在地向年迈的老母磕头道别,表示儿子此去奉令杀敌,鬼子不败誓不生还。郑旅长阵亡后,遗体被护送回河南老家,灵柩所经之路百姓沿途祭奠,家乡父老厚葬了他。

郝梦龄命令六一四团团长李继程代理旅长职务。

日军在南怀化阵地正面增加了兵力,李继程旅长指挥六一四团二营,再调来六一五团三营,避开日军的攻击正面试图从左右夹攻,日军的炮火即刻覆盖了战场的左右两翼。战至两个小时后,二营和三营的官兵因伤亡所剩无几,李继程旅长也在赴前沿督战时阵亡。

独立第五旅旅长再次易人,由六一五团团长高增级代理。

独立第五旅反击受挫,令军长郝梦龄焦灼万分,决定亲上前沿督战。部下阻止说,前往独立第五旅的阵地,必须通过一段长约二十米的小路,小路被日军的四挺机枪严密封锁,已经导致四名传令兵阵亡。如果军长坚持要去,必须绕路。郝梦龄军长不肯,认为绕路会耽误时间。

— 303 —

部下又请求军长写下手令,表示他们愿意冒死送达独立第五旅的阵地。郝梦龄军长还是不肯,说正在前沿血战的官兵需要看见他:"今天的战斗,谁能坚持最后五分钟,谁就胜利!你们要坚守阵地,就是剩下一兵一卒也不能撤离!"说完,郝梦龄带着第五十四师师长刘家麒走向了那条令他们一去不复返的小路:

> 将军在前,刘师长在后,拉开距离用快步奔向独立第五旅。刚进入被敌人控制的危险路口,即被占领烽火台南沿制高点之敌发现,四挺机枪一阵疯狂扫射,将军身中十余弹,倒在血泊中。师长刘家麒不顾生死,急救将军遗体,尚未离开地方,也同样殉国。[29]

中国陆军第十四集团军第九军军长郝梦龄,是抗日战争爆发后阵亡的第一位军长,殉国时年仅三十九岁。

郝梦龄,字锡九,河北藁城县庄合村人。十六岁从军,毕业于保定陆军军官学校步兵科,参加过直皖大战、直奉大战、中原大战以及国民革命军的北伐战争。虽多年在军阀部队里作战,但他始终洁身自好,严于律己,不置私产,爱护士兵。抗日战争爆发后,他奉命率部北上,部队自贵州沿湘黔公路徒步行军,然后在汉口转乘火车至石家庄。原定参加平汉路作战,因山西战局紧张,遂跟随卫立煌的第十四集团军增援晋北。十月三日进抵太原,四日午夜到达忻口。十二日,忻口阻击作战开始,他的部队始终处于中央正面战场,必须直面日军优势武器的猛烈打击以及重兵的持续攻击。官兵舍命血战五昼夜后,他知道自己"既无援兵,又不能放弃,只有拼杀到底"。部队北上路过汉口时,他曾与家人有过短暂的也是最后的相聚。他对他的儿女们说,我爱你们,但是更爱国家。如果国家亡了,你们就没有好日子了。我没有钱,如果我死了,你们就进国家设立的遗族学校去读书。

郝梦龄军长给他的妻子留有遗书一封:

> 此次抗战,乃民族国家生存之最后关头,抱定牺牲决心,不能成功即成仁。为争取最后胜利,使中华民族永存世上,故成功不必在我,我先牺牲。我即牺牲后,只要国家存在,诸子女之教育当然不成问题。别无所念,所念者,此中华民国及我们的最高领袖蒋委员长。倘余牺牲,望汝孝顺吾老母,及教育

子女,对于兄弟姊妹等,亦要照拂。致余牺牲,亦有荣焉,为军人者,对国际战亡死,可谓得其所矣。㉚

"使中华民族永存世上",这是郝军长无惧战死的唯一理由。

一九三七年十二月六日,国民政府颁布褒奖令:

> 陆军第九军军长郝梦龄、第五十四师师长刘家麒、第五旅旅长郑廷珍,矢忠革命,夙著勋勤。此次奉命抗战,于南怀化之役,率部鏖战,历五昼夜,犹复身先士卒,奋厉无前,竟以身殉国。眷怀壮烈,轸悼弥深,应予特令褒扬。郝梦龄追赠上将,刘、郑各追赠陆军中将,并交行政院转行从优抚恤,生平事迹存备宣付史馆,用彰勋荩,而垂永久。㉛

卫立煌指令第十四集团军参谋长郭寄峤接任第九军军长,第一六一旅旅长孔繁瀛接替第五十四师师长,指定第六十一军军长陈长捷统一指挥中央兵团继续作战。

十五日,卫立煌致电蒋介石:

> ……敌于文未刻(十二日五时)起,以重轰炸机二十余架,向我四九八团磬磬山阵地往复轰炸数小时,投弹数百枚。元(十三日)拂晓迄午,敌复以轻重炮数十门掩护步兵团一联队指向磬磬山进攻,发炮二千余发,我阵地工事全成灰土。守军浴血抗战,与敌肉搏,阵地进出数次,均经击退。团长曾邦宪两次饮弹,殉国;营长三员,相继负伤;连长以下官兵伤亡殆尽。至午后一时许,阵地遂被陷落。当时抗战之勇敢、与阵地同存亡之精神殊为壮烈,而损失之奇重亦为前所未有……㉜

日军显然也因久攻不下而筋疲力尽:

> 决心死守太原的山西军、中央军、共产军三方面联合部队,在背靠忻县盆地、忻口镇前面的高地,构筑了坚固的防御工事,迎击我大场、粟饭原、长野、和田工兵、竹田炮兵各部队,自十三日以来进行拼命的抵抗。总攻忻口镇,可以说是总攻太原的前哨战,展开壮烈的激战前后达四昼夜。敌军布防把前线部队配置在从沿大同至原平镇道路东侧的滹沱河左岸,忻口镇西方沿滹沱河支流;把主力配置在忻口镇西方高地。

以迫击炮、山炮、机枪猛烈射击,在最前线以战车、装甲车疯狂地顽强抵抗。共产军到处使用擅长的游击战术,使我军大伤脑筋。十七日清晨,占领了忻口镇西侧高地的一角,仍在猛烈攻击中。㉝

十六日,南怀化阵地依旧未能收复。

这天早晨,第六十一军司令部参谋张光曙奉命前去忻口,在这片战场上他看见了触目惊心的一幕:

> 遥见忻口阵地上,浓烟爆起,喊声连天。十几架日军飞机轮番轰炸扫射,爆炸声震耳欲聋。双方正在激战中,大批伤员涌退下来,有的呻吟叫嚷,有的边走边骂:"鬼医生都滚到哪里去了,连个人影儿都不见。"有一个端着自己另一支骨断筋连血淋淋的伤臂,号啕大哭。还有一个躺着对过路人说:"给我一枪吧!我受不了啦。"原来他的小肠已经流出来一大截……㉞

卫立煌判断,日军的增援部队最迟十七日抵达,在此之前击溃当面之敌当然有利,然而忻口一线的中国守军伤亡过大,消耗甚巨,已经无力支持大规模的全线反击作战。尽管蒋介石命令驻扎潼关一带的邓锡侯的第二十二集团军日夜兼程赶赴忻口,阎锡山也命令朱怀冰的第九十四师等部队迅速抵达前线归卫立煌指挥,可援军的抵达毕竟需要时间。基于目前战场局势,卫立煌决定全线采取守势——坚守现有阵地,援军抵达再战。

忻口阻击的第一个星期,中国军队以顽强的作战顶住了日军的疯狂攻击。从军事上讲,在忻口战场进入僵持的时刻,如果中国方面能够迅速增兵,或许只要再投入几个武器装备较好的陆军师,便有可能将当面日军击溃,至少能够利用有利的地形把日军阻挡在滹沱河边。但是,阎锡山和卫立煌最害怕的事还是发生了——或许现在他们应该想起了毛泽东的提醒——在忻口战场的侧背,晋东的娘子关方向,此刻已是炮声隆隆。

娘子关,河北与山西交界处的一座要隘,是河北正定至山西太原铁路线上的要冲和门户。娘子关以西是太行山主脉和山西台地,以东群峰逐次下落直至华北平原。娘子关分为新、旧两关,旧关山峦交错,沟壑纵横,一条狭窄的古道沿着桃河在陡壁和深渊之间蜿蜒崎岖;旧关南面的新关,地形略为开阔,成为冀晋之间的主要通路,明清时这里便沿关筑有城墙。民国初年军阀混战,阎锡山在旧关和新关都修筑了军事设施,并派出重兵把守,以阻挡任何势力由此进入山西,染指他的地盘。抗战爆发前,国民政府在此筑有窑洞式半永久性的国防工事。

一九三七年九月中旬,在北平向南的华北平原上,日军第二十师团配合第六、第十四师团和第一〇九师团,在平汉路北段的作战中,相继击败中国军队孙连仲指挥的第一军团、刘峙指挥的第二集团军各部。之后,日军第十四师团和第一〇八师团沿平汉路越过石家庄继续南下,第二十师团和第一〇九师团奉命向西面的山西攻击,以配合板垣征四郎的第五师团作战。而谷寿夫的第六师团则被抽调至淞沪战场。

当侦知华北日军有攻击娘子关的企图后,蒋介石立即命令位于晋东附近的西北军冯钦哉的第十四军团和赵寿山的第十七师以及滇军曾万钟的第三军等部队担负娘子关防御任务。可是,被蒋介石从南京派往山西帮助阎锡山指挥作战的副司令长官黄绍竑对娘子关方向始终充满忧虑:"我方的计划,是想以少数的部队据守石家庄,牵制平汉路正面的敌人,使他们不能转向山西,而以主力转向太原,从事忻口的会战。因雁门关、平型关已失,敌人已进入山西之腹地,若能在太原以北忻口附近将敌歼灭,则太原尚可保,晋局尚可控制。否则,形势必相反地突变。但敌人何尝不预料及此。而且我们的部队行动,无一不在敌机侦察之中,他必针对我们的行动而确立他们的计划。敌人以迅速而有力的攻击,将石家庄的防线突破后,仅以少数的兵力配合较多的骑兵和机械化部队,向平汉路沿线的平原地区追击,而以主力转向娘子关会攻山西,并不受我正面的牵制。反而我因正面不能确保,将整个太行山脉的侧面暴露出来,变成一个绵长而单薄的防线。"㉟

十月七日——忻口方向的日军已开始试探性攻击——黄绍竑决定亲自去一趟娘子关。他率领几名幕僚出娘子关来到井陉。井陉位于娘子关的东北方向,扼守着正太铁路线,是从北面或东面进入娘子关的必经之地。见到冯钦哉,黄绍竑问及娘子关防御,冯钦哉认为情况不妙,因为防御尚未部署完毕,而日军的先头部队距井陉已经不足三十里了。话音未落,黄绍竑的卫士就捉到一名可疑人员,经过审讯证实是日军的侦察兵。黄绍竑感到十分吃惊,因为这证明日军不但确实很近了,而且侦察兵的出现预示着大战即将来临。

目前,防守娘子关正面的仅有赵寿山的第十七师,冯钦哉部所辖第四十二、第一六九师以及曾万钟部所辖第七、第十二师防卫娘子关的两翼。在兵力如此少的情况下,防御的正面却有一百七八十里宽,以致"处处显出薄弱,处处都是空隙"。相对于地理位置的重要性、相对于日军强大的火力攻势来讲,娘子关的防御实在是过于单薄了。黄绍竑认为,应该迅速收拢左右两翼防线以集中兵力。而冯钦哉认为,部队已经向之前指定的位置移动了,能不能迅速收拢回来还是个问题。

回到太原后,黄绍竑建议阎锡山改变娘子关的部署,要求派原计划增援忻口的孙连仲部加强娘子关的正面。

阎锡山指定黄绍竑为娘子关防御总指挥。

黄绍竑立即返回了娘子关。

赶回娘子关,黄绍竑得到的第一个消息是:日军第二十师团竟然没有从井陉直接向南攻击娘子关的正面,而是于井陉的右侧向西斜插,从曾万钟与赵寿山两部队之间的间隙穿过,抵达了无人防守的旧关附近——旧关在娘子关的右后方,也就是说,真正的仗还没打,一股日军已经冲到了中国守军的背后。

黄绍竑紧急调部队赶赴旧关阻截,然后去察看娘子关正面的国防工事——

> 我在离娘子关车站十多里的磨河滩设立指挥所,这是以前国防计划中所指定的指挥地点。但除了依山做了三个防空洞外,其余一无所有。初到的时候,连打电话都要借用正太路或乡村的电话线。所谓娘子关的国防工程,仅是在那一带的山上凿出一些洞,既不是炮兵的炮位,又不是步兵的战壕。而且整个阵地上,除了太原通石家庄的一条长途电话线及几处乡村电话线外,阵地的通讯设备完全没有。军队在这样的既设阵地作战,简直与临时遭遇战的情形差不多。[36]

面对形同虚设的防御工事,黄绍竑制订了娘子关作战部署:"为确保山西,将来收复华北失地容易,使我晋北作战军无后顾之忧起见,以第一战区由保定南移之部队进占娘子关山地,确实保持之,并相机进袭石家庄,威胁由平汉路南进之敌。"[37]

十一日正午,黄绍竑再次抵达井陉,下达了一系列命令:第十七师一部赶往井陉东面的南河头警戒,第三十师在井陉北面的南障、上庄之线向北警戒;第三军向井陉靠近,主力集结在大小梁家。

但是,命令的下达已经晚了。

第三十师突然遭遇千余日军的攻击;第十七师因躲避轰炸,加上雨后道路泥泞,黄昏时分才抵达井陉附近,官兵尚未搞清楚阵地在哪儿就遭到了日军的攻击。特别是沿着正太路向娘子关靠近的第一六九师,早晨从井陉北面的贾庄宿营地出发时,突然发现村口的河沟里有一百多匹清一色的红色战马在饮水,官兵们正困惑,接着看见了几面太阳旗在四周晃来晃去。第一六九师顿时陷入混乱,拼死突围中部队损失惨重。

译电员石中立是突围的幸存者:

> 我背后村西南是一座孤零零的高山坡无法翻过。我和参谋处的官兵则在敌人机枪的射界内向西沿梯形田迅速突围,敌人的机枪和掷弹筒齐向我射来,打得梯田石子上乱冒火星。王国栋还在扶跑歪了的驮子,我喊他算了快卧倒。张云昭参谋扔掉了他的棉大衣,我把皮带上挂的茶缸毛巾牙刷也扔掉。我们都卧倒在梯田沿上,用自来得手枪向敌还击。熊参谋的勤务员小余身上背着拾到的四颗手榴弹不用,而拿一支白朗宁小手枪乱打。由山沟上来的敌人,正向我们山坡爬来,我随即拿过小余的手榴弹一颗一颗地向沟下敌人掷出。这时特务连上来一个班,用三挺轻机枪掩护我们向西突围,向我们包围过来的敌人,大部都被击毙。我们的石子忠副官大腿被打穿,我用绑腿给他裹上架着向西冲。徐茂才左臂被击中尚能跑得动。我们一气跑了三十五里,到达恋庄。㉝

十二日拂晓,日军开始向中国守军发动进攻,以娘子关正面的雪花山阵地攻势最为猛烈。在这里防御的是赵寿山的第十七师。双方激战一日,黄昏时分,雪花山阵地右翼被日军突破。

日军继续向南攻击,天黑时逼近旧关。

此时,孙连仲的军团司令部和所辖第三十一师抵达太原,阎锡山立即命令该部返回娘子关归黄绍竑统一指挥。

十三日下午二时,旧关失守。

为了确保雪花山阵地的稳固,给孙连仲部赢得抵达的时间,第十七师师长赵寿山决定对日军采取积极防御的战术,即兵分三路向井陉南关敌人的侧背实施攻击:左翼一〇二团二营佯攻井陉县城;右翼九十八团突击日军占领的刘家沟和长生口;中路在一〇一团团长张桐岗的率领下,在雪花山以南的石板片附近阻击增援之敌。傍晚时分,反击作战开始。右翼九十八团突击顺利,几乎全歼了占领刘家沟阵地的日军。而一〇一团更为勇猛,官兵们不顾生死奋力拼杀,日军在惨烈的肉搏战中伤亡惨重,开始后撤,中国官兵紧追不舍,一直追到了井陉车站,缴获了大量的战利品,仅野炮和山炮就有数十门之多。然而,令赵师长大惊失色的消息随即传来:雪花山阵地失守。

雪花山是娘子关正面唯一的制高点。

原以为主动发起的反击会牵制大部日军,因此,赵师长在率部出击时于雪花山阵地只留下了第五十一旅一〇二团一营固守。孰料,战场的唯一制高点却在反击作战开始后不久失守了。赵寿山立即回调出击作战的部队,试图夺回雪花山阵地。第十七师官兵们艰难地仰攻,与日军彻夜激战,伤亡巨大,始终未见成效。十四日黎明时分,赵师长率领残部千余人向雪花山西南面的乏驴岭撤退。

雪花山阵地的失守,严重影响了娘子关战局。

但是,赵寿山的第十七师以顽强的作战,为孙连仲部抵达赢得了时间。

十四日,阎锡山重新调整了防御部署:曾万钟的第三军之三个团在旧关以南的九龙关、北孤台设防,余部负责歼灭旧关之敌;朱怀冰的第九十四师和李兴中的第一七七师之第五二九旅,于战场的西北面占领黑山关、龙泉关阵地;孙连仲的第一军团派出一个团扼守黑山关南面的六岭关;冯安邦的第二十七师在娘子关集结;张金照的第三十师派出一个旅占领井陉以北的桃林坪、小枣一线阵地;池峰城的第三十一师位于娘子关的西南方向,由正太路上的阳泉向东推进,作为预备队。同时,阎锡山还致电五台县第十八集团军总指挥朱德,命令刘伯承的第一二九师开赴阳泉,归黄绍竑指挥。

这一天的拂晓,娘子关前线的中国军队开始主动攻击,战场形势出现了一些好转的迹象:第三十五旅将继续攻击旧关的日军击退;第二十七师部队攻占了旧关以北的核桃园和大小龙窝;第四十四旅不但击退了向西攻击的日军,占领六岭关,还与第十八集团军的八路军部队取得了联系,令娘子关中国守军左侧的威胁基本解除。由旧关向娘子关攻击的千余日军,进入两关之间一条名叫关沟的深沟时,受到第七十九旅一个团加两个营的围攻,被封锁在深沟里的这股日军伤亡巨大。下午,之前窜入旧关的那股日军,在飞机和炮火的掩护下向关沟突击,企图救援受到围攻的日军残部,但被中国守军打了回去。日军第三十九旅团旅团长高木义人这才意识到他遇上麻烦了。他的第七十七联队虽攻占了雪花山和旧关,但损失太大,此刻关沟里的那些官兵还危在旦夕,这样打下去必定前景不妙。于是,他命令第七十八联队的一个大队和一个山炮中队增援旧关,命令第七十八联队余下的全部力量并加强一个加农榴弹炮大队增援娘子关战场。十五日,中国守军对关沟里的残余日军进行清剿。第七十九旅官兵从三个方向一齐杀入,在关沟里藏了两天的日军,背后是绝壁,无处可逃,数百人被击毙。而三名被活捉的日本兵,是在一个山洞里的一堆高粱秆里被发现的;被击毙的日军军官中,有第七十七联队联队长鲤登行一和大队长中岛力男。[39]

此时,西面的忻口仍在血战之中。

侵入旧关的日军在中国军队的持续围攻下依旧不退,旧关遂成为娘子关战场的作战核心。十五日,黄绍竑决定对旧关实施反击作战,命令部队必须解决旧关之敌。其作战命令要旨为:

一、以歼灭敌军之目的,明(十六)日拂晓,我全线对敌实施总攻。

二、第三军为攻击主力,对旧关之敌攻击。

三、第二十七师,限今(十五)日将关沟之敌肃清,以主力由龙窝附近断敌后方联络,一部协同第三军会攻旧关。

四、第十四军团之工兵营附辎重兵营、第十七师、第三十一师第九十二旅(欠一个团),固守原阵地堵击敌人。

五、第三十师抽兵两团,协同第十七师坚固占领乏驴岭。[40]

当晚,日军第七十八联队全部抵达旧关。

十六日拂晓,中国军队发动反击时,日军也同时发动了攻击。占领了核桃园的第二十七师部队被迫向后撤退,第三十师从乏驴岭向井陉发起的出击未能奏效。第二天,黄绍竑、孙连仲依旧命令部队继续反击,激战一天,双方都付出巨大伤亡,中国军队依旧未获进展。十八日,日军向中国守军各阵地全面攻击,虽未能得逞,却导致中国守军伤亡剧增。晚上,黄绍竑命令第三十一师组织敢死队突入旧关扰敌,其余部队对旧关实施全面袭击。十九日凌晨二时,第三十一师一部冲入旧关,与日军展开肉搏战,最终将日军赶出了旧关。拂晓时分,日军增援部队抵达,重新夺回旧关。天大亮了,日军出动飞机进行持续猛烈的轰炸和扫射,迫使中国军队停止攻击。晚上,中国守军再次发动围攻,由于各部协同不够最终没能成功。

在中国军队围攻旧关时,赵寿山的第十七师阵地发生危机。得到增援的日军在凌晨四时向乏驴岭一带发起攻击,由于日军空中轰炸和地面火力明显优于中国守军,激战到下午,第十七师补充团团长翟济民身负重伤,营以下军官伤亡二十七人,弹药断绝,乏驴岭南侧阵地被日军攻占。同时,在乏驴岭的北面,荆蒲关阵地上中国守军一个营孤军苦战至傍晚,全营自营长到战士伤亡殆尽,阵地失守。

中国陆军第三十八军第十七师,原西北军将领杨虎城的旧部,官兵中有不少共产党人。自娘子关作战开始后,第十七师一直战斗在娘子关前沿的雪花山、乏驴岭一线,全师各部始终处在日军的猛烈攻击下,官兵不畏牺牲,顽强作战,付出了巨大的伤亡代价,全师旅以下军官旅长仅剩一人,团长仅剩两人,营以下军官所剩不到三分之一,一万三千余人的陆军师战至不足三千人。

连日来,日军第二十师团攻击娘子关的部队,以第三十九旅团为主,师团主力仍保持于石家庄附近进行休整。当攻击陷入窘境时,为尽快完成华北作战以腾出兵力增援华中战场,十九日,日军华北方面军命令第二十师团投入后续部队迅速攻占娘子关。

第二十师团的部署是:由六个步兵大队、两个野炮大队、两个榴弹炮大队、一个山炮大队、两个迫击炮中队,组成右纵队,攻击娘子关南面的新关;由四个步兵大队、一个山炮大队、一个迫击炮中队组成左纵队,担任助攻。后续部队集结于井陉。为了支援第二十师团,打破娘子关战场的僵局,日军华北方面军命令第一〇八师团之第一〇四旅团归第二十师团指挥;命令第一〇九师团从石家庄以南的元氏出动,向西进入山西境内,通过昔阳县直插娘子关的背后。

负责娘子关作战的战区副司令长官黄绍竑已经投入了他能掌握的所有部队。从太原回防娘子关的孙连仲部,在西北军中是有一定战斗力的部队,但是卢沟桥事变后,该部奉命增援宋哲元的第二十九军,历经数次作战兵力已经不足万人;又经过娘子关战场的连日苦战,当下剩余兵力不足六千。纵观整个晋东,防线千疮百孔,兵力捉襟见肘,面对日军将要发动的更大规模的攻势,第二战区在这个方向上已经无力再增加任何防御力量。

娘子关战场前途未卜,忻口战场亦在危境之中。

十月十九日,卫立煌密电蒋介石:

> 急。南京委员长钧鉴:一、已迭下严令,督励各部与阵地共存亡,死力抗战。二、惟以连日争夺要点,各部浴血苦拼,伤亡过巨,现在十四军及八五、廿一各师余部不过五六营,独立旅仅余战斗员五六百。每日消耗均在二三千左右。若不火速补充,诚恐守备无人。[41]

日军增援兵力逐渐抵达后,十八日,西起大白水阵地,东至滹沱河南岸阵地,板垣征四郎向忻口一线的中国守军发动了新一轮攻击。日军采取集团作战的方式,一波接一波潮水般地冲锋,中国守军一线官兵拼死抵抗不得喘息,指挥官只有再组织兵力适时迅速发动突然反击。两股冲击力在前沿阵地上猛烈撞击,白刃战使得双方的炮火被迫停止射击,阴沉的天色下只剩下令人毛骨悚然的扭打声和呻吟声。这种残酷的攻防战,使得忻口最前沿阵地反复易手达十三次之多,中国守军六次丢失七次夺回。二十日,日军使用了催泪性毒气和燃烧弹,向中国守军阵地实施毁灭性轰击。新抵达战场的日军增援部队萱岛支队加入作战后,忻口中国守军左右两翼和中央阵地都进入了更为残酷的搏杀——

> 每个阵地都是经过反复争夺后,才得以固守。敌人每次攻击,都要经过多次反突击,才能被压制下去。我第九军、第十四军、第十五军、第十七军、第十九军、第三十三军、第三十五军、第六十一军等部,陆续加入战斗。全线合计约一百个团,兵力约十四五万人。一师一团上去,不到三五天就损失过

半,不得不撤换下来。第七十二师仅剩的四三三团团长曹炳也牺牲了(该师在南口牺牲了四一六团团长张树增,平型关牺牲了四三四团团长程继贤),全师原有八千多人,现在只剩下不到两千人……俯瞰敌我之间的一个山沟,只见枪支和死尸布满地面,血肉模糊,景象十分阴森,以致双方谁都不敢下去清理。战况之激烈,可见一斑。㊷

冲锋的日军使用了火焰喷射器,中国守军阵地上一片火海,火焰中弥漫着令人窒息的毒气。奉命上前沿接防阵地的士兵,在向前运动时不断地问老兵如何应付火焰喷射器,老兵们说阵地上没有水,就地打滚可以灭火。然而,士兵们看见那些被抬下去的伤员,有的浑身被烧得焦黑,有的满身都是水疱,加上中了毒气后的痛苦表情,这使得他们不由得被一种无可名状的惊恐笼罩着。——中国守军各部队在通往阵地后方的每一个路口都设立了战场执法队,排列着大刀,架设着机枪,只要没有通行证即被认定为战场逃兵,无论是官是兵不由分说一律就地处决。

第三十五军是傅作义起家的老部队,与陈长捷的第六十一军一样,晋绥军在自己的地盘内打仗必须舍生忘死。第三十五军第二一一旅四二二团团长姓王,全团每名官兵左臂上都佩戴着一个印有黄色"王"字的臂章,人称"黄王团"。"黄王团"作战顽强,不但以死打硬拼闻名,而且还有轻伤不下火线的传统,这使得他们在阵地后面路口的战场执法队那里信誉极高:"凡是佩戴'黄王团'臂章,从忻口前线到后方金山铺去取弹药,或是伤员到后方裹伤以及向前线送水、送饭,不论早晚通过,虽不持四二二团团部通行证,一概不阻拦盘问。"㊸只是,该团为了这份荣耀付出了巨大代价,在前沿坚持作战十七天官兵伤亡五百人。

阎锡山多年来购置的火炮,此刻全部用在了忻口战场,加上卫立煌中央军部队带来的,忻口中国守军的各类火炮达到了两百门以上。——"每次争夺不足千米的山头阵地时,敌我炮火齐轰,有时攻者守者会霎时同归于尽。"日军的火炮,无论数量还是质量都优于中国守军。中国守军作战时,因武器简陋,必须保持兵力的绝对优势。于是,当一个范围不大的阵地处于敌我双方炮火的集中覆盖下时,中国守军成规模的作战往往会导致成片的伤亡,乃至出现过"一天就垮了十一

个团"的"奇重的伤亡"。㊹

中国军队第十五军第六十四师第一九一旅防御的阵地只有几百米——位于忻口右翼的神山。"旅指挥部设在山顶上的庙里,这里地势高,能看到整个战场"。"神山下布置了第一道防线,半山腰的两个山口处布置了第二道防线,山背后是预备队"。贫苦人家出身的旅长邢清忠不识字,但是作战身先士卒,从不贪污军饷,尽管对部队实行的是打骂教育,但官兵依旧愿意跟着他打仗。第一九一旅武器装备之低劣,在中国军队中极具代表性:"除了几门八二迫击炮和一些三十节重机枪以及三八二团一营的新式步枪外,其余的步枪全是老掉牙的破烂货,而且大部没有刺刀,只好每个士兵另配一把不大好的大刀。"因为第一线的防御阵地距当面日军很近,只要一开战双方就会扭打在一起,所以第一九一旅的官兵们认为,自己手中的大刀还是很有用的:

> 十月下旬,敌人可能感觉到攻打正面不成功,就把炮口转向我们旅这边来了。炮弹像下雨一样,一落就是一大片,而且是反复地轰击,一直打了将近三天,直打得天昏地暗,日月无光,我们的两耳都被震聋了……在敌人炮轰的第一天晚上,第一线的营就向旅部要求出击,冲到敌人战壕里去拼大刀。旅长当即用电话向师部请示。师部距火线十来里远,哪里会晓得第一线的战斗情况,所以不同意。第二天晚上又一次要求出击,照例没有得到同意。到了第三天下午,在敌人炮击最猛烈的时候,第一线仅有的百多名官兵,不顾上级的命令,提着手榴弹,掂着大刀长矛,冲向敌人。他们先向敌人战壕里摔了两排子手榴弹,炸得敌人死伤累累,惊惶失措;然后跳进敌人战壕,抡刀砍杀,并用敌人的轻机枪向逃跑的敌人射击追击,加上我们重机枪连在左翼的有效侧射,直打得鬼子死的死,伤的伤,跑的跑……这次出击,把战斗打到敌人的阵地内,突破了敌人相当于一个营的阵地,几乎全歼敌人,并炸毁敌人重机枪四挺及一些轻机枪和步枪,缴获轻机枪二十多挺和步枪三百来支,连牛皮背包、饼干、罐头和香烟都捡回来了。㊺

但是,使用冷兵器时代的武器与日军的现代武器抗衡,这意味着中国士兵必须付出巨大的伤亡代价。除了武器装备外,中国军队的现代战时后勤保障更不完备,没有足够的战场救护队,从战场抬下来的伤员是幸运的也是少数的,只是这种幸运极其短暂,因为许多伤员会因为药品奇缺而得不到及时救治。

上海《良友》画报刊登了山西前线一名护士写给家人的信:

> 即使裹伤的纱布也十分短缺,甚至用了三个星期还不能换上新的。止痛止血药也非常缺乏。对于破伤风、水肿等药品更是难求。有的伤兵受伤之后,简直无能为力,眼看他们血流尽以后便死了。触目惊心,无过于此。㊻

造成中国官兵严重伤亡的,还有头顶上的日军飞机的轰炸。由于严重缺乏对空武器,日军飞行员可以肆无忌惮地低空扫射,这种从天而降的打击令中国官兵几乎无处躲藏。

但是,突然有一天,忻口战场上空的日军飞机少了,甚至连续两天不见了踪影,消息很快传来:距忻口战场最近的一个日军机场让八路军给端了。

"八路军里有能人!"

十月八日,八路军副总指挥彭德怀曾赴忻县卫立煌的指挥部,其间卫立煌诉说了日军飞机的轮番轰炸令前线每天损失兵力将近一个团的苦楚。当夜,彭德怀返回位于五台县南茹村的八路军总部后,彻夜未眠。第二天一早,他站在院子里仔细辨听,日军战机的轰鸣声穿过山谷隐隐传来。原以为这些飞机都是从北平起飞的,但是彭德怀突然判定:忻口附近一定还有一个日军的临时机场。依据日机的航速以及续航能力,若是从北平起飞,不可能每天这个时候抵达忻口一线。于是,第一二九师第三八五旅七六九团团长陈锡联接到了进入代县附近地区侦察的任务。十月十六日,在代县以南滹沱河东岸的苏龙口村,七六九团官兵看到了从头顶上飞过的日军战机。他们找到当地的老乡问询,得知河对岸阳明堡镇的南侧有一个日军临时机场。机场驻扎的二十四架战机,白天飞赴忻口战场,晚上停放在机场跑道上。日军的一个联队负责守卫机场,但是联队的大部驻扎在阳明堡镇,机场里只有地勤人员加上一小股警卫共约两百人。陈锡联还了解到:"日军对进入机场的公路要塞警戒很严,盘查很细,但对机场周围疏于戒备。"㊼

因为已经处在敌人的背后,因为敌人兵力不多且守备松懈,陈锡联部决定"以隐蔽手段潜入机场,出其不意,给敌人以突然袭击"。

具体战斗部署是:以夜战见长的三营对机场实施突击;一营负责破坏崞县至阳明堡之间的公路和桥梁,阻击可能来援的日军;二营八连破坏阳明堡西南的交通,以保障三营侧后的安全;团迫击炮连和机枪连占领滹沱河东岸阵地,支援三营的行动。

十九日夜,八路军出发了。

三营官兵一律轻装,在当地百姓的引导下,沿着山谷迅速潜进,悄然渡过滹沱河,于浓重的夜色中摸进了日军的机场。营长赵崇德带领十连向机场西北角运动,准备袭击机场守卫部队的指挥所,十一连则直接向跑道上摸去。从忻口飞回来的战机,分成三列整齐地停放在跑道边。十一连二排的官兵首先摸到了这些大家伙。但是,突然间,从十连行动的方向传来日军的叫声,接着便响起清脆的枪声——十连已经与日军哨兵交火了。就在这一瞬间,十连和十一连在不同的方向同时向各自的战斗目标猛扑上去。这是一个混乱的时刻,没有任何防备的日军警卫仓皇抵抗,两军在火光中开始了近距离搏斗。日军飞机的座舱内有值班的飞行员,他们惊慌地发动飞机,并用机上的机枪盲目扫射。还有的飞行员慌乱地逃出飞机,结果立即被十一连的官兵用刺刀刺倒。八路军官兵没有打飞机的经验,他们向飞机开枪,用铁锹和枪托砸;他们爬上飞机,用尽全身力气撕扯飞机的蒙皮,直到中弹跌落下来。几乎在每一架飞机四周都发生着肉搏战,呼喊声、咒骂声和厮打声响彻夜空。激战中,日军的子弹击中了赵崇德营长。营长的受伤令三营官兵万分激愤,他们高喊着"为营长报仇"的口号,"有的端枪朝飞机猛烈射击,有的把一颗颗手榴弹投向敌机,还有的把集束手榴弹绑在自己身上,冒着密集的枪弹爬上飞机拉响手榴弹,与敌机同归于尽"[48]。——赵崇德,河南商城人,十七岁参加工农红军,十八岁加入中国共产党,在三营撤退的路途中因伤势过重牺牲,年仅二十三岁。

几十分钟后,阳明堡机场的二十四架战机全部被击毁,百余名日军被歼灭。

毛泽东曾经说过,打阵地战不是八路军的长项,八路军擅长打游击战,只要八路军充分发挥自己的长项,就能对抗日战争作出贡献。

八路军的敌后作战,给忻口战场上的日军造成极大的困扰。

对此,《东京日日新闻》进行了专门报道:

> 太原以北九十公里的忻口镇天险长达六十余里。在此半永久性阵地上,盘踞着山西军、中央军和共军组成的十五万盟军。对此,我××部队动用空军、陆军,每天每日地连续进行猛烈的攻击。时至二十六日,中央军仍防守第一线,山西军部署在第二线。共军主要分布在山西、陕西两省省界东一线,运用特种游击战术袭击我军的后勤补给线。共军威胁京绥铁路第一线至大同的长达一百八十公里的我军后勤补给线。加上各地的残兵,分别聚集在这座山头、那个村庄。我军若去讨伐,他们或许逃跑,或许在桥梁、狭路等处袭击卡车队。尽管将其击退了,但我方常常蒙受很大的损失……㊾

由于共产党军队特殊的政治背景,八路军的每一次作战都能引起全中国的瞩目:

> 从战略上言,这不只是日寇长驱直入占据山西之计划受到了严重的打击,而且击破了日寇从晋东转入冀北威胁平汉路上我军左翼的企图,因此也就破坏了日寇在北方战线上整个原定计划的实现。从政治上言,第八路军这些胜利,必然更加激励我国军民坚持抗战到最后胜利的勇气与决心,同时也就使全世界反法西斯、反对侵略的一切人们得到更大的兴奋与推动。㊿

此时的山西战场进入了微妙的僵持状态。

作战双方都认为,只要再拼死一搏,就能达成最后之军事目的。

忻口战场中国军队前敌总指挥卫立煌认为:虽然中国守军伤亡已达三分之二,但部队尚能执行命令,死打硬拼。据日军俘虏供述,日军死伤也在万人以上,士气与斗志逐渐低落。所以,消灭日军残敌应该指日可待——"此股解决,则华北问题、国际情势,必尤转变。"[51]——但前提是,忻口战场必须得到兵力增援。若长时间得不到增援,或是增援有限致使"兵力平分",那么战局前景堪忧。

忻口战场日军指挥官板垣征四郎,每天早晨必"刮净胡须,换上洁白的衬衣"去前线巡视。他乘坐的"大卡车在田地里一直向前线的高地驶去,幕僚们的车子跟在后面,车距为约五十米的丁字形,车轮卷起的尘埃和雨点般的迫击炮硝烟卷上清澈的山西天空"[52]。可是,板垣征四郎的心情并不晴朗,因为不但国内已经有舆论说他的第五师团看起来“战斗力较差”,而且他也必须承认他的第五师团受到了少见的顽强抵抗:“太原的二十万大军利用巍峨的高山天险,在华北战场的最后交战中异常顽强。我军正从北忻口镇方面和西正太线两方面向太原逼近,十几天来持续激战……(敌)在北部战线有十五个师,约十五万人;在前线部署了五个师,五万人;主力部队是精锐的中央军。在忻口镇方面,有共产军第一二〇师和第一二九师两个师;在娘子关方面,朱德指挥的精锐的共产军一个师部署在最前线,他们利用拿手的山地游击战顽强地阻止我军进攻。战场是连绵起伏的山岳地带,作为黄土高原的特征,悬崖屹立……我军在这场壮烈已极的山地战,即向太原发起总攻的前哨战中,殊死战斗,南北夹击,在二十里长的艰险地带展开了异常肉搏战。现在是一鼓作气的时候了,如果我军攻陷忻口镇和娘子关的敌前线根据地,不管悬崖如何险峻,即使敌人企图阻止我军进攻,那也可以想象在我军的威力面前将会出现什么样的情景。正因为如此,敌人的抵抗激烈,我军的苦战也格外艰难。”(53)

对于板垣征四郎来说,他的第五师团“无论陷入何种困境,也必须完成山西作战”;只有攻克了太原,第五师团才能算完成了他最初的作战设想。

山西战局万分凶险。

鉴于部队确实无法得到补充,山西战场上的中国将领开始考虑撤退的问题:

二十三日,第二十一师师长李仙洲密电蒋介石:

> ……本师自八月中旬抗战以来,历经参加南口、蔚县、广灵、平型关、忻口各战役,转战数千里,血战三月余,牺牲之大,为他师所未有……现六十三旅仅存战斗兵二百五十一人,六十一旅亦伤亡三分之二。本师已无战斗力,拟恳速予指定地点整理补充,俾资再战……(54)

同一天,南京国民政府军事委员会抄报傅作义电报:“一周内敌我均到最后关头,但我无精锐援军,前途可虑。晋军十五(万),现只余五万。”(55)

还是这一天,第二战区副司令长官黄绍竑密电蒋介石。言第二战区"已到最后阶段,虽极力苦撑",若"无大力增援",撤退仅仅是时间问题。因此,目前"除以一部死守太原外,以八路任游击阻敌南进,其余各部拟酌量南移,整理补充,以图再战"。[56]

忻口作战,中国军队兵力损失严重:阎锡山、傅作义的"晋绥军六十余团,现合并不足二万五千人";赵寿山的第十七师损失四分之三;孙连仲的第一军团损失三分之二;李默庵的第十师、郝梦龄的第五十四师、刘戡的第八十三师、陈铁的第八十五师均损失二分之一;冯钦哉的第十四军团损失三分之一;李仙洲的第二十一师、高桂滋的第八十四师、朱怀冰的第九十四师均损失三分之一;曾万钟的第三军损失四分之一……倘若继续再战,损失"尚难计算"。

自日军发起大规模的攻击以来,山西战场上的中国军队苦战多日,誓死不退。那些在侵略者凶猛的炸弹、炮弹以及子弹中倒下的官兵,他们流尽最后一滴血无不是为了与郝梦龄军长一样的梦想:"使中华民族永存世上"。

"中华民族决不是一群绵羊,而是富于民族自尊心与人类正义心的伟大民族,为了民族自尊与人类正义,为了中国人一定要生活在自己的土地上,决不让日本法西斯不付出重大代价达到其无法无天的目的。我们的方法就是战争与牺牲……"毛泽东在追悼抗敌阵亡将士大会上说,"最后胜利谁能说不是中国的?郝梦龄将军等的热血谁能说是白流的?日本强盗之被赶出中国谁能说不是必然的?"[57]

胜利的必然,无可置疑。

可是,战争刚刚开始,敌人就已深入国土腹地,中华民族如何才能承载起漫长的苦难历程?

一个令人震惊的消息从南方传来:日军逼近了中国首都南京。

第八章
舍抗战外无生存

萧瑟的秋风中,日军第十军的将领们几乎可以望见中国首都南京城了。他们无不认为,能够首先攻占他国都城,是大日本帝国皇军的无上荣耀。

此刻,淞沪战场上的日军以超出预想的速度攻击至苏州附近。尽管东京陆军参谋本部下达了"将作战地域定为苏州—嘉兴一线以东"的指令,认为华中方面军的作战不应该"超过该线",但是日军华中方面军的将领们——特别是第十军司令官柳川平助——强硬地要求日本政府立即向中国正式宣战,并下达攻击南京的命令。日军将领们认为:不让对手喘息而乘胜追击,这是起码的军事常识。如果政府不正式宣战,日军在中国的作战就没有名分;更重要的是,已经进逼中国首都而不去占领,日本国民会对日军的战斗力产生误解。华中方面军在给参谋本部的报告中说:

> 现在敌人之抵抗在各阵地均极其微弱,很难断定有彻底保卫南京的意图。在此之际,军如果停留在苏州、嘉兴一线,不仅会失去战机,而且将使敌人恢复斗志,重整战斗力量,其结果要彻底挫伤其战斗意志将很困难。从而事变的解决越发推迟,国民也将无法谅解军的作战意图,有害于国民舆论的一致。为此,利用目前的形势攻占南京,当在华中方面结束作战……为了要解决事变,攻占首都南京具有最大价值……方面军以现有的兵力不惜付出最大牺牲,估计最迟在二个月以内可以达到目的……我们认为第十军随着后方的建立将可继

续跃进,上海派遣军经过十天休整即可向南京追击。①

自中日开战以来,关于是否扩大战争规模,日本内阁与军部内部一直存有争论。如今,日军已经兵临中国首都,战争将如何演变下去,成为日本政界和军界的一个巨大纠结。

就战争本身而言,日军华中方面军认为,一鼓作气地打下去,制胜的前景不可估量。但是,东京的政客们意识到,占领一国首都绝不仅仅是军事上的问题,而是必须给战争目的作出一个定义的政治问题——如何定义对中国发动的战争,或者说是否就此正式向中国宣战,日本内阁感到十分棘手。

毫无疑问,在不宣战的状态下,战争无法顺利进行,战争的最终目的也难以达成:军事上受到各方面制约,不能最大限度地发挥武力;即使通过武力强行占领的地区,邮政、金融等行政系统也无法运作。另外,不宣战还会导致中国方面"由于怀疑日本的决心对建立政权不热心"②,也就是说,不宣战连中国的变节分子都不敢在日本的庇护下组织起一个傀儡政权。——日本不能真正统治中国,那么与中国打仗意义何在?

但是,日本的现实又需要不宣而战。宣战之后,日本受到国际舆论的一致谴责自不待言;更要紧的是,日本最重要的战略物资——石油、钢铁、棉花和有色金属等,必须统统依赖进口,特别是从美国进口。一旦向中国正式宣战,战略物资的进口便会受到国际法的严重制约,美国极有可能首先拒绝向日本输出战略物资。如果日本失去了进口供应,不要说支撑战争,就连本国人的日子都将过不下去。

因此,卢沟桥事变爆发后,日本内阁和军部曾反复磋商,衡量利弊,甚至专门成立了一个"第四委员会"负责论证此事。"第四委员会"最后得出的结论是:发布宣战对日本不利。——这也就是卢沟桥事变后日本内阁决定以第七十二届帝国议会开幕式诏书代替宣战诏书的原因。

近代以来,日本人从不愿清晰地定义其侵略战争的目的,他们之所以总是含糊其辞地把对外发动的战争称为"事变",其原因被多数历史学者认为"更多属于精神上的"问题:

> 日本存在着官方神学,大量神学家,包括大学教授、禅宗

和日莲宗佛教僧侣以及政府官僚等都是信者。根据它的阐释：天皇是一个活着的神，是天照大神的后代。日本是道德和正义的化身。它的战争自然也是公正的，永不会是侵略。因此，它在中国建立"皇道"的努力，通过"深怀慈悲的杀害"手段——为了大多数人的生存杀掉少数有问题的人，使那里的人们处于天皇仁慈的占领下，这是被占领民众的幸事，绝不是殖民地扩张。自然，对于那些抵抗的人，必须使他们醒悟过来。但是，从形式上讲，没有"战争"，只是一个"事变"。③

日本政界和军界的如意设想是：在不承担发动侵略战争恶名的前提下，被占领国心甘情愿地臣服于日本的统治。拿日本官方的表述便是：圆满解决事变。——在占领北平、天津以及上海之后，日本人认为，眼看就要丢掉国都的中国人表示臣服的时候已经近在眼前。

在日本人看来，实现灭亡中国和称霸世界，其手段有军事摧毁和政治迫降两种。在入侵中国之初，速战速决是日本的设想，即在两到三个月之内利用强大武力令中国屈服。但是，即使占领了北平、占领了上海，即使已经兵临太原、兵临南京，日军也没能消灭中国军队的主力，没能摧毁中国的主体防御体系，中国政府和中国人民没有丝毫屈服的征兆。加之国际舆论日趋严重的压力，纠结难堪的日本政界开始探求实行另一种手段的可能，即通过第三方与中国政府谈判，迫使中国政府鉴于强大的军事压力接受日本提出的条件。这就是日军参谋本部急令华中方面军停止在苏州—嘉兴一线暂不向南京实施攻击的原因。

能够胜任的"第三方"应该是谁？

日本人认为德国人最合适。

一九三七年十月二十一日，日本外相广田弘毅会见了德国驻日本大使狄克逊，表示日本愿意与中国政府直接谈判——"如果一个同中国具有友好关系的大国，如德国或意大利，能够劝说南京政府寻求解决冲突的办法的话。"④狄克逊将日本方面的意图报告给了德国政府，当即得到了德国外交部的首肯："德国为了日华直接谈判，愿意从中联系。"但同时，德国外交部又同时提示驻中国大使陶德曼："目前我们并不想超出一个递信员的地位。"⑤日本人选择了在法西斯理念上与其有着共同立场的德国人，原因自不待言；更重要的是，日本人判断中国政府不但有与日本谈判的意愿，而且德国也是一个中国能够接受的"第三方"。

德国自二十世纪二十年代始,与中国政府保持着密切联系。德国向中国出售武器,派遣军事顾问;中国则向德国输出重要的工业原料。在中日战争面前,德国面临着两难:支持中国,必定得罪日本,且有违法西斯的全球战略;支持日本,又会严重损害德国的在华利益。德国因此愿意充当中日之间的调停人。

而国民政府早在中日战争爆发之初就曾谋求过国际社会的外交调停,力求通过国际力量将战争局限在局部范围内。南京委员长侍从室秘书萧自诚曾向第七十八军军长宋希濂透露过蒋介石让德国充当调停人的真实意图:"德国希望中国参加反共反苏阵线,自不愿中日间的战争演变为长期性的;日本对中国的政策亦不希望进行长期战争,他是采取逐次吞并的策略,因而和平谈判的可能性颇大。如果谈判,总需要一些时间,日军在这期间大约不会进攻南京。这样,我们可以利用这个机会把部队整顿充实一下。"——"这虽是萧自诚的话,实际上就是蒋介石的想法。"[6]

十一月二日,广田弘毅向狄克逊开列日本与中国谈判的条件,同时强调说,如果中国方面不接受这些条件,"强使日本继续进行这场战争时,日本将一直进行到中国完全崩溃为止,而那时的条件将大大加重"。

一、内蒙古人民建立自治政府。其国际地位类似外蒙古。

二、在华北,以满洲国国境至天津、北平以南划定为非武装地区,由中国警察队担任维持治安。如立即缔结和约,华北行政权仍全部属于南京政府,惟希望委派一个亲日的首长。如和平现在不能成立,即有必要建立新政权,新政权在缔结和约后其机能将继续存在。在经济方面,事变前已在谈判的开发矿产事,在一定程度上要求满足日本的要求。

三、上海非武装地区须扩大,设立国际警察队管制。关于其他方面没有再加以改变的企图。

四、要求中国停止抗日政策。这和一九三五年南京谈判时要求相同。

五、共同防共。这和《中苏互不侵犯条约》没有抵触。

六、降低日本货进口税。

七、尊重外国人在华权利。⑦

无论从哪一方面讲,蒋介石都不可能接受日本人开列的上述条件。只是,他仍心存一个希望:《九国公约》缔约国会议就要在布鲁塞尔召开,会上将要讨论日本侵略中国的问题,如果国际力量能够制止日本,一切危难也许就可迎刃而解了。但是,连中国外交部部长王宠惠都认为《九国公约》缔约国会议根本不值得期待。日本一九三三年就退出了九国公约组织,当下,日本和德国已明确宣布拒绝以任何身份参加这次会议。——世界历史一再证明,列强聚在一起的所谓"国际会议",从来没有给国际社会带来过半点"公道"。特别是近代以来,凡涉及中国的议题,中国都不曾获得应有的权益和利益,遭遇的只有更深的屈辱和灾难。

果然,十一月三日——日本向中国提出谈判条件的第二天——《九国公约》缔约国中、美、英、法、意、比、荷、葡,以及后来加入的加拿大、新西兰、澳大利亚、南非、印度、挪威、瑞典、丹麦、墨西哥、玻利维亚,还有特邀国苏联等十九个国家的代表聚集在了比利时首都布鲁塞尔。但是,会议还没有开幕,英美等国就相互推诿,谁也不愿充当会议的主角,好不容易说服了东道主比利时外交大臣出面主持会议,但各成员国对日本侵略中国的议题并不感兴趣。中国代表顾维钧揭露日本侵略中国的暴行,恳请各国在道义、物质和经济上对日本施加压力,同时对中国提供援助。各国代表中除了苏联赞同对日本采取制裁措施外,其余各国都有怕得罪日本的理由:英国认为他们防范的重点是欧洲的法西斯势力而不是亚太地区,况且英国在中国的利益与日本交织在一起,因此在对日本施加谴责制裁的问题上英国绝不带头;法国的担心是,如果谴责日本,很可能带来日本入侵法属印度支那的后果;美国人认为,最符合美国利益的立场,就是既不跑到前台充当领袖,也不当"英国风筝上的尾巴"随风摇摆——只谈亚洲和平,不谈对日制裁;至于意大利,其本身就是日本的盟友,不仅反对制裁日本,而且还极力为日本辩护。

布鲁塞尔会议仍在暧昧地进行着。

日军开始在中国杭州湾大举登陆。

十一月四日,德国驻华大使陶德曼在南京拜会了蒋介石。蒋介石表示,同意在日本提出条件的基础上进行谈判,但前提是日本不能自视为战胜者,中国也不接受任何形式的最后通牒,中国的主权不得受到任何形式的侵犯。蒋介石告诉陶德曼,如果接受日本人开列的条件,对于国民政府来讲无异于自杀——"中国政府是会被舆论的浪潮冲倒的,中国会发生革命。"⑧蒋介石的强硬令德国人有些意外。陶德曼劝说蒋介石接受德国在一战中的教训,不能任由战局演变成旷日持久的消耗战,否则将导致资源与兵员的衰减枯竭直至崩溃。应该适时地尽早接受日本的谈判条件,不然等到整个国家精疲力竭的时候就晚了。可是,蒋介石依旧坚持他的立场。同时,蒋介石又狡猾地让陶德曼提醒日本人注意到另外一种可能:如果国民政府真被战争拖垮了,日本将必须面对中国共产党,那时候,任何议和的可能都不存在了,因为共产党"从来不投降"。

> 中国政府倾倒了,那么唯一的结果就是中国共产党将会在中国占优势。但是这意味着日本不可能与中国议和,因为共产党是从来不投降的。⑨

德国人继续向国民政府施压。思路还是蒋介石的意思,只不过他们是反过来说的。陶德曼向孔祥熙、白崇禧等中国军政高层人物描绘出这样一种前景:如果中国不谋求与日本谈判,一任目前"战局拖延下去",那么当中国经济崩溃之时,"共产主义就会在中国发生"。⑩

日本向国民政府施压的手段,依旧是军事上的强大攻势:蒋介石会见陶德曼的第四天——十一月八日——日军的坦克和步兵冲进了太原城。

太原的陷落是军事上的悲剧。

从当时中国战场看,太原这一局部战场,是最有希望遏制日军的攻势并给日军以重创的。太原北部的忻口阻击,顽强进行到十月底时,日军已经死伤无数,精疲力竭,几乎丧失了继续攻击的勇气。——如果山西战场上的日军严重受挫,广田弘毅开列谈判条件的时候是否还能如此强硬?

但是,忻口战场侧后的娘子关,这个被毛泽东视为致命隐患的战略要点,却在山西战局的关键时刻崩溃了。

十月二十一日,日军第二十师团全部投入娘子关作战。在师团长川岸文三郎的指挥下,日军兵分两路向娘子关发起攻击。娘子关正面防线上中国守军第八十八旅的阵地,当日即被日军突破。一股日军突入旧关与娘子关之间,切断了通向娘子关的铁路线,令孙连仲和冯钦哉的部队身陷娘子关车站内。这个时候,附近已经没其他部队可以调用,如果让日军继续向前攻击,娘子关的失守近在眼前。黄绍竑在电话里向阎锡山紧急求援,阎锡山正一筹莫展之时,另一个声音在电话里插了进来,阎锡山一听,是第三十八军教导团团长李振西。李团长表示他的部队距娘子关约五十公里,如果现在出发,明天即可赶到战场。阎锡山和黄绍竑同时大喜过望:"这是杨虎城的卫队团,就叫他们开来吧!"⑪

中国陆军第三十八军教导团,原是陕西绥靖公署教导团,是杨虎城储备干部的机构,官兵大多具有初中或高小文化程度。西安事变后,杨虎城被迫出国,陕西绥靖公署被取消,绥署部队被改编为第三十八军,其中的教导团官兵"近三千人,装备很完全,而且都是青年学生,团长李振西尤为勇敢"⑫。

李振西的教导团以一种慷慨赴死的劲头冲了上去。

第二天黎明时分,跑在最前面的一营在快要接近娘子关时,发现了数百名日军骑兵正在生火做饭,营长殷盛义带领全营即刻发起突袭,日军仓皇往回逃,钻进了狭窄的关沟。——几天前,日军在这条通向娘子关的狭窄深沟里已被痛击了一次。李振西带着后续部队赶到时,追进沟内的一营正与日军混战在一起。孙连仲将李振西团长叫到国防工事的窑洞里,说冯钦哉的第十四军团的两个师"现在还没有联络上",池峰城的第三十一师也"才到昔阳境内",娘子关附近已无兵可调,太原更是无兵可调,现在"就看你们了。你们这个团的战斗人员比一般的旅还要多,近战武器又好,当面敌人今天给你们冲了一下,仓皇钻进沟里,现在趁热打铁,能一下子冲出旧关最好"。只要维持两三天,池峰城的援军抵达,就能稳定住战局。如果保住了娘子关,一定向南京申请将教导团扩编。李团长根本顾不上这些事,因为二营这时候也冲进了沟内,关沟里一片喊杀厮打声,抬出来的伤员个个血肉模糊,惨不忍睹。

> 关沟有二十华里长,两边是悬崖陡壁,几千敌人挤在沟内,骑兵、炮兵、辎重兵和战车把道路都塞住了。尽管敌人挤着向后退,由于受地形的限制,我们也攻不动。⑬

李团长决定改变死拼的战术,集中火力,把狭窄的关沟变成日军的一口活棺材。具体战法是:以营为单位,将每营的四十八挺轻机枪和八挺重机枪集中起来,再分成四个火力突击组,每组四十多人为一个冲击波。午后,步兵突击组在机枪的掩护下向关沟发起了冲击,一个组伤亡太大,就换上另一个组,一波接一波决不中断。战至黄昏,钻进沟里的日军第七十八联队及骑兵大队、炮兵大队、战车大队,"被我第一、第二两营歼灭殆尽,关沟里乱七八糟地摆着几十辆敌人自己炸毁的炮车、辎重车,躺着二百多匹马,还有几百支机枪、步枪。敌人的尸体还在燃烧着。我团伤亡了五六百人。黄昏后,教导团完全控制了旧关,残敌退到关外的山上"⑭。

控制了旧关,李团长分析日军肯定会来增援:"今晚我们不把敌人撵走,明天敌人就会把我们撵走。与其待在这条死胡同里等死,倒不如干脆出去拼一下,成则可保旧关,失败也会叫敌人付出极大的代价。"⑮冯钦哉惊讶于教导团年轻官兵的慨然血性,立即承诺每夺回一个山头赏大洋五千,决不失言。

这是一次连日军都没想到的局部反击。

夜色之中,教导团官兵杀声震天,日军尚未反应过来,大刀就砍在了他们头上。彻夜的激战,李振西团又付出了三百多人伤亡的代价,但是中国官兵居然连续拿下了八座山头。报捷电话传到指挥部,冯钦哉既惊喜又因为奖赏大洋的承诺感到为难。

但是,自二十二日起,日军对娘子关的攻击更加猛烈。包括教导团在内的中国守军各阵地都出现了肉搏战。第三十师的阵地被日军突破,该师一七八团被日军包围于北峪。第二十七师第七十九旅伤亡甚重,被迫阵地后移。李振西的教导团在阵地上死守不退,伤亡殆尽时才接到换防的命令。教导团的三千官兵都是学生兵,读过书的军人应该知道中国先人曾留下"青山处处埋忠骨"的诗句。教导团在娘子关战斗三天,活下来的官兵仅剩几百人。——"孙连仲派了一个营会同教导团副官主任陈纯仁,把我们阵亡的两千多官兵集中起来,在旧关关沟里埋了几个大冢。我含着满眶热泪,默祝将士们爱国精神永世昭明。"⑯

中国官兵的血战并没有令娘子关战局得到缓解。

娘子关阵地仅正面就宽达一百七八十里,连续苦战已经伤亡惨重的中国守军无法全面固守,而阵地的每一个点被突破都会使全线防御岌岌可危。特别是日军右纵队突击娘子关正面时,左纵队急促地推进严重威胁着娘子关的侧背。在这个方向上,奉命增援的八路军第一二九师刘伯承部拼死阻击。该师第三八六旅陈赓部的七七二团袭击了日军攻击部队的侧翼,令其行动速度明显地缓慢下来。接着,该旅又在石门口附近打了一场阻击战,歼灭日军两百余人。

整日苦于无兵增援娘子关的阎锡山,突然得知一支部队抵达了太原附近:中国陆军第二十二集团军——清一色的四川人——在总司令邓锡侯的率领下出川来与日本人打仗了。

卫立煌对阎锡山说,现在是必须舍家底的时候,把仓库里的装备和弹药全拿出来装备川军,让川军上晋东战场挡住娘子关的日军。阎锡山连声说:"好,好,好,咱马上发,马上发,把咱的老底全花出去,花光算啦!"⑰

卢沟桥事变后,川军纷纷请缨杀敌。

国民政府军事委员会将川军第四十一、第四十五、第四十七军合编成第二十二集团军,令其出川抗日。川军武器简陋,第四十一军没有骑兵和炮兵,除了步兵团各有一个迫击炮连外,全军没有一门野炮和山炮,一个旅也只有八挺重机枪和两挺轻机枪,且无论轻重机枪和步枪都是四川土造的,因为步枪没有刺刀,每个士兵另外配发一把大刀。中国军界几乎都知道,川军是一身单衣两支枪,其中的一支是烟枪——吃鸦片在川军中很普遍。川军出川时,除个别部队乘坐闷罐列车外,绝大部分官兵是步行。他们沿着川陕道路行走上千余公里,翻山越岭走了五十多天才到山西。这时候,山西已经很冷了,可川军不但没有棉衣,脚上依旧穿着草鞋,人人冻得直打哆嗦。当他们接到前往娘子关的命令时,各级指挥官连一张地图都没有——"黄绍竑电令我们即刻出发还击西进之敌,至于敌从何来,番号是什么,兵力有多少,我旅有没有配合作战的部队,归谁指挥,都不清楚。"⑱

王铭章,川军第一二二师师长,他给官兵提出的道德原则是:受命不辱,临难不苟,负伤不退,被俘不屈。——是否能够抵达这一道德高度需要实战检验,但川人生来就有吃苦斗狠的性格。刚上来的川军第四十一军第三六四旅与西进日军迎头相撞的地方叫东回村。川军尚未部署完毕,日军的攻击已经开始。七二八团官兵用手榴弹阻击,手榴弹用光了就与日军肉搏。日军使用了毒气炸弹,七二八团阵地丢失。日军接着攻击南山主阵地,七二七团的机枪被日军炮火压制,官兵们卧倒在战壕里等着。日军的步兵逐渐接近,那一刻川军跳出来抡起大刀开始肉搏。七二七团一营二连连长邵先志被日军的刺刀戳穿了左手,他右手紧握大刀把那个鬼子的脑袋砍了下来。日军使用了火焰喷射器,一营伤亡殆尽时被迫退守第二线。——"敌人趁势向我第二线进攻,双方又是白刃混战,反复冲杀,到下午五时,南山仍在我手中。"[19]

川军匆忙上阵,死守硬拼,既不见掩护又没有协同,部队伤亡惨重被迫向后转移时,又遭日军的拦腰截击,川军钻入山地里与日军周旋一整天才得以摆脱。——川军不知道,此时娘子关防线上的中国守军已开始全面撤退了。

> 第三六四旅退到榆次以东的长凝镇时,才同军长见面。在长凝镇曾一度与敌接触,当晚宿营北田镇。这时候才知道,第四十一军各部,竟是成团甚至成营地被黄绍竑直接割裂指挥,逐次使用到平定县的西村和阳泉、测石、赛鱼、芹泉一带作战。部队建制被分割得支离破碎,七零八落,结果分批被敌各个击破……当师长王铭章到达前线时,第一二二师已经被打烂了;军长孙震到达前方时,第四十一军已经打得不成形了;集团军总司令邓锡侯到达太原时,第二十二集团军的兵力只剩下半数了。[20]

勿怪黄绍竑,娘子关防御从始至终"处处显出薄弱,处处都是空隙",因此也就处处都需援军。

十月二十六日,日军进至娘子关与新关侧后的柏木井,中国守军正面防御部队因侧背受敌开始后撤。正在奋力阻敌的八路军第一二九师见前线危急,立即命令第三八六旅七七二团开设阵地准备迎敌。七七二团将阻击地点选在一个名叫七亘村的地方。这里是一个隘口,处于山西的平定县、昔阳县与河北的井陉县交界处,是一条险要的山沟通道。三天前,也是在这个隘口,七七一团曾遭遇日军一个联队和数百骑兵的袭击,伤亡了三十多人,毛泽东为此给朱德打电报,告诫八路军官兵需克服轻敌思想:

> 屡胜之后,必生骄气,轻视敌人,以为自己了不得。七七一团七亘村受袭击是这种胜利冲昏头脑的结果。你们宜通令于全军,一直传达到连队战士,说明对日本帝国主义的战争,

是一个艰苦奋战的长过程。凡那种自称天下第一、骄气洋溢、目无余子的干部，须予以深切的话告诉他们，必须把勇敢精神与谨慎精神联系起来，反对军队中的片面观点与机械主义。[21]

再次选择七亘村作战，刘伯承布置得格外谨慎。

二十六日拂晓，娘子关其他中国守军部队开始后撤时，日军朝着八路军第一二九师设伏的阵地走来了。

> 日军先头部队接近营庄时，辎重部队正好行至我十二连伏击地前面。王副团长即令重机枪向日军射击，伏击部队随之向日军猛烈射击。刹那间，成群的手榴弹，密集的子弹，像从山崖上泻下来的瀑布般倾向敌群。正在行进中的日军被这突如其来的袭击打懵了，还没搞清是怎么回事，就死伤一大片。这时候，我十一连按照原定计划，迅速抢占了七亘村南大道两侧及该村西南的定盘山，将日军步兵和辎重兵部队拦腰切成两段。当日军先头步兵企图掉头增援辎重部队时，遭到我十一连的阻击；后面的掩护部队又被十二连击毙得横躺竖卧的马匹、骆驼及抛弃的军用物资挡住道路。被截击在中间的辎重部队，上天无路，入地无门，完全丧失了控制能力。骡马和骆驼受到惊吓，四处奔跑，畜撞畜、人撞人、人畜相撞，在狭窄的道路上自相践踏，尘土飞扬，血肉四溅。残存日军一窝蜂地朝东石门方向逃窜，刚跑到甲南峪，又遭我预先埋伏在那里的特务连一个排的猛烈袭击。这时，王副团长命令九、十连投入战斗。紧接着，我十一、十二连在副教导员尤太忠的带领下，一个个犹如下山猛虎，奋不顾身地扑向日军，展开了白刃格斗。冲在最前面的十二连战士杨绍清，面对向他包围过来的七个敌人毫无惧色，左刺右挑，愈战愈勇，一连刺死了六个、捅伤一个。还有一个战士在同敌人拼杀中，身上五处受伤坚持不退，当他同一个日本军官搏斗时，已精疲力尽，但他急中生智，嗖地一下将手中的步枪向敌人掷去，在敌人一愣的瞬间，猛扑过去将其压倒在地，用牙咬掉敌人的鼻子，并趁敌痛不可忍之时将其击毙。[22]

此战，八路军歼灭日军三百余人，缴获三百多匹骡马、骆驼以及大批军用物资。

刘伯承决心"在七亘村一带再打一仗"！

二十八日,日军后续部队上来了,在七亘村再次遭遇伏击,又付出了百余人的代价。

八路军第一二九师,两战仅伤亡三十余人。

在缴获的物品中,最让刘伯承高兴的是数张中国印刷的山西军用地图——刘伯承曾向阎锡山要过山西军用地图,阎锡山说他没有——在此之前,刘师长指挥作战用的地图来自一本中学地理课本。

八路军的作战无法挽救娘子关的整个战局。

二十六日,日军占领娘子关。

卫立煌致电蒋介石,告知阎锡山已经决定放弃忻口：

> 即刻到。南京委员长蒋。密。一、一周以来,晋东情形异常混乱。昨夜铁路正面我军已退寿阳附近,两翼情况不明。顷据铁路报告,我军昨夜、今晨已过寿阳西洛,各部余兵不多,太原极感恐慌。二、此间剧战将及一月,虽均获胜利,然后防在在堪虞,且兵员消耗过多,交通早陷停顿。奉司令长官阎谕,为确保太原计,不得已忍痛定今夜向太原以北青龙镇东西线既设阵地转移。谨闻。职卫立煌叩。㉓

卫立煌的"忍痛"二字说得痛彻入骨：忻口战场苦战,近十万官兵付出了生命,原本希图顽强地作战不惜一切换来阻敌胜利,现在巨大的牺牲都将付之东流。

娘子关方向中国守军的溃败,令战区副司令长官黄绍竑焦急万分。他在电话里对孙连仲说,如果不在阳泉一带重新设防抵抗,日军就会直接冲进太原城,那样我们就要负历史责任！孙连仲打电话给第四十二军军长冯安邦,说如果再撤退就枪毙你。冯安邦的回答是："我当尽自己最大的努力,但是我手上仅有一连,其余的部队都脱离了掌握。"㉔——孙连仲和冯安邦是亲家关系,能说出"枪毙"二字,可见局势已恶化到何种地步。

十一月初,阎锡山接连在太原召集高级将领会议,研究太原城的防御问题。阎锡山的计划是：利用太原城四周的既设阵地,实施"依城野战",以阻敌进攻,待后续部队到达再发动反攻聚歼敌人。具体部署是：以傅作义部担负太原城防任务；以卫立煌部担负太原东西两面的侧击任务；黄绍竑指挥从娘子关撤退下来的部队继续阻击西进的日军；以奉蒋介石命增援山西战场的汤恩伯部"向榆次附近推进"，与太原守卫部队形成对日军的包围夹击之势。

那么，由谁来指挥太原会战呢？

阎锡山是第二战区司令长官，卫立煌是第二战区前敌总指挥，阎锡山想让卫立煌担负这个任务"又不好明言"，于是等着卫立煌毛遂自荐。但是，卫立煌坐在那里，就是"一言不发"。"其他将领也大多低头不语"。最后时刻，"傅作义挺身而出"。㉕——卫立煌沉默的理由是：无论是从忻口还是娘子关撤退下来的部队，损失严重，疲惫不堪，怎么可能"大溃退之后再匆匆进行另一场会战呢"？

接着，便是如何防守太原城的问题。

这一问题在将领们之间发生了激烈争执。阎锡山制订的计划是用野战的方式于城外布防，可与会的大部分将领认为，让目前已经处在败退中的部队重新布设阻击阵地，最大的可能是，还没等他们进入阵地，日军就已压到了太原城下。况且，那些所谓的国防工事，几乎无需实地检验就可判定必是不堪一击。目前，唯一可行的是，集中兵力坚守城垣。阎锡山坚持他的计划。双方争论到凌晨，阎锡山告诉将领们作战计划已经布置给各部队的指挥官了。会议至此结束。

阎锡山委任傅作义为太原守备司令。他告诉傅作义：太原城中储备的"粮食弹药够半年之用"，期待傅作义能够"再显一下身手"。㉖

四日晚二十二时，阎锡山决定离开太原城，没人知道他要去哪里。

黄绍竑也准备离开，但太原城内已混乱到了连他这个战区副司令长官都找不到车的地步。于是，只有去找负责守城的傅作义。只是，黄绍竑甚至不知傅作义的指挥部在哪里。副官周士杰怕迟了被封锁在城内，劝他赶快走。——"我带着十多个卫士摸到南门，幸城门还开着，这大概是因为阎锡山还有许多贵重东西没有运完，汽车仍在进进出出。"出城到了汾河桥上，这里已经乱成一团，车辆和人流壅塞在一起。黄绍竑充当起临时交通指挥，这才截住了一辆卡车。天亮以后，他到了交城县城，得知阎锡山竟然也到了这里。阎锡山走的时候并未告诉黄绍竑他去什么地方，两人完全是"无意中"遇到的。㉗——中国第二战区的司令长官和副司令长官，就这样在远离部队远离战场的小县城里意外地相逢了。

共产党人周恩来也应邀参加了阎锡山的军事会议。周恩来不同意以多数兵力在太原城与日军决战,认为这样只能带来巨大伤亡,而太原最终还是要丢失。正确的方法应该是背靠山地,以运动战方式与日军展开周旋。会议结束时,周恩来特别对傅作义说:"我愿代表中国共产党,还有全民族,诚恳地对你说一句话:抗日战争胜利的基础,在于广大人民群众之深厚的伟大力量,请你保重。"㉘十一月五日夜,周恩来带领八路军驻晋办事处人员撤离太原城。

板垣征四郎得知中国守军开始撤退后,立即命令部队自忻口一线大举向南追击。日军推进得异常迅速,导致中国守军无法在预设阵地立足,不得不再次向后移动。同时,从娘子关方向撤下来的中国守军,绝大多数因遭遇日军截击无法靠近太原,只有继续向西南方向退去。卫立煌命令中国守军主力转移到交城、太谷一线,防止日军继续南下;同时命令孟宪吉的独立第八旅、郭宗汾的第七十一师和马延守的独立第七旅等部队进入太原城以厚守城兵力。但是,命令的下达已经晚了,除独立第八旅的一个营最终进入了太原城外,其余部队均被日军阻击在汾河西岸。

六日,忻口方向的日军从北面逼近太原城垣,娘子关方向的日军插入太原以南切断了中国守军的退路。太原已成为一座被日军包围的孤城,孤城内傅作义的守军仅有第三十五军的两个旅以及陈庆华的独立第一旅、杨维垣的第二一三旅等部,总兵力万人左右。

傅作义守太原,与其说是在指挥作战,不如说是承受身心煎熬。

明知守城也是死路一条的傅作义,还是把仅有的部队进行了部署,并封闭了太原城门。封城之前,傅作义将部队集合起来,然后他对官兵们说:留下来守城,等于躺在了棺材里,就等着把棺材盖盖上,各位就当自己已经死了,我们与太原城共存亡。

这天,日军的"几十架飞机循城墙一线,轮番以巨型炸弹进行轰炸",太原"三丈六尺高的城墙,已经成了不满两丈的土坡坡"。接着,日军以飞机和火炮猛轰太原城,城内的建筑物纷纷坍塌,到处燃起冲天的大火,供电线路和通讯线路均被摧毁,全城的商店都被抢劫一空,到处是为非作歹的散兵游勇。更令人惊心的是,太原城内潜伏着大批日本特务和汉奸,他们到处开枪制造出更大的混乱,太原戒严司令部的警宪部队根本无法捕捉到这些特务汉奸,戒严官兵反而受到黑枪的射杀。

七日拂晓,日军对太原城发起攻击,步兵在坦克的掩护下从坍塌的城墙处向城内猛冲。中国守军拼死抵抗,激烈的拉锯战导致双方死伤严重。第二天,日军以更大规模发起全面进攻,直打得中国守军的阵地上弹片与血肉横飞。傅作义去前沿督战,守卫城角的代理连长告诉他:"从忻口会战到现在,我们连已经换了十二个连长,现在全连参加战斗的只剩下七个人了。"

残酷的守城战几近两昼夜时,太原守军的将领开始动摇。第三十五军副军长曾延毅从傅作义的防空指挥部里出来,并没有回到指挥岗位,而是直奔向他的马:

> 马已备好,曾立即上马,向大南门驰去。戒严司令部的参谋副官及勤杂人等也都闻风赶来。跑到大南门跟前,发现早经封闭的城门前,土囊沙袋层层堆积原封未动。曾令跟来的卫士随从们搬移沙袋。守城官兵知道他是第三十五军副军长,当然不敢拦阻。没想到,封城时惟恐不牢固,现在才发现土囊沙袋积累得太多,移动不便。结果卫士们费了老大力气,城门仅仅打开一个小缝。好在两扇城门稍稍向后移动了一些,门头上甩出一个较大的三角空隙。曾延毅舍掉坐骑,爬上沙袋,让力气大的几个卫士把他举上门顶,钻出城去。出城以后,狼狈地向南赶路,恰巧遇上四三五团受了重伤的连长张霁浦,骑着一匹瘦弱的劣马。曾向张连长把马要了过来,骑上这匹劣马往正南方而去……曾出城打的是第三十五军副军长的旗号。他这一折腾,看见他的人都说:副(与傅同音)军长出城走了。消息很快传遍了靠近南城的部队。戒严副司令马秉仁不甘落后,也立时乘着"李牧号"装甲车赶到大南门,利用炮兵掩体钻出城外,落荒逃命。于是"副司令出城走了"的消息,又不胫而走传进守城官兵的耳朵。由此辗转相传,以讹传讹,把"副军长"当成"傅军长"、"副司令"当了"傅司令",因而军心开始动摇……十二时以后,除过北城东城与敌人对峙胶着的部队无暇他顾外,其他城上的守军逐渐稀少,有些地段已看不到部队的踪影了。㉙

傅作义坐立不安,脸色铁青,但就是不说"撤退"二字。

　　这一天的中午左右,防守东北城角的四三五团李登明营长和大部连长都已牺牲,战士也伤亡过半。敌人就从这个营的阵地前面,在坦克的掩护下,伴随步兵利用城墙缺口突入城内,其后续部队也蜂拥入城。董其武旅长得知情况后,立即率领预备队驰援,在小东门、小北门之间的大教场、坝陵桥一带与敌人展开激烈的巷战。四三六团二营营长王建业受伤坚持指挥战斗。这个时候,上下级之间、比邻部队之间的通讯联络已全被敌人炮火破坏,彼此隔断,形成了各自为战的混战状态。就这样一直坚持到黄昏后。[30]

天黑了,傅作义下达了相机撤退的命令。

太原城南面的城门尚还完整,傅作义一到这里立刻被卷进了溃兵的人流中:

　　城门跟前,有一部分人正在挪动沙袋,预备开门,但满门洞的人越挤越紧,妨碍着他们的工作。停在门洞外面的,有装甲车、载重车、马匹、驮骡、骆驼;门洞里面,满地是土囊沙袋、踏烂的自行车、挤死的骆驼、死人等等,一绊就倒。有力的猛力向前,绊倒的被践踏在地。有人哭喊叫骂,有人开枪瞎打,简直乱成一锅粥。被踏死踏伤的很多,四三五团少校团副解致信,就是在这里被踏死的。宪兵排长张大个子,腹部被踏起碗大的伤痕,几乎丧了性命。经这一乱,总部的行列只有宪兵第十队队长刘如砺,紧紧地掌握着自己的部队(刘出城后带队抢过汾河桥时被敌人机枪射死),其余都五零四散,自寻出城门路……有从城门缝挤出来的,有从炮兵掩体钻出来的,有从重机枪射击孔爬出来的,还有用绳缒城出来的,五花八门,不一而足。傅作义出城之后,落了个只有特务连排长薛文一人跟随保护。[31]

从守城到失城,太原在极度混乱中仅坚持了四天。

山西抗战,是中国抗战初期规模最大、持续时间最长、战斗最激烈、官兵牺牲最多、战绩也最显著的会战。

但是,太原的最终失守,使得华北的侧翼完全暴露在日军的控制下,华北彻底沦陷的结局已经不可避免。

板垣征四郎的第五师团和川岸文三郎的第二十师团攻占太原的消息,不但令日军华中方面军攻占南京的欲望更加强烈,也令日本政界和军界相信中国臣服之日已为期不远。

日本人充分利用这一筹码,进一步对国民政府施压。

太原陷落一周后,十一月十五日,广田弘毅外相召见美国驻日本大使詹鲁,要求美国人转告蒋介石:"战争再继续的时候,条件就更苛刻了。"德国人也趁势告诫蒋介石:"不要不加考虑"就拒绝日方的条件,依目前局势看,中国就是"尽最大的努力"也无法"将日本的军事胜利扭转过来"。[32]

接着,一个令国民政府压力倍增的消息从东京传来:为了支持更大规模的战争,十一月十七日,日本战时大本营正式设立。

近代以来,日本军人——海军部和陆军部——始终对内阁干涉军事持抵制态度。一九〇八年,日军参谋本部条令规定:"参谋本部掌管国防及用兵事项,参谋总长直属天皇,参画帷幄之军务,掌管国防及用兵计划"。"参谋总长与军令部长,得不经由内阁或内阁总理大臣,可径行上奏天皇"。这种连内阁总理都不得干涉军事,国家军事事务只由陆军的参谋总长和海军的军令部长负责的制度,被称之为"统帅权独立制度"。[33]

卢沟桥事变爆发以来,日军参谋本部曾研究过是否成立大本营一事,但因是否宣战等问题尚未议决而被搁置。随着对中国发动的战争逐渐扩大,设立大本营的建议被内阁再次提出:"大本营作为统一政略、战略机关,是指导战争的最高机关。它不仅仅是统帅机关,而是把大本营中军部大臣处理军政事项的范围扩大,并使之发挥促进军部内外的国务机关协调一致的作用。"[34]然而,建议遭到陆军部和海军部的一致反对,他们认为这将导致内阁干涉军事。但是,战事规模的演变与战场地域的扩大,确需一个确保政令与战令统一的军事大本营为统帅部。于是,海军方面首先松口,表示"如果中国仍旧再高呼抗日,坚持长期抵抗",成立一个大本营"大概可以"。接着,陆军向海军作出说明,阐述成立大本营对持续战争是必要的,并明确战争事宜将完全由陆军和海军做主:"收拾时局问题等主要政务固在政府,但应先在大本营由陆、海军当局对其基本原则取得一致意见,然后移交政府。"[35]——把军人们的意见"移交政府",政府实际上只是一个为军方办事的机构——于是,海军同意了。

日军陆军参谋总长和海军军令部总长,就设立大本营事宜联合上奏天皇得到批准。十一月十七日"军令第一号制定大本营令"下达:

> 第一条　在天皇旗之下,设最高统帅部,称之为大本营。大本营战时或事变之际,按其必需而设立之。
> 第二条　参谋总长及军令部长各为其幕僚之首长,运筹军务机密,策划作战,基于最终之目的,以图陆、海两军之策应与协同。㊱

大本营的设立,使得日本军人进一步掌控了国家的决策权力。它给世界——特别是中国——发出一个明确的信息,那就是没有任何力量能够阻止或改变日本军国主义者武力征服中国、称霸亚洲乃至世界的决心与意志。

日本方面还是没能得到蒋介石臣服的任何表示。

因此,华中方面军被要求"以其航空部队与海军航空兵力协同,轰炸南京及其要地,并不断表现出进击的气势",同时"整顿好该方面军新的准备态势,使其攻击南京或其他地区"。——日本政界与军界在此达成一个共识:只要从各个方面不断武力威逼南京,中国政府总有彻底支撑不住的那一刻。

在华北战场上,停止在德州—石家庄一线的日军开始向南推进。谷寿夫的第六师团在平汉路东侧追上了万福麟部的第五十三军,将其击溃;土肥原贤二的第十四师团沿平汉路西侧南下,在石家庄以南的元氏附近与中国军队商震部的第三十二军接战,两天后攻克元氏,接着向南占领了邢台。中国军队第六十七军吴克仁部,为掩护中国军队各部后撤,沿平汉路东侧迎着日军而上,与谷寿夫的第六师团激战两天后,两军对峙于漳河两岸。十月十九日,日军炮兵猛烈轰击漳河南岸,日军步兵化装成中国农民混在难民里偷渡漳河,日军骑兵也发动了强渡,战至二十日上午,漳河南岸中国守军阵地相继失陷。前来增援的第五十二军军长关麟征指挥两个师向日军发动反击,两军在漳河南岸滩头逐渐进入白刃混战状态,第五十二军伤亡士兵达三千以上,日军也伤亡惨重,双方再次形成对峙。由于西面娘子关吃紧,汤恩伯的第十三军奉命入晋。华北战场上平原地势本身就无险可守,平汉路上的中国守军又逐渐兵力单薄,以至于日军长驱直下越过邢台、邯郸,向冀豫交界处的安阳大举进攻。固守安阳的中国军队第一四一、第一四二师连日苦战,官兵伤亡殆尽后,安阳陷落。

日军在华北已经纵贯河北直抵河南。

在华北的西面,日军攻占了太原。

而在中国的南方,日军占领上海后正向南京逼进。

国民政府承受着难以撑持的军事压力。

然而,一直等着中国屈服的日本人,等来的却是一个晴天霹雳般的消息:中国政府决定迁都。

中国国民政府将首都从南京迁至重庆,这是蒋介石多方考量后的最终选择:一因四川盆地外山峦叠嶂;二因四川盆地内物产丰饶;三是如果日军迎面攻来,重庆是有退却的后门的,即滇缅。

一九三七年十一月二十日,中国国民政府发布迁都文告:

> 自卢沟桥事变发生以来,平津沦陷,战事蔓延,国民政府鉴于暴日无止境之侵略,爰决定抗战自卫。全国民众,敌忾同仇,全体将士,忠勇奋发,被侵各省,均有极急剧之奋斗、极壮烈之牺牲。而淞沪一隅,抗战亘于三月,各地将士,闻义赴难,朝命夕至,其在前线,以血肉之躯,筑成壕堑,有死无退。暴日倾其海陆空军之力,连环攻击,阵地虽化煨烬,军心仍如金石。临阵之勇,死事之烈,实足昭示民族独立之精神,而奠定中华复兴之基础。迩者,暴日更肆贪黩,分兵西进,逼我首都,察其用意,无非欲挟其暴力,要我为城下之盟。殊不知我国自决定抗战自卫之日,即已深知此为最后关头,为国家生命计,为民族人格计,为国际信义与世界和平计,皆无屈服之余地。凡有血气,无不具宁为玉碎、不为瓦全之决心。国民政府兹为适应战况、统筹全局、长期抗战起见,本日移驻重庆。此后将以更广大之规模,从事更持久之战斗,以中华人民之众、土地之广、人人本必死之决心,以其热血与土地凝结为一,任何暴力,不能使之分离。吾人外得国际之同情,内有民众之团结,继续抗战,必能达到维护国家民族生存独立之目的。特此宣告,惟共勉之。㊲

蒋介石同时给全国所有部队的军事将领发去了通电：

各战区司令长官、各总司令、各军团长、各军长、师、旅长钧鉴：密。国民政府为适应战略、统筹全局起见,业于号日(二十日)移驻重庆,公布宣言,谅已周悉。此项措施,在使中央中枢不受敌人暴力之威胁,贯彻我持久抗战之主旨,以打破日寇之妄想与狡谋。我前方军事,不但绝无牵动,必更坚决进行。首脑既臻安固,则手足百体,更能发挥充分之效用；后方展及全国,则军事筹济,更有永久确实之根据。就整个抗战大计而言,实为进一步展开战略之起点。敌人狡恶之企图,已失作用。倾兵深入,其困难必愈甚,而我方主动之地位亦愈强。我前线将士自兹一心杀敌,更无顾虑,宜抱破釜沉舟之决心,益坚最后胜利之自信,寸地尺土,誓以血肉相撑持,积日累时,必陷穷寇于覆灭。遵有计划有步骤之策略,作更坚决更勇敢之奋斗。中正必与我全体将士,共安危、同生死,以尽我革命军人之天职。而策光荣之胜利。其各辗转晓谕,一致奋勉,有厚望焉。中正。㊳

面对日本强大的武力侵略,面对日本"狡恶"的政治威胁,除了抱着"破釜沉舟之决心"誓以血肉"撑持"国家的"寸地尺土"之外,蒋介石不可能再有任何别的选择。

布鲁塞尔会议终因开不下去宣布休会了——国联这个国际组织以后再也没有开过会,从此在国际舞台上消失了。但是,对于中国而言,这是一次开比不开更坏的会议,因为会议不但没有形成对日本制裁的任何决议,国民政府的代表甚至没能说服各国"把日本定为侵略国"。㊴

十二月一日,日军参谋本部下达了"大陆命第八号命令"："华中方面军司令官须与海军协同,攻占敌国首都南京。"㊵

这时,蒋介石的态度突然出现了某些变化——或许是已经获悉再也无法指望布鲁塞尔国际会议,或许是同时获悉了日军决定攻击南京的情报。十二月二日下午,蒋介石在南京召集高级将领会议,研究是否存在与日本进行谈判的可能性。由于此前与日本方面通过"第三者"进行的沟通高度保密,绝大多数高级将领第一次听到了日本方面的议和条件。出乎蒋介石预料,徐永昌、顾祝同等人认为可以在这个基础上谈一谈,而白崇禧说得更直白："如果只是这些条件,为什么非打仗不可呢？"㊶最后，蒋介石的态度是：既然认为日本人开列的条件并不是亡国的条件，那么让德国作为中间人的谈判可以继续。只是，华北的主权和领土完整定要保证，"开发经济及供给资源可以作相当的让步"；如果日本不能放弃驻兵权，那么只能按照之前《辛丑条约》"规定的区域执行"；另外，"上海恢复八月十三日以前的原状"。当天傍晚，蒋介石再次会见陶德曼，转达了上述立场。

出乎蒋介石预料的是，日本人突然改变了态度。当德国人把中国的立场转告日本方面后，广田弘毅外相十分诡秘地说："能否在最近取得伟大军事胜利以前所起草的基础上进行谈判有疑问，将在征求军部意见并进行研究后给以答复。"㊷

"最近取得伟大军事胜利"，显然指的是攻占南京。

中国抗日战争史上最严峻的时刻到了——尽管国民政府已经宣布迁都，但无论如何南京仍是中国的首都——国都被敌国军队攻击甚至占领，不但是国际关系史上的严重事件，对于被侵略的国家来讲更是一场空前深重的灾难。

南京，中国最具温情色彩的城市。自战国时期的楚国设金陵邑后，三国吴、东晋、南朝宋、齐、梁、陈、五代南唐、明初、太平天国和中华民国，均建都于此，素有十朝古都之称。蒙蒙烟雨中，巍峨的城墙，华美的宫殿，葱茏叠翠的紫金山，秦淮河边亭台之上传出的琵琶套曲，还有遍布在街衢市井中的吴侬软语——这座"江南佳丽地，金陵帝王洲"的千年古都，处处弥漫着一种安然与奢靡相互交映的情致。

一九三七年十二月，中国首都南京即将面对战争的残酷蹂躏。

从政治伦理上讲，中国政府没有任何理由不死守南京。南京城地处长江下游的一个大弯道内侧，东边是紫金山，北边和西边是长江，南部是开阔地带，如此特殊的地理条件使南京的城池防御自古以来便是一个难题："南据溧阳，东捣镇江，西扼太平（当涂），据险阻，断粮运，不战而下金陵。"中国历代军事论述无不认为，只要攻占了外围的几处要点，背靠长江弯道的南京城因没有任何回旋余地便会唾手可得。——背水一战，乃兵家大忌！

一九三二年初，上海"一·二八"事变爆发后，国民政府开始考虑南京防御问题，因为当时中国军方认为，一旦日军占据上海，必会沿着京沪铁路和长江水路进攻南京。为此，中国军方成立了南京城塞组，在德国军事顾问的指导下,在上海至南京间修筑了吴福线和锡澄线两道国防工事,修整了长江沿岸的江阴、镇江和江宁等地的要塞,还在南京地区构筑了内外两道防御阵地:沿着大胜关、牛首山、方山、淳化镇、青龙山、栖霞山至乌龙山要塞为外围阵地;沿着城墙以雨花台、孝陵卫、紫金山至幕府山要塞为城郭阵地。同时,在城内东面的北极阁、西面的清凉山等高地修筑了核心据点。但是,即便如此,南京城防依旧危机四伏。首先是吴福线和锡澄线的修筑质量很差,从淞沪战场上撤下来的中国军队,根本没能在这两条防线上站住脚,所谓的国防工事很快就被日军毫不费力地突破了。其次,紧急之中制订的南京防御计划仍然停留在纸上:城郭阵地还是残破不全的老样子,预定防守南京的部队大部分尚未抵达——他们不是被各地截留便是被调到上海战场去了。日军从杭州湾登陆后,国民政府感到南京城的危机迫在眉睫,于是蒋介石连续召集高级幕僚会议讨论南京城防问题。

首先是守还是不守的问题。

李宗仁的意见很明确:南京不可守。理由是:"在战术上说,南京是个绝地,敌人可以三面合围,而北面又阻于长江,无路可退。以新受挫的部队来坐困孤城,实难望久守。历史上没有攻不破的堡垒,何况我军新败之余,士气颇受打击,又无生力军增援;而敌人则夺标在望,士气正盛,南京必被攻破。与其如此,倒不如我们自己宣布南京为不设防城市,以免敌人借口烧杀平民。我们可将大军撤往长江两岸,一面可阻止敌人向津浦路北进,同时可拒止敌人的西上,让他徒得南京,对战争大局无关宏旨。"㊸

白崇禧"极同意"李宗仁的意见。

军令部第一厅厅长刘斐的意见是"象征性的防守"。他认为对日作战应"坚持持久消耗战略原则,不应在一城一地的得失上争胜负"。"如果拖到日本对占领我国的每一个县都要出一个连,甚至一个营的兵力来防守战地",那么"即使他在战术上有某些胜利,但在整个战争上非垮不可"。目前,日军正沿长江水道、沪宁铁路、宁杭公路同时并进,一旦南京身后的长江江面被封锁,芜湖方向的退路被截断,南京就将从东、南、西三个方向处于日军的"立体包围"下,"守是守不住的"。但是,南京又是首都所在,"不作任何抵抗就放弃,当然不可"。所以,可作"适当抵抗之后就该主动地撤退。对于兵力使用上,以用十二个

团,顶多十八个团就够了"。㊹

从淞沪战场撤下来的前敌总指挥陈诚认为"南京孤立,无现代要塞设备,不易坚守"。他对蒋介石陈明的意见是:"敌人在战术上虽获胜利,但在战略上实已失败。现在我军应速脱离战场,撤至皖南,以南京为前卫阵地,以贯彻我持久抗战之目的。"㊺

只有训练总监部总监唐生智主张死守。他的理由是:"南京是我国首都,为国际观瞻所系,又是孙总理陵墓所在,如果放弃南京,将何以对总理在天之灵?因此,非死守不可。"㊻

于是,蒋介石的意见是:"南京是应该守一下的。"

接着便是谁来守的问题。

多数史料认为,后来出任南京卫戍军司令长官的唐生智是"自告奋勇",甚至认为官场一直不得志的唐生智想借此一战翻身——"唐生智那次重要会议上精神状态不大正常,他不是坐在椅子上,而是蹲在椅子上,一会儿跳下来,一会儿又蹲上去。"㊼

唐生智此时患有严重的胃病,他自己对"谁来守"的记述是:

> 直到上海的部队将要全部撤退的时候,蒋介石在中山陵园的住宅内,召开了一次会议,我也在座。他提出了守南京的问题,并问大家说:"守不守?"他自己又说:"南京一定要守。"我说:"我同意守南京,掩护前方部队的休整和后方部队的集中,以阻止和延缓敌人的进攻。"他说:"哪一个守呢?"当时,没有一个人做声。他说:"如果没人守,我自己守。"我说:"用不着你自己守,派一个军长或总司令,带几个师或几个军就行了。从前方下来的人中间派一个人守,或者要南京警备司令谷正伦守都可以。"蒋说:"他们不行,资历太浅。"又说:"再商量吧!"……第二天下午,蒋又找我去,对我说:"关于守南京的问题,要就是我留下,要就是你留下。"我说:"你怎能够留下呢?与其是你,不如是我吧。"他立即问:"你看把握怎么样?"我说:"我只能做到八个字:'临危不乱,临难不苟'。"㊽

唐生智,字孟潇,湖南东安县人,出身名门望族,祖父唐本友官至大清广西提督,父唐承绪也曾任湖南省府实业司司长。唐生智十六岁入湖南陆军小学,二十五岁毕业于保定陆军军官学校,参加过辛亥革命和讨袁护法战争。他崇信佛教,人称"佛教将军",他的部队官兵一律佩戴"大慈大悲救人救世"的胸章,实行"不偷盗、不妄语、不乱杀、不邪淫、不酗酒"的"五戒"。北伐战争时,以他的湘军第四师改编的国民革命军第八军曾是战斗力最强的部队之一。由于政见不合,他在早期的军事生涯中曾两次兴兵讨蒋,导致两度被迫下野。"九一八"事变后,他被任命为国民政府军事委员会执行部主任和训练总监部总监。

毫无疑问,唐生智是一个富有个性的抗日将领。同时,他也是主张长期抗战战略的将领之一。没有任何史据表明,他承担防守南京的军事指挥任务是逞匹夫之勇,更没有史据表明他有以此谋求私利的企图——孤军守城,九死一生,明知不可为而为之。面对绝境,位高权重之人求生者比比皆是,求死者凤毛麟角。有史据表明,与唐生智一起留在南京城内的,还有他的全家老小。

南京防御会议与会者之一白崇禧晚年回忆道:"唐生智立起发言,慷慨陈词,自愿防守。他批评自抗战以来中下级士官牺牲甚多,但未见有高级军官牺牲者,他愿担负防守与城共存亡。"[49]

只是,无论是白崇禧,还是与会的参谋总长何应钦、军令部副部长王俊都不免为唐生智担忧:"参加南京保卫战的部队,多是甫由淞沪战场撤下,有的部队伤亡过半,至少也在三分之一以上,而撤退的沿途,上有敌机,后有追兵,士气非常低落。以久战疲敝之师来保卫南京,这是我们为唐担心的最大原因。"[50]

军事委员会确定了对南京至少进行两个月的短期防守计划。为此,特成立第七战区,以第二预备军司令长官刘湘改任战区司令长官,原第三战区前敌总指挥陈诚任战区副司令长官,长官部设在武汉。同时命令刘湘指挥第二十一军团和第二十三军团东进,协同第三战区支援南京作战。蒋介石给第三、第七战区以及南京卫戍军提出的任务和要求是:"第七战区除固守现地外,其左翼须以有力部队留置于安吉、孝丰山地,相机攻击敌侧背,迟滞其前进";第三战区"须以有力部队分别留置于龙潭以南、广德以北各山地,迟滞敌之前进",破坏重要交通线,"掩护主力之行动";各战区须与南京卫戍军相策应,"对敌作战保持动作之自由,其损失过大的部队,应酌令其撤退于宁国、芜湖以西地区,积极补充待命";南京卫戍军"除固守南京既设阵地外,应与第三战区部队密切协同相互策应,击破敌之围攻军"。[51]

蒋介石的部署粗糙笼统。更为重要的是,此时南京卫戍军的作战部队仅有孙元良的第八十八师、宋希濂的第三十六师、桂永清的教导总队以及三个团的宪兵部队,且都是刚刚从淞沪战场上撤退下来亟待休整补充。严重的兵力不足,导致南京外围的第一道防线根本无兵可守,现有兵力仅能部署城郭阵地而已:

一、以第八十八师任雨花台及城南之守备。

二、教导总队任中央地区紫金山及城垣东部之守备。

三、以第三十六师任江山、幕府山及城北之守备。

四、以宪兵部队任城西清凉山附近之守备。

五、以教导总队之一团及乌龙山要塞部队,警戒长江封锁线。㊿

或许是以如此单薄的兵力防御首都在政治上和军事上都说不过去,蒋介石开始截留或调动其他部队赶赴南京,先后调入了第三战区的九个师和第七战区的两个师。以上部队陆续抵达南京后,形成了南京保卫战的基本战斗序列:

南京卫戍军司令长官唐生智,副司令长官罗卓英、刘兴,参谋长周斓。

第十军,军长徐源泉。辖第四十一师,师长丁治磐;第四十八师,师长徐继武。

第六十六军,军长叶肇。辖第一五九师,师长谭邃;第一六〇师,师长叶肇(兼)。

第七十一军,军长王敬久。辖第八十七师,师长沈发藻。

第七十二军,军长孙元良。辖第八十八师,师长孙元良(兼)。

第七十四军,军长俞济时。辖第五十一师,师长王耀武;第五十八师,师长冯圣法。

第七十八军,军长宋希濂。辖第三十六师,师长宋希濂(兼)。

第八十三军,军长邓龙光。辖第一五四师,师长巫剑雄;第一五六师,师长李江。

教导总队,队长桂永清。辖第一〇三师,师长何知重;第一一二师,师长霍守义。

宪兵部队(三个团),宪兵副司令萧山令。

江宁要塞部队,要塞司令邵百昌。辖炮兵第八团之一营,防空司令部所属高射炮队,城防通信营,本部特务队。[53]

以上序列,虽然有七个军以上的番号,但总兵力仅十五个师,约十万余人。

得到兵力补充后,唐生智恢复了南京面向淞沪方向的外围防御阵地。其部署为:第七十二军派出一部至南京南面的江宁镇附近,"任右翼掩护";第七十四军位于江宁镇以东,"任牛首山至淳化镇附近之守备",并向秦淮河以南的"秣陵关、湖熟镇派出前进部队";第六十六军任淳化镇附近至凤牛山之守备,并向东面的句容附近"派有力之前进部队";第八十三军"任凤牛山附近经拜经台"至南京东北方向的龙潭之守备,并向龙潭以东的下蜀派出前进部队。[54]

接着,徐源泉的第十军抵达,第八十三军被前推至镇江和丹阳附近;第七十一军抵达后,被加强给镇江要塞方向。

十一月二十七日,唐生智在南京对记者发表讲话:"本人奉命保卫南京,至少有两件事有把握:第一,即本人所属部队誓与南京共存亡,不惜牺牲于南京保卫战中;第二,此种牺牲定将使敌付出莫大之代价。"为了表示背水一战之决心,唐生智要求交通部部长俞飞鹏把唯一能够从南京出逃的长江边的下关码头到对岸浦口码头的轮渡以及各类船只全部撤走,并通知驻防江对岸浦口的第一军:"凡由南京向北岸渡江的任何部队和军人个人,都请制止。"如有不听制止的,"可以开枪射击"。[55]

中国首都南京寂静地等待着战火的降临。

日军攻击南京的华中方面军由两路作战部队组成:松井石根指挥的上海派遣军,辖吉住良辅的第九师团、荻洲立兵的第十三师团、中岛今朝吾的第十六师团和天谷直次郎的第十旅团;柳川平助指挥的第十军,辖谷寿夫的第六师团、牛岛贞雄的第十八师团、末松茂治的第一一四师团和国崎登的第九旅团。

担任沿长江南岸推进的上海派遣军的部署是:第十六师团沿句容——汤水镇——南京公路;第九师团沿天王寺——淳化——南京公路推进。由第十旅团的一个重炮兵大队、一个迫击炮大队和后备炮兵、工兵各一个中队组成天谷支队,沿常州——丹阳——镇江公路向镇江方向推进。担任南京正面攻击和向南迂回的第十军的部署是:第一一四师团沿宜兴——溧阳——溧水公路推进;第六师团沿长兴——广德——洪兰埠公路推进;第十八师团沿广德——十字铺——郎溪——洪兰埠——太平公路推进,国崎支队则从太平方向渡过长江向浦口推进,切断中国南京守军的退路。㊽

显然,日军明确地了解南京的战场地理:从东、南、西三个方向对南京实施战役包围;而在北面,只要控制了长江江面和对岸的浦口,中国守军将没有任何进行战场回旋乃至战场撤离的可能。

中国守军在南京周边的紧急布防形同虚设。日军自十二月三日开始正式攻击,四天后即突破了中国守军的阻击,从三面同时推进到南京外围的第一道防线前。南京卫戍军长官部命令第三十六师派一个团前往麒麟门附近阻止日军继续深入;命令将镇江附近的第七十一师和第八十三军紧急回调南京,第四十一师推进到龙潭、乌鸦山附近掩护第七十一军和第八十三军的移动;命令镇江防御由第一〇三师师长戴之奇负责。——中国守军放弃运动防御而单纯守城的调动,令人忧虑:日军几天之内便兵临城下,中国守军没能拼死作战,只有迅速收缩外围防线而退守城郭。那么,是否就有把握在被敌人紧紧包围的孤城里,据城持久死守?

日军推进到南京外围防御线时,南京城里的蒋介石心神不宁。为躲避日军飞机对南京城昼夜不停的轰炸,蒋介石转移到了清凉山中有防空洞的一座别墅里。他特地出来到南京的各个城门转了一圈,然后布置卫队去下关码头把停泊在长江江面上的两艘兵舰看好——蒋介石的目的是让守城官兵看见他的兵舰还在,说明他依旧在南京城与他们同生共死。他还给全国各地的高级将领又发去一封电报,表述了国民政府决心死守南京的意图,说只要再坚守一个月,"国际形势必大变,中国当可转危为安"。但同时,蒋介石也通告说,他就要离开南京城了:

> 徐州李司令长官、济南韩副司令长官、新乡程司令长官、林参谋长、汾阳阎司令长官、卫总司令、开封刘主任、商主席、西安蒋主任、兰州朱副司令长官、贺主席:南京决守城抗战,图挽战局,一月以后,国际形势必大变,中国当可转危为安。中拟暂移南昌,军委会迁衡阳。特闻。蒋中正。㊼

蒋介石所说的"国际形势必大变"指的是什么？

抑或此时他依旧对德国人的调停抱有幻想？

十二月七日凌晨，南京警备部队开始对城内的军火库、飞机库、汽油库以及军事要点实施有计划的破坏焚毁。

蒋介石走出了他的官邸大门：

> 委员长率钱主任（侍从室主任钱大钧）及侍从室部分人员，连同送行者，分乘十数辆小轿车，从黄埔路官邸出发，路上只有荷枪实弹的武装部队，没有行人。这时正值秋冬之交，梧桐树叶铺满街道。车队出中山门，没有直趋中山陵，而是绕经陵园新村、灵芥寺，车行甚缓。在中山门外绵延的山坡上，有几十幢国民党高级军政要员的郊外别墅，此时都已人去楼空。绿树掩映下的"美龄宫"亦显凄清。我们瞥见委员长神情怅惘，满面郁悒。㊳

早晨五点四十五分，蒋介石乘坐的"美龄"号专机在明故宫机场起飞，经湖南衡山转武汉飞往江西庐山。

蒋介石走了。

南京城交给了唐生智和他指挥的十万守军。

这一天，日军华中方面军发布《攻占南京城要领》：

> 一、在南京守城司令官或市政府当局尚留在市内的情况下，设法劝告其开城以和平方式入城。此时，各师团各选派步兵一个大队（九日改为三个大队）为基干的部队先入城，在城内分地区进行扫荡。
>
> 二、在敌之残兵仍据城进行抵抗的情况下，将到达战场的全部炮兵展开，进行炮击夺取城墙，各师团以步兵一个联队为基干的部队进入城内进行扫荡。
>
> 除上述部队以外的主力，在城外适当地点集结。
>
> 三、严格遵守指定城内扫荡战的作战区域，防止友军互相射击，并应明确宣布对于不法行为追究责任。
>
> 四、城内两军作战地区境界：
>
> 共和门—公园路—中正街—汉中路。
>
> 五、各军负责的城门：

派遣军:中山门、太平门、和平门。

第十军:共和门、中华门、水西门。

六、进入南京城后的措施:

(一)各兵团担任指定地区的警备,主力在城外适当地点集结。

(二)入城式、联合追悼会、防空部队的推进,南京警备部队的部署等事项(略)。[59]

清晨,日军在炮兵和航空兵火力的支援下,向南京城第一道防御阵地展开猛烈攻击。南京卫戍军长官部立即制订了一个调集部队出击的计划:从镇江回防的第七十一军、第六十六军和第十军之第四十一师,联合向突入南京东面汤山附近的日军进行三面合击。但是,中国军队的行动速度太慢,日军的后续部队已经从突破口投入作战,第六十六军的汤山阵地和第四十一师的栖霞山阵地遭到猛烈攻击,三面合击的计划根本无法实现。卫戍军长官部只能命令第三十六师预备二团在东流附近阻击攻占复兴桥的日军。配备有七辆轻型战车的预备二团连续发动攻击,一度攻占马基山,但随之就受到日军增援部队的猛烈反扑,马基山阵地再次失守,该团陷入日军的包围。——"所部究属新编,连排长指挥能力薄弱,意志极不统一,士兵亦无训练,类多束手待毙。其二营大部遂被敌完全歼灭,其余众亦完全溃散,营长朱丹负伤,一营、三营共伤亡连排长以下百余名。"[60]

八日,各路日军继续收紧对南京的合围。东面,沿长江西进的日军第十三师团第二十六旅团击溃了当面中国守军第五十七军第一一一师,占领靖江;天谷支队昼夜急进,在第二十六旅团前面攻入了镇江。西南面,国崎支队从长兴向西,连续突破中国守军于郎溪和水阳布设的防线,一直推进到长江岸边的当涂附近;第十八师团攻占宣城后,向南京侧后的芜湖迅速推进;谷寿夫的第六师团绕行南京西南路程最远,但经过强行军也赶到了南京南面的秣陵镇附近,并于第一一四师团的左翼加入到对南京城的攻击。

在南京东南方向的淳化镇阵地,中国守军第七十四军打得很苦。第七十四军是中央军嫡系部队,所辖王耀武的第五十一师和冯圣法的第五十八师都属中国陆军精锐部队。王耀武是条山东汉子,以打硬仗和攻坚战闻名,他与日军打的是硬碰硬的对攻战,官兵猛打猛冲,迫使当面日军不得不数次增援。在持续三个昼夜的战斗中,该师排以下官兵伤亡达一千四百多人。第五十八师是在国民政府警卫旅的基础上改编的,部队装备好,甚至有当时中国陆军其他部队少见的德式反坦克炮。师长冯圣法为黄埔一期和陆军大学甲级将官班毕业生,曾当过蒋介石的警卫团参谋长。冯师长一身簇新戎装端坐在师指挥部,声称如果他被打死,日军会向他的遗体敬礼,因为他要让日军认识一下中国有个死战死拼的陆军师长。第五十八师顽强坚守阵地,"虽遇锐众之敌,而能固守不拔",击毁日军五辆坦克,打死日军官兵三百多名。

但是,一处局部的坚持挽救不了全局。

鉴于日军全面逼近南京城,卫戍军长官部命令中国守军全部退守城郭阵地:

> 右侧支队固守板桥镇大山之线。
>
> 第七十四军固守牛首山一带据点至河定桥之线。
>
> 第八十八师固守雨花台。
>
> 第七十一军之第八十七师固守河定桥至孩子里(江南铁路北)之线,右与第八十八师及第五十一师、左与教导总队联系。
>
> 教导总队固守紫金山。
>
> 第二军团固守杨坊山、乌龙山之线及乌龙山要塞。
>
> 第三十六师固守红山、幕府山一带。
>
> 第六十六军至大水关附近集结整理待命。
>
> 第八十三军之第一五六师及第三十六师之一团,在青龙山、龙王山线掩护撤退。
>
> 在镇江之第一〇三师、第一一二师向南京急进。[61]

日军完成了对南京城郭的严密包围,迫使中国守军的防御线缩成一团。从战机上看,这是中国十万守军免遭覆灭厄运的最后时机——如果中国军队迅速改变死守战术,能够倾尽全力有步骤地突围而出的话。可是,中国守军没有任何突围的迹象,他们只是一再压缩防线,密集分布在南京四周的城墙附近。

九日拂晓,日军第十六师团进至麒麟门和沧波门,第九师团进至光华门附近并占领了大校场和通光营房,第一一四师团进至雨花台的南侧,第六师团进至雨花台的西侧。日军飞机向南京城里投撒了日军华中方面军司令官松井石根的"劝降书":

> 百万日军已席卷江南,南京城处于包围之中,由战局大势观之,今后交战有百害而无一利。唯江宁之地乃中部古城、民国首都,明孝陵、中山陵等古迹名胜猬集,颇具东亚文化精髓之感。日军对抵抗者虽极为峻烈而弗宽恕,然于无辜民众及无敌意之中国军队,则以宽大处之,不加侵害;至于东亚文化,犹存保护之热心。贵军苟欲继续交战,南京则必难免于战祸,是使千载文化尽为灰烬,十年经营终成泡沫。故本司令官代表日军奉劝贵军,当和平开放南京城,然后按以下办法处置。
>
> 　　　　大日本陆军总司令官　松井石根

> 对本劝告的答复,当于十二月十日正午交至中山路句容道上的步哨线。若贵军派遣代表司令官的责任者时,本司令官亦准备派代表在该处与贵方签订有关南京城接收问题的必要协定。如果在上述指定时间得不到任何答复,日军不得已将开始对南京城的进攻。[62]

南京卫戍军司令长官唐生智立即下达了一道命令,严厉禁止各部队擅自渡江逃离南京城,以为对日军劝降书的答复:

> 一、本军目下占领复廓阵地为固守南京之最后战斗,各部队应以与阵地共存亡之决心,尽力固守,决不许轻弃寸地,摇动全军,若有不遵命令擅自后移,定遵委座命令,按连坐法从严办理。二、各军所得船只,一律缴交运输司令部保管,不准私自扣留,着派第七十八军军长宋希濂负责指挥。沿江宪、警严禁部队散兵私自乘船渡江,违者即行拘捕严办。倘敢抗拒,以武力制止。[63]

唐生智誓死不降。

从东京来到南京前线的新任上海派遣军司令官朝香宫鸠彦亲王,在听取第十六师团师团长中岛今朝吾关于日军"已攻破了南京城周围所有的环形防线,约有三十万的中国军队就要被围"的报告后,立即签署了"机密,阅后销毁"的密令:"杀掉全部俘虏。"[64]据此,攻入南京城的日军各部,对已放下武器、失去战斗能力的士兵乃至无辜平民实施了大屠杀。

十日,日军从南京城的南面一直到东面,向中国守军中华门、雨花台、光华门、紫金山等要点发起全面进攻。战斗最为激烈处集中在东南面的中华门和光华门。日军第九师团在坦克和炮火的支援下,猛攻光华门城门,致使城门两侧的城墙被轰开两个缺口。一股日军在坦克的掩护下,突破了中国守军第二五九旅的阵地;另一股日军突入光华门城门纵深百余米,占据了两侧的房屋作为据点,企图掩护后续部队拥入。卫戍军长官部急令宪兵教导二团预备队增援光华门,同时命令第八十七师进行反击。王敬久的第八十七师,中央军嫡系部队,刚刚从淞沪战场上撤下来。卫戍军长官部的命令是:把突入城里的日军消灭,完不成任务提头来见。副师长兼第二六一旅旅长陈颐鼎和第二五九旅旅长易安华商定,由易旅长率领一个加强团,由通济门外向东北方向实施攻击;陈旅长率两个加强营由清凉巷、天堂村协同攻击,兵分两路夹击光华门里的日军。战斗持续了八个多小时,守军官兵不但将突入城里的日军击退,还收复了工兵学校阵地。反击作战中,第二五九旅旅长易安华、第二六一旅参谋主任倪国鼎阵亡。

十日晚上,日军第十八师团占领了南京侧后重要的外围支撑点芜湖。在南京城垣防线上,雨花台方向的中国守军第八十八师受到日军两个师团的联合攻击,其阵地全被摧毁,残部退守二线。在南京东面的孟塘方向,中国守军第四十一师被日军击垮,被迫向城内撤退。卫戍军长官部索性把第六十六军也调入城内,准备开始巷战。在光华门和通济门方向,为了堵住缺口,第八十三军第一五六师被调了过来。中国守军突然发现,光华门封闭的门洞内竟然藏有少量日军,正等着新一轮攻击发起时里应外合。如果不把这股日军从门洞里挖出来,将是一个巨大的隐患。任务交给了第一五六师和教导总队。教导总队的谢承瑞团长建议往城门洞里倒汽油,把日军烧死在里面。于是官兵们把多桶汽油背上了城墙,然后从门洞上方向下倾倒点火。同时,第一五六师组织的敢死队从城墙上缒绳而下,向门洞里四处逃散的日军猛冲猛杀。把门洞里的这股日军歼灭后,第一五六师官兵乘胜向通光营房追击,试图扩大战果,但在日军强大的火力面前伤亡极大,冲在最前面的敢死队员无一生还。

十一日,激烈战斗在紫金山第二峰、陵园新村至西山一带展开。中国守军是桂永清的教导总队。教导总队堪称中央军的精英部队,平时很少用于战场,现在只有毫不吝惜地把他们摆在第一线。总队官兵的营房在孝陵卫,平时的训练就在这一带,因此他们对这里的地形很熟悉,主阵地工事也修筑得十分坚固,以致数日来日军不能越雷池一步。日军得知防守紫金山的是蒋介石的精锐部队后,加大了飞机和火炮的轰击,甚至使用了毒气弹,步兵更是一波又一波地轮番发动冲击。在植被茂盛的紫金山山峰上,双方官兵扭打在一起。教导总队坚守之顽强令日军大为意外,他们认为这里的中国军人的勇猛程度超出了他们的想象。最终双方都陷入了一种生命已经无关紧要的疯狂状态。在中华门方向,雨花台阵地左翼被日军攻占,城门外的中国守军第八十八师在猛烈的炮击下几乎无法立足,被迫向城内撤退,而日军竟然跟随着撤退的中国守军追进了城。卫戍军副司令长官罗卓英亲自到一线指挥部队与日军展开巷战,最终把突入中华门的三百多日军全部歼灭,雨花台阵地获得暂时稳定。在南京城垣的西面,日军占领了水西门外的棉花堤阵地。由于雨花台左翼阵地的丢失,侧背受敌的第五十一师被迫退到了水西门里面。

这一天,日军国崎支队于当涂附近渡过长江,之后急促地向浦口运动,中国南京守军的唯一退路眼看就要被截断了。

南京外围主阵地两天之内丢失殆尽,城郭阵地每一处都形势危急,而日军国崎支队的渡江更令十万南京守军命悬一线。十一日中午,由于意识到南京守军有被围歼的可能,蒋介石开始考虑放弃南京的问题。他给长江北岸的顾祝同打电话说出了他的担忧,顾祝同当即给唐生智打电话:"委员长已下令要南京守军撤退,你赶快到浦口来,我现在要胡宗南在浦口等你。"⑥⑤唐生智虽被恶化的战局弄得焦头烂额,但他依然清醒自己的职责,认为死守南京是他提出来的,如果他先走了今后难以负责。唐生智要求必须见到蒋介石的正式命令才行。晚上,蒋介石的电报来了:"如情势不能久持时,可相机撤退,以图整理而期反攻。"⑥⑥

十二日拂晓,日军对南京城郭所有阵地发动了空前猛烈的攻击。

在水西门方向,王耀武的第五十一师死守城墙,当日军突破城墙冲进来时,官兵们只有以血战到死的勇气发动反击。三营营长胡豪率领一百名敢死队员向突破口冲去,与突入的日军展开惨烈的白刃战,胡营长和团附刘历滋当即阵亡。第五十一师第一五三旅的阵地也出现了危机,因为相邻的阵地上已无人防守,日军从那里爬了上来。旅长李天霞奉师长命令实施反击,但反击数次均未得手——"战至午后五时许,因官兵伤亡过大,该旅所守阵地岌岌可危,水西门内外房屋均被日军炮火打毁,数处起火,烟火弥漫,死尸纵横,状甚惨烈。"⑥⑦

在雨花台方向,中国守军第八十八师第二六四旅连同工兵营在内全部上了前沿,日军一次又一次地冲上山顶,一次又一次地被守军反击下去。师长孙元良对官兵们说:"敌人不是打不死的!"在雨花台阵地四周,日军付出了伤亡千人以上的代价,致使雨花台前双方的尸体叠摞在一起,鲜血汇成涓涓小溪。第八十八师内无粮弹,外无援兵,日军步兵在重炮、飞机和坦克掩护下浪潮般地发起攻击,最终第八十八师伤亡殆尽,旅长朱赤、高致嵩,团长韩宪元、华品章,营长黄琪、周鸿、符仪廷、苏天俊、王宏烈、李强华等人先后阵亡或自杀,连排以下官兵阵亡竟达六千人以上。上午十时,雨花台阵地陷落。第八十八师残部退守中华门,在残破的城墙上继续阻击。师长孙元良率领直属队向下关方向撤退,但被第三十六师师长宋希濂阻止,第三十六师必须执行唐生智的命令:擅自向江北撤格杀勿论。孙师长只有带着残部退回中华门,此时的中华门已被日军封死。因为再也无法退入城内,孙师长只能带领官兵在日军的火力下沿护城河绕向城北,一路再次出现巨大伤亡。

下午,中华门西面的城墙数处倒塌,日军蜂拥而入。中国守军第八十八师从中华门撤走后,中华门内的南京市民也纷纷向城北逃去,以至于南京城内秩序大乱。那些残剩在城内的成百上千的守军官兵,因为身边是手无寸铁的百姓,他们只能向着日军蜂拥而入的地方"自发地迎上去,用自己的身躯阻遏敌人的长驱直入"。⑥⑧

但是,一切牺牲都已无济于事。

背靠长江的南京城,所有的城门都已被攻破。

卫戍军司令部必须制止混乱,唐生智命令宋希濂的第三十六师负责维持城中以及下关码头的秩序:"一、下关通浦口为我军后方唯一交

— 355 —

通路,应竭力维持秩序,严禁部队官兵及散兵游勇麇集,以确保要点。二、第七十四军在上河镇与敌激战,其后方交通应由汉西门与城内联络,禁止该军部队通过三汊河退入下关。三、着该师在挹江门至下关一带,立即施行戒严,禁止一切活动。"⑥⑨

黄昏,唐生智召集师以上军官会议。他首先问询将领们是否还能坚守,没有一人应声。于是,他将蒋介石"可相机撤退"的电报给大家看了,然后分发已经制订好的突围命令和计划。面对默不作声的将领们,唐生智最后的表态是:"战争不是在今日结束,而是在明日继续。战争不是在南京卫戍战中终止,而是在南京以外地区无限地蔓延。请大家记住今日之耻辱,为今日的仇恨报复!各部队应指出统帅长官,如其因为部队脱离掌握无法指挥时,可以同我一起过江。"⑦⑩

南京卫戍军司令长官突围令:

一、敌情如贵官所知。

二、首都卫戍部队决于本日晚,冲破当面之敌,向浙皖边区转进。我第七战区各部队,刻据守安吉、柏垫(宁国东北)、孙家埠(宣城东南)、杨柳铺(宣城西南)之线,牵制当面之敌,并准备接应我首都各部队之转进。又芜湖有我第七十六师,其南石硊镇有我第六师占领阵地,正与敌抗战中。

三、本日晚各部队行动开始时间、经过区域及集结地区如另纸附表规定。

四、要塞炮及运动困难之各种火炮并弹药应即彻底自行炸毁不使为敌利用。

五、通信兵团除配属各部队者应随所配部队行动外,其余固定而笨重之通讯器材及城内外既设一切通讯网应协同地方通讯机关彻底破坏之。

六、各部队突围后运动,务避开公路,并须酌派部队破坏重要公路桥梁,阻止敌人之运动为要。

七、各部队官兵应携带四日份炒米及食盐。

八、予刻在卫戍司令部,尔后到浦镇。⑦⑪

南京卫戍军突围计划:

一、第七十四军由铁心桥、谷里村、陆郎桥以右地区突围,向祁门附近集结。

二、第七十一、第七十二军自飞机场东侧高桥门、淳化镇、溧水以右地区突围,向黟县附近集结。

三、教导总队,第六十六军,第一〇三、第一一二师自紫金山北麓、麒麟门、土桥镇、天王寺以南地区突围。教导部队向昌化附近集结,第六十六军向休宁附近集结,第一〇三、第一一二师向于潜附近集结。

四、第八十三军于紫金山、麒麟门、土桥镇东北地区突围,向歙县附近集结。

以上各部队突击时机为十二日晚十一时后开始。但第八十三军突击时间为十三日晨六时。

五、第十军部队应极力固守乌龙山要塞,掩护封锁线,于不得已时渡江,向六合集结。

六、第三十六师、宪兵部队及直属诸队依次渡江(另有渡江计划表),先向花旗营、乌衣附近集结。第三十六师需掩护各部队渡江后撤离。[72]

当时南京的东、南、西三面都已被日军封锁,只有北面靠着长江弯道的下关码头日军尚未抵达。于是,下关码头便成为南京守军北渡长江相对安全的唯一突围通道。由于不可能所有部队全都拥向一个码头。因此按照突围计划,除宋希濂的第三十六师、宪兵部队、直属部队和负责掩护的第十军被命令于下关码头北渡长江外,其余部队基本上是向南京的东、南、西三个方向正面突围。

接下来,唐生智犯了一个严重的错误——这个错误被认为是导致南京守军溃散的重要原因之一——他下达了一个突围计划上没有的口头命令,允许第七十四军,第八十七、第八十八师以及教导总队北渡长江突围。

被允许渡江撤退的都是中央军嫡系部队。

这一命令,给其他部队不按计划各自突围提供了借口。

南京守军的混乱由此不可逆转。

十二日晚,唐生智命令卫士们把他的唐公馆焚毁,然后带领随从前往下关码头,登上早已准备好的一艘机动船,直接驶向了江北岸的浦口。上岸后,本想去滁州,得到日军正在包围而来的情报后,改向扬州。

卫士们找来一辆百姓的板车,板车上满是牛粪,唐生智坐在上面心绪纷乱,想及自己带兵二十年,经历过大小百余战,"从未有今日之狼狈"。此时,再度遥望南京方向,只见"火光烛天,尤以紫金山一带照耀得如同白昼,日机数架在南京、浦口、乌龙山上空盘旋,枪声、炮声、炸弹声仍然在吼叫着"。[73]

南京守军各部队获悉撤退命令后,没有协同没有掩护甚至没有任何部署,所有的人立即放弃阵地开始撤逃。特别是绝大多数将领根本没有落实突围计划,有些甚至在接到撤退命令前就已离开了部队。更严重的是,那些负有固守阵地掩护撤退任务的部队,无一执行命令。卫戍军长官部之所以命令第十军固守乌龙山要塞,是因为乌龙山要塞俯瞰下关码头,一旦乌龙山阵地丢失,日军不但可以用炮火直接封锁下关码头及其长江江面,而且随时有居高临下直冲过来的可能。但是,布置撤退的会议刚刚结束,第十军便立即放弃了所有阵地。在军长徐源泉的带领下,第四十一师和第四十八师残部,从长江边上的周家沙和黄泥荡两处,登上了预先准备好的民船北渡长江,然后经安徽去了江西。——这支担负掩护南京守军撤退任务的部队,竟然成为南京守军中最早撤出的部队。

唯一按照计划突围的部队,是第八十三军和第六十六军。这是两支粤军部队。叶肇军长和邓龙光军长决定不遵从唐生智的命令。命令要求第八十三军掩护其他部队突围,现在两个军长商量后决定,部队统一由叶肇军长指挥,集中在一起由太平门突围出去,目标是安徽的宁国方向。两个军的四个师中,除第一五六师没有接到命令外,其他三个师集中在一起开始往外冲。——"万头攒动,水泄不通,将军的怒骂,汽车的喇叭,均失作用;只得弃车乘马,但马也无回旋余地,又迫而弃马步行……只见失去节制的队伍蜂拥向太平门方向移动,秩序大乱。"在太平门城门前,"由于互相拥挤,造成互相践踏,弱者倒地,强者即踏其身而过。据随后出城的人说,有一个被人践踏呼天不应的难友,愤而拉开手榴弹,造成同归于尽尸塞城门的惨剧"。第八十三军和第六十六军的三个师冲出太平门后,在岔路口、仙鹤门、东流等地遭遇日军阻击,官兵们不顾一切地奋力冲击,十三日天亮时抵达汤山附近,又遭遇日军第十六师团的猛烈阻击,在极度的混乱中部队失去控制,分散成了各自为战的若干小股。两位军长都与部队走散,只好换上便衣仓皇奔逃。叶肇军长遇上了日军,不得已混在难民中,谁知日军士兵偏偏看中了他,强行让他挑担子。"于是,一个日军上等兵的行李就落到了叶肇军长的肩上。叶肇生平未尝挑担之苦,忽然压上几十斤的东西,确实难以走动。日本兵看他胡须长长,不能胜任,只好另找壮者代替,他才得以解脱。"[74]

叶肇军长和他的绝大多数官兵终究是幸运的,因为此时滞留在南京城里的中国守军已经陷入绝境。

由于下关码头是唯一可以逃生的地点,同时南京守军也误认为既然部署从那里撤退,那里必有大量的船只在等着他们。于是,无论是否应该从下关北渡长江的部队,都一齐沿着中山路向下关码头蜂拥而去。他们必须通过挹江门。挹江门有三个门洞,左右两个均被堵塞,只有中间一个可以通过。部队蜂拥而至,争抢通过,互不相让,各路作战部队与维持秩序的第三十六师发生冲突几乎火并。教导总队第一旅二团谢承瑞团长,曾勇敢地率领官兵歼灭了光华门门洞里的日军——竟然在成千上万官兵的拥挤中被踩死了。

出挹江门,便能看见长江了。

那是一条能够起死回生的分界线。

> 人是成千上万,渡船却只有两三只。长江此时已成了生和死的分界线。一只船刚靠岸,便有一群人跳跃上去,冒失的坠入江里,也没有人理会,几百只手紧紧拖住渡船的船缘。船上的人们怒骂着站在岸边不让他们开驶的人群,有的向天空鸣枪。水手经过一番好言劝说,竭力把船撑动。可怜!有好多人,还是紧攀着船沿,随着渡船驶到江里,也有跌在水里随着水流向东方……当渡船驶到江心时,对岸的浦口又在开枪了,他们禁止南船靠近江岸,渡船只好在江心里团团旋转,因为过去唐生智曾指示第一军军长胡宗南,不准南京的人员擅自过江。[75]

之前,为防止部队私自撤退,南京卫戍军长官部命令所有的船只必须上缴,上缴的船要么被运到对岸的浦口了,要么被开往长江中游的汉口了。此刻,唐生智的破釜沉舟令南京守军无以逃生。那些无船可乘的官兵,或是抱着门板、木桶,或是临时制作木筏向对岸划去,有的干脆跳入江中游水。——"此时敌舰已在江面上横冲直撞,来往梭巡不已,并用机枪不断地对我利用各种漂浮器材顺流而下的官兵扫射","被打死或被敌舰撞翻漂浮工具而淹死的人无法计数"。[76]而大量的南京守军,还是被滞留在下关码头附近的长江边,他们因此成为追击而来的日军的俘虏。有的找不到自己部队的士兵脱下军装,神情恍惚地在南京街头徘徊,有的向难民收容所上交了武器。

"守南京的十多万大军,就这样一阵风吹散了。"[77]

一九三七年十二月十四日——南京沦陷的第二天——逃亡中的唐生智宣布南京卫戍军司令长官部撤销。

南京保卫战至此结束。

傅作义守太原守了四天,唐生智守南京也守了四天。

可是,南京不是太原,中国首都的迅速陷落令世界为之震惊。

毫无疑问,中国军队历经淞沪会战蒙受重大损失,在没有得到补充休整的情况下接着进行南京保卫作战,这向全世界再次表明了中国政府抗击日本侵略者的坚强决心。只是,对于一场战役来讲,无论攻守都要达到政治和军事的双重目的,而南京保卫战的结果是两者均未达成。政治上,南京的过早失守,在世界舆论中对国民政府和中国军队的形象影响甚大。军事上,中国统帅部虽然从战略上意识到了持久作战的正确,但在战场上执行的却是单纯防御的战术,没有达到严重消耗日军的目的而自己的损耗却巨大。在作战指导上,指挥紊乱,计划不周,准备不足,没有防御纵深,没有立体协同,缺乏应变能力以及作战指挥屡犯错误,撤退变为溃逃等等事实,已成不争。

南京陷落的第二天,日本内阁首相近卫文麿在新闻发布会上说:"接到南京陷落的捷报,在我们为这必然的胜利欢欣鼓舞之前,站在同文同种的五亿民众的立场,我们不能不为他们不可救药的迷妄而悲哀。"[78]那些攻入南京城的日军,与他们在东京的首相一样,认为不但中国军人,包括所有的中国人,都是"不可救药"的劣等人。

日军"拒绝对中国使用国际法"[79]。

日军对南京放下武器的中国军人以及手无寸铁的中国平民的施虐与屠杀,成为人类历史上最凶暴、最野蛮、最残忍的事件之一,其永不可恕的反人类罪行令全世界闻之发指。

日军第十六师团师团长中岛今朝吾十二月十三日日记:

近几日,溃败的敌人大部分逃进我第十六师团作战地域内的森林和村庄,其中有从镇江两要塞逃过来的人。俘虏到处可见,达到难以收拾的程度,因采取大体不留俘虏之方针,故决定全部处理之。然对一千、五千、一万之众,解除全部武器很困难。唯一办法,是等他们完全丧失斗志,自己排队来降,较为稳妥。这帮人一旦闹事,将难以收拾。据知:光是佐佐木部队就处理掉约一万五千人,守备太平门的一中队处理掉一千三百人。现集中仙鹤门附近的约有七千至八千人,而且俘虏还在不断来降。处理掉这七千至八千人,需要一个相当大的壕沟,很不容易找到。所以预先把他们分成一百人、两百人一群,然后诱至适当地点处理之。⑧

对中国军人的集体屠杀集中在长江岸边。同盟社日本记者前田雄二记述:"在江岸,残兵败卒遭机枪扫射后,尸骸成堆,在马路上、江堤下和江水边,尸体重叠着。任何悲惨的情景也无法与之相比。除此之外,还有多少具尸体被吞没在长江的浊流中,随波冲走,不得而知……那些夺去了人的生命的枪弹和刺刀,令人毛骨悚然。有的尸体呈半裸状态,有的烧得焦黑……"⑧——据战后统计,仅南京一处,被杀害的放下武器的中国军人就在三万人以上。《纽约时报》记者都亭记述:"对俘虏的集体屠杀更增加了日军在南京制造的恐怖。日军屠杀了放下武器的中国兵役后,在市内到处搜查被认为是中国兵而现在换上便衣的男人。在难民区的一个建筑物里,抓走了四百个男人,日本兵把他们五十人一排绑成一串,由拿着步枪和机关枪的日本兵押往屠场……屠杀只用了十分钟……然后,许多拿着手枪的日本兵,乱七八糟地在中国人尸体上毫不在乎地用脚踢,如果手脚还有动的,就再给一枪。干着这种使人毛骨悚然的勾当的陆军,喊停泊在江边军舰上的海军观看这种情景……"⑧

日军针对中国平民的虐杀更是疯狂。战后远东国际法庭判决书描述道:"日本兵完全像一群被放纵的野蛮人似的来污辱这个城市"。他们用机枪、步枪和手枪冲着所有能看见的人或人群射击,无论对方是溃兵、伤员还是普通难民,以致南京城内"大街小巷遍地横陈着被害者的尸体"。那个曾经是南京城唯一生路的下关码头,此时已如一座"黑黝黝"的尸山,"有五十或许一百个人影在其间来回走动,他们被命令往江里拖尸体。痛苦的呻吟,流淌的鲜血,痉挛的肢体,再加上哑剧般的沉寂……就像月光下的泥泞一样,整个码头在微微闪光,那是人的血。不久,结束了作业的苦力被迫朝着江边站成一行,嗒嗒嗒……机枪的声音,他们仰身倒下落入江中……'结束了。约有两万人。'一个日军军官说"。在南京以北长江边的燕子矶,聚集着约十万难民,日军从三面扫射屠杀,难民的鲜血涌入长江。那些"留在江岸的尸体,一直放到翌年春天,臭气刺鼻,散发到几公里之外"。[83]

战后远东国际法庭"接受了'二十万以上'的平民和俘虏于'最初的六周内,在南京及其附近地区被杀害'的估算值"[84];而"在南京举行的战犯审判接受的数值是'三十万人以上'"[85]。

日本占领军对中国妇女的兽性奸污,其施暴之多手段之残忍,超出了世界文明对人的定义。他们不分地点,不分昼夜,不分老幼,奸后残杀,疯狂肆虐,一个月内在南京城施暴达两万起以上,一个年仅十二岁的女孩一天内被轮奸达三十七次。目睹日军暴行的美国牧师麦卡勒姆于南京沦陷的第五天记述道:"一个星期已经过去,那是今世的地狱,讲起来令人胆寒——我不知道从何讲起,从何结束。迄今为止,我一次也没有听说过和看到过如此残忍的事件。强奸——强奸——强奸,一个晚上多达一千起……"[86]如此破天荒的残暴,"比未开化之人种又有过之而无不及"。目睹了日军铺天盖地般的恶行的德国人拉贝,他留下的文字记述是:"妇女儿童的呼喊声日夜不绝于耳,这里的情况已经到了语言无法形容的地步。"[87]

南京大屠杀令人类历史黯然,令世界文明蒙羞。

日本军国主义者有其变态的思维方式:他们从来不认为中国是正常的国家,中华民族是正常的民族。他们认为除了日本人是世界上最优等的民族之外,其他民族一律是低劣的种族。他们信奉只有依靠武力和杀戮才能让其他民族向日本臣服,以完成大日本帝国统治和管辖整个亚洲乃至世界的"事业"。他们强硬而顽固地认为,这就是日本民族天经地义的和义不容辞的义务。

日本军国主义者是人类社会中暴虐的异类。

过去是,现在是,将来依旧是。

日军在南京屠城之际,北平阴郁的冬云下,一个由日本人扶植的名为"中华民国临时政府"的伪政权成立了。这个伪政权成立的时间,选在了南京陷落的第二天,这令日本方面很满意。出面组织伪政权的中国人叫王克敏,浙江杭州人,曾留学日本,北洋军阀时期担任过财政总长、中国银行总裁,后出任北平政务整理委员会代理委员长和冀察政务委员会经济委员。他在发布的宣言中声称他的伪政府将奉行"中日亲善""铲除共产主义"和"确立东亚和平"。这是中国全面抗战以来出现的第一个伪政权,因此有必要把担任其主要官员的中国人的姓名开列如下:

议政委员会:委员长汤尔和,常务委员王克敏、朱深、董康、齐燮元、王揖唐;委员江朝宗、高凌霨、马良、王荫泰、余晋和、潘毓桂。

行政委员会:委员长兼行政部部长王克敏。治安部部长齐燮元、教育部部长汤尔和、法制部部长朱深、赈济部部长王揖唐、财政部部长汪时璟、事业部部长王荫泰、秘书长祝书元、建设总署署长殷同、中国联合准备银行行长汪时璟、中央电报局局长邓子安、邮政总局局长潘传香、蒙藏委员会委员长安钦活佛、天津海关监督温世珍、长芦盐务局局长杨廷溧。

司法委员会:委员长董康,委员吕世芳、张乘运、朱熙年,秘书长陶沐。最高法院院长董康。检察院检察长张孝移。公务员惩戒委员会委员长董康,委员祝书元、罗世芳、朱熙年、游捷、吴爱修、黄孝平、丁光熙、冯君。⑧

尽管华北大地已是天寒地冻,当板垣征四郎决定对华北民众"采取宣抚对策"时,北平伪政府立即予以响应:"某日,组织数十名少女舞蹈演员到司令部门前慰问官兵。从前历经被征服、有丰富的被占领经验的中国人,跳起非常有趣的舞蹈,锣鼓喧天地扭着高跷列队前进。师长也破例地登上了司令部门前的高台,像观音菩萨那样微笑着。"⑧

无论政治、军事,还是世道人心,中华民族都到了最危险的时候。

南京沦陷的第三天,一九三七年十二月十五日,蒋介石发布《为我军退出南京告国民书》:

> 此次抗战开始迄今,我前线将士伤亡总数,已达三十万以上,人民生命财产之损失,更不可以数计。牺牲之重,实为中国有史以来抵御外侮所罕观。中正身为统帅,使国家人民蒙此巨大牺牲,责任所在,无可旁贷,中心痛苦,实十百倍于已死

之将士与民众，一息尚存，唯有捐糜顶踵，以期贯彻抗战到底之主旨，求得国家民族最后之胜利，以报党国，以慰同胞。敌人侵略中国，本有两途：一曰鲸吞，一曰蚕食。今者逞其暴力陷我南京，继此必益张凶焰，遂行其整个征服中国之野心，对于中国为鲸吞而非蚕食，已由事实证明。就中国本身论之，则所畏不在鲸吞而在蚕食。诚以鲸吞之祸，显而易见；蚕食之祸，缓而难察。敌苟持慢性蚕食政策，浸润侵蚀以亡我于不知不觉之间，则难保不存因循苟且之心，懈其敌忾同仇之义，驯至被其次第宰割而后已。今则大祸当前，不容返顾，故为抗战全局策最后之胜败，今日形势，毋宁谓于我有利。且中国持久抗战，其最后决胜之中心，不但不在南京，抑且不在各大都市，而实寄于全国之乡村与广大强固之民心。我全国同胞诚能晓然于敌人之鲸吞无可幸免，父告其子，兄勉其弟，人人敌忾，步步设防，则四千万方里国土以内，到处皆可造成有形无形之坚强壁垒，以制敌之死命。故我全国同胞在今日形势之下，不能徒顾虑一时之胜负，而当彻底认识抗战到底之意义，与坚决抱定最后胜利之信心。兹为我同胞约举其要义如下：

一、此次抗战为国民革命过程中必经之途径，中国欲外求独立，内求生存，解放全民族之束缚，完成新国家之建设，终不能不经此艰难奋斗之一役。故对日抗战，乃三民主义与强权暴力帝国主义之战争，亦即被侵略民族对侵略者争取独立生存之战争，与通常国际间势均力敌之国家相互战争，大异其趣。故抗战之始，非不知我之武器、军备一切物质力量远不如人，而我之革命精神，终不当以此为之屈挠。稽之各国史例，凡革命建国之大业，本非旦夕所可期，所经之险阻愈多，则所获之胜利亦愈大，惟赖我革命精神无所挠屈，再接再厉，愈挫愈奋，则障碍摧毁之日，即最后胜利之时。敌人此次侵略中国，其最大目的，固不仅欲占我土地、屠我人民、灭我文化，而尤在消灭我三民主义与革命之精神；但是我革命精神一日不灭，即我国家民族亦一日不亡，且今日所遭之挫折，尚未达到艰难之极度，若遂自甘退屈，则精神一弛，国随以亡，奴隶牛马之辱，有十百于今日战争之痛苦而不止者。全国同胞！须知任何国家欲解除压迫,完成革命,决非少量代价所可希冀。此日多忍痛一分,将来成功亦多增一分。吾人为国家民族与世世子孙计,牺牲虽巨,无可避亦无可辞。所谓当彻底认识抗战到底之意义者此也。

二、即明革命过程中之中国,当以抗战到底为本务,则目前形势无论如何转变,唯有向前迈进,万无中途屈服之理。盖抗战虽不能必胜,而屈服即自促灭亡。与其屈服而亡,固毋宁抗战而败;战败终有转败为胜之时,灭亡永无复兴之望。国家独立之人格一隳,敌人宰割之方法愈酷,万劫不复,即永陷于沉沦。况战争成败之关键,常系于主动被动成分之多寡。此次抗战绵亘五月,敌方最初企图,是欲不战而屈我。我方所以待敌者,始终为战而不屈;不屈则敌之目的终不能达。敌愈深入,将愈陷于被动之地位。敌如必欲尽占我四千万方里之土地,宰割我四万万之人民,所需兵力,当为几何?诚使我全国同胞,不屈不挠,前仆后继,随时随地皆能发动坚强之抵抗力。敌之武力终有穷时,最后胜利必属于我。所谓当坚决抱定抗战必胜之信心者此也。

三、日本侵略中国,实为其侵略世界之开始。中国自抗战之初,揭橥二义:为民族生存独立而战,同时即为国际和平正义而战。数月以来,虽国际之制裁,尚未充分发挥,而公理之是非,固已大白天下。吾人对于此种伟大使命,既已毅然承当,则不问国际形势前途如何,必当尽其在我,初不必遽形失望,尤不可稍存依赖,但使世界正义不终灭亡,则吾人目的必有达到之一日,任重道远,不容稍懈。此尤全国同胞所宜深念者也。中正受命党国,有进无退,当此存亡呼吸之际,愿与吾同胞共勉之。⑳

文告的主旨是:一、"中国持久抗战,其最后决胜之中心,不但不在南京,抑且不在各大都市,而实寄于全国之乡村与广大强固之民心"。二、"精神一日不灭,即我国家民族亦一日不亡";"若遂自甘退屈,则精神一弛,国随以亡,奴隶牛马之辱,有十百于今日战争之痛苦而不止者"。三、"抗战到底为本务,则目前形势无论如何转变,唯有向前迈进,万无中途屈服之理"。

中国政府与中国人民决不屈服。

"我们是竭诚拥护现在的蒋介石先生领导下的国民政府的。"——在这个中华民族的危难时刻,中国共产党再次向全中国乃至全世界宣告了中国人民团结一致抗战到底的意志——蒋介石先生领导的中国国民政府,"是个已经开始担任着国防任务的政府,已经开始代表着民族利益的政府,这是全中国人民自己的中央政府,也是我们共产党人的中央政府"。[91]

一九三七年冬,中国的北方寒风凛冽,江南则是阴霾蔽日。

苦难中的中国,"舍抗战外无生存"!

第九章
用精神和血肉争取一个像样的结局

一九三八年元旦，在举行了南京入城式后，日本占领军开始迎接新年的到来。他们把攻入中华门的坦克装扮起来，从南京郊外砍来松枝，搭起日本人过年用的"门松"。厨房里的伙夫开始大量地打制年糕，新年物品也从日本国内运来了：橘子、海带、鱿鱼干和日式大酱。新年年会上，日军官兵举着斟满清酒的酒杯，一遍遍地高呼"天皇万岁"。

开战仅仅五个月，中国的北平、天津、上海、南京相继沦陷，包括华北大部、华中东部、热河以及绥察等大片国土相继被占，中国军队在一次又一次的抗击作战中伤亡已达三十万人以上。那么，中国是否在开战之初便满盘皆输，而日本已经取得了决定性胜利呢？

无论中国还是日本，双方在这个时候似乎都意识到，他们面临的与其说是一个军事问题，还不如说是哲学、政治学、社会学与军事混杂在一起的问题。

问题的核心是：交战之中何为胜利？

日军攻占南京的第二天，即一九三七年十二月十四日，日本召开了大本营和内阁联席会议，讨论如何继续让德国充当中间人与中国进行谈判的问题。首先必须明确判断：中国到底会不会屈服？谈判有没有可能达成？这一问题引发了主张适时结束战争的主和派与主张继续对华实行强硬政策的主战派的交锋。国都都已被日军攻占，难道中国人还不屈服吗？陆军方面坚持认为，中国屈服的可能性很小。陆军的判断缘于战场上受到的顽强抵抗和付出的巨大伤亡。为此，参谋总长特别说明，目前日本面对的局势，急需将国防力量"充实整顿"，外相应设法令谈判"不致中断"。但内阁成员认为，"不能老是浪费时间等待中国方面的答复",继续施加强大武力国民政府必会彻底崩溃,那时战争才能真正结束。会议持续了几天,意见无法统一,直到与会者反复研究了日方提出谈判条件以来中国政府的态度,特别是蒋介石的态度,这才得出了"作为战败国的中国所使用的言辞实属无礼"的结论。①于是,与会者统一了对华继续强硬的立场。

二十一日,日本向中国政府提出更为苛刻的谈判条件,其基本内容是:

一、中国应放弃容共和抗日排满政策,对日、满两国的防共政策给以协助。

二、在必要地区设置非武装地带,并在该地区内各个地方设置特殊机构。

三、在日、满、华三国间签订密切的经济协定。

四、中国应向帝国作必要的赔款。

附加的口头说明是:

一、中国应表现出有实行防共的诚意。

二、中国在一定的期限以内,派遣媾和使节到日本所指定的地点。

三、我方考虑大体上在本年内答复。

开列的条件细目有:

一、中国正式承认满洲国。

二、中国放弃排日和反满政策。

三、在华北和内蒙设置非武装地带。

四、华北在中国的主权之下,为实现日、满、华三国的共存共荣,应设置适当的机构,赋予广泛的权限,特别应实现日、满、华的经济合作。

五、在内蒙古应设立防共自治政府,其国际地位与现在的外蒙古相似。

六、中国须确立防共政策,对日、满两国的防共政策予以协助。

七、在华中占领地区设置非武装地带,在上海地区日、华合作负责维持治安和发展经济。

八、日、满、华三国在资源开发、关税、贸易、航空、通讯等方面,应签订必要的协定。

九、中国应向帝国作必要的赔款。②

分割占领中国领土,奴化中国政权,实施经济掠夺,最后通牒被侵略者要对武力劫掠者进行"必要的赔款",日本右翼政客和军人延续近代以来"大日本帝国"的思维方式,认为日军铁蹄所至之处他国必会俯首称臣——"中国在一定的期限以内,派遣媾和使节到日本所指定的地点"——这就是说,在日本人规定的期限内,中国人必须打着白旗前往规定地点向日本求和。

德国驻日大使狄克逊认为:"这些条件远远越过了十一月二日的条件",让"中国政府接受是极其困难的"。广田弘毅外相的回答是:"军事局势改变了,又有舆论的压力,不可能有任何其他的方案了。"③德国外交部将狄克逊的报告转告陶德曼。陶德曼要求会晤蒋介石,却被告知蒋介石"生病了"。孔祥熙和宋美龄会见了陶德曼,两人首先对日本开列的条件感到"极其惊讶",继而明确表示:"举行和平谈判的努力不成功,中国将继续抵抗到底,甚至使国家经济崩溃,使中国人民投入俄国的怀抱,亦在所不计。"④中国的态度令德国人很是为难。陶德曼继续劝说国民政府,甚至警告,如不答应日本人的条件,也许会导致德国与中国的关系恶化。可是,中国方面再也没有任何答复了。

见不到蒋介石,也得不到来自中国政府的任何有价值的信息,日本的政客们逐渐焦虑起来。日军参谋本部努力打探,才零星地得到以下情报:一、狄克逊与广田弘毅外相会晤后,傍晚拍电报给陶德曼,要求中国政府立即答复;二、蒋介石的德国军事顾问法尔根豪将军,已明确劝告蒋介石接受日本提出的条件;三、东京中国大使馆说他们对于国内的立场和态度一无所知;四、陶德曼当面问过国民政府行政院副院长张群,对日本开列的条件有无答复,张群的回答极具中国特色:"还在研究中。"⑤

日本人充满了困惑和愤懑。

一月十一日,天皇主持召开御前会议。——"这样的御前会议是日俄战争以来的第一次。"参加会议的有陆军部和海军部统帅,参谋本部部长、次长以及全体内阁大臣,"并特邀枢密院议长出席"。会议最终确定了《处理中国事变的根本方针》,其要点是:一、"如中国现中央政府此刻重新考虑而悔悟过来诚意求和",则根据谈判细目所开列之"日华和谈条件进行谈判"。二、"如中国中央政府不来求和,则今后帝国不以此政府为解决事变的对象,将扶助建立新的中国政权,与此政权签订调整两国邦交关系的协定,协助新生的中国的建设。对于中国现中央政府,帝国采取的政策是设法使其崩溃,使它归并于新的中央政权"。⑥

第二天,日本外交次相堀内谦介会见狄克逊,表示:"希望尽全力要中国政府立即答复。如果到了十五日还没有接到答复,日本政府将不得不保留行动的自由。日本一而再地放宽了答复的期限,但已不能再等待两天或三天以上了。还有,'答复'二字意味着表明明确的态度或关于每个细目的明确的质问,所谓'正在研究中'的回答是不够的。"⑦

十三日,中国方面终于有了答复,还是正在"研究",只不过这一次变成了"仔细研究":

> 经过适当的考虑后,我们觉得,改变了的条件范围太广泛了。因此,中国政府希望知道这些新提出来的条件的性质和内容,以便仔细研究,再作确切的决定。⑧

中国人的"研究"到底是什么意思?

十五日,最后期限的最后一天,日本再次召开联席会议,会上主战派与主和派争吵得更加厉害。主战派认为,中国方面没有诚意,哪怕不再以蒋介石为对手,抛开国民政府,也必须使用强大武力直到中国彻底屈服为止。主和派则认为,不能因为日本单方面制定的期限,"就在全国既未下定决心又无充分准备的情况下进入前途黯淡的长期战争"。外相广田弘毅说:"中国方面的复文,很像是日本方面在向中国求和似的。说起来,讲和的条件本应由中国方面主动提出,结果却是虽然知道日本方面的基本内容,而中国方面并不表示意见,却要求日本方面说明条件。我认为这只能说明中国方面没有诚意,是在采取拖延政策。"⑨内阁成员立即表示:外相的看法值得信赖,如果参谋本部不信任外相,那就意味着不信任政府,政府只有辞职。参谋本部考虑到"政府的垮台要在内外产生坏影响",不得不对内阁的意见"予以默认不进行反对"。这天晚上,主战派的强硬立场被呈奏天皇。天皇询问了几个很实际的问题,令主战派与主和派同时意识到,此时,面对中国,无论战与和,都不仅仅是军事问题了:一、在南方还有中国的抗日军队,日军打算怎么办呢?二、已经拥立的华北政权,是不是得由日本负担呢?三、怎样对付游击队的战术呢?四、据说陆军想到了"尽善处理的办法",是怎么回事呢?⑩

十六日,日本内阁发表如下声明:"……帝国政府今后不以国民政府为对手,而期望真能与帝国政府合作的中国新政权的建立与发展,并将与此新政权调整两国邦交,协助建设复兴的新中国……"⑪

所谓"不以国民政府为对手",也就是说,日本不再承认国民政府是中国政府,不能代表中国的国民政府充其量只是个流亡政权而已。以后所有日中之间的外交交涉,都与国民政府无关,日本只与他们扶植的中国"新政权"即伪政权"邦交"。

十八日,日本政府命令日本驻中国大使川越茂回国。

国民政府立即结束了"研究",命令中国驻日本大使许世英回国。同时宣布:"中国政府于任何情形之下,必竭全力维持中国领土主权与行政之完整。任何恢复和平方法,如不以此为基础,决非中国所能忍受。同时在日军占领区内,如有任何非法组织窃政权者,不论对内对外当然绝对无效。"⑫

所谓"陶德曼调停"就此结束。

中日两国宣布断交。

"不以国民政府为对手"——日本人不可能意识到,他们将要为自己的狂妄愚蛮付出巨大的历史代价。

从外交上讲,日本的蛮横与野心,从其宣布退出国际联盟时起,就引起了国际社会的一定警觉。日军占领中国首都南京、宣布扶植北平伪政权后,国际社会预见到暴戾的日本军国主义之危险,英、美、法等国由此考虑:是否有必要组成一个遏制日本法西斯势头的联合战线?而日本对其始终"怀着非常畏惧之心"的苏联,这时候则开始公开地大规模地援助中国的抗日战争。南京沦陷之际,苏联一次给予了中国一百一十五毫米重炮八十门、七十六毫米野炮一百门、三十七毫米防坦克炮八十门、轻重机枪九百挺、驱逐机六十二架,以及大批的炮弹枪弹。同时,苏联还向中国派遣了直接参加作战的飞行员、辅助指导作战的军事顾问和军事教员。自一九三八年起,苏联向中国提供了高达两亿五千万美元的贷款,用来购买六百架苏联战机以及装备二十个步兵师。

日本人惊呼道:"苏联以物质和技术援助中国与日本作战,同时谋求加强远东战备从北面牵制日本,成功地把日军战力一分为二。换言之,日本坠入了苏联远东战略的陷阱。"⑬

事实上,真正令日本落入最终无法挣脱的战争泥潭的,不是苏联而是中国。

平津、沪宁失陷后,中国不但没有屈服,相反,中国政府的抗战决心更加坚定,中国人民的抗战意志更加坚强。中国人在声称他们要"研究"的时候,早已将战争的前景研究透彻,那就是:把日本侵略者拖入中国广袤大地的深处,直到把这个资源匮乏的岛国彻底拖垮为止。尽管在日本的政界和军界内,始终有人力求避免被拖入旷日持久的战争,但就整体而言,日本人无法克服由来已久的"强烈的先入为主的蔑视中国的看法","轻视广大的中国国力和觉醒了的民众的动向"。这种"动脉硬化似的判断",自以为优越地秉持着"把对手看为弱者,不把对手的实力和活动当回事"的狂妄。当然,日本人也有不得不面对现实的时候,只是他们在这种时候的思索也是日式的:"战争是相对的事,不可能有单人相扑。"⑭——用不了多久,指望中国伪政权的日本人便会发现,他们进行的正是一场"单人相扑"。

从军事角度讲,中日开战五个月来,无论对战争前景持何种看法,至少在一九三八年到来之际,国际社会普遍认为"日本会被中国打败"的观点是虚张声势。原因很简单:中国经济没有支撑现代化战争的工业,中国社会不是一个现代化的社会,中国军队也不是一支现代化的军队。

中国的对手日本在战争爆发五个月后评述道:

> 中国现有军队共二百多个包含着许多步兵团的师,就士兵数量来说,共有二百多万。可是,能够称为现代化军队的,且是有现代化装备的,实在找不出一个师。中间偶然有一两个旅或团好一些,然而严格地说,仍旧是落伍的。在一·二八沪战时,虽然有一些下级干部和士兵很勇敢,但这不过是偶然的发现,不能因此便承认他们有现代军人的资格。中国军队绝对不能对外,也绝对不会对外的。纵使由拿破仑的天才来

率领,也无法使用。中国军队完全以步兵为中心,还是殖民地的战术,也就是南美洲的战术。中国军队之弱点为天下周知:中国高级将领不学无术,妄自尊大。中国海防等于零,战事一起,日本只要派几条兵舰,马上就可以封锁中国海岸线,从汕头、厦门、福州、宁波、上海、烟台,一直到天津,只要很少的力量,就可以占领中国所有的经济中心,使他毫无接济,毫无办法。中国毫无防空设备,只要动员令一下,日本飞机在最短期间内,即可将中国所有重要城市统统炸毁。中国陆军毫无作战能力,日本只要有三师人就可以到处横行,例如热河之役,占领承德的不过是一连人。⑮

这样的评述至少在表象上是事实。

一九三八年一月,蒋介石辞去多项兼职,专任军事委员会委员长。他飞赴河南开封前线,召集第一、第五战区的军事将领开会,着重总结中国军队作战中的经验和教训。蒋介石一讲便是整整两天,尽管带有蒋氏连篇累牍、滔滔不绝、冗长啰嗦的特质,但其家长教训不肖子孙式的怒气和敢于面对自身丑陋的坦荡,使他的讲话由于内含大量的社会历史信息而值得一读。

蒋介石首先检查到会的高级将领是否带着《步兵操典》和《指挥纲要》,结果数十位高级将领中,只有两人带着《步兵操典》,而带着《指挥纲要》的一个也没有。"像这样统兵作战的基本书籍,大家都不随身携带,随时研究运用,凭什么来作战,凭什么来抵抗拥有新式武器的敌人?"从这个问题引申开去,蒋介石一口气列出了中国绝大多数部队的十二项致命弱点:

一、高级将领缺乏智慧的优良技能与艰苦卓绝的精神,下级官兵缺少新战术的训练。

二、军纪荡然。作为一支军队这是第一大祸害!

三、一般缺乏敌忾之心,尤以高级军官为甚!

四、缺乏协同作战的精神和技术。

五、高级将领缺少牺牲决心。

六、长官不知激发廉耻心,明耻教战。

七、命令不能贯彻。

八、懒惰疏忽,不能判明敌情真相,不检讨战斗经过、命令进退,掉以轻心。

九、高级将领缺乏坚决的自信心,长官不能和士兵同甘共苦。

十、武器弹药装具,专靠后方接济,不知在前方就地补充,因粮于敌。

十一、缺乏"私密习惯"——电讯管理使用不严密,每每容易泄漏军情。

十二、一般部队缺乏政治训练。

然后,蒋介石以最严厉的言辞,开始抨击国民政府管辖下的军队之最顽固的弊端,即地方军阀部队为保存一己实力而置国家危亡于不顾:

……现在我们丧失了许多土地,牺牲了许多生命财产,并不是敌人已经支付了绝大的代价,硬打进来的,而是我们高级将领中还有观望不前,图保实力,不努力,不合作,所以敌人才敢进来!你们试扪心自问,就知道我这句话,并不冤枉大家!老实说,只要我们不后退,敌人必不敢前进;只要我们不放弃阵地,敌人必不能侵占我国土。如果我们都能如郝军长梦龄、佟副军长麟阁、刘师长家祺、赵师长登禹等各先烈,以身殉国,发扬革命军有敌无我有我无敌的攻击精神,无论敌人如何顽强,武器如何厉害,我们都可以摧毁他消灭他……因此,我们又要反省到过去几个月的失败……不怪我们下级的官兵不肯牺牲,而全在我们的高级将领无决心,或是有了决心但决心不够。换句话说,就是我们高级将领中间,怀着一种保存实力的卑劣心理,不顾国家的存亡,不顾民族的生死,只是望风退却,带了部队步步后撤。试问我们国家丧失了如此多的土地、如此多的生命财产,而我们的部队依然存在,我们抚躬自问,如何对得起国家,如何对得起祖先!我们保存了许多部队又有何用?如此按兵不战,拥兵自卫,将来国家亡了,我们岂不同归于尽?像现在东四省的伪军,被日本人强迫到山西、上海来打自己的同胞,如果你怕死,你不打,他就要在你背后用机关枪先打死你本人,还要杀尽你全家……当此国家民族生死存亡关头,我们如再不铲除这种保全实力的落伍思想,洗刷这种卑劣无耻的亡国心理,还要拥兵自卫,就一定会蹈着东四省伪军的覆辙,要被敌人压迫着来毁灭我们祖宗的庐墓,残杀我们自己的同胞,绝灭我们子孙的生命,真是生无立足之地,死无葬身之所,比奴隶牛马还不如了!

蒋介石当场宣布了"十杀令":

一、轻伤自退者监禁!

二、假伤图逃者杀!

三、无令擅退者杀!

四、擅入民房者杀!

五、强买勒索者杀!

六、调戏妇女者杀!

七、报告不实者杀!

八、造谣惑众,扰乱秩序者杀!

九、拥兵不进,奉令不力者杀!

十、坐视友军不加协助者杀![16]

蒋介石的愤怒和焦灼出自这样一个现实:在中原地带面临大战之际,中国军队中武器装备与作战能力稍好的中央军,多数部队因在淞沪和南京的作战中损伤严重而亟需整补,此刻在中原战场上除了依靠地方军阀的部队他已无兵可调。

欲得天下,逐鹿中原。

中原自古便是中国兵家的必争之地。

南京陷落后,停留在津浦路北段的日军与停留在沪宁地区的日军,被中原所分隔。于是,日军急欲打通津浦路——华北的日军沿津浦路南下,南京的日军沿津浦路北上——以彻底贯通中原,使日军能够自如地回旋南北、来去东西。

津浦路沿线,中原地区的要点是徐州。

徐州位于黄淮之间,为北南向的津浦铁路与东西向的陇海铁路线的枢纽,据守鲁豫皖苏四省之要冲,实为淮北重镇。除东南为山地外,徐州三面均为平原,淮河支流密布其间,大运河纵贯南北。这个西楚霸王项羽的建都之地,几乎无险可守,但秦以来却发生成规模的战争数百次,只因若"觊觎苏皖而举兵南下者,或图保江淮而进窥鲁燕者",唯"以徐州得失而定胜负"之故。就中国军队而言,于南北走向上,控制徐州可使平津与南京两地的日军隔绝;于东西走向上,可使从东海登陆的日军无法沿陇海路西进而"屏蔽华中"。就日本军队而言,夺取徐州便可将南北战场连成一体,中国的东南部便尽在囊中;同时,沿陇海路可于郑州折南,再循平汉路"进迫武汉",更可向西"直趋西安"。[17]

迫使中国屈服的谈判中止后,日本不得不面对扩大战争规模的抉择。一九三八年一月二十二日,日本内阁首相近卫文麿发表施政演说,主张为使中国彻底屈服必须建立国家总体战体制。二月,日军参谋本部制订了《昭和军制建设纲要》,将总体战设想具体阐释为"倾国家的权力遂行战争"。三月,日本通过了《国家总动员法》,要求鉴于"中国事变的长期持久性",特别是苏联已与中国合作的"动向",日本陆军必须具有六十个师团的兵备。四月,日本公布拨款四十八亿日元作为临时军费预算,这使得一九三八年日本的战争预算高达八十亿日元。[18]

就战争本身的进程而言,日本方面最感困难的是兵力不足。日军参谋本部虽然意识到,为应对战事确需六十个师团的兵备,但也同时明白"国力、经济力量、科学技术力量以及干部数量的不相称"。特别是新组建的部队,必要经过征召、训练、演练、实战等全过程,才能在作战技能与军事素质上确保军令的达成。因此,参谋本部的结论是"困难极大"。这种看法,导致了至少在一九三八年初,日军大本营与侵华日军将领间的争执。争执的焦点是:在中国战场上是否一鼓作气地打下去?

"华北方面军自昭和十二年(一九三七年)底以来,曾多次向中央阐述,为使华北、华中连结起来,进行徐州作战以及对武汉之敌施加威压,从而占领黄河右岸据点(郑州、开封等)的重要性。"而东京大本营则认为:在确保编成六个新的师团前,"绝对不进行新的作战",只以"增强态势为原则";待兵力整备完毕后,"进行彻底的积极作战,而求得一举解决事变"。[19]

……沿津浦线连结南北的作战,现地军,尤其是华北方面军提出这样强烈的请求,而梅津(梅津美治郎)陆军次官从新兴政权的南北合流及其他政治谋略的理由出发也极力主张。但是,从解决事变这一大局目的出发,进行这样一次作战,即使规模再小,即使作战能成功,然而为确保该地区的安定,估计至少也得要四个师团,因此才死了心……在黄河南岸的郑州、开封,为建立立足点而作战,为使将来的汉口有伸缩余地而作战,华北方面军有此迫切的希望,但因确保黄河以北,尤其是山西的治安,需要相当的兵力,而未被采纳……为威胁汉口的办法,海军方面希望攻占安庆,以便使用其飞机场,对中国内地进行轰炸。陆军省内对此也表示支持。但考虑攻占后,安庆、芜湖的连接也需要相当的兵力,亦被停止。⑳

华北方面军司令官寺内寿一对东京的审慎十分不满,指示方面军作战课课长河边正三致电参谋本部作战课课长河边虎四郎据理力争:

在徐州东西两侧的陇海路北面,其中山东湖沼地带的西面地区,集结着还未曾受过我军大的打击的十数万中国军队,并以此为根据地,经常派出便衣队潜入我第一线后方,到处袭击。最近几乎连夜遭受袭击的第一线,渐有疲于奔命之势。对此,从军自卫观点出发,在适当时机对上述敌根据地给以痛击很有必要。尤其在济南南面地区,我们认为,情况已到不得不超越现在占领线进行反击作战的境地。关于此点,请予留有行动余地。㉑

东京的参谋本部很清楚,所谓"连夜遭受袭击"不过是华北方面军在编造理由,因此回电的口气相当严厉:

由于没有鲜明的天然屏障可依,又面对数量上占极大优势的残败之敌,出现如贵电所述情况,不难想象。然而,我方应考虑的是,不要被敌诱发导致战局扩大,兵力全被牵制,而妨害国军(国内军队)全面整理整顿,以适应下步……在现在占据地区以南,即使说是自卫上的攻势行动,其结果扩大了占领地区和牵制住更多的兵力,这样依照中央既定的大方针,是绝对不能批准的,请予理解。㉒

但是,中国战场上的日军将领决定不理睬大本营持有何种意见。占领南京的华中方面军认为,他们有能力投入兵力沿津浦路北上,配合华北日军作战;华北方面军更是急切希图南下,与华中方面军在津浦路

— 378 —

上会师。——侵华日军将领固执地认为:只要加大打击力度,消灭中国军队的主力,南北日军会师之日便是中国政府屈服之时。

继续向南作战的命令不顾一切地下达了。

一九三八年初,日军华北方面军的作战序列是:

司令官:寺内寿一大将。

第一军,司令官香月清司中将。辖第十四师团,师团长土肥原贤二中将;第二十师团,师团长川岸文三郎中将;第一〇八师团,师团长下元熊弥中将;第一〇九师团,师团长山冈重原中将;第四、第五、第九独立机关枪营;第一、第五独立轻型装甲车连;第二坦克营;第一、第三独立山炮团;第二野战重炮旅;第八独立野战重炮团;第三、第五迫击炮营。

第二军,司令官西尾寿造中将。辖第五师团,师团长板垣征四郎中将;第十师团,师团长矶谷廉介中将;第六、第十二独立机关枪营;第十、第十二独立轻型装甲车连;第一野战重炮旅。

华北方面军直属部队:第十六师团,师团长中岛今朝吾中将;第一一四师团,师团长末松茂治中将;中国驻屯兵团,司令官山下奉文中将;第三、第四、第五独立混成旅。

临时航空兵团,司令官德川好敏中将。辖第一、第四飞行团;第三、第九独立飞行中队;野战高炮队六队。㉓

为防止日军占领徐州纵贯中原,打通中国东部最重要的津浦铁路线,中国方面还在淞沪会战时就成立了第五战区,以期专门负责鲁南与苏北地区的战事。第五战区,司令长官蒋介石兼任,副司令长官韩复榘。但是,因为淞沪战事危急,地域内的部队奉命驰援,第五战区在成立的当日又被撤销。直到十月十六日,第五战区再次成立,司令长官为李宗仁。第五战区所辖地域:北至济南黄河南岸,南至浦口长江北岸,东自长江吴淞口向北延伸至黄河口海岸,西至津浦铁路沿线。

对于徐州方向的作战,蒋介石是从保卫武汉的角度考虑的:"现在我军战略,就是东面要保持津浦铁路,北面要保持道清(道口至清化)铁路,来巩固武汉核心的基础……我军要巩固这两条铁路,一定不要呆守,必须积极对威胁我军之敌采取攻势,时刻保持主动地位,来攻击敌人,陷敌人于被动。如此我军才能固守,才能借津浦、道清两铁路来屏障武汉。"㉔基于此,国民政府军事委员会制订了详尽的作战指导方案,其主旨是:"国军主力控制武汉外围及豫皖边区,积极整补,由华北及江南抽出有力一部,加强鲁中及淮南,积极袭扰,诱敌主力于津浦铁路方面,以迟滞敌人之过江西进;并广泛发动华北游击战,牵制、消耗敌人,妨害其南渡黄河,直冲武汉。"㉕平汉路方向的第一战区,苏浙方向的第三战区,两个战区内各有部队被抽调至第五战区。

中国第五战区作战序列:

司令长官李宗仁,参谋长徐祖贻。

第三集团军,总司令孙桐萱。下辖:

第十二军,军长孙桐萱(兼)。辖第二十师,师长孙桐萱(兼);第二十二师,师长谷良民;第八十一师,师长展书堂;第二十八旅(手枪旅),旅长吴化文。

第五十五军,军长曹福林。辖第二十九师,师长曹福林(兼);第七十四师,师长李汉章。

第二十四集团军,总司令韩德勤。下辖:

第五十七军,军长缪澂流。辖第一一一师,师长常恩多;第一一二师,师长霍守义。

第八十九军,军长韩德勤(兼)。辖第三十三师,师长韩德勤(兼);第一一七师,师长李守维。

第二十二集团军,总司令邓锡侯,(后为孙震)。下辖:

第四十一军,军长孙震。辖第一二二师,师长王铭章;第一二四师,师长税梯青(代)。

第四十五军,军长陈鼎勋。辖第一二五师,师长王士俊;第一二七师,师长陈离。

第三军团,军团长庞炳勋。下辖:

第四十军,军长庞炳勋(兼)。辖第三十九师,师长马法五。

第十一集团军,总司令李品仙。下辖:

第三十一军,军长刘士毅。辖第一三一师,师长覃连芳;第一三五师,师长苏祖馨;第一三八师,师长莫德宏。

第二十一集团军,总司令廖磊。下辖:

第七军,军长周祖晃。辖第一七〇师,师长徐启明;第一七一师,师长杨俊昌;第一七二师,师长程树分。

第四十八军,军长韦云淞。辖第一七三师,师长贺维珍;第一七四师,师长张光玮;第一七六师,师长区寿年。

第二十七军团,军团长张自忠。下辖:

第五十九军,军长张自忠(兼)。辖第三十八师,师长黄维纲;第一八〇师,师长刘振三。

第五十一军,军长于学忠。辖第一一三师,师长周先烈;第一一四师,师长牟中珩。

第二十七集团军,总司令杨森。下辖:

第二十军,军长杨森(兼)。辖第一三三师,师长杨汉域;第一三四师,师长杨汉忠。

中国军队第五战区共有二十九个师附一个旅,兵力共约二十八万八千人。㉖

在组成第五战区的部队里,邓锡侯、杨森部属川军,韩德勤的部队由江苏保安队改编,庞炳勋、张自忠部属西北军,李品仙、廖磊部是桂军,于学忠部属原东北军,孙桐萱部属山东部队——以上各路地方部队统由桂军首领李宗仁指挥。李宗仁对此牢骚满腹:"这些部队均久被中央列为'杂牌部队',蓄意加以淘汰之不暇,更谈不到粮饷和械弹的补充。因此,这些军队的兵额都不足,训练和士气也非上乘,与当时在上海作战的部队相比拟,这些部队实在是三四等的货色……"㉗而杂牌军的将领们内心也是惶恐不安:"一面激于民族争生存的义愤,都想和日军一拼;一面却顾虑部队作战损失之后,不仅得不到中央器械兵员的补充,恐还要被申斥作战不力,甚或撤职查办,并将其部队番号撤销,成为光杆一根,即无以谋生。因此都怀着沉重惶惑的心情。"㉘

日军华北方面军和华中方面军决定以既成事实迫使东京大本营屈从他们的意愿。他们的战略设想是:华北方面军的第十师团和第五师团,分别沿着津浦铁路和潍台公路(潍县至台儿庄)南下,为主攻方向;华中方面军的第九师团沿津浦路,佐藤支队(隶属第一〇一师团第一〇一旅团)沿运河北上,为牵制方向。同时,华北方面军第十四师团由濮阳南渡黄河经鲁西南,再向西直趋开封和郑州;华中方面军第十三师团北渡淮河后直趋豫皖交界处的永城和黄口,截断陇海铁路。

第五战区根据军事委员会"对由津浦路南段前进之敌,须固守徐蚌两要地,非有命令不得撤退"的命令,于二月三日下达了作战令:"战区决对津浦南段之敌,拒止于淮河以南地区,由其侧方连续予以打击,渐次驱除肃清之,同时巩固鲁南山地。对津浦北段及陇海东段取侧击

之势,牵制敌之南下或西上,以拱卫徐州。"㉙

中国军队在津浦路南北两端同时进行的作战,拉开了徐州会战的序幕。

战斗首先从津浦路南段爆发的原因,来自日军占领南京后的狂妄。当时,津浦路南段直到长江浦口,几乎没有中国军队防守,日军以为这里的中国军队已被消灭,沿津浦路北上仅是一次行军而已。

李宗仁虽有兵力匮乏之忧,但他对津浦路防御的认识是清醒的。他认为,日军攻占南京后,之所以没有西进武汉,就是因为受到北面津浦路方向的牵制。因此,日军必会首先消除侧背的威胁,那么津浦路防御实际上是为保卫武汉赢得时间。

李宗仁将刘士毅的第三十一军调到了津浦路南段的滁州、明光一线阻击日军。这一线,明光的西北面是津浦路上的蚌埠,滁州的南面就是长江北岸的浦口了。中国陆军第三十一军隶属于第十一集团军,是桂系部队。第十一集团军原本还辖第七军和第四十八军,但这两个军投入淞沪战场后被编为第二十一集团军,因此第十一集团军总司令李品仙手里只有第三十一军了。李品仙是广西人,毕业于保定军校。早年追随湘军将领唐生智,参加过北伐战争。唐生智在宁汉交战中与李宗仁部打仗,败北后李品仙接受了桂系改编。但是,蒋桂战争随后爆发,他又重回唐生智麾下。接着蒋介石与唐生智又打了起来,唐生智败了,他应李宗仁之邀再次加入桂系。因此,尽管李品仙不是李宗仁的嫡系,但也算得上是桂系干将,属于李宗仁的"亲兵"。

桂军以死打硬拼闻名。

当日军第十三师团沿津浦路开始向北推进时,受到了中国陆军第三十一军的顽强阻击。第三十一军官兵利用有利地形死守,同时不断派出小股部队实施袭扰性反击,竟与兵力多于自己数倍的日军纠缠了一个多月。日军得知当面仅仅是一股广西部队时,大感意外,认为被这样一群武器简陋的广西人阻击月余,简直是日本陆军的耻辱。

李宗仁对桂军的表现非常满意,命令第三十一军"始终钉住津浦线,使敌军不能北进"㉚。

但是,当日军从南京调来坦克和重炮后,第三十一军顶不住了,明光很快失守。接着,日军第十三师团兵分三路同时推进:第二十六旅团从明光北渡池河,沿津浦路向蚌埠推进;第十三师团主力从滁县出发,北渡池河后经由凤阳向蚌埠推进;第六十五联队从浦口以西的全椒出发,迂回津浦路西侧掩护主力北上。后撤中的中国军队第三十一军奉命在蚌埠西面的铁路一带侧击日军,并以一部兵力于战场正面的池河与淮河间逐次抵抗以迟滞日军的推进。但是,三路日军协同发起的攻势极其凶猛,二月一日日军占领临淮关,二日占领蚌埠、凤阳和定远,其前锋已抵进淮河南岸。九日,一部日军强渡了淮河。

如果让日军主力渡过淮河,津浦路南段的中国军队将无险可守。

李宗仁将防守淮河的任务交给了于学忠的第五十一军。

于学忠,山东蓬莱人。早年在北洋军中供职,是直系军阀吴佩孚的爱将。吴佩孚在北伐战争中兵败后,于学忠追随张学良的奉系,因屡建战功深受信任和重用。在河北省府主席任上,面对日本人的劝降利诱不为所动,多次遭到未遂暗杀。被排挤出华北后,他率第五十一军进入陕西和甘肃。及至中日全面战争爆发,他的部队被调往江苏淮阴一带,整编为第一一三师和第一一四师,驻防青岛。日军逼近黄河北岸,青岛失去防御意义,他又奉命率部转向津浦路方向。于学忠久经沙场,作风硬朗,他的第五十一军虽仅有两师,但东北军官兵因家破人亡战斗意志格外强劲。

于学忠率部在五河至蚌埠间布防,这是一条东西走向的防线,所扼守的淮河河段正对着北上的日军。官兵们还在赶修工事的时候,就与攻占临淮关后企图强渡淮河的日军接上了火,激战四小时后,强渡的日军被第一一四师官兵击退。之前日军占领蚌埠时,中国守军仓促间炸毁了淮河大桥,但没能毁坏停泊在淮河南岸的数百艘民船。二月三日,北上日军利用抢来的民船和自带的橡皮艇,在飞机和火炮的掩护下再次强渡淮河,遭到第一一四师第三四二旅的顽强阻击,被打死在淮河中的日军不下三四百人,但仍有一部分日军渡过了淮河。四日早晨,第一一三师赶到战场,与第一一四师一起发起反击,硬将渡过淮河的那部分日军赶回了南岸。但是,日军第二十六旅团一部绕道蚌埠以西渡河成功,攻占了怀远并进抵涡河。于学忠紧急调整部署,命令第一一三师和安徽保安二团防守小蚌埠镇直至怀远、涡河一线阵地,命令第一一四师在第一一三师的左翼防守临淮关北岸至西门渡的阵地。

小蚌埠镇位于蚌埠以北的淮河北岸。八日,二十余架日军战机密集地轰炸了小蚌埠镇,然后千余日军步兵在猛烈的炮火准备后,再次强渡淮河。第一一三师第三三七旅官兵拼命抗击,两次击退强渡的日军。日军无奈,实施夜间强渡,一度登上淮河北岸,攻占了小蚌埠镇。第一一三师师长周先烈命令六七四团团长梁忠武率部反击,双方激战至凌晨一时,六七四团官兵将日军击退,夺回小蚌埠镇。十日拂晓,日军再次发动攻击,六七四团昼夜战斗伤亡过半,小蚌埠镇阵地失守。军长于学忠亲临前线,命令第三三九旅组织敢死队反击。旅长窦光殿亲率敢死队身先士卒,东北军官兵即刻与日军扭打成一团,惨烈的肉搏战持续了数个小时,日军的尸体横陈于小蚌埠镇内,被赶下淮河淹死的日军也在数百人以上。小蚌埠镇反击战进行的同时,数千日军从东面的临淮关强行渡河,一度攻占了淮河北岸的几个村庄,第一一四师师长牟中珩、第三四二旅旅长李雨霖率部发起反击,将失守的村庄一一夺回。十一日,已坚守阵地近十个昼夜的中国守军迎来了战斗最血腥的一天,日军的飞机、重炮和坦克持续轰炸和轰击,第五十一军的防御阵地多处被突破,严重的伤亡致使预备队也使用殆尽,多天未食未眠的第五十一军官兵数次发起绝地反击,仅小蚌埠镇失而复得得而复失竟达五次之多。最终,小蚌埠镇落入日军之手。

于学忠在阵地被撕破之际,将浑身硝烟的指挥员们召集到一起,他说,东北沦丧之痛刻在咱们心头,想生存下去就要与日军血战到底。我们下定必死的决心,我们可以都死光,但是必须让日军付出代价!

十三日,第五十一军展开了全线决死反击。于学忠军长和两位师长及四位旅长全部上了前沿。小蚌埠镇方向的第一一三师与日军死战不休,残酷的拉锯战进行了八个小时,双方仍处于胶着状态。临淮关方向的第一一四师,付出巨大伤亡夺回了部分阵地,但当日军后续渡河部队投入战场后,第一一四师伤亡已达两千多人,淮河沿岸阵地多处失守。

危急时刻,又一支中国军队赶到了战场。

张自忠来了。

张自忠的第五十九军,刚刚转隶第五战区,便接到了李宗仁让他们接替第五十一军防御淮河的命令。张自忠立即率部而上,将伤亡惨重的第五十一军替换下来,在防御线上布防了五十九军第三十八师和第一八〇师。

为了策应张自忠部,李宗仁部署了一系列的反击行动:韦云淞的第四十八军在蚌埠以南固守炉桥、洛河一线;刘士毅的第三十一军在淮南东北方向猛烈围攻上窑的日军;周祖晃的第七军在津浦路以西向池河、定远的日军发动侧击。同时,在李宗仁的请求下,中国空军轰炸了蚌埠至临淮关的日军阵地。

位于淮河战场正面的张自忠认为,与其死守不如全力反击。

张自忠对他的第五十九军官兵只说了一句话:"谁也不许后退,跟着我拼命保国。"

由于卢沟桥事变时在天津和北平的表现,张自忠始终在国人的谴责和自我的负疚中备受折磨。北平和天津迅速沦陷后,第五十九军官兵也与张自忠一样承受着全国舆论的压力,整个部队的心气犹如即将爆发的火山。张自忠命令两个师各组一个加强团,以决死的意志向淮河全线发动反击。十五日,反击作战开始,两个加强团于左右两翼向当面日军扑了上去。强渡成功的日军由于主力已经到达,没有预料到中国军队能够实施反击。在第五十九军官兵的猛烈冲击下,日军阵地出现动摇,开始后退。战斗到十八日,张自忠部依旧在不分昼夜地猛打猛冲,直至把日军赶回淮河南岸。二十日,第五十九军官兵终于冲进了小蚌埠镇。——沿津浦路南段北上的日军,经过二十多天的苦战,付出巨大代价后渡过了淮河,自认为当面的中国军队已被打垮,可谁知又被赶回了淮河南岸。

中日两军再次于淮河两岸形成对峙。

淮河阻击战,面对日军一个师团另附三个联队、七个大队的步兵,加上七个中队的航空兵、工兵、炮兵、装甲兵和铁道兵的联合攻击,中国军队中的桂军、东北军、西北军轮番上阵,让日军付出了伤亡三千余人的代价,最终未能突破淮河防线北进,这不能不说是中日开战以来令人振奋的一次胜利。

日军南北夹击受挫后,改变战略为"南守北攻",以图沿津浦路北段快速向南推进,津浦路北段局势因此严峻起来。

危机是从大半个山东失守开始的。

津浦路北段的防守,由山东省府主席韩复榘负责。

韩复榘,河北霸县人,生于一八九一年。早年入冯玉祥部,因作战勇敢,从排长一路升迁至军长。一九二九年,冯玉祥策划反蒋,他暗中背叛老上级投靠了蒋介石;但在之后的中原大战中,"旧情难忘"的他又声明只打阎锡山不打冯玉祥。阎锡山、冯玉祥联合反蒋失败,蒋介石任命他为第一军团总指挥并负责山东防务。韩复榘当上了山东省政府主席,并且一干就是八年。与山西的阎锡山一样,除了在反共立场上与蒋介石保持一致外,他拒绝国民政府对他的山东地盘的任何干涉,在这一点上他与蒋介石势不两立。省府里有个年轻的办事员,因在济南城内贴标语而被捕。提审的时候,韩复榘拿着写有"共产党万岁"和"打倒蒋介石"的标语看了又看,然后说:"共产党万不万岁我不管,打倒蒋介石是可以的。"韩复榘写下"仍复原职,月薪四十元"的判决后,命令将这个青年当堂释放。㉛他接收了国民政府在山东设立的税务机关,还把国民政府任命的盐运使、烟酒印花税局局长、税警局局长和中央财政特派员等全都赶走了,甚至把国民党山东省党务整理委员会主任暗杀了。两广事变时他支持李宗仁和陈济棠反蒋,西安事变时他称张学良所为乃英明壮举。——他自认为是山东地盘上说一不二的皇上,认为举国之内能够威胁他"皇位"的人,既不是共产党也不是各路军阀,而是那个居心叵测的蒋介石。

卢沟桥事变后,蒋介石对韩复榘充满担忧。如果韩复榘动摇,北平的局面将蔓延至山东;而如果韩复榘坚决抗日,不但可以控制局势的恶化,还能对宋哲元部产生影响。没有确凿史据证明韩复榘是个变节分子。当日本人企图说服他和宋哲元、阎锡山脱离国民政府搞"五省三市自治"时,韩复榘拒绝了日本人让他宣布山东独立的要求。同时,他以各种借口拒绝日本人进入山东,无论是驻军还是借道通过统统不行,为此他早早地就把黄河大铁桥炸了。只是,韩复榘此举更多的还是为了保住自己的地盘。他告诉蒋介石"我决不能和日本人搞在一块",他还告诉蒋介石"日本不让山东驻中央军"。韩复榘无法排解的忧虑是:即使在全国一致抗战的情况下,"蒋介石也有先牺牲他的诡计"。这让他不得不在日本人与蒋介石之间的缝隙中谋求自保。日军开始攻击津浦路北段后,李宗仁亲赴济南与韩复榘彻夜长谈,详细阐述国内形势以及赢得战争胜利的趋势,力图使韩复榘认识到"抗战是长期的,是有前途的,汉奸是当不得的"。韩复榘自然不会成为日本人的汉奸,但是他从"抗战是长期的"的观点引申而出的结论,却是自己的部队"断不可在长期抗战的局面下"短时间内"被消耗了"。于是,保存实力成为他的"第一要务"。部下提醒他说,现在是全国倾力抗战,部队有损失中央会补充,川军和滇军都已开到徐州,我们就在山东怎么可以按兵不动?韩复榘的回答是:"我们要最后参战。"㉜——韩复榘无法摆脱认识上致命的局限,没有认识到:他和他的军队面对的敌人,不是与他抢占地盘的哪路军阀,也不是总想收编他的部队的蒋介石,而是日本侵略者。

基于保存实力的原则,当停留在河北沧州的日军开始南下,并于山东淄博以西的周村渡过黄河后,韩复榘意识到日军沿胶济铁路即刻便可西进济南,于是下令从黄河南岸撤退军队并向河南转移财产。李宗仁得知后,一再致电,要求韩复榘遵守军事委员会"各战区守土有责,不得退入其他战区"的命令,绝对不能"把后方放在第五战区的范围以外"。韩复榘在李宗仁的电文上批复:"现在全面抗战,何分彼此。"李宗仁只好报告蒋介石。蒋介石严令韩复榘不得放弃济南,"万勿使倭寇垂手而得全鲁"。岂知韩复榘此时已经逃到了泰安。李宗仁只好要求韩复榘死守泰安,韩复榘的回复说,蒋介石连南京都不守,有什么理由让我守泰安?韩复榘认为,只要有枪有钱,"到哪里都可自立",因此撤离济南前下令把民生银行和金库里的一万五千两黄金、三万两白银以及公私辎重全部装车运走。韩复榘的四个军不战而退,致使千余日军未费一枪一弹进占济南。退至泰安后,韩复榘认为自己仍处在沿津浦路南下的日军攻击线上,遂又命令部队放弃泰安退至济宁。军事委员会军令部命令他死守济宁和大运河,李宗仁在电报里更是用了几近恳求的口气要求他的部队停住,哪怕打一仗。韩复榘回电李宗仁:"榘不能守济宁,如榘不能固守济南然。"李宗仁怒不可遏,斥责韩复榘就从没有过守卫济南的任何意愿!而韩复榘对于他放弃济南的说辞是:"现在不是千余敌人过河(黄河)的问题,而是要考虑保存现有实力伺机反攻的战略目的。"㉝韩复榘的主力部队以及所有辎重,一直退到了鲁豫交界处的巨野和曹县。

一九三八年一月十一日,日军占领济宁城,逼近徐州。

在短短的二十多天内,韩复榘连退数百里,轻易丢掉了黄河、济南、泰安、曲阜、兖州、济宁乃至徐州以北的运河防线,致使日军仅用一个半师团的兵力便占领了大半个山东,导致津浦路北段门户大开,徐州以及陇海铁路暴露在日军的直接威胁下,中国第五战区的作战部署完全被打乱。

蒋介石抵达开封召集高级将领会议时,韩复榘虽心有不安,但犹豫再三后还是前去参加了。蒋介石在讲话中把愤怒一股脑地倾泄到韩复榘身上:"有些将领,把国家的军队视作个人私有财产,自从抗战开始以来,一味保存实力,不肯抗击敌人,只顾拥兵自重,不管国家存亡,不听命令,自由行动,哪里安全就向哪里撤退逃跑。试问,这样如何了局?"韩复榘当面顶撞:"山东丢失是我的责任,南京丢失该谁负责任?"蒋介石依旧正颜厉色道:"我问的是山东,不是问的南京!"㉞韩复榘被坐在旁边的第一战区副司令长官刘峙劝出会场,谁知出了会场即被逮捕,之后被押解到武昌。韩复榘在高级军事法庭上申辩,他的部队没有任何重武器,一个师也顶不住日军一个团的火力;他若固守济南,将受到南北日军的两面夹击;他不带走资产钱物,留下也是要被日本人所用。但是,面对国土未战而失的事实,任何狡辩都已无济于事。一月二十四日晚上七时,韩复榘被枪毙:

> 有个持枪的士兵到韩的房里说:"何审判长(何应钦)请你谈话,请跟我走。"韩走出来,持枪士兵跟在后头。刚下楼还未到底,只见院内许多持枪士兵,戒备森严,韩已知情况不好,就说:"我脚上的鞋太小了,等我回去换一双鞋。"他刚要返身,后边持枪士兵便开枪把韩打死了。㉟

韩复榘的头部中了七弹。

这是全面抗战开始以来被处决的第一个中国省政府主席。

韩复榘与那些参加伪政权的中国高官以及充当伪军的中国将领不同,他没有投敌变节。但是,纵使有千百条理由,在民族危亡之际违抗军令和拥兵自保,对于中国军人来讲都是不可容忍的。尤其是面对武力强大的侵略者,必须具有战至弹尽粮绝、伤亡殆尽的决心和意志,否则无以保证民族生存的底线。韩复榘事件,无疑是蒋介石对那些畏缩避战的高级将领的一次严重警告:国难当头,不尽抗战守土之责的军人,军法面前绝无宽贷。

津浦路北段的危机因山东失守而更加严重。

二月上旬,津浦路南段正在激战之时,为扭转因韩复榘避战而造成的日军大举南下的态势,第五战区决定采取主动进攻的策略,命令第三集团军向济宁和汶上、第二十二集团军向邹县、第三军团向蒙阴发动攻势作战。

韩复榘被处决后,第三集团军总司令由孙桐萱代理。二月十日,孙桐萱下令:曹福林的第五十五军由金乡向北面的济宁南关发起进攻,谷良民的第二十二师由定陶经巨野、嘉祥迂回济宁以北,攻击济宁北门,协同第五十五军收复济宁。同时命令第八十一师对汶上的日军进行袭击,防止其南下增援济宁。十二日,攻势作战开始。担负主攻任务的第五十五军,仅以两个团各一部的兵力,对济宁火车站等地进行了骚扰式袭击,被日军打回来后,主力部队再也没有任何行动。而担负助攻任务的第二十二师却仍在执行命令。部队抵达运河西岸后,以第六十四旅为主攻,第六十六旅为预备队,谋划的夺城方案是:小分队化装成百姓潜入城内,待城外发起攻击后里应外合。济宁城门紧闭,日军戒备森严,小分队无法入城。第六十四旅旅长没有犹豫,立即命令位于北关的两个团攀城强攻。两个团的官兵扛着长梯分路攀城,尽管伤亡甚重,但一波接一波地往上爬,终于突进去九个连。防守济宁的日军约有三千人,中国官兵突进来后他们紧急求援。济宁城内的激烈巷战持续了一天一夜,日军一千五百人的增援部队到达。城里城外的日军联合攻击,突入济宁的中国官兵孤军奋战,至十四日拂晓,九个连的官兵全部战死。第六十四旅残部在当地百姓的帮助下向运河东岸转移,掩护撤退的后卫营营长阵亡,负责接应的第六十六旅旅长薛明亮也中弹负伤。在济宁的北面,攻击汶上的第八十一师遭遇守城日军与从东、南两面增援而来的日军的围攻,部队因伤亡巨大仅在战场上坚持了一天便撤退下来。——第三集团军反击济宁城的兵力,实际上只有一个旅,武器和兵力均不占优势,尽管九个连的官兵誓死血拼,但全军未能达成第五战区赋予的战略企图。

在济宁东面的邹县,孙震的第二十二集团军同时向日军发起了攻击。第二十二集团军是川军,韩复榘擅自撤退时,该部被从河南商丘调来牵制日军南下,其主力集结在邹县附近。川军官兵刚从山西前线下来,部队大量减员且武器简陋,均未来得及补充,所以无力支撑大规模的反击作战。集团军只好命令第三七三旅在邹县以南攻击位于两下店的日军。第三七三旅以七四六团并配属地方抗日红枪会的数百人担任主攻,以七四五团为掩护。七四六团三营接连发起两次攻击,都被日军击退。晚上,一营加强二营发起强攻,一度冲进了两下店,但很快就遭遇日军猛烈火力的反击,天亮时部队又退了出来。日军出城追击,第三七三旅向东一直退到了香城。

十七日,攻击济宁未果的第三集团军受到日军第十师团第八旅团的猛烈反攻。日军第八旅团的四个步兵大队、两个野炮兵大队在二十辆坦克的掩护下,于二十五日突破了中国守军的运河防线,攻占运河南岸要地嘉祥。在日军的反击中,第三集团军部队再次后撤至鲁豫交界处到巨野、独山、大义、孟家屯一线。

此时,另一路日军,板垣征四郎的第五师团,在津浦路以东开始沿着潍台公路南下,企图于津浦路北段的侧面直接攻占鲁南要地临沂,然后直下徐州。

日军第五师团原在山西战场,忻口会战前被调往华北地区。日军华北方面军给第五师团的命令是:沿胶济铁路迅速占领青岛。然而,日本海军也同时命令位于上海的中国方面舰队司令官长谷川清占领青岛。关系向来紧张的日本海军和陆军,都想抢得占领青岛的头功。一月十日,日本海军在胶州湾登陆,攻占了防御力量十分薄弱的青岛;而由于一路上的铁路和公路均被中国军民破坏,板垣征四郎的第五师团行动迟缓,其先头部队十三日才抵达青岛,从南京海运来的该师团国崎支队(步兵第九旅团旅团长国崎登指挥的第四十一联队)十四日停靠青岛港。第五师团主力刚到青岛,立即接到了由青岛、潍县一线南下的命令,具体任务是:向诸城、沂水、莒县方向攻击前进,迅速占领临沂,配合津浦路上的第十师团南下。

临沂,鲁南军事重镇,位于徐州东北方向,是陇海、津浦两条铁路的安危所系。如果日军第五师团向西顺利推进,与津浦路上南下的第十师团会合,将于北面大大加强威胁徐州的力量,中国方面的战势很可能变得不可收拾。可令人无法理解的是,在如此重要的方向上,中国方面竟然没有部署守军。从潍县到青岛再向南到临沂,只有从青岛撤出来的中国海军陆战队员约两千人,根本无法形成对日军第五师团的任何威胁,李宗仁只好命令驻防海州的第三军团火速赶赴临沂御敌。

中国陆军第三军团,原属于西北军旧部,是中国军队中典型的杂牌军。抗战初期,为调动杂牌军的作战积极性,国民政府往往给其将领很高的官衔,杂牌得越彻底官衔也就越高。因此,这支部队名义上为"军团",实际上只有一个军,即军团长庞炳勋兼任军长的第四十军。而第四十军虽名为"军",实际上只有一个师,即马法五任师长的第三十九师。简单地说,第三军团只是一个加强师而已,全师下辖朱家麟的第一一五旅和李运通的第一一六旅,每个旅两个团,加上一个补充团,炮兵、工兵、辎重兵和通信兵各一个营以及一个骑兵连和一个手枪连,兵力总计约一万三千人。虽然是杂牌军,但第三军团的武器装备算得上精良:步枪八千余支、手枪九百余支、轻重机枪六百六十余挺、轻重迫击炮六十余门、山炮四门、战马三百余匹,还有掷弹筒两百余具。㊱

这样一支被边缘化的杂牌军,之所以能在连年的内战中生存下来,与其将领庞炳勋的带兵有方不无关系。庞炳勋,生于一八七九年,河北新河县人,出身贫苦,早年做小本生意糊口,二十岁那年从军,在北洋新军第三镇当炮兵,后于东北测绘学堂毕业任初级教官。辛亥革命时,他以同盟会会员身份参加著名的滦州起义,起义失败后逃回家乡做贩马和倒卖粮食的生意。经商数年,庞炳勋练就了一套圆滑的处世经验。近三十岁那年再次入伍,在曹锟的军官教育团当副官。他经历过数次的军阀混战,从普通军官一步步升迁,带着自己的部队南征北战,一心求得自身的生存和发展。他不贪不占,与士兵同甘共苦,因此,尽管常年受到中央军的歧视排挤,他的部队始终没有散伙——"将士在战火中被冲散,或被敌所俘,或被友军收编,一有机会,他们都潜返归队。"——他的部队以"避重就轻,保存实力"著称,他本人则被认为是"极圆滑"的"不倒翁"。㊲作为在夹缝中求生存的杂牌军将领,他的摇摆不定和复杂多变令人不可思议:北伐时他投靠冯玉祥,后又投蒋反冯;抗战初期他坚决抗日,后又投靠日本人当了伪军;受到共产党人的感召,他再次率部与日军作战,但不久又依附于蒋介石;日本投降后,他率部与共产党作战;国民党军兵败大陆他去了台湾,"为生活计,与昔日西北军同事孙连仲合开餐馆"为生。㊳——从小本生意开始人生,到以小本生意维持晚年,庞炳勋的一生是一个坎坷的轮回。

至少在一九三八年初,庞炳勋是坚定的抗战派。他的部队被编入第五战区后,李宗仁召见过他一次,这次召见对他影响甚深。李宗仁对他很是敬重,自称小弟,说论军资年资都没资格指挥庞大哥,只因军务在身只好如兄如弟不分上下。李宗仁推心置腹地说,咱们在内战中打了二十多年,今日共同抗击日本的侵略,终"让我们这辈子有了一个报国的机会。如能为国家民族战死沙场,才真正是死得其所。你我都五十岁以上的人了,死也值得了,这样才不愧作为一个军人以终其生"。然后,李宗仁问他有什么困难,庞炳勋说杂牌军苦海无边,中央非要置他于死地,强令他把五个团缩编为四个团,不然就停发第三军团的军饷,可这样一来叫"剩下的弟兄们到哪里去呢"?李宗仁当即表示,一定和中央交涉,收回这一命令。李宗仁不但答应庞炳勋依旧拥有五个团,还给他配发了大量的武器弹药。庞炳勋非常感动:"长官德威两重,我们当部属的,能在长官之下为国效力,天日在上,万死不辞。长官请放心,我这次决不再保存实力,一定同敌人拼到底。"㊴

庞炳勋真的准备与日本人拼了。

接到李宗仁防御临沂的命令后,庞炳勋立即率部奔赴战场。到达临沂地区后,他整合中国海军陆战队残部以及当地的民间抗日游击队,制订了周密的作战部署,并向蒋介石作了表态式的汇报:

职军奉李司令长官令将东海防移交一一二师,即全部向临沂集结准备,以一部配合游击队攻击蒙阴泗水而占领之,向泰安曲阜间威胁敌之侧背;以一部协力海军陆战队,固守莒县沂水以北要隘,并以该方面游击队向诸城临朐方向游击。职于虞日(七日)到达临沂,一一五旅及师直属部队明晚可到临沂附近。查鲁省第三、第八两行政区游击队,各约二千余,多系民众,枪支恶劣,亦乏训练。海军陆战队,计两大队,共约二千人。又刘震东游击队正在集合中,刘本人在莒县。又有杨士元奉李长官令,委为鲁南民众抗日自卫军司令,所部现有五百余,在集合中。此五部均归职指挥。名目虽多,战斗力微弱。诸城现有敌三四百,装甲车增至三十余,有西犯模样,已派厉司令文礼、刘司令震东率队截击。日照、石臼所海面,现泊敌舰两艘,连日炮击石臼所及日照县城。又日照东北泊儿镇有敌数百,已令张司令里元派队截击……㊵

日军第五师团以第二十一联队的一个半步兵大队和一个炮兵中队为先头,于二月二十一日开始南进,中国守军陆战队员和游击队员抵挡不住,日军前锋推进到莒县东北方向的招贤镇。庞炳勋立即命令第一一五旅增援莒县。第一一五旅旅长朱家麟率二三〇团并配属两门山炮为左翼,副旅长黄书勋率二二九团并配属两门山炮为右翼,于二十一日午夜抵达莒县。部队抵达后才发现情报有误,原以为守城的是伪军刘桂堂部,可县城里面异常寂静,一打听才知伪军早就跑了,而日军在城外的攻击阵地已布设完毕。空城不能不占领,于是二二九团立即进城做固守准备,二三〇团位于县城的西边准备策应。

二十二日拂晓,日军开始攻城。城内的二二九团立足未稳,日军从西北两面实施包围,中国守军城里城外的联系被切断。在猛烈的炮火掩护下,日军步兵爬上城墙,双方在城墙上展开了肉搏战,二二九团团长邵恩三负伤。白天日军没能突破城池,半夜里实施偷袭,带着机枪爬上城墙的西北角,副旅长黄书勋和团长邵恩三登上城门督战,最终把偷袭进来的日军赶了回去。二十三日天一亮,日军爬上了城墙的东北角,并从那里向西、南两面延伸,中国守军的压制未能奏效,大批日军涌入莒县县城,双方随即展开了巷战。扼守东北角的是游击队刘震东部,刘震东战死后,游击队残部开始溃退。城外的二三〇团被日军和刘桂堂的伪军牵制无法增援,城里的二二九团只有两个营,两名营长都已负伤。最后时刻,副旅长黄书勋命令把无法携带的两门山炮毁坏,然后放弃县城从南门撤退。

撤退的二二九团一口气跑到莒县西南三十里的夏庄,才与二三〇团会合。但是,日军从莒县追了出来。第一一五旅官兵且战且退,一直撤到了夏庄以南约五十里的相公庄。

这一战,第一一五旅伤亡官兵五百余人,但毙伤日军也有两百多。庞炳勋认为朱家麟旅长指挥不善,应予"革职留用,戴罪立功"的处分。但实事求是地说,第一一五旅官兵面对日军第五师团,"众寡悬殊、竭力抵抗、节节巷战",称得上进行了顽强的作战。只是那些倒在战场上的重伤员,因部队撤退时情形急迫,加上莒县县民纷纷回避,他们都被遗弃在了战场上。

与莒县作战同时进行的,是补充团在莒县以西垛庄发起的突袭战。团长李振清率部前往蒙阴的路上,发现一股日军正在一个村庄里休息,于是决定半夜突袭。不料,日军察觉到了危险,连夜开始逃跑,李团长立即率部追击,一直追到垛庄。这是一个大村子,有坚固的寨门,补充团攻击寨门时伤亡很大,于是调来山炮进行轰击,终把寨门轰开了一个缺口。李团长命令三营冲击寨门缺口,二营爬上城墙。中国官兵攻击的时候,日军的飞机前来助战,二营营长潘鸿恩被炸死。日机扔下炸弹的同时,扔下一个信号袋,里面的情报是:将派汽车从蒙阴前来接应。于是,二营和三营继续攻击,一营奉命在公路上伏击日军的汽车队。将少量押车的日军全歼后,一营缴获"全新六轮卡车一辆,步枪九支"。庞炳勋命令补充团即刻撤回临沂。——补充团撤走后的第二天,"垜庄之敌撤走,遗尸装了六汽车"。[41]

占领了莒县和夏庄的日军,继续向临沂前沿阵地汤头推进。在汤头一线,第一一六旅二三二团顽强阻击了五天,最终还是在日军坦克和步兵的联合冲击下不得不撤退,汤头失守。为了迟滞日军的进攻,庞炳勋命第一一五旅二二九团进行反击。这个团在之前的莒县作战中伤亡数百,现在依旧不含糊,迎头与日军相遇时,呈包围态势冲了上去。冲击中,三营营长汪大章阵亡。二二九团最终收复了汤头以南的阵地。

板垣征四郎本以为中国的杂牌部队,别说是阻止他的推进,当是一见到日本旗就会望风而逃,他没想到第五师团此刻真的无法推进了。于是,他把攻击兵力增加到五千余人,并加强了三十余门火炮和二十多辆坦克,于三月九日对临沂前沿阵地发起了总攻。

庞炳勋意识到,李宗仁所说的"死也值得了"的时候到了。他的作战部署是:以第一一六旅之二三一团和二三二团,配属山炮两门,为临沂正面防守部队,由旅长李运通指挥;以第一一五旅(缺二二九团)为右翼掩护部队,由旅长朱家麟指挥;以二二九团、补充团、特务营、工兵营为总预备队,由补充团团长李振清指挥;第三十九师师长马法五为前敌总指挥。

李宗仁电告庞炳勋,临沂为徐州屏障,必须死守,"拒敌前进"。

日军发动总攻后,临沂前沿陷入了苦战。双方逐村争夺,来回拉锯。在补充团的阵地上,日军飞机轰炸扫射,阵地燃起大火,弹片碎石冲天而起,接着日军的骑兵呐喊而来。骑兵被击退后,步兵在坦克的掩护下蜂拥而上。补充团的阵地发生危机时,二连组织起一支敢死队,从日军冲锋阵形的侧翼迂回过去。敢死队就二十多人,但小伙子个个精壮,腰上掖着数颗手榴弹,手持一把雪亮的大刀,在夜色中摸了上去。临近时,发现日军正在加固工事,于是一声呼啸大刀疯狂地砍了下去。

> 我们趁势砍杀,虽是人少,却都是学过武术会耍刀弄棒的小伙子,混在敌人中间,挥舞着雪亮的大刀,如砍瓜切菜,十分得心应手。在刀比枪快的刹那间,日军只要碰着,不死即伤。经过几十分钟的白刃搏斗,敌人抵挡不住,向后溃退,我们抬着负伤的七名敢死队员和缴获的装备,在二班长用夺获敌人的歪把子机枪掩护下,迅速返回了阵地。从战斗中获得的文件表明,与我连激战的敌人,是第五师团田野联队。㊷

十二日,日军加强了飞机的轰炸和火炮的轰击,中国守军阵地上的工事全被夷为平地,几乎所有的军官都伤亡了,临时担任指挥的全是士兵。日军从一个角落涌进阵地,士兵们蜂拥而上把敌人压下去;日军又从另一个角落冲上来,士兵们又朝那边冲去,每个人都浑身是血依旧死战不休。

终于,援军到了。

援军是张自忠部。

张自忠带着他的部队在津浦路战场的南北两端来回奔波。

庞炳勋没想到张自忠会来增援他。

一九三〇年,蒋介石、冯玉祥、阎锡山展开中原大战,那时候庞炳勋和张自忠都是冯玉祥的爱将。但随后,庞炳勋被蒋介石暗中收买倒戈反冯,他出其不意地袭击了张自忠部,致使张自忠本人险遭不测。从那时起,张自忠认为庞炳勋不仁不义,此仇不报,誓不甘休。当初,张自忠部奉命从第一战区调至第五战区,他曾向战区司令长官李宗仁说过,他的部队可以在任何战场上拼死作战,唯独不能和庞炳勋在同一个战场上,因为庞炳勋的资格比张自忠老,在同一战场必然要听庞炳勋的指挥,这是张自忠绝对不情愿的。于是,李宗仁只好让张自忠到津浦路南段增援于学忠部。但是,当津浦路北段危急时,除了张自忠的第五十九军之外,李宗仁已经无兵可调。为此,李宗仁希望张自忠以国家利益为重,不但要增援临沂,解救庞炳勋部,还要服从庞炳勋的指挥。出乎李宗仁的预料,张自忠没有犹豫,当即表示:"绝对服从命令,请长官放心!"

自中日开战以来,萦绕在张自忠心头的自疚始终不能消释。卢沟桥事变时,作为宋哲元部的第三十八师师长,他先兼任天津市长后兼任北平市长,始终处于与日方交涉周旋的风口上,及至北平和天津相继沦陷,他被社会舆论普遍认为擅离职守,不事抵抗,媚日求荣。一九三七年秋,他特去南京向蒋介石请罪,这才看到南京街头到处是骂他汉奸的标语,舆论也主张把他交给军事法庭审判,更有人想趁机把他这支杂牌军部队瓜分了。张自忠除了忍辱负重外别无他法。这时候,李宗仁召见了他,听完他的陈情后,李宗仁去见蒋介石,表示:首先,张自忠绝不是汉奸。其次,如果此时将他的部队拆分,讲义气的西北军官兵如不接受而闹成兵变就糟了。目前,第三十八师全师停留在河南境内,那里将是中原的重要战场。因此,何不让张自忠带着他的部队去与日军作战呢?蒋介石思索了一下,同意了。

张自忠离开南京前去谢李宗仁,堂堂军人话说得竟是异常凄婉:

> 要不是李长官一言九鼎,我张某纵不被枪毙,也当长陷缧绁(绁)之中,为民族罪人。今蒙长官成全,恩同再造,我张某有生之日,当以热血生命以报国家,以报知遇。㊸

一九三七年八月,国民政府军事委员会下令,将宋哲元的第二十九军第三十八师与特务旅合编为第五十九军,宋哲元任军长。及十一月,张自忠从南京回到部队,改任张自忠为军长。

张自忠的第五十九军急促地向临沂靠近,于十二日下午抵达临沂城西。

张自忠和庞炳勋见面了,仇人相见竟然如同亲人久别重逢,前嫌只字未提,张自忠表示一定尽力帮助第三军团打好这一仗。

分析敌情后,草拟了作战命令:

> 五十九军以一部确占石家屯一带高地,向葛沟、白塔间分途侧击,牵制敌人之增援;主力由船流至大、小姜庄之间渡河,向南旋回,与四十军呼应,包围歼灭敌之主力于相公庄、东张屯、亭子头以南地区。在高里附近之海军陆战队暂归指挥。四十军以主力由沂河东岸与五十九军呼应,包围敌人之主力歼灭之;在沂河西岸之一部,渡河侧击尤家庄附近之敌。以上各部于十三日晚准备完,十四日拂晓开始攻击。㊹

这是一个张自忠部向内突击、庞炳勋部向外反击的作战部署。

十三日,张自忠部向出击阵地开进。第三十八师附属野炮一营为左翼,先占领沂河以西的茶叶山,然后掩护主力展开:第一一三旅和第一一二旅为第一攻击部队,向东渡过沂河攻击张家庄、白塔、沙岭一带日军;第一一四旅为预备队,跟随师部位于茶叶山以南的刘家湖。第一八〇师(缺第八十一旅)附属山炮一营为右翼,在刘家湖以南的安静庄一带展开:第二十六旅为第一攻击部队,向东渡过沂河攻击徐家太平、亭子头一带的日军;第三十九旅为预备队,跟随师部行动。

十四日凌晨四时,在漆黑的夜色中,张自忠部冒着细雨开始强渡沂河。第三十八师东渡沂河后,占领了张家庄、解家庄,继续向南面的白塔攻击前进时遭遇日军主力的阻击,于是攻击演变成残酷的争夺战,最终日军后撤,白塔被第三十八师攻占。中午,日军数十辆汽车运来增援部队,在火炮、坦克和飞机的协助下,增援的日军向张家庄、解家庄发起猛烈反扑,第三十八师奋力抵抗后逐渐不支,傍晚退回沂河西岸。第一八〇师强渡沂河后,一路冲杀,先后占领徐家太平、郭家太平、李家太平等村庄。日军增援部队抵达后,这里也演变成争夺战。晚上,日军向郭家太平等村庄实施反击,第一八〇师血战两昼夜,将当面日军击退。

由于张自忠部的攻击突然而猛烈,日军猝不及防,死伤惨重。于是,第五师团放弃了正面攻击临沂的计划,将张自忠部变成了主要攻击目标。

十六日,日军从莒县增援而来的千余兵力抵达战场,在大量飞机的掩护下向张自忠部实施反击,同时又向张自忠部的后方刘家湖等地发起猛攻,双方随即在沂河两岸展开了惨烈的混战。双方的战线犬牙交错,形成了逐村逐屋争夺的拉锯战。防守茶叶山的第三十八师第二二五团七连全部阵亡;在茶叶山以南,防守崖头阵地的两个连仅剩官兵数十人;在崖头的南面,刘家湖阵地被日军三面包围后,两个营的中国官兵反复冲杀,刘家湖数次失守又重被夺回,最终预备队赶到稳定了阵地。此战,张自忠部伤亡已达六千余人,两个师的连长和排长几乎全部易人,营长也已伤亡过半。李宗仁建议他们暂时后撤,但张自忠表示要再打一昼夜:"我军伤亡很大,敌人伤亡也很大。敌我双方都在苦撑,战争的胜利,决定于谁能坚持最后五分钟。既然和敌人干上了,我们就

要血肉拼命干一场,争取一个像样的结局!"㊺

"争取一个像样的结局",这与其是说临沂战局,不如是说张自忠自己的人生。

晚上十时,张自忠部再次向当面日军发动了猛攻。各部逐村进击。他们先投掷手榴弹,然后冲过去近距离肉搏。日军无法支撑,逐村后撤,之前丢失的主阵地被张自忠部一一夺回。三天之后,日军于拂晓重新发动反击,在沂河东岸一个名叫李家五湖的村落,一个营的中国守军被日军包围,中国守军虽弹尽仍不退,待增援部队抵达后这个营已无一人幸存。愤怒的增援官兵猛烈追杀正在撤退的日军,被杀死在村外草丛中的日军有三百多人。

在日军遗弃的尸体中,中国官兵发现有第十一联队联队长长野佐一郎、第三大队大队长以及第九中队中队长等军官。据被俘的日军一等兵玉立陆夫说,第五师团第二十一旅团旅团长坂本顺指挥的支队伤亡了三千余人。

双方在李家五湖附近形成对峙后,因津浦路正面战局紧张,张自忠又奉命前往增援。但是,他刚率领部队离开临沂,日军得到补充后又发动了攻势,庞炳勋部再次陷入险境。二十三日,蒋介石电令正向费县转移的张自忠部,再次回头解救庞炳勋部。二十五日,张自忠率第五十九军以强行军的速度赶回临沂前线,他向李宗仁表示了"一息尚存,决与敌奋战到底"的决心。部队再次强渡沂河与日军进入激战状态。随后,中国军队第二十军团的骑兵增援而来,张自忠部发起大举反击,日军抵挡不住,撤往莒县,临沂方面再次稳定。

板垣征四郎的第五师团于临沂战场受挫,是这支日军自平型关后第二次受到中国军队的严重打击。败于兵力并不十分充足、武器简陋到重型火力极少的中国杂牌军手下,这令板垣征四郎颜面大失。而中国军队在临沂战场赢得的胜利震动全国,也令张自忠自此改变了在中国民众心中的形象——"若非张氏大义凛然,捐弃前嫌,及时赴援,则庞氏所部已成瓮中之鳖,必至全军覆没。"㊻

就在张自忠率部来回奔波的时候,津浦路北段一个叫滕县的要点出现了重大危机。

板垣征四郎的第五师团攻击临沂的时候,在津浦路正面的日军第十师团已经做好了攻击滕县的准备。

津浦路上的滕县,北面是界河和邹县,西面是独山湖,东面是凯龙山,南面直通徐州。邹县失陷后,滕县成为拱卫徐州的前沿。

三月八日,驻济南的日军第二军司令官西尾寿造向第十师团下达了占领滕县的命令。第十师团当即组成了一支以第三十三旅团旅团长濑谷启为首的濑谷支队。这支加强了特种兵的突击部队的构成是:步兵第三十三旅团司令部;步兵第十、第六十联队;独立机枪第十大队;独立轻装甲车第十、第十二中队;野炮第十联队;临时野炮中队和山炮中队;野战重炮第二联队;中国驻屯军炮兵第三大队;工兵第十联队第一中队,以及师团的通信队、卫生队、野战医院和汽车中队等。

滕县方向的中国守军是孙震的第二十二集团军,其防御部署是:第四十一军王铭章的第一二二师和所辖王志远的第三六四旅进驻滕县;第四十一军税梯青的第一二四师同时开往滕县;第四十五军陈离的第一二七师师部进驻滕县县城内。孙震任命陈离为滕县外围部队的指挥官,负责指挥防守滕县北面界河至香城一线的第四十五军部队;任命王铭章为防御滕县县城指挥官以及第四十一军前方总指挥,统一指挥第一二二师和第一二四师作战。

王铭章师长进入滕县后,命令王志远的第三六四旅七二七团进驻滕县以北的北沙河;童澄的第三六六旅七三一团进驻滕县东北的平邑和城前,掩护第四十五军的侧背,防备东面板垣征四郎的第五师团对滕县发动侧击。

中国陆军第二十二集团军是川军。

第二十二集团军总司令是邓锡侯,因川康绥靖公署主任刘湘生病,邓锡侯回川接任,集团军总司令由孙震替代。所辖第四十一军和第四十五两军,都是中国陆军"乙种军"编制,即每个军两个师,每个师两个旅,每个旅两个团。武器装备简陋的川军,一九三七年九月出川抗日,徒步走完上千公里的川陕大道,入潼关过黄河进入山西战场,与日军周旋作战一个多月后,官兵伤亡严重,以至于从山西战场下来后每个旅只能编出一个团,每个军实际兵力只有一个师两个旅,集团军的总兵力仅有两万余人。

太原失守后,无人过问的这支川军抢了阎锡山的军械库以补充自己,还不时地骚扰百姓要求强买强卖,弄得山西王阎锡山十分恼火。阎锡山认为川军抗日不足,扰民有余,简直就是一股土匪,随即致电蒋介石,要求把川军从山西调出去。蒋介石很为难:"第二战区不肯要,把他们调到第一战区去,问程长官要不要?"结果第一战区司令长官程潜一口回绝:"阎老西都不要,你们送给我?我不要这种烂部队。"正是南京沦陷之际,蒋介石心烦意乱:"把他们调回去,让他们回到四川去称王去吧!"㊼副参谋总长白崇禧听说后,给李宗仁打了个电话,同为桂系将领果然心心相通。正愁手上兵力不足的李宗仁即刻领会了白崇禧的意思,他转而向蒋介石表示他要这支川军,还要求把他们调到徐州方向来。

桂系与川军历史上没什么瓜葛。李宗仁与邓锡侯、孙震在徐州第一次见面时,川军将领对李宗仁的收留心怀感念,说川军慷慨出川抗日,第一、第二战区竟然都不要,天下之大,怎么会没有川军的容身之处?现在第五战区要他们,司令长官恩高德厚,川军绝对服从指挥!李宗仁电呈武汉军事委员会,要求拨给第二十二集团军新枪五百支;同时又从战区的武器库里,调配给他们大批的子弹和迫击炮。

一群川人,不在战火未及的四川盆地过日子,非要千里万里地出川抗战流血牺牲,伤亡累累后还要环顾四周看谁能收留自己,就是一再遭受拒绝也绝不善罢甘休,唯一的愿望就是继续与日本人打仗——如何理解川人这种令人匪夷所思的固执呢?

如今,他们再次如愿以偿。

只是,川军官兵没人预料到,他们迎来的是一场残酷的血战。

三月十四日,日军出动步兵和骑兵万人,在二十多门火炮、二十多辆坦克以及三十余架战机的配合下,向第一二五师和第一二七师防御阵地展开了全线攻击。中国守军凭借既设阵地顽强抵抗,孙震亲临前线命令部队以"有敌无我,有我无敌"的决心死战到底。他同时宣布了李宗仁转达的蒋介石的命令:第四十一军必须在滕县死守三天,给后方加强徐州防御调动争取时间。

十五日,日军除加强正面攻击之外,还加强了两翼攻击。中国守军右翼第一二七师阻击顽强,加上阵地地形有利,战局暂时稳定;但左翼因为只有第三七○旅防守,部队在日军的猛烈攻击下伤亡很大,形势危急。在滕县县城内的王铭章为了保住正面阵地,防止日军腾出兵力向滕县侧后迂回,急调在滕县内防守的第三七二旅奔赴左翼阵地支援,开设了左翼防御的第二道防线。最后,王铭章还命令派出一个营加强滕县西北阵地,防止日军逐渐渗入。下午,日军对左右两翼的攻击更加猛烈。尽管位于界河的正面阵地未被日军突破,但在两翼阵地上日军已经逐渐深入,其先头部队抵近了滕县东北方向的冯河、龙阳店,切断了滕县外围阵地与滕县县城之间的联系。日军的作战企图非常明确:对正面阵地实施牵制作战,向滕县中国守军的两翼形成大纵深包围,然后攻击滕县县城,迫使正面阵地上的中国守军不战而退。

黄昏时分,正面界河阵地被日军突破,侧翼的龙山阵地也被日军包围。滕县外围阵地已失去屏障县城的作用,滕县直接处在了日军的火力之下。

此时的滕县县城里,只有第一二二、第一二四、第一二七师师部以及第三六四旅旅部,每个师部和旅部只有一个特务连或警卫连、一个通信连和一个卫生队,除此之外没有任何作战部队。王铭章急令城外的第一二二师第三六六旅火速回城,但该旅尚在距县城百里之外的外围阵地上,更何况回援途中难免遭到日军的阻击。滕县县城的险境令孙震万分焦急,他身边能够作战的部队只有一个特务营,这个营有三个步兵连和一个手枪连。孙震顾不上集团军司令部的安危,只把手枪连留了下来,命令特务营营长刘止戎带上三个步兵连星夜赶往滕县。王铭章还直接给七二七团团长张宣武打电话,命令他留一个营防御原阵地,另留一个营在北沙河二线阵地归第一二七师指挥,剩余部队立即回防滕县。——张团长把武器装备最好的两个营留在了城外,带回来的部队仅是没有机枪的三营、有四门土造八二迫击炮的炮连、有四部破旧电话的通信排以及有二十多副竹担架的担架排。但是,他在回防的路上,把滕县以北十五里处的北沙河大桥炸了。

张宣武率部抵达滕县北门,焦灼的王铭章已经在城门等候多时。不久,集团军总司令部的特务营也赶到了。截至十五日夜,滕县中国守军共有一个团部、三个营部、十个步兵连和一个迫击炮连,另有师部和旅部的四个特务连,加上临时来县城领取粮食弹药的第一二四师第三七二旅七四三团的一个步兵连,总计兵力约两千五百余人。此外,滕县县长周同手里还有警察和保安六百余人。王铭章的第一二二师师部在县城西关的电灯厂里。第一二四、第一二七师师部一起在城内北街的一座宅邸里,第三六四旅旅部在西门里的一家盐店里。

部队连夜赶修工事,搬运粮食弹药。

深夜,从集团军司令部所在地临城运来了弹药,其中最多的是手榴弹,让滕县城墙上的守军"每人屁股底下都有一箱",这些手榴弹在之后的苦战中成为守军官兵最得力的武器。

此时,从东面迂回滕县的濑谷支队已经接近城垣。濑谷启作出的攻城部署是:第十联队负责攻城,第六十三联队绕到滕县以南,阻击中国军队的增援部队。

十六日凌晨,日军的炮火准备开始,天上十多架飞机投下暴雨般的炸弹,地面火炮发射的炮弹密集地落入城内,滕县居民在横飞的弹片中疯狂地自西门汹涌而出。很快,除了王铭章的守军之外,滕县成为一座空城。

第一二二师多数军官对死守没有信心,认为武器装备简陋的前提下兵力又实在是有限,不要说死守三天,就是坚守一天也尚无把握。既然守不住,不如出城实施机动作战。王铭章当即给孙震打电话请示,孙震的回答是:"集结残部,勉力杀敌,城存与存,城亡与亡。"㊽

王铭章只有下决心死守:

> ……我们决定死守滕城,我和大家一道,城存与存,城亡与亡。立即把南、北两城门屯闭堵死,东、西城门暂留交通道路,也随时准备封闭。在四门张贴布告,晓谕全体官兵,没有本师长的手令,任何人不准出城,违者就地正法!㊾

王铭章这边刚刚部署完毕,滕县城东突然炮声大作。

日军集中了所有火炮向滕县城东的城墙猛烈轰击,城墙顷刻间被炸开了一道缺口。接着,日军集中轻重机枪数十挺,掩护步兵开始向缺口冲击。守卫城东城墙的七三一团一连官兵在日军冲到城墙下的壕沟时,一声令下,数百枚手榴弹同时投向日军,日军于血肉横飞中丢下数十具尸体仓皇退却。然后,日军再次开始炮击,炮击之后又一次冲击,如此反复,城墙下遗尸累累,一连守军伤亡百人以上,阵地由三连接替。下午,日军在飞机的助攻下,采取一次三个小队,每小队相距百米,前后重叠的梯形冲击战术,第一梯队伤亡殆尽,第二梯队接着冲上来。城东正面前沿的中国守军全部伤亡,尽管两翼部队紧急封堵,日军还是冲进城内数十人。天黑了,双方相距几十米对峙。七二七团三营十一连在连长张进如的率领下,趁着夜色向日军发动了反击,以阵亡两位排长和伤亡七十名士兵的代价,将突进来的日军全部歼灭,收复城东关。

夜色中,枪炮声停止了。七二七团团长张宣武奉命来到王铭章的指挥部。这个时候,王师长依旧很乐观,他告诉张宣武"把今天撑过去就不要紧了",因为第三六六旅很快就能抵达了;如再把明天撑过去,蒋介石在电报里说的援军也能赶到了。

日军第十师团师团长矶谷廉介并没有在滕县止步不前的准备,他认为伤亡数百人竟拿不下一个小县城不符合第十师团的声誉。这个晚上,他紧急调集了三万兵力将滕县县城三面包围。

十七日黎明来临,日军二十多架飞机的轰炸和五十多门山炮的轰击持续了整整两个小时,滕县县城内所有的房舍皆成灰烬。在城东关,中国守军七四〇团官兵拼死抵抗,一直到中午依旧保持着阵地。在城的东南角,日军的炮火将城墙轰开后,坦克冲入了滕县县城。中国守军无力阻挡坦克,而坦克后面就是洪水般冲锋的步兵。眼看着日军深入进来,七二七团的一个连奉命反击。一阵手榴弹后,中国守军迎头而上,双方在城墙上下展开了白刃战。当日军被堵回去的时候,一百五十人的连队只剩下十四人,阵亡者中包括连长张荃馨和副连长吉昌。下午,日军把攻击重点放在了南门,十二门榴弹重炮集中轰击南城墙的正面,飞机也向南关投弹扫射。在这里防守的第三七二旅七四三团的两个连,昨天深夜才换防至此,没有时间修筑工事,官兵在日军重炮的轰击中死伤半数,日军随即占领了南关。而在城东方向,当中国守军弹药告罄时被迫后撤,东关也被日军突破。

南关和东关丢失后,王铭章把他的指挥部搬到了滕县正中央的十字路口上,目的是让各个方向的官兵都看见他们的师长还在!

王铭章,四十五岁,四川新都县人。自幼聪慧过人,十二岁投考县高等小学名列榜首,十六岁入四川陆军小学,十八岁参加了著名的四川保路运动。后进入四川陆军军官学校,毕业即加入川军参加护国之役,屡建战功,北伐时已升任师长,以骁勇善战闻名。抗战初期,他率部出川,"单衣草履","竹席斗笠",徒步出剑门翻秦岭进入山西战场。出川前,留下遗嘱嘱咐家人:"誓以必死报国。将积年薪俸所得,酌留赡家及子女教育之用,余以建立公益事业。"⑩

十七日傍晚,滕县西门也落入日军之手。

日军的子弹已从四面向县城中央打来。

王铭章师长在枪声中仔细辨听,希望听到城外增援部队的枪声。

奉命增援滕县的是中央军汤恩伯部。

十四日,李宗仁致电汤恩伯,言日军正在增加兵力凶猛反攻,"以牵制我鲁南之作战",而川军部队"兵少械劣",以致"正面薄弱两翼空虚"。因此,要求调派他的第四师火速赶往滕县附近,以助第二十二集团军"拒敌"。李宗仁望汤恩伯"即出动为荷"。当天,汤恩伯给蒋介石打电报,说"恳以本军团全部调津浦路北段出击",这样可以"避免分割零碎使用以益战局",杜绝"分散或作无代价之消耗"。实际上,汤恩伯是不愿意把他的部队交给杂牌军指挥。直到蒋介石明确表示,汤恩伯部不归孙震指挥,但"务于十七日拂晓前达到临城"后,第四师才由河南商丘出动。[51]

坐在滕县十字路口中央的王铭章发现,在汤恩伯可能增援的方向枪炮声渐渐地远去了。

王铭章知道最后的时刻来临了。

他向孙震发出了最后一封电报:

> 目前敌用野炮、飞机,从晨至午不断猛轰,城墙缺口数处,敌步兵屡登城垣,屡被击退。忆委座成仁之训,开封面谕嘉奖之词,决心死力扼守,以报国家,以报知遇。[52]

王铭章对身边的滕县县长周同说:"你可以走了,你应该走了,这儿的事有我。"周同县长说:"抗战以来,只有殉土的将领,没有殉职的地方官,我们食国家之禄的,也真惭愧得很。师长这样爱国,这样爱民,我决不苟生,我要做第一个为国牺牲的地方官!"[53]

冒着日军密集的枪弹,王铭章师长走上了滕县城墙残破的西北角,命令身边仅有的一个排官兵向西门猛扑,但此时的西门已完全处在日军的火力封锁下。王铭章转身,准备到火车站附近的第一二四师第三七二旅去,日军的机枪手发现了他。——"王铭章将军一弹中腰扑地……"[54]

"县长周同闻知王师长殉难,急忙从城北赶来,抚摸着王之遗体大哭。最后,缓步登上城墙,对天长叹,坠城而亡。"⑤

滕县保卫战,与王铭章师长一起阵亡的,还有第一二二师参谋长赵渭滨、师部副官长罗甲辛,第一二四师参谋长邹慕陶、师部副官长傅泽民、七四○团团长王麟。第三六四旅旅长王志远,第三七○旅旅长吕康,第三六四旅七二七团团长张宣武均负重伤。

未能突围的滕县守军,没有一人放下武器,也没有一人投降,全部战死。因为官兵全部战死,没有人运送伤员,城内的三百余名伤员用手榴弹自杀殉城。

十八日中午,城内枪声停止,日军占领滕县。

滕县一役,中国守军第四十一军伤亡五千余人,外围作战部队伤亡四千余人,毙敌两千余人。

滕县作战,为中国军队于徐州战场的布防赢得一百多小时。

战后,王铭章师长的遗骸被民众寻到并细心收殓。遗体装船运回四川,船沿长江溯流而行,国民跪拜于岸,英、法船舶降半旗致哀。在故乡四川新都,民众为王师长举行了迎灵安葬仪式,毛泽东等共产党领导人敬献的挽联上写着:"奋战守孤城,视死如归,是革命军人本色;决心歼强敌,以身殉国,为中华民族争光。"王师长墓园楹联为蒋介石亲撰:"执干戈以卫邦家,壮士不还,拼将忠诚垂宇宙;闻鼙鼓而思将帅,国殇同哭,忍标遗像肃清高。"⑤

一九三八年四月六日,国民政府特令褒奖王铭章:

> 陆军第一百二十二师师长王铭章,赋性刚毅,志行忠贞,此次于滕县之役,苦守要区,逾三昼夜,卒待援军到达,阵线得以巩固,不幸殊勋甫建,以率部奋力巷战,竟尔殉职。缅怀壮烈,悼惜殊深,应予特令褒扬,追赠陆军上将,交军事委员会从优议恤,并将生平事迹存备宣付史馆,用彰忠勋,以资矜式。⑤

天府之国,物产丰饶,民情安然。

一群川人以牺牲生命报效了国家,他们用精神和血肉赢得了一个"像样的结局"。

就在中国军队血战滕县之时,沦陷中的南京成立了一个"中华民国维新政府"——这是中日开战以来在中国国土上出现的第二个汉奸伪政府。"庆祝大典"的会场上挂满了北洋时期的五色旗,大批日本陆军和海军军官站在台上。但是,没有任何一国的使节参加。

"中华民国维新政府"成员名单:行政院院长梁鸿志,立法院院长温宗尧,内政部部长陈群,外交部部长陈箓(后廉隅),财政部部长陈锦涛(后严家炽),交通部部长梁鸿志(兼,后江洪杰),教育部部长陈则民(兼,后顾澄、赵正平),实业部部长王子惠,绥靖部部长任援道,司法行政部部长胡礽泰,秘书厅秘书长吴用威,印铸局局长李宣倜,宣传局局长刘镶业,禁烟局局长刘亚文。㊽

中国遍地英雄。

中国也有汉奸。

攻陷滕县后,日军第十师团师团长矶谷廉介研究继续南下的路线,他在地图上看见自滕县向南有个运河边上的小镇,卡在通往徐州的必经之路上。

这个小镇名叫台儿庄。

第十章
台儿庄是吾人光荣所在

一九三八年三月二十四日,日军士兵涩谷升日记:

上午六时,向台儿庄前进,第五中队机枪队在右侧第一线,总队部向铁路敌阵开始进攻,敌兵约数千,第五中队呼应总队部向敌阵进攻,受敌方猛烈射击,不支伏于麦田,谷川君战死,第三小队之见泽君去向不明,中仓、中原两君受伤。接着,向铁路东西面村落夜袭。小队长下令,各兵要抱死心。敌方以捷克机关枪猛射,我伏在地上,立在前面之森君中弹即死,黑川君亦中弹倒地,金田君负伤。战车队向南面蓦进,展开肉搏战,小队长负伤。因敌兵甚多,我军含泪而退,马十四倒地,经理部长战死,其他死伤不少。敌方发射愈猛,我中队不能与总队部取得联络,约历一夜,川谷君战死。①

这个名叫涩谷升的日军士兵并不知道,他在中国战场上的地狱般的经历才刚刚开始。

坚持要南北夹击打通津浦路的侵华日军,尽管在津浦路南段和北段均因受到中国军队的不断阻击而推进缓慢,但并没有因此改变其既定的作战决心。一九三八年三月上旬,日军华北方面军再次向东京大本营提出申请:"追剿眼前之敌,决不是深入南进作战。为警备后方希望增加兵力。"这一次,申请得到了批准,原因"与更换了过去一贯慎重作战的作战课课长河边大佐,于三月一日由陆军省军事课高级课员稻田正纯中佐就任作战课长很有关系",而稻田正纯的上任被认为将推动战争进入疯狂状态。②只是,东京大本营还是对华北方面军给出了限制:"任何场合,均不得超越临城、枣庄、临沂之线。"③

然而,侵华日军不会遵守这一限制。

在攻占临城、滕县之后,南下占领峄县,就已超越了东京大本营设置的限制线。此时,攻击临沂的第五师团坂本支队,因受到中国军队张自忠部和庞炳勋部的阻击无法脱身,第二军参谋冈本清福大佐来到兖州,向矶谷廉介转述了坂本支队的困境,希望得到第十师团的支援。矶谷廉介立即命令濑谷支队:在"确保韩庄、台儿庄运河一线,并警备临城、峄县"的同时,"应以尽可能多的兵力向沂州(临沂)方面突进,协助第五师团战斗"。

濑谷支队由步兵第三十三旅团司令部,步兵第十、第六十三联队,独立机枪第十大队,独立轻装甲车第十、第十二中队,野炮兵第十联队(缺一个大队两个中队),工兵第十联队第一中队等部队组成。

三月二十二日,支队长濑谷启下达了作战命令:

一、右追击队作为韩庄守备队,负责守备韩庄附近;

二、台儿庄派遣队(步兵第六十三联队第二大队,配属野炮一个大队)明二十三日从峄县出发,确保台儿庄附近运河一线地区;

三、沂州支队(步兵第十联队)明二十三日从临城出发,向沂州方面前进,策应坂本支队作战;

四、支队主力集结于峄县附近。④

濑谷启知道,中国军队的第二师、第四师、第二十五师、第八十九师都已进入台儿庄地区。但是,他依旧不顾中国大军云集,目中无人地决定孤军深入,其投入攻台儿庄地区的部队竟然只有一个大队——按照日本陆军的编成标准,一个大队的规模大于中国军队的一个营但小于中国军队的一个团,兵力约在一千至一千五百人之间——足见对中国军队的极度蔑视。

台儿庄位于山东峄县东南,北接津浦路的台枣支线(台儿庄至枣庄),南临陇海铁路,西南距徐州五十多公里。大运河从庄南流过,水深两米多,自古便是鲁南的水陆码头。台儿庄名为"庄",实际上是一座有环绕寨墙并有六个寨门的市镇,寨墙虽两丈余高却由砖土砌成,六个寨门分别是:西门、西北门、北门、东门、东南门、南门。城北是一片开阔地,矗立着大小碉楼数十座;西面是铁路;东面散布着村庄。

第五战区司令长官李宗仁后来记述,他对日军狂妄地孤军深入是有所预见的:"我当时的作战腹案,是相机着汤军团让开津浦路正面,诱敌深入。我判断以敌军之骄狂,矶谷师团长一定不待蚌埠方面援军北进呼应,便直扑台儿庄,以期一举而下徐州,夺取打通津浦路的首功。我正要利用敌将此种心理,设成圈套,请君入瓮。"⑤由此,李宗仁拟定的作战计划的要义是:汤恩伯部提前集结于峄县以北,台儿庄防御仅仅是正面阻击和牵制,待沿台枣支线南下的日军被阻挡在台儿庄时,汤恩伯部将从日军的侧背突然发起攻击,压缩并歼灭日军于微山湖畔。这一计划的合理之处在于:南下冒进的日军兵力不多,且深入了中国军队阵线的腹地,只要不让日军很快地冲过去,在汤恩伯部主力的包抄侧击下,冒进的日军定会陷入进退两难的境地。这时候,只要中国军队勇猛出击,紧密配合,完全可能给予南下的日军以重创。——这个先把主力藏起来,然后再杀回来的战术,被李宗仁称为"轴回旋"。

之所以选择汤恩伯的第二十军团担任侧击主力,根本原因还在于汤恩伯部属于精锐的中央军部队。军团下辖第十三、第五十二、第八十五军。第十三军军长由汤恩伯兼任,下辖第一一〇师,师长张轸。第五十二军军长关麟征,下辖第二师,师长郑洞国;第二十五师,师长张耀明。第八十五军,军长王仲廉,下辖第四师,师长陈大庆;第八十九师,师长张雪中。——"该军团装备齐全",是当时中国陆军中的"精华"。⑥

负责台儿庄正面防御的,是从第一战区调来的孙连仲的第二集团军。该集团军名义上下辖两个军,即田镇南的第三十军和冯安邦的第四十二军,但在之前的平汉路和娘子关作战中,冯安邦的第四十二军损失惨重,仅仅剩下一个空架子,孙连仲多次请求补充都未获批准。所以,此时的第二集团军,实际上只有三个师可以参加作战,即黄樵松的第二十七师、张金照的第三十师和池峰城的第三十一师。

第二集团军属西北军旧部,来徐州战场前被调来调去:先从山西调到豫鄂交界处的武胜关一带修筑国防工事;后又奉命把修了一半的国防工事交给滇军第六十军,北调至郑州附近去守黄河;刚走到黄河边上,听闻滕县失守,于是奉命东进徐州,归第五战区司令长官李宗仁指挥;走到半路,又接到命令,要求赶赴台儿庄地区归汤恩伯指挥。此时,孙连仲的任务仅仅是牵制住日军,以便汤恩伯部主力从侧背出击。

因部队过郑州时师长池峰城因事停留,李宗仁将师参谋主任屈伸叫到了徐州,当面交代给第三十一师的任务是:背靠台儿庄,向北面的峄县出击诱敌;在日军受到引诱发起进攻时,坚决守住台儿庄阵地。李宗仁说:"敌如出而迎战,贵师应尽力堵击,迨汤恩伯军团进击侧背,全力压迫敌人于微山湖畔聚而歼之;敌如固守待援,贵师应尽力牵制,监视敌人,掩护关麟征军北上与王仲廉军协力包围攻击,歼灭枣庄之敌,再回师合击峄县之敌,将战线推进到兖州以北。为了协同方便,贵师即暂归汤军团长指挥。"⑦

师长池峰城赶到台儿庄后,正在北上的第二十军团路过台儿庄南车站,池峰城在车站里会晤了军团长汤恩伯和第五十二军军长关麟征。汤恩伯表示:"贵师任务重大,务须努力堵击敌人南进。"而他的部队将在第三十一师与敌接火后,"不顾一切,马上抄袭敌之侧背",绝不会让贵军"孤军苦战"。为了届时紧密协同,请池师长暂接受关军长指挥,"一切细节问题请与关军长就近协商"。池峰城立刻向关麟征询问了他最关切的一个问题,即一旦第三十一师与日军打起来,第五十二军何时才能发起侧击?换句话说,第三十一师在台儿庄到底坚守几天才算完成任务?关军长的回答毫不含糊:"贵师与敌接触,枪声一响,我们便能马上回援,按距离算,最多不出一日定可回援。贵师守台儿庄,能坚持三天即算完成任务。"⑧

池峰城师长无论如何也想不到,后来战局的演变与关军长的承诺毫不沾边,他的部队不但变成了日军的主攻对象,他负责防守的台儿庄也变成了战区的主战场;而且,围绕着台儿庄的惨烈战斗,竟然持续了半个月之久。其间每一天的每一分每一秒,他都在苦盼着李宗仁的那个"轴回旋"立即实施,苦盼着汤恩伯部能"不顾一切""马上回援"。他不得不"孤军苦战",在那些血肉横飞的日子里承受利刀剜骨般的煎熬。

第二集团军抵达台儿庄后,孙连仲将他的三个师铺开设防:第三十师在左翼,第二十七师在右翼,第三十一师在中间防守台儿庄。第三十一师下辖两个旅四个团,加上师直属各部队,兵力约万余人。官兵手里的步枪型号很杂,以汉阳造的七九步枪居多,还有日本三八式和六五式,以及少量的捷克式七九枪。每连有轻机枪三至四挺,每营有重机枪三至四挺,每团迫击炮连有八二迫击炮四门。全师配属一个炮兵营,有野炮十门。

刚进入台儿庄的时候,这里的店铺还在营业,街上的行人也是神情悠然。但是,一看到第三十一师官兵驻扎下来,听说这里将要和日本人打仗时,一夜之间台儿庄成了一座空城。

二十二日,上午十一时,第五十二军军长关麟征发布作战命令,其中涉及第三十一师的部署是:

> 第三十一师应于本晚,由台儿庄渡河,主力控制于南洛、北洛一带,以得力之一部,在獐山附近占领阵地,向峄县方向警戒,掩护本军由台儿庄渡河。本月二十三日拂晓前,应推进至獐山、天桂山一一五高地、白西山之线占领高地,并以一部时时向峄县之敌袭击,以一部向韩庄方面游击。⑨

十五时三十分,第三十一师师长池峰城下达的作战命令是:

> 一、第九三旅之一八五团位置于北洛,以一营进至前城、赵庄地区,该旅之便衣队即向獐山、北山西、黄山湖搜索而占领之。旅部率禹营位置于南洛附近,应于明拂晓后向峄县之敌佯攻,后逐次抵抗于北洛附近。第一八六团(欠禹营)担任台儿庄之守备。
>
> 二、第九一旅一八一团控置于台儿庄,以一八二团担任台儿庄运河南岸警戒。
>
> 三、师骑兵(欠两班)于明日拂晓向峄县东南地区极力活动。
>
> 四、师部推进至台儿庄。⑩

池峰城还命令工兵营收集船只,在西门外的运河上搭建浮桥,作为师指挥部与寨内的交通补给线和联络线。

这是背水一战的部署。

天黑了,关麟征的第五十二军将运河南岸防务移交给军团直属的第一一〇师,然后经台儿庄、兰陵镇移至枣庄以东的向城一带;王仲廉的第八十五军则在峄县与韩庄一线与日军脱离接触,然后转移集结在枣庄以北的抱犊崮山区里——这是在执行李宗仁的"让开津浦路正面"的设想。

二十三日拂晓,按照李宗仁诱敌深入的计划,第三十一师开始向台儿庄以北的峄县方向主动出击,实施佯攻诱敌。——汤恩伯说,日军占据的峄县城池很坚固,必须把他们引出来。第三十一师派出了由连长刘兰斋率领的骑兵连、由一八五团一营副营长王保坤率领的加强步兵连,第九十三旅旅长乜子彬则率一八五团主力随后跟进。此时,日军台儿庄派遣队正沿台枣支线南下,两军在峄县以南约二十里的康庄、赵庄附近遭遇,第三十一师的骑兵连和加强步兵连且战且退。接近中午时分,日军增加三百余兵力,又增加了七辆坦克,沿着铁路线凶猛地向前突击。骑兵连和加强步兵连分别陷入包围,激烈的交战中伤亡惨重,一营副营长王保坤、加强连连长寇葆贞均阵亡。十四时,日军逼近铁路西侧的北洛并发起攻击,第九十三旅的简易工事被日军炮火摧毁,一八五团坚持至傍晚时分,团长王郁彬指挥官兵退守南洛。

濑谷启从战场上的中国战俘那里得知:峄县以北是汤恩伯部的四个师,拟于二十四日发起攻击。濑谷启当即决定:支队主力集结在临城、峄县一带,准备与汤恩伯部展开决战,以确保徐州北面的门户韩庄以及台儿庄附近大运河一线。只是,他并没有改变台儿庄派遣队的任务。此时,中国第五战区的将领们尚未摸清日军的真正意图,认为日军向台儿庄方向的攻击是试探性的,日军的主要作战目标是在峄县附近与汤恩伯部决战。那么,只要明天日军不继续向台儿庄靠近,以台儿庄为靠背的诱敌深入计划就仍需维持。依据这一判断,二十三日晚,池峰城师长下达的作战命令依旧是:与当面之敌保持接触,吸引敌军南进,以协力汤恩伯军团之攻势,歼敌于台儿庄以北地区。

令中国官兵印象深刻的是:日军向台儿庄进击的兵力并不多,但是在接敌的第一天,骑兵连和加强步兵连就有百余人阵亡,且多是陷入包围后被日军屠杀的。日军残暴而凶悍的杀伤力,令必须主动接敌的第三十一师官兵有了隐隐的不安。

二十四日拂晓,中国空军出动十四架战机,轰炸了韩庄、临城和枣庄一带的日军据点。濑谷启知道,这是中国军队发动大规模攻击的先兆。濑谷支队主力集结在临城、峄县一线,却一直没有等来中国军队的任何动静——汤恩伯并没有按照预定时间发起攻击,他的军团部和第八十五军仍停留在抱犊崮山区里,只有关麟征的第五十二军到达了预定进攻位置——枣庄东面的鹁鸽窝、郭里集一带,并在那里与濑谷启指挥的沂州支队形成对峙。这个时候,日军台儿庄派遣队仍在向台儿庄推进。

二十四日早七时,台儿庄派遣队从北洛出发,其前锋试探性地攻击了孙庄,在第三十一师的抵抗下没有进展。两个小时后,日军后续部队抵达,在二十余门火炮的掩护下,向北洛以南一线发动了猛烈攻击,台儿庄以北的刘家湖各村相继失守,第三十一师官兵一边抵抗一边逐次后退。中午,日军飞机对退入台儿庄东北方向园上村内的中国守军进行了轰炸,守军伤亡殆尽时日军占领了园上村。

从刘家湖和园上村,日军已经能够看见台儿庄单薄的寨墙了。

日军台儿庄派遣队单刀直入,根本不管置于侧背的汤恩伯部,其一路进击的方向始终是台儿庄,而濑谷支队主力则集结在台儿庄派遣队身后,随时以备汤恩伯部不测。池峰城师长终于意识到,日军台儿庄派遣队既不是在试探性攻击,也从没有为中国军队所诱,其作战任务就是占领台儿庄,他的第三十一师已经坐在了火山口上。

池峰城立即联系汤恩伯部以求获得支援:

> 师自二十三日晨诱致当面之敌接触以来,迭将战况电报军团长汤、军长关,迄未取得联络。今十三时,始奉军团长汤、军长关电示:军团正于郭里集与敌激战中,爰悉军团主力迂回已远,未能即时回军南开歼当面之寇。⑪

汤恩伯的意思是,他的第二十军团已向台儿庄以北走出很远,正在枣庄东南方向的郭里集与日军"激战",无法南下"回旋"台儿庄助池峰城部歼灭"当面之寇"。

池峰城没有别的办法,只有命令一八五团不惜一切代价向刘家湖反击,命令一八六团务必收复园上村,以重新构筑起台儿庄北面的外围防御线。十四时,一八五团由南洛突然出击,当面日军猝不及防,出现伤亡后撤退,刘家湖阵地得以收复。但园上村里的日军据守不退,一八六团的反击没有成功。刘家湖阵地刚刚稳定,日军突然又反攻而来,致使台儿庄北面阵地全面陷入激战,一股日军突破了中国守军防线直逼台儿庄城下。日军集中起炮兵火力,对台儿庄实施了破坏性轰击,第三十一师师部所在的南车站大楼被击中,师部被迫转移到车站附近的一座铁路桥下。台儿庄的北面都是开阔的平地,日军迫近寨墙时不得不暴露在中国守军的火力之下,每前进一步都要付出巨大代价,日军士兵只好疯狂地挖掘临时掩体,挖出一个坑趴在里面不敢抬头。为了压制中国守军的火力,日军再次对台儿庄寨墙进行了四个小时的轰击,致使北部寨墙多处倒塌,形成几个大缺口,数股日军从缺口冲入。危急时刻,一八六团团长王震、团附姜常泰率领预备队紧急增援。中国守军的轻重机枪向突入的日军猛烈扫射,日军在伤亡不断的情况下仍持续冲锋,两军在寨墙附近混战在一起。战斗中王震团长和姜常泰副团长均负重伤。池峰城派副师长康法如上来顶替王震指挥,可康副师长刚上来便身负重伤,池峰城又派参议王冠五上来指挥。经过死战,中国守军终把突入寨内的日军逼退,北寨墙外的日军遗尸后撤。

台儿庄激战之时,二十三日蒋介石抵达徐州视察,并让随行的副参谋总长白崇禧、军令部次长林蔚和作战厅厅长刘斐留下来,协助第五战区指挥作战。台儿庄受到的猛烈攻击,令包括蒋介石在内的所有人颇感意外。或许此时李宗仁才意识到,让孙连仲部诱敌深入,再让汤恩伯部猛烈侧击,以图压缩日军于微山湖畔将其歼灭的"轴回旋"计划过于夸张了,台儿庄才是这股日军必要攻克的战略要点。于是,第五战区改变了作战部署:命令第三十一师防守台儿庄,取消原定之诱敌任务,并增调一个炮兵营(携带七十五毫米野炮十门)、一个机械化野战重炮兵连(携带一百五十毫米榴弹炮两门),以及铁甲车第三中队,全部配属给第三十一师。同时,解除第三十一师归属汤恩伯指挥的命令,将第三十一师交还给孙连仲的第二集团军指挥。

孙连仲随即命令第三十一师全力死守台儿庄,命令右翼黄樵松的第二十七师火速增援台儿庄,然后他把自己的集团军总指挥部前推到距台儿庄不足两公里的一个小村庄里——尽管处在日军火炮的射程内,但这个小村庄实在是太小了,以至于日军始终未能判明这里就是孙连仲的指挥部。按照规定,总指挥部的位置应距战场第一线二十公里,但孙连仲率领他的参谋们上了前沿,足见其死守台儿庄的决心。

二十四日凌晨五时,黄樵松的第二十七师从山东与江苏交界处的柳泉、贾汪地区徒步向台儿庄开进,辎重营及炮兵则由火车运至台儿庄南站。黄昏时分,第二十七师全部抵达并在规定地域展开:第七十九旅在铁路以西,第八十旅在铁路以东,师部与直属队在台儿庄以西约十公里处的贾桥。午后,集团军总司令孙连仲命令第二十七师,以一个营接替第三十一师的运河防线阵地,其余部队皆立即开赴台儿庄"暂归池师长指挥"。

午夜,白崇禧在孙连仲的陪同下来到第二集团军指挥部。了解敌情与战况后,白崇禧认为:"敌将以一部牵制我汤军团,而以主力攻略台儿庄,以崩坏我迂回军之旋转轴。"——我诱敌部队变成了敌主攻目标,我主攻部队变成了敌牵制对象,第五战区精心策划的"轴回旋"计划,于作战发动之际其"轴"就已"崩坏"了。临走,白崇禧嘱咐池峰城师长:"台儿庄乃徐州屏障,今此要点,已非汤军团之旋转轴,乃战区旋转轴也,期能三日守,俾战区获得时间余裕,敌可就歼也。"⑫

同是这天晚上,濑谷启收到了台儿庄派遣队受到攻击请求增援的电报,他当即派出两个中队携带两门重炮南下增援台儿庄。日军第十师团师团长矶谷廉介得知台儿庄派遣队受挫后,决定由第六十三联队福荣大佐率领第三大队赶赴台儿庄指挥攻坚。

除了死守台儿庄之外,孙连仲已没有别的选择,但他知道进攻是防御的最好手段。二十五日凌晨二时,他命令部队北出向台儿庄外围的日军实施反击。在漆黑的夜色里,一八六团一部佯攻孟庄,主力则向园上村实施反击,日军据守在园上村的民房和碉楼里,反击部队因遭到炮火杀伤而无大进展。一八五团一部攻击裴庄的日军,经过激战双方形成对峙。一八二团向沧浪庙方向的反击取得成效,日军开始向园上村方向撤退,一八五团乘机攻占了裴庄。中国官兵从缴获的文件中得知,日军第六十三联队第三大队已经到达战场。

凌晨四时半,池峰城发布命令:一八一团固守现位置,主力在台枣铁路线东侧,于日军南进时实施侧击,同时把台儿庄以北刘家湖附近的公路尽量破坏;一八六团参加反击作战的部队尽快回撤,加强台儿庄内城防工事;一八二团回撤北车站,作为全师预备队;炮兵七团占领并开设炮兵阵地。之后,池师长亲自带领铁甲第三中队出台儿庄向北,于早晨六时抵达南洛村北端,然后指挥炮兵向北洛及刘家湖的日军据点开始轰击——"敌顿形惊慌混乱,杀伤甚大,敌旋以炮还击,伤我士兵两名,机枪一挺,即撤回车站。"⑬

天亮了。日军在飞机轰炸和炮火轰击后,猛攻南洛附近中国守军阵地。第三十一师两次北出台儿庄增援,依旧没能抵挡住日军步兵的冲锋,南洛北面的阵地失守,守军两个连的官兵全部阵亡。接着,南洛以东的刘家湖阵地失陷。为争取主动,第九十三旅旅长乜子彬率一八五团向南洛攻击前进。上午十时,部队行进到刘家湖附近时,乜旅长发现村东北的小树林里有日军的炮兵阵地,大约十门火炮正疯狂地向台儿庄方向轰击。三营营长高鸿立决心把那十几门大炮夺到手。

  高是农民出身的军人,性格刚直粗犷,一向作战勇敢果决。马上在麦田里集合全营部队,指着那片小松林说:"你们瞧,轰炸我台儿庄的炮弹,都是从那里发射的。我们要把狗日的那十几门炮夺回来,煞煞鬼子的威风!你们敢不敢?"话音刚落,高鸿立忽地把上身的棉军衣和衬衫全脱下来,左手握着手枪,右手举起大刀,赤胸露臂,以洪亮的声音喊道:"敢随我去夺炮的要像我一样!"话未说完,全营官兵霎时间全把上衣脱得精光,端着上了刺刀的步枪,在高营长率领下,白光闪耀,直向小松林冲去。敌人见此情景,惊恐万状,一面以步枪向我高营阻击,一面拉出炮车掉头向东遁逃。高营官兵一片喊杀声随后追击。⑭

正在追击中,北面突然出现日军的千余步兵和二十多辆坦克,见到自己的炮兵被中国军队追得在麦田里狂奔,日军坦克立即迎着高营长的部队冲过来。中国官兵没有打坦克的武器,很快就被日军冲散,各自为战地与日军步兵厮杀在一起。一八五团团长王郁彬闻讯率一营和二营赶去增援,于是,一场更大规模的肉搏战在麦田里展开。喊杀声、枪弹声、坦克的轰鸣声和刺刀的碰击声汇成一片。双方血战两小时,待旅长乜子彬前来解救时,王郁彬团长的大腿被子弹洞穿,高鸿立营长头部负伤,一营和二营营长都已阵亡,一八五团连以下官兵阵亡了一半以上。——尽管一八五团付出了巨大代价,"但使一向骄横的日寇认识到中国人的骨头还不是他们想象中的那样好啃的"⑮。

外围的受袭,并没有阻止日军攻占台儿庄的决心。

二十五日下午,在日军猛烈的炮击下,台儿庄北门以及附近寨墙"倒塌数丈",日军步兵从缺口处向庄内猛突。为减缓庄内守军的巨大压力,台儿庄外围部队奉命发起侧击,由于火力弱势没能减缓日军的强攻,台儿庄北门最终被突破,两百余名日军冲了进来。守寨墙的一八六团官兵奋力反击,以四百余名官兵伤亡的代价将缺口封堵,但一部分日军被堵在了庄内的大庙里。这是台儿庄城内的一座城隍庙,楼高院深,里面长满野草,中国士兵放火将草点燃,致使大庙燃起熊熊烈火,窜进来的日军官兵全部被烧死在里面。

这一天,战场上终于传来了汤恩伯部的消息:集结在枣庄以东的关麟征的第五十二军第二十五师第七十五旅一部,与濑谷启指挥的日军沂州支队前锋小部队发生了战斗;第五十二军的第二师也从鹁鸽窝方向对枣庄发起攻击,激战两昼夜后一度占领了大部市区,但随即便遭遇了增援日军的强力反击。师长郑洞国向汤恩伯求援,汤恩伯率第八十五军主力仍在抱犊崮山中,接到电报后仅派出一个旅,这个旅又只派出一个团,这个团也就派出了几个排,在枣庄外围骚扰一番就撤走了。关麟征军长怒火中烧:"汤先生是我们的老长官,对我们也玩弄这一手,实在太不应该。"⑯但是,汤恩伯给李宗仁发去电报报告的却是:"枣庄之敌约一联队,经我第四师猛攻后,即退入枣庄东部之中兴煤矿公司顽强抵抗。该公司房屋坚固,敌并设外壕电网,不易攻击。枣庄西部均为我占,并经火焚烧敌战车七八辆。刻乃激战中。经饬该师如再不能奏效,即以一部对敌监视,主力仍撤回枣庄以北高地,本晚再行攻击,并一部进出枣庄南端之铁路线上夹击之。峄县县城及其附近有敌约三千余人。关军昨晚已开始攻击,请饬空军迅速前来轰炸枣庄之中兴公司及峄县县城。"⑰——汤恩伯明知台儿庄正遭受日军持续猛烈的攻击,却按兵不动,反要空军来轰炸他的部队所在战场上的日军。

这天凌晨,日军士兵涩谷升跟随他的部队退至南洛村:

> 敌装甲车出现于前面约距五十公尺,因势寡不得动手,浜尾君战殁,排长率第五分队前往总队部联络时,我阵地北方发现敌兵数千人,吹喇叭而向我阵地进攻。刘家湖方面之敌兵亦甚众,向我攻袭,各兵抱定决心待死,经历两小时许,忽闻友军枪声四起。第七中队及辎兵队负伤颇众,在刘家湖取抵抗态势,伤兵送往卫生队,中途所有乡村均放火焚烧。⑱

台儿庄中国守军在数量上是日军的五倍,但装备上却与日军相差甚远。日军除了有大量飞机助战外,重型火炮的优势十分明显,步兵还配属了大量坦克。孙连仲部既没有坦克,也没有反坦克武器,官兵们只能依靠血肉之躯阻击日军的进攻。台儿庄镇面积不大,回旋余地很小,庄内也没有可以利用的高大坚固的建筑物。在日军凶猛火力的轰击下,寨墙一次次地被突破,守军填补缺口变得越来越艰难,往往需要付出巨大的代价。台儿庄内的民居,大多由石块砌成,日军突进来占据一座民房,这座民房就会变成一座地堡,中国守军很难一一清除。但对于日军来讲,中国守军誓死不退,即使突进去部分步兵,也会遭到毫不犹豫的反击。在逐街逐屋的巷战中,突进去的士兵面对中国守军的顽强拼杀,很难扩大战果。在台儿庄这个狭窄的地域里,双方都无法投入更多更密集的兵力,镇内的短兵相接也使日军的优势火炮无法进一步发挥威力。攻者意志强硬,守者寸土不让,双方在这个运河边的小镇内外进行的犹如一场永无休止的拉锯式肉搏。

二十六日,台儿庄依旧处于混战之中。

早晨七时,园上村附近的日军炮兵开始向台儿庄轰击,步兵在炮火准备后再次强攻北寨墙。两个小时后,台儿庄北门再次被日军突破,一股日军又窜入了镇内的城隍庙。昨天,中国守军在这里放火烧死了数名日本兵,现在荒草已经烧光,再放火也无济于事,日军坚守在里面无论如何不出来。北门的缺口越来越大,涌入的日军越来越多,台儿庄守军开始内外受敌。——"我守兵塞街巷,抛瓦罐,掷家具,折栋倾墙以堵击,在敌炮击下死伤累累,城内始步步荆棘,卒遏制敌之进展,而敌亦自毙于轰击者甚重。"[19]

傍晚,台儿庄的东面被日军占领。

中国军队据守着西面,与日军形成对峙。

这一天,第三十一师守军死伤达千人以上。

晚上,乜旅长视察台儿庄守军阵地,他对官兵们说,现在是巷战阶段,巷战全凭手榴弹和大刀,这是咱们拿手的,也是敌人害怕的。只要保持旺盛的士气,就可以与敌人拼一阵子。为了防止日军放火,须把我军占据的民房草顶全部拆除。还可以大量使用民房里的木料和杂物——"向不忍于民者,今民已尽,任君放手为之。"同时要充分利用火攻制敌:"多备棉油弹,着火弯弓以射之。城中油商花行有余裕矣。"[20]

入夜,一八五团团长王郁彬命令禹功魁、汝心铭、古文照和秦应岐的四个营,各配属一个工兵小组和两门迫击炮,向占据台儿庄东面的日军实施反击。四个营的八门迫击炮,首先轰击了日军的火力制高点碉楼,一口气打出五十多发炮弹,然后各营开始出击。日军顽强抵抗,中国官兵前赴后继,双方都不顾生死,最后一八五团的反击成果仅仅是夺回了三个民居院落。营长禹功魁由于作战勇猛,当场升任一八六团团长。

这时候,奉白崇禧之命从开封开来的战车防御炮连抵达台儿庄。这种新式大炮中国军队仅仅装备了两个连,虽然每个连只有两门大炮,却都是德国制造的大口径榴弹炮,还附有加农炮炮筒,射程达到两万米以上,且有现代化的通讯指挥系统,是当时中国军队中最强大最新式的重炮。池峰城师长立即命令战车防御炮连开设阵地投入作战,四门重炮果然火力非凡,直打得日军"晕头转向,莫知所措"[21]。

二十七日凌晨,台儿庄外的日军开始攻击西寨墙。飞机和火炮将寨墙轰塌之后,步兵在二十多辆坦克的掩护下冲锋。台儿庄寨墙已经千疮百孔,根本无法阻挡日军的涌入——"我寨上官兵死伤于敌人炮火及塌陷的寨墙压埋而阵亡者甚多"。在西门附近防守的一八一团三营伤亡殆尽,三百余日军突入城内随即竖起日本旗,中国守军不得不退守街区纵深,依靠被毁坏的"破屋断墙"节节阻击。防守北车站及西阵地的一八五团,在之前的刘家湖战斗中损失惨重,这时因新的伤亡不断而致兵力捉襟见肘。第三十一师已抽不出任何增援部队,负责指挥庄内守军的副师长王冠五在电话里向师长池峰城请求撤退。池师长心力交瘁,犹豫不决,询问参谋主任屈伸。屈伸认为,一点放弃将影响全局,建议把工兵营和骑兵连拿上去。池峰城在电话里对王冠五说:"台儿庄是我们的坟墓,坚决顶住,不能撤退!援军马上就到!"随即命令工兵营和骑兵连增援寨内。同时,命令一八六团和一八二团必须各抽一个营紧急增援北门。援军到达后,王冠五亲率部队反击,官兵们拔下日本旗,换上中国旗,并把一部分日军从寨墙缺口堵了回去,城里的残余日军退入城隍庙。

日军士兵涩谷升也在攻击队伍里,他认为自己还活着是"非常奇迹":

> 天亮六时半,各炮队开始发炮,其音响震动天地。第五第六两中队结成敢死队,由城墙之破裂口冲入。墙边有河浜,手榴弹如雨飞来,数人中弹倒毙,其惨状为人间地狱。队长命令,不管死伤如何惨重,各应尽本分。步兵几乎全员倒毙,手榴弹仍如雨飞来,我身边亦飞来数枚,我无负伤,非常奇迹。经激战方得占领城市之一隅,我方已牺牲半数以上。然后将死伤者全部收容于大房屋内。黄昏,敌再度来袭,我方受伤数

人,手榴弹仍如雨似雪飞来。夜间,我与林原、足立两君刺死敌兵九名。通宵枪声不绝。[22]

为了牵制日军的攻击,一八一团(欠三营)和一八五团二营奉命迂回到日军侧背,向刘家湖、三里庄和墩上村发起攻击。上午十一时,一八五团二营攻占墩上村,一八一团二营逼近三里庄,一八一团一营攻占了刘家湖。但是,日军紧接着就发动了大规模反击,墩上村即刻失守,三个营的中国官兵在撤退时伤亡大半。

下午一时左右,日军的十一辆坦克直接冲到距台儿庄西北寨墙两百米处,随即停下来向台儿庄内开炮射击。日军的坦克兵尚不知台儿庄中国守军已经调来了重炮,中国军队的重炮瞄准后突然开始轰击,十一辆日军坦克中六辆中弹起火,其余五辆见状仓皇而逃。寨墙上的中国守军不禁欢呼起来,胆大的士兵跳下寨墙,开始追击四处逃散的日军坦克兵砍杀射击,另一些士兵爬上被击毁的坦克卸掉上面的机枪。在刘家湖和园上村里的日军目睹了这一场景——"举目骇视,竟不发一弹,似为我欢声所震眩,竟达五分钟之久,实战场上绝无仅有之奇景也。从此敌战车不敢迫近台儿庄矣"[23]。

台儿庄中国守军第三十一师几天来已伤亡了三千多人,池峰城师长把全师重新编成七个营。为加强台儿庄的兵力,第二集团军总司令孙连仲命令张金照的第三十师和吴鹏举的第四十四旅增援。

晚上,日军增援部队全部抵达刘家湖。

台儿庄的战局愈发严峻。

中国守军在兵力上占据绝对优势,打来打去却让日军占了半个庄,这让战区司令长官李宗仁"殊感诧异",他严令第二集团军于二十九日前将冲入台儿庄内的日军消灭干净:

> 台儿庄为徐州前方要地,又为汤军团后方联络要道,关系重要。据报该处附近敌人约一混成联队,我军兵力数倍于敌,早当解决,乃经几日战斗,台儿庄围子反被敌冲入一部,殊感诧异。着贵总司令负责严督所部,限于二十九日前将该地肃清,勿得延缓,致误戎机为要。[24]

不知在日军绝对优势火力下苦守台儿庄的孙连仲接到这封电报时是何心情。此时,孙连仲最关切的并不是李宗仁的"殊感诧异",而是那个说好了由他发动回旋作战的汤恩伯究竟在哪里？

汤恩伯部仅以少部兵力在枣庄附近与日军纠缠，军团主力依旧躲在抱犊崮山区里不出来。虽然汤恩伯不断致电蒋介石和李宗仁，报告他的部队对枣庄、临城一带的日军进行了持续攻击，但至少从台儿庄方向的战场态势上并没有显出任何策应的效果。倒是二十七日这一天，由行政专员兼保安司令李明扬率领的游击队攻入了临城，不但将留守在城内的日军歼灭，还焚烧了日军储存的大量军用物资。大火烧了一天一夜，迫使日军抽调兵力从南向北增援临城，但增援日军赶到时，李司令的游击队已经跑得无影无踪了。

中国官兵在战场上捉到一个为日军探听情报的中国人，这个名叫宁天成的中国人是伪军第二师三团二营六连的士兵。从这个伪军的口中，他们了解到，在自己不畏生死与日军血战的同时，还有另一群中国人在为虎作伥：

> 刘桂堂任伪满第十七军军长兼前敌总指挥，位置在临城、济宁附近一带。该军有三个师，师无旅，直辖四个团；每团三个营及一迫击炮连，外加通信特务排各一；每连十二班，班有十二人，配有轻机枪一挺。每营有步兵连三，机关枪连一；连有机关枪四挺，每枪驮马三匹。迫击炮连有炮六门，每炮有驮马五匹；师直属骑兵连及特务营各一。每连有日人二，每营一，每团三，担任监视工作。该军第二师师长刘桂俊，是刘桂堂的乡亲。㉕

孙连仲不断地打电报给汤恩伯，要求他的第二十军团积极行动，全力策应台儿庄的正面防御。汤恩伯主张由第五十二军和第八十五军各抽出一个团，组成一个混成旅，向峄县的日军守军发起攻击，以回应孙连仲的一再请求。令汤恩伯没想到的是，他的主张即刻遭到军团将领们的集体反对："我们鉴于日军复由临城向枣庄增援，在短期内攻克该城已不可能，提出放弃攻击峄枣之作战计划，以军团主力全力攻击敌之侧背，这样既可以减轻台儿庄、运河一线我第二集团军的压力，又可包抄敌濑谷支队的后路，寻机将其全歼。关麟征将军尤不同意以小部队攻击峄县敌人之侧背，主张要打就全力打，不可以零打碎敲。"㉖

二十八日晚十时，李宗仁致电汤恩伯："台儿庄方面孙集团陷于胶着状态,敌我均在困难中,贵军应为有力之援助迅速南下夹击之。"第二天晚八时,李宗仁再次致电汤恩伯:敌主力已"绕出台儿庄东侧第二十七师背后",企图包抄孙连仲的第二集团军的后方。"着贵军团长以一部监视峄县,亲率主力前进,协同孙军肃清台儿庄方面之敌,限拂晓前到达"。㉗汤恩伯这才决定第二军团向台儿庄方向出击。——当初,他与关麟征军长对池峰城师长的承诺是:只要台儿庄的枪声一响,"最多不出一日定可回援"。可现在,池峰城师长的第三十一师已在台儿庄苦战了五天。

即使已向台儿庄靠近,汤恩伯依旧存有私心:"第八十五军是汤氏的老部队,所以他处处想使该军在承担作战任务时避重就轻。在攻击枣庄时,第五十二军由东向西打,面对着临城、枣庄敌之主力,第八十五军却紧靠着抱犊崮山地。现在向台枣支线攻击,他却把原在北面的第八十五军南调,左翼依托台儿庄,右翼是第五十二军,使该军处于比较安全的地位。"㉘

无论如何,汤恩伯部已开始向台儿庄靠近了。

但是,也就仅仅是"开始"而已。

台儿庄内,日军据东,我军据西,交战双方近距离的对峙频繁引发残酷的巷战;而在台儿庄外,除了南面的徐州方向,剩下的三面都已处于日军的合围中。

二十八日午夜,趁庄外日军暂时停止攻击的间隙,庄内的中国守军向日军盘踞的城隍庙和碉楼实施反击,一次又一次,官兵们试图把闯进庄内的这股日军消灭。日军盘踞在房顶上,机枪火力十分猛烈,导致反击部队付出巨大伤亡。二十九日凌晨,第三十一师投入两个团的兵力,对城隍庙和西北角同时发起反击,"顽敌卒被驱入大庙及东南西北各碉楼内。敌每退出一房,即纵火燃烧,企图阻我前进,我官兵虽焦头烂额,终以兵器关系极难聚歼"。三十日凌晨,第三十一师收集了所有的迫击炮弹,为驱赶西北角的日军开始了猛烈炮击,致使日军"纷纷窜据城角掩蔽部内及民房"内。炮击停止后,日军又纷纷窜出来,激烈的巷战开始了,一直到天再次黑下来,台儿庄内的肉搏"未尝稍停"。㉙

为缓解台儿庄守军承受的巨大压力,外围的中国军队每晚都对日军据点发起反击。盘踞在这些据点里的日军,大多因白天作战疲惫而在睡梦中。为了消耗日军的体力和兵力,不睡觉的中国官兵认为他们必须"妨碍敌人休息"。二十九日凌晨三时三十分,第二十七师的一个团向裴庄发起攻击。官兵们一举把裴庄里的日军赶跑了,然后部队继续向邵庄追击,"毙敌极众,毙敌马匹尤多"。日军跑到邵庄后,集中炮火轰击,大量的燃烧弹令中国官兵伤亡巨大。第二十七师的另一个团向刘家湖反击,遭到日军坦克的反冲击,双方展开炮战的同时,步兵在村庄边缘的麦田里混战,第二十七师伤亡三百多人。三十日午夜,第二十七师第八十旅再次向刘家湖发起攻击,主要目标是刘家湖村内的日军炮兵阵地——"敌轻重大炮八十余门,陷入我火网之内,难以转移,死伤枕藉。刘家湖之敌向我反扑,园上之敌呼啸来援,与我发生激烈之白刃战,彼此皆腹背受敌,我为争夺此炮兵阵地,亦死伤甚众。"[30]

无论中国军队于台儿庄内外发动的反击作战是否结束,只要天一亮,日军便再次集合起主力开始向台儿庄发动进攻。疲惫不堪的中国守军已经习惯了这一规律:大约六至七时之间,先是微明的天色中传来飞机的引擎轰鸣声,然后便是对庄里庄外的猛烈轰炸和低空扫射。同时,日军炮兵从东、西、北三个方向,集中火力轰击台儿庄内的中国守军阵地。烟火弥漫,砖石横飞,中国守军只能躲在临时挖掘的防空洞里,但寨墙上的守军不能躲藏,因为日军步兵随着炮火就上来了。寨墙已不知被炸塌过多少次,又修复过多少次,那些没有在轰炸和轰击中伤亡的守军官兵从瓦砾中爬出来,透过弥漫的烟尘,便能看见由日军士兵组成的土黄色波浪汹涌而来。

二十八日早上,台儿庄中国守军发现进攻的日军多了。

日军增援部队到达后,参加攻击台儿庄的部队是:步兵第六十三联队(约两个大队)、独立机枪第十大队、轻装甲车第十中队、中国驻屯军临时战车中队、野炮兵第十联队第一大队(缺第一中队)、野战重炮兵第二联队(缺第二大队)、中国驻屯军炮兵联队一小队、工兵第十联队第一中队一小队。[31]

台儿庄寨墙的西北角再次坍塌,数百日军从缺口涌入逼近北站。中国守军编织起密集的火网,令日军步兵的冲锋受阻。九时,日军加强兵力强行冲锋,双方陷入白刃战。十一时,大股日军从西北角爬到寨墙上高高的文昌阁内。这座阁楼早已在炮火下坍塌,只剩下半截,日军士兵往上爬的时候,遭到中国守军的猛烈射击,阁下布满了日军的尸体,而冲上去的日军士兵发现他们下不来了,因为中国守军已向文昌阁发起了反击。防守西门的一八一团,把被击毁的日军装甲车作为机枪掩体,最终封堵上了西北角缺口,但寨墙上依旧有百余名日军在坚持,双方都已筋疲力尽,不得不形成对峙。

晚上,庄里的日军突然发起反击,庄外的日军也同时发动攻击。台儿庄里外火焰冲天,中国守军的电话联络都被切断,只能在各个方向上各自为战。日军再次突入四百多人,举着火把到处放火,但火光也让中国守军寻找到攻击目标。黑夜里的混战一直持续到午夜,台儿庄内的战斗逐渐停歇。

蒋介石发来电报说,如果台儿庄失守,不但第二集团军全体官兵是死罪,连第五战区司令长官李宗仁、副参谋总长白崇禧和军令部次长林蔚都将严惩不贷:

> 台儿庄屏障徐海,关系第二期作战至巨,故以第二集团军全力保守,即有一兵一卒,亦须本牺牲之精神,努力死拼,如果失守,不特该军官兵死罪,即李长官白总参长林次长亦当严办。㉜

获悉电文的孙连仲派出了两名执法官:第四十二军军长冯安邦赴台儿庄右翼,负责督战第二十七师;第三十军军长田镇南赴台儿庄左翼,负责督战第三十师和第四十四旅,同时督战坚守台儿庄的第三十一师。

二十九日晨,孙连仲召集军长和师长们开会,其间他特别嘱咐第三十一师:不要指望增援,必须坚持下去。第三十一师师长池峰城的表态是:"台儿庄是吾人光荣所在,亦为吾人之坟墓。"㉝同是这天早晨,日军第十师团师团长矶谷廉介命令濑谷启:"应以主力迅速击败台儿庄附近之敌。"

台儿庄外的日军开始攻击了,隐藏在城里的日军也冲出来企图扩大占领,中国守军与日军的混战一直持续到黄昏。日军再次发动了新一轮的全面攻击,危机于此时出现了:一股日军冲入西北角,中国守军伤亡殆尽后,日军蜂拥登城夺取了西门。孙连仲急调一个团增援,增援部队几次反击均未奏效,日军切断了台儿庄内外中国守军的联系。第三十一师副师长王冠五,再次向池峰城师长请求率残部撤退。池师长给孙连仲打电话请示,孙连仲在电话里只说了一句:"台儿庄失守,军法论处。"池师长对王冠五说："总司令生气了,坚决不让撤。"王冠五指挥的守城部队,仅剩了不到一半兵力,因此这一次他的态度十分强硬:"城是不能再守了,弃城的责任我一个人负,决不连累你！"池峰城听到这句话,一口鲜血吐了出来。——池师长的痛苦在于：王冠五原本是一名参议,可以不上前沿打仗,但在指挥员越打越少的情况下,自己先是派他代理一八六团团长,后又任命他为副师长指挥庄内所有守军,每一次王冠五都没有过二话,现在自己如何给他下达难以完成的严令？但是,万一王冠五不顾一切,真的率部放弃了台儿庄,不但第三十一师数天的血战前功尽弃,自己也必要承担军法责任。此时,参谋主任屈伸猛地把电话夺过来,对着那边的王冠五大喊："冠五！台儿庄得失存亡,不仅关系到徐州的安危,对整个抗战局势都有很大影响。我们已经苦战了十来天,牺牲了半数以上的官兵,才把鬼子顶住。如果我们放弃了台儿庄,不仅对不起死难的官兵,更对不起国家和人民,那就成了民族的罪人……总的一句话,台儿庄只能死拼不能撤。师部明天就撤入城内,决不会你们牺牲了我们活着回去！你听着,我现在传达师长的命令,台儿庄必须死守,谁再说放弃台儿庄,格杀勿论！"㉞然后,屈伸转身对防守台儿庄运河浮桥的乜旅长说："从现在起,城里的部队无论是不是因公或负伤,只要擅自退回大桥者,上自旅团长下至兵由你先杀后报！"㉟

电话那端传来的最后一句话是："请师长放心。"

王冠五,一条硬汉。

王冠五组织起一支由特务连七十二名官兵组成的敢死队。敢死队员短枪大刀,在迫击炮的掩护下,向台儿庄西北角摸过去,他们要爬上寨墙上文昌阁,消灭那个居高临下威胁整个西城的日军火力支撑点。冒着日军密集的机枪封锁,敢死队员叠起土囊,不顾生死地向上攀登,震天动地的呐喊声令文昌阁上的日军魂飞胆破。午夜时分,文昌阁上的日军,除了被活捉的四人外,其余全部死于敢死队员的大刀下。——"我七十二壮士者,成烈士十四人。"㊱

台儿庄派遣队久攻不下,第六十三联队严重受阻,情报显示汤恩伯的第二十军团正向台儿庄靠近,那么,进攻台儿庄的部队很可能面临被全歼的危险。日军第二军司令官西尾寿造,急令第五师团坂本支队火速增援台儿庄,同时严令濑谷支队尽快攻克台儿庄。

三十一日清晨,日军的炮击前所未有地猛烈,二十多门大口径野炮集中轰击,犹如要"令台儿庄化为灰烬"。上午九时,大批日军涌入庄内,中国守军一八六团损失殆尽,一八五团奉命上前接替。在台儿庄外围,第二十七师在刘家湖附近反复与日军厮杀,那些配属给他们的战车防御炮也全都投入了战斗。——"激战至正午十二时,敌复以步骑炮联合部队约三四百名,战车八辆,围攻我郭团(一五九团团长郭金荣)守备之岔路口阵地。我官兵沉着抵抗,与敌死拼,毙敌甚重,敌仍猛进不退,遂发生肉搏战,杀喊之声撼动天地。时我战车防御炮将敌战车击毁三辆,突受敌重炮还击,我战车防御炮两门被击毁。我伤亡官兵三百余名。"㊲

这天傍晚,台儿庄北门寨墙已坍塌成一片平地,无法封堵的巨大缺口使城外的日军蜂拥而入。进入台儿庄的日军沿着每一条街道与中国守军肉搏。待天色完全黑下来时,一条条火舌向中国守军席卷而来,日军使用了火焰喷射器以扫清中国守军的阻击。台儿庄满街都是中国守军设置的障碍物,一处障碍物燃起大火,守军官兵就退至另一处,他们投出的手榴弹下雨一般从日军的头顶上落下。至午夜时分,台儿庄全城都在燃烧,冲天的火光照亮了整个鲁南天空。

第三十一师师长池峰城致电李宗仁,称他的部队正做"最后之攻击",若不能成功"即自杀以报国家":

> 本师昨夜做最后之攻击。官兵勇敢用命,冒最大牺牲,卒将城西北角盘踞之敌歼灭大半。残敌仍据要点顽抗。我康副师长负伤,官兵伤亡三百余。刻城内之敌除西北角少数外,东南半部仍为敌据。顷间,官兵百余人义愤填胸,自报奋勇复仇歼寇,不成功即自杀以报国家,决不生还见我长官,悲壮激昂。师今夜为沉痛之格斗。今午前敌炮仍在猛轰,寇机十一架狂炸西关,北站渐成焦土。㊳

第二天,四月一日,台儿庄内无大战。

交战双方都已精疲力竭。

那个名叫涩谷升的日军士兵还活着:

> 上午六时火葬尸体,八时开始进攻,死伤者全部送至后方,下午占领和尚寺一所,全员进驻该寺,准备明天战斗。敌

机投弹于该寺附近,石仓君中弹重伤,重机关枪分队长亦中迫击炮而毙,第三分队战死三名,重伤一名。㊴

短暂的寂静中,台儿庄战局开始显现出对中国军队有利的态势:包括汤恩伯的第二十军团在内,中国军队的大批部队正向台儿庄靠拢,包围着台儿庄的日军第十师团濑谷支队和第五师团坂本支队,实际上在更大的范围内已经处于中国军队的包围中。

四月二日凌晨,台儿庄内外万籁寂静,在城外围的东北角和西北角同时出现了中国官兵的身影。孙连仲命令第二十七师挑选敢死队员二百五十人为前锋,一个营在后面跟进,从台儿庄的东北角向庄内实施偷袭。孙连仲决定在所不惜,言如能冲进庄去赏大洋五千元;如能配合城里的第三十一师把庄内的日军肃清赏大洋两万元。数百名中国官兵悄然无声地向台儿庄的东北角接近,然后突然一片呐喊向寨墙上猛爬。没有准备的日军猝不及防,反应过来时中国守军的敢死队员已经冲到跟前。战至凌晨四时,占据着台儿庄东北角寨墙的日军被全部歼灭。敢死队员们向东门和西北角方向发展,惊慌的日军在黑暗中纷纷躲进民房和碉楼里,中国官兵逐屋搜索后放火,将日军压缩至城的一角。

一个晚上的反击成效明显。天亮后,台儿庄的东门被中国军队打开,随即南门也被收复,第三十一师和第二十七师取得了联络。——这是数天来,这两支分别防御庄内外的部队第一次取得有效联络。但是,中国守军尚未巩固阵地,南下增援的日军第十联队到达战场,向庄外的第二十七师发起攻击,企图突破中国守军防线向台儿庄靠拢。

中国陆军第二集团军第四十二军第二十七师,三月二十四日从徐州以北的柳泉、贾汪抵达台儿庄战场后,一直处于外围防御的血战中。此前,没有多少人熟悉这支杂牌部队,仅知道这是原西北军中的一群粗鲁汉子。可是,自台儿庄作战开始以来,这支部队显示出前所未有的英勇无畏。他们不分白天黑夜,在与台儿庄咫尺之遥的外围阵地,没完没了地与日军进行拉锯战,坚守,失守,反击,再坚守,每一次战斗都出现巨大的伤亡,即使暂时没有阵亡的官兵也是军装破烂,浑身血污,他们被日军称为"叫化子部队"。但是,这些可以数日不睡觉,以至于连走路都东倒西歪的官兵,只要作战命令一到,就能立刻又虎狼般地向日军冲上去。他们的顽强作战,极大地牵制和消耗了直接攻击台儿庄的日军兵力。

四月二日，濑谷启亲自率第十联队主力到达台儿庄以东地区，但是横在濑谷启前面的又是中国守军第二十七师。

黄樵松师长告诉他的官兵，决不能让增援日军冲进台儿庄。

上午十时，日军三百余名步兵在十辆坦克的引导下向台儿庄开进，在彭村、上庄、陶沟桥等处与第二十七师第八十旅一五九团相撞。濑谷启立即派出两翼部队向一五九团阵地左右迂回。而在相撞的正面，双方激战至中午，日军"集中其野山炮数十门，向我阵地猛烈轰射，我潘坠、燕子井、彭村、石佛寺一带，守兵与阵地共为灰烬，孟庄、裴庄、陶沟桥、五圣堂、五窑路、辛庄等处，均与敌发生血战"。到了下午，第二十七师各阵地都陷入日军的包围，但官兵只要不死就不后退一步，以至于战场上"杀声震天地，烟尘蔽日，血雨横飞，战况之惨烈，不可名状，双方酣斗竟日未休"。㊵

一九三八年四月二日，日本陆军《步兵第十联队战斗详报》：

> 研究敌二十七师第八十旅自昨日以来之战斗精神，其决死勇战的气概，无愧于蒋介石的极大信任。凭借散兵壕，全部守兵顽强抵抗到最后。宜哉，此敌于此狭窄的散兵壕内，重叠相枕，力战而死之状，虽为敌人，睹其壮烈亦将为之感叹。曾使翻译劝其投降，应者绝无。尸山血河，非独日军所特有。不识他人，徒自安于自我陶醉，为国军计，更应以此为慎戒。本日（二日），我军伤亡官兵六十六人，而敌弃尸不下二百五十具。㊶

不知那些中国士兵的骸骨至今是否仍散落在大运河以北的广阔田野上？

这片土地，血与泪，已成河。

鉴于日军第十联队和坂本支队都在向台儿庄地区推进，李宗仁认为围歼日军于台儿庄下的态势已经基本形成。他将第七十五军的第六师、第九十二军的第十三师紧急调至岔河地区，同时命令临沂方向的第五十七军第一一一师第三三三旅向西推进到重坊地区，统归第二十军团长汤恩伯指挥。晚八时，李宗仁下达了作战命令：

> 一、敌第十师团及第五师团之一旅，自经临沂、台儿庄诸战斗后，伤亡极大，现参加决战之兵力，至多不过五个联队，附

山炮野炮五十至六十门、重炮十门、战车数十辆。其一部约一千人,在洪山镇北方秋湖附近被我军第二十军团包围,其主力向台儿庄东侧陈瓦房、凤凰桥一带运动,续向第二集团军右翼迂回攻击中。

济南、大汶口、济宁、滕县间为第十师团之另一旅团分段守备中。

二、本战区以迅速合围加歼灭敌人之目的,决于明(三)日开始全线总攻击,保持重点于第二十军团之右翼,将敌包围于台儿庄北侧地区而歼灭之。

三、各兵团任务如下:

甲、第二十军团以一部消灭洪山镇北方之敌,以主力于三日保持东南正面,向台儿庄附近之敌左侧背攻击,逐次向左迂回,务在台儿庄左侧地区将敌捕捉歼灭之。攻击开始时间,由该军团自定。因战况之进展,须随时遮断敌自峄县之退路,并对向城方面增援之敌严密警戒。

乙、第二集团军右翼与第二十军团联系,于三日全线攻击,消灭台儿庄之敌;第一一〇师准备以一旅由万里闸附近渡河,向北洛村附近敌之右侧佯攻。

丙、第三集团军前敌总司令曹福林指挥张测民支队五个团及游击总指挥李明扬所部,为堵击兵团,迅速南下向枣庄、临城合围。

……⑫

三日,被围困在台儿庄内的日军,获悉第十联队和坂本支队已到台儿庄以东地区后,开始了孤注一掷的反击。他们用十余门平射炮向第三十一师守军阵地连续炮击,日军战机同时向台儿庄内外狂轰滥炸,日军步兵在随后发起的冲锋中使用了催泪性瓦斯毒气。此时的第三十一师,没有伤亡的官兵仅剩一千三百余人,庄内的三分之二都已被日军占领,守军仅在南关一隅苦苦支撑。池峰城师长认为,继续苦撑下去,只有全军覆没,于是请示孙连仲,要求残部向运河南岸转移阵地。孙连仲难以抉择,只有向李宗仁请示,话语说出来令人内心酸楚:"报告长官,第二集团军已伤亡十分之七,敌人火力太猛,攻势过猛,但是我们也把敌人消耗得差不多了。可否请长官答应,暂时撤退到运河南岸,好让第二集团军留点种子,也是长官的大恩大德!"李宗仁预计汤恩伯第二天即可到达台儿庄,如果此时让第二集团军放弃坚守,那么之前中国军队在台儿庄内外的所有苦战都将功亏一篑。鉴于此,他给孙连仲的答复是:"务必守至明天拂晓,如违抗命令,当军法从事。"——李宗仁后来回忆说:"我向他下这样严厉的命令,内心很觉难过。"他们过去没有过交往,仅在第二集团军调至第五战区后,在徐州的战区指挥部里有过一面之交。孙连仲最后这样回答了李宗仁:"绝对服从命令,整个集团军打完为止。"㊸

此时的第二集团军,连预备队都用光了。

当池峰城师长再次打来电话,询问是否可以转移阵地时,孙连仲的回答是:"士兵打完了,你就自己填上去;你填过了,我就来填进去。有谁敢退过运河,杀无赦!"

孙连仲,一八九三年生于河北雄县。虽家境殷实,不必当兵,但他立志从军,一九一二年入北洋军第二镇八标二营八连任学兵。北洋陆军各镇在清帝退位后改为师,孙连仲被选入冯玉祥部第十六混成旅炮兵营任班长。他身材魁梧,胆识过人,曾在护国战争中一人扛着二百多斤的山炮带着他的部队包抄对手后路。因作战沉着勇敢,由营长、团长、师长、军长一路升迁,至北伐战争时已是方面军总指挥。卢沟桥事变爆发后,作为第二十六路军总指挥,孙连仲要求他的官兵"报效国家、挽救危局,以尽军人天职"。他率部奔走于北平南部、河北涿县、山西娘子关战场,及至奉命坚守台儿庄,孙连仲面对的是他投身行伍以来前所未有的严酷考验。

孙连仲亲自进入台儿庄内,在守军苦撑着的东南一隅督战。他把右翼作战不利的一名旅长撤了,当众枪毙了左翼一名贪生怕死的营长,然后开始组织敢死队。当跟随着孙连仲的军需官把身上仅剩的大洋分给敢死队员的时候,敢死队员们把大洋扔在地上说:"我们以死相拼,为的是报效国家,不是为了几块大洋。"孙连仲见状不禁放声大哭。

> 先锋敢死队数百人,分组向敌逆袭,冲进敌阵。人自为战,奋勇异常,部分官兵手持大刀,向敌砍杀,敌军血战经旬,已筋疲力尽,初不意至此最后五分钟,我军尚能乘夜出击。敌军仓皇应战,乱做一团,血战数日为敌占领的台儿庄市街,竟为我一举夺回四分之三,毙敌无算,敌军退守北门,与我军激

战通宵。㊹

与此同时,在庄外防御的第二十七师官兵也面临着最后时刻。

三日一大早,日军第十联队向第二十七师阵地发射了两千余发炮弹,阵地工事连同附近的村落皆被夷为平地。然后,在四十多辆坦克的掩护下,日军步兵不顾一切地向台儿庄方向突击。第二十七师连日血战,伤亡惨重,能够作战的官兵已不足千人,致使日军相继冲入园上、孟庄、邵庄等村庄,第二十七师仅剩的官兵不得不用身躯与凶悍的日军展开决死拼杀。在彭村防御的是王景山营长指挥的营部和五连,当日军冲进村庄时,王营长赤裸着上身对官兵们喊:"今天是本营长和全营殉职报国的最后一日,只有杀敌,不计生命!"官兵们跟着王营长死拼不退,及至全部战死。王营长一人砍杀日军十二人,最后身中数弹倒地。——"敌恨之刺骨,死后犹被敌乱刀肢解。"㊺

三日晚,台儿庄内外中国守军无不期待着汤恩伯部立即出现。

但是,直到四日,汤恩伯部队依旧没有抵达台儿庄。

凌晨,已经衣衫破烂的守军守备连,把被日军摧毁的庄内防线修复好。上午,日军集中了三十余门重炮向庄内轰击,使用的全是燃烧弹,"时东南风甚大",庄内再次燃起凶猛的大火,之前仅存的一幢建筑物被彻底焚毁。大火中,日军向东南角和北门同时发动进攻,但都被中国守军击退。第三十一师再次组织起两百人的敢死队,在重迫击炮的掩护下向城隍庙反攻,里面的日军拼死抵抗,攻击没能成功。

这一天,在台儿庄以北的外围线上,准备围歼日军的中国军队陆续抵达,汤恩伯的第十三军第一一〇师向北洛、泥沟发动袭击;李仙洲的第九十二军第十三师一部抵达台儿庄浮桥接防;周碞的第七十五军第六师一部也向当面日军发动了攻击;王仲廉的第八十五军第八十九师凌晨三时占领了朱滩和荣庄等村庄。

只是,对于坚守台儿庄的第二集团军来讲,所有的增援都已经是太晚了。苦等汤恩伯不到的孙连仲于四日晚再次下达手令:

> 一、今是我们创造光荣之良机,也是生死最后之关头,不死于阵前,即死于国法。本总司令将以成仁之决心,与台儿庄共存亡,亦必执行连坐法,以肃军纪。死为光荣而死,生为光荣而生,希我官兵共此努力。

二、训令本集团军：慎保本军守无不固之精神，发挥娘子关歼灭敌七十七联队之伟绩，今只有前进，绝无后退之途，过河者死，誓以破釜沉舟之决心，深信必操必胜之信念。㊻

此时，再严厉的"杀无赦"，对于第二集团军的官兵来讲，已没有什么实际意义了，因为他们所有的生命活力，都在撑持日久的血战中消耗尽了。

四日，《东京朝日新闻》登出的战况显露出罕见的悲伤：

恃众之敌，更增加部队，以五个师的兵力来袭。敌在运河南岸阵地，把五十门大炮排列成阵，不分昼夜，集中射击。所有民家均装置枪眼，机关枪、步枪乱射，城壁及屋顶，手榴弹如雨点乱飞。安永部队、大村部队的勇士，潜入枪林弹雨，在敌兵密集的民家，一户一户地扩张战果，连日连夜之死斗，不饮不食负着枪伤，筋疲力竭地匍匐前进，往击敌人，子弹渐渐打完。没有子弹，把敌人杀死，夺其手榴弹，捡起敌人投来的手榴弹，再投回去。敌人退路已断，拼死迎战，以致城内的死尸累累，途为之塞，变成凄惨的修罗场……安永、中川两部队长业已负伤，伊藤敏雄、奥谷勤两部队长，金田幸弘、宫川喜一、市村满各少尉俱在台儿庄战死……㊼

五日，汤恩伯的部队距台儿庄仍有近二十公里。

蒋介石终于忍无可忍了：

台儿庄附近会战，我以十师之众，对一师半之敌，历时旬余，未获战果，该军团各居敌侧背，态势尤为有利，攻击竟不奏功，其将何以自解！即应严督所部，于六七两日，奋勉图功，歼灭此敌，毋负厚望，究竟有无把握？仰具报！㊽

蒋介石很少对中央军嫡系部队将领如此质问连带斥责。

既然委员长要求他"毋负厚望"，汤恩伯立即回复蒋介石，说他"已严令各军速向台儿庄攻击前进"，今明两天就能将当面日军"压迫于台儿庄北岸而歼灭之"。

第二十军团"攻击前进"的部署是：

第七十五军以一部巩固岔河镇东南、西南一带据点，主力则向萧汪、东庄、台儿庄方向攻击前进；

第八十五军向低石桥、燕子井、岔河山、刘家湖一带攻击前进；

第五十二军一部巩固洪山镇、兰陵镇，主力向泥沟、北洛方向攻击前进。

然后，汤恩伯主动给第三十一师师长池峰城发去一封电报，声称如果六日中午十二时第二十军团还没赶到台儿庄，"恩伯愿受军法处分"。——此时，距汤恩伯承诺回旋台儿庄的最晚时间，已经过去了整整十四天。

五日当晚，汤恩伯指挥的部队全线进入攻击地域，并随之向当面日军发起了攻击。日军坂本支队的后方完全被汤恩伯部切断，其所需给养必须从濑谷支队那里获得，而濑谷支队在台儿庄战场的正面，坂本支队在台儿庄战场的东北方向，日军自此开始出现混乱。

毫无疑问，日军如果从台儿庄败退，将是日本陆军史上的耻辱。因此，无论当时还是战后，日本战史对一九三八年四月五日台儿庄战事的叙述始终含糊其辞。据说，坂本支队接到了第五师团的撤退指令。——日本人从来不愿意使用"撤退"一词，就像他们给侵略找出过一个又一个替代词一样，他们把撤退一律叫作"转进"："支队迅速歼灭当面之敌后，应即转进攻下沂州。"这就是说，第五师团的坂本支队，不能与第十师团的濑谷支队一起，冒着陷入中国军队重围的危险，继续在台儿庄附近待下去了，应迅速向临沂方向撤退。

五日晚八时，坂本支队致电濑谷支队："支队为攻占沂州，奉命返回，预定明六日日没后开始行动。"濑谷启的沮丧可想而知，但又没有办法阻止。入夜，可能认为把濑谷支队单独丢下实在不妥，坂本支队决定推迟撤退时间，试图与濑谷支队配合行动："支队虽奉命返回沂州，但拟给敌一击，希濑谷支队攻击该支队背面之敌背后。"[49]谁知，濑谷启得知坂本支队即将撤退后，已于六日早七时下令部队"迅速结束台儿庄的扫荡讨伐"。为此，第五师团参谋奥信夫少佐极为不满："我支队虽与濑谷支队紧密联系，但至六日夜，濑谷支队不做联系而后撤至泥沟，对此不做任何表示甚感遗憾。昨七日夜之返回，乃是在敌枪炮火力迫近下进行的。"其实，濑谷支队的后撤是请示了第十师团的："暂时离开台儿庄，兵力集结于后方。"[50]尽管师团长矶谷廉介不同意，认为没有夺取台儿庄很丢面子，但濑谷启还是不顾一切地"转进"了。

日军士兵涩谷升也在撤退的行列中：

与林原君两人舁足立君之尸体至收容所，途中迫击炮纷纷飞来，非常担忧。尸体舁至火葬场时，敌弹愈射愈烈，我伏于望远楼中。稍待，大队部再次中弹三名，第八中队八名亦倒毙，第三小队亦舁尸体前来。下午七时，收拾死伤兵之枪支，大队部无法支持，退至河浜附近，敌弹愈射愈猛，牺牲数百人之生命占领之场所又被敌方夺去。我队含泪跟随大队部后撤，退却时向战死者暂告惜别，且将所有房屋放火焚烧。(51)

六日，日军的撤退仓皇而狼狈，大量的尸体和军用物资丢弃在台儿庄内外。池峰城的第三十一师残存官兵，以密集的火力和手榴弹封锁日军撤退通道，大量日军在撤退时被击毙，一些终无法冲出的日军开始自杀："台儿庄城内之敌，时有猛烈之战斗，二十时顷，将文昌阁之弹药及炮等举火自焚，敌兵投火者百余名。东北之敌已肃清，其东南之残敌亦举火自焚，致东南之房舍为烈焰所吞没，我官兵亦伤亡。时有潜匿掩蔽之敌，经我招降未效，遂投火焚杀之。凌晨四时，台儿庄遂完全收复，已一片焦土矣。"(52)

四月七日，李宗仁下达了全面追击的命令：

一、台儿庄附近经我孙、汤两军击溃之敌，现向峄县方向逃窜中。

二、汤军以一部肃清战场，以主力由台、枣支路（不含）以东，沿夏庄、马山、九山、潭山以南地区向峄县追击前进。

三、孙军指挥张轸师（第一一〇师）由台、枣支路（含）向峄县追击前进。

四、曹福林（堵击兵团）应于峄县以北地区截击敌人，勿使窜逸。

五、敌如退据峄县城，孙、汤两军各以一部占领峄县东、西方高地，主力协同击灭城外敌之野战军后，围攻峄县城。

六、敌如以峄县城为后卫阵地，孙、汤两军各以一部监视之，主力尾敌穷追。

七、孙震军（第二十二集团军）应由新闸子渡运河，追击韩庄方面之敌。

八、李仙洲师应继续经向城向东,扫荡临沂以西之残敌,向临沂前进。到达后归张军长自忠指挥。

九、予在铜山(徐州)。㊸

七日,汤恩伯的第二十军团第五十二军主力,在底阁、杨楼一带与日军激战后将其击溃;第八十五军第八十九师主力攻击大顾栅;第四师和第八十九师各一部联合攻击关庄、辛庄等地。孙连仲的第二集团军冲出台儿庄后继续追击,一七五团相机占领邵庄和裴庄,一八二团占领了刘家湖。同时,孙震的第二十二集团军渡过运河后向韩庄发起追击。孙桐萱的第三集团军第五十五军则在峄县以北堵截着日军。当晚,濑谷支队撤到峄县附近固守待援。

从九日直到十一日,中国军队全面迫近峄县,日军坂本、濑谷两支队集中兵力建立起坚固的阻击阵地,致使中国军队的追击进展缓慢且伤亡甚大。即使是汤恩伯武器装备尚好的第二十五师,一夜之间也会"伤亡达五六百人之众"。——"战况之烈,于此可见。"㊹

台儿庄内的日军肃清后,有中国记者进入了这座已成废墟的运河小镇,他们首先见到的是第三十一师师长池峰城:"他的头发和胡子都长得很长,嗓子已经哑了,面色有如无光的黄纸。"㊺接着,记者们看到台儿庄满地的残垣断壁间,到处是没有来得及收殓的双方官兵的尸体,日军在撤退时对其遗弃的尸体进行了焚烧,此时成堆的残肢依旧在冒着白烟。

日方统计,台儿庄作战,第五师团战死一千二百八十一人,负伤五千四百七十八人;第十师团战死一千零八十八人,负伤四千二百三十七人。日军总计伤亡过万,但"甚少被俘"。㊻

台儿庄胜利的消息,飓风一般迅速传遍全中国。

"日军毕竟不是不可战胜的。新的抗战希望将过去的悲观情绪一扫而光。这场胜利使人们自战争爆发以来第一次感到欢欣鼓舞。"㊼

……在每个人的手里,都拿着一张各报馆临时出的号外,在每个人的嘴边,都挂着无限的欢笑,逢着人就说:"台儿庄我们大获胜利,消灭敌人精锐部队一万多,你知道了没有?"家家户户都悬起了国旗……震人的鞭炮声自始至终不断地响着,这里停了,那里又响起来,那蒙蒙的烟雾和腥辣的火药味,像带着骄傲和光荣，永远飘浮在空间……下午七时，在武昌，一万余人集合在公共体育场；在汉口，二万余人集合在特三区江边、运动场，一万余人集合在中山公园，又复在府西一路会合，每个人手里执着一个火炬，熊熊的火焰照见了每个人脸上浮着的异样光彩……“啊，今天，四月七，兴奋了我们，刺激了我们，鼓励了我们，又给予了我们一个信念，长期抗战下去，我们一定会获得最后的胜利。”……(58)

此刻的中国军队统帅部里并没有这般兴奋。

中国军队的追击行动过于迟缓，以至于蒋介石的德国军事顾问法肯豪森将军气得“狠命揪自己的头发”。美国驻华武官史迪威上校告诉蒋介石：“要向前推进，要发动进攻，要乘胜前进。日军很快就会把八到十个师的部队调到徐州前沿，到那时就来不及了。”(59)蒋介石也意识到了问题的严重性，他担心如不迅速歼灭当面之敌，等来的只能是日军大部队的增援。十二日，蒋介石致电李宗仁和白崇禧：

台儿庄之捷已逾五日，峄、枣、韩、临尚未攻下。踌躇审顾，焦虑至深。以乘胜之军更加主力部队追援绝溃惫之寇，不急限期歼灭，一旦敌援赶至，死灰复燃，是无异隳已成之功而自贻将来之患。(60)

然而，李宗仁的难处是：孙连仲的第二集团军经过半月多苦战，根本没有实力再对日军形成猛烈追击，而实力依旧的汤恩伯部一向的作战原则是避免攻坚。因此，李宗仁向蒋介石建议：避免与日军发生正面攻坚作战，采用机动作战的方式诱敌出动，然后相机实施歼灭。——实际上，这等于让位于鲁南前线的中国军队放弃了追击。

无论如何，中国军队在台儿庄作战中赢得的胜利，在国际国内都产生了不可估量的影响。路透社一九三八年四月八日电：“中国一方面借其伟大之顽强，屡次摧毁向之侵略之敌人；一方面又开始发见其军事才能与团结力量，今似已明白警告日人，日本最多仅能占有中国土地三分之一，但其代价与牺牲已非日人所能忍受。”(61)一九三八年四月十日英国《新闻记事报》：“中国胜利之真实价值，不能以收复之地面积大小来表示，而应以日本所消耗之时日与弹药来估量。因为这种消耗，对日本是非常不利的……我们依据这种显示标准来评论中日两国的战事，那么中国是无日不在胜利中。"㉂——而一个活下来的中国守军士兵,告诉战事平息后进入台儿庄的外国记者:我们必须在这里一战,不然连死的地方也没有了。

一九三八年四月八日,蒋介石致全国同胞:

> 军兴以来,失地数省,国府播迁,将士牺牲之烈,同胞受祸之重,创巨痛深,至惨至酷,溯往思来,祇有悚惕。此次台儿庄之捷,幸赖我前方将士之不惜牺牲,后方同胞之共同奋斗,乃获此初步胜利,不过聊慰八余月来全国之期望,稍弥我民族所受之忧患与痛苦,不足以言庆祝,来日方长,艰难未已,凡我同胞与全体袍泽,处此时机,更应力戒矜夸,时加警惕,唯能闻胜而不骄,始能遇挫而不馁,务当兢兢业业,再接再厉,从战局之久远上着眼,坚毅沉着,竭尽责任,奋斗到底,以完成抗战之使命,求得最后之胜利。幸体此旨,共相黾勉为盼。㉃

台儿庄之战,中国军队付出了两万多名官兵的生命。

两万多个年轻的躯体,消融在流淌了两千多年的大运河畔。

李宗仁和白崇禧根据情报判断:日本从国内增兵中国战场,以期"及早解决华北战局"的计划已经取消,如果能够调集中国军队的所有主力,"集中所有力量"在峄县一带发动全面攻势,也许可以一举确立中国抗战的"胜利基础"。㉄

事实上,除了认为台儿庄的挫败"不符合日本陆军的传统",继而将作战不利的濑谷启免职之外,日方并不以为这场挫败会影响整个战局。事实上,日军已经策划并部署了针对中国军队的更大规模的进攻。正如美国人史迪威上校所预测的那样,中日两军一场更大规模的混战已经迫在眼前。

日军士兵涩谷升四月七日日记:

> 台儿庄撤退后,上午到达泥沟,四面桃花盛开,春景颇佳。㉅

不知经历了残酷血战还活着的中国士兵们,是否也注意到了在自己誓死守卫的国土上竟然有着如此盎然的春意?

第十一章
不让鬼子过黄河

一九三八年五月十九日,中国空军两架 B-10 重型轰炸机从武汉起飞,在宁波机场加油后,于二十日凌晨三时,分别飞临日本熊本市、久留米市、福冈市、佐世保市和长崎市上空——中国空军重型轰炸机投下的不是炸弹,而是两百万份《告日本国民书》。

这份由中国国民政府发布的、以蒋介石口吻写就的告知书,详细说明了日军在中国究竟干了什么,日军对中国的侵略将给日本国民带来什么:

……

抗战已一周年矣,诸君虽怵于军阀淫威,谅亦必有沉重不胜之回想,贵国军部不尝谓不战即可屈服中国乎?不尝谓不过二三月短期间即可速战速决乎?然今则竟言必须准备长期作战矣。彼辈逐步困难,不得不一再变更其欺骗诸君之方式时,诸君几多兄弟子侄,已变大陆之鬼;几多闺中少妇,已作未亡之人;几多之幼小儿女,已成无告之孤,诸君所得于战争者究何在?即以我东北四省而论,被彼辈攫取,已历数年,然诸君除负担庞大之战费外,又何所获?

……

尤有一事,中正实不忍言,但又不能不言者,厥为对妇女同胞之暴行。自十岁左右之幼女,乃至五六十岁之老妇,一遭毒手,阖(阖)族难免,或数人轮奸污辱,使受辱者不旋踵而呻吟毙命。贵国向来尊重礼教,崇尚武德,为世界所称道。讵至今日,贵国军人行为上之所表现者,不特礼教扫地,武德荡然,

— 440 —

直欲绝灭人伦,违逆天理！如此军队,不仅日本之耻辱,亦留人类之污点……而诸君在国内犹为军部宣传所蒙蔽,以为渡华作战死亡之子弟,皆是为国牺牲之荣誉国殇。宁知此等死者,皆为军阀驱使强迫下之冤魂,或负无穷之罪恶,或怀悲愤而没世,不但无荣誉可言,且使贵国全体国民同蒙不可洗涤之千载污名矣。

统上所述,诸君因受蒙蔽,或罕听闻,但国际正义之士,已有文字照片传播于全世界,并世人类莫不引为羞耻。然而诸君全体固不能负其责。负其责者,乃彼辈狂妄之军部也。军部丧失人性,不能以理智御下,故在下者均无纪律,乃至上行下效,共趋于罪恶之深渊,而以制造罪恶相夸竞。任何国家,断无纪律扰乱军队堕落至此,而犹可不败者。诸君若不及时急起,声讨军阀,制止侵略,则贵国前途之可悲,实不堪设想！①

这是日本历史上第一次有异国战机飞临其领空。

卢沟桥事变爆发后,日本海军木更津航空队的二十架96式陆基攻击机,曾从朝鲜半岛的济州岛起飞,飞越黄海轰炸中国首都南京。事后,日本人认为,这是世界上"第一次渡洋爆击",是"世界最初的航空作战"。② 日本人绝对想不到,经过近一年的对华作战,中国空军的有限力量损失殆尽,而就在日本大肆宣传中国在其皇军的"神威"下已无还手之力时,中国空军竟然也能越洋飞临日本进行"爆击"且安全返航。更何况,伴随着中国空军战机的轰鸣声,日本国民看到的是威力毫不逊色于炸弹的东西——两百万份告知书如同暴雪漫天狂舞。

中国空战史将铭记这几位勇士的名字:中国空军第十四队队长徐焕升少校,副队长佟彦博上尉,飞行员蒋绍禹中尉、苏光华中尉,以及通信员陈光斗少尉、吴积冲少尉,领航员雷天春少尉、刘荣光少尉——其中,佟彦博、苏光华以及雷天春、吴积冲,都在后来的对日作战中为国捐躯。

《告日本国民书》,是一九三八年三月在武汉召开的国民党临时全国代表大会通过的一份决议。

南京陷落后,国民政府面临着政略和战略上的调整,以便重新组织全国的抗战,于是决定召开国民党临时全国代表大会,以确定今后的战争任务和行动方针。

中国共产党中央委员会于三月二十五日致电国民党临时全国代表大会,提出八项建议:

一、号召全国人民以中华民族必胜的信心,誓与日寇抗战到底,指出只有持久战才能致日寇的死命。坚决反对一切投降妥协悲观失望的倾向。

二、继续动员全国武力人力财力为保卫西北、保卫武汉而战。在前线,彻底贯彻执行阵地战、运动战、游击战三者适当配合的新战略。在敌人后方坚决援助与发展广泛的人民的自卫战。

三、继续扩大与巩固抗日民族统一战线。首先即须发布以孙先生三民主义为基本原则的抗日民族统一战线的共同纲领,作为动员全国人民共同奋斗的明显鹄的。再在这一纲领下,建立一种各党派共同参加的某种形式的民族解放同盟。

四、继续扩大与巩固国民革命军。切实加强军队的政治工作,严紧军队纪律,认真改善征兵制度。

五、继续改善政治机构。首先应该召集真能代表全国民意的全权的国民大会,通过抗日民族统一战线的共同纲领,制定各种实施纲领的具体法令,大量吸收全国人民各党派中的爱国志士参加政府。切实整顿地方政府,洗刷贪官污吏。

六、继续全国人民的动员。普遍组织民众的自卫队、游击队,大量扶植与发展一切抗日救国与工人的、农民的、青年的、妇女的、各界的、职业的民众团体,颁布民族统一战线总方针下言论、集会、结社、出版、信仰自由的民主法令。

七、实施优待抗日军人家属,豁免战区地赋等改善民生的法令。

八、组织抗战的经济基础,建立国防工业,发展军需工业,改进农业。③

四月一日,国民党临时全国代表大会通过了《抗战建国纲领》:

甲、总则

(一)确定三民主义暨总理遗教为一般抗战行动及建国

之最高准绳。

（二）全国抗战力量应在本党及蒋委员长领导之下,集中全力,奋励迈进。

乙、外交

（三）本独立自主之精神,联合世界上同情于我之国家及民族,为世界之和平与正义共同奋斗。

（四）对于国际和平机构及保障国际和平之公约,尽力维护,并充实其权威。

（五）联合一切反对日本帝国主义侵略之势力,制止日本侵略,树立并保障东亚之永久和平。

（六）对于世界各国现存之友谊,当益求增进,以扩大对我之同情。

（七）否认及取消日本在中国领土内以武力造成之一切伪政治组织,及其对内对外之行为。

丙、军事

（八）加紧军队之政治训练,使全国官兵明了抗战建国之意义,一致为国效命。

（九）训练全国壮丁,充实民众武力,补充抗战部队,对于华侨回国效力疆场者,则按照其技能,施以特殊训练,使之保卫祖国。

（十）指导及援助各地武装人民,在各战区司令长官指挥之下与正式军队配合作战,以充分发挥保卫乡土捍御外侮之效能,并在敌人后方发动普遍的游击战,以破坏及牵制敌人之兵力。

（十一）抚慰伤亡官兵,安置残废,并优待抗战人员之家属,以增高士气而为全国动员之鼓励。

丁、政治

（十二）组织国民参政机关,团结全国力量,集中全国之思虑与意见,以利国策之决定与推行。

（十三）实行以县为单位,改善并健全民众之自卫组织,施以训练,加强其能力,并加速完成地方自治条件,以巩固抗战中之政治的社会的基础,并为宪法实施之准备。

（十四）改善各级政治机构，使之简单化，合理化，并增高行政效率，以适合战时需要。

（十五）整饬纲纪，责成各级官吏，忠勇奋斗，为国牺牲；并严守纪律，服从命令，为民众倡导，其有不忠职守，贻误抗战者，以军法处治。

（十六）严惩贪污官吏，并没收其财产。

戊、经济

（十七）经济建设应以军事为中心，同时注意改善人民生活，本此目的，以实行计划经济，奖励海内外人民投资，扩大战时生产。

（十八）以全力发展农村经济，奖励合作，调节粮食，并开垦荒地，疏通水利。

（十九）开发矿产，树立重工业的基础，鼓励轻工业的经营，并发展各地之手工业。

（二十）推行战时税制，彻底改革财务行政。

（二十一）统制银行业务，从而调整工商业之活动。

（二十二）巩固法币，统制外汇，管理进出口货，以安定金融。

（二十三）整理交通系统，举办水陆空联运，增筑铁路公路，加辟航线。

（二十四）严禁奸商垄断居奇，投机操纵，实施物品平价制度。

己、民众运动

（二十五）发动全国民众，组织农、工、商、学各职业团体，改善而充实之，使有钱者出钱，有力者出力，为争取民族生存之抗战而动员。

（二十六）在抗战期间，于不违反三民主义最高原则及法令范围内，对于言论、出版、集会、结社，当与以合法之充分保障。

（二十七）救济战区难民及失业民众，施以组织及训练，以加强抗战力量。

（二十八）加强民众之国家意识，使能辅助政府肃清反动,对于汉奸严行惩办,并依法没收其财产。

庚、教育

(二十九)改订教育制度及教材,推行战时教程,注重于国民道德之修养,提高科学的研究与充实其设备。

(三十)训练各种专门技术人员,予以适当之分配,以应抗战需要。

(三十一)训练青年,俾能服务于战区及农村。

(三十二)训练妇女,俾能服务于社会事业,以增加抗战力量。④

《抗战建国纲领》在坚持抗战和争取最后胜利的总方向上,与中国共产党提出的《抗日救国十大纲领》的精神基本一致。在政治、军事、经济、外交、民众运动和教育等项中,甚至采取了与中国共产党近似或类似的提法,如:"本独立自主之精神,联合世界上同情于我之国家及民族,为世界之和平与正义共同奋斗";"联合一切反对日本帝国主义侵略之势力,制止日本侵略";"充实民众武力";"在敌人后方发动普遍的游击战"等等。

《抗战建国纲领》是抗日民族统一战线的产物,它的意义不仅在于对未来战争的指导,更重要的是中国向世界宣告:尽管军事上始终处于劣势,但中华民族决心不惜一切牺牲,不怕一切困苦,与日本侵略者战斗到底,直至取得最后的胜利。

大会闭幕之际,蒋介石在致词中强调了争取抗战胜利的根本保证,即全国各党派和各阶层民众的团结一心:"如果我们国家内部能够团结一致,始终不渝,我们就没什么不能克服的困难,也没有什么可怕的敌人。"⑤

此次抗战,为国家民族存亡之所系,人人皆当献其生命,以争取国家民族之生命,吾同胞同志之血,一点一滴,皆所以使四万万五千万之人心凝结为一,以为中国之金城汤池。即此心力物力之夷为灰烬者,亦必于灰烬之中发生热力,为中国之前途燃其光明之炬。最后胜利之获得,不特领土主权及行政之完整可以确保,自由平等之国家亦可由此实现,吾同胞同志惟有并力以赴,不达目的,决不中止。⑥

中国多么需要"人心凝结为一"。

台儿庄战事暂时平息后,中日双方都开始了对战局的考量。

在东京,关于"扩大"或"不扩大"战局的争论再次出现。

"不扩大派"的根本出发点,是基于对日本经济现状、工业能力、外交困境以及应对苏联的战争准备等诸方面因素的顾虑,不得不做出的固守现占领地,仅以军事和政治压力迫使国民政府屈服的基本方针。但是,此时的"不扩大派"面临着一个十分尴尬的问题:日本政府已宣布不以中国国民政府为外交方。——此话一出,日本人便意识到,话说得太早也过于狂妄和鲁莽了。现在,日本人不得不承认,他们在中国扶持的伪政权没有任何政治、军事和民意基础,依靠这样的伪政权不可能实现征服中国的目标。——一面与国民政府进行政治和军事较量,一面又宣称不以国民政府为"对手",这种处境不但荒诞不经且有掩耳盗铃之嫌。那么,剩下的手段似乎只有扩大战争规模了,尽管这将使对华战争变成一场对日本十分不利的长期战争。可是,仅就战场现状而言,"不扩大派"还是坚持认为:当前在"作战上难以解决事变","不过是强使小局部特别是末梢部出血"而已。在这种情形下,"占据徐州,大致需要增加二个师团,对苏关系的兵力、资材也会因攻占徐州而愈益缺乏。况且,还将使既定的充实军备计划出现致命障碍"。⑦

日本陆军是日本政治的主宰者。

傲慢而强硬的陆军将领们,都是狂热的"扩大派",他们相信武力能够实现大日本帝国所期望的一切。陆军将领们反驳"不扩大派"说,目前占领的"地域、人口、资源,难以实现就地自给自足,结果将逐步消耗减少日本的战力。必须将蒋介石政权驱除出中原,将其压迫至边陲地区,并在战略、政略、谋略上占据有利态势"。目前,日军北面停止在济南,南面停止在南京,这样不但不能解决战争,反而会使战争无限地延长。所以,必须"断然实施徐州及武汉、广东作战"。"扩充对苏战备固然重要",可现在一切的重点是"中国大陆"。⑧尽管台儿庄战事令日本陆军蒙羞,但陆军部认为,从战争全局看这只是一次出击失利,不应影响早已设定的侵华战略,即歼灭黄河以南的中国军队主力,攻取国民政府目前的政治军事中心武汉。

一九三八年三月二十四日,日军华北方面军作战课致电东京参谋本部作战课:

第二军的作战,始终是基于屡次报告的方针进行的,但与优势之敌已近于接触,形成对敌之所谓决战攻势不能不予以迎击的形势。这次战斗,肯定对我十分有利,尤其在蚌埠方面,依靠友军的积极行动,予以策应,很明显会收到更大成果。其结果,敌放弃徐州也未可知。可是现在,敌可自由运用兵力,我则逐次不可避免地以劣势打优势,造成重大损失,对全局极其不利,自不待言。徐州之得失尚属次要,主要为发挥我全面战略态势之有利方面,对正在以徐州为中心聚集之敌集团,尽可能以最小牺牲给敌以最大打击。如何处理,已是燃眉之急。⑨

多年后,当时的参谋本部作战课课长稻田正纯回忆:

濑谷、坂本两支队自台儿庄后退问题,从战况看是当然的。当时,方面军也好,第二军也好,都焦急地感到,为什么不更早一点后退呢?台儿庄的后退,并非败退。迟早要后退,这是从一开始就和大本营说好了的,所以不成问题。得到台儿庄方面"出现汤恩伯军"的情报时,就担心情况要糟。过于突出的第二军那一部分,如不及早收住,就会危险。这是因为汤恩伯军的出现,意味着蒋介石的主力决战来了。由于濑谷、坂本两支队已脱险后退,所以安心了;但同时由于让敌人主力靠近了身边,这样就形成:那就来一场徐州会战吧,赶紧准备起来!⑩

华北方面军的电报使东京大本营意识到:"在台儿庄方面有大量的中国军队,特别是汤恩伯军的出现,认为给蒋介石军的主力一大打击,是挫伤敌人抗战意志的好机会,因此决定进行徐州作战。"⑪"扩大"与"不扩大"战局的争论就此搁置,既然发动徐州会战能消灭中国军队主力,特别是对日后的武汉作战有利,大本营批准了华北方面军的作战计划。四月三日,大本营和陆军部联合下达了"大陆指第一〇六号"令:

第一、方针

华北方面军以一部有力部队及与之相配合的华中派遣军的一部,击败徐州附近之敌,并占领津浦线及庐州(合肥)

附近。

作战时间预定于四月下旬。

第二、要领

一、华北方面军约以四个师团向陇海沿线发动攻势将敌击败。为此,以主力从北面击败徐州附近之敌,约以一个师团从兰封东北方附近,向敌退路归德(商丘)方向进攻。

二、华中派遣军约以两个师团(其一部担任后方警备)从南面策应华北方面军作战。为此,从津浦沿线地区进击,尤其应力求切断敌之退路。

三、华北方面军占领徐州以北津浦线,将敌击败后占据兰封以东的陇海线以北地区。

四、华中派遣军击败敌军之后,占据徐州(包括在内)以南津浦线及庐州附近。

五、两军作战要紧密联络。

六、本作战完成之后,华北方面军约将三个师团配置在黄河以南,华中派遣军约将两个师团配置在徐州(包括在内)以南津浦线及庐州附近。⑫

日军华北方面军与华中派遣军联络后,共同制订了徐州作战计划,其基本内容是把会战分成三个阶段：

第一阶段,华北方面军与台儿庄战场上的中国军队保持接触,将其滞留在韩庄、台儿庄、峄县和临沂地区;华中派遣军由江苏淮阴向西北方向的徐州推进,将中国军队主力牵制在徐州东南地区,以争取并掩护攻击主力第二军对徐州实施战略包围。

第二阶段,"以急袭战术开始攻势运动",对徐州实施南北包围作战并最终攻占;同时从微山湖西侧进攻,切断"徐州以西及西南面"中国军队的退路。

第三阶段,华北方面军"占领兰封以东附近陇海线一带",华中派遣军"确保徐州(包括在内)以南津浦沿线"。同时,华北方面军以一部兵力在兰封至范县附近南渡黄河,攻占开封和郑州,切断兰封以东的陇海线和郑州以南的平汉线。⑬

为了增强担负进攻任务的第二军的兵力,日军华北方面军把直属的第一一四师团,战车第二大队,野战重炮第三、第六联队以及工兵联队都配属给了第二军。之前调往淞沪战场的第十六师团也奉命归建。由此,日军第二军的总兵力达到四个师团、一个混成旅团以及诸多的工兵和炮兵部队。

从日军作战计划上看,徐州会战规模虽大却仍属追击性作战。东京大本营的指令,只要求包围并击溃徐州附近的中国军队,占领津浦线以及陇海线上的要地,并没有再提以期"解决事变"的战略目标,也没再指望由此"迫使蒋政权屈服"。但是,即将开始的徐州会战,却是中日开战以来日军投入兵力最多的一次作战。当时,侵华日军总兵力为十八个师团,约四十余万人,而被投入徐州战场的兵力就达八个师团,其中华北方面军五个半师团,华中派遣军两个半师团,总兵力达二十余万人,占侵华日军总兵力的一半。由此可见,经历了台儿庄战役的日军终于意识到,中国的任何一处要地已不再可以轻取。

此时,在台儿庄战场上的中国军队,无论是孙连仲的集团军还是汤恩伯的军团,由于缺乏旺盛的持续攻击意图,未能趁敌立足未稳将其歼灭,以致在台儿庄以北的峄县一带与日军濑谷、坂本两支队形成对峙。这种对峙使战场态势变得微妙起来:日军主力并未受到严重损伤,如要打破僵局,势必进行反击作战,且这一反击很可能会越过台儿庄直指徐州;中国军队随着主力的逐步靠拢,在这一地区已形成兵力上的绝对优势,似乎也没有停止扩大战果的理由。同时,在中国军队方面,并不是所有人都对扩大战果表示认同。

国民政府军令部第一厅厅长刘斐认为:应结束这种危险的阵地战,迅速转为机动防御,尽量缩小战场的正面,除以一部与日军保持接触外,主力应部署在有利于机动的位置,相机打击日军。同时,必须布防运河一线,控制强大的预备队在徐州以西,一方面以备日军从鲁西南或皖北迂回徐州;另一方面纵使日军打通了津浦路,我军也可以发起侧击使其"不能安全利用津浦路"。刘斐的理由很简单:无论是作战能力,还是作战时机,中国军队都不能与日军展开决战,如果贸然集中主力实施"固定一地"的决战,不但很难在正面强攻的阵地战中取胜,还容易落入日军多路包抄分割的圈套。这时候,刘斐已从台儿庄回到汉口军令部,他频繁地与李宗仁保持联系,阐释调整部署以确保机动的必要。但李宗仁认为可以"从既有的阵地线上取胜",以致增援徐州战场的部队都被投入了第一线。[14]

还在台儿庄战役刚刚打响时,蒋介石曾赴徐州第五战区长官部,因担忧徐州防御而问询李宗仁:"你看徐州可以守吗?"李宗仁答:"请委员长放心,徐州短期内没有问题。如果我能得到充足的补充,可能还要打一个不大不小的胜仗。"蒋介石没有回应李宗仁,但李宗仁看出蒋介石对此"将信将疑"。[15]只是按照李宗仁后来的说法,当时头脑发热的并不是他而是最高统帅部:"不到一个月,我援军抵徐的几达二十万,与本战区原有的军队合计,不下六十万。大军麇集于徐州附近地区,真是人满之患。"李宗仁打电话给白崇禧:"委员长调了这么多部队干什么呢?"白崇禧答:"委员长想要你扩大台儿庄的战果。"李宗仁认为,扩大战果为时已晚,且"我方集大军数十余万人于徐州一带平原地区内,正是敌方机械化部队和空军的最好对象。以我军的装备,只可相机利用地形有利条件与敌人作运动战,若不自量力与敌人作大规模的阵地消耗战,必蹈京、沪战场的覆辙"[16]。

那么,在台儿庄战役之后,中国方面到底是谁头脑发热了呢?

毫无疑问,蒋介石基于"积小胜为大胜"的原则,确实对在鲁西南再打一个如同台儿庄的胜仗抱有期望。从四月二十五日他给李宗仁的电报上看,他依旧舍不得放弃已控制的任何要点,要求一线部队作出固守防御的部署:"我鲁南与淮北各部,除固守运河阵地及徐州国防工事之外",位于鲁西南的部队南下皖北砀山至黄口一线,然后夺取位于徐州西南方向的永城;"我鲁西豫东部队"向东发起攻击,占领徐州西北方向的丰县和沛县。蒋介石告诉李宗仁:"敌兵力不足,军纪废弛,士气颓唐,其淮北主力,已不敢北进;而其鲁西主力,亦为我后方各部牵制。其踌躇不决,畏缩不前,已甚明显,只要我运河线与徐州国防工事能固守不动,则敌此次大包围计划,必可被我粉碎,而且可予以歼灭也。"[17]于是,汉口军令部制订的《徐州会战作战指导方案》,体现出蒋介石的这种繁杂心绪:攻击方向仍旧是鲁西南,作战原则还是攻势歼敌,只是加了"不得已时"机动防御的内容。当第五战区遵循这份《指导方案》,将拟定的作战计划上报后,蒋介石对第五战区提出的要求是:"须着眼求敌主力包围于战场而歼灭之。"[18]

事实上,蒋介石的"求敌主力包围于战场而歼灭之",与之前李宗仁的"集中所有力量"发动全面攻势以奠定战争"胜利基础",两者基本是一致的。

只有刘斐坚持认为,目前在徐州方向,中国军队机动和预备兵力太少,投入一线防御作战的部队还是太多。西起微山湖,经獐山、峄县、兰陵镇、向城,一直东延至沂河东岸的码头、郯城,在"绵亘三百多里"的战线上,中国军队投入了近四十万的兵力,且基本都布防在运河以北地区。一旦日军从侧面或背后迂回徐州,宽大的战线将难以适应瞬息万变的战局从而陷于被动。由此,刘斐不断地问询李宗仁,是否调配出了机动或预备部队?——"第五战区不仅没有抽调出机动部队,而且把所有的部队都投入到第一线或紧接第一线,与敌做延翼竞赛。"⑲所谓"延翼竞赛",指的是中日两军主力都在企图包围对方,尽力延展各自的两翼,看谁能把对方包围住。——这不是典型的决战是什么?刘斐的担心有相当的道理:至少在一九三八年四月,中国军队尚不具备与日军在徐州地区决一死战的能力。先不说武器装备的巨大差距,仅就兵力对比而言,中国军队六十万,日军投入二十余万,淞沪会战时中国军队十比一的兵力比例仍未能取胜,如今在三比一的比例下围歼日军的信心从何而来?

徐州会战,就这样开始了。

为协调华北方面军与华中派遣军的关系,日军东京大本营派人到达山东济南,于四月十七日召开关于徐州作战的碰头会。参加会议的有:大本营派来的桥本群少将、西村敏雄中佐;华北方面军作战课课长下山琢磨大佐,第一军参谋友近美晴中佐,第二军参谋长铃木率道少将、参谋冈本清福大佐;华中派遣军副参谋长武藤章大佐以及临时航空兵团参谋田中友道大佐。会议一开始,华北方面军与华中派遣军就爆发了争执。首先,徐州会战以谁为主?华北方面军的意见是以第二军为主:"当面之敌,对世界和国民来说,为保持面子,恐不会退却。因此,以攻占徐州为目标,即使最小规模的包围,其成果也绝不小。"而华中派遣军认为,是否占领徐州是次要的,重要的是消灭中国军队的主力:"第二军立即发动攻势,派遣军马上开始行动,则敌人可能退却。因此,从效果考虑,其方法应该是中止第二军的攻击,扣住敌人,然后以第一军及派遣军在归德方面完成大的包围圈,可达到消灭敌人的目的。"⑳接着是关于作战时间的争执。华北方面军的意见是:"第五师团从四月十六日开始攻击沂州(临沂),第十师团从十八日开始攻击,进入台儿庄南面地区的作战,要持续到四月底。在这一进入线内为准备以后的攻势,第十六师团集结于济宁附近,从五月十日左右可开始徐州作战。"而华中派遣军的意见则是由他们首先行动:"为策应华北军作战而开始作战,东台、高邮附近的部队要走在前头,应尽量提前开始行动。派遣军最初的计划是四月二十九日,五月四日左右进入宿县、蒙城一线(重点蒙城方面)。如果华北方面军迟延的话,希望和第二军攻势开始同时行动,因为到徐州的距离比第二军远,多少需要提前开始行动。"[21]

面对即将开始的大规模作战,在这个特别召开的参谋会上,除了最终对徐州形成南北包围外,其他问题均未达成一致。

会后,华北方面军和华中派遣军各自制订了作战计划。

日军华北方面军徐州会战计划:

一、在徐州北面挫败敌人的进攻。但敌正在兰封以东、陇海沿线及其以北增加兵力,有阻止我进入的企图。

二、方面军必须走在敌人的态势完成以前,迅速击败徐州方面之敌,占据大致兰封以东、陇海线以北地区。华中派遣军与方面军相呼应,约以两个师团从蚌埠、怀远附近发起行动,由津浦线西面地区北上,大致在归德以东、陇海线以南地区,切断徐州附近敌主力的退路。以一部兵力于四月二十四日从东台(江苏省)北上,协助方面军作战。

三、第二军在其兵力集结的同时,对当面之敌进行攻击,并须占领徐州。

四、第一军应以有力的一部渡过黄河,首先迅速切断兰封、归德间的陇海线,并向归德方面挺进。与华中派遣军一部密切配合,使第二军的作战顺利进行。掩护第一军渡河部队由火车送到济宁附近,要求着即由该方面行动。另外,在兰封以西、黄河沿岸尽可能用佯攻牵制敌人。

五、临时航空兵团应以其主力协助向陇海线地区作战。特别应将其重点指向第二军正面。更应与华中派遣军第三飞行团及海军航空队密切配合。[22]

四月二十四日,华中派遣军发布徐州会战作战计划:

一、方针

军与华北方面军相策应,将徐州附近之敌捕捉消灭在徐州西面地区,决战时间大概定为五月中旬。

二、指导要领

军预定于五月五日左右开始前进。根据情况,预期在四月底以后有可能开始前进。

军将第九师团、第十三师团并列作战,首先击败当面之敌,神速向赵家集—蒙城一线挺进,此时的重点保持于左师团。进入赵家集—蒙城一线附近以后,应向归德、亳县方面,还是砀山、永城方面,或是向徐州方面前进,要看情况。特别是应根据徐州方面之敌情再行决定。但不管情况如何,必须以一部占领宿县附近。

派遣军为保证军的主力作战,在军的主力行动前,下令派遣如下部队：

第一〇一师团从现驻扬子江北岸的部队中,尽可能抽出更多的兵力,向阜宁方面前进。

第六师团迅速以步兵四个大队为基干的部队,沿和县至巢县至庐州大道地区作战,咬住庐州方面之敌。

派遣军于四月十三日命令,在苏州附近警备的第九师团在凤阳附近集结,第十三师团在蚌埠、怀远间集结。

第九师团在四月中旬陆续集结于南京对岸的浦口,排除敌之障碍北上,到五月八日前集结于凤阳、临淮关地区,第十三师团也在五月八日前在所命令地区集结完毕。[23]

从作战计划上看,日军两路部队虽是各管各的,但已经呈现出对中国军队的南北合围趋势。

在徐州战场的北线,位于鲁南的日军第五师团急不可耐,师团长板垣征四郎把他的指挥部前推到临沂西北面的义堂集附近。日军华北方面军又从独立混成第五旅团以及第一一四师团抽出部队,归板垣征四郎指挥,以厚第五师团兵力。板垣征四郎随即派出了他最强悍的国崎支队,于四月十六日向鲁南重地临沂发动了攻击。

四月十九日,李宗仁致电武昌参谋总长何应钦、军令部部长徐永昌：

……当面之敌自应晨以来猛烈犯我,着着进逼迄未停止,啸(十八)日晚继续彻夜激战,炮火猛烈。我阵地全毁,房屋均着火,炮弹已渐达城垣,我官兵于火光烟焰中流血抵抗,前赴后继,伤亡累累,而干部伤亡尤重,陷于苦战状态。现援军仅到一部,二十一师尚无消息,现时情况二十一师如今晨不能到达,危险堪虞……[24]

十九日中午,日军突入临沂,负责守城的庞炳勋部激战后"官兵伤亡甚重",残部于二十日凌晨突围而出。

原定负责增援临沂的还是张自忠部。

之前,张自忠部两次奉命增援临沂,部队"伤亡奇重,兵员锐减","尤其是第三十八师,作战前约有一万五千人,临沂战役后仅剩不足三千人",部队因此南撤卞庄(苍山)一带补充休整。[25]自中国军队津浦路作战开始以来,张自忠部于南北战场不断奔波,哪里危急就赶赴哪里苦战。这一次,他又奉命从卞庄北进增援临沂,但因沿途受到日军猛烈阻击而未能及时赶到。及至临沂失守的消息传来,张自忠自责内疚得几近绝望,在给军令部次长熊斌的电报中说:"职部此次转战临沂,为时月余,激战四次,逐次伤亡,力量减削,而敌陆续增加,志在报复。职部以兵员疲惫、器械残缺之余,当生力增援机械化之敌,预料必危。今日徒以国势至此,分属军人,义无反顾,是以激励部属,奋斗到底,而在援军未赶到前,守城庞军退出临沂城垣,战局顿挫,是所痛心。兹查职部黄师(第三十八师师长黄维纲)伤亡殆尽,刘师(第一八〇师师长刘振三)伤亡达三分之二,两师现以战斗员并编一旅,尚觉不敷。职忝绾军符,以身许国,救国有心,杀敌无力,殊觉俯仰疚心。"[26]

临沂失守,中国军队失去了鲁南的战略支撑点。

日军国崎支队占领临沂后,沿沂郯(临沂至郯城)公路迅速南下,目的是调动中国军队主力东援,以掩护日军第十四、第十六以及第一一四师团在鲁西南展开,切断运河以北所有中国军队的后路,进而实现围歼汤恩伯和孙连仲两军的目的。

为避免被围在日军的包围圈里,李宗仁命令汤恩伯的军团放弃对濑谷、坂本两支队的围攻,将关麟征的第五十二军、王仲廉的第八十五军以及周碞的第七十五军等部,后撤至兰陵镇、洪山镇东南地区占领阵地。

四月十日,在临沂战场的西面,与第五师团并驾齐驱的日军第十师团主力由兖州向南推进到枣庄。枣庄位于兰陵镇的西北方向,距兰陵镇仅六十多公里,这意味着第十师团将向汤恩伯部发起攻击。按照日军徐州会战的计划,第十师团的任务是将中国军队滞留在台儿庄附近。第十师团投入的部队是:以濑谷启的第三十三旅团为基干的濑谷支队、以长濑武平的第八旅团为基干的长濑支队,还有由第五师团转隶而来、以坂本顺的第二十一旅团为基干的坂本支队。十八日,日军的攻击开始,其部署是:濑谷支队在左,沿枣台铁路线向台儿庄进攻,负责牵制滞留孙连仲部;长濑支队在中,先向兰陵镇、再向禹王山发起进攻;坂本支队在右,先向向城、再向四户镇发起进攻。长濑、坂本两支队的作战目标只有一个,牵制中国军队的主力汤恩伯部。

十九日,坂本支队突入向城,长濑支队推进到兰陵镇,只有濑谷支队在攻击台儿庄时受到周碞的第七十五军的顽强阻击。汤恩伯部逐次放弃阵地向南后退,坂本和长濑两支队紧追不舍,两军激战于兰陵镇、洪山镇以南的四户镇一线,日军决绝强悍的攻击令汤恩伯部死伤严重:郑洞国的第二师剩下不足两千人,而新组建的梁恺的第一九五师只剩下不足千人。——蒋介石要求中国军队固守的大运河北岸阵地已经变得支离破碎。

这时,滇军第六十军增援而至。

卢沟桥事变爆发后,在蒋介石的请求下,云南省府主席龙云将直属的步兵、炮兵、工兵、交通兵、护卫骑兵等部队合编为中国陆军第六十军。任命卢汉为军长,下辖第一八二师,师长安恩溥;第一八三师,师长高荫槐;第一八四师,师长张冲。一九三七年十月,第六十军出云南经贵州,徒步行军四十多天,抵达湖南常德待命。一九三八年初,又转至武昌整训,四月奉命开赴鲁南战场。

中国陆军第六十军军歌,是著名作曲家冼星海创作的:

我们来自云南起义伟大的地方,
走过崇山峻岭,
开到抗日战场。
兄弟们用血肉争取民族的解放,
发扬我们护国、靖国的荣光。
不能任敌人横行在我们的国土,

不能任敌机在我们的领空翱翔。

云南是六十军的故乡，

六十军是保卫中华的武装！

云南是六十军的故乡，

六十军是保卫中华的武装！[27]

军长卢汉先期赶到第五战区长官部，李宗仁告诉他："台儿庄东北前线吃紧"，第六十军归第二集团孙总司令指挥，"速到台儿庄东南面运河以北集结"。而一旁的白崇禧说："台儿庄情况，前几天很紧，目前已趋缓和"，希望第六十军于二十四日前集结完毕。卢汉又去见了孙连仲，孙总司令说："敌军攻势虽猛，但我们打得很好，局势已趋稳定。"——卢汉后来说："李宗仁说话比较直率，白崇禧、孙连仲均未将台儿庄的真实情况相告。在我军赶赴集结地的途中，于学忠、汤恩伯两部已经转移，遂使我军未曾展开即与突入之敌不期而遇。"[28]

按照命令，第六十军需集结在台儿庄的东南面，作为于学忠的第五十一军的二线部队。可是，当第六十军向集结地运动时，汤恩伯的第二十军团已经南撤，于学忠的第五十一军获悉汤恩伯部撤走后，赶紧向西收缩了自己的右翼，以至于在台儿庄战场的东南面，中国军队的防线上出现了一个巨大的缺口。日军以两个联队的兵力，在三十多门火炮和二十多辆坦克的支援下大举南下，与向北开来的第六十军第一八三师先头部队尹国华营迎头相撞。尹营长的先头部队消灭了日军的尖兵，占领了台儿庄以东的陈瓦房，但随即便陷入日军主力的包围。为给后续部队赢得时间，被包围的中国官兵顽强抵抗。危急时刻，一〇八一团团长潘朔端率部增援，在小庄附近遭遇日军的猛烈阻击，团附黄云龙阵亡，团长潘朔端身负重伤。日军从四面冲进陈瓦房，被包围的中国官兵开始了白刃战。最终，除一名叫陈明亮的士兵冲出包围圈生还外，尹国华营的其余五百余名官兵全部殉国。

先头营的拼死作战，为第六十军赢得了展开布防的时间。

二十三日，日军向蒲汪、辛庄、戴庄一线发起猛攻。防御蒲汪的第一八二师一〇七九团，在团长杨炳麟的指挥下与日军反复冲杀，当重机枪阵地上只剩下机枪手杨正发一人时，身负重伤的杨正发依旧在猛烈射击，竟然使得日军"不能靠近"。为增援蒲汪阵地，迫击炮排排长靳家祥和步兵排排长吕建国率队向日军发起突然反击，两个排的中国官兵冲入日军的坦克群,用集束手榴弹炸毁了数辆坦克,毙敌十余名,但随后身陷重围,两名排长和二十余名士兵无一生还。二十四日,蒲汪阵地上的中国守军已伤亡三百余人。日军增援部队抵达后,二十多辆坦克冲进蒲汪横冲直撞,滇军官兵与村庄里的断墙一起被碾为平地,双方惨烈的肉搏战一直持续到深夜,日军不支退却。而这时候的一〇七九团,连同负伤的代理团长钟光汉在内,全团仅剩下不足五百人。

第六十军军长卢汉记述:

> ……敌我双方投入的兵力约达七万人,敌军三万余人,伪军五千人,我军三万余人,在不到四十平方公里的土地上反复厮杀,逐村争夺。这时,我军原在台儿庄东南面运河北面的集结地,由于陈瓦房、小庄、凤凰桥在遭遇战中为敌攻占,形成了东起台儿庄东北之陶沟桥、马家窑、李庄、五圣堂、邢家楼、五窑路,右至辛庄、蒲汪、西黄山之线的第一阵地,与敌在犬牙交错的状态中对峙。㉙

二十五日夜,孙连仲转达第五战区命令:二十六日台儿庄全线发动反击,于学忠部向东,汤恩伯部向西,第六十军向北,合力歼灭突入台儿庄东面我军袋形阵地中的日军。

二十六日晨,中国军队的反击作战刚一开始,就被日军前所未有的强大火力所阻,无论是汤恩伯部、于学忠部,还是卢汉的第六十军,都不得不退回原阵地。日军在中国军队后撤后,以炮兵、坦克、步兵联合发动了全线攻击。在第六十军正面的东庄阵地,日军一个小时发射了五千发炮弹,东庄上空烟尘蔽日,整个村庄被夷为平地,那些在炮击中活下来的中国官兵,接着就与冲过来的日军步兵展开了激战。在右翼,第六十军一〇八团团长董文英决心收复蒲汪,他带领一个机枪连和一个迫击炮排出击,于中午时分悄悄接近了日军据守的阵地。中国官兵的袭击是突然发动的,日军以一部在正面顶着,步兵与骑兵则绕到了董文英部的侧后,董团长率部一面试图冲出夹击一面奋力后撤,在得到一〇七团的增援后才退至戴庄阵地。傍晚,伪军刘桂堂部换上滇军的军服,潜入第六十军胡山阵地,董文英团长奉命向胡山发动反击,战斗中董团长阵亡,三营营长陈浩如奉命代理团长,不久也在战斗中阵亡。这一天,一〇八团出击部队伤亡官兵达三分之二。入夜,第六十军的

— 457 —

胡山、窝山、戴庄等阵地相继弃守。

二十八日,日军越过戴庄,攻击台儿庄北面的禹王山阵地。第一八四师第五四四旅旅长王秉璋率部阻击,中国守军击中了日军的前锋坦克,王旅长在指挥战斗中胸部中弹。日军攻占禹王山山顶后,第五四二旅一〇八六团团长杨洪元要求三营三连组织敢死队,"趁暗夜发起进攻",将山顶的敌人歼灭,然后向前推进,"构筑起坚固的防御阵地"。三连共计二百八十六名官兵,连长李佐认为:"到各排去挑敢死队员,不但贻误战机,且临时组成的敢死队,官兵之间互不熟悉,难以发挥夜战的威力。不如就用建制排,一个排接一个排连续冲锋,一定要把山顶夺回来。"㉚首先冲上去的是三排,两个班的士兵趁日军不备将其赶下山顶。日军开炮了,已越过山顶的两个班的士兵全部阵亡。三排的其他官兵接着往上冲,同样,也在日军的炮火打击下全部阵亡。——"两个排一百三十多人,经几次冲击,伤亡近百人,只剩下三十多人守着禹王山的山顶。"三营长王朝卿向杨团长建议:"不能再向前冲了,只要守住山顶就行了,不然部队会被打光的。"——自四月三十日起,中国守军在禹王山顶棱线上与日军形成对峙。

在台儿庄东南战场的作战中,第六十军表现出惊人的勇敢和顽强,但也为此付出了巨大代价。李宗仁在致蒋介石的密电中称:"每一阵地失去,官兵均少生还。"㉛近十天的血战中,第六十军十二个步兵团,伤亡兵力达七个团,约一万四千余人,其中阵亡者达五千余人。

中国守军的苦战,令濑谷、长濑和坂本三个支队不但出现严重伤亡,且作战进展困难。

日军战史记述:

> 到四月底,各支队的战线形成胶着状态,受到多数之敌(当时估计在三十个师以上)的抵抗和反击,陷于苦战状态。在我第一线部队通过的后方地区,敌人再次侵入,因此战线成混战状态,后防联络线的保持也极困难。第十师团长四月二十二日从枣庄进入兰陵镇指挥作战,但除指导第一线外,还要对侵入后方之敌采取对策,很忙碌。㉜

鉴于师团长矶谷廉介的"忙碌",华北方面军第二军派出了以草场辰巳的步兵第十九旅团为基干组成的草场支队,命其配属第十师团增援台儿庄东南战场。但是,草场支队刚进至金陵寺、白山西附近,就遭到中国军队第一一〇师和第三十师的顽强阻击,被迫停滞不前。

此时,沿沂郯公路南下的日军国崎支队,二十三日占领郯城,二十四日晚占领码头镇。二十八日,国崎支队从码头镇出发,拟向西北面的北劳沟发起攻击。但是,在北劳沟村的东、北两面,受到关麟征的第五十二军和樊崧甫的第四十六军的猛烈阻击。激战一天一夜后,国崎支队后方联络中断,弹药给养匮乏,官兵伤亡惨重。师团长板垣征四郎追加了千余兵力前往增援,依旧没能使国崎支队摆脱困境。——"从二十九日起,国崎支队受到东、北两面之敌的反击,陷于苦战之中。因支队的后方联络线被切断,弹药、粮秣缺乏,而呈现补给完全没有希望的状况。由于不断伤亡,战斗力急剧下降。国崎支队的步兵第四十一、第四十二联队,自攻击沂州以来,没有补充过兵员,各中队伤亡累计百分之六十至七十,联队实力还达不到一个大队。"㉝

为了抵抗住日军在鲁南发起的攻势,李宗仁将樊崧甫的第四十六军、李延年的第二军、谭道源的第二十二军以及安恩溥的第一八二师、吴良琛的第十三师,都加强给了汤恩伯的第二十军团。这其中,樊崧甫的第四十六军、李延年的第二军、吴良琛的第十三师,都是当时中国陆军中的主力部队。由此,一九三八年五月初,第五战区内的中国军队,于台儿庄东南方向的邳县附近,北依禹王山、方头山、艾山、南北劳沟,重新建立起一条横向防御线,以期利用有利地形与日军进行顽强的阵地战。日军逐步增援后,始终未能突破中国军队的这条防线,鲁南地区战事由此呈现出胶着状态。——就鲁南战局来讲,尽管日军难以推进,但无论是第五师团还是第十师团,其执行的任务就是"滞留台儿庄一带的中国军队",并"吸引中国军队主力东援",而这正是日军徐州会战第一阶段的作战目标。只是,两个师团在"滞留"作战中所付出的代价,竟然比之前攻占任何一处要地时还大,日军官兵由此认为,环绕着台儿庄的那片地域,无疑是令他们"噩梦丛生的地方"。

与此同时,在徐州战场的南线,日军华中派遣军的两支先遣队推进顺利:第六师团以坂井德太郎的第十一旅团为基干组成的坂井支队,四月二十三日从安徽芜湖出发,二十四日占领和县,二十六日占领含山,三十日占领巢县,五月十一日占领庐州;第一〇一师团以佐藤正三郎的第一〇一旅团为基干组成的佐藤支队,四月二十四日从江苏东台出发,二十六日占领盐城,二十八日占领新兴,五月七日占领阜宁。以上两个日军支队向北推进时,没有受到中国军队的有力阻击。由此,在徐州主战场的东南方向,日军已对中国军队的侧背形成了威胁。

中国军队的将领们——包括蒋介石本人——仍旧认为南线的日军华中派遣军仅仅是在策应北线作战,对徐州有所图谋的是日军华北方面军。中国方面尚未弄清楚这样一个现实:尽管日军的徐州会战计划显示,主攻的是北线的华北方面军,南线的华中派遣军为助攻,但是,战争全面爆发已十个月,中国方面应该了解,对于日军陆军来讲作战没有谁主谁次的概念。此刻,在徐州战场上,南北两线的日军都认为自己是在主攻。

中国第五战区将要为偏重北线而忽视南线付出巨大代价。

五月初,日军终于看到了他们希图出现的战场态势:由于鲁南方向第五、第十师团的牵制滞留作战,中国军队的数十万大军已云集徐州附近。于是,日军从南北两线开始对徐州实施战略合围。

正值淮北大旱时节,许多河流都已断流,日军的机械化部队可以疾速推进。五月四日,集结在凤阳、蚌埠、怀远一带的日军第三、第九、第十三师团以及配属的机械化突击部队,在大量飞机的掩护下,一部沿着津浦铁路线西侧、主力则沿着涡河西岸开始向北挺进。在涡河一线,中国守军韦云淞的第三十一军因为防线正面过于宽大,被日军突破后不得不向西退却。周祖晃的第七军五月一日才由合肥调至涡河负责防守;同时,还接替了第三十一军在泚河北岸的部分防务。桂军官兵工事尚未修好,就遭到日军炮火的猛烈轰击。随后,第七军在日军步兵锋刃一般的强劲冲锋下弃守溃散。五日,日军突破了涡河两岸中国守军的阵地。第二十一集团军总司令廖磊急令第四十八军,在津浦路西侧以及涡河西岸,向疾速北进的日军发动侧击,以减缓日军强悍的攻击势头。但是,中国军队的瞬间侧击,在日军强大的火力压制下,根本无法收到任何成效。况且,日军也没有与中国军队纠缠作战的意图,日军的目标很明确,即完成对徐州的战略大包围。廖磊又急令刘汝明的第六十八军南下增援。刘汝明部五月三日才集结徐州,刚刚归属第二十一集团军指挥,西北军部队对增援桂军作战并不坚决,部队才走出徐州以南约五十公里,刘汝明见战场态势已不可能令他孤军南下,为避免被日军包围,第六十八军向西面的涡阳地区紧急收缩了。——至此,津浦路南段门户洞开,北进的日军华中派遣军有了直扑徐州的态势。

廖磊不得不下死令,命贺维珍的第一七三师在蒙城构筑起防御线,以迟滞日军北进的速度。

干旱的淮北突然下雨了,道路泥泞,夜晚伸手不见五指。第一七三师副师长周元率部向蒙城开进的速度极其缓慢。蒙城是个小县城,城墙是单薄的土墙,周围开阔的麦田也不利于守城。中国守军五月六日晚赶到,仓促修筑起简易工事后,日军已经迫近。一〇三三团团长凌云上的部署是:蓝权的三营布防东门外附近的村庄,一部在东门内大街构筑巷战工事;李国文的二营主力为团预备队,控制在北城,一连则在北门外和西北角布防,面向涡河警戒;贾俊优的一营主力布防南门外,并在城外西郊构筑阻击工事;团搜索队七十余人,轻机枪两组十人,步枪和手枪队各三十人,于涡河北岸向龙坑方向警戒。八日,日军骑兵先遣队接近蒙城,遭到一〇三三团搜索队的袭击,日军在短暂的混乱后重新冲击而来。搜索队利用麦田作掩护,与日军对峙到黄昏。这时候,日军炮兵的气球升起来了,悬停在蒙城东门的上空,炮兵瞄准方位开始猛烈地炮击,炮击之后是步兵的冲锋。三营守军抵抗顽强,一直打到天黑,令日军毫无进展。天亮了,日军的炮火再次轰击东门,战机也飞临蒙城上空俯冲投弹。这一次向东门发起攻击的日军步兵中夹杂着十辆坦克,死守东门外阵地的中国守军伤亡达二百余人,最后被迫退入城内。同时,南门外阵地也在苦战后丢失。至此,蒙城城外阵地全部落入日军之手,城内的中国守军陷入重围。晚上,日军一面爬城墙,一面向城门袭击,除了有涡河天然屏障的北门外,蒙城其他三个方向的城门处均彻夜激战。凌晨时分,日军开始总攻,火炮、飞机以及直接抵近城墙的轻重火器组成极其猛烈的火网,蒙城的三面落弹如雨,硝烟弥漫,墙倒屋塌,日军从东面和南面倒塌的城墙缺口冲进来。关键时刻,团长凌云上亲自持重机枪向日军射击,终于把从缺口处涌入的日军堵了回去。日军整顿后再次发动攻势,工兵乘坐坦克冲击中国守军的工事,然后步兵依旧向残破的东门猛冲。中国守军兵力有限,外援无望,眼看着日军冲入城区,坦克沿着大街横冲直撞,守军官兵被分割成碎片。激烈的巷战中,三营营长蓝权阵亡,紧接着副师长周元阵亡。最终,蒙城中国守军一〇三三团官兵几乎全部牺牲,只有团长凌云上率十余名官兵冲出了日军的重围。

五月九日,蒙城陷落。

在徐州主战场的西南方向,日军也已位于中国军队的侧后。

李宗仁意识到了形势的严峻。

此刻,北线鲁南地区的中国军队被日军第五、第十师团死死牵制着无法解脱,而南线日军的第三、第九、第十三师团全速北进的目的无疑是对徐州实施包抄。因此,必须在北线日军急速南下之前,阻滞南线日军的推进速度,以解徐州被南北合围之忧。但是,中国军队主力之前已大军云集北线,此刻让任何一支部队南下,不但会遭遇南线日军的猛烈打击,且相对于岌岌可危的战场态势而言,都已显得为时过晚。

五月七日,日军华北方面军下达徐州会战作战命令:

> 一、第十六师团五月九日从济宁附近出发,击败当面之敌,首先迅速进入砀山、唐寨方面。
>
> 二、第十师团扣住当面之敌,随着作战的进展,准备向临城附近转进。
>
> 三、第五师团扣住当面之敌,随着作战的进展,准备向徐州东面地区前进。
>
> 四、随着第十六师团的前进,变更警备地区。[34]

北线,鲁南战场完成牵制后,鲁西南的日军开始南下了。

九日,日军第十六师团从济宁出发向西挺进,当天渡过了大运河;配属该师团的第十四师团酒井支队,于十一日夜占领郓城。

南北两路日军合围徐州的战略意图已十分明显。

中国统帅部得到了如下确切情报:

> 据谍知:敌为攻占徐州,其华北方面军最高指挥官寺内寿一大将、司令官梅津美治郎中将、津浦路方面作战司令官稔彦王中将、胶济路方面作战司令官三毛一夫少将,均已在最前线之临城指挥作战。又平汉路方面作战司令官香月清司中将拟亲率第十四师团沿濮县渡黄河经菏泽到曹县,与津浦路以西之敌军相互呼应。又敌华中派遣军最高指挥官畑俊六大将及司令官冈村宁次中将同在蚌埠设临时指挥所,亲身督战。[35]

日军的作战目的是一举消灭中国军队的主力。

但是,蒋介石的判断却出人预料,在日军对于徐州势在必得的情形

下,他仍旧认为徐州战场上的日军是在"自取败亡":

  查日寇自鲁南屡败惊慌万状,近竟放弃晋绥江浙既得地位,仅残置小部扼守要点苟延残喘,而调集所有兵力指向陇海东段孤注一掷,以图幸逞,其总兵力合两淮鲁豫至多不过十五万,较之我军使用各该战场之兵力约为四倍以上之劣势,且敌之后方处处受我扰袭,补给不便,较之我之后方有良好交通线者,其补给及兵力转用之难易相去甚远。目下敌不顾其兵力之不足及战略态势之不利,竟敢采取外线包围作战,其必遭我军之各个击破而自取败亡殆无疑问。仰望忠勇将士明察彼我熟权利害,鼓舞所部以旺胜企图心各向任务迈进,击灭当面之敌以寒寇胆而扬国威为盼。㊱

如果从军事上看,这封电报上的所有分析都很正确:兵力劣势的日军远离后方,孤军深入,绝对是在冒军事上的大不韪。可作为中国军队最高统帅的蒋介石应该明白一个严酷的现实,那就是日军之所以敢违军事常规,以劣势之兵力包围如此众多之师,且不顾后方坚决贸然挺进,也是出于对中国军队全面作战素质的判别。显然,蒋介石的意图是:在徐州战场上,中国军队能够对日军实施大规模的反包围,然后聚而歼之。这无疑是蒋介石一个人的自以为是。

身在战场的李宗仁,已经意识到中国军队所处的危境。他认为,如果每一支部队在战术和作战上,都具备完成战略和战役所赋予任务的能力和素质,台儿庄血战胜利后也不会让战败的日军重新组织起坚固的防线,以至于在鲁南战场上形成僵局,导致中国军队的主力被牵制在那里,而当淮南的日军开始北进,鲁西南的日军开始南下时,中国军队已无法调整战线分兵主力前去阻击。

为了落实自己的战略意图,蒋介石带着作战厅厅长刘斐和军令次长林蔚等幕僚飞往郑州。刘斐提醒蒋介石:鲁南部队在运河一带的防御,能否保持到主力部队对日军实施反包围作战的时候,还是一个问题;同时,南线日军的第一线兵力,苏北方向不过三千多人,淮北方向不过五千多人,但两路日军疾速挺进如入无人之境,因此,南线的中国军队能否击退淮北之敌然后再转身支持鲁南和鲁西南作战,确实很难说。但是,蒋介石坚持他的见解。他生怕李宗仁不贯彻他的意图,到达郑州后又声称要亲自去徐州指挥作战。——"我估计蒋的本意就是自己不想去,否则,他领着我们一道去就是了。"——因此,刘斐表示他和林蔚去就可以了,委员长不必冒这个险。蒋介石马上说:"你们去同德邻(李宗仁,字德邻)说,这个是敌人的大包围,不赶快想办法,几十万大军会丢掉的。你们还要向各级将领讲明白,要他们贯彻统帅部的命令。只要大家齐心,首先各个击破淮北、鲁西方面的敌人,再对鲁南转移攻势,胜利是有把握的。"㊲

刘斐和林蔚去了徐州。

蒋介石还不放心,五月十二日,他又以训令的方式致电李宗仁:

一、国军决先击灭淮北及鲁西之敌。

二、鲁南方面在敌抽调兵力转用鲁西之情况下,除应以有力部队增强右翼防敌包围外,须即刻设法抽出三四师兵力位置徐州,为该战区的预备队,必要时用蒙城方面之攻势。

三、鲁南方面即决心取守势,于必要时可依运河逐次抵抗,至不得已时则固守徐州国防工事线,以获得攻势方面决胜之时间。

四、总之第五战区第一任务在击灭蒙城方面之敌,使全盘态势有利,否则保有鲁南阵地亦属无益。

希当机立断,速决实行具报。㊳

此时,南线日军自蒙城出动,三天之内前行一百六十多公里。第十三师团进至永城,第九师团占领了百善,担任第九师团右翼保护的第十八旅团攻占了南坪集。——在永城、百善、南坪集以东,徐州已近在百公里之内。而在战场的正南方向,五月六日才从南京调入的日军第三师团,在蚌埠与怀远间集结完毕后,十五日进至宿县以南的大营集附近。十四日下午,日军第十三师团编成的快速挺进队抵达陇海路,炸毁了汪阁东面的铁桥。而这就意味着:中国第五战区后方唯一的交通大动脉陇海铁路被切断了。

在北线,日军第十四师团主力,五月十二日在濮城、杨集以南强渡黄河,直逼菏泽城下。菏泽守军第二十三师师长李必藩决心死守待援。日军对菏泽发起攻击,第二十三师官兵奋力抗击,日军突破中国守军的外围阵地后,菏泽陷入重围。日军调来重炮猛烈轰击城内,第二十三师官兵死伤惨重。最后时刻,第六十七、第六十八旅旅长信心动摇,率部后撤,致使菏泽城防瞬时崩溃,大批日军涌入城内。第二十三师参谋长黄启东率残部在城内与日军肉搏,寡不敌众却誓死不降,最后独自跳城自杀。李必藩师长身边仅剩下一个直属连和几名随从副官,直属连官兵顽强肉搏,杀开一条血路突围而出。李师长跑到距菏泽五公里的一个名叫曲只集的村庄内,在军用地图的空白处写下了一行字:"误国之罪,一死尤轻。愿我同胞,努力杀贼。"他为自己用人不当致使菏泽失守悔恨不已。——李师长在一块门板上平躺下来,举起手枪,朝自己的太阳穴扣动了扳机。

北线的另一支日军,中岛今朝吾的第十六师团,十一日主力自郓城开始南下,击退了中国守军第七十四师的阻击,占领金乡和鱼台。之后,第十六师团也组织起一支快速支队,不顾一切地急促南下,于十五日早晨抵达陇海线,炸毁了汪阁东面的三段铁路后,与华中派遣军的快速挺进队会师。

南北两路日军在陇海铁路会师,标志着日军对徐州战场上的中国军队的战略包围已经合拢。

为加强华北方面军在徐州会战中的攻击力量,日军大本营从关东军调来了混成第三旅团和混成第十三旅团,命其十五日到达战场配属第二军。至此,日军围歼徐州附近中国军队主力并占领徐州的会战计划已经完成大半的任务:以约六个师团部署于徐州以北,以约三个半师团部署于徐州以南,以连续的攻击行动将中国军队吸引滞留于徐州地区,而后以迅猛的迂回作战南北对进,切断陇海铁路。那么,对于日军来说,剩下的任务就是:向包围圈的中心——徐州发起突击,以歼灭中国军队的主力。

十六日,南线日军第九师团推进到距徐州咫尺之遥的萧县。

同一天,北线日军第十六师团占领唐楼,第十师团从沛县以东南下到距徐州只有六公里的地方。

李宗仁急令从鲁南战场下来的第一三九师前往阻击。该师在师长李兆瑛的率领下即刻向萧县前进,中国守军进入县城的当天,萧县城外的高地和城关已全部落入日军之手。为了不让日军快速靠近徐州,李宗仁又急令张自忠率第五十九军、第九十二军增援第一三九师死守萧县。但是,张自忠部受到日军的猛烈截击,根本无法靠近萧县。萧县四面被围,当日军步兵由北门冲入县城时,第一三九师粮弹俱绝,与外界失去了一切联系,师旅两级预备队均已用尽。守军官兵一边肉搏一边突围,李师长和石副师长均负伤,参谋长邓佐虞、副旅长吕汝爽、马骥德和团附陈芳荣以及营长李彦文、黄超云、李廷舟阵亡。㊴

萧县失守,徐州战场上的中国军队深陷重围。

日军知道中国军队除了突围之外别无选择。

十五日,日军华中派遣军命令:

一、徐州东面敌主力开始总退却。

二、军与华北方面军协同向徐州缩小包围圈,将敌歼灭之。

三、第三师团应急速开始行动,同时合并指挥第九师团的右侧支队,首先攻占宿县,接着冲进徐州,攻击驻在之敌。

四、第九师团除继续执行原任务外,须冲进徐州。

五、第十三师团应以主力迅速切断徐州至砀山大道,然后冲进徐州,攻击驻在之敌。

六、变更第九、第十三师团之间的作战境界为大吴集、穆集、卧牛山连接线,第十三师团与华北方面军之间不特别设置作战地区境界。㊵

日军已经急不可待地要"冲进徐州"。

十六日,李宗仁下达了放弃徐州并全面突围的命令。

中国第五战区突围命令:

一、第二集团军、第二十二集团军及第五十一军、第六十军、第四十八军、第二十二军、第七十五军之第六师、第九十三师、第一三二师和第一四〇师为鲁南兵团,以孙连仲为总指挥,于学忠为副总指挥,守备徐州,掩护大军转移。

二、第二十军团(第一一〇师、第四师)及第二、第六十八、第五十九、第九十二各军,与第九十五师为陇海兵团,以汤恩伯为总指挥,刘汝明为副总指挥,由徐州西南转进亳县、柘城、太康、鹿邑、淮阳、涡阳一带。

三、第二十一集团军、第三十一军及第七十七军为淮北兵团,廖磊为总指挥,由宿县、固镇一带向太和、阜阳、颍上、凤台、寿县、正阳关之线转进。

四、第二十六、第二十七集团军为淮南兵团,以李品仙为总指挥,确保官亭、舒城、怀宁之线。

五、第二十四集团军为苏北兵团,以韩德勤为总指挥,仍确保淮阴、东海一带。

六、挺进军(第六十九军)应在费县附近鲁南山区经营根据地,进行游击作战。㊶

抗战史上中国军队最大规模的突围行动开始了。

中国军队在自己的国土上寻找生存出路是有优势的。中原地区幅员辽阔,地势平坦,庄稼茂盛的田野里公路和土路密如蛛网,尽管日军南北两路来势凶猛,但毕竟兵力有限,在徐州附近形成的包围圈到处是缝隙和漏洞。第五战区的突围命令刚一下达,十分熟悉地形和道路的数量巨大的中国军队,在迅速脱离包围圈的强大动力支持下,从战场上的各个缝隙蜂拥而出。日军虽然下达了猛烈追击的命令,但洪流一般的中国军队在徐州战场的各个方向狂涌不止,以日军有限的兵力能够追得上哪一股又能堵住哪一支?

偌大的徐州战场上,庞大的中国军队转瞬间就没有了踪影。

日军目瞪口呆。

日军追上的仅仅是因负伤或生病掉队的中国官兵。他们在一名伤兵身上发现了一张第二十二军军长谭道源的名片,不禁大喜:"铃木快速部队二十日急袭在尹集的第二军司令部,军长谭道源中将被俘(负伤后死去)。这位军长像个武人,很出色。"㊷实际上,这名伤兵是谭军长的副官。

最后撤离徐州的中国军队,是卢汉的第六十军。无法得知李宗仁为什么命令这群在台儿庄附近已经血战数天且伤亡严重的云南人来死守根本无法防守的徐州。李宗仁的要求是:为掩护鲁南大军突围,第六十军坚守徐州的时间越长越好。为此,李宗仁送来一份"徐州附近五千分之一国防工事设施要图",又用徐州中央银行来不及搬走的小额钞票拨给第六十军二十二万元作为"三个月的伙食费"。

第六十军军长卢汉记述:

……日军对徐州的包围圈越缩越小,陇海、津浦东南西北四面铁路线已被切断,敌机在市区整天投弹轰炸,我鲁南二十万大军又都涌到徐州,挤在徐州至宿县公路的狭长地带,各自夺路,这时,李宗仁亦已离开徐州……遵照明令,我率部队立刻急行军向指定的汪庄前进,预计五月十九日晨到达。这时来自西南方向的枪炮声隐约可闻。我遂决定派一八四师杨宏元团先到徐州西郊段庄一带布防,掩护友军撤退;然后将我军分为三个纵队,由张冲师长率领,向徐州以南大五柳集、屠家庄地区集结。我则偕部分参谋人员先至徐州,勘察地形,规划守卫徐州部署。我先到战区长官部,院内空无一人,军政机关亦早撤走。我失望之余,只好赶往九里山视察工事。我沿着阵地看了一周,只有十几处钢骨水泥筑成的机关枪掩体,而且布置在北面,东南西三方均无防御设施。我又离开九里山到徐州市区,这时敌军已攻陷萧县,敌人的炮火已打到徐州西郊。敌机终日轰炸,火光熊熊,行人稀少,交通要道已无大部队通行,唯有零星散兵向南奔跑,道旁负伤官兵则卧地呻吟。徐州东火车站附近的仓库及停置路轨上的列车中,弹药、粮秣、器材等物资堆积如山,正放火焚烧,浓烟滚滚。[43]

卢军长终于在徐州郊外的一个小村庄里,找到了他的上司孙连仲——“他和他的卫兵已倚装待发。”卢军长急切地询问:如果第六十军死守徐州,增援的部队是哪支?什么时候才能抵达?所有的部队都已撤走,只命令第六十军固守,统帅部是否已决定进行反攻?第六十军死守多长时间算是完成任务?一问三不知的孙连仲只好说:“局势到这个样,你们军也跟随大部队之后撤退吧。”[44]

第六十军没有固守徐州,虽然是最后突围的部队,但所幸大部分官兵冲出了日军的包围圈。

相比之下,倒是李宗仁的第五战区长官部的突围险象环生。

十七日晚上,日军的炮弹已经落在徐州市里,李宗仁转移到了郊外的一个村庄,但日军的炮弹竟然一路追着他打,其中的一发炮弹准确地落在了他的房屋顶上,所幸那一刻他不在里面,把他的传令兵炸死了。十八日晚,李宗仁和战区长官部的幕僚们开始乘火车突围。原计划火车抵达宿县后折向西,但才前行了几十公里便传来猛烈的爆炸声,有人报告说,前面的一座铁路桥被撤退的中国工兵炸断了,为的是不让日军追击过来。包括李宗仁在内，火车上的所有人开始下车步行，走了一夜才接近宿县，但坏消息随即传来：十九日晨，宿县已被日军占领。——在战区长官部开始突围时，李宗仁曾严令第二十一集团军总司令廖磊派出最有力的部队，死守宿县三天，直到长官部突围出去才能弃守。李宗仁以为这一重任只能交给他信任的桂军部队，然而，奉命死守宿县的第七军第一七一师师长杨俊昌，在日军第三师团与第九师团的联合猛攻下，不到一天就命令部队弃城撤退，导致战区长官部的突围之路被日军堵死。杨俊昌的理由是，第一七一师在上海血战后全部由新兵补充而成，奉命转进徐州战场，经过在淮南阻击日军北进的战斗，接到死守宿县的命令时，全师仅剩五百残兵。尽管他认为让这五百残兵坚守宿县"简直是胡来"，但还是执行了开赴宿县的命令。宿县是一个大县城，第一七一师的残兵难以布防四个方向，可是日军从四面包围而来。宿县的陷落，只是时间问题，而且不会超过一天。由此，除了杨俊昌认为应该孤注一掷死守外，第一七一师的其他将领都认为不如尽快撤走，以免被迅速全歼。杨俊昌知道违令的结果，最后时刻他说服自己的理由是：用他一个人的脑袋保住其他人的性命。——一九三八年十月，杨俊昌因违抗军令弃守宿县，被国民政府军事法庭判处十年监禁。

在距宿县六七公里处，李宗仁见到了南撤至此的汤恩伯。汤恩伯的军团不但仍有"数师之众"，且还有数门十五生（厘米）的大炮随行。汤恩伯问李宗仁要不要与他一起突围，因为他的部队"实力雄厚"，日军难以围歼。李宗仁则认为，让这支中国陆军中的精锐之师脱离战场至关要紧，而带着他的长官部必会形成拖累。于是，两人决定，汤恩伯的军团继续向西突围，李宗仁的长官部绕过宿县向东南突围：

> 我即亲率长官部一行千余人向东南前进。沿途皆有敌机跟踪轰炸，然在大平原之上，部队分散前进，敌机杀伤力甚小。越过津浦路以西地区后，某次吾人正在一大村落造饭休息，忽为敌侦察机发现。该机兜了个圈子即行离去。我知其情不妙，匆匆饭毕，即令全体人马离开该村。我们走了不及二三里地，突有敌轰炸机二十余架比翼飞来，一阵狂炸，该村落顿时夷为平地，而我辈竟无一人死伤，亦云幸矣……我们自东边绕过了宿州，足足走了一整天，抵达涡河北岸，与第七军来接的部队共一团人相遇。涡河桥梁、渡船皆毁，人、物渡河已感困

难,随行汽车数十辆自然无法携带,乃悉数在河边焚毁。渡过涡河,进入第二十一集团军防地,才完全脱离了敌人的包围。㊺

五月十九日中午,日军占领徐州。

日军对中国军队撤退的速度和技巧甚感惊愕,认为徐州会战的战果因此被大大打了折扣,折扣低到了作战计划预想的"一折":

> 中国军的退却,实在巧妙,日军即或发现踪迹,在麦田中亦无法追及……中国军不但轻装,而且善走,同时所着服装与一般民众无异,故纵不及退却,亦可冒充一般民众,欲捕捉几不可能……况彼等之退却与一般大部队之退却方式不同,亦若蜘蛛之子,由四面八方各自分散,嗣在指定之安全地区集结……而且日军兵力仅五分之一,故对退却迅速之中国军,只能产生一折程度之打击而已。㊻

徐州战场上中国军队的大撤退,从军事上讲是一次成功的行动。——数十万大军在战局不利的情况下转移脱离战场,不但破坏了日军与中国军队决战的计划,还使国家军队的主力得以保存,这也符合中国持久抗战的需要。

当日军意识到徐州附近战机已失后,迅速调整部署,把攻击方向转到了中国第一战区所属的豫东地区,目的是捕捉和歼灭陇海路东段的中国军队主力。

日军第十四师团从菏泽兵分两路,其先头部队于五月十七日抵进兰封以东的仪封附近,再次切断了陇海路。中国第一战区紧急调动宋希濂的第七十一军、桂永清的第二十七军,由兰封反击仪封;薛岳指挥的豫东兵团主力也由归德向西夹攻,把突进豫东的日军第十四师团的三个步兵大队、一个重炮旅团和一个野炮团阻击在了内黄、马庄寨和人和集一带。

在第五战区中国军队主力撤走后,徐州以西的豫东地区至少还存在着属于中国第一战区的近二十万主力部队,而土肥原贤二竟然指挥着他仅有两万人的第十四师团毫无顾忌地冲了进来,这不但使蒋介石大为意外,也令被如此蔑视的中国军队感到愤怒。——徐州会战后期,发生在豫东地区的未在计划之内的作战,被中国方面称为"兰封会战"。

蒋介石决定给土肥原贤二以重击。

蒋介石的信心来自这样一个前提:第一战区中国军队与冲进来的日军第十四师团的兵力对比几乎达到了十比一,而且第一战区的中国军队的主力均是精锐的中央军部队。

中国第一战区的作战构想是:由俞济时的第七十四军和李汉魂的第六十四军之一师组成东路军,自归德沿陇海路两侧向西攻击;以桂永清的第二十七军、宋希濂的第七十一军组成西路军,由兰封向东攻击;由孙桐萱的第三集团军和商震的第二十集团军组成北路军,在定陶、菏泽、东明、考城一线切断土肥原贤二的退路。为保证作战目标的达成,特别命令黄杰的第八军、郭忏的第九十四军之第一八七师以及杨光钰的第二十四师等部队坚守砀山和归德一线,阻击日军第十六师团由徐州西进增援。命令汤恩伯的第二十军团、胡宗南的第一军等中国陆军之精锐主力集结豫东相机投入。

中国军队拟以二十万对二万的绝对兵力优势,彻底歼灭日军土肥原贤二的第十四师团。

二十一日,第一战区的中国军队兵分三路,开始夹击深入到内黄、仪封一带的日军第十四师团。王耀武的第五十一师和龙慕韩的第八十八师一部收复了人和集和内黄,两地的日军向西南方向混乱逃窜。同日,宋希濂的第七十一军向仪封的日军发动猛攻,迫使仪封日军向西北面的东岗头、毛姑寨方向逃窜。

中国军队随即发起了猛烈的围歼战。

战斗一开始,在毫无遮蔽的平坦的盐碱地上,第二十七军第四十六师官兵遭到日军炮火和机枪的打击,日军火力之猛,使得冲锋号刚一响起,第一三八旅二七五团二营五连排长陈猷和他身边的司号员瞬间便被打倒在地。副排长李勋率领官兵投出一波又一波的手榴弹,然后官兵们趁着烟幕冲到了日军的战壕边,战斗由此进入了残酷的肉搏战。

……一名日军端着三八枪向我猛刺过来。我本欲先发制人,但枪比敌短,说时迟那时快,日军的刀锋已近我身,我急忙向左一闪,刺刀从我右肘飘过,刀尖划破了我右下臂皮肉。我顾不了许多,忍住疼,用枪托顺势横扫过去。日军眼快,以左手接住我的枪,用力一拖,我顺势一压,双方都脚失重心,同时倒地,在地上扭打一团,谁也不愿松手。这时,另一日军欲刺我的后背,但刚一举枪,就"呃"了一声倒下了。我回头一看,是机枪手周天禄砸死了该敌。接着,老周身子一转,冲着被我压在下面的日军一脚踢去,同时用枪托将该日军砸得脑浆崩裂。我刚站起,只见周天禄如闪电一般,抡起机枪左右开弓,勇猛异常,顿时就砸死了六个日军。周天禄是河南信阳人,二十五岁,农民出身,为人忠厚,力气很大,能双手同时举起两个成人,是我连第一大力士,平时我俩感情较好。这时,他虽身负轻伤五处,但毫不在乎。十余分钟后,我连毙敌八十余名,剩下的日军仓皇逃跑。㊼

战斗持续到下午,第一三八旅已经拼得所剩无几了。阵亡者中有一名学生出身的士兵名叫费精进,日军的刺刀从他的前胸刺穿到后背,他的刺刀也刺进了日军的腹部,双方的刺刀就这样留在了对方的身上。旅长马威龙对官兵作战勇猛很满意,亲手写了两张嘉奖令,一张是因五连坚守阵地,还捉了一名日军俘虏,给予褒奖;另一张是论功行赏,中尉排长王永福提升为上尉连长,上士副排长李勋提升为少尉排长。大家一致推荐勇猛的大力士周天禄负责保卫旅长的安全,马威龙高兴地接纳了。可是,在接下来的战斗中,排长李勋负伤,当他被抬到刚刚收复的罗王车站时,碰见了守着一副担架的周天禄。周天禄说,他和旅长一起上前沿时,旅长被炮弹炸倒了,除了一条大腿外,全身都被炸烂了。在放着马威龙旅长遗体的担架旁,排长李勋和大力士周天禄抱头大哭。

中国军队相继夺取了毛姑寨、杨楼等据点,日军向西逃窜的路已被封堵。土肥原贤二把第十四师团主力集中起来,拼死向杨固集、双塔集一带猛冲。连日苦战后第二十七军抵挡不住,溃败下来的队伍潮水般地向西涌去。——"桂永清知道自己的部队是控制不住了,如果丢了兰封,他的责任很大,便匆匆地写了一张字条给第八十八师师长龙慕韩,命令他率所部固守兰封。"而桂军长本人,则是"一口气就跑过了罗王车站"。㊽

消息很快传来:兰封在几乎无人防守的情况下被日军占领。

兰封的失守,至今仍是无法弄清究竟的一件战争往事。有人说是第八十八师师长龙慕韩擅自撤离所致,但龙师长说是桂永清命令他们向第七十一军靠拢,他将兰封城防交给第三十六师工兵连后,部队才移防的。——尽管第八十八师师长龙慕韩被押解到武汉枪毙了,但兰封的失守最终导致中国军队的作战计划严重受挫。

坏消息接踵而至:在豫东战场的东面,为解救土肥原贤二的第十四师团,中岛今朝吾的第十六师团正向西突进,想把中国军队包围第十四师团的包围圈打开一个缺口。日军第十六师团的攻击方向是砀山。负责防守砀山的黔军第八军第一〇二师,在日军的猛攻下,师长柏辉章竟然下令放弃阵地西撤,砀山失守。

兰封和砀山的失守令中国统帅部大为震惊,因为这不但导致了围歼土肥原贤二的计划泡汤,反而还会令战局演变成日军的两个师团合拢后直取开封和郑州。二十四日,蒋介石任命薛岳为第一兵团总司令,统一指挥胡宗南、李汉魂、俞济时、宋希濂、桂永清各部,立即发动反攻夺回战场主动权,彻底歼灭日军第十四师团。愤怒的蒋介石告诫各位将领:"此次兰封会战,关系整个抗日战局,胡、李、俞、桂、宋各军,应遵照薛总司令所示任务,务于本月二十五日午后六时三十分全线总攻,务须于明二十六日拂晓前将兰封、三义寨、兰封口、陈留口、曲兴集、罗王寨地区之敌歼灭。如有畏缩不前、攻击不利者,按律严惩;如战役中建殊勋或歼敌俘获最多者,当特予奖给。希饬所部凛遵勿违为要。"[49]

第一战区司令长官程潜把他的指挥部设在了开封,并制订了围歼土肥原贤二的作战计划:胡宗南指挥第一军、第九十军和邱清泉的战车营,配属重炮兵营,攻击兰封以西的曲兴集、罗王寨;朱怀冰的第九十四师在黄河北岸截击日军的增援,切断其补给线;俞济时的第七十四军、孙桐萱的第三集团军第二十师,以及新编第三十五师、第一〇六师等部,攻击兰封北面的三义寨;第七十一军攻击兰封;第六十四军攻击兰封西面的罗王车站;商震部守备开封至郑州之间的阵地。

二十五日凌晨,中国军队各部队进入了攻击位置。

本该寂静无声的战场,此时却云集了大批渴求观战的中外记者。中国陆军第六十四军,军长李汉魂,粤军余汉谋集团的主力,其任务是攻击罗王寨以夺取西侧的罗王车站。跟随在李军长身后的外国记者分别来自路透社、哈瓦斯社、合众社等国际著名通讯社,还有一位名叫阿特丽斯的美国女记者。二十五日午后,攻击准时开始,中国军队的炮火至少在这个方向上压制了日军,日军的阵地被轰击成一片火海,中国官兵随即发起了不顾一切的冲锋,终把罗王寨内的日军压到了寨外。日军拼死反击,罗王寨阵地失而复得,得而复失,拉锯战进行得十分惨烈。——"傍晚,残阳如血,硝烟随晚风荡漾,指挥所每个人凝视战场情况的惨烈,莫不怒发上指,后续部队川流涌上,视死如归。以我七年来培训出来的广东子弟兵,一旦血染沙场,我固涕泗如泉,而中外记者亦不禁暗弹热泪。"[50]第六十四军再次向罗王寨攻击时,胡宗南派来了重炮助战,中国军队终于夺回了罗王寨和罗王车站。进入罗王寨的记者们开了眼:中国士兵缴获了一把日军战刀,经过考证,竟然是土肥原贤二的佩刀,可见土肥原贤二本人曾在寨内。土肥原贤二的这把佩刀,当场就把一叠二十枚的铜元一斩两半,可见其钢质精纯,锋利无比。

与此同时,宋希濂指挥第七十一军反击兰封。第八十七师负责攻击东北面,第八十八师负责攻击西南面——此时八十八师原师长龙慕韩因丢失兰封已被押解武汉,师长由宋希濂兼任。兰封城不大,土墙也不高,四周地势平坦不易接近。中国官兵事先挖了壕沟,以便前进时掩护,二线部队还捆扎了大量的梯子用以登城。二十六日,战斗开始后,中国官兵发起的数次攻击都没能成功,以致兰封土墙内外双方伤亡枕藉。黄昏,宋希濂命令火炮抵近射击,终于将土墙打开了缺口,中国军队由此获得了立足点,第八十八师自南门爬了进去,第八十七师也冲进去了部分官兵。双方在小城内彻夜巷战,凌晨时分日军弃城逃跑。士兵们把在城内缴获的一匹骏马送给了军长宋希濂,并为骏马取名为"土肥原"。

罗王车站以及兰封相继被攻占,陇海铁路线由此畅通,滞留在归德附近载有中国军队重要军用物资的四十二列火车得以全部西撤郑州。

土肥原贤二早已意识到,中国军队要吃掉他的第十四师团,他已经深陷十倍于己的众兵重围中,突围的方向无从判定,苦战已令部队伤亡巨大。更严重的是,他的后方联络线被完全切断,弹药粮食补给只能依靠空投,师团的机械化兵器,特别是汽车和坦克,在没有燃油的情况下只能抛弃。困境中的土肥原贤二作出了唯一可行的决定:攻陷兰封,然后把主力转移到三义寨、曲兴寨、罗王寨这三个据点内,死守待援。土肥原贤二之所以选择这三个村庄,是因为它们都在黄河边上,可以从水路得到接济。但是,攻占兰封不久,兰封即被中国军队夺了回去。目前,三个据点中,只有三义寨仍在手里。——试想一下,如果侵华战争的策划者之一、著名的特务机关头子、日军精锐的第十四师团师团长土肥原贤二被中国军队或俘虏，或击毙，或在最后的绝望之时只能按照日本军人的标准程序剖腹自杀，那将在中日战争史上留下一个怎样的谈论不尽的话题？

可是，中国军队围攻土肥原贤二所在三义寨的作战，从经过到结局都令人不可思议。

二十八日，蒋介石发来手令，称此战如不能取得成效，将是一个“千古笑柄”：

> 兰封附近之敌，最多不过五六千之数，而我以十二师兵力围攻不克，不仅部队复杂，彼此推诿，溃败可虞；即使攻克，在战史上亦为一千古笑柄。务请毅然决心，速抽调六师以上兵力在侧后方做预备队，而指定李铁军、李汉魂、俞济时三军负责扫清当面残敌。即使被突破数点，冲出包围圈外，我可与之野战，则较为得计。此时东路敌军必于两三日内向西急进，由周口直出许昌、郑州，则后方在在堪虞。若我军不早为计，则如此大兵群集于狭小区域，且左限黄河，歼灭甚易。务希当机立断，即于本晚实施，一面整理战线，一面抽调部队，以备万一。并以此意转薛伯灵（薛岳，字伯灵）、胡宗南，决心遵行，勿稍延误。(51)

但是，三义寨里的日军凭借战车、骑兵和飞机的支援，不但死守不退，而且还不断出寨反击。二十八日，日军的反击方向是第二十七军的阵地，桂永清又一次“独断命令各部队向杨固集、红庙间地区转移阵地，沿途抛弃无线电机及武器弹药，情形颇为混乱”(52)。最终，围攻三义寨的中国官兵伤亡达两千五百余人，虽然攻克了柴楼、蔡楼、十八寨、何寨、薛楼等小据点，可直到二十九日仍没有攻克三义寨。

就在这一天，蒋介石最担心的事情发生了：在兰封战场的东南面，负责解救土肥原贤二的日军第十六师团，攻克了陇海线上的豫东要地归德。

日军第十六师团和混成第三旅团，从砀山向西突击，于二十六日攻占虞城，之后开始攻击归德的外围阵地。负责防御的黄杰的第八军当晚就撤到了归德郊区。二十七日，第一战区司令长官程潜电令黄杰：死守归德，在兰封之敌最后解决之前，必不能放弃。但是，黄杰根本没有执行命令,于二十八日擅自率部退向柳河和开封,只留下第一八七师守朱集车站和归德城。二十九日拂晓,第一八七师师长彭林生也率部撤走,归德随即变为一座空城,致使日军未经作战就占领了该地。

归德的丢失使得战局瞬间转变:准备围歼日军第十四师团的作战,因侧背受到日军第十六师团的威胁,中国军队不得不转为守势,且须立即调兵阻击日军第十六师团的进攻。同时,在战场的北面,日军混成第四旅团正准备强渡黄河,与近在咫尺的第十四师团会合。更严重的是,日军第十师团配属混成第十三旅团,攻占了豫皖交界处的涡阳和亳州,正向豫东急速包抄而来。——豫东地区的中国军队已处在被日军反包围的态势中。

五月三十一日,中国第一战区做出了全面撤退的决定。

一场兵力占据绝对优势、战场态势极其有利、势在必得的战役,结局竟然是全面撤退。

蒋介石所担忧的"千古笑柄"成为了现实。

豫东战场上的中国军队主力开始迅速向西转移。

在是否向中国军队实施猛烈追击并扩大占领区的问题上,日军大本营与华北方面军再次发生争执。二十九日,日军大本营明确指示,追击行动如"越过兰封、归德、永城、蒙城、正阳关、六安一线进行作战,须经批准"。㊼——大本营的命令让日军华北方面军极其愤怒:在徐州作战之前,曾向大本营提出,将来攻击武汉时,希望把作战任务交给他们,因对武汉的攻击应从郑州方向开始。但是,日军华北方面军很快就得知,大本营在制订武汉作战计划时,根本没把郑州方向列入作战范围内,这让华北方面军感受到了蔑视和冷落。在徐州会战中,本来按照作战计划,也应由华北方面军夺取徐州,但竟然被华中派遣军的第十三师团抢先一天占领,再一次让华北方面军颜面大失。因此,这一次,华北方面军决定不再顾及大本营的限制,命令第五、第十四、第十六、第一一四师团对西撤的中国军队实施猛烈追击,一直追到平汉线为止。

六月三日,日军第十六师团攻占杞县、通许和陈留;四日,日军第十四师团攻占兰封后向西进击,与第十六师团一起合攻开封城。中国守军第一○四师,在师长宋肯堂的率领下拼死抵抗,无奈日军兵力和武器都占据优势,六日开封城陷落。随后,日军沿陇海铁路直扑中牟,第十六师团占领尉氏和扶沟,第十师团占领柘城。尽管薛岳命令死守中牟县城和车站,宣称谁再擅自撤退依法严惩,但还是有将领临阵溃逃。第六十四军军长李汉魂致电战区司令长官程潜,电文中充满了愤怒与无奈:"(第一八七师)团长张鼎光于二日守杞县猪皮冈时,擅自撤退;该师参谋长张淑民屡次煽动退却,复敢弃职潜逃;旅长谢锡珍首先退出猪皮冈,未经报告师长,即便借口收容,擅自乘车南下;叶赓常旅长,当睢县之战时,突告失踪,事后闻已易服赴汉口。"㊾ 十日,日军第十四师团前锋部队炸毁了郑州以南的平汉铁路;十二日,日军第十六师团派出的挺进队,炸毁了新郑东南六公里处的京汉线铁路桥。

由开封、中牟至郑州,仅七十公里的距离。

日军战机开始轰炸郑州,"自朝至暮,未稍间断"。

郑州已处在日军第十四师团与第十六师团的夹击态势下。

郑州是中国中原重镇,平汉铁路与陇海铁路的交会点。一旦郑州被日军占领,不但平汉、陇海两条重要的铁路线将被切断,更重要的是:一、日军可沿陇海线西进,攻取洛阳和西安,进而窥伺汉中,逼近中国整个抗战的大后方西南;二、日军的机械化部队可以沿平汉铁路线向南长驱直入,威胁当时中国的政治和军事中心武汉。为此,中国统帅部的最后决定是:掘开黄河大堤,阻止日军前进。

这一惊人的决定,并非临时起意,而是酝酿甚久。

据中国第一战区参谋长晏勋甫回忆,早在一九三五年,中国方面制订未来对日作战腹案时,就已考虑到一旦日军逼近郑州可以采取的应对方案:其一是把郑州付之一炬,其二便是掘开黄河大堤。㊿ 一九三七年秋,蒋介石的德国军事顾问法肯豪森,曾建议用黄河作为"最后战线",决堤造成"人工泛滥"以遏制日军攻势。一九三八年四月,陈果夫致函蒋介石,建议在河南武陟县境内掘开黄河北堤,目的是在日本人用决堤的方式阻挡我军之前,我方抢先选择合适的地点决堤以使日军置于"危地"。徐州失守后,利用黄河水阻挡日军的建议被再次提出,第一战区司令长官程潜认为,也只有决堤才能让中国军队"渡过此种难关"。决定得到了蒋介石的口头批准,但程潜深知此举后果严重,又正式发电请示,得到了蒋介石的复电批准。

黄河,中华民族的母亲河。

黄河孕育了悠久灿烂的中华文明,也因特殊的地理原因千百年来不断地溃决改道。黄河两岸,沃野千里的滚滚麦浪是它的赐予,连年不断的泛滥洪水也是它的面貌。只是,千百年来,黄河两岸的百姓绝不会想到,这条滔滔大河竟然还有一种军事用途。

决堤任务交给了刘和鼎的第三十九军,决堤地点选择在中牟县的赵口和郑县的花园口两处。黄河河堤,为防范泛滥连年修筑,以致高高耸立在河岸之上,无论是赵口还是花园口,河堤都宽达八米以上、高在十米以上,竟然使河堤本身成为坚实的公路。为此,中国统帅部专门派工兵专家王果夫对决堤进行设计和指导,在布置部队进行伪装和施工的同时,要求所有地方政府机构对附近的农民进行迁移和救济。

在赵口执行决堤任务的,是第三十九军第五十六师的一个团,这个团六月四日凌晨开始作业,上级限定的时间是次日凌晨前放水。但是,赵口的河堤土质多沙,狭窄的掘口随挖随塌,炸药对沙质土壤效力甚微,沙土飞溅起来仍落于原处,因此到了限定时间挖掘仍没完成。心情焦灼的蒋介石怕决堤官兵心有顾虑,亲自打电话给刘和鼎军长:"这次决口有关国家民族命运,没有小的牺牲,哪有大的成就。在这紧急关头,切戒妇人之仁,必须打破一切顾虑,坚决干去,克竟全功。"㊿第二天,第二十集团军总司令商震亲自到赵口监督,并加派了一个团协助挖掘,可直到七日下午仍旧没有成功。

日军已逼近中牟县的白沙镇。

这时,有人向商震建议,既然赵口河堤难以操作,为尽快完成任务,可集中力量在赵口以西的花园口决堤。花园口决堤任务交给了蒋在珍的新八师负责。在花园口,由于当地农民对决堤有抵触情绪,于是新八师把农民们赶走,选出八百名强壮士兵,分成五组昼夜轮流掘堤。坑道掘好后,炸药放置在数十口大水缸里,深埋之后引爆。九日凌晨,经过爆破,花园口黄河大堤被掘开,有水流出但仅是涓涓细流,远未达到一泻千里的程度。于是,蒋在珍师长请求调重炮打宽缺口。在一名炮兵连长的指挥下,重炮一连发射了数十枚炮弹,缺口被轰开了两丈有余。滔滔黄河水汹涌而出,大堤在湍流的冲击下再次垮塌,加上上游连降五天大雨,黄河水持续暴涨,从花园口决堤处涌出的河水与赵口涌出的河水汇成了滔天浊浪。

黄河水沿着贾河汹涌南下,贾河和涡河流域的乡村和城镇顿成一片汪洋。十四日河水抵达尉氏,十六日河水抵达鄢陵和扶沟,十八日河水抵达西华、太康和淮阳,二十日河水抵达周口,然后向着安徽境内的

— 478 —

太和、阜阳席卷而去,进入淮河后,狂泻千里冲进洪泽湖和大运河,一路将淮河两岸完全淹没,蚌埠和宿县一带成为泽国。

滚滚黄河水恣肆于豫、皖、苏三省,形成了近五十万平方公里的浑黄水障。日军第十四、第十六两个师团被漫无边际的黄水困住了。第十四师团的两千人被困在中牟县城里,华北方面军不得不派出一个工兵联队和六个工兵中队,携带着大量的舟艇前往救援。第十六师团第三十旅团被黄水隔离在新郑以南地区,日军官兵只能利用门板等简易工具逃生。深陷黄水中心地带的第十六师团主力,大批官兵被洪水卷走淹死,车辆、火炮和坦克都被淹没在大水中,那些还活着的士兵饮水和食物断绝,有的爬在草屋顶上随着泛滥的河水漂流,有的攀在树梢上等待着救援。华中派遣军只好出动临时航空团的轻重轰炸机,"全力以赴援助第十六师团方面的补给"。[57]

日军攻击郑州的计划中止了。

花园口决堤,使豫、皖、苏三省四十四个县市约六千万民众受灾,两千余万百姓流离失所,中国中原地区的上千万亩良田被淹没。对于被迫掘开黄河大堤,中国军队的将领们心绪复杂。参加掘堤的第三十九军参谋处处长黄铎五,目睹了当地百姓突遇的灭顶之灾:

> 当局虽然也有安置居民的计议,实际徒托空言,到时只不过乡、保长们催促迁移罢了。仓促迁移,谈何容易,故迁徙者寥寥无几,一转瞬间,无情的洪流滚滚而来,哪里逃避得及。有的扒上屋顶,有的攀登树梢,一时嚎哭呼救之声杂成一片。过了两天,我陪同长官部派来的人视察黄泛情况,那一望无际的浪涛中,只能见到稀疏寥落的树梢在水面荡漾着。起伏的波浪卷流着木料、用具和大小尸体。孩子的摇篮随着河水漂浮,还可以断续地听到啼哭声,全家葬身洪水者不知凡几,甚至有全村、全族、全乡男女老幼无一幸免者。[58]

花园口决堤,破坏了日军企图南北两路夹击武汉的战略,基本上使南北两路日军仍旧处于隔绝状态,为武汉保卫战赢得了宝贵的时间。此后,在长达四年的时间里,日军只能隔着黄水泛滥区与中国军队对峙,这从大战略的格局上也有助于中国持久抗战的目的。但是,后来的战争进程表明,决口黄河的行动,仅仅起到了暂缓紧张局势的作用,并未给日军造成致命的打击,特别是没有严重损耗日军的有生力量。滔滔黄水过后,郑州和武汉仍然相继陷落,这说明"以水代兵"并不能彻底阻敌,更不可能就此赢得战争。

中日两军隔黄泛区形成对峙,标志着徐州会战遂告终结。

徐州会战是继淞沪会战、太原会战之后,中国战场上的又一次大会战。会战历时四个多月,双方均投入数十万兵力。日军虽然打通了津浦线,扩大了占领区,但没能实现消灭中国军队主力和挫伤中国抗战意志的目的。中国军队的作战,再一次向全中国乃至全世界彰显了不惜一切抗击日本侵略者的坚定决心。

徐州会战,中国军队投入兵力约六十万人,伤亡官兵达十万以上;日军投入兵力约二十四万,伤亡近三万人。

中国北方的大片国土,被滔滔黄水所覆盖,从此"黄泛区"成为一个专用名词。在战争过后的数十年里,黄泛区的善后工作一直持续,但那片广阔的土地所遭受的战争巨创始终没有平复。

> 我是一个大丈夫,
> 我情愿做黄河里的鱼,
> 不愿做亡国奴!
> 亡国奴是不能随意行动啊,
> 鱼还可以作浪兴波,
> 掀翻鬼子的船,
> 不让他们渡黄河!
> 不让他们渡黄河!

这首歌的名字叫《黄河之恋》。

黄河,千百年来承载了中国人太多的爱恨情仇。

萦绕在中国人心头的悲戚还在于:鬼子过不了黄河又能怎样?北方沦陷的国土难道不要了吗?在这个世界上哪一条河流能把正义与邪恶彻底隔离?——只是,一九三八年盛夏,中国人能够做到的是:不让鬼子过黄河!

第十二章
保卫"东方马德里"

日军波田支队的官兵面对的是中国的另一条大河。

由波田重一中将率领的这支部队,官兵大多来自日本南九州地区,此前驻扎在中国台湾,因此被认为是一支适应在炎热多雨的亚热带地区作战的部队。淞沪会战时,他们曾奉命乘船渡过台湾海峡,沿着东海直抵中国长江的吴淞口岸;现在,他们再次奉命穿越台湾海峡,沿着东海再次进入中国烟波浩渺的长江。

波田支队士兵得到的信息是:东京大本营要求他们沿长江向西,去占领中国腹地一座名叫武汉的城市。同时他们还听说,那座城市有"火炉"之称,暑热会像烈焰一般灼人。波田支队沿长江逆流而上,在蒸腾的热雾中被水运到中国江苏镇江。

一九三八年五月二十九日,日军大本营命令华中派遣军与海军"中国方面舰队"协同,攻取长江芜湖以上之安庆、马当、湖口和九江,作为进攻武汉的前进基地。六月一日,华中派遣军和海军方面协商后,决定由波田支队,海军第十一战队,第四、第五特别陆战队以及第二联合航空队共同组成西进部队,从芜湖出发沿长江南岸发起进攻;同时,稻叶四郎的第六师团与第三飞行团协同,从长江以北的庐州(今合肥)出发,向西南方向进攻舒城、桐城、潜山、太湖、宿松、黄梅等地,与波田支队并行以为策应。

首先发动进攻的是日军第六师团。

第六师团的先头部队,是以坂井德太郎指挥的第十一旅团为基干的坂井支队。六月二日,配属了独立山炮兵第二联队的坂井支队从庐州南下。同日,日军第十三师团,也从北面的蒙城南下,四日攻占凤阳,五日攻击正阳关。大雨倾盆,道路泥泞,在庐州以西的中国军队第二十六集团军徐源泉部不但破坏了道路,而且对南下的日军不断地进行奇袭式阻击,使得日军的推进艰难而缓慢。当徐源泉部逐步向西退至六安附近时,日军坂井支队开始全力攻击舒城方向的中国守军第二十七集团军杨森部。蒋介石电令徐源泉火速增援杨森部,对攻击舒城的日军加以侧击。但是,大雨导致山洪暴发,徐源泉部的增援行动受阻,直到十二日才接近舒城,而这时候由于杨森部被击溃,舒城已经陷落。

徐源泉想弥补失误,命令第八十七军第一九九师反击舒城。第八十七军一九三八年初才组建,主要由湖南地方保安部队组成,原在武汉外围构筑防御工事,奉命增援徐州战场后,在庐州遭遇日军受挫,部队损失严重,撤至六安附近整补。接到命令时,该师刚接收了四千多新兵,基本的射击训练尚未进行,军官们认为:"使用未经军事训练的壮丁去作战,不但无法完成战斗任务,同时也是一种违反人道主义的行为。"①最后决定:把全师的老兵集中起来组成一支突击队,由一一四五团三营营长陈扬汉为队长,反击舒城。第一九九师的反击作战,无论从哪方面看,都没有成功的希望:固守在舒城县城里的日军用重炮不断轰击城外的中国军队,天空还有飞机的轰炸和扫射,日军骑兵也多次出城实施突击。第一九九师的老兵们凭借着战斗经验,分成若干个小组,数次爬上舒城城墙与日军展开近距离肉搏战,但没有炮兵的支持和后续部队的增援,反击行动很快以失败告终,伤痕累累的第一九九师不得不南撤,退入岳西一带的山区再次进行整补。

在长江以南,六月七日,波田支队由镇江起锚出发,日本海军陆战队也从南京出发,两军在芜湖会合编组后,波田支队乘坐海军舰船开始溯长江西进。日本海军通告驻汉口的各国领事馆,宣称日军将沿中国长江西进作战,芜湖至湖口间的航道为作战区,各国军舰和商船必须立即撤出。十二日中午,日军舰队抵达安庆东南方向的铁板洲、阎王庙和将军庙一带江面停泊。下午三时,日军海军陆战队队员冒着大雨在长江南岸登陆,占领了一个名叫上窑沟的炮台;波田支队主力则从长江北岸登陆,沿着江堤经新河口、大王庙、鲍家村等地向安庆推进。

在这个方向防御的中国军队,还是第二十七集团军杨森部。

第二十七集团军是川军部队,下辖第二十军的第一三三、第一三四两师,奉命调入第五战区后,第三战区部队第二十一军之第一四五、第一四六两师被配属给杨森指挥。虽然有了四个师的兵力,但杨森负责的防线却纵贯长江以北的舒城、桐城、安庆一线。杨森感到在他的部队的正面,战线太长,兵力太少,任务太重,于是致电蒋介石强烈要求起码再给他增加两师兵力:

> 查淮河附近之敌积极西进,职部遵光(李宗仁)、远(李品仙)指示,以主力转移至舒城、桐城、怀宁之线,避免决战,逐部抵抗,尔后以潜山、太湖、桐城西北山地为决战地带。在目前兵力单薄情况下,自以此种部署为适当。惟敌人如以大部兵力由合肥南下,与由长江西上之敌会合攻占安庆,则江南我军之正面太大,愈难防守,马当封锁线亦容易被敌突破,再沿北岸西进九江,武汉将受最大威胁。职意欲求江南防线巩固,欲确保马当封锁线,必须确保安庆及巢湖西南地区,且以舒城、桐城间大关附近山地及庐江、盛家桥、白湖南侧山地至江岸间地区之地形尚属良好,若以相当兵力布守,再以一部配合地方武装在巢湖东南地区游击,必能阻敌西进。惟正面甚大,职部现有兵力不敷分配,拟请钧座抽派两师兵力以用之。如兵力过大,职不便指挥,则请钧座派大员负责,以利军机。谨呈所见,伏乞垂察。②

这是日军由淮南和芜湖兵分两路发起直指武汉的进攻后,中国军队的战地将领首次有人提醒最高统帅部:武汉以东长江沿线的防御十分薄弱。这封电报对战场局势的判断基本正确,建议和请求也符合战局的需要,特别是对一旦安庆丢失产生的严重后果的阐述将被日后的战争进程与演变所证实。

蒋介石致电杨森:

> 急。安庆。杨总司令:安庆飞机场应速基本破坏,最好灌水成湖,使其不能作用。又安庆东西各区堤坝,凡于我军事有利者,从速设备,决堤放水,以阻止敌军之前进。前方战况如何?务望督励所部,确保安庆,完成使命。此间已派新锐部队,由广济东下增援。勿念,中正手启。③

广济至安庆尚有两百公里的路程,而日军距安庆仅剩二十多公里,蒋介石应该知道日军机械化部队的推进速度。这也就是说,杨森部已不可能在日军对安庆发起攻击前等来"新锐"的援军。况且,杨森部原本就兵不敷出,还要应对迫在眼前的攻击,要将安庆机场"灌水成湖"得需多少兵力为之,杨森部又如何能在日军到达前做到这一切?

结果,连波田支队都甚感意外,沿长江防守的中国军队其稀薄程度近似于弃守。在长江的大堤上,仅有杨森指挥的第二十一军以及一些地方保安团进行了些微的抵抗。于是,日军犹入无人之境,十二日晚占领安庆城郊机场,十三日早晨占领安庆。杨森部因腹背受敌,被迫向潜山、太湖方向撤退。同时,南下的日军第六师团坂井支队,在突破了杨森部的节节抵抗后,于十三日占领桐城。然后,两路日军水陆并进,开始向大别山麓中国军队的前沿阵地潜山疾速推进。

舒城、桐城、安庆的相继陷落,使日军得以利用庐州至安庆的公路,从而拥有了进攻武汉的战略出发点。

令人费解的是,在长江以北地区防守的中国军队,共有九个师之多,再加上地方武装,相对于其防御区域的面积而言,也许兵力确实稀薄,但也没有稀薄到无力抵抗的地步。从庐州一路南下的日军,仅动用了少量先头部队,攻击安庆的波田支队甚至只动用了几百兵力,但是中国守军无不是一触即溃,十余日内竟然失地数百里。

蒋介石以军令部长徐永昌的名义,发电给杨森部驻湖北办事处。电文说,川军在几百日军的攻击下丢失安庆,是一个世界级的笑话,命令杨森必须坚守潜山的现有阵地:

> 据报犯安庆之敌只陆战队数百,未经力战,轻弃名城,腾笑友邦,殊属遗憾。委座对杨总司令森极器重,徒以御众关系,尚祈转致杨总司令努力前途,有以自见,最小限须固守潜山、石牌,以策马当封锁线之安全为要。至于舒、桐西方山地并太湖,如有余力仍望兼顾,并请与徐克成(徐源泉)部切取联络。④

杨森接到这封电报时,潜山已经失守。

日军坂井支队占领桐城后,十四日开始向潜山推进,突破中国守军第一三四师的外围阻击后,兵分三路迂回潜山城,第一三四师撤退到潜山城北,但在日军步兵和航空兵、炮兵和骑兵的联合攻击下,被迫再向潜水西岸转移,十七日潜山落入日军之手。

十八日,日军坂井支队强渡潜水,遭到中国守军的阻击。连日的阴雨导致山洪暴发,潜水涨水致使河面宽达三百米,日军在付出极大伤亡后突破潜水,占领了西岸阵地。十九日,日军骑兵部队快速向潜山以南突击,冲破中国守军第一四五师的阻击,当晚占领石牌。

面对日军的快速突击,蒋介石一面调动部队向潜山方向实施反击作战,一面命令长江沿线各部队将掘开长江大堤,企图再次利用水障阻挡住日军凶猛的攻击势头:

> 一、乘江河湖涨水之期,凡在我军作战有利方面,务处之构成泛滥,并望先行后报。二、江北方面:在宿松以东,江北岸地方,务尽量构成泛滥,以利我军作战为要。实行经过,望随时电告。三、构成泛滥后,对敌汽艇勿庸顾虑,因较敌陆军易于击灭也。⑤

长江大堤比黄河大堤更宽更高也更为坚固,因沿江中国军队没有相应的技术和设备,加上战局瞬息万变,这一再次使天然大江溃决的命令最终没有得到执行。

中国军队开始了反击作战。

曾经反击舒城未果而进入山区整补的第一九九师,在潜山至太湖间一个叫渡埠的要点对日军进行了夜袭,从睡梦中惊醒的日军面对中国官兵的刺刀在稻田里四处逃命。第一九九师还烧毁了公路大桥,使得日军第六师团被分割成了两截。日军试图发动反击时,遭到中国军队的伏击,损失了大量的汽车和坦克。陷入困境的第六师团与中国守军第八十七军形成对峙。

安庆、潜山和怀宁的失陷,使得长江上重要的阻敌屏障马当和湖口要塞暴露在西进日军的攻击下。

六月十八日,日军华中派遣军命令波田支队与海军密切配合,"继续沿扬子江溯江行动"攻取马当和湖口。

长江要塞之一马当,地处江西彭泽县境内,南距彭泽县城三十公里,沿江距九江八十公里,矗立于江边的马当山和小孤山互成犄角。江中的沙洲把江流一分为二,左水道极其狭窄,早已淤塞不通;右水道流经马当山下,形成长江中游最狭窄的江段,水流湍急,地势险要,江面宽不及千米。马当由此成为长江天堑,是重要的军事要塞。上海和南京失守后,为防日军沿江而上进攻武汉,国民政府军事委员会专门成立了长江堵塞委员会,负责马当要塞江防的设计和施工。该工程在本已十分狭窄的长江水道上,又修筑了一条横贯两岸的阻塞线。阻塞线的施工过程十分复杂:第一步,先用铁丝铅丝编织出大网,里面塞满石块,灌注水泥凝固后投入江底,再用铁丝将其相互连接,并在上游处用铁锚拉住,在下游打下木桩固定。第二步,把大块石头和大型铁锚放在大帆船或铁驳船里,把铁锚的尖朝上,搅拌上水泥,然后把船移至第一步修筑的基座上凿沉。第三步,征用更大吨位的驳船,同样装上大石块和大铁锚,用水泥凝固后再次凿沉。如此这般,等于在长江的狭窄水道上筑了一道拦江坝。工程完工后,马当水面仅在靠近南岸的地方留出了一条可通行一只船的航道。拦河坝浸在水面下约两米处,除了百姓的大小木船,任何在江面上航行的大型舰船,只能在预留的狭窄航道上谨慎航行。即便如此,也很容易撞上乱石和铁锚构成的拦河坝,要么受损搁浅,要么被撞伤沉没。

六月中旬,军事委员会任命刘兴为江防总司令,专门负责马当、湖口、九江和田家镇等长江沿线诸要塞的防御作战。江防总司令刘兴所辖的要塞防御部队是:马(马当)湖(湖口)区要塞指挥部,指挥官第十六军军长李韫珩,下辖周启铎的第五十三师,薛蔚英的第一六七师;马当要塞守备司令部,司令王锡焘,下辖步兵守备营一个、守备总队两个,炮兵教导队两个,以及陆战支队的一个大队,还有三座炮台。也是六月中旬,副参谋总长白崇禧视察马当要塞,重新部署了要塞防御阵地:主力部队配置于江南岸的黄山、香山、下隅坂、黄栗树、香口一线;另以第五十三师一部在江北岸的华阳、雷港、望江一线设防。沿着马当江面的堵塞线,又设置了人工暗礁三十处,沉船三十九艘,布设水雷一千六百颗,两岸构筑的大量碉堡火力全部指向江面,三座炮台上的八门十二厘米口径大炮也都计算好射击诸元并完成试射,随时可用密集的炮弹轰击狭窄江面上的任何目标。中国空军还集中了战机于汉口和南昌机场,以备给马当要塞以空中支援。然而,看上去几乎不可逾越的马当要塞,却因中国守军的怪事迭出仅仅坚持了四天。

六月二十二日,波田支队和海军第十一战队,由安庆溯流西进攻击马当。果然,在中国军队精心布置的堵塞线前,日军海军舰船受到两岸中国炮兵的猛烈轰击,日军"鹊"号战舰中弹起火,"利华"号炮舰触水雷沉没,三艘汽艇葬身于长江的漩涡。日军的攻击持续了两天,付出惨重伤亡后,仍无法打开马当通道。于是,波田支队从要塞江面后退,于长江南岸登陆,企图从陆路迂回马当。

在波田支队的攻击下,马当要塞外围阵地失守,除阻击的中国军队战斗力弱之外,真正的原因竟然是:当日军猛烈进攻马当要塞阵地时,第十六军军长李韫珩正召集部队主官在马当镇里聚餐。半个月前,李韫珩军长召集马当、彭泽两地的乡长、保长与第十六军的军官们集中训练,他把这一训练取名为"抗日军政大学"。就在日军已经攻至马当江面时,六月二十三日,李军长下达了一道命令:二十四日上午八时举行盛大结业典礼。而正是二十四日这天,波田支队从陆路开始迂回马当,接敌的第五十三师三一三团团长负伤,全团官兵在激烈的阻击战中伤亡殆尽,以致马当要塞外围黄山、香山和香口要地相继丢失。——李军长的命令中有个规定:各部队主官必须参加,典礼之后集体聚餐。为了表示"结业典礼"和"集体聚餐"的隆重,李军长还正儿八经地给要塞所有上尉以上军官发了请帖。

无法得知,作为战场最高指挥官,李军长是根本不了解前沿日军攻击的情况呢,还是认为马当仅靠那道坚固的堵塞线便可高枕无忧?

此事充满着令人匪夷所思的怪异。

在马当阵地上,有一位上尉接到请帖但没去聚餐,他就是要塞守备司令部陆战队第二大队副队长杜隆基。杜隆基是学过要塞作战专业的军官,被军政部派到这里训练陆战队士兵。因为这支要塞部队的官兵大多原来是海军,会操作军舰上的火炮,但对陆地火炮不会使用,杜隆基决心在日军发起进攻前教会他们。二十三日傍晚,没去参加集体聚餐的杜隆基,眼看着军官们纷纷离开了防御阵地。二十四日拂晓,他跟防守香口的一大队联系,电话不通;又跟最前沿的三一三团联系,也联系不上。透过清晨的雾气,杜副队长突然发现香口方向有部队移动,这时士兵报告说香口已被日军占领。香口位于马当江面的南岸,这就是说日军已经登陆了。那么,日军是从哪里登陆的?又是何时登陆的?接着,几名三一三团的士兵溃退到了杜隆基所在的长山阵地——

>日本人是今早四点左右从我连阵地登陆的。敌人以小艇靠岸,偷偷上来,上岸后用轻机枪向我阵地扫射。班长被敌人打死,我们连长去参加毕业典礼了,有的排长去受训,连里只

有一个排长和一个司务长。敌人猛烈射击后,我连阵地被敌人占领,敌人还在不断地登陆,向南沿江岸扩张,我连向黄寄树团部退去,边打边走,敌人就向香山推进。⑥

确定日军正从陆路迂回马当后,杜隆基立即向要塞守备司令部报告,但电话总机说司令参加结业典礼去了,杜隆基只能用无线电与位于汉口的江防司令部取得联系并报告敌情。

此刻的马当要塞,防御阵地上只有少量的守备部队。日军波田支队攻克外围阵地后,分成三个突击组,抬着重机枪,以太白湖口的水荡为掩护向马当推进。杜隆基指挥阵地上的火炮和机枪齐向水荡射击。而在马当江面上,日军舰船再次向堵塞线接近,十九艘舰船集中在一起利用舰炮向两岸中国守军阵地实施猛烈轰击。

下午三时,李军长的"集体聚餐"在震耳欲聋的枪炮声中结束了,阵地上的部下也终于和他们的李军长联系上了。听闻日军已经在马当要塞登陆,李军长说他并没有接到报告。部下说:"香山、香口早被敌人占领。"李军长还是难以置信,问部下"确实看见敌人了?"部下告诉他:"我们的阵地被敌人打乱了,人死了一半,还说我们没有看见敌人!"⑦接下来,怪事再次发生:李军长确定马当危急后,本应抽派就在马当附近的他的第十六军增援,遏制住波田支队从陆路发起的攻击,但是,李军长却命令远在彭泽方向的第一六七师薛蔚英部前来增援。

二十五日,马当要塞阵地上的激战持续一天。中国守军一度夺回黄山阵地,攻击香口的日军遭遇中国守军的反击后也退至香口以东。中国空军轰炸了马当江面上的日军舰船,炸沉炸伤了多艘敌舰。二十六日,日军后续部队在娘娘庙、牛首矶大规模登陆,炮兵发射了大量毒气弹,中国守军伤亡严重,阵地已多处破碎,要塞岌岌可危。

奉命增援的第一六七师仍不见踪影。

第一六七师师长薛蔚英在接到李韫珩增援命令的同时,也接到了白崇禧要求他迅速增援马当的命令。但是,薛师长选择的增援路线,只能说明他在暗中违抗军令:从彭泽到马当,本有一条平坦的公路可行,薛师长放着平坦的公路不走,走的是一条绕太白湖东边的小道。小道崎岖蜿蜒,泥泞不堪,师参谋长提醒他:以一师之众,走如此难行的小道,何时才能赶到马当?薛师长的回答是:这样可以避免遭遇日军的阻击。结果,第一六七师才走到半路,在日军步兵、海军和空军的联合猛攻下,马当要塞已于二十六日上午九时落入日军之手。

马当要塞的丢失,令人无法解释。

第九战区司令长官陈诚干脆把江防各部队发给他的报告集中起来,一并转发给蒋介石,让蒋介石自己去判断这件事到底荒诞在哪里:

> 一、第二总队鲍长义感(二十七日)戌代电称:职队已牺牲四分之三,昨晨因敌屡攻屡败,伤亡在二千以上,致羞恼成怒,不顾国际公法,竟释放毒气,我方中毒者极多,敌即趁机以千人向我包围,致我牺牲极大,各中队长、队副大部均作壮烈牺牲,指挥所亦被包围。斯时,各山遍插日旗,各中队电话均不通,援兵不到。职不得已,率同残余员兵冲围而出。二、第三总队副崔重华感亥电称(总队部在湖口):第三大队已牺牲三分之二,炮毁四门,合计第一、三两大队共有炮十四门,现仅余七门。颜总队副刻在彭泽负责收容,已收容者约二百五十名。此间给养极端困难,有线电及长途电均炸断不通。三、陆战支队第二大队长金宝山感戌电称:职队七五野炮八门,被炸毁六门,现仅余二门,已运到湖口,子弹均已用尽。四、第三总队长康笔祥(该员本驻湖口,因两个大队调赴前方,遂前往督率)俭(二十八日)酉电称:马当区自与敌接触后,我守备各队苦战三昼夜,弹尽粮绝,伤亡惨重,援兵不到,今上午全线不支后退,本军大受影响。此役敌舰被职属各队击伤起火者甚多。第三大队大队长、副各一员,中队长、副各二员均为国捐躯,士兵伤亡甚重。职队各炮被炸毁及击毁者甚多,现残余员兵均已离开马当区。⑧

由于怪事连连,幸存下来的马当要塞守军官兵严重怀疑:要塞陷落的重要原因之一是内部出了汉奸。理由是:"抗日军政大学"的结业典礼定在六月二十四日,事先发出的通知是二十三日下午到马当镇军部集合,而日军恰好选在这个时候登陆袭击马当,选择的突击目标又是没有主官的三一三团阵地。同时,在马当战斗中,他们发现了一个奇怪的现象,中国空军前来袭击江面上的日军舰船,而向马当江岸要塞阵地开炮的日军舰船,往往在中国战机还没抵达上空的时候,就已经事先把炮口转向了天空,这说明日军对中国战机到来的时刻了如指掌。——的确,马当要塞守军残部撤退时,果然在路上捉到了汉奸:"敌机三架前来袭击彭泽县,当时发现有一人身穿白衣服在岗上喊叫。很快,一幢军用仓库被敌机炸毁。我们很奇怪,鲍长义总队长即派一名排长带一班人去查看,原来高岗附近有一个防空掩体,内藏有三名汉奸,并备有收发报机一部。这位排长气极,当即将这三个汉奸打死。"⑨

一九三八年八月,国民政府军事委员会撤销了第十六军军长李韫珩的职务,而第一六七师师长薛蔚英因"畏敌如虎,贻误战机"被军法会执行枪决。

为挽回马当失守对江防全局造成的危害,陈诚急令武汉卫戍总司令罗卓英督率调归他指挥的李韫珩的第十六军、刘多荃的第四十九军、黄维的第十八军等部向香山和马当一线实施反击,并特别强调"如作战不力、畏缩不前者,即以军法从事"。香山三面环水,山险坡峻,不易正面攻击。二十八日夜,中国军队以伤亡六百多名官兵的代价,突破了香山东南方向日军的阵地,战至天明收复香山。日军退到香口后增兵两千,二十九日拂晓,日军舰炮、飞机连同地面部队一起阻击反攻香口的中国军队,中国军队退回香山与日军形成对峙。

日军华中派遣军决定增兵。

刚从日本本土调来的第一〇六师团一部,被加强给波田支队;日本海军也调来第二十一水雷队、第二炮舰队和第三、第十五航空队,以厚海军第十一战队兵力。二十九日,日本海军爆破组终于炸开了马当堵塞线,波田支队主力和第一〇六师团一部得以乘坐第十一战队的舰船,顺利通过马当水面向彭泽推进。上午十时,日军水陆并进包围了彭泽城。中国守军在抗击中伤亡巨大,第三战区急派何平的第十六师增援,但增援部队受到波田支队左翼部队的阻击。彭泽城随即陷落。

沿着彭泽西溯,便是长江的另一处江防要塞湖口。

湖口是鄱阳湖通向长江的入口处,为九江之门户。

一旦日军占领湖口,其舰船便可进入鄱阳湖,直接威胁南浔路(南昌至九江的公路)中国守军的侧翼。同时,从鄱阳湖向西可对武汉侧背形成进击之势,向东则可对位于江浙地区的中国第三战区后方构成威胁。

为了确保湖口,战区司令长官陈诚任命第四十三军军长郭汝栋为湖口守备区指挥官,归第三十四军团军团长王东原指挥;命令王东原指挥第七十七师、第十六师等部向娘娘庙、彭泽的日军实施反击;第七十七师原湖口防务移交刘雨卿的第二十六师。与此同时,中国海军奉命在湖口附近江面大量布雷。

七月一日,第七十七师反击先头部队四六〇团,在堂山附近与波田支队一部迎头相撞。激战后四六〇团退守杨家山,波田支队猛烈追击,配属的日军野战毒气第十三中队释放了毒气,四六〇团上百名官兵中毒,残部二百余人被迫撤退。第二天,王东原指挥第七十七师主力与第十六师分路从侧后攻击波田支队,第七十七师给波田支队第二联队一部极大的杀伤,但自身也损失官兵数百人。三日,第七十七师继续向日军猛攻,再次击毙日军百余人。而在第十六师方向,因当面日军得到第一〇六师团一部的增援,双方胶着在一起。

就在中国军队与波田支队一部苦战时,波田支队主力在海军第十一战队以及第二、第三、第十五航空队的支援下,向防守湖口的中国军队第二十六师阵地发动了水、陆、空联合攻击。第二十六师刚刚接手湖口防务,尚未完全进入作战状态,加之部队主要由川籍保安编成,不但新兵多且全师没有任何重武器。川军官兵虽奋力苦战,但在日军强大的火力攻势下,湖口外围阵地龙潭山很快失守,波田支队主力距湖口县城仅三公里。中国统帅部严令第二十六师死守湖口,同时命令彭善的第十一师向湖口方向的日军实施侧击。日军必夺湖口,第二十六师官兵伤亡一批再上去一批,誓守防御阵地不退,日军再次释放毒气,湖口城垣的中国守军多数中毒,城防阵地随即被日军突破。

七月四日晚,湖口被日军攻占。

天堑要塞马当、湖口的迅速陷落,再次将一场战争必会涉及的所有问题摆在了中国军队面前。

江防总司令刘兴写出了一份《马当、湖口两要塞相继失陷之实情》,除了措辞有所吞吐外,报告的内容基本属实。

(甲)马当失陷原因:

一、该区指挥官李蕴珩,到防后,举办抗日学校,调集所辖各部队官长三分之二入校受训,对于实际战备,过于疏忽。

二、香山及马当要塞外廓之要点,早经筑有据点式的工事,并令派有力部队固守,乃该指挥官不加注意,致被敌轻易夺去,而深入我要塞区。

三、敌占香山，本部已得报告，比转饬该指挥官，犹云并无其事，太不沉着，妄报不好消息。嗣确证香山失守，渠又云恢复香山并非难事。宥未马当失守，渠亦不自承，经反复责询，至次辰渠始承认。

四、当敌攻藏山矶时，该指挥官不将部队向马当增援，反将指挥部由马当移至马路口，经劝止不听。当令派兵一团归王司令指挥，固守要塞。亦未照办。

五、敌由香山迫至藏山矶，曾令该指挥官以在黄栗树之一旅，向香山增援，以马路口之一旅，向马当要塞夹击敌人；同时，深恐该指挥以为该区已划归罗总司令指挥，不听命令指导，请林主任蔚文转报委座，并请径电该指挥官，亦未遵行。

六、马当要塞守备部队，总计不过五营，且系混合编成，份子复杂，战斗力甚形薄弱。自敬辰起，激战两昼夜，求免藏山矶阵线动摇，王司令一面将后方有枪的士兵尽调前方，一面派李指挥官增援，而李终未应援。迄敌由娘娘庙登陆，一面迫近炮台，一面将藏山矶后路截断，致全被包围。

七、曾在望江五十三师李旅之一部，宥辰已撤回彭泽，径电李指挥官，即令该部驰援马当，并由王司令派汽车迎接。该部终未移动。

八、一六七师驻湖口之一旅，原限两日赶到马当，增厚兵力。该部七天始到，行动迟缓。

九、薛师武器，曾经德顾问检查，机枪迫炮，全系废铁，步枪堪用者不及半数。

（乙）湖口失陷原因：

一、要塞直属守备部队，甫经核准，正陆续组织，力量太弱。

二、守湖口野战部队，原为七十七师，嗣以彭泽失陷，该师奉令恢复驻军彭泽；另由驻浔、湖间之二十六师推进至湖口，不意敌陷彭泽后，复以汽艇绕至上游登陆，致彭泽未克，而湖口已告紧张，二十六师正当半渡，其先头即已与敌接触矣。

三、湖口危急时，奉命增援之七十七师、十六师，为敌牵制，迄未到达；且王东原与二十六师始终未取得联络。

四、配属湖口总台长指挥之长江要塞守备总队,湖口紧张时,竟声言奉要塞守备司令谢刚哲电令,开往安全地点休息整理,致影响其他部队,咸感不安。

五、湖口正面太宽,职曾申请以有力部队驻守,二十六师完全新兵,武器又劣,重机枪全无,轻机枪仅及半数,不能胜此重任,而终无其他部队。故开战三昼夜,湖口即告失陷。

六、湖口、马当两区要塞炮台,对江面设置,对野战军作战,完全不能支援。

七、敌施放毒气,我部队毫无防毒设备及经验,致有惶惧失措,影响战斗。⑩

有史料统计,日军在一九三八年进攻武汉的作战中,曾使用毒气三百七十五次。相关史料也表明,日军在侵华战争期间,决定使用毒气武器的权力不在前线部队,甚至不在方面军司令官,只有作战部队要求并接到陆军部的授权后才能使用。日本军方清楚地知道,《凡尔赛条约》第一百七十一条以及日本在第一次世界大战后签署的其他国际公约,都明确禁止在战争中使用毒气。但是,侵华战争爆发后,日军在中国的京津、淞沪、太原和武汉战场上都使用了化学武器。日本人对他们在公然蔑视国际公约是这样解释的:"陆军在对待技术上落后的敌人时,没有把不遵守禁令视为问题。"⑪——日军只有面对"技术上落后的敌人"时,才会无所顾忌地使用化学武器,当然首先是因为对方没有相应的化学武器可以还击,还有就是"技术上落后的敌人"是可以随意欺辱和残害的。

湖口的陷落令九江危急。

焦灼万分的中国统帅部严令黄维的第十八军等部对波田支队实施反击作战,中国军队的反击暂时将波田支队压制在了湖口附近的沿江地带。

自日军沿长江向西攻击以来,仅有七八千人的波田支队,在数十个中国师的围攻和阻击下长驱直入,即使在被压制的情况下也始终没有受到重创,个中原因,仅以其适应亚热带作战为由是无法解释通的。只是,波田支队也确实精疲力尽了。自镇江出发以来,连续作战已令他们中的许多人被火化成灰,那些还活着的官兵接到的命令依旧是沿长江向西攻击。长江中游令人窒息的憋闷潮湿包裹着他们,他们西望长江的眼神与江面上的热雾一样迷茫:沿江而上还会有什么样的作战?那座叫武汉的城市到底还有多远?

武汉,自古有"九省通衢"之称,东接苏皖,西临黔蜀,南连湘粤,北通豫冀,长江与汉水、平汉与粤汉铁路在此交会相连,为长江中游最重要的水陆交通枢纽。南京陷落后,武汉即成为中国抗日作战的指挥中枢,也是中国的军事和政治中心。

日军大本营在实施徐州会战时,已将下一步攻占武汉一并考虑。经过粗略计算,得出的结论是:如果进攻武汉,需要耗费作战军需三十二亿五千万日元以上,且至少需要"增兵约四十万人和新编兵团二十四万人"。由此,日本内阁对攻占武汉充满巨大的心理矛盾,但是日本陆军和海军的将领们对占领武汉极为渴望,认为"攻占汉口(武汉)的作战是早日结束战争的最大机会":

一、早日解决中国事变是陆军部的一致希望。

二、即使从历史上看,只要攻占汉口、广东,就能支配中国,这是第二部(情报)的意见。这种意见认为,通过这一作战,可以做到以武力解决中国事变的大半。海军也积极主张,只要控制中原,实质上即能支配中国。

三、为对重庆进行轰炸,占领武汉周围也是很有必要的。当时,国民政府大部机关已后退到重庆。

四、攻占汉口、广东,只要投入陆军主力,用现有的兵力就可以作战。

五、估计苏联此时不能参战。

六、但是攻占武汉和广东,再加上政治谋略工作,能否使蒋政权屈服,尚无把握。

七、海军对溯江作战直指汉口,有很高的积极性,广东作战当然有攻占海南岛的意志。⑫

除了"使蒋政权屈服"这个终极目的外,日军大本营认为,攻占武汉有着具体的政治、军事和经济意义,即一举捣毁中国的抗战中枢,把国民政府再向西驱赶,使其彻底沦为一个"地方政权"。即使国民政府仍不屈服,武汉的丢失对他们来说也"意味着丧失了湖南、湖北的粮仓地带和中国内地唯一的大经济中心,不但会造成该政府经济自给的困难,并且会减弱现在唯一大量武器的输入通道——粤汉铁路的军事和经济价值。这样一来,即使该政府逃到了四川或是云南,以保余命,但在这种山岳地带,也无法发挥比一个地方政权更大的作用了"。⑬

日军进攻武汉的作战方案,一直在不断地改变。

原先拟定的方案也是华北方面军切望的方案,即沿平汉铁路南下直接攻占汉口。这个方案的优点是道路顺畅,除武胜关等关隘外,大部分地段适合机械化兵团运动和作战,且能随时攻击中国军队整体战线的侧翼,包围武汉以东长江以北的中国军队主力,以期收到战略上的最大效果;缺点是推进的距离较远,进攻路线也就是平汉路的西侧,容易受到中国第一、第五、第九战区部队的威胁。后来由于作战的后方华北不断受到共产党领导的游击战的牵制与袭扰,这一方案最终被否定。第二个方案是从淮河地区向南,通过大别山区向武汉实施包抄。其优点是攻击的距离较近,且徐州会战后日军在对中国军队的追击作战中已形成了实施这一方案的自然态势;缺点是大别山地区道路崎岖难行,是日军机械化部队的天然阻障,更何况中国军队在大别山麓筑有坚固的防御工事。随着黄河决口引发淮河泛滥,这一方案遂被取消。最后,日军大本营制订了第三个方案,即以主力沿长江西溯直冲武汉,同时以一部沿大别山北麓西进作为策应。这一方案的优点是可以动用占据绝对优势的海、空军力量,充分利用长江良好的水运条件以为补给线路。虽然攻击的距离比第二方案远,但比第一方案近,地形也比第二方案有利。更重要的是,这条路线是中国军队准备最不充分的一面。只是,这一方案也有明显的缺点:长江沿岸是中国水网密集地带,湖沼池塘布如繁星,机械化部队的运动和作战会受到一定的限制。且主要集中在徐州地区的日军主力需要进行大规模调动,还必须事先占领九江附近地区作为攻击的出发地。同时,即使从这个方向攻击武汉成功,也只能将中国军队主力西驱,很难将其包围歼灭。

按照第三方案的作战原则,六月十八日,日军大本营下达了武汉作战准备令。

  一、大本营准备以初秋为期,攻占汉口。

  二、华中派遣军司令官应在扬子江及淮河正面逐次向前推进,占领地盘,给下一步作战做好准备。

  三、华北方面军司令官应确保占领地区的安定,继续执行原定任务,特别要求对占领区内的残敌进行扫荡。另外,要策应华中派遣军的作战,为把敌人牵制在北方,应准备进行一部分作战。

四、有关细节,由参谋总长指示。[14]

为完备攻取武汉的作战态势,七月四日,日军大本营下令编组新的第十一军,同时将第二军与第十一军编入华中派遣军。

扩充后的日军华中派遣军主要战斗序列为:

司令官畑俊六大将。

第二军,司令官东久迩宫稔彦王中将,辖第十师团,师团长筱冢义男中将;第十三师团,师团长荻洲立兵中将;第十六师团,师团长中岛今朝吾中将,后为藤江惠辅中将。

第十一军,司令官冈村宁次中将,辖第六师团,师团长稻叶四郎中将;第一〇一师团,师团长伊东政喜中将;第一〇六师团,师团长松浦淳六郎中将;波田支队,支队长波田重一中将。

派遣军直辖:第三师团,师团长藤田进中将,后配属第二军;第九师团,师团长吉住良辅中将,后配属第十一军;第十八师团,师团长牛岛贞雄中将,后为久纳诚一中将,后编入第二十一军战斗序列;第一一六师团,师团长清水喜重中将;第二十七师团,师团长本间雅晴中将,后编入第十一军;第十五师团,师团长岩松义雄中将;第十七师团,师团长广野太吉中将;第二十二师团,师团长土桥一次中将;航空兵团,司令官德川好敏中将;骑兵第四旅团,旅团长小岛吉藏少将。

至此,侵华日军兵力达到了一个前所未有的高峰:日本陆军扩建了十个师团,即第十五、第十七、第二十一、第二十二、第二十三、第二十七、第一〇四、第一〇六、第一一〇和第一一六师团。在这十个师团中,除第二十三师团调至中国海拉尔地区、第一〇四师团调至中国大连地区以外,其余的八个师团全部被调入中国关内。到一九三八年七月底,日本陆军总计为三十四个师团又六个混成旅团,共约九十万兵力以上,除日本本土的近卫师团和第十一师团、驻扎朝鲜的第十九师团、驻扎台湾的半个混成旅团外,其余部队全部投入到中国战场。以至于包括关东军在内,侵华日军总兵力已达到八十二万五千人,占日本全国总兵力的百分之九十一以上。

依照大本营的准备令,日军华中派遣军制订了两路攻取武汉的作战计划:第十一军辖五个师团,先攻占黄梅和九江,而后在瑞昌、德安一线集中兵力,沿着长江及其两岸攻击前进,以南岸为主要攻击方向,分兵切断粤汉铁路,迂回武汉以南,合击并最终占领武汉;第二军辖四个师团从合肥附近出动,在长江以北沿大别山麓向西推进,攻击河南信阳,切断平汉线,然后南下从北面进取武汉。与此同时,华中派遣军直辖的三个飞行团全力协同陆军作战,海军第三舰队配合陆军溯江攻占沿江的一系列江防要塞。直接参加武汉作战的日军共有九个师团,总兵力二十五万余人,支持陆军作战的海军和航空兵部队投入舰船一百二十艘、战机四百余架。

在军事准备上看,日军攻取武汉的作战态势已不可逆转。

而在中国方面,当徐州会战接近尾声时,关于日军将攻取武汉的情报纷至沓来,国民政府军事委员会遂决定筹备武汉会战。黄河花园口决堤后,中国第一战区程潜部主力退至信阳以南和以西,第五战区李宗仁部主力退至大别山一带,第三战区顾祝同部主力仍驻扎在九江以下长江南岸一带。为适应武汉会战的需要,国民政府军事委员会调整战斗序列,组建了第九战区,任命陈诚为战区司令长官,并决定以第五、第九两个战区共同保卫武汉。其中,第九战区负责长江南岸的鄱阳湖西岸以及田家镇要塞以东地区的防御,所辖薛岳的第一兵团在南昌至德安附近的鄱阳湖西岸一线布防,阻敌进攻南昌和迂回长沙;张发奎的第二兵团在德安至九江一线布防,阻敌沿长江进攻田家镇等要塞,同时防止日军西攻岳州。第五战区所辖部队为五个兵团,右翼兵团负责防守长江北岸、大别山南麓以及广济和浠水一线;中央兵团负责防守太湖、潜山西北的山地;左翼兵团负责防守大别山北麓和淮河间地区;苏北兵团担任敌后游击;二线兵团控制在湖北黄陂和麻城一带。中国最高统帅部关于武汉会战的总构想是:利用鄱阳湖、大别山和长江两岸丘陵湖沼的有利地形,在延迟武汉陷落的同时尽可能消耗日军的有生力量:"运用第五、第九两战区兵力,以粉碎敌继续攻势能力之目的,保持重点于江南,向武汉逐次抵抗,消耗敌军,以换取至少四个月之时间"[15]。

参加武汉会战的中国军队总计十四个集团军,四十七个军,一百二十余个师,总兵力约七十五万。中国海军尚存的"中山"号、"永绥"号等十四艘炮舰,"宁"字号、"胜"字号等十五艘炮艇,"文天祥"号、"史可法"号等十艘快艇,加上少许的布雷艇和运输舰船,约有四十余艘舰船可以参战。中国空军截至一九三八年六月中旬,尚有轰炸机三十八架,驱逐机六十五架,侦察机二十七架,苏联空军志愿参战轰炸机二十六架,驱逐机和战斗机共六十四架,两者总计二百二十架。

尽管日军大本营很清楚,他们在军事上占据着绝对优势,攻取武汉在作战方面应该没有悬念,但是日本的政客们仍旧忐忑不安。无论军方多么凶狠狂妄,政客们总还知道,战争的目的远不是对一座城市的占领。因为使中国屈膝臣服的渴望过于强烈,日本政客们决定不管军事上如何推进,须着手谋划如何推翻蒋介石政权:

一、起用中国第一流人物,削弱中国现中央政府和中国民众的抗战意识,同时,酝酿建立巩固的新兴政权的趋势。

二、促进对杂牌军的拉拢归顺工作,设法分化、削弱敌人的战斗力。

三、利用、操纵反蒋系统的实力派,使在敌人中间建立反蒋、反共、反战政府。

四、推进回教工作,在西北地方划定由回教徒形成的防共地区。

五、设法造成法币的崩溃,取得中国的在国外企业资金,由此在财政上使中国现中央政权自行消灭。⑯

日本首相近卫文麿认为,军方过于跋扈,根本没把内阁放在眼里,比如淞沪会战时,日军三个半师团在中国杭州湾登陆,内阁的阁僚们竟然是第二天从广播里听说的。首相认为自己总在被军方牵着鼻子走,遂以辞职为要挟表示须改组内阁。徐州会战结束后,近卫文麿进行了内阁改组:陆军第五师团师团长板垣征四郎中将取代杉山元出任陆相,曾任陆相和朝鲜总督的宇垣一成大将出任外相——近卫文麿的目的是:希望有"陆军前辈"之称的宇垣一成能够遏制陆军部无所顾忌地滥用权力。新内阁上任后提出的第一个执政目标是:一九三八年年底前,彻底解决中国事变。——换句话说,一九三八年底前,必须彻底让中国屈服。

如何让中国屈服再次令日本政客们绞尽脑汁。

宇垣一成入阁时,曾向近卫首相提出如下条件:"对中国开始和平交涉;一月十六日的近卫声明(不以蒋介石为对手的声明),迫于必要时予以取消。"[17]令近卫文麿没想到的是,早在中国的辛亥革命时期,因参加"二次革命"失败而流亡日本的蒋介石便与宇垣一成相识,在蒋介石看来,那时的宇垣一成是一个能够"理解国民党事业"的开明的日本人。果然,宇垣一成收到了同样与他友谊甚深的张群的电报。张群时任中国国民政府国防最高会议秘书长,电报的内容是祝贺他出任新内阁的外相。据《宇垣一成日记》记载,自一九三八年六月始,他与张群在来往电报中提到了和谈:

  张群去电:"此次阁下就任外相实为极其重要之大事。过去多次就东亚问题交换意见,余确信此次阁下定能将一向抱负努力予以实现。"

  宇垣回电:"余昔日谈及想法意见,今后定当竭尽最大努力予以实现。"

  张群去电:"能让我们进行和平谈判吗?如有此意,可由汪兆铭(汪精卫,字兆铭)或者本人出面接洽。"

  宇垣回电:"我们期望谈判。无论如何应立即对话。但是,在贵国人士心目中,一听说张群或汪兆铭,会当即认为是亲日派巨头,同您或汪兆铭对话,很容易谈拢。但是,贵国国民会谴责这是亲日派干的,他们卖国求荣,反而使交涉陷于不利。不如选定同日本关系不深的人士出任我们的谈判对手。"

  张群去电:"阁下所见甚是。我们居于二线,派他人出面,我们在其后声援。阁下认为何人为适宜?"

  宇垣回电:"作为我个人意见而言,派遣孔祥熙先生如何?"[18]

六月二十三日,日军波田支队向马当要塞全力攻击时,孔祥熙的代表,其机要秘书乔辅三,与宇垣一成的代表,即日本驻香港总领事中村丰一,两人在香港会面了。

所谓的和谈刚一开始就面临崩溃。

板垣征四郎就任陆相后,任命关东军参谋长东条英机为自己的副手,即陆军次官。关东军将领从来都是侵华强硬派,东条英机更是其中的代表人物,因此,他在中国问题上的强硬立场对板垣征四郎影响极

大。七月八日,在日本内阁召开的五相会议上,决定了下列四条使"中国现中央政府屈服"的条件:

一、合并或参加建立新中央政权;
二、与上述情况相配合,改称或改组国民政府;
三、放弃抗日容共政策,采用亲日、满与反共政策;
四、蒋介石下野。[19]

狡猾的孔祥熙反复强调,蒋介石是国家元首,如果让蒋介石下野,没有人再有资格替代他与日本签订条约。但日本人的态度很坚决:蒋介石必须下台。随后,日本人又开列出一系列具体问题的谈判条件:"满洲必须独立,内蒙古自治和华北特殊化";清算和共产党的关系,加入日本制订的防共协定;中国必须向日本赔偿,等等。孔祥熙表示,现在让中国"写明承认满洲的独立"非常困难,可否先设置领事?承认内蒙自治和划定华北特殊地带也很困难,是否中日共同经济开发?至于对日赔偿,"中国现在荒芜而贫穷",根本没有"赔偿之能力"。但是,日方的态度极其强硬:"满洲国"是庄严的既成事实,防共是日本方面最重视的,中国再穷也有其他方式对日本作出赔偿。[20]

即使仅从用政治手段结束战争的意愿出发,蒋介石许可的对日和谈中对中国主权的伤害也令人吃惊——特别是东北问题和内蒙古问题。但是,这样的和谈也没有继续下去的可能了,因为蒋介石坚持起码的前提是恢复卢沟桥事变以前的状态,他明确指示孔祥熙:"绝对拒绝之事,宁死勿允。"由此,日本内阁立即改口,声称不以蒋介石为对手是日本帝国一贯不变的方针。

六月二十一日晚,驻扎在中国东北的日军第二师团师团长冈村宁次,接到了出任新组建的陆军第十一军司令官的命令。他立即动身回国,由于天气原因,三十日才抵达东京。第二天,他向参谋总长报到,接受军装检查、派遣命令和作战序列后,被安排晋见天皇和皇后——"拜受皇后陛下亲手缝制的围巾,拜领侍从长送下的赐金,在吉本参谋长、铃木专署副官伴同下,参拜皇宫内殿,拜受御赐神酒。"[21] 七月十二日,冈村宁次抵达上海,十五日到达位于南京的第十一军司令部。十九日,冈村宁次向沿江进攻部队下达了作战命令:第一〇一师团推进到湖口附近;波田支队和第一〇六师团与海军协同向九江发动攻势;第六师团由潜江向太湖、宿松、黄梅攻击,策应溯江西进的作战。

马当要塞陷落后,中国统帅部的判断是:

一、敌兵力大时(至少五个师团以上),以主力在星子附近登陆,进攻南昌、长沙或趋岳州、蒲圻、咸宁,截断粤汉铁路,包围武汉;并以一部于姑塘、九江登陆,牵制我军。

二、敌兵力少时(三个师团以下),以主力于姑塘登陆,一部于九江附近,企图包围九江,夺取瑞昌。㉒

为此,第九战区把第一兵团部署在鄱阳湖西岸,"以防敌万一第一行动之实施",同时策应九江方向的作战;"而以第二兵团部署于星子、九江亘码头镇沿湖江之线,以备第二行动之实施"。由于阻击日军西进的主要方向在第二兵团的沿湖沿江防区内,兵团总司令张发奎制订了具体作战部署:一、第二十五军王敬久部的两个师又一个旅加所属炮兵部队,位于九江南面,防守星子至姑塘之间的阵地;二、第二十九军团李汉魂部下辖的七个师又两个保安团加所属炮兵部队,防守姑塘至九江及其以西地区;三、第三集团军孙桐萱部的三个师,扼守九江至瑞昌的公路,阻止日军登陆;四、第五十四军霍揆彰部的两个师,防守九江以西的码头镇至富池口一带长江江岸,阻止日军登陆;五、第九集团军吴奇伟部的两个军一个师又一个旅为兵团预备队,分区控制在瑞昌和九江附近。

为了阻截日军溯江而上,中国海军在长江江面上布设了七百六十枚水雷以封锁航道。

自七月九日起,日军的舰炮和飞机不断轰炸以清除中国军队的水雷。二十三日零时,波田支队在一部伪军的带领下,由湖口乘坐海军第十一战队的舰艇和汽艇,冒雨进入了鄱阳湖,随即在九江东南二十公里处的姑塘强行登陆。在此布防的中国守军预备第十一师疏于警戒,发现日军后仓促开火,但日军已在舰炮的掩护下向滩头发起了冲击。天亮后,日军战机飞临姑塘上空实施轰炸和扫射,预备第十一师竭力抗击,用手榴弹和刺刀近战肉搏,击沉日军汽艇十余艘,但自身伤亡惨重,至守卫滩头阵地的一个营全部阵亡时,波田支队抢滩成功。

第八军军长李玉堂急令第十五师派出一个团增援,兵团总司令张发奎也急将兵团预备队第七十军调归李汉魂指挥。

上午十时,波田支队突破了预备第十一师的二线阵地,开始向左右两侧扩大战果。位于姑塘两侧的中国守军第一九〇师以及赶来增援的第十五师的一个团,均未能抵挡住日军的攻势,日军攻占了姑塘以南约七公里处的猪桥铺和塔顶山。对于九江防御,尽管中国方面对日军登陆点的判断是正确的,但是战事一起,中国军队在这个方向上的布防还是显得十分薄弱,以至于波田支队在倾盆大雨中成功登陆并得以向纵深发展。蒋介石命令罗卓英的部队向彭泽和湖口发起攻击,以牵制九江方向的日军;同时命令九江守军,务必把登陆未稳的日军迅速歼灭。第九战区当即命令第二兵团部队向波田支队发动反击。

二十四日,中国军队的各路反击作战进展都不顺利。尽管李汉魂不断地调整部队位置,试图构筑起一条稳固的阵地线,以遏制住日军的攻势,但是二十四日午后,波田支队和第一〇六师团主力全部登陆完毕,兵力大增的日军对当面阻击的中国军队发动了猛攻。中国守军第八军伤亡惨重,第七十军与日军苦战到天黑,由于伤亡过重和侧翼被抄连夜撤退。夜色之中,波田支队和第一〇六师团从东、南两个方向向九江并行迂回,日本海军第十一战队则沿长江向九江实施正面攻击。

二十五日,日军向九江发动总攻。

凌晨三时,第九战区紧急调动部队以厚九江防御。

天亮后,长江上的日军舰船二十多艘和飞机六十余架,猛烈轰击和轰炸九江中国守军阵地以及九江市区。日军海军陆战队一部在九江码头附近成功登陆,开始攻击中国守军第三师的侧背;接着,日军另一部在九江西北的小池口成功登陆,中国守军预备第九师和第一一九师很快就难以支持。

九江,江西和湖北的门户,长江上著名的要塞。一旦九江丢失,不但武汉岌岌可危,日军还可以从此迂回长沙和南昌。为了九江的防御,中国最高统帅部在这个方向上部署了十万大军,而攻击九江的仅仅是日军刚成立的一个师团加上一个旅团以及部分的海空军。可是,在日军发动攻击的第三天,当从姑塘登陆的日军与从九江码头登陆的日军会合后,防御九江的十万中国守军抵挡不住了。

二十五日晚十时十分,张发奎下达了放弃九江的命令。

二十六日早七时,日军进入九江市区。

九江的失守对保卫武汉构成巨大威胁。

中国军队的将领们曾追究九江失守之原因。

首先还是武器装备之差距。第四兵团总司令李品仙在致蒋介石的密电中称,小池口以北常家湾之守军报告:"该连在缺堤口一带对敌舰开炮数发,暴露目标后,敌舰二十余只向该连集中猛烈炮火轰击,飞机数十架轮炸缺堤口,小池口附近炸成灰烬,无存身之处,及后撤守小池口队伍死伤惨重。"㉓

二是所有部队均为临战仓促布防,且都被投放在沿江沿湖一线。战场没有纵深,部队又立足未稳,极易被敌突破,难以展开反击。第四兵团总司令李品仙谈及日军在小池口登陆原因时说:"龙坪至小池口以东一带,后为湖沼水田,野炮不能通行,因此炮兵不能抵达,仅战车炮一连,工事均在堤上,不能后退配备,受敌空军袭击,又受兵舰炮击,堤上守军立足不稳,虽经四次将敌击退,终于午后四时为敌登陆,占领小池口。"㉔

三是陆地交通线被过早破坏。日军从水路而来,又有强大的空中及江面火力支援,因此陆地交通的断裂反而有碍于中国军队的调动以及军用物资后勤补给的运输。第二兵团总司令张发奎在报呈蒋介石的报告中写道:"查九江附近公路如九星、九瑞、瑞昌至阳新、瑞昌至德安、永修至箬溪以及南浔铁路北段,早经彻底破坏……九江军队虽勉强集中,而交通困难,筑城材料运输不及,阵地无法立臻巩固……"九江战场上的中国军队将近十万,"仅恃九江至马回岭小径为后方联络线,因之粮弹之补给、伤兵之后送,均无法实施"。㉕

四是部队上级缺乏战斗决心,下级缺乏战斗意志。前者导致部队不能有效执行军令,后者导致官兵战前疏于警戒、战时不能效命。而部队与部队之间,更是全无策应协同的意识与能力。第二兵团总司令张发奎在报呈蒋介石的报告中写道:此次领兵九江期间,曾"与师长以上各将领晤谈,每多借口新兵过多,防区太广或武器不足,战斗力弱,动摇必胜信念,影响作战士气,益以中下级干部掌握不利,精神涣散,故每遇敌机袭击,多数溃散,甚有未见敌人,溃不成军者"㉖。

七月,武汉暑热如火。

为纪念抗战一周年,武汉的"献金活动"已持续三天。老人们拿出多年的辛苦积蓄,工人和小商贩们拿出血汗挣来的微薄收入,身无分文的流亡学生沿街为人擦皮鞋再把挣来的钱投入献金箱,文艺界举行大规模公演收入全部捐献,妇女们拿出她们出嫁时娘家或是夫家给的首饰,武汉的外国友人和华侨也参加了捐款。三天之内,国民为支持抗战而捐出的现金达到百万元以上。此时的武汉市区,大街小巷,到处都可以听见一首由冼星海作曲的高亢歌曲,名叫《保卫东方马德里——大武汉》——当年西班牙首都马德里军民英勇抗击了法西斯分子佛朗哥的围攻,今日中国武汉军民决心战胜攻击他们的日本法西斯。

大批中国军人从武汉开赴战场。

尽管日本人的判断是:"目前中国一般政局是逐渐丧失抗战的自信";抗日民族统一战线已经显出"崩溃之虞";"蒋介石不顾财政、经济等内政问题,专心军事",他的政权正在"走向危机";至于蒋介石本人,其"健康状况,近来越发不良",据说"腰间缠着石膏绷带,单独步行困难"。[27]但是,日本人很快就会发现,这一切不过是自欺欺人。——在日军越来越接近武汉的时候,他们看到的是一个空前团结的中国。

一九三八年七月六日,国民参政会第一届第一次会议在汉口开幕。"八一三"淞沪会战爆发后,为广集民意支撑持久抗战,国民政府决定在战时国防军事最高决策机构国防会议之下,设立国防参议会,邀请全国各党派和各社会阶层人士为参议员以共商国是。一九三八年三月底至四月初,在武昌召开的国民党临时全国代表大会上,国民政府采纳了中国共产党的建议,将国防参议会扩大为国民参政会,并通过了国民参政会的组织条例。国民参政会是抗战时期的一个临时特设机构,符合规定条件的国民都有被推荐和被选举的资格。六月二十一日,国民政府正式公布了共计二百人的参政员名单,其中国民党八十九人,共产党七人,青年党七人,国社党六人,社会民主党一人,中华民族解放运动委员会一人,无党派和各界社会名流八十九人。国民参政会开创了国民党执政中国以来邀集各党各派各方共商国是的先河。全国各党派和各社会团体对它的热诚欢迎与期待,已远远超出了关乎政治民主的任何诉求,而是在日本侵略者向中国腹地大举进攻之际对举国团结一致战胜凶残敌人的强烈渴望。

作为共产党参政员的毛泽东,以"齿病及琐务缠身"的原因向大会请假。七月五日,毛泽东致电即将开幕的国民参政会:"当此抗战周年,全国上下精诚团结,再接再厉,誓驱强寇,而敌人进攻,亦正有加无已之际,国民参政会恰于此时开幕,民意攸宣,国人同庆。"毛泽东在电报里特别指出,救中国于战争苦难的重要因素是:抗战到底、统一战线和打持久战。——"寇深祸亟,神州有陆沉之忧;民众发舒,大难有转旋之望。转旋之术多端,窃谓以三言为最切:一曰坚持抗战,二曰坚持统一战线,三曰坚持持久战。诚能循是猛进,勿馁勿辍,则胜利属我,决然无疑。"㉘

六日大会开幕。参政员一百六十二人出席,因故未出席的三十八人都以函电形式请假。英国、美国、瑞士、法国、比利时等国的驻华大使或使馆代表也应邀出席,大批中外记者云集会场,国际援华组织和华侨团体纷纷发来贺电。国民政府军政要员蒋介石、冯玉祥、白崇禧、孔祥熙等人一应出席;元老名流张伯苓、蒋梦麟、沈钧儒、黄炎培、傅斯年、胡适等人也一应到全;中国共产党另外六位参政员陈绍禹(王明)、秦邦宪(博古)、林祖涵(林伯渠)、吴玉章、董必武以及邓颖超出席了会议。国民参政会发布了慰劳军事委员会蒋委员长电、慰劳前方诸将士电。先后听取了国民政府各院部关于政治、军事、经济、交通、外交、司法、监察等方面的报告,各院部长答复了参政员们的质询。大会讨论通过了一百三十多项提案。参政员们先后发言,表示坚决拥护《抗战建国纲领》,坚决拥护长期抗战国策,誓以全国军民的"精诚团结、艰苦奋斗"战胜日本侵略者!

东京的日本军政要员惊愕地发现:"在这次会议上,共产党的抗日意见占支配地位,誓死保卫武汉的主张被采纳。"㉙日本人此言指的是,六月九日,国民政府曾下令汉口的所有机关、大学等移至重庆或昆明,而在这次国民参政会上,共产党人提出的《加强保卫武汉问题案》获得一致通过,并"密送国防最高会议交武汉卫戍司令部采择"。日本方面不但没有看见中国屈服的任何迹象,而且国民参政会发布的《宣言》明确宣告,无论日方如何挑拨国民党人所谓共产党"赤化"的危险,中国国民党和共产党仍会坚定地站在一起抗击日本侵略:

> ……一年以来,我全体将士忠勇赴战,壮烈牺牲,我全体国民,包含边疆各民族,无分党派宗教职业,一致决心忍受艰苦,奋斗到底。盖中国于敌寇凭陵之日,反得发扬其整个民族之爱国意识与牺牲精神,故日本军阀虽恃其海陆空之暴力猛烈进攻,而决不能屈中国民族自卫之意志……中国民族从不敌视日本人民,至今依然。中国抗战之目的,纯为自卫。中国

必须恢复其领土主权行政完整,此乃任何国家立国自存之最小限度立场。中国全体国民,誓以一切牺牲达此目的……本会兹代表我全体国民庄严宣布:中国民族必以坚强不屈之意志,动员一切物力人力,为自卫、为人道,与此穷凶极恶之侵略者长期抗战,以达到最后胜利之日为止……本会同人,兹据实宣布:南京傀儡组织,乃敌阀之俘囚,吾族之败类,虽僭称政府,而无任何政权,仅供敌阀名义上之利用,决无言论行动之自由。此在国际法上,且远逊于丧失独立后之被保护国之地位;夫中华民国,独立自主之家国也,神圣不可侵犯之统治大权,既以国民公意托之国民政府,而蒋委员长则我国家之最高统帅,而全国军民所公认为代表我国家意志之领袖也……至于赤化之谣,亦属不攻自破中。中国今日,全国一致,各党各派,在《抗战建国纲领》基本方针之下,共同奋斗,纲领具在,事实甚明……熟察大势,敌阀在军事上、经济上、外交上,日趋穷途,覆亡可待,然其暴力犹在,正图最后一逞。故我全体国民,唯有继续并加强一年来之奋斗精神,更绝对认清国家民族利益之所在,以统一与团结为一切行动之准绳……夫国难之险,险于覆舟,应战之急,急于救火,凡我同胞,安危相关,生死与共。惟有尽一切努力,忍一切牺牲,以求贯彻抗战之唯一目的……㉚

"尽一切努力,忍一切牺牲,以求贯彻抗战之唯一目的。"

这就是中国人民的决心和意志。

随着九江的陷落,日军已进逼武汉。

中日在军力上差距明显,空中力量相距犹殊。中日开战以来,中国空军原本不多的战机已损失大半。但是,随着苏联大批援华飞机的抵达,苏联志愿航空队员陆续进入中国战场,中日空中战场再次进入激烈搏斗的阶段。苏联空军援华作战,是中国抗日战争史上极其重要的历史事件。无论当时的苏联出于何种目的,在中国基本没有任何外援的艰难时刻,苏联果断派遣空军人员参加对日作战,这无疑是对中国极大的支持。苏联除了援助作战飞机,提供空军后勤保障,培训中国飞行员以及参与空战战术指挥外,大批优秀的苏联飞行员为了中国的国家独立和民族尊严,血洒中国蓝天,其英勇无畏当为中华民族所铭记。

日军占领南京后,开始利用中国腹地的机场设施,对中国内地重要城市和战略要地实施轰炸。随着中国空战中心转向华中和华南,大批苏联飞行员和中国飞行员集中在了以武汉为核心的机场,开始了与日军的新一轮空战。有了苏联飞行员参战的中国空军,不但升空截击日本轰炸机,在徐州会战和沿江作战中,还曾主动出击配合陆军作战。一九三八年二月十八日,当日本战机轰炸武汉时,中国空军奋勇迎战,一举击落十二架日机。战斗中,中国空军第四大队大队长李桂丹、分队长吕基淳和飞行员巴清正、王怡英勇牺牲。

武汉上空最为激烈的空战,发生在四月二十九日。这一天,日军出动六十九架战机直扑武汉上空,中国空军起飞迎战,武汉市民不顾防空警报纷纷仰天观战。敌我双方战机穿梭翻腾,天空硝烟弥漫,在短短半个小时的激战中,中国和苏联飞行员以损失战机两架、牺牲五人的代价,击落日本战机竟达二十一架之多,其中战斗机十一架、攻击机十架,日军飞行员五十人丧生,两人跳伞被活捉。

整个武汉欢喜若狂。

就是在这次空战中,武汉市民目睹了一个壮烈场面:一架中国战机在负伤之后,向日本战机迎头撞去。——驾机与日军战机同归于尽的中国飞行员名叫陈怀民。

陈怀民生于长江边上的镇江,曾在"一·二八"上海战事时和哥哥一起参加义勇军。入伍后毕业于中央航校第五期。在"八一三"淞沪会战中,因击落多架日机获"空中勇士"称号。他曾因战机油料耗尽迫降而被抛出舱外负伤,也曾因战机受损而不得已高空跳伞再次负伤,武汉空战开始后他驾机升空时战伤仍未痊愈。他的母亲战前曾为他提了一门亲事,他以"日寇未灭,焉用婚为"作答。生在长江畔死在长江中的他时年二十二岁。

被陈怀民撞落的日军战机飞行员名叫高桥宪一。

高桥宪一的遗物中,有他妻子的照片和信件,妻子美惠子在给丈夫的信中写道:

> 我甚至有时想到,不做飞行士的妻子才好,做了飞行士的妻子,总是过着孤凄的日子。家里人无限挂念着你,希望你好好保重身体。光是死,并不是荣誉的事,我是祈求着你十分小

心地履行你的职责。㉛

陈怀民烈士的妹妹陈难看过这封信后,给这位名叫美惠子的日本女人写去一封信:

> 我失去胞兄的心境,使我设身处地地想到你失去高桥先生的心境,想到中日人民竟如此凄惨地牺牲于贵国军阀的错误政策之下,因此我不能不告诉你这个真实!怀民哥坚毅地猛撞高桥的飞机,与高桥君同归于尽,这不是发泄他对高桥君的私仇。他和高桥君并没有私人的仇恨,他们只是代表着两种不同的力量粉碎了他们自己。我告诉你,我家里的父母都非常深切地关怀你,像关怀他们的儿女一般,不带一点怨恨。我盼望有一天让我们的手互相友爱地握着,心和心相印着,沉浸在新鲜的年轻人的热情里。我们有理由为着这个信念而努力。㉜

两封信通过各种媒体在全世界广泛传播。

"新鲜的年轻人的热情"会是怎样一种人类之梦?

与这个梦想相比,战争带给人类的又是怎样的厄运?

日军第六师团切身体验到了什么是"火炉"。该师团从桐城南下占领潜山和怀宁后,严酷的暑热令多数官兵头晕目眩,加上疟疾流行,病倒的官兵达两千人以上,于是不得不在原地休息了近一个月。七月二十四日,该师团编入日军第十一军作战序列,奉命向潜山西南方向的太湖、宿松、黄梅一线发起攻击。长江以北地区属于中国第五战区,第四兵团总司令李品仙立即部署中国守军节节阻击,第六师团的先头部队经过三天的作战才占领太湖。当日军继续向西攻击时,中国军队的反击格外猛烈,在太湖以西、大别山以东地区,双方都在不断增加兵力,于酷热之中逐村争夺,战火所及之处一片焦土。在这个方向上,日军第六师团的作战记录显示:中国军队"日夜死战",仅反击作战就达二百九十次之多。八月一日,在二十多架飞机的助攻下,日军进攻黄梅,中国守军刘汝明部第六十八军顽强抵抗三天,官兵伤亡两千人,最终被迫放弃黄梅县城。中国守军随即在长江大堤上人工决口,滚滚长江水淹没了广济、黄梅、宿松、太湖、潜山和怀宁等六县,水淹面积达三千二百平方公里。日军第六师团被长江水所围困,又处在疾病和给养断绝的困境中,只得再次停止进攻,于太湖和黄梅地区休整。

比第六师团更饱受煎熬的是在九江以南的第一〇六师团。

日军第一〇六师团为新组建部队,在国内征召的是后备役,士兵主要由大阪的商人和职员组成,属日本陆军中战斗力最弱的部队,士兵们不但军事技能差,且必须在军官的督战下才作战。

七月二十八日,第一〇六师团沿南浔路两侧向沙河镇、南昌铺进攻,企图占领德安,遭到中国守军的阻击。经过七个昼夜的激战,第一〇六师团才突破了中国守军的阵地,但即刻又受到中国军队的猛烈反击。在中国军队发起的反击作战中,第一〇六师团四个联队共一万六千人,伤亡高达约八千人,其中军官的死伤尤为严重。

鉴于第一〇六师团已无力进攻,且南浔路正面中国守军阻击顽强,冈村宁次决定以第一〇一师团在海军的配合下进攻星子。星子是鄱阳湖西岸仅次于湖口的要冲,日本海军方面早有夺取的计划。八月二十日,第一〇一师团之第一〇一旅团在海军的协助下,突破中国守军第二十五军第五十二师的防线,占领星子。接着,日军开始向西进攻庐山南麓——虽然"师团主力也加入了战斗","但战况仍不能急速扭转"。[33]

只有攻击瑞昌的波田支队依旧在强硬作战。九江失陷后,瑞昌成为日军西进武汉的重要关隘。中国第九战区在这个方向上,以孙桐萱的第三集团军之第二十二、第八十一、第二十师等部队构筑起阻击线,同时命令第三十二军团关麟征部随时准备增援。为了给日军造成更大的困难,第三集团军官兵破坏了青龙寺以东的江堤造成泛滥。但是,令中国守军没想到的是,在青龙寺附近掘开的江堤缺口,恰恰给了波田支队以可乘之机。八月十日,波田支队乘坐多艘舰艇,从青龙寺决堤的缺口处驶入官湖,攻占港口后不断增兵,相继占领了望夫山和平顶山等地。十三日,第二兵团总司令张发奎调整部署,在瑞昌附近部署了三层防御线,准备作持久抵抗。十五日,波田支队一部在大树下登陆,经过数天的拉锯战,战线的胶着终被打破。二十一日,波田支队与并行进攻的日军第九师团一部发动了全面攻势。中国守军在一道道阻击阵地上顽强作战,日军开始大量使用窒息性毒气,中国守军的阵地不断因官兵中毒而被突破。二十四日下午一时,瑞昌陷落。

"汉口的酷暑,是世界闻名的。"日军第十一军司令官冈村宁次说,"我在壮年时代尝受过汉口酷暑的滋味,夏季气温大体为华氏九十七八度,温度极高。而且深夜和白天,几乎无大差别,非常不舒服。"多年之后,冈村宁次再次看到了他的士兵是如何在中国长江中游的酷暑中饱受折磨的:"当时部队发的汗衫土黄色的很少,白的又太显眼,所以官兵都是赤膊上阵。有胡须的老兵,脸上长满痱子,胡须之间的痱子化脓,满脸像开了花一样。"㉞

酷暑中,冈村宁次对武汉方向的作战心情恶劣,并对他指挥的部队充满抱怨。在这些抱怨里,他证实了中日战争中的某些史实——这些史实至今被日本右翼政客极力否认——这就是南京大屠杀的存在以及日本军队对中国战俘的残忍暴行。在他接任第十一军司令官后,听取了他的先遣参谋、华中派遣军特务部长和杭州特务机关长的汇报,几个人明确地报告说:"攻占南京时,确实发生过对数万市民进行抢掠、强奸等大暴行","第一线部队借口给养困难而杀戮俘虏"。㉟冈村宁次了解到,在他当下指挥的部队中,军纪最为败坏的是参与了南京大屠杀的第六师团以及波田支队,就连第六师团的军官们自己都说:"官兵作战英勇无比,但忽视抢掠、强奸等非法行为。"㊱冈村宁次认为,在战场奸污妇女已成为日军"难以避免的罪行",因为他的军务局长向他报告说,不少官兵在向家乡寄信时,同时邮寄了大量残暴行为的照片,冈村宁次惊讶于士兵们扭曲的心理"竟发展到如此地步"。八月二日,冈村宁次到达九江,他之所以在酷暑中追述日军的军纪问题,是因为"攻占南京时犯有暴行的师团"即将成为进攻武汉的作战部队。㊲

武汉近在眼前。

就在此时,在中、苏、朝边界,图们江边一个名叫张鼓峰的地方,日军与苏军发生了军事冲突。张鼓峰本是中国领土,沙俄在签订《中俄瑷珲条约》时窃取,日军占领中国东北后,又将其划入"满洲国"。一九三八年七月九日,十余名苏军突然进占张鼓峰,并开始在山上修筑工事。三十日夜,日军第十九师团师团长尾高龟藏命令部队向苏军发起攻击,苏军被迫向东撤退。正当日军得意之时,八月二日,苏军突然发动猛烈反击,两个师的苏军在飞机和重炮的支援下,以二百多辆坦克的攻击阵容直冲日军阵地。经过五天的战斗,日军遭遇惨败,伤亡一千四百多人。第十九师团参谋长中村美明不得不致电东京,要求通过外交手段解决事件。

日苏在张鼓峰发生的军事冲突,令东京的要员们惊出一身冷汗。

因为日军在中国已推进至江南,如果日苏之间再爆发战争,日本将无法南北应付。于是,日本政府立即与苏联政府展开谈判,并于八月十日午夜签订了一份"停战协定"。

"张鼓峰事件"是日本关东军与苏军在长期对峙中发生的偶然性摩擦。虽然日军在此次摩擦中领略了苏军在火力和机动能力方面的绝对优势,但也同时判定出:苏联并不愿与日本发生军事冲突从而分散其应对西方的力量。至少目前,苏联没有与日本进行大规模作战的意愿。由此,日本人用北方的惨败换来了这样一种急切:趁苏联尚未对日本下手,必须尽快让中国屈服。因此,"张鼓峰事件"后,侵华日军对攻占武汉更加急不可耐。为了说服东京大本营,他们提出了一个迄今为止最为重大的、令大本营无法拒绝的理由:

> 只要国民政府还盘踞在汉口,汉口就是主要以西北各省为其势力范围的共产军和主要控制着西南各省的国民党军之间的结合点,以及国共合作的楔子……所以,首先为了摧毁抗日战争的最大因素国共合作的势力,攻下武汉是绝对必要的。因为占领了汉口,才能切断国共统治地区的联系,并可能产生两党的分裂。㉝

只要占领了中国的武汉,国民党和共产党就会分裂,中国的抗日民族统一战线就会瓦解——日本人依据什么逻辑得出这样一个古怪的结论?只是,这一结论反映出萦绕在日本人心头的两个最令他们惧怕的词:一个是"共产党",另一个就是"持久战"。前者是他们在意识形态上最强硬的精神对手,而后者直指他们发动的这场规模巨大的侵略战争的死穴:如果被中国拖入长久的战争,对日本来讲是一场无法摆脱的灾难。

一九三八年,在中国难耐的暑热中,日本人最惧怕的两个词被紧密地联系在一起了。——希图一旦占领武汉国共就会分裂,一旦国共分裂中国就会屈服,一旦中国屈服战争就会结束,一旦战争结束就在中国的国土上为天皇修建一座皇宫的日本人此时并不知道,一部深刻影响了抗战进程乃至战争结局的历史性著述即将在中国面世。

著述名为《论持久战》,作者是共产党领袖毛泽东。

第十三章
日军没有后方

毛泽东的《论持久战》之所以成为中国抗日战争期间最具影响力的著述,重要前提是其产生的时代背景以及深刻的历史针对性。

中国的对日作战已历时近一年。在这段时间里,日本侵略者以极快的速度占领了中国的大片国土。巨大的疑问由此弥漫在国人的心头:中国会不会亡国?抗战是否有胜利的希望?如果胜利的希望还没有最后破灭,那么,中国抗战的正确道路是什么?

这些疑问不仅产生于中国军队节节败退和国土迅速沦陷的严酷现实,更是流行于国内的各种观点和言论所造成的认知混乱。此时在中国,关于对日战争,至少有两种观点极其危险,有可能致中国陷于万劫不复之地。

观点之一是"速胜论",也称为"高调理论"。

"速胜论"的核心内容是:中国可以在短时期内打败日本侵略者,战争很快就会以中国的决战胜利而宣告结束。

这种观点在战争爆发之日就已出现。国内许多人曾经表示,日本不具备吞并中国的能力,如果日军向华北进攻的话,其军队前锋不可能越过长城,更不可能攻入山西。在淞沪会战初期,当中国军队抗击日军登陆并坚守上海外围阵地时,日军一度举步维艰,于是又有国人宣称,只要中国坚持三个月,形势一定会发生变化,国际会干预苏联会出兵,中国军队很快就能把日军赶下海去,甚至预言中国军队将乘胜追击夺回失去的东北。"速胜论"在台儿庄战役后达到高潮,不但认为中国军队的胜利是日军崩溃的标志,而且认为接下来的徐州会战将是一个"准决战",日军将在这样的决战中面临"最后挣扎"。——如果"速胜论"为一般民众和社会舆论所持,或许在某种情境下情有可原;但是,如果为中国决策层中的人所持,就会导致不顾一切乃至赌上国家命运的"战略决战",这对中国的抗战前途将是一种危险。

首先,无论从国力和军力上相比,中国都处于绝对的劣势,在"军力、经济力和政治组织力"上,中国与自己的战争对手有着相当的差距,这种差距是近代以来的中国历史造成的。战争除了精神质量的比拼之外,还是工业能力、科技能力和创新能力的比拼,在这些方面,当时的中国与已进入工业强国时代的日本几乎没有可比性。承认劣势需要勇气,也是一种清醒和智慧;盲目的自以为是不是自信,是鲁莽和愚蠢,由此产生的乐观是要付出代价的,也是要承担后果的。自日本挑起侵略战争以来,抗日民族统一战线形成后,中国举国抗战,军队拼死作战,但是却没能抵抗住日军从北向南的节节进攻,在这种情形下何以谋求中国之速胜?

其次,"速胜论"也是受到日本支持的。没有人不希望对手越鲁莽越愚蠢越好。如果中国继续并固执地盲目乐观下去,日本便可以获得他们"速胜"的结果。因为在"速胜论"的指导下,中国将会不计后果地投入所有国力和军力,与日军进行大规模的决战,或者死守某一要地名城,形成大规模的决战态势。在这种情况下,日军将会集中所有的优势兵力和火力,对中国军队实施毁灭性的歼灭,使得中国彻底地丧失抵抗能力,从而在最短的时期内将中国沦为日本的战利品。对于武器装备以及作战技能均占据优势的日军来讲,最担心的就是在中国战场上寻找不到决战契机,消耗不掉中国军队的主力,从而使得战争无限期地拖延下去。

观点之二是"亡国论",也称为"低调理论"。

这种观点的核心内容是:中国无法战胜日本,如果继续抵抗下去,结局只能是中国灭亡;而且中国的抗战意志越坚定,亡国的速度越快。如果是由于军队的一再退却,城镇的一再沦陷,从而引发一般民众产生悲观情绪的话,这仅仅是思绪的迷茫;但是,"亡国论"的代表人物如果来自中国决策高层,就远不是思绪的问题了,它会导致"抗日阵线中随时可能发生的妥协问题"。[①]

"亡国论"的代表人物是国民党副总裁汪精卫。

卢沟桥事变后,汪精卫在他的各种演说中大肆宣称"战必大败"的

"亡国论",其代表作是题为《最后关头》的讲话。其中,汪精卫用这样的语言描述了誓死抗战的结局:"牺牲两字是严酷的,我们牺牲自己,我们并且要牺牲全国同胞一齐牺牲。因为我们是弱国,我们是弱国之民,我们所谓抵抗,无他内容,其内容只是牺牲。""我们并且因为不愿自己牺牲之后,看见自己的同胞去做傀儡,所以我们必定要强迫我们的同胞一齐牺牲,不留一个傀儡的种子。无论是通都大镇,还是荒村僻壤,必使人与地俱成灰烬。""我们牺牲完了,我们抵抗之目的也达到了"。②——汪精卫的核心观点是:中国要抵抗外来侵略,其结果只能是民族与国家"俱成灰烬"。那么,照此推论,中国浴血抗战的意义何在?继《最后关头》之后,汪精卫又发表了《大家要说老实话大家要负责任》的讲话,通篇以阴阳怪气之语暗示坚持抗战是对国家的不负责任:"和呢,是会吃亏的,就老实的承认吃亏,并且求于吃亏之后,有所抵偿。战呢,是会打败仗的,就老实的承认打败仗,败了再打,打了再败,败个不已,打个不已,终于打出一个由亡而存的局面来。"③

在国民党高层内部,存在着一个与汪精卫观点一致的群体,这一反对坚持抗战、反对国共合作的群体,最终形成一个投敌求和的政治集团。

集团的核心人物是周佛海。

周佛海,早年留学日本,曾是中共一大的代表,后投靠国民党,一九二四年被中共开除出党。他是蒋介石一手提拔的国民党骨干党员,曾任总司令部行营秘书、中央军事政治学校武汉分校秘书长兼政治部主任、国民党中央民众训练部部长、军事委员会委员长侍从室第二处副主任、国民党中央宣传部副部长。

周佛海给他们这一群体取名为"低调俱乐部":

> 回到南京后,就和许多朋友,研究如何在适当的情形下,可以结束北方的抗战,恢复和平的关系……汪先生的主张,是完全和我们一致的,所以我们当时就无形中以汪先生为中心酝酿和平运动……凑巧主张相同的几位朋友有些住在我家里,有些每日必来。于是空气渐渐传出去,渐渐地引起外面的注意了。但是,我们毫无顾忌,而且把我们这个小小的团体,叫做"低调俱乐部"。④

汪精卫与周佛海不但没有历史渊源，而且曾经是政治对头。周佛海加入国民党后成为右翼，左翼领袖汪精卫讽刺他："以前是共产党员，现在却又攻击起共产党来了。他退出共产党就算了，还要来反诬，真不是东西。"周佛海反击汪精卫道："他本是国民党党员，现在却要做共产党的工具，攻击起国民党来了。他跑到外国就算了，还要来倒戈，真不是东西。"⑤

无论如何，"低调俱乐部"成员的立场相当一致：鼓吹抗战失败和民族投降论，千方百计地阻止举国抗战，肆意攻击共产党，竭力破坏国共合作，积极充当对日妥协的穿线人。——在国家政府决策高层中，竟然存在着这样一群"毫无顾忌"的"不是东西"的人，这不仅是中国政治史中的丑恶，还令苦难中的抗战中国雪上加霜。

正是在这种巨大的历史忧患下毛泽东写出了《论持久战》。

《论持久战》依据辩证唯物史观和历史唯物史观，对抗战十个月的经验教训进行了全面阐释和总结。

首先，毛泽东再次强调了全国团结对于抗日战争的重要性："全国党派，从共产党到国民党；全国人民，从工人农民到资产阶级；全国军队，从主力军到游击队；国际方面，从社会主义国家到各国爱好正义的人民；敌国方面，从某些国内反战的人民到前线反战的兵士。总而言之，所有这些因素，在我们的抗战中都尽了他们各种程度的努力。每一个有良心的人，都应向他们表示敬意。我们共产党人，同其他抗战党派和全国人民一道，唯一的方向，是努力团结一切力量，战胜万恶的日寇。"⑥

毛泽东认为抗战爆发十个月来，"一切经验都证明下述两种观点的不对：一种是中国必亡论，一种是中国速胜论。前者产生妥协倾向，后者产生轻敌倾向"。那么，中国会灭亡吗？毛泽东回答："不会亡，最后胜利是中国的。"中国能速胜吗？毛泽东回答："不能速胜，抗日战争是持久战。"毛泽东给出的依据是："中日战争不是任何别的战争，乃是半殖民地半封建的中国和帝国主义的日本"之间进行的"一个决死的战争"。日本是一个帝国主义强国，"它的军力、经济力和政治组织力在东方是一等的"，这是日本发动侵略战争的"基本条件"，决定了"战争的不可避免和中国的不能速胜"。但是，"日本社会经济的帝国主义性，就产生了日本战争的帝国主义性，它的战争是退步的和野蛮的"。

这种带有封建军事特点的退步和野蛮的战争,完全"不能达到日本统治阶级所期求的兴旺,而将达到它所期求的反面——日本帝国主义的死亡"。同时,由于"人力、军力、财力、物力均感缺乏",日本统治者原想"从战争中解决这个困难",其结果只能是它为解决这个困难而"发动战争",困难反而会因战争不断增加,战争还会将它"原有的东西也消耗掉"。再有,日本"虽能得到国际法西斯国家的援助,但同时,却又不能不遇到一个超过其国际援助力量的国际反对力量。这后一种力量将逐渐地增长,终究不但把前者的援助力量抵消,并将施其压力于日本自身"。毛泽东说,这就是失道寡助的规律,"是从日本战争的本性产生出来的"。而对于中国,毛泽东指出,中国虽是一个半殖民地半封建社会的弱国,虽在"军力、经济力和政治组织力各方面"都不如日本,但是中国人民自近代以来积累了百年的争取民族独立与解放的力量,今天的中国"有了比任何一个历史时期更为进步的因素",这种进步因素的代表就是"中国共产党及其领导下的军队",它使中国的抗日战争"得到了持久战和最后胜利的可能性"。况且,中国的抗日战争是进步的、正义的,它能"唤起全国的团结",并"争取世界多数国家的援助"。中国自身"又是一个很大的国家,地大、物博、人多、兵多,能够支持长期的战争"。因此,这些中日双方"互相矛盾着的基本特点",决定了"战争的持久性和最后胜利属于中国而不属于日本"。⑦

在明确抗日战争最终结局的前提下,针对十个月以来日军取得了"一定程度的胜利","我则""遭到一定程度的失败"的现实,毛泽东分析道:这只是"一定阶段内一定程度上的胜或败"。因为"敌虽强,但敌之强已为其他不利的因素所减杀,不过此时还没有减杀到足以破坏敌之优势的必要的程度;我虽弱,但我之弱已为其他有利的因素所补充,不过此时还没有补充到足以改变我之劣势的必要的程度"。毛泽东指出:在接下来的战争中,"只要我能运用正确的军事的和政治的策略,不犯原则的错误,竭尽最善的努力,敌之不利因素和我之有利因素均将随战争之延长而发展,必能继续改变着敌我强弱的原来程度,继续变化着敌我的优劣形势。到了新的一定阶段时,就将发生强弱程度上和优劣形势上的大变化,而达到敌败我胜的结果"。⑧

毛泽东认为,抗日战争的持久战,"将具体地表现于三个阶段之中":"第一个阶段,是敌之战略进攻、我之战略防御的时期。第二阶段,是敌之战略保守、我之准备反攻的时期。第三个阶段,是我之战略反攻、敌之战略退却的时期。"——毛泽东的这一分析将得到未来历史的完全验证。其中,关于战争的第二个阶段,即战争的相持阶段,毛泽东预言,中国要忍受难以想象的艰难,要熬得过去这段较长的痛苦时期。然而,"游击战争在第一阶段中乘着敌后空虚将有一个普遍的发展,建立许多根据地,基本上威胁到敌人占领地的保守,因此第二阶段仍将有广大的战争。此阶段中我之作战形式主要的是游击战,而以运动战辅助之"。"我军将大量地转入敌后,比较地分散配置,依托一切敌人未占区域,配合民众武装,向敌人占领地作广泛的和猛烈的游击战争,并尽可能地调动敌人于运动战中消灭之"。在这种情况下,日本侵略者"只能保守占领地三分之一左右的区域,三分之二左右仍然是我们的,这就是敌人的大失败,中国的大胜利",是整个战争"转变的枢纽"。因此,战争的胜负,不在于部分城市的和部分国土的得失,在于中国人民"绝不动摇地坚持战争",在于"扩大和巩固"民族统一战线,在于"排除一切悲观主义和妥协论"。⑨

毛泽东断言:"持久战的抗日战争,将在人类战争史中表现为光荣的特殊的一页"。其"犬牙交错的战争形态"就是它最为特殊的特点:"抗日战争是整个处于内线作战的地位的;但是主力军和游击队的关系,则是主力军在内线,游击队在外线,形成夹攻敌人的奇观"。"在战争的第一阶段,战略上内线作战的正规军是后退的,但是战略上外线作战的游击队则将广泛地向着敌人后方大踏步前进"。而"利用国家的总后方","把作战线伸至敌人占领地之最后限界的,是主力军。脱离总后方,而把作战线伸至敌后的,是游击队"。从整个战争形态上看,敌之进攻我之防御,似乎我处于敌人的包围中;但是"我以数量上优势的兵力","采取战役和战斗上的外线作战方针",就可以把"各路分进之敌的一路或几路放在我之包围中"。敌后的游击战根据地也是,看似每个根据地"都处在敌之四面或三面包围中","但若将各个游击根据地联系起来看,并将各个游击根据地和正规军的阵地也联系起来看,我又把许多敌人都包围起来"。如果将世界反法西斯力量也算在内,那么属于和平阵线的国家犹如天罗地网,当法西斯国家处在这张大网中无处逃跑时,也就是它被"完全打倒之日"。总之,"长期而又广大的抗日战争,是军事、政治、经济、文化各方面犬牙交错的战争,这是战争史上的奇观,中华民族的壮举,惊天动地的伟业"。我们必须正确认识战争的规律,让全中国军民明白抗日战争的目的是"驱逐日本帝国主义,建立自由平等的新中国",从而"使几万万人齐心一致",赢得中华民族的最后胜利。⑩

《论持久战》是继倡导促成抗日民族统一战线后,中国共产党对抗日战争作出的又一历史贡献,它以超凡的视野和宏阔的韬略,在思想上、理论上、战略上、方针上,全面阐述了中国为什么要坚持持久战,为什么日本侵略者必败中国人民必胜,中国怎样才能赢得抗日战争的最后胜利。《论持久战》的问世,再次显示出中国共产党在这场规模巨大且将耗时甚长的战争中的砥柱作用,那就是无论日本侵略者的国力军力有多么强大,无论中国的抵抗作战现时如何失利,也无论哪个党派或哪些国人有怎样的悲观论调,甚至哪怕是国民政府的高层中出现了妥协乃至投降,中国共产党也决不会屈服。中国共产党的存在,保证着中国"坚持抗战,坚持统一战线,坚持持久战"。无论在何种情况下,中国共产党都会以坚定的政治信念和坚强的民族意志,号召全体中国人民与日本侵略者抗争到底直至取得最后胜利。关于这一点,蒋介石也十分清楚,战争爆发之初他就说过:如果国民政府真被战争拖垮了,日本人将必须面对中国共产党。那时候,任何议和的可能性都不存在了,因为"共产党是从来不投降的"。同时日本人也明白,中国共产党不但是日本军国主义在意识形态上的死敌,也是日本在对华战争中政治上和军事上决绝的强硬对手。

《论持久战》单行本出版后,被翻译成日文、英文、俄文。

毛泽东的论述,给包括蒋介石在内的国民党军政高层以极大触动和启发。特别是在《论持久战》中,毛泽东给予了蒋介石指挥的一系列以撤退弃守告终的战役以极其客观的分析:"英勇战斗于前,又放弃土地于后,不是自相矛盾吗?这些英勇战斗者的血,不是白流了吗?这是非常不妥当的发问。吃饭于前,又拉屎于后,不是白吃了吗?睡觉于前,又起床于后,不是白睡了吗?可不可以这样提出问题呢?我想是不可以的。"歼灭和消耗敌人的目的达到了,争取了时间和"广大的回旋余地",战斗者的血就"一点也不是白流"。"放弃土地是为了保存军力,也正是为了保存土地;因为如不在不利条件下放弃部分的土地,盲目地举行绝无把握的决战,结果丧失军力之后,必随之以丧失全部的土地,更说不到什么恢复失地了"。⑪——蒋介石高度认同毛泽东的《论持久战》,在他的许可下,《论持久战》得以在全国印刷发行。白崇禧也对《论持久战》甚为赞赏,认为是"克敌制胜的最高方略"。"在蒋介石的支持下,白崇禧把《论持久战》的精神归纳成两句话:'积小胜为大胜,以空间换时间',并取得了周公(周恩来)的同意,由国民政府军事委员会通令全国,作为抗日战争中的战略指导思想。"⑫

毛泽东在延安窑洞中写作《论持久战》时,几百公里外的山西南部的黄土沟壑上,共产党领导的八路军与阎锡山指挥的部队再次联手,共同抗击着日军的大规模进攻。

日军侵占华北后,面临的严重的挑战是:一、中国共产党领导的抗日力量,这时已成为威胁日军在华北统治的主要力量,八路军等抗日武装以及他们开辟的抗日根据地不断壮大,逐渐蚕食着日军在华北的控制区域,甚至有把这些区域掏空或是包围之势;二、一部分归属蒋介石指挥目前却滞留在敌占区的部队,在战争初期也是牵制日军大后方的一支军事力量。因此,当华北日军大举南下进攻时,不得不分出极大的兵力驻守后方,以保证其占领区和后方补给线的安全,日军将这一行动称为"治安肃正作战"。

日军华北方面军司令部制订的《军占领区治安维持实施纲要》规定:"维持治安的宗旨,是我军存在的需要,促进军占领区的全面安定,以帮助奠定新政权之基本为目的"。而"维持治安"的"重点指向共军,特别是已经建成的共产地区应努力从速加以摧毁"。⑬

一九三八年二月八日,阎锡山向蒋介石报告了八路军坚持山西、华北抗战,配合国民党军队在津浦路南段作战的部署情况:

> 一二九师以两个团位于平定、昔阳、和顺以东,平汉路以西、正太路以南之山地,配合一一五师之三四四旅夹正太路,积极打击消灭该线之敌,并大规模地破坏正太铁路与石家庄以南之平汉路。一部位于榆次、寿阳以南地区,一部在武安、邢台以西地区。该师张、韩支队(八路军第一二九师的两支游击队,张贤约、韩东山各为支队长)仍在沧石路以南地区向沧石路及向东活动。
>
> 一二〇师集结精干部队于雁门、阳曲之线以西地区,配合五台区部队,在同蒲路北段积极打击该线之敌,并继续破坏敌

之交通道路;宋支队(八路军的一二〇师雁北支队,司令员宋时轮)仍积极活动于大同以南,破敌交通,袭击沿线之敌。

一一五师之三四三旅组织精干部队在太原以南交城、文水地带积极活动。

晋察冀杨支队(以聂荣臻为司令员兼政委的晋察冀军区第一支队,司令员杨成武)以精干部队配合陈支队一部及赵支队(晋察冀军区第四支队,司令员陈漫远;晋察冀军区第五支队,司令员赵侗),分途向正太、平汉线积极活动;以小部队进入紫荆关以北之山地,向保定以北地区行动。周支队(晋察冀军区第三支队,司令员周建屏)配合三四四旅活动,不断破坏平汉线铁路。赵支队(晋察冀军区第二支队,司令员兼政委赵尔陆)向浑源、繁峙、代县、崞县、原平间,配合一二〇师积极动作。在平汉路以东、沧石路以北之陈支队主力及吕支队(晋察冀军区人民自卫军,司令员吕正操)基干部队,应领导当地游击队,配合张、韩支队向沧石路、向津浦路行动,努力破坏交通,阻滞敌南移及东运,以直接配合津浦南段作战。⑭

就上述电文看,尽管日军已占领太原以及山西的北部和中部,阎锡山和卫立煌的主力部队都已向南撤退,但在日军占领的区域内,八路军仍旧从东到西、从南到北地广泛地分布着。

一九三八年一月,八路军与日军在正太路上发生了战斗:

我徐旅(八路军第一一五师第三四四旅,旅长徐海东)六八八团在温汤镇附近伏击井陉前进之敌。九时许,即与井陉来敌开始接触,当即将该敌约千余人击溃,敌伤亡约二百余人,但未能解决战斗。十二时,平山之敌赶到,随来敌机二架助战,敌发炮千发。该团长督率所部奋勇扰击,反复冲锋十余次。战至黄昏,温汤镇终被敌占领,该团团长陈锦绣及第三营营长均作壮烈牺牲,并伤亡连长以下三百余人。但敌亦伤亡颇大。⑮

太原失守后,中国第二战区拟对太原发动反击作战。

在临汾举行的军事会议上,第二战区决定把现有部队分编为中央、东路和西路三个集团军,其中东路军以八路军总司令朱德、副总司令彭德怀为正副指挥,统辖八路军第一二九师和第一一五师一部、山西新军决死队第一和第三纵队以及第八十四师朱怀冰等部,负责向正太路的榆次、娘子关一带出击。

就在中国第二战区准备实施反击作战时,日军也在策划向山西南部地区发动作战,其主要目的是彻底消灭共产党领导的抗日武装。日军的部署是:由香月清司指挥第一军所属的川岸文三郎的第二十师团、山冈重厚的第一〇九师团,由太原沿同蒲路两侧南下,直指晋南的运城和风陵渡;土肥原贤二的第十四师团由新乡向西,沿着黄河北岸攻击晋南的运城、平陆等地;下元熊弥的第一〇八师团自邯郸出发向西,经武安、涉县、黎城、潞城、长治、屯留、安泽向临汾攻击。日军在这个方向上投入的兵力,并不亚于徐州会战的参战兵力,足见他们决心把共产党和国民党的敌后武装一举全歼。

二月二十日,日军第一〇八师团协同沿同蒲路南下的第二十师团向长治发起攻击。李家钰的第四十七军第三一一旅一部奉命阻击,中国守军在与日军的血战中全部阵亡,长治失守。接着,晋南重镇临汾陷落。日军来势凶猛,以至于中国第二战区反击太原的计划已无实施的可能。一股日军从汾阳方向向西,直逼阎锡山的退路隰县。阎锡山命令王靖国的第十九军前往迎敌。但是,经过一昼夜的激战,位于川口的第七十师阵地被日军突破,师长杜堃差点被俘,旅长赵锡章阵亡,团长马凤岗率部猛冲才把被日军包围的师旅机关人员救出,王靖国军长带着第七十师残部跑到山里去了。而在大麦郊第六十八师阵地,中国官兵激战两昼夜后,阵地还是被日军突破。中国第二战区执法总监张培梅大怒,严令第六十一军军长陈长捷增援,并警告陈军长完不成任务小心脑袋,但陈军长还是因战事不利撤退了。张培梅怒不可遏,坚持要枪毙王靖国和陈长捷,说只有砍了这两个军长的脑袋才有可能扭转晋南危局。但是,阎锡山坚决不同意杀他的军长。——"张培梅见日军逼近隰县,阎军一再败北,而自己杀一儆百的主张又不为阎所采纳,悲观失望,即萌生自杀之念,吞食鸦片身亡。"[16]

为了牵制日军的进攻,配合阎锡山部作战,八路军开始了接连不断的出击。阎锡山急忙致电蒋介石,报告八路军的出击和收获:晋察冀军区司令聂荣臻鱼日(六日)"亲至平汉线督战。今得电话,真将新乐、望都收复,杀敌百余人,擒四人,夺步枪五十余支。定州正在鏖战中。北路浑源一战,杀敌四五十人,我伤亡二十余人。现敌困守孤城,不敢出城"。"……定县、新乐、望都三县各有敌人数百名,佳日(九日)被我杨支队悉数歼灭,并俘获敌人甚多。敌之增援部队亦被我击退,现正跟踪追击。一部已到保定南关车站与敌对战,大有占领保定的可能"。"正定至保定间铁路桥梁完全破坏,并毁敌车一列。平汉线伪组织亦多被抄获。现向津浦线急进,企图断敌后方交通"。二十日,八路军第一一五师三四三旅陈光部,收复了之前王靖国的第六十八师失守的大麦郊,"获炮一门,粮食数百担。养日(二十二日)在石川镇(石口镇和川口镇)与敌激战,获六五弹十四万发、信号弹五箱、步枪七十余支、军用品一部。我伤亡九十余人"。[17]

刘伯承指挥的八路军第一二九师,决定在正太路向日军发起袭击,地点选在了几个月前娘子关战役时伏击过日军的长生口。"复战长生口这一仗,简直就是一次周密的军事演习。"第三八六旅参谋长李聚奎说。师长刘伯承在干部会上阐述了他的观点:打仗就要选择敌人的弱点。如果敌人没有弱点怎么办? 打还是不打? 当然还要打,但先要给敌人制造出弱点,给敌人制造弱点的战术叫作"围点打援"。即先佯攻旧关,吸引井陉的日军出动增援,然后在敌增援的必经之路上设点伏击。二十二日,第三八五旅七六九团开始围困旧关,井陉的日军果然出动增援了,结果在长生口伏击圈内遭到七七一团和七七二团的猛烈袭击。战斗持续了五个小时,日军八辆汽车被击毁五辆,两百余人的队伍被击毙一百三十多人,其中包括这股日军的指挥官荒井丰吉少佐。

川口失守后,八路军第一一五师奉命支援友军作战,但是这一次该师出师不利——师长林彪出了意外。三月二日九时许,林彪穿着缴获的日本军大衣,骑着缴获的日军大洋马,路过隰县以北的千家庄时,被驻防当地的王靖国的第十九军哨兵误以为是日军开枪所伤——子弹"从右侧进由右侧背穿出后,幸未中要害,须移至妥当地点修养"。第一一五师师长随即由第三四三旅旅长陈光代理。三月十七日,日军第二十师团一部从蒲县出发向大宁进攻,遭到杨得志的六八五团的截击,被迫撤回位于吕梁山脉中南部的午城。第一一五师把午城包围起来并实施攻击——

……午城的敌军,因连续遭我打击,夜晚总防备着我们进攻。当我六八五团的两个营,趁夜从东北向午城打来之时,固守在北山的日军虽进行了一番抵抗,但毕竟是惊弓之鸟,很快就支持不住了。与此同时,我六八六团三营从西北面向东进攻,很快占领了敌人的工事,并消灭部分敌人。敌人的汽车队见势不妙,就想逃窜。我们的战士冲上去就是一阵手榴弹,打得敌人的驾驶员车灯都不敢开,驾车就往前窜,可那么多车,天黑又找不到道,于是许多车在沟里乱冲乱撞。后来,有些车虽上了路,却正好跑到我们的伏击地带。送上门来的肥肉,怎么能不吃?打!经过一阵猛烈袭击,敌人的六十多辆汽车全都报销了……⑱

接着,第一一五师派出六八六团在井沟附近设伏,从临汾增援而来的日军第一〇八师团步兵六百余人、骑兵二百余人和一个炮兵中队进入了伏击圈。八路军发起突然攻击后,日军经过短暂的混乱疯狂反击,伏击圈内的战斗进入胶着状态。日军炮火猛烈,战机也赶来助战,六八六团官兵在"飞机大炮的轰击下",持续"与敌人肉搏拼杀"。战斗中,两名营长负了重伤,副营长罗自坚、党总支书记肖志坚及其他营连干部大都挂了彩,有的壮烈牺牲了。战士中的党员站出来代理指挥,"阵地上到处可以听见他们的声音:'同志们!不要管飞机,只管去消灭地上的敌人!''用刺刀,用手榴弹!杀啊!打呀!'"傍晚时分,六八六团将部队分置于井沟公路的南北两侧,然后一起夹击,终将数百日军全部解决,并"缴获步枪一百余支,机枪十挺"。⑲

八路军第一二〇师师长贺龙则向占领着宁武、神池、河曲、偏关、保德、五寨和岢岚县的日军发动了攻击。作战前,贺龙想得到友军的支援,他去找了第三十三军军长郭宗汾,郭军长表示自己是个"烂军队",根本无法与日军抗衡;贺龙又去找骑兵第一军军长赵承绶,赵军长答应先支援两门山炮,至于部队待相机行动。第一二〇师首先打的是岢岚城。第三五九旅先把岢岚城围起来,将通往城里的水源截断,就这样围了三天,城里的日军果然弃城出逃了。出逃的日军在三井镇被第一二〇师包围,官兵们奋勇冲击,日军抵挡不住死伤过半。阎锡山立即致电蒋介石:"贺师反攻岢岚,迫近五寨,两战役计:三五九旅阵亡政治主任一员、营长一员、排长四员,受伤参谋长一、特派员二、连长四、指导员四、排长五、班长战士二百四十五人;消耗手掷弹千余颗,步、机枪弹一万二千余粒;俘敌五十三人,获山炮一门、炮弹车七辆、炮弹数百颗、步枪二十余支,敌死伤二百八九十名,骡马百余头。"[20]第一二〇师跟踪追击,追到了五寨城,把五寨包围之后,"将主力放在机动位置,待机打击来援之敌"。果然,日军由神池增援五寨。第三五八旅和第三五九旅主力拦截了日军的援军,并发起猛烈袭击,激战六小时后,歼敌四百余人。八路军的持续攻击令日军丧失了战斗意志,先后放弃了保德、河曲、偏关和五寨县城,向朔县方向逃窜。第一二〇师紧追不舍,一直追到神池并收复了该城。在攻击被日军占领的宁武时,第一二〇师还是"以少数部队和游击队牢牢围住县城",第三五八旅和第三五九旅主力则"分布在同蒲路东西两侧",形成"二虎拦路"之势"单等敌人就范"。三月三十一日,日军企图接应宁武之敌突围,进至八路军的伏击圈时遭到毁灭性打击。而宁武之敌本想趁机出城,第三五八旅的一个团,在赵承绶的骑兵第一军的配合下,以夹击之势对日军发起围歼,双方激战一天,日军伤亡惨重。联队长千田负伤,退回宁武县城后不堪支撑,于四月一日弃城向北逃跑。——八路军第一二〇师一口气收复了晋西北的七座县城。

长生口伏击战后,为配合津浦路南段的作战,刘伯承的第一二九师迅速南下,以主力进军晋东南的襄垣地区,拟侧击西进的日军。三月十六日,陈锡联的第三八五旅七六九团突袭黎城,又以主力击退涉县的东援之敌;而陈赓的第三八六旅,则在日军从潞城增援黎城的必经之路神头岭设伏。此时,日军第一〇八师团为了保护其补给线,在涉县、黎城和潞城都驻有重兵。八路军的伏击如能成功,不但可以切断日军的补给线,还能遏制其进攻的势头。神头岭位于潞城东北十几公里处,从一张晋军提供的作战地图上看,神头岭公路是从一条深沟中间穿过的,两侧险峻的山势是个伏击的好地方。但是,当旅长陈赓带领干部们勘察了现场后,不禁大吃一惊:军用地图与现场相差甚远,神头岭段公路竟然盘在山梁之上。干部们不知这下如何是好,陈赓却认为出其不意也是军事上的险招:在"独木桥上打架",谁先下手谁就能占据主动。陈赓的部署是:七七一团在左,七七二团在右,两个团都埋伏在公路北面,补充团在对面。由七七二团的一个营担任断敌退路的任务,再派小部队把浊漳河上的桥炸断,切断河两岸敌人的联系。三月十五日,部队向伏击地点运动时,主要由新兵组成的补充团的战士手里的武器竟然还是红缨枪。凌晨,万籁寂静。突然,黎城方向传来沉闷的枪炮声,这是七六九团开始攻击黎城了。天亮后,终于看见了从潞城出动的大约一千五百多日军。陈赓很高兴:多了吃不下,少了不够吃,一千五百多人正合适。这股日军是第十六师团和第一〇八师团的混合辎重队。在把日军先头部队放过去后,第三八六旅的官兵突然跃出开始了袭击,成百上千的手榴弹大雨一般落下,而补充团的官兵们高举的红缨枪闪闪发亮——无法想象在与日军作战时,中国士兵竟然仍使用着这种冷兵器,但八路军锋利的红缨枪还是让日军很是惧怕,他们称其为"长剑"。——"一营一个战士负伤四处,用毛巾扎住伤口后,又一口气刺死了三个敌人,当他停止呼吸时,手里的刺刀深深地插在敌人的肚子里……"[21]浊漳河上的大桥被炸断了,三百多日军跑进神头村负隅顽抗。陈赓大喊:"村边的是蒲达义的那个排吗?"蒲排长立即带领二十多名士兵冲进村,以伤亡五人的代价,把数百日军从村里赶了出来。在主力部队与日军激战的时候,被放过去的日军先头部队被七六九团特务连截住。混战时,日军从潞城来的增援部队抵达,可第三八六旅两个连的增援部队也赶到了,增援日军的十辆汽车被击毁一半,剩下的仓皇逃回潞城。

战斗接近尾声的时候,有战士给喜欢照相的陈赓旅长送来一部刚缴获的照相机。陈旅长爱不释手,把战场详细完整地拍了一遍。他后来回忆说,自己特别欣赏的是其中的一张照片:一名八路军战士站在一个小土堆上,脚下踩的是一面日本旗。

日军第一〇八师团人事书记员木村源左卫门,在受到八路军伏击的第二天写下了日记:

> 昨日遭受袭击之部队为粕谷部队(日军第一〇八师团辎重第一〇八联队,联队长粕谷留吉)第三中队和第十六师团兵站辎重队,几乎全部被消灭,马匹全部被带走。昨日逃回潞城者仅十四人,其惨状可想而知。昨日部队卡车也同时到达被袭击现场,拟掉头折回,车身倾覆,人员弃车暂时退却。因而车载武装、用具全被夺去,所幸车辆尚完好无缺。昨日之敌两千人,目下正紧急追击中。该敌可能为朱德指挥的第一二九师、第一一五师之一部,附近之敌尚有高桂滋的第一六九、第八十四、第九十四等三个师,以及曾万钟的第七师、第十二

师。昨日我方之损失,八百人中伤亡两百名,其中战死一百名。㉒

八路军官兵从被俘的日军那里了解到,日军第一〇八师团辎重队多为"三十至四十岁以上者","多系第二次被征入伍",士兵中"老年者甚多",且因部队中不准传说八路军的情况,因而他们对中国军队的游击战争"均不知道"。

三月二十四日,在沁县东南的一个偏僻小村庄里,东路军总司令朱德召开了军事会议。与会者均为归朱德指挥的东路军将领,除八路军的彭德怀、左权等人外,还有第三军军长曾万钟、第四十七军军长李家钰、第三十八军军长赵寿山、第九十四师师长朱怀冰,共计三十多人。会上,朱德和彭德怀详细分析了抗战的形势和前途,特别阐明应该如何在敌后开展游击战争以及健全军队的政治工作。与会的将领们都对八路军的游击战术表示出极大的兴趣,为此,八路军副总参谋长左权专门给他们作了一场介绍游击战经验的报告。

会议即将结束时,朱德向各位将领发出了邀请:八路军第一二九师即将打响一场伏击战,各位可以现场观战。

如果没有取胜的把握,哪里会有如此惊人之举。

伏击战的地点,是距神头岭战场不远的一个名叫响堂铺的地方。这是位于河北涉县以西、山西黎城县以东的一个公路边的小村子。村子的南侧和北侧,耸立着两座海拔一千二百多米的陡峭山峰,两峰之间狭长的峡谷中有一条日军修筑的简易公路,这条公路是日军从河北向山西进攻的必经之路以及后勤补给线。八路军第一二九师师长刘伯承、政委邓小平和副师长徐向前决定投入三个主力团,在这里打一场漂亮的伏击战。

朱德特地将曾万钟、李家钰、赵寿山等将领安排在公路边的山峰上,请他们居高临下地现场观摩八路军如何打仗。

第一二九师投入的三个团是:第三八六旅的七七一团和七七二团以及第三八五旅的七六九团。作战部署是:七七一团为右翼,七六九团为左翼,分别埋伏在公路两边;七六九团抽出几个连负责阻击可能由涉县增援的日军,保护战场的左翼;七七二团负责阻击可能由黎城增援的日军,保护伏击部队右翼后方。

"七七一团指战员绝大多数未见过汽车",因此,听说这次伏击战主要是打日军的汽车后,官兵们都有点紧张。贫苦农民出身的官兵们无法想象汽车是什么样子,也不知如何对付那些轰然作响的家伙。于是,部队事先进行了关于汽车知识的教育,教给战士们如何打驾驶员,如何打油箱和轮胎。一切都准备好了,部队进入阵地后,情况突然变化了:数百名日军原因不明地绕到了伏击阵地的背后。副师长徐向前经过冷静的分析后,认为伏击行动并没有暴露,作战计划可以照旧执行。他告诉官兵们,你们尽管打仗,不要担心后面,七六九团和七七一团各留一个连,由我负责"掩护你们消灭敌人的运输队"。——徐向前在官兵中威信极高,徐副师长亲自指挥掩护,还有什么可担心的?

七七一团团长徐深吉和政委吴富善回忆:八时左右,观察哨报告,公路上出现了日军车队,待数到一百八十辆时说后面没有了。

敌汽车过了下弯,进入河底,公路比较平坦,速度加快了。我们看到最后的几辆坐着六七十名日军掩护部队的汽车,刚到下弯,前面的七十多辆汽车已进入七六九团地段,急待出击命令时,突然听到"啪啪"两声枪响,抬头一看,两发绿色的信号弹悬挂在上空,指战员们都明白,这是徐向前副师长发出的总攻击命令。顿时,我们的步枪、机关枪和迫击炮一齐怒吼,密集的火网打得敌人懵头转向。紧接着,几十把军号一齐响起"嘀嘀哒,哒哒嘀……"的冲锋声。我们的部队如猛虎一般地冲了下去,霎时间,数以千计的手榴弹在敌群中爆炸。随着枪炮声、冲锋号声、喊杀声,我们的战士火速冲上公路,跳上汽车,与敌人展开了搏斗。敌人被打得惊慌失措,乱作一团。有的被击毙在车厢里,有的被刺死在公路上,有的滚下车来企图顽抗,有的藏在汽车下面。我们的战士越战越勇,大家的决心是,敌人不缴械就坚决消灭他。跳下汽车的敌人被我们的手榴弹炸得血肉横飞,有的被刺刀和长矛(新战士没有枪)刺死在地上。残余敌人向南山逃窜,被我南山的部队一阵猛打,又滚回公路上被消灭。就在我们七七一团紧张战斗的同时,七六九团也与敌人展开了激战。十一时,战斗基本结束。敌人的一百八十辆汽车和随车的一百七十多名日军,除了三十多个敌人乘我南山部队少,空隙大,钻空子逃掉外,其余的敌人均被歼灭。车上的军用物资也都被我缴获。那时,我们没有汽车驾驶员,汽车开不走,只好把一百八十辆汽车一一点着。顿时,一团团黑色烟柱冲上几米的高空,一百八十辆汽车很快全部被烧毁。这时,我指战员满怀胜利喜悦,抬着缴获的迫击炮,扛着歪把轻机枪和崭新的三八式步枪,挂着子弹盒,拿着黄呢子大衣、皮靴、饭盒等军用品,高高兴兴地撤离了战场。[23]

日方关于这支运输队受袭的记述是:

> 该兵站的路线在陡峭险峻的山地,八路军到处出没。兵站第七十八汽车中队于三月二十七日的行动中遭到厄运,三分之一人员战死,四十五辆汽车全部被毁坏……中队长森本少佐率领一百三十人、四十五辆汽车,于三月二十七日晨从邯郸出发,向潞安运送军需物资。当日,武藤准尉以下五十人留守邯郸,检修二十多辆有故障的汽车。去潞安往返需要五天,行车路线横穿太行山脉,只有第一〇八师团的运输队穿行过这条公路,但从未发生事端。而此次该中队至预定返回的三月三十一日,车队竟杳无音讯。次日,四月一日,第五兵站汽车队松本中佐及下属留守人员接到急报后,立即在步兵支援下赶赴现场,只见到车辆全部毁坏,一片激战后的惨状。原来,兵站七十八汽车中队三月三十日夜在响堂铺西方露营休息。三十一日晨,车队出发不久,即进入两侧山地狭路。前进中为遮断壕所阻,头车刚一停下,立即受到两侧敌人射来的弹雨。陆续到达的全部车辆,被敌包围,车辆被破坏烧毁。此外,后续的高桥队(兵站汽车队)同样遭到伏击。支援的步兵分队在队尾同行,战斗一直进行到午前,森本少佐以下六十二人战死。冲出血路的幸存者峰岛准尉以下七十人,无伤者不及本数。急忙赶到的留守人员眼含热泪,以悲愤心情收容伤员及阵亡者尸体。[24]

阎锡山向蒋介石报告的战果是:"响堂铺伏击山田、森本两汽车队,毙敌森本少佐以下四百余人,毁敌汽车百八十辆,缴获敌轻重机枪十二挺,长短枪三百余支。"[25]

第一次近距离地看到八路军如何作战,令阎锡山的将领们大开眼界。朱德现场点评道:打好伏击战,一要把地形选好,二要把情况判断准确,三要决心果断,四要担任打援的部队密切配合。

神头岭和响堂铺两场伏击战,都是八路军主力部队所为,可以说是动用了八路军的优势实力。但是,两场战斗中都有八路军战士使用"红缨枪"的记录。——使用最原始的武器,与拥有现代武器装备的日军作战,还要打胜仗,八路军官兵需要付出怎样的勇气和牺牲?

或许,这才是令阎锡山的将领们真正惊愕的原因。

国民政府军事委员会派赴第十八集团军少将联络官乔茂材致电蒋介石:"八路军抗战意志坚定,机动力大,为七九步枪弹缺乏,不能放胆作战。拟恳提前酌量补充,俾在华北牵制敌人,使津浦线我主力更易奏功。"[26]

深感八路军严重威胁的日军,决定对晋东南发动大规模围攻,以消灭或驱除太行山区的共产党军队以及退入山中的阎锡山的部队。

为了迎战日军的进攻,中国第二战区决定,由战区副司令长官兼东路军总指挥朱德统一指挥晋东南所有的中国军队。

此时,共产党著名的军事领袖朱德指挥的是一支数量庞大的部队:八路军第一二九师、曾万钟的第三军、李默庵的第十四军、李家钰的第四十七军、武士敏的第九十八军、高桂滋的第十七军、赵寿山的第三十八军、朱怀冰的第九十四师、王奇峰的骑兵第四师、山西新军决死队第一、第三纵队等。

太行山中之所以仍存在着如此之多的中国军队,是基于蒋介石三月八日下达的一道严厉指令:不准山西抗日军队的一兵一卒越过黄河,必须全部在敌后坚持进行对日作战。蒋介石所说的山西的抗日军队,主要是指阎锡山和卫立煌指挥的部队,因为八路军明确宣布其作战区域就是敌后战场,决不会渡过黄河跑到正面战场上去。如果没有这道严令的话,滞留在山西的阎锡山部和卫立煌部很有可能全部退到黄河以南避战。这是蒋介石万分担忧的。就华北的战局而言,只要山西境内仍有中国军队作战,日军就无法宣称控制了整个华北;就全国的战局而言,只要太行山战场还在作战,日军的后方就无法得到安宁,日军由此向西攻击西安并冲入四川的妄想就不会实现。

太行山,抗日根据地的母亲。

四月四日,日军华北方面军调集了第一〇八师团、第二十师团、第一〇九师团、第十六师团各一部,在第一军司令官香月清司的指挥下,兵分九路向位于晋东南地区的八路军总部及其他中国军队开始了大规模的围攻作战。当时的八路军总部在沁县,因此沁县成为日军围攻作战的重心。日军九路部队的攻击方向和目标是:第二十师团的一个联队由洪洞进攻东北方向的沁源;第一〇八师团由长治、屯留、平定各出动一个联队,分北、中、南三路向武乡、沁县和辽县进攻;第一〇九师团的一个联队由祁县和太谷向南进攻沁县,两个大队由榆次进攻马坊;第十六师团一部由元氏、赞皇向西进攻九龙关,另一部由邢台进攻浆水镇,还有一部由涉县向西进攻辽县。

朱德制订了运动战和游击战相结合的作战方案,决定采取集中优势兵力各个击破敌人的战术迎战。而共产党的将领如何指挥国民党的军队?毛泽东提出的方针是:"应采取爱护和协助态度,不使他们担任最危险的任务。"朱德和彭德怀贯彻执行这一方针,"在战区兵力部署上,将八路军配置在第一线,友军配置在第二线"。㉗

从四月十日开始,各路进犯的日军都受到了猛烈阻击。

在日军第一〇九师团的作战方向,从榆次发起进攻的两个步兵大队被八路军第一二九师秦基伟、赖际发支队阻击在寿阳、和顺一带无法前进;另一个联队占领祁县子洪镇后,陷入朱怀冰的第九十四师、武士敏的第一六九师以及八路军游击队的包围中,双方的激战持续了五天,日军伤亡联队长以下千余人。在第二十师团的作战方向,日军的一个联队前推至沁源,被山西新军决死队第一、第三纵队以及高桂滋的第十七军、赵寿山的第十七师堵截,尽管日军最终突破中国守军的防线逼近沁县,但随即遭到八路军三个团的反击,日军向南退往安泽方向。在第十六师团作战方向,一个大队的日军被八路军第一二九师游击支队阻挡在九龙关附近,另有千余人被第一二九师先遣支队阻滞于浆水镇;另两个大队的日军被王奇峰的骑兵第四师阻击在辽县东南——以上五路日军在中国军队的猛烈阻击下,均没有完成预定的作战计划,被迫停止了深入晋东南的军事行动。

只有日军第一〇八师团的三路部队进攻到了太行山腹地:分别由长治、屯留北进的两个联队的日军,突破了曾万钟第三军的防线,进入抗日根据地的武乡、襄垣和辽县;由平定和昔阳南进的一个日军联队,在炮兵、工兵、辎重兵和骑兵的配合下向辽县发起进攻,遭到八路军秦基伟支队、汪乃贵支队和第一一五师曾国华支队的奋力截击,日军伤亡数百人,被迫多次改变路线,于十四日抵达辽县和辽县东南的芹泉镇。——此路日军是围攻作战的主力,指挥官是骄横的旅团长苦米地四楼。

苦米地旅团继续向南进攻,占领了武乡和沁县,这给八路军总部带来了巨大威胁。但朱德认为,苦米地旅团孤军深入,这也给八路军提供了围歼日军的战机。当时在榆社至武乡附近,有中国军队朱怀冰、曾万钟和武士敏等部。朱德命令曾万钟以一部在武乡边打边退,将第三军主力隐蔽在附近山地间,等日军通过武乡后追尾攻击,并与事先埋伏好的朱怀冰部实施夹击。但是,由于部队行动迟缓,这一计划未能实现。苦米地旅团不断地寻找八路军总部,又从武乡北进到榆社,进入榆社才发现这里已是一座空城,无人无粮道路也被破坏了,苦米地突然感到孤军深入的危险,立即决定退回武乡。此时,朱德带领八路军总部已转移至武乡西北的义门村。朱德认为,苦米地旅团继续向南退回长治的可能性最大,于是决定打一场歼灭战。八路军第一二九师主力和第一一五师六八九团,奉命急速赶到武乡县城西北待机。四月十五日黄昏,日军果然放弃武乡企图连夜东渡浊漳河。八路军第一二九师师长刘伯承当机立断,以七七二团、六八九团为左纵队,以七七一团为右纵队,沿浊漳河两岸的山地对撤退日军实施追击,并以七六九团沿武乡至襄垣的大道实施尾追。十六日清晨,七七二团追到长乐村,发现了日军侧翼警戒部队数百人,七七二团机警地隐蔽起来,这时日军的大部已经通过长乐村,其辎重尚在后面,歼敌的时机终于到了。第三八六旅旅长陈赓命令部队发起攻击,撤退中的日军转瞬间被截成了数段,大队人马和大量辎重被压制在长乐村以西的狭窄河滩上。在两侧八路军的猛烈攻击下,日军欲战无力,欲逃不能,混乱不堪。

这就是八路军战史上著名的"长乐村之战"。

激战之后,日军在浊漳河河滩上留下了千余具尸体。

八路军付出了伤亡八百余人的代价,其中七七二团团长叶成焕因头部中弹而牺牲。

苦米地旅团长战后受到了严厉处分。

由于日军深入太行山腹地的精锐一部被歼,其他参加围攻作战的数路日军闻讯纷纷撤退。中国军队乘胜追击,一口气收复了辽县、黎城、潞城、襄垣、屯留、沁县、高平、晋城等十余座县城。日军在整个晋南作战中伤亡达四千人以上。从此,太行山抗日根据地得以巩固,支撑敌后战场的太行山始终在中国军队手中。

毛泽东说过,共产党领导的军队,在战争中的决定作用是"真正独立自主的山地游击战"。游击战是敌后作战,敌后作战的首要条件是在敌后扎下根来,建立起稳固可靠的根据地。

中日战争爆发仅仅一年,在日军声称的占领区或控制区内,共产党武装开辟的敌后抗日根据地,其创建速度之快,数量之多和规模之大,创造出人类战争史上的一种奇迹。

晋察冀根据地是共产党人在华北敌后创建最早的根据地。

最初,这片根据地指的是"同蒲路以东、平汉路以西,平绥路以南、正太路以北的察南、晋东北和冀西地区,以后逐渐扩大到冀中、冀东、平西、平北地区"[28],甚至深入到辽宁和热河的一部分。该地域内山峦和平原相间,处在恒山、五台山和燕山山脉的连接地带,控制着日军入侵关内的咽喉,扼守着平绥、同蒲、正太、平汉和津浦等铁路大动脉,是日军侵占整个华北乃至全中国的重要战略后方基地。

早在卢沟桥事变爆发后不久,毛泽东就明确指出:"整个华北工作,应以游击战争为唯一方向。一切工作,例如民运、统一战线等等,应环绕于游击战争。华北正规战如失败,我们不负责任;但游击战争如失败,我们须负严重的责任。"[29]为使游击战的展开有稳固的根据地依托,八路军将领罗荣桓、聂荣臻先后率工作团抵达晋察冀地区。一九三七年十一月,晋察冀军区在山西五台县内成立,聂荣臻为司令员兼政委,下辖四个军分区:第一军分区,司令员杨成武,政委邓华,辖雁北、察南、平西、平汉路保定至北平段以西的冀西地区;第二军分区,司令员兼政委赵尔陆,辖晋东北和太原以北的晋北地区;第三军分区,司令员陈漫远,政委王平,辖平汉路保定至新乐以西地区及部分路东地区;第四军分区,司令员周建屏,政委刘道生,辖平汉路新乐至石家庄以西和正太路石家庄至寿阳以北地区。不久,中共北方局成立了晋察冀省委,在各军分区所辖地区成立了党的特委及县以下党组织。一九三八年一月,在位于太行山区内的河北阜平县,召开了边区军政民代表大会,一百四十九名代表出席,代表着根据地内三十九个县一千万以上的民众,大会选举产生了行政委员会,成立了敌后第一个抗日民主政权。

当日军进行徐州会战以及准备进攻武汉前,华北方面军的许多部队被编入了华中派遣军,以致在敌后形成大面积的空虚地带。中共中央发出了"发展平原游击战争"的指令,要求八路军部队"在河北、山东平原划分若干游击军区,并在各区成立游击司令部,有计划的系统的去普遍发展游击战争"。㉚即刻,八路军第一一五师推进至天津、沧州和石家庄附近;第一二〇师则向河北和平绥路以北发展;第一二九师向冀南和豫北展开。其中,第一二〇师宋时轮支队"由雁北进入平西",与第一一五师的邓华支队会合,编成八路军第四纵队,随即攻占了北平附近的昌平、延庆、平谷等县城以及天津与北平间的宝坻、蓟县、丰润等地,令日军大为惊慌。

一九三八年四月,在原东北军第五十三军六九一团以及已经发展到数万人的河北游击军的基础上,编成了八路军第三纵队,成立了冀中军区,吕正操任司令员,王平任政委,"开辟了西自平汉路、东至津浦路、北迄北宁路、南至沧石路,包括三十八个县的冀中抗日根据地"㉛,冀中抗日民主政权由此建立。

至一九三八年下半年,晋察冀根据地已建立起北岳、冀中、冀东、平西和平北五个抗日政权。——共产党领导的晋察冀抗日根据地,其武装力量、政治影响和民众基础,几乎对华北,特别是平津地区形成了包围之势。作为侵华日军最为重要的后方基地,日军的后方已经成为另一种前线。

共产党创建的晋绥根据地,包括晋西北和大青山两块地盘。一九三八年入夏后,八路军第一二〇师将宋时轮的雁北支队调往平西,又将第三五九旅派往浑源、广灵地区,配合晋察冀部队建立恒山地区的根据地。之后,第三五九旅一部与地方游击部队共组大青山支队。同年冬,大青山支队开辟了大青山抗日根据地。根据地武装在平绥路以北地区不断捣毁敌伪政权,直到与晋西北根据地连接成一片,创建出晋绥根据地。随着八路军第一二〇师向绥中、绥西、绥南和察哈尔地区的推进,晋绥根据地成为陕甘宁边区、晋察冀、晋冀鲁豫各根据地之间极为重要的战略连接点。

晋冀鲁豫边区是共产党人在华北开辟的面积最大的根据地,包括了晋冀豫和冀鲁豫两大战略区。根据地西至山西的同蒲路,东至进入江苏的津浦路,南临黄河和陇海路,北接正太路和石德路,在华北和华中之间形成一个巨大的梯形地带。经过了反击日军的大规模围攻之战,共产党人对这片地区的掌控日渐稳固,西起太行山、东至东海边,连日军都不敢声称那是他们的控制区。特别是在青纱帐茂盛的华北大平原上,共产党领导的抗日武装几乎深入到了河北的每一个县。陈再道率领的八路军东进纵队一九三八年初进入平陆地区,占领了巨鹿和南宫,收编了部分地方抗日武装。三月,宋任穷率领骑兵团进入冀南,占领广宗、曲周、平乡、南和等县,在各县都建立起抗日政权。五月,徐向前率领第一二九师的两个团占领威县,把日军彻底赶出了冀南。六月,八路军又先后占领临清、高唐、夏津、枣强、永年、成安、肥乡等县城。七月,邓小平来到冀南领导根据地建设。八月,冀南八十多个县的军政民代表齐集南宫,选举产生了抗日行政公署的领导机构。

从一九三八年至一九三九年初,八路军的触角还深入到山东。在鲁西地区,共产党人发动民众,建立抗日武装,展开游击战争。四月,八路军第一二九师津浦支队进入鲁西北,与当地的抗日武装一起开辟了鲁西北根据地。六月,第一二九师第三八六旅进入河南北部,与第一一五师第三四四旅联合作战,开辟了豫北根据地。同时,第一二九师和第一一五师各一部打入冀鲁边界,又开辟出一片根据地。从此,在山东与河南交界处的广大地区,由共产党创建的抗日根据地连成了一片。这一年的夏天,八路军第一一五师第三四三旅一部深入到山东腹地,与第一二九师的工兵连以及当地抗日民众武装,合编成八路军东进抗日挺进纵队。十月,中共中央决定迅速扩大山东的抗日力量,第一一五师师直和第三四三旅主力全部进入了山东。之后,山东的抗日武装被统一编为八路军山东纵队,下辖十个支队、一个总队和两个直属团,兵力达到三万多人。

这是中国军队开辟敌后抗日根据地的黄金时期。

抗日根据地的创建和不间断的敌后作战,成为日本侵略者的心腹之患。

日军的战地报道中充满了八路军在敌后袭击日军的消息。

八月四日,八路军第一二〇师第三五八旅七一六团一部袭击朔县榆林车站,打的是火车。日军张家口通报部通报:

> 当时,车站有满铁职员三人,即站长熊谷范雄、青木传助、大桥八。加上昨夜从马邑方面撤回待命的警备列车司机川岛贞作、

乘务员岩田宽二人……得知敌人袭击后，熊谷站长立即想向岱岳及朔县请求紧急救援，但电话线已被完全切断。为了匪袭报警时用的烽火，平时在站前铁轨对面备有很高的劈柴垛，但那里已经布满敌人，无法前去点火。站长立即命令发给全体站员子弹，护理伤员，部分士兵与铁路员工一致协力应战。然而，由于孤立无援，寡不敌众，虽已用尽全力，敌人却毫无畏色。

交战约一小时半，很遗憾，敌虽可能有很多伤亡，但我方不断出现死伤，已经难以支持。终于在四时二十分忍痛放火焚烧附近兵营及苇席房屋，以代替匪袭报警烽火。全体人员逐渐聚集在车站房舍内。可恨敌兵轻视我方人少，愈加狂暴，竟利用东北侧小厨房登上车站房舍的屋顶，从被迫击炮、手榴弹炸开的屋顶大洞投进手榴弹。车站房舍变成人间地狱，手榴弹的爆炸声、敌人可怕的喊声一直不断，满屋硝烟弥漫，血肉横飞。炮弹爆炸的巨响震耳欲聋，口眼难开。某军曹倒下，某上等兵负伤。充血的眼睛，只见前后左右尽是血人。熊谷站长终于也被手榴弹炸伤，自认无一人想活下来。然而，最令人担心的是子弹逐渐告罄，剩下的只有捷克造的子弹。青木匆忙将子弹装进子弹盒，各处奔跑分发子弹……

……四时五十分，准备完毕的救援列车从岱岳出发，车上载有某部队阿部少尉率领的几十名精锐士兵，还有铁路职工六名。然而由于夜间运行，破坏铁路是敌人惯用的手段。因此，强压焦急心情，列车时速降到十公里左右。行驶到九十公里左右处，开始挂上制动器，边警戒边徐徐行进，果然不出所料，在吃惊的瞬间，机车完全出轨。与此同时，埋伏的敌兵从右、前、左三个方向，一齐用迫击炮、机枪、步枪猛烈射击，轰击机车，转瞬之间机车成了蜂窝，玻璃窗碎片飞向四面八方。司机井田头部负伤，迫击炮弹打穿煤水车铁板，火星迸发飞溅，发出可怕的声响。此时阿部少尉立即命令全体人员下车，靠近十米后铁路两侧的土堤，组成圆形阵地应战。敌人看到我兵少力微，以惊人的勇敢逼近我方，五十米、三十米、十米，有的冲到了五六米的地方，双方面对面地展开了白刃格斗，手榴弹的弹片横飞，凄惨景象简直成了凶神的战场。㉜

没多久,"凄惨景象"再次发生,这次是八路军第一一五师第三四三旅所为,时间在九月二十日,打的是汽车。日本《大阪每日新闻》:

> 快速部队(队长所富造中尉)二十日上午十时从汾阳乘车去离石,车队穿行在山岳重叠、步步登高的天险之间。当车队临近该路最大难关王家池附近时,前方突然出现在此等候的八路军约一千五百人。他们正面构筑了机枪掩体,仅在二三十米近处开始向我猛烈扫射。地形对我军极其不利,道路左侧群山叠嶂,长满矮树,险峻的陡坡令人生畏;路右侧有数十丈断崖耸立,一步失足就会坠入万丈深谷。我军面对狂妄之敌,紧急刹车,奋勇应战。几乎与此同时,又有约一千余敌人从左侧山坡蜂拥而下,边打迫击炮,乱射机枪,边向我几十辆汽车冲去。隔着山谷的右侧山上,也有约五百敌人开始向我射击。我方寡不敌众,所队长见已到如此地步,万事皆休,即令全体下车,掩护兵用步枪,其他人用手枪,为夺取左边高地发起拼死冲锋,与数十名敌人展开白刃格斗。我军终于占领了半山腰的高地,以此为据点,居高临下,向阻断道路之敌机枪阵地发起猛烈射击,顽敌放弃阵地退却。我军进而转向扫射山顶之敌,交火达五小时,勉强将敌击退。此时,敌已迂回到我后方迫近汽车部队,战况陷入危险,汽车掩护兵用手枪应战,努力守住车辆。然而,敌人的手榴弹密集如雨,我方全部负伤,弹药已尽,死亡不断增多。至此,已无路可走,含恨忍泪,自行焚毁汽车。该部队的木户逸郎上等兵、吉川求一等兵等五人与汽车共命运壮烈战死。负责掩护的山崎部队奥村三郎上等兵、大野部队井村实伍长也战死。急忙赶来救援的石田部队也有一人战死,九人负伤。㉝

从一九三八年八月开始,侵华日军不得不抽调出五万多兵力,专门围剿晋察冀根据地,八路军官兵以艰苦的作战,不但令抗日根据地屹立不倒,而且有力地支持与配合了中国军队在正面战场的作战。

八路军连续作战,屡屡得手,这令阎锡山十分惊愕。他仔细研究了八路军的作战战例,发现利用特殊地形袭击敌人,本是没有更多奥妙的军事常识。——"我军对此种方法,人无不知,及其他种种袭击方法,亦无人不尽知。然何以八路军每次击敌,皆收奇效,我军则反是?"阎锡山命令他的将领"切实研究八路军的作战经验",并通告了他自己的研究心得:八路军屡屡打胜的根本原因,不是军事技巧所致,而是"聚精会神"——"事前无不竭尽全力筹划制敌之策,实施侦察战斗之术,临时置全军聚精会神统一集结于主歼敌战方面,其他一切皆可不顾,故不动则已,动则胜。"㉞

日军大本营参谋山崎重三郎中佐,战后著文分析了八路军的游击战术,认为是世界军事史上"规模最大、质量最高的游击战":

> 虽然有各种各样的游击战争,但只有毛泽东率领的中国共产党军队在抗日战争中进行的游击战,堪称为历史上规模最大、质量最高的游击战……在毛泽东的游击战略中,游击战是在军事、政治、经济、思想、文化等领域广泛进行的……可以说是一种全民总动员、一致对敌的攻势战略。它把全国人民不分男女老幼全部动员起来,发挥卫国卫民的主观能动性,造成集中全民力量正面冲击敌人的威势……把百万帝国陆军弄得团团转。㉟

什么是"攻势战略"?

共产党崇尚的理论是:争取民心是最大的攻势战略。

就在侵华日军宣布他们已经占领了中国的晋冀鲁豫等省的时候,一九三八年的大半年间,共产党仅在山东就组织领导了抗日暴动达十次以上。每次暴动都带动了当地抗日民间武装和抗日地方政权的建立,每次暴动的结果都使日伪又失去了一片控制区。这一年的七月,共产党人在冀东平原上组织的抗日暴动规模更是惊人,暴动波及二十二个县,参加民众达二十万人以上,暴动后成立了拥有十万之众的抗日联军。——从最艰苦的动员基层民众、唤起地方乡绅的抗日热情开始,共产党人忍受一切困苦,不怕付出任何牺牲,用他们的热诚和勇敢顽强地争取着民心。民众的抗日激情被激活后,只要有人敢于领导,成百上千的人就会跟随其后,以致参加敌后抗战的民众几乎涵盖了整个中国社会的各个阶层:农民、工人、知识分子、地主、爱国的商人以及地方名流,甚至还有伪政权里的警察和伪军。尽管日军动用了极大的兵力残酷镇压,但山岳纵横之中、平原辽阔之处到处是抗日的怒火,日军究竟能有

多少兵力维持住他们的后方？事实上，在整个华北，"嚣张的日军只能占领其火力范围以内的地方"。㊱

一九三八年十月，中国第一战区司令长官程潜，专门给蒋介石转发了第一游击支队司令员吕正操的电报——八路军第三纵队在国民政府编成的中国军队序列里是第一战区第一游击支队：

> 一、我军所控制冀中卅六县，地方政权早已恢复。复根据国民参政会之决议，准备普选及建立各级参政机关。
> 二、我军所恢复政权各县，均已成立自卫队、游击队。所有十五岁至四十五岁之男女，均参加各种抗敌工作。
> 三、军民合作精神甚为紧密，由于支持一年来冀中游击战争，足资证明。
> 四、现在职指挥下之武力约十万人，尚能人手一枪，唯机关枪较少，炮十余门，弹药极感缺乏。
> 五、给养由地方供给，因实行统筹统销办法，尚不感困难。
> 六、现时工作着重于津浦、平汉、北宁三路之破坏。㊲

这时候的蒋介石，已充分认识到敌后作战对于中国抗战全局所起到的不可替代的重要作用，因为几乎占侵华日军主力半数的兵力都已被牵制在了敌后战场，而日军占领的地区越大被牵制住的兵力越多，就越能缓解正面战场所承受的巨大战争压力。因此，一些成建制的中国军队被派往日军占领区开辟抗日根据地，中国统帅部还以极大的热情举办由共产党人担任教官的游击战训练班，以期把八路军的游击战经验推广到敌后所有的中国军队中。与此同时，蒋介石还告诫各部队将领，最应该学习的是共产党军队领兵打仗的政治经验。

阎锡山给所属部队发过这样一封电报：

各部队：
　　将本部参谋张象山与新泽（绛）乡北董村村民谈话电示如下：
　　问：你村驻军好不好？
　　答：好。但是多啦，免不了有坏的。
　　问：你很年轻，为何不当兵？
　　答：我打算当八路军。

> 问:你为何要当八路军?
>
> 答:八路军好。
>
> 问:八路军什么地方好?
>
> 答:从前八路军驻在我们村中,给我们磨面、扫院、喂牲畜、抱小孩,好像一家人一样。
>
> 读了以上这种谈话,就知道老百姓对八路军印象很好,好的原因就是能与人民的同情。仰各级长官要切实注意,要做到官兵打成一片、军民打成一片、能存在的新军队为要。㊳

在山西,八路军与阎锡山指挥的部队经常并肩作战,经常驻扎在一个村子里,相互来往,互相尊重。尽管阎锡山部的某些将领曾警告过官兵,要对共产党保持距离和警惕,但至少在抗战初期,两军发生摩擦的事件很少。在晋南,朱德的第十八集团军总部和孙震的第二十二集团军总部同驻洪洞县城,第二十二集团军官兵对共产党队伍有着极大的好奇心:他们发现八路军点名时答"到"而不是像他们必须答"有";他们发现街上的小贩卖给八路军的白菜豆腐一律半价,而卖给他们从不愿意打折扣;他们喜欢八路军总部战地服务团的抗日宣传演出,特别是八路军的女兵个个都像穆桂英;他们爱听朱德等共产党将领的讲话,认为和拉家常一样,有真学问却没官架子;他们发现八路军之所以打仗不要命,是因为八路军的指挥官首先不要命;他们经过调查发现八路军最高长官的"军饷"还不如一名国民党军队的士兵,而且八路军每月的"军饷"公开透明:士兵一元,连排长二元,团长四元,从师长到总司令一律是五元。

一九三八年春节,第二战区副司令长官卫立煌特意来给朱德总司令拜年,他在讲话中说:

> 我很久想来看朱总司令及诸位同志,好多次都是因为临时有事没有能来,今天能够来到这里,看见大家精神活泼,心里非常高兴。我知道八路军确实是抗日的,是复兴民族的最精锐的部队,尤其是抗日的方法和经验都非常丰富,希望以后不要忘掉责任,不要忘掉自己是中国最精锐军队的一部分,去和日本作战。谁都明白,把日本打走以后,我们才能建设好国家。所以,不管是军是民,大家的目标是把日本打出去,是把

日本势力完全消灭了,使世界上没有了侵略人的国家,我们要在中国境内作一个世界上反抗侵略的模范!

刚才朱总司令提到忻口战争,我觉得非常惭愧。惭愧的是我们没有能够把那一些敌人完全消灭。那时,如果我们能把这一股敌人完全消灭了,华北问题可以说解决了一大半,可是我们没有尽到我们的力量。但是,就整个来说,大家都以革命的立场说话,说坦白的话,我们在忻口的确打得不错;八路军也尽了很大的力量,像阳明堡的烧毁敌人的大批飞机,截断平型关、雁门关使敌人不能得到接济、补充,对于忻口战争有极大的帮助,那正是由于诸位的努力。

同志们,我们不能消灭几万敌人就算满意,今后我们要把敌人消灭完,能得大胜利就是大胜利,能得小胜利就是小胜利,几千几百个小胜利,凑成一个大胜利,直到我们完全胜利,才达到我们最后的希望!将来我们在一个战场上,希望我们能够消灭更多的敌人!㊴

共产党和国民党两党两军关系最为融洽的时期,正是日本侵略者最苦闷的时期——日本人知道,只要中国的两大政党紧密地团结在一个统一战线里,彻底征服中国就是无望的。

这便是日军攻击武汉时心绪复杂的重要原因。

就在日军即将对武汉实施最后攻击的时刻,一个更令他们焦灼的消息传来了:在武汉战场的后方区域内,又出现了一支共产党武装,这支武装在中国抗日军队的序列里被称为"新四军"。

"这个新奇的队伍,自开到江南以后,引起'孤岛'(沦陷后的上海)上的人们热切的注意。"——上海的报刊不断地描绘着新四军的模样,试图让中国南方的民众对这支共产党武装有所了解:

新四军究竟是怎样的队伍呢?他的编制又是怎样的呢?这至少引起了我们的两个联想:一、使人记起国民革命军北伐时代的"铁军"第四军;二、使人想到新四军与八路军有着时间与空间的密切关系和历史的渊源。

八路军是工农红军改编的,这是尽人皆知的;新四军也是由红军改编的,这却不为一般人所完全知道的。不过八路军是在二万五千里长征后余剩下来的及从新招编过的;新四军的红军根本就没有到过西北,他们是红军西行长征的时候,留下来担任后卫及收容流散的部队,仍保留着它原来的存在,分散在豫、鄂、皖、粤、闽、浙、赣七省老根据地,由项英负责担任七省游击队总指挥。

留在这七省的红军实力,名义上虽然称为"游击队",但实际上因主力已去,加以"停止内战一致对外"的口号已经提出,故只算得是"游而不击"。中央方面也不曾加以积极干涉,所以这支有战斗历史而又甚为坚实的部队一直能保留到现在。在台儿庄大战前后,经由国共双方经过了许多时间的接洽改编,"新四军"的番号才能够正式成为国军构成之一单位,为民族解放战争而贡献他们的力量,并开始向各个作战目的地出发了。㊵

中国南方最大的报纸《申报》如此夸耀地介绍新四军,或是特意为了让日军看到,同时也代表民众的一种期望。

美国记者杰克·贝尔登在上海《大美晚报》上的报道客观一些:

新四军活动之地域,东起南京,沿江而西至芜湖,北至长江以北,南至江南湖沼重山地带……彼等之活动,大抵于黑夜或黎明时为之。如强袭日本驻军,攻击日方运输船,破坏日方卡车,俘绑日军,炸毁日方之军火库,破坏桥梁及公路,日日从事牵掣日军之行动,予日军哨兵以极大之威胁。有时更乘日方大军之不备,而予以出其不意之突击……新四军并非为一种新异之军队。该军现二万人,分为四个支队,其中三分之二,皆为以往之红军。此辈皆为红军主力"长征"时所留落于后方者……红军之未被政府军所消灭,此点并不可奇;最可奇者,即红军之根据地及其组织,始终能保持不坠耳……项英所部红军之得以保持至今,亦由于当地人民之支持。盖于彼等为政府军重重包围粮食断绝时,一地之农民,往往以食物接济之,同时更为向导僻静小路从事突围……自西安事变之后,中央军固已停止其军事行动,但对南方之红军则仍不绝进行进攻之策略……项英当时曾请政府停止军事行动,并请朱毛转请政府停止军事行动,但皆无结果,战争已然在不绝进行中,甚至卢沟桥事变爆发后政府军仍未停止其进攻。至沪战爆发,南方红军请政府派往前方抗日,因而暂时成立停战协定。于是项英九月前往南昌,会见何应钦。至十月二日,军事委员会始许收编红军为国军,以广州暴动时之领袖叶挺为司令,是为"新四军"名目之由来。㊶

由于南方红军分布的地域极其广泛,新四军成立后,国民政府下令:长江北岸的游击红军集结于合肥,长江南岸的游击红军集结于芜湖、屯溪之间,国民政府派车前往闽、浙、赣、皖、豫、湘、鄂、粤八省,以便所有的南方红军集合起来。——"唯此项集中工作,殊为艰巨,因其中与总部相隔距离,有在八百里以外,甚至有两千里以外者。"至一九三八年四月,"在长江以北者,已集合者达百分之四十,在长江以南者达百分之六十。人械皆由中央政府派人点验"。㊷

一九三七年十一月三日,国共双方认可的北伐名将、新四军军长叶挺受邀抵达延安,受到隆重的欢迎。毛泽东会见了叶挺,解释了中国共产党在对日作战中的路线、方针和政策,并一起研究了改编南方红军游击队的诸项事宜。叶挺返回武汉后,经与国民政府军事委员会反复磋商,终于达成协议,规定:新四军独立建制,不隶属八路军,归战区统辖;军以下不设师和旅,辖支队和团,部队全部开赴抗日战场。同时,新四军坚持共产党的领导和敌后游击战的独立性原则,国民党不派人进入新四军。

一九三八年一月六日,新四军军部迁往南昌三眼井,正式宣布成立。叶挺任军长,项英任副军长,张云逸任参谋长,周子昆任副参谋长,袁国平任政治部主任,邓子恢任副主任。全军共辖四个支队:

第一支队,司令员陈毅,副司令员傅秋涛,所辖一团团长傅秋涛兼任,二团团长张正坤;

第二支队,司令员张鼎丞,副司令员粟裕,所辖三团团长黄火星,四团团长卢胜;

第三支队,司令员张云逸兼任,副司令员谭震林,所辖五团团长饶守坤,六团团长叶飞;

第四支队,司令员高敬亭,副司令员周骏鸣,所辖七团团长杨克志,八团团长周骏鸣兼任,九团团长顾士多,手枪团团长詹化雨。

军部辖直属特务营。

全军总计一万零三百人。

一九三八年春,新四军首先在安徽舒城打响了阻击日军的战斗。之后,在巢县东南的蒋家河口伏击了日军的守备船队,又在南京至句容间伏击了日军南进的汽车队,在镇江西南的韦岗附近伏击了日军的另一支汽车队,同时夜袭南京以南西善桥的敌人守备队,破坏了南京至镇江间的铁路,致使交通"阻断三日"。由于日军兵不敷出,只能沿交通线驻扎于重要的城镇和车站,于是新四军控制了宁沪铁路沿线的大部分村庄。——新四军与日军"每日必有接触。据称在此六个月中间,新四军所杀伤之日军,达二千五百之多,并夺获日军步枪五百余支"[43]。

共产党领导的八路军和新四军的频繁作战,令中国抗日战争的敌后战场实际上成为日军同样需要作战乃至大规模作战的另一条前线。这一前线上虽然没有大兵团的运动战和阵地战,但无处不是令日军机械化部队毫无用处的游击战、袭击战、伏击战或破袭战。

一九三八年十月二十一日《文汇报》载:

> 日军侵华,耗资巨万,历时三月,费尽九牛二虎之力,方始攻下上海,继而占领京沪、沪杭各地。然其兵力所及者,仅几条铁路线和几座城厢而已,泰半丰沃的土地仍操于游击队手中。京沪各地郊外,游击队网密布四周,十分联络,势力浩大,到处放有步哨。除身穿灰布制服,雄赳赳气昂昂,手握来复枪或盒子炮的游击队之外,甚至在田畴中割稻的农夫,小河中打桨划舟的乡下土老,实际上便是正式游击队的化身,若辈一有消息,马上通风报信,于顷刻间即能全部皆知,遂预先从容加以严密防范。故而日军之于游击队,休想有得逞的机会,反而时时诚惶诚恐。如欲经过游击区域,非大队人马绝不敢冒险通行。入夜往往枪声不绝,城内日军闻而丧胆,不敢越雷池一步。事实上,日军兵力有限,仅能依仗优良之武器死守城厢,倘思大举出击或歼灭中国军队,不啻自陷绝境,反被各路游击队群起包围,一鼓而歼之。[44]

苏联《莫斯科新闻》刊文称:"日本在后方和前方,都有很大的困难。去年秋天,《泰晤士报》曾明显地称日本的占领是'名义上'的。到现在,这种事实,自认更真确了。就是那个时候,日本的'占领'也只限于主要铁路线两旁的窄狭地带。接近铁路线的广大的领土,完全在游击队的手中。他们日益加多并且更有效力地袭击日本的交通线、军事运输、军队的分队和当地的驻军。在目前尤其是如此……第八路军和新四军领导的游击队,已经变成一种强大的力量。"㊺

之所以说日军对中国的占领是"名义上"的,指的是侵华日军实际上已经没有了后方。

没有后方的军队是悲惨的。

没有后方的战争注定失败。

中国共产党抗日武装力量兵力甚微,武器简陋,尚不具备与日军现代化师团进行大规模正面作战的能力。但是他们于广大的敌后战场,动员一切可以动员的力量,创建扩展抗日根据地,不惜代价不间断地战斗,为的就是把日本侵略者的"后方"变成前线,令敌人每一分每一秒都要为其侵略付出代价。就像毛泽东在《论持久战》中所说的:"动员了全国的老百姓,就造成了陷敌于灭顶之灾的汪洋大海,造成了弥补武器等等缺陷的补救条件,造成了克服一切战争困难的前提"。"战争的伟力之最深厚的根源,存在于民众之中"。㊻

就在日军孤注一掷地向中国的军事和政治中心武汉推进之时,毛泽东再次向共产党高级干部发出通电,再次强调抗战期间共产党人应该把握的"巩固蒋之地位,坚持抗战,坚决打击投降派"的"总方针":

> 保卫武汉,重在发动民众,军事则重在袭击敌人之侧后,迟滞敌进,争取时间,务须避免不利的决战,至事实上不可守时,不惜断然放弃之。因目前许多军队的战斗力远不如前,若损失过大,将增加各将领对蒋之不满,投降派与割据派起而乘之,有影响蒋的地位及继续抗战之虞。在抗战过程中巩固蒋之地位,坚持抗战,坚决打击投降派,应是我们的总方针。㊼

中国举国保卫大武汉的时刻来临了。

序章注释：

① 《中国抗日战争正面战场作战记》上册,郭汝瑰、黄玉章主编,江苏人民出版社,第83页。
② 《"大东亚共荣圈"源流》,林庆元、杨齐福著,社会科学文献出版社,第31页。
③ 《中国抗日战争正面战场作战记》上册,郭汝瑰、黄玉章主编,江苏人民出版社,第83页。
④ 《"大东亚共荣圈"源流》,林庆元、杨齐福著,社会科学文献出版社,第12页。
⑤ 《"大东亚共荣圈"源流》,林庆元、杨齐福著,社会科学文献出版社,第24页。
⑥ 《日本军国主义》第三册,〔日〕井上靖著,商务印书馆,第223页。
⑦ 《日本现代史》,〔日〕井上靖著,生活·读书·新知三联书店,第146页。
⑧⑨ 《"大东亚共荣圈"源流》,林庆元、杨齐福著,社会科学文献出版社,第33页。
⑩ 《大东亚战争全史》,〔日〕服部卓四郎,商务印书馆,第1—2页。
⑪ 《明治维新史》,〔日〕伊成文等著,辽宁出版社,第356页。
⑫⑬⑭ 《"大东亚共荣圈"源流》,林庆元、杨齐福著,社会科学文献出版社,第39页。
⑮⑯ 《"大东亚共荣圈"源流》,林庆元、杨齐福著,社会科学文献出版社,第46页。
⑰ 《菊与刀》,〔美〕鲁思·本尼迪克特著,吕万和等译,商务印书馆,第180页。
⑱⑲ 《"大东亚共荣圈"源流》,林庆元、杨齐福著,社会科学文献出版社,第63页、第108页。
⑳ 《"大东亚共荣圈"源流》,林庆元、杨齐福著,社会科学文献出版社,第114页。
㉑ 《福泽谕吉自传》,〔日〕福泽谕吉著,马斌译,商务印书馆,第229页。
㉒ 《中国抗日战争史》上卷,军事科学院军事历史研究部著,解放军出版社,第30页。
㉓㉔ 《"大东亚共荣圈"源流》,林庆元、杨齐福著,社会科学文献出版社,第156—159页。
㉕㉖ 《"大东亚共荣圈"源流》,林庆元、杨齐福著,社会科学文献出版社,第191—192页。
㉗ 《"大东亚共荣圈"源流》,林庆元、杨齐福著,社会科学文献出版社,第214页。
㉘ 《"大东亚共荣圈"源流》,林庆元、杨齐福著,社会科学文献出版社,第221页。
㉙ 《"大东亚共荣圈"源流》,林庆元、杨齐福著,社会科学文献出版社,第229页。
㉚ 《六十年来中国与日本》第六卷,王芸生著,生活·读书·新知三联书店,第

304 页。

㉛ 《"大东亚共荣圈"源流》，林庆元、杨齐福著，社会科学文献出版社，第31页。

㉜ 《日本军国主义侵华资料长编》（上），日本防卫厅战史室编，天津市政协编译委员会译校，四川人民出版社，第128页。

㉝㉞㉟ 《中华民国重要史料初编——对日抗战时期》绪编（一），中国国民党中央委员会党史委员会编印，第56—59页。

㊱ 《日本大陆政策史》，沈予著，社会科学文献出版社，第323页。

㊲ 《六十年来中国与日本》第八卷，王芸生著，生活·读书·新知三联书店，第369页。

㊳ 《中华民国重要史料初编——对日抗战时期》绪编（一），中国国民党中央委员会党史委员会编印，第135页。

㊴ 《日本大陆政策史》，沈予著，社会科学文献出版社，第326页。

㊵ 《中华民国重要史料初编——对日抗战时期》绪编（一），中国国民党中央委员会党史委员会编印，第203页。

㊶ 《日本大陆政策史》，沈予著，社会科学文献出版社，第338页。

㊷㊸ 《日本军国主义侵华资料长编》（上），日本防卫厅战史室编，天津市政协编译委员会译校，四川人民出版社，第165—166页。

㊹ 《中国抗日战争史》上卷，军事科学院军事历史研究部著，解放军出版社，第64页。

㊺ 《中国抗日战争史》上卷，军事科学院军事历史研究部著，解放军出版社，第64页。

㊻ 《日本军国主义侵华资料长编》（上），日本防卫厅战史室编，天津市政协编译委员会译校，四川人民出版社，第183—184页。

㊼㊽ 《中国抗日战争史》上卷，军事科学院军事历史研究部著，解放军出版社，第64—65页。

㊾ 《中国抗日战争史》上卷，军事科学院军事历史研究部著，解放军出版社，第73页。

㊿ 《日本大陆政策史》，沈予著，社会科学文献出版社，第366页。

㉑ 《七七事变——原国民党将领抗日战争亲历记》，戴守义、秦德纯等著，中国文史出版社，第24页。

㉒ 《日本大陆政策史》，沈予著，社会科学文献出版社，第372—373页。

㉓ 《六十年来中国与日本》第八卷，王芸生著，生活·读书·新知三联书店，第233页。

㉔ 《日本帝国主义侵华档案资料选编——九一八事变》，中国第二历史档案馆、

吉林省社会科学院编,中华书局,第 67 页。

㊾ 《中华民国重要史料初编——对日抗战时期》绪编(一),中国国民党中央委员会党史委员会编印,第 317 页。

㊿ 《中华民国重要史料初编——对日抗战时期》绪编(一),中国国民党中央委员会党史委员会编印,第 287 页。

㊼㊽㊾ 《中国抗日战争史》上卷,军事科学院军事历史研究部著,解放军出版社,第 80—83 页。

⑥ 《抗日御侮》第一卷,蒋纬国总编著,黎明文化事业公司,第 31—32 页。

㊵ 《中华民国重要史料初编——对日抗战时期》绪编(一),中国国民党中央委员会党史委员会编印,第 289—290 页。

㊷ 《日本军国主义侵华资料长编》(上),日本防卫厅战史室编,天津市政协编译委员会译校,四川人民出版社,第 194 页。

㊸ 《我的前半生》,爱新觉罗·溥仪著,群众出版社,第 312 页。

㊹ 《中国抗日战争史》上卷,军事科学院军事历史研究部著,解放军出版社,第 94 页。

㊺ 《中国抗日战争史》上卷,军事科学院军事历史研究部著,解放军出版社,第 178 页。

㊻ 《满洲事变》,〔日〕关宽治、岛田俊彦著,王振锁、王家骅译,上海译文出版社,第 375 页。

㊼ 《中华民国重要史料初编——对日抗战时期》绪编(一),中国国民党中央委员会党史委员会编印,第 418 页。

㊽ 《中华民国重要史料初编——对日抗战时期》绪编(一),中国国民党中央委员会党史委员会编印,第 424 页。

㊾ 《日本军国主义侵华资料长编》(上),日本防卫厅战史室编,天津市政协编译委员会译校,四川人民出版社,第 219 页。

㊿ 《中华民国重要史料初编——对日抗战时期》绪编(一),中国国民党中央委员会党史委员会编印,第 440 页。

㊶ 《汪精卫先生传》,雷鸣著,政治月刊出版社,第 229 页。

㊷ 《中华民国重要史料初编——对日抗战时期》绪编(一),中国国民党中央委员会党史委员会编印,第 431 页。

㊸ 《近五十年中国与日本》第一卷,张蓬舟著,四川人民出版社,第 16 页。

㊹ 《中国抗日战争史》上卷,军事科学院军事历史研究部著,解放军出版社,第 219 页。

㊺ 《抗日御侮》第一卷,蒋纬国总编著,黎明文化事业公司,第 40—41 页。

⑯ 《宋庆龄选集》，宋庆龄基金会编，人民出版社，第55页。

⑰ 《中共党史人物传》第十一卷，中共党史研究会编，陕西人民出版社，第254页。

⑱ 《中国抗日战争史》上卷，军事科学院军事历史研究部著，解放军出版社，第237页。

⑲ 《中华民国重要史料初编——对日抗战时期》绪编（一），中国国民党中央委员会党史委员会编印，第566页。

⑳ 《中华民国重要史料初编——对日抗战时期》绪编（一），中国国民党中央委员会党史委员会编印，第563页。

㉑㉒ 《中华民国重要史料初编——对日抗战时期》绪编（一），中国国民党中央委员会党史委员会编印，第568—570页。

㉓ 《中国抗日战争史》上卷，军事科学院军事历史研究部著，解放军出版社，第249页。

㉔ 《近五十年中国与日本》第一卷，张蓬舟著，四川人民出版社，第99页。

㉕ 《中华民国重要史料初编——对日抗战时期》绪编（一），中国国民党中央委员会党史委员会编印，第580—581页。

㉖ 《中国抗日战争史》上卷，军事科学院军事历史研究部著，解放军出版社，第279页。

㉗ 《日本天皇的阴谋》上册，〔美〕戴·贝尔加米尼著，华幼中等译，商务印书馆，第699页。

㉘㉙㉚㉛ 《一个时代的侧影：中国1931—1945》，陈晓卿、李继锋、朱乐贤著，广西师范大学出版社，第57—76页。

㉜ 《中华民国重要史料初编——对日抗战时期》绪编（三），中国国民党中央委员会党史委员会编印，第35页。

㉝ 《中华民国重要史料初编——对日抗战时期》绪编（三），中国国民党中央委员会党史委员会编印，第77页。

㉞ 《中华民国重要史料初编——对日抗战时期》绪编（三），中国国民党中央委员会党史委员会编印，第69—71页。

㉟ 《中华民国重要史料初编——对日抗战时期》绪编（三），中国国民党中央委员会党史委员会编印，第613—637页。

㊱㊲ 《中国抗日战争史》上卷，军事科学院军事历史研究部著，解放军出版社，第305页。

㊳ 《土肥原秘录》，〔日〕土肥原贤二刊行会编，天津市政协编译组译，中华书局，第86—87页。

(99) 《中华民国重要史料初编——对日抗战时期》第六编(二),中国国民党中央委员会党史委员会编印,第15—28页。

(100) 《中华民国重要史料初编——对日抗战时期》第六编(二),中国国民党中央委员会党史委员会编印,第126—127页。

(101) 《中国抗日战争史》上卷,军事科学院军事历史研究部著,解放军出版社,第326页。

(102) 《中国抗日战争史》上卷,军事科学院军事历史研究部著,解放军出版社,第384页。

(103) 《中国抗日战争史》上卷,军事科学院军事历史研究部著,解放军出版社,第330页。

(104) 《中共中央文件选集》第九册,中央档案馆编,中共中央党校出版社,第488页。

(105) 《中华民国重要史料初编——对日抗战时期》绪编(三),中国国民党中央委员会党史委员会编印,第659页。

(106) 《日本大陆政策史》,沈予著,社会科学文献出版社,第494页。

(107) 《李宗仁回忆录》上册,中国人民政治协商会议广西壮族自治区委员会文史资料研究委员会编,第468—469页。

(108)(109) 《毛泽东书信选集》,中共中央文献研究室编,人民出版社,第40—43页。

(110) 《毛泽东年谱》上卷,中共中央文献研究室编,中央文献出版社,第570—571页。

(111) 《中共中央文件选集》第十册,中央档案馆编,中共中央党校出版社,第74页、第81页。

(112) 《从九一八到七七事变——原国民党将领抗日战争亲历记》,《从九一八到七七事变》编审组编,中国文史出版社,第691页。

(113) 《中国抗日战争史》上卷,军事科学院军事历史研究部著,解放军出版社,第392页。

(114)(115) 《七七事变——原国民党将领抗日战争亲历记》,戴守义、秦德纯等著,中国文史出版社,第172—173页。

(116) 张学良《请缨抗敌书》,西安《解放日报》,1936年12月15日。

(117) 《毛泽东年谱》上卷,中共中央文献研究室编,人民出版社,第631—632页。

(118) 《中华民国重要史料初编——对日抗战时期》第六编(二),中国国民党中央委员会党史委员会编印,第38—47页。

第一章注释：

① 《中国事变陆军作战史》第一卷第一分册，日本防卫厅防卫研究所战史室著，引自《中华民国史资料丛稿》译稿第五辑，田琪之译，中华书局，第125—127页。

② 《七七事变——原国民党将领抗日战争亲历记》，戴守义、秦德纯等著，中国文史出版社，第181页。

③④ 《中国事变陆军作战史》第一卷第一分册，日本防卫厅防卫研究所战史室著，引自《中华民国史资料丛稿》译稿第五辑，田琪之译，中华书局，第127—130页。

⑤ 《八路军——参考资料》2，中国人民解放军历史资料丛书编审委员会编，解放军出版社，第21—22页。

⑥ 《日本大陆政策史》，沈予著，社会科学文献出版社，第518页。

⑦⑧⑨⑩ 《七七事变——原国民党将领抗日战争亲历记》，戴守义、秦德纯等著，中国文史出版社，第192—193页。

⑪ 〔日〕永井和《关于卢沟桥事件的一份史料》，《档案与历史》总第12期，第43—48页。

⑫⑬ 《中国事变陆军作战史》第一卷第一分册，日本防卫厅防卫研究所战史室著，引自《中华民国史资料丛稿》译稿第五辑，田琪之译，中华书局，第135页。

⑭ 《日本大陆政策史》，沈予著，社会科学文献出版社，第522页。

⑮ 《中国事变陆军作战史》第一卷第一分册，日本防卫厅防卫研究所战史室著，引自《中华民国史资料丛稿》译稿第五辑，田琪之译，中华书局，第137页。

⑯ 《抗日战争正面战场》上，中国第二历史档案馆编，凤凰出版社，第341页。

⑰ 《中国事变陆军作战史》第一卷第一分册，日本防卫厅防卫研究所战史室著，引自《中华民国史资料丛稿》译稿第五辑，田琪之译，中华书局，第136页。

⑱ 《八路军——参考资料》2，中国人民解放军历史资料丛书编审委员会编，解放军出版社，第23页。

⑲⑳ 《中国事变陆军作战史》第一卷第一分册，日本防卫厅防卫研究所战史室著，引自《中华民国史资料丛稿》译稿第五辑，田琪之译，中华书局，第137页。

㉑ 歌词根据麦新1937年7月创作的《大刀进行曲》手稿影印件抄录。1949年后，歌词第二句改为"全国爱国的同胞们"，第七句改为"咱们军民勇敢前进"，并删除了副题。

㉒㉓㉔ 《中华民国重要史料初编——对日抗战时期》第二编（二），中国国民党中央委员会党史委员会编印，第31—35页。

㉕ 《李宗仁回忆录》下册，中国人民政治协商会议广西壮族自治区委员会文史资料研究委员会编，第688—690页。

㉖ 《中国抗日战争正面战场作战记》上册,郭汝瑰、黄玉章主编,江苏人民出版社,第331页。

㉗㉘ 《八路军——文献》,中国人民解放军历史资料丛书编审委员会编,解放军出版社,第1—3页。

㉙ 《中国事变陆军作战史》第一卷第一分册,日本防卫厅防卫研究所战史室著,引自《中华民国史资料丛稿》译稿第五辑,田琪之译,中华书局,第141页。

㉚㉛㉜ 《中国事变陆军作战史》第一卷第一分册,日本防卫厅防卫研究所战史室著,引自《中华民国史资料丛稿》译稿第五辑,田琪之译,中华书局,第146页。

㉝ 《中国事变陆军作战史》第一卷第一分册,日本防卫厅防卫研究所战史室著,引自《中华民国史资料丛稿》译稿第五辑,田琪之译,中华书局,第148—149页。

㉞ 《八路军——参考资料》2,中国人民解放军历史资料丛书编审委员会编,解放军出版社,第30页。

㉟ 《中国事变陆军作战史》第一卷第一分册,日本防卫厅防卫研究所战史室著,引自《中华民国史资料丛稿》译稿第五辑,田琪之译,中华书局,第147页。

㊱㊲ 《中国事变陆军作战史》第一卷第一分册,日本防卫厅防卫研究所战史室著,引自《中华民国史资料丛稿》译稿第五辑,田琪之译,中华书局,第153—155页。

㊳ 《抗日战争正面战场》上,中国第二历史档案馆编,凤凰出版社,第207—209页。

㊴ 《中国事变陆军作战史》第一卷第一分册,日本防卫厅防卫研究所战史室著,引自《中华民国史资料丛稿》译稿第五辑,田琪之译,中华书局,第156—157页。

㊵ 《七七事变——原国民党将领抗日战争亲历记》,戴守义、秦德纯等著,中国文史出版社,第184页。

㊶㊷㊸ 《民国军事史》第三卷(上),姜克夫编著,重庆出版社,第5—6页。

㊹ 《抗日战争正面战场》上,中国第二历史档案馆编,凤凰出版社,第210页。

㊺ 《中国事变陆军作战史》第一卷第一分册,日本防卫厅防卫研究所战史室著,引自《中华民国史资料丛稿》译稿第五辑,田琪之译,中华书局,第161—162页。

㊻ 《中华民国重要史料初编——对日抗战时期》第二编(二),中国国民党中央委员会党史委员会编印,第43页。

㊼ 《抗日战争正面战场》上,中国第二历史档案馆编,凤凰出版社,第211页。

㊽ 《中华民国重要史料初编——对日抗战时期》第二编(二),中国国民党中央委员会党史委员会编印,第44页。

㊾ 《抗日战争正面战场》上,中国第二历史档案馆编,凤凰出版社,第239—240页。

㊿ 《中国事变陆军作战史》第一卷第一分册,日本防卫厅防卫研究所战史室著,

引自《中华民国史资料丛稿》译稿第五辑，田琪之译，中华书局，第171—173页。

(51) 《民国军事史》第三卷(上)，姜克夫编著，重庆出版社，第5—6页。

(52) 《陈诚回忆录——抗日战争》，陈诚著，东方出版社，第27页。

(53) 《中华民国重要史料初编——对日抗战时期》第二编(二)，中国国民党中央委员会党史委员会编印，第55—58页。

(54) 《毛泽东选集》第二卷，人民出版社，第344页。

(55)(56)(57)(58) 《中国事变陆军作战史》第一卷第一分册，日本防卫厅防卫研究所战史室著，引自《中华民国史资料丛稿》译稿第五辑，田琪之译，中华书局，第182—186页。

(59)(60) 《中华民国重要史料初编——对日抗战时期》第二编(二)，中国国民党中央委员会党史委员会编印，第61—65页。

(61)(62) 《中国事变陆军作战史》第一卷第一分册，日本防卫厅防卫研究所战史室著，引自《中华民国史资料丛稿》译稿第五辑，田琪之译，中华书局，第194—195页。

(63) 《中华民国重要史料初编——对日抗战时期》第二编(二)，中国国民党中央委员会党史委员会编印，第70页。

(64) 《七七事变——原国民党将领抗日战争亲历记》，戴守义、秦德纯等著，中国文史出版社，第215页。

(65) 《七七事变——原国民党将领抗日战争亲历记》，戴守义、秦德纯等著，中国文史出版社，第222—223页。

(66) 《七七事变——原国民党将领抗日战争亲历记》，戴守义、秦德纯等著，中国文史出版社，第238—239页。

(67) 《中国事变陆军作战史》第一卷第一分册，日本防卫厅防卫研究所战史室著，引自《中华民国史资料丛稿》译稿第五辑，田琪之译，中华书局，第208页。

(68)(69) 《中华民国重要史料初编——对日抗战时期》第二编(二)，中国国民党中央委员会党史委员会编印，第75—77页。

(70) 《中国抗日战争正面战场作战记》上册，郭汝瑰、黄玉章主编，江苏人民出版社第307—309页。

(71) 《中华民国重要史料初编——对日抗战时期》第二编(二)，中国国民党中央委员会党史委员会编印，第86—89页。

第二章注释：

①② 《鲍威尔对华回忆录》，〔美〕鲍威尔著，邢建榕、薛明扬、徐跃译，知识出版社，第293—294页。

③ 关于大山勇夫的军阶，史料记载不一致。中国方面记载称该人不是军官而是个士兵，军阶为军曹，即中士。见《淞沪会战——原国民党将领抗日战争亲历记》，宋希濂、黄维等著，中国文史出版社，第66—67页。而日本官方战史则记载为"海军中尉"。见《中国事变陆军作战史》第一卷第二分册，日本防卫厅防卫研究所战史室著，引自《中华民国史资料丛稿》译稿第五辑，田琪之译，中华书局，第2页。

④ 《淞沪会战——原国民党将领抗日战争亲历记》，宋希濂、黄维等著，中国文史出版社，第66页。

⑤ 《抗日战争正面战场》上，中国第二历史档案馆编，凤凰出版社，第328页。

⑥ 《中国事变陆军作战史》第一卷第一分册，日本防卫厅防卫研究所战史室著，引自《中华民国史资料丛稿》译稿第五辑，田琪之译，中华书局，第93页。

⑦ 《中国抗日战争正面战场作战记》上册，郭汝瑰、黄玉章主编，江苏人民出版社，第511页。

⑧ 《中国事变陆军作战史》第一卷第二分册，日本防卫厅防卫研究所战史室著，引自《中华民国史资料丛稿》译稿第五辑，田琪之译，中华书局，第1页。

⑨⑩⑪⑫ 《张治中回忆录》，张治中著，中国文史出版社，第115—119页。

⑬ 《抗日战争正面战场》上，中国第二历史档案馆编，凤凰出版社，第331—332页。

⑭ 《中国事变陆军作战史》第一卷第二分册，日本防卫厅防卫研究所战史室著，引自《中华民国史资料丛稿》译稿第五辑，田琪之译，中华书局，第2—3页。

⑮ 《淞沪会战——原国民党将领抗日战争亲历记》，宋希濂、黄维等著，中国文史出版社，第155页。

⑯ 《抗日战争正面战场》上，中国第二历史档案馆编，凤凰出版社，第341页。

⑰ 《中华民国重要史料初编——对日抗战时期》第二编（二），中国国民党中央委员会党史委员会编印，第169页。

⑱ 《中国事变陆军作战史》第一卷第二分册，日本防卫厅防卫研究所战史室著，引自《中华民国史资料丛稿》译稿第五辑，田琪之译，中华书局，第4页。

⑲ 《中华民国重要史料初编——对日抗战时期》第二编（二），中国国民党中央委员会党史委员会编印，第168页。

⑳ 《抗日战争正面战场》上，中国第二历史档案馆编，凤凰出版社，第341页。

㉑ 《张治中回忆录》，张治中著，中国文史出版社，第121—122页。

㉒ 《抗战文献》，独立出版社编印，1938年6月版，第5页。

㉓ 《淞沪会战——原国民党将领抗日战争亲历记》，宋希濂、黄维等著，中国文史出版社，第319—320页。

㉔㉕ 《鲍威尔对华回忆录》，〔美〕鲍威尔著，邢建榕、薛明扬、徐跃译，知识出版

社,第 300—303 页。

㉖ 《张治中回忆录》,张治中著,中国文史出版社,第 122 页。

㉗ 《抗日御侮》第二卷,蒋纬国总编著,黎明文化事业公司印行,第 8 页。

㉘ 《张治中回忆录》,张治中著,中国文史出版社,第 123 页。

㉙ 《中国事变陆军作战史》第一卷第二分册,日本防卫厅防卫研究所战史室著,引自《中华民国史资料丛稿》译稿,田琪之译,中华书局,第 5—6 页。

㉚ 《日本军国主义侵华资料长编》(上),日本防卫厅战史室编,天津市政协编译委员会译,四川人民出版社,第 344 页。

㉛ 《中华民国重要史料初编——对日抗战时期》第二编(三),中国国民党中央委员会党史委员会编印,第 128 页。

㉜ 《淞沪会战——原国民党将领抗日战争亲历记》,宋希濂、黄维等著,中国文史出版社,第 132—133 页。

㉝ 《陈诚回忆录——抗日战争》,陈诚著,东方出版社,第 34 页。

㉞ 《陈诚回忆录——抗日战争》,陈诚著,东方出版社,第 15 页。

㉟ 《中国事变陆军作战史》第一卷第二分册,日本防卫厅防卫研究所战史室著,引自《中华民国史资料丛稿》译稿,田琪之译,中华书局,第 12 页。

㊱ 《抗日战争正面战场》上,中国第二历史档案馆编,凤凰出版社,第 368 页。

㊲ 《张治中回忆录》,张治中著,中国文史出版社,第 128—129 页。

㊳ 《淞沪会战——原国民党将领抗日战争亲历记》,宋希濂、黄维等著,中国文史出版社,第 70 页。

㊴ 《淞沪会战——原国民党将领抗日战争亲历记》,宋希濂、黄维等著,中国文史出版社,第 10 页。

㊵㊶㊷ 《中国抗日战争正面战场作战记》上册,郭汝瑰、黄玉章主编,江苏人民出版社,第 541—542 页。

㊸ 《中国抗日战争正面战场作战记》上册,郭汝瑰、黄玉章主编,江苏人民出版社,第 545 页;《民国军事史》第三卷(上),姜克夫编著,重庆出版社,第 53 页。

㊹ 《中国事变陆军作战史》第一卷第二分册,日本防卫厅防卫研究所战史室著,引自《中华民国史资料丛稿》译稿,田琪之译,中华书局,第 27 页。

第三章注释:

①② 《中共中央文件选集》第七册,中央档案馆编,中共中央党校出版社,第 427—546 页。

③④ 《中共中央文件选集》第八册，中央档案馆编，中共中央党校出版社，第177—179页。

⑤ 《中共中央文件选集》第九册，中央档案馆编，中共中央党校出版社，第483—487页。

⑥ 《中共中央文件选集》第九册，中央档案馆编，中共中央党校出版社，第636页。

⑦ 《毛泽东书信选集》，人民出版社，第87—89页。

⑧⑨ 《毛泽东年谱》上卷，中共中央文献研究室编，中央文献出版社，第620—626页。

⑩ 《中华民国重要史料初编——对日抗战时期》第五编（一），中国国民党中央委员会党史委员会编印，第260—261页。

⑪ 《周恩来传》，中共中央文献研究室编，金冲及主编，中央文献出版社，第449页。

⑫⑬⑭ 《毛泽东年谱》中卷，中共中央文献研究室编，中央文献出版社，第7—17页。

⑮ 《八路军——文献》，中国人民解放军历史资料丛书编审委员会编，解放军出版社，第19—20页。

⑯ 依次指的是：国民政府主席林森，国民政府军事委员会委员长蒋介石，副委员长冯玉祥、阎锡山，军事委员会委员长西安行营主任顾祝同，西安行营代主任蒋鼎文、副主任何柱国，陕西省政府主席孙蔚如，豫皖绥靖公署主任刘峙，河南省政府主席商震，四川省政府主席刘湘，第一预备军司令长官李宗仁、副司令长官白崇禧，广西省政府主席黄旭初，第十二集团军总司令余汉谋，广东省政府主席吴铁城，云南省政府主席龙云，湖南省政府主席何键，江西省政府主席熊式辉，军事委员会委员长武汉行营主任何成浚，湖北省政府主席黄绍竑，福建省政府主席陈仪，山东省政府主席韩复榘，河北省政府主席冯治安，山西省政府主席赵戴文，绥远省政府主席傅作义，察哈尔省政府主席刘汝明，甘肃省政府主席贺耀祖，宁夏省政府主席马鸿逵，青海省政府主席马步芳，新疆边防督办盛世才。

⑰ 《八路军——文献》，中国人民解放军历史资料丛书编审委员会编，解放军出版社，第23—24页。

⑱⑲⑳㉑㉒ 《八路军——参考资料》1，中国人民解放军历史资料丛书编审委员会编，解放军出版社，第15—16页。

㉓㉔ 《中华民国重要史料初编——对日抗战时期》第五编（一），中国国民党中央委员会党史委员会编印，第284—287页。

㉕ 《毛泽东文集》第一卷，人民出版社，第473—474页。

㉖ 《毛泽东军事文集》第二卷，军事科学出版社、中央文献出版社，第53页。

㉗ 《文史资料选辑》第一辑,中国人民政治协商会议全国委员会文史资料研究委员会编,中华书局,第 58 页。

㉘ 重庆《新华日报》,1938 年 9 月 1 日。

㉙ 《中国抗日战争史》中卷,军事科学院军事历史研究部著,解放军出版社,第 47 页。

㉚ 《中国抗日战争史》中卷,军事科学院军事历史研究部著,解放军出版社,第 44 页。

㉛㉜㉝ 《日本帝国的衰亡》(上),〔美〕约翰·托兰著,郭伟强译,新华出版社,第 57—58 页。

㉞ 《中国事变陆军作战史》第一卷第二分册,日本防卫厅防卫研究所战史室著,引自《中华民国史资料丛稿》译稿,田琪之译,中华书局,第 36—37 页。

㉟ 《中国抗日战争正面战场作战记》上册,郭汝瑰、黄玉章主编,江苏人民出版社,第 301 页。

㊱ 《陈诚回忆录——抗日战争》,陈诚著,东方出版社,第 12 页。

㊲ 《中国抗日战争正面战场作战记》上册,郭汝瑰、黄玉章主编,江苏人民出版社,第 301 页。

㊳ 《中国事变陆军作战史》第一卷第一分册,日本防卫厅防卫研究所战史室著,引自《中华民国史资料丛稿》译稿第五辑,田琪之译,中华书局,第 98—99 页。

㊴ 《中国抗日战争正面战场作战记》上册,郭汝瑰、黄玉章主编,江苏人民出版社,第 295 页。

㊵㊶ 《陈诚回忆录——抗日战争》,陈诚著,东方出版社,第 11 页。

㊷ 《中国抗日战争正面战场作战记》上册,郭汝瑰、黄玉章主编,江苏人民出版社,第 301—302 页。

㊸㊹ 《中国抗日战争正面战场作战记》上册,郭汝瑰、黄玉章主编,江苏人民出版社,第 296—297 页。

㊺ 《陈诚回忆录——抗日战争》,陈诚著,东方出版社,第 8 页。

㊻㊼ 《抗日御侮》第一卷,蒋纬国总编著,黎明文化事业公司,第 101—102 页。

㊽ 《西南西北工业建设计划》,1938 年,重庆市档案馆藏档案。

㊾ 《中国抗日战争正面战场作战记》上册,郭汝瑰、黄玉章主编,江苏人民出版社,第 276 页。

㊿ 《中国抗日战争正面战场作战记》上册,郭汝瑰、黄玉章主编,江苏人民出版社,第 256 页。

[51] 《抗日御侮》第一卷,蒋纬国总编著,黎明文化事业公司,第 94—95 页。

[52] 《中国抗日战争正面战场作战记》上册,郭汝瑰、黄玉章主编,江苏人民出版

社,第 257 页。

㊷ 《中国公路史》,周一士著,文海出版社,第 130 页。

㊺ 《中国抗日战争史》上卷,军事科学院军事历史研究部著,解放军出版社,第 512 页。

㊻ 《四川与对日作战》,周开庆著,商务印书馆,第 13 页。

㊼ 《中共党史教学参考资料》,中国人民大学党史教研室,第 74 页。

㊽ 《抗日战争正面战场》上,中国第二历史档案馆编,凤凰出版社,第 3—4 页。

㊾ 《中国事变陆军作战史》第一卷第二分册,日本防卫厅防卫研究所战史室著,引自《中华民国史资料丛稿》译稿第五辑,田琪之译,中华书局,第 21—34 页。

㊿ 《中国抗日战争正面战场作战记》上册,郭汝瑰、黄玉章主编,江苏人民出版社,第 361—362 页。

⑥⓪ 《抗日战争正面战场》上,中国第二历史档案馆编,凤凰出版社,第 34—37 页。

⑥① 《中国事变陆军作战史》第一卷第二分册,日本防卫厅防卫研究所战史室著,引自《中华民国史资料丛稿》译稿,田琪之译,中华书局,第 19 页。

⑥②⑥③ 《中国事变陆军作战史》第一卷第二分册,日本防卫厅防卫研究所战史室著,引自《中华民国史资料丛稿》译稿,田琪之译,中华书局,第 33—34 页。

⑥④ 《八路军——回忆史料》1,中国人民解放军历史资料丛书编审委员会编,解放军出版社,第 61 页。

第四章注释:

① 《七七事变——原国民党将领抗日战争亲历记》,戴守义、秦德纯等著,中国文史出版社,第 242 页。

② 《中国事变陆军作战史》第一卷第一分册,日本防卫厅防卫研究所战史室著,引自《中华民国史资料丛稿》译稿第五辑,田琪之译,中华书局,第 211 页。

③ 《中国事变陆军作战史》第一卷第一分册,日本防卫厅防卫研究所战史室著,引自《中华民国史资料丛稿》译稿第五辑,田琪之译,中华书局,第 216—217 页。

④⑤ 《抗日战争正面战场》上,中国第二历史档案馆编,凤凰出版社,第 40—41 页。

⑥ 《中华民国重要史料初编——对日抗战时期》第二编(二),中国国民党中央委员会党史委员会编印,第 82—97 页。

⑦ 《七七事变——原国民党将领抗日战争亲历记》,戴守义、秦德纯等著,中国文史出版社,第 265 页。

⑧ 苟吉堂《中国陆军第三方面军抗战纪实》，中国第二历史档案馆藏。

⑨ 《中华民国重要史料初编——对日抗战时期》第二编（二），中国国民党中央委员会党史委员会编印，第83页。

⑩ 天津《大公报》，1937年9月29日。

⑪ 《七七事变——原国民党将领抗日战争亲历记》，戴守义、秦德纯等著，中国文史出版社，第267页。

⑫ 《中华民国重要史料初编——对日抗战时期》第二编（二），中国国民党中央委员会党史委员会编印，第100页。

⑬ 《七七事变——原国民党将领抗日战争亲历记》，戴守义、秦德纯等著，中国文史出版社，第266—267页。

⑭ 《中国事变陆军作战史》第一卷第一分册，日本防卫厅防卫研究所战史室著，引自《中华民国史资料丛稿》译稿第五辑，田琪之译，中华书局，第172页。

⑮ 《七七事变——原国民党将领抗日战争亲历记》，戴守义、秦德纯等著，中国文史出版社，第269页。

⑯⑰ 《我所知道的汤恩伯》，文思主编，中国文史出版社，第71—73页。

⑱⑲ 《中华民国重要史料初编——对日抗战时期》第二编（二），中国国民党中央委员会党史委员会编印，第104—105页。

⑳ 《中国事变陆军作战史》第一卷第一分册，日本防卫厅防卫研究所战史室著，引自《中华民国史资料丛稿》译稿第五辑，田琪之译，中华书局，第219页。

㉑ 《第七集团军傅作义部南口会战迄太原守城历次战斗详报》，1937年，中国第二历史档案馆藏。

㉒ 《中国事变陆军作战史》第一卷第一分册，日本防卫厅防卫研究所战史室著，引自《中华民国史资料丛稿》译稿第五辑，田琪之译，中华书局，第216—222页。

㉓ 《中华民国重要史料初编——对日抗战时期》第二编（二），中国国民党中央委员会党史委员会编印，第108页。

㉔ 《民国纪事本末——抗日战争时期》（五）上册，魏宏远主编，辽宁人民出版社，第34页。

㉕ 《解放周刊》第一卷，第十五期，1937年9月。

㉖㉗㉘ 《中国事变陆军作战史》第一卷第二分册，日本防卫厅防卫研究所战史室著，引自《中华民国史资料丛稿》译稿，田琪之译，中华书局，第22—25页。

㉙ 《中国抗日战争史》中卷，军事科学院军事历史研究部著，解放军出版社，第24—25页。

㉚ 《中国事变陆军作战史》第一卷第二分册，日本防卫厅防卫研究所战史室著，引自《中华民国史资料丛稿》译稿，田琪之译，中华书局，第41—42页。

㉛ 《七七事变——原国民党将领抗日战争亲历记》，戴守义、秦德纯等著，中国文史出版社，第338—339页。

㉜ 《中国事变陆军作战史》第一卷第二分册，日本防卫厅防卫研究所战史室著，引自《中华民国史资料丛稿》译稿，田琪之译，中华书局，第45页。

㉝㉞ 《我的戎马生涯——郑洞国回忆录》，郑洞国著，团结出版社，第179—181页。

㉟ 《七七事变——原国民党将领抗日战争亲历记》，戴守义、秦德纯等著，中国文史出版社，第346页。

㊱ 《中国事变陆军作战史》第一卷第二分册，日本防卫厅防卫研究所战史室著，引自《中华民国史资料丛稿》译稿，田琪之译，中华书局，第68页。

㊲ 《中国事变陆军作战史》第一卷第二分册，日本防卫厅防卫研究所战史室著，引自《中华民国史资料丛稿》译稿，田琪之译，中华书局，第65—66页。

㊳ 《七七事变——原国民党将领抗日战争亲历记》，戴守义、秦德纯等著，中国文史出版社，第315页。

㊴ 《冯玉祥致蒋介石电》，1937年9月23日，中国第二历史档案馆藏。

㊵ 《民国纪事本末——抗日战争时期》（五）上册，魏宏远主编，辽宁人民出版社，第124页。

第五章注释：

① 《晋绥抗战——原国民党将领抗日战争亲历记》，陈长捷、韩伯琴等著，中国文史出版社，第12—13页。

② 《中国现代政治史资料汇编》第3辑第4册，中国第二历史档案馆藏。

③ 《晋绥抗战——原国民党将领抗日战争亲历记》，陈长捷、韩伯琴等著，中国文史出版社，第15页。

④⑤ 《晋绥抗战——原国民党将领抗日战争亲历记》，陈长捷、韩伯琴等著，中国文史出版社，第19—20页。

⑥⑦⑧ 《周恩来传》（二），中共中央文献研究室编，金冲及主编，中央文献出版社，第458—462页。

⑨ 《毛泽东军事文集》第二卷，军事科学出版社、中央文献出版社，第53页。

⑩ 《周恩来传》（二），中共中央文献研究室编，金冲及主编，中央文献出版社，第458页。

⑪ 《八路军——参考资料》1，中国人民解放军历史资料丛书编审委员会编，解放

⑫ 《中国抗日战争正面战场作战记》上册,郭汝瑰、黄玉章主编,江苏人民出版社,第416页。

⑬ 《八路军——表册》,中国人民解放军历史资料丛书编审委员会编,解放军出版社,第9—10页。

⑭ 《八路军——文献》,中国人民解放军历史资料丛书编审委员会编,解放军出版社,第10页。

⑮ 《毛泽东年谱》中卷,中共中央文献研究室编,中央文献出版社,第9页。

⑯ 《毛泽东军事文集》第二卷,军事科学出版社、中央文献出版社,第28页。

⑰ 《中华民国重要史料初编——对日抗战时期》第六编(二),中国国民党中央委员会党史委员会编印,第44—45页。

⑱ 《中华民国重要史料初编——对日抗战时期》第二编(二),中国国民党中央委员会党史委员会编印,第145页。

⑲ 《阎锡山评传》,中共中央党校本书编写组编,中共中央党校出版社,第268页。

⑳㉑㉒ 《阎锡山评传》,中共中央党校本书编写组编,中共中央党校出版社,第251—252页。

㉓㉔㉕ 《阎锡山评传》,中共中央党校本书编写组编,中共中央党校出版社,第271—275页。

㉖㉗ 《阎锡山评传》,中共中央党校本书编写组编,中共中央党校出版社,第263—266页。

㉘㉙㉚ 《阎锡山评传》,中共中央党校本书编写组编,中共中央党校出版社,第260页。

㉛ 《阎锡山评传》,中共中央党校本书编写组编,中共中央党校出版社,第267页。

㉜ 《毛泽东书信选集》,中共中央文献研究室编,人民出版社,第34页。

㉝ 《阎锡山评传》,中共中央党校本书编写组编,中共中央党校出版社,第287页。

㉞ 《阎锡山评传》,中共中央党校本书编写组编,中共中央党校出版社,第293页。

㉟ 《八路军——回忆史料》1,中国人民解放军历史资料丛书编审委员会编,解放军出版社,第63页。

㊱ 《八路军——回忆史料》1,中国人民解放军历史资料丛书编审委员会编,解放军出版社,第200页。

㊲ 《晋绥抗战——原国民党将领抗日战争亲历记》,陈长捷、韩伯琴等著,中国文史出版社,第44页。

㊳ 《晋绥抗战——原国民党将领抗日战争亲历记》,陈长捷、韩伯琴等著,中国文

㊴ 《晋绥抗战——原国民党将领抗日战争亲历记》,陈长捷、韩伯琴等著,中国文史出版社,第50—51页。

㊵ 《八路军——回忆史料》1,中国人民解放军历史资料丛书编审委员会编,解放军出版社,第203页。

㊶㊷ 《八路军——参考资料》2,中国人民解放军历史资料丛书编审委员会编,解放军出版社,第62—65页。

㊸ 《八路军——参考资料》2,中国人民解放军历史资料丛书编审委员会编,解放军出版社,第68—70页。

㊹ 《八路军——参考资料》2,中国人民解放军历史资料丛书编审委员会编,解放军出版社,第66页。

㊺ 《八路军——文献》,中国人民解放军历史资料丛书编审委员会编,解放军出版社,第48—49页。

㊻ 《晋绥抗战——原国民党将领抗日战争亲历记》,陈长捷、韩伯琴等著,中国文史出版社,第30页。

㊼ 《晋绥抗战——原国民党将领抗日战争亲历记》,陈长捷、韩伯琴等著,中国文史出版社,第19页。

㊽ 《阎锡山日记全编》,阎锡山著,三晋出版社,第351页。

㊾ 《晋绥抗战——原国民党将领抗日战争亲历记》,陈长捷、韩伯琴等著,中国文史出版社,第41页。

㊿ 《八路军——参考资料》1,中国人民解放军历史资料丛书编审委员会编,解放军出版社,第28页。

第六章注释:

①② 《近现代日本霸权战略》,熊沛彪著,社会科学文献出版社,第146页。

③ 《中国事变陆军作战史》第一卷第二分册,日本防卫厅防卫研究所战史室著,引自《中华民国史资料丛稿》译稿,田琪之译,中华书局,第84页。

④ 《淞沪会战——原国民党将领抗日战争亲历记》,宋希濂、黄维等著,中国文史出版社,第202页。

⑤ 《淞沪会战——原国民党将领抗日战争亲历记》,宋希濂、黄维等著,中国文史出版社,第42页。

⑥ 《淞沪会战——原国民党将领抗日战争亲历记》,宋希濂、黄维等著,中国文史

出版社,第 229 页。

⑦ 《淞沪会战——原国民党将领抗日战争亲历记》,宋希濂、黄维等著,中国文史出版社,第 42 页。

⑧ 《中国事变陆军作战史》第一卷第二分册,日本防卫厅防卫研究所战史室著,引自《中华民国史资料丛稿》译稿,田琪之译,中华书局,第 31—32 页。

⑨ 《中国事变陆军作战史》第一卷第二分册,日本防卫厅防卫研究所战史室著,引自《中华民国史资料丛稿》译稿,田琪之译,中华书局,第 7—29 页。

⑩ 《中国抗日战争正面战场作战记》上册,郭汝瑰、黄玉章主编,江苏人民出版社,第 601—604 页。

⑪ 《中国事变陆军作战史》第一卷第二分册,日本防卫厅防卫研究所战史室著,引自《中华民国史资料丛稿》译稿,田琪之译,中华书局,第 55—56 页。

⑫ 《抗日御侮》第五卷,蒋纬国总编著,黎明文化事业公司印行,第 59 页。

⑬ 《中国事变陆军作战史》第一卷第二分册,日本防卫厅防卫研究所战史室著,引自《中华民国史资料丛稿》译稿,田琪之译,中华书局,第 58 页。

⑭ 《中国事变陆军作战史》第一卷第二分册,日本防卫厅防卫研究所战史室著,引自《中华民国史资料丛稿》译稿,田琪之译,中华书局,第 79 页。

⑮ 《淞沪会战——原国民党将领抗日战争亲历记》,宋希濂、黄维等著,中国文史出版社,第 237—238 页。

⑯ 《淞沪会战——原国民党将领抗日战争亲历记》,宋希濂、黄维等著,中国文史出版社,第 240 页。

⑰ 《淞沪会战——原国民党将领抗日战争亲历记》,宋希濂、黄维等著,中国文史出版社,第 284 页。

⑱ 《淞沪会战——原国民党将领抗日战争亲历记》,宋希濂、黄维等著,中国文史出版社,第 290 页。

⑲ 《淞沪会战——原国民党将领抗日战争亲历记》,宋希濂、黄维等著,中国文史出版社,第 286 页。

⑳ 《1937:淞沪会战》,毕洪撰述,山东画报出版社,第 101 页。

㉑ 《1937:淞沪会战》,毕洪撰述,山东画报出版社,第 81 页。

㉒ 《淞沪会战——原国民党将领抗日战争亲历记》,宋希濂、黄维等著,中国文史出版社,第 272 页。

㉓ 《淞沪会战——原国民党将领抗日战争亲历记》,宋希濂、黄维等著,中国文史出版社,第 43 页。

㉔ 《中国抗日战争正面战场作战记》上册,郭汝瑰、黄玉章主编,江苏人民出版社,第 564—565 页。

㉕《淞沪会战——原国民党将领抗日战争亲历记》，宋希濂、黄维等著，中国文史出版社，第251页。

㉖《淞沪会战——原国民党将领抗日战争亲历记》，宋希濂、黄维等著，中国文史出版社，第269页。

㉗《淞沪会战——原国民党将领抗日战争亲历记》，宋希濂、黄维等著，中国文史出版社，第256页。

㉘《淞沪会战——原国民党将领抗日战争亲历记》，宋希濂、黄维等著，中国文史出版社，第86页。

㉙《中华民国重要史料初编——对日抗战时期》第二编（二），中国国民党中央委员会党史委员会编印，第240页。

㉚《淞沪会战——原国民党将领抗日战争亲历记》，宋希濂、黄维等著，中国文史出版社，第87—90页。

㉛《中华民国重要史料初编——对日抗战时期》第二编（二），中国国民党中央委员会党史委员会编印，第240页。

㉜《中华民国重要史料初编——对日抗战时期》第二编（二），中国国民党中央委员会党史委员会编印，第208页。

㉝《中华民国重要史料初编——对日抗战时期》第二编（二），中国国民党中央委员会党史委员会编印，第241—242页。

㉞《淞沪会战——原国民党将领抗日战争亲历记》，宋希濂、黄维等著，中国文史出版社，第97—98页。

㉟《民国军事史》第三卷（上），姜克夫编著，重庆出版社，第55页。

㊱《中国近代工业史资料》，陈真等编，生活·读书·新知三联书店，第70页。

㊲《民国纪事本末——抗日战争时期》（五）上册，魏宏远主编，辽宁人民出版社，第181页。

㊳《抗日战争正面战场》上，中国第二历史档案馆编，凤凰出版社，第7页。

㊴《李宗仁回忆录》下册，中国人民政治协商会议广西自治区委员会文史资料研究委员会编，第692—700页。

㊵《中华民国重要史料初编——对日抗战时期》第二编（二），中国国民党中央委员会党史委员会编印，第201页。

㊶《中国事变陆军作战史》第一卷第二分册，日本防卫厅防卫研究所战史室著，引自《中华民国史资料丛稿》译稿，田琪之译，中华书局，第80页。

㊷《鹰犬将军——宋希濂自述》，宋希濂著，中国文史出版社，第121页。

㊸《淞沪会战——原国民党将领抗日战争亲历记》，宋希濂、黄维等著，中国文史出版社，第175页。

㊹ 《李宗仁回忆录》下册，中国人民政治协商会议广西自治区委员会文史资料研究委员会编，第695—696页。

㊺ 《抗日御侮》第五卷，蒋纬国总编著，黎明文化事业公司印行。

㊻ 《中国事变陆军作战史》第一卷第二分册，日本防卫厅防卫研究所战史室著，引自《中华民国史资料丛稿》译稿，田琪之译，中华书局，第92页。

㊼ 《中国事变陆军作战史》第一卷第二分册，日本防卫厅防卫研究所战史室著，引自《中华民国史资料丛稿》译稿，田琪之译，中华书局，第85页。

㊽ 《中国事变陆军作战史》第一卷第二分册，日本防卫厅防卫研究所战史室著，引自《中华民国史资料丛稿》译稿，田琪之译，中华书局，第91页。

㊾ 《陈诚回忆录——抗日战争》，陈诚著，东方出版社，第38页。

㊿ 《中华民国重要史料初编——对日抗战时期》第二编(一)，中国国民党中央委员会党史委员会编印，第177页。

(51) 《淞沪会战——原国民党将领抗日战争亲历记》，宋希濂、黄维等著，中国文史出版社，第230页。

(52) 《中国事变陆军作战史》第一卷第二分册，日本防卫厅防卫研究所战史室著，引自《中华民国史资料丛稿》译稿，田琪之译，中华书局，第99页。

(53) 《淞沪会战——原国民党将领抗日战争亲历记》，宋希濂、黄维等著，中国文史出版社，第136页。

(54) 《淞沪会战——原国民党将领抗日战争亲历记》，宋希濂、黄维等著，中国文史出版社，第205页。

(55)(56) 《淞沪会战——原国民党将领抗日战争亲历记》，宋希濂、黄维等著，中国文史出版社，第258页。

(57) 《淞沪会战——原国民党将领抗日战争亲历记》，宋希濂、黄维等著，中国文史出版社，第51页。

(58) 《淞沪会战——原国民党将领抗日战争亲历记》，宋希濂、黄维等著，中国文史出版社，第147页。

(59) 《中国事变陆军作战史》第一卷第二分册，日本防卫厅防卫研究所战史室著，引自《中华民国史资料丛稿》译稿，田琪之译，中华书局，第107页。

(60) 《南京保卫战——原国民党将领抗日战争亲历记》，唐生智、刘斐等著，中国文史出版社，第143页。

(61) 《南京保卫战——原国民党将领抗日战争亲历记》，唐生智、刘斐等著，中国文史出版社，第138页。

(62)(63) 《中国事变陆军作战史》第一卷第二分册，日本防卫厅防卫研究所战史室著，引自《中华民国史资料丛稿》译稿，田琪之译，中华书局，第106页。

㉔ 《中国事变陆军作战史》第一卷第二分册,日本防卫厅防卫研究所战史室著,引自《中华民国史资料丛稿》译稿,田琪之译,中华书局,第94页。

㉕ 《中国事变陆军作战史》第一卷第二分册,日本防卫厅防卫研究所战史室著,引自《中华民国史资料丛稿》译稿,田琪之译,中华书局,第83页。

㉖ 《中国抗日战争正面战场作战记》上册,郭汝瑰、黄玉章主编,江苏人民出版社,第587页。

㉗ 《民国纪事本末——抗日战争时期》(五)上册,魏宏远主编,辽宁人民出版社,第160页;《白崇禧口述自传》上册,贾廷诗、陈三井等记录,中国大百科全书出版社,第82—83页。

第七章注释：

① 《阎锡山日记全编》,阎锡山著,三晋出版社,第350页。

② 《任弼时选集》,任弼时著,人民出版社,第137页。

③ 《阎锡山评传》,中共中央党校本书编写组,中共中央党校出版社,第299页。

④ 《中国事变陆军作战史》第一卷第二分册,日本防卫厅防卫研究所战史室著,引自《中华民国史资料丛稿》译稿,田琪之译,中华书局,第47页。

⑤ 《板垣征四郎》,日本板垣征四郎刊行会编,王忎等译。引自《长春文史资料》1988年第6辑,第118页。

⑥ 《卫立煌将军》,卫道然著,安徽人民出版社,第47—48页。

⑦ 《抗日战争正面战场》上,中国第二历史档案馆编,凤凰出版社,第546页。

⑧ 《毛泽东军事文集》第二卷,军事科学出版社、中央文献出版社,第80页。

⑨⑩ 《八路军——文献》,中国人民解放军历史资料丛书编审委员会编,解放军出版社,第56—57页。

⑪ 《中国抗日战争史》中卷,军事科学院军事历史研究部著,解放军出版社,第90—91页。

⑫⑬⑭ 《八路军——参考资料》1,中国人民解放军历史资料丛书编审委员会编,解放军出版社,第32—34页。

⑮ 《中国抗日将领牺牲录》,刘晨主编,团结出版社,第83—84页。

⑯ 《阎锡山评传》,中共中央党校本书编写组,中共中央党校出版社,第300页。

⑰ 《抗日御侮》第四卷,蒋纬国总编著,黎明文化事业公司印行,第170—172页。

⑱ 《晋绥抗战——原国民党将领抗日战争亲历记》,陈长捷、韩伯琴等著,中国文史出版社,第78页。

⑲ 《中国抗日战争史》中卷,军事科学院军事历史研究部著,解放军出版社,第90—91页。

⑳㉑ 《抗日御侮》第四卷,蒋纬国总编著,黎明文化事业公司印行,第173—174页。

㉒ 《晋绥抗战——原国民党将领抗日战争亲历记》,陈长捷、韩伯琴等著,中国文史出版社,第76页。

㉓ 《晋绥抗战——原国民党将领抗日战争亲历记》,陈长捷、韩伯琴等著,中国文史出版社,第69—71页。

㉔ 《晋绥抗战——原国民党将领抗日战争亲历记》,陈长捷、韩伯琴等著,中国文史出版社,第78页。

㉕ 《卫立煌将军》,卫道然著,安徽人民出版社,第53页。

㉖ 《晋绥抗战——原国民党将领抗日战争亲历记》,陈长捷、韩伯琴等著,中国文史出版社,第116—117页。

㉗ 《晋绥抗战——原国民党将领抗日战争亲历记》,陈长捷、韩伯琴等著,中国文史出版社,第111页。

㉘ 《抗日御侮》第四卷,蒋纬国总编著,黎明文化事业公司印行,第178—179页。

㉙ 《晋绥抗战——原国民党将领抗日战争亲历记》,陈长捷、韩伯琴等著,中国文史出版社,第71页。

㉚ 《中华民国重要史料初编——对日抗战时期》第二编(二),中国国民党中央委员会党史委员会编印,第155—156页。

㉛ 《国民党高级将领列传》5,王成斌等主编,解放军出版社,第484页。

㉜ 《抗日战争正面战场》上,中国第二历史档案馆编,凤凰出版社,第559页。

㉝ 《八路军——参考资料》2,中国人民解放军历史丛书编审委员会编,解放军出版社,第74页。

㉞ 《晋绥抗战——原国民党将领抗日战争亲历记》,陈长捷、韩伯琴等著,中国文史出版社,第95页。

㉟㊱ 《黄绍竑回忆录》,黄绍竑著,东方出版社,第340—341页。

㊲ 《抗日御侮》第四卷,蒋纬国总编著,黎明文化事业公司印行,第192页。

㊳㊴ 《晋绥抗战——原国民党将领抗日战争亲历记》,陈长捷、韩伯琴等著,中国文史出版社,第138—141页。

㊵ 《抗日御侮》第四卷,蒋纬国总编著,黎明文化事业公司印行,第198页。

㊶ 《抗日战争正面战场》上,中国第二历史档案馆编,凤凰出版社,第566页。

㊷ 《晋绥抗战——原国民党将领抗日战争亲历记》,陈长捷、韩伯琴等著,中国文史出版社,第96页。

㊸ 《晋绥抗战——原国民党将领抗日战争亲历记》,陈长捷、韩伯琴等著,中国文史出版社,第 106 页。

㊹ 《晋绥抗战——原国民党将领抗日战争亲历记》,陈长捷、韩伯琴等著,中国文史出版社,第 100 页。

㊺ 《晋绥抗战——原国民党将领抗日战争亲历记》,陈长捷、韩伯琴等著,中国文史出版社,第 122—123 页。

㊻ 《一个时代的侧影:中国 1931—1945》,陈晓卿、李继锋、朱乐贤著,广西师范大学出版社,第 192 页。

㊼ 《陈锡联回忆录》,陈锡联著,解放军出版社,第 90 页。

㊽ 《八路军——回忆史料》1,中国人民解放军历史资料丛书编审委员会编,解放军出版社,第 217 页。

㊾ 《八路军——参考资料》2,中国人民解放军历史资料丛书编审委员会编,解放军出版社,第 73 页。

㊿ 《民国纪事本末——抗日战争时期》(五)上册,魏宏远主编,辽宁人民出版社,第 97 页。

(51) 《抗日战争正面战场》上,中国第二历史档案馆编,凤凰出版社,第 574 页。

(52) 《板垣征四郎》,日本板垣征四郎刊行会编,王崧等译。引自《长春文史资料》1988 年第 6 辑,第 121 页。

(53) 《八路军——参考资料》2,中国人民解放军历史资料丛书编审委员会编,解放军出版社,第 71—72 页。

(54)(55)(56) 《抗日战争正面战场》上,中国第二历史档案馆编,凤凰出版社,第 572—573 页。

(57) 《中国抗日战争正面战场作战记》上册,郭汝瑰、黄玉章主编,江苏人民出版社,第 452 页。

第八章注释:

① 《中国事变陆军作战史》第一卷第二分册,日本防卫厅防卫研究所战史室著,引自《中华民国史资料丛稿》译稿,田琪之译,中华书局,第 106 页。

② 《中国事变陆军作战史》第一卷第二分册,日本防卫厅防卫研究所战史室著,引自《中华民国史资料丛稿》译稿,田琪之译,中华书局,第 100 页。

③ 《真相——裕仁天皇与侵华战争》,〔美〕赫伯特·比克斯著,王丽萍、孙盛萍译,新华出版社,第 231 页。

④ 《中国抗日战争正面战场作战记》上册,郭汝瑰、黄玉章主编,江苏人民出版社,第647页。

⑤ 《中国事变陆军作战史》第一卷第二分册,日本防卫厅防卫研究所战史室著,引自《中华民国史资料丛稿》译稿,田琪之译,中华书局,第133页。

⑥ 《南京保卫战——原国民党将领抗日战争亲历记》,唐生智、刘斐等著,中国文史出版社,第263页。

⑦ 《中国事变陆军作战史》第一卷第二分册,日本防卫厅防卫研究所战史室著,引自《中华民国史资料丛稿》译稿,田琪之译,中华书局,第134页。

⑧ 《中国抗日战争正面战场作战记》上册,郭汝瑰、黄玉章主编,江苏人民出版社,第650页。

⑨ 《民国纪事本末——抗日战争时期》(五)上册,魏宏远主编,辽宁人民出版社,第207页。

⑩ 《中国抗日战争正面战场作战记》上册,郭汝瑰、黄玉章主编,江苏人民出版社,第650页。

⑪ 《晋绥抗战——原国民党将领抗日战争亲历记》,陈长捷、韩伯琴等著,中国文史出版社,第144页。

⑫ 《黄绍竑回忆录》,黄绍竑著,东方出版社,第342页。

⑬⑭⑮⑯ 《晋绥抗战——原国民党将领抗日战争亲历记》,陈长捷、韩伯琴等著,中国文史出版社,第145—150页。

⑰ 《卫立煌将军》,卫道然著,安徽人民出版社,第52页。

⑱⑲⑳ 《晋绥抗战——原国民党将领抗日战争亲历记》,陈长捷、韩伯琴等著,中国文史出版社,第156—157页。

㉑ 《八路军——文献》,中国人民解放军历史资料丛书编审委员会编,解放军出版社,第81页。

㉒ 《八路军——回忆史料》1,中国人民解放军历史资料丛书编审委员会编,解放军出版社,第278页。

㉓ 《抗日战争正面战场》上,中国第二历史档案馆编,凤凰出版社,第584页。

㉔ 《黄绍竑回忆录》,黄绍竑著,东方出版社,第345页。

㉕ 《晋绥抗战——原国民党将领抗日战争亲历记》,陈长捷、韩伯琴等著,中国文史出版社,第167页。

㉖ 《阎锡山评传》,中共中央党校本书编写组编,中共中央党校出版社,第313页。

㉗ 《晋绥抗战——原国民党将领抗日战争亲历记》,陈长捷、韩伯琴等著,中国文史出版社,第134页。

㉘ 《周恩来传》,中共中央文献研究室编,金冲及主编,中央文献出版社,第470页。

㉙ 《晋绥抗战——原国民党将领抗日战争亲历记》,陈长捷、韩伯琴等著,中国文史出版社,第162—163页。

㉚ 《傅作义将军》,中国人民政治协商会议全国委员会文史资料研究委员会编,中国文史出版社,第209页。

㉛ 《晋绥抗战——原国民党将领抗日战争亲历记》,陈长捷、韩伯琴等著,中国文史出版社,第164—165页。

㉜ 《民国纪事本末——抗日战争时期》(五)上册,魏宏远主编,辽宁人民出版社,第208页。

㉝ 《抗日御侮》第三卷,蒋纬国总编著,黎明文化事业公司印行,第85页。

㉞㉟㊱ 《中国事变陆军作战史》第一卷第二分册,日本防卫厅防卫研究所战史室著,引自《中华民国史资料丛稿》译稿,田琪之译,中华书局,第102—103页。

㊲㊳ 《中华民国重要史料初编——对日抗战时期》第二编(二),中国国民党中央委员会党史委员会编印,第211—213页。

㊴ 《真相——裕仁天皇与侵华战争》,〔美〕赫伯特·比克斯著,王丽萍、孙盛萍译,新华出版社,第242页。

㊵ 《中国事变陆军作战史》第一卷第二分册,日本防卫厅防卫研究所战史室著,引自《中华民国史资料丛稿》译稿,田琪之译,中华书局,第109页。

㊶ 《民国纪事本末——抗日战争时期》(五)上册,魏宏远主编,辽宁人民出版社,第208页。

㊷ 《中国事变陆军作战史》第一卷第二分册,日本防卫厅防卫研究所战史室著,引自《中华民国史资料丛稿》译稿,田琪之译,中华书局,第136页。

㊸ 《李宗仁回忆录》下册,中国人民政治协商会议广西壮族自治区委员会文史资料研究委员会编,第697页。

㊹ 《南京保卫战——原国民党将领抗日战争亲历记》,唐生智、刘斐等著,中国文史出版社,第12页。

㊺ 《陈诚回忆录——抗日战争》,陈诚著,东方出版社,第38页。

㊻ 《南京保卫战——原国民党将领抗日战争亲历记》,唐生智、刘斐等著,中国文史出版社,第12页。

㊼ 《南京保卫战——原国民党将领抗日战争亲历记》,唐生智、刘斐等著,中国文史出版社,第52页。

㊽ 《南京保卫战——原国民党将领抗日战争亲历记》,唐生智、刘斐等著,中国文史出版社,第5—6页。

㊾㊿ 《白崇禧口述自传》,贾廷诗、陈三井等记录,中国大百科全书出版社,第86页。

㉛ 《抗日战争正面战场》上,中国第二历史档案馆编,凤凰出版社,第472页。

㊷㊵㊴ 《抗日战争正面战场》上,中国第二历史档案馆编,凤凰出版社,第476—478页。

㊺ 《南京保卫战——原国民党将领抗日战争亲历记》,唐生智、刘斐等著,中国文史出版社,第14页。

㊻ 《中国事变陆军作战史》第一卷第二分册,日本防卫厅防卫研究所战史室著,引自《中华民国史资料丛稿》译稿,田琪之译,中华书局,第109—110页。

㊼ 《中华民国重要史料初编——对日抗战时期》第二编(二),中国国民党中央委员会党史委员会编印,第219页。

㊽ 《南京保卫战——原国民党将领抗日战争亲历记》,唐生智、刘斐等著,中国文史出版社,第54页。

㊾ 《中国事变陆军作战史》第一卷第二分册,日本防卫厅防卫研究所战史室著,引自《中华民国史资料丛稿》译稿,田琪之译,中华书局,第111—112页。

⑥⓪ 《抗日战争正面战场》上,中国第二历史档案馆编,凤凰出版社,第491—492页。

⑥① 《抗日战争正面战场》上,中国第二历史档案馆编,凤凰出版社,第481—482页。

⑥② 《南京保卫战——原国民党将领抗日战争亲历记》,唐生智、刘斐等著,中国文史出版社,第25—26页。

⑥③ 《抗日战争正面战场》上,中国第二历史档案馆编,凤凰出版社,第492—493页。

⑥④ 《中国抗日战争史简明读本》,《中国抗日战争史简明读本》编写组,人民出版社,第206—208页。

⑥⑤ 《南京保卫战——原国民党将领抗日战争亲历记》,唐生智、刘斐等著,中国文史出版社,第7页。

⑥⑥ 《抗日战争正面战场》上,中国第二历史档案馆编,凤凰出版社,第483页。

⑥⑦ 《南京保卫战——原国民党将领抗日战争亲历记》,唐生智、刘斐等著,中国文史出版社,第164—165页。

⑥⑧ 《南京保卫战——原国民党将领抗日战争亲历记》,唐生智、刘斐等著,中国文史出版社,第29页。

⑥⑨ 《南京保卫战——原国民党将领抗日战争亲历记》,唐生智、刘斐等著,中国文史出版社,第267页。

⑦⓪⑦① 《南京保卫战——原国民党将领抗日战争亲历记》,唐生智、刘斐等著,中国文史出版社,第30—32页。

⑦② 《抗日战争正面战场》上,中国第二历史档案馆编,凤凰出版社,第484页。

⑦③ 《南京保卫战——原国民党将领抗日战争亲历记》,唐生智、刘斐等著,中国文史出版社,第36页。

⑦④ 《南京保卫战——原国民党将领抗日战争亲历记》,唐生智、刘斐等著,中国文史出版社,第281—286页。

⑦⑤ 《南京保卫战——原国民党将领抗日战争亲历记》,唐生智、刘斐等著,中国文史出版社,第35页。

⑦⑥ 《南京保卫战——原国民党将领抗日战争亲历记》,唐生智、刘斐等著,中国文史出版社,第177—178页。

⑦⑦ 《南京保卫战——原国民党将领抗日战争亲历记》,唐生智、刘斐等著,中国文史出版社,第16页。

⑦⑧ 《真相——裕仁天皇与侵华战争》,〔美〕赫伯特·比克斯著,王丽萍、孙盛萍译,新华出版社,第242页。

⑦⑨ 《真相——裕仁天皇与侵华战争》,〔美〕赫伯特·比克斯著,王丽萍、孙盛萍译,新华出版社,第262页。

⑧⓪ 《日本侵略军在中国的暴行》,军事科学院军事研究部著,解放军出版社,第184—185页。

⑧① 《南京大屠杀》,〔日〕洞富雄著,毛良鸿等译,上海译文出版社,第53页。

⑧② 《侵华日军南京大屠杀日志》,吴广义编著,社会科学文献出版社,第157—158页。

⑧③ 《侵华日军南京大屠杀档案》,中国第二历史档案馆编,江苏古籍出版社,第579页。

⑧④⑧⑤ 《真相——裕仁天皇与侵华战争》,〔美〕赫伯特·比克斯著,王丽萍、孙盛萍译,新华出版社,第236页。

⑧⑥ 《南京大屠杀》,〔日〕洞富雄著,毛良鸿等译,上海译文出版社,第136页。

⑧⑦ 《拉贝日记》,〔德〕约翰·拉贝著,江苏人民出版社、江苏教育出版社,第169页。

⑧⑧ 《民国纪事本末——抗日战争时期》(五)上册,魏宏远主编,辽宁人民出版社,第200—201页。

⑧⑨ 《板垣征四郎》,日本板垣征四郎刊行会编,王惢等译。引自《长春文史资料》1988年第6辑,第122页。

⑨⓪ 《中华民国重要史料初编——对日抗战时期》第二编(二),中国国民党中央

委员会党史委员会编印,第 220—222 页。

⑨ 《中国现代史资料选辑》第 5 册(上),武月星、杨若荷编,中国人民大学出版社,第 223 页。

第九章注释:

① 《日本大陆政策史》,沈予著,社会科学文献出版社,第 556 页。

② 《中国事变陆军作战史》第一卷第二分册,日本防卫厅防卫研究所战史室著,引自《中华民国史资料丛稿》译稿,田琪之译,中华书局,第 139—140 页。

③ 《中国事变陆军作战史》第一卷第二分册,日本防卫厅防卫研究所战史室著,引自《中华民国史资料丛稿》译稿,田琪之译,中华书局,第 140 页。

④ 《民国纪事本末——抗日战争时期》(五)上册,魏宏远主编,辽宁人民出版社,第 210 页。

⑤⑥⑦⑧⑨⑩⑪ 《中国事变陆军作战史》第一卷第二分册,日本防卫厅防卫研究所战史室著,引自《中华民国史资料丛稿》译稿,田琪之译,中华书局,第 145—149 页。

⑫ 《民国纪事本末——抗日战争时期》(五)上册,魏宏远主编,辽宁人民出版社,第 211 页。

⑬⑭ 《中国事变陆军作战史》第一卷第二分册,日本防卫厅防卫研究所战史室著,引自《中华民国史资料丛稿》译稿,田琪之译,中华书局,第 164—166 页。

⑮ 《陈诚回忆录——抗日战争》,陈诚著,东方出版社,第 17—18 页。

⑯ 《中华民国重要史料初编——对日抗战时期》第二编(一),中国国民党中央委员会党史委员会编,第 57—101 页。

⑰ 《抗日御侮》第五卷,蒋纬国总编著,黎明文化事业公司印行,第 110 页。

⑱ 《中国事变陆军作战史》第二卷第一分册,日本防卫厅防卫研究所战史室著,引自《中华民国史资料丛稿》译稿,田琪之译,中华书局,第 3 页。

⑲ 《中国事变陆军作战史》第二卷第一分册,日本防卫厅防卫研究所战史室著,引自《中华民国史资料丛稿》译稿,田琪之译,中华书局,第 25 页。

⑳ 《中国事变陆军作战史》第二卷第一分册,日本防卫厅防卫研究所战史室著,引自《中华民国史资料丛稿》译稿,田琪之译,中华书局,第 4 页。

㉑㉒ 《中国事变陆军作战史》第二卷第一分册,日本防卫厅防卫研究所战史室著,引自《中华民国史资料丛稿》译稿,田琪之译,中华书局,第 26 页。

㉓ 《中国抗日战争正面战场作战记》上册,郭汝瑰、黄玉章主编,江苏人民出版社,第 753 页。

㉔《抗日御侮》第五卷，蒋纬国总编著，黎明文化事业公司印行，第121页。

㉕《中国抗日战争正面战场作战记》上册，郭汝瑰、黄玉章主编，江苏人民出版社，第671页。

㉖《抗日御侮》第五卷，蒋纬国总编著，黎明文化事业公司印行，第183页。

㉗㉘《李宗仁回忆录》下册，中国人民政治协商会议广西壮族自治区委员会文史资料研究委员会编，第704—705页。

㉙《抗日御侮》第五卷，蒋纬国总编著，黎明文化事业公司印行，第122页。

㉚《李宗仁回忆录》下册，中国人民政治协商会议广西壮族自治区委员会文史资料研究委员会编，第709页。

㉛《我所知道的韩复榘》，文思主编，中国文史出版社，第128页。

㉜㉝《我所知道的韩复榘》，文思主编，中国文史出版社，第72—73页。

㉞㉟《我所知道的韩复榘》，文思主编，中国文史出版社，第260—282页。

㊱《徐州会战——原国民党将领抗日战争亲历记》，孙连仲、刘斐等著，中国文史出版社，第99页。

㊲《李宗仁回忆录》下册，中国人民政治协商会议广西壮族自治区委员会文史资料研究委员会编，第717页。

㊳《民国高级将领列传》3，王成斌等主编，解放军出版社，第364页。

㊴《李宗仁回忆录》下册，中国人民政治协商会议广西壮族自治区委员会文史资料研究委员会编，第718—719页。

㊵《抗日战争正面战场》上，中国第二历史档案馆编，凤凰出版社，第628—629页。

㊶《徐州会战——原国民党将领抗日战争亲历记》，孙连仲、刘斐等著，中国文史出版社，第102页。

㊷《徐州会战——原国民党将领抗日战争亲历记》，孙连仲、刘斐等著，中国文史出版社，第117页。

㊸《李宗仁回忆录》下册，中国人民政治协商会议广西壮族自治区委员会文史资料研究委员会编，第723页。

㊹《抗日战争正面战场》上，中国第二历史档案馆编，凤凰出版社，第633页。

㊺《大捷——台儿庄战役实录》，林治波、赵国章著，广西师范大学出版社，第96页。

㊻㊼《李宗仁回忆录》下册，中国人民政治协商会议广西壮族自治区委员会文史资料研究委员会编，第725—727页。

㊽《抗日御侮》第五卷，蒋纬国总编著，黎明文化事业公司印行，第134页。

㊾《徐州会战——原国民党将领抗日战争亲历记》，孙连仲、刘斐等著，中国文史

出版社，第 63 页。

(50) 《民国高级将领列传》6，王成斌等主编，解放军出版社，第 74 页。

(51) 《中华民国史资料丛稿》专题资料选辑《台儿庄战役资料选编》，《台儿庄战役资料选编》编辑组、中国第二历史档案馆史料编辑部合编，中华书局，第 84—85 页。

(52) 《抗日御侮》第五卷，蒋纬国总编著，黎明文化事业公司印行，第 134 页。

(53) 《民国高级将领列传》6，王成斌等主编，解放军出版社，第 77 页。

(54) 《抗日御侮》第五卷，蒋纬国总编著，黎明文化事业公司印行，第 135 页。

(55) 《民国纪事本末——抗日战争时期》（五）上册，魏宏远主编，辽宁人民出版社，第 263 页。

(56)(57) 《民国高级将领列传》6，王成斌等主编，解放军出版社，第 78 页。

(58) 《民国纪事本末——抗日战争时期》（五）上册，魏宏远主编，辽宁人民出版社，第 243 页。

第十章注释：

① 《中华民国史资料丛稿》专题资料选辑《台儿庄战役资料选编》，《台儿庄战役资料选编》编辑组、中国第二历史档案馆史料编辑部合编，中华书局，第 290 页。

② 《中国事变陆军作战史》第二卷第一分册，日本防卫厅防卫研究所战史室著，引自《中华民国史资料丛稿》译稿，田琪之译，中华书局，第 30 页。

③ 《抗日御侮》第五卷，蒋纬国总编著，黎明文化事业公司印行，第 139 页。

④ 《中国事变陆军作战史》第二卷第一分册，日本防卫厅防卫研究所战史室著，引自《中华民国史资料丛稿》译稿第五辑，田琪之译，中华书局，第 33 页。

⑤⑥ 《李宗仁回忆录》下册，中国人民政治协商会议广西壮族自治区委员会文史资料研究委员会编，第 729—730 页。

⑦⑧ 《徐州会战——原国民党将领抗日战争亲历记》，孙连仲、刘斐等著，中国文史出版社，第 176—177 页。

⑨⑩⑪ 《中华民国史资料丛稿》专题资料选辑《台儿庄战役资料选编》，《台儿庄战役资料选编》编辑组、中国第二历史档案馆史料编辑部合编，中华书局，第 20—24 页。

⑫ 《中华民国史资料丛稿》专题资料选辑《台儿庄战役资料选编》，《台儿庄战役资料选编》编辑组、中国第二历史档案馆史料编辑部合编，中华书局，第 227 页。

⑬ 《中华民国史资料丛稿》专题资料选辑《台儿庄战役资料选编》，《台儿庄战役资料选编》编辑组、中国第二历史档案馆史料编辑部合编，中华书局，第 25 页。

⑭⑮ 《中华民国史资料丛稿》专题资料选辑《台儿庄战役资料选编》，《台儿庄战役

资料选编》编辑组、中国第二历史档案馆史料编辑部合编,中华书局,第238—239页。

⑯ 《我的戎马生涯——郑洞国回忆录》,郑洞国著,团结出版社,第196—197页。

⑰ 《抗日战争正面战场》上,中国第二历史档案馆编,凤凰出版社,第654页。

⑱ 《中华民国史资料丛稿》专题资料选辑《台儿庄战役资料选编》,《台儿庄战役资料选编》编辑组、中国第二历史档案馆史料编辑部合编,中华书局,第290页。

⑲⑳ 《中华民国史资料丛稿》专题资料选辑《台儿庄战役资料选编》,《台儿庄战役资料选编》编辑组、中国第二历史档案馆史料编辑部合编,中华书局,第227页。

㉑ 《徐州会战——原国民党将领抗日战争亲历记》,孙连仲、刘斐等著,中国文史出版社,第180页。

㉒ 《中华民国史资料丛稿》专题资料选辑《台儿庄战役资料选编》,《台儿庄战役资料选编》编辑组、中国第二历史档案馆史料编辑部合编,中华书局,第290页。

㉓ 《中华民国史资料丛稿》专题资料选辑《台儿庄战役资料选编》,《台儿庄战役资料选编》编辑组、中国第二历史档案馆史料编辑部合编,中华书局,第228页。

㉔ 《抗日战争正面战场》上,中国第二历史档案馆编,凤凰出版社,第660页。

㉕ 《中华民国史资料丛稿》专题资料选辑《台儿庄战役资料选编》,《台儿庄战役资料选编》编辑组、中国第二历史档案馆史料编辑部合编,中华书局,第176页。

㉖ 《我的戎马生涯——郑洞国回忆录》,郑洞国著,团结出版社,第197页。

㉗ 《中华民国史资料丛稿》专题资料选辑《台儿庄战役资料选编》,《台儿庄战役资料选编》编辑组、中国第二历史档案馆史料编辑部合编,中华书局,第101页。

㉘ 《我的戎马生涯——郑洞国回忆录》,郑洞国著,团结出版社,第198页。

㉙ 《中华民国史资料丛稿》专题资料选辑《台儿庄战役资料选编》,《台儿庄战役资料选编》编辑组、中国第二历史档案馆史料编辑部合编,中华书局,第155页。

㉚ 《中华民国史资料丛稿》专题资料选辑《台儿庄战役资料选编》,《台儿庄战役资料选编》编辑组、中国第二历史档案馆史料编辑部合编,中华书局,第230页。

㉛ 《中国事变陆军作战史》第二卷第一分册,日本防卫厅防卫研究所战史室著,引自《中华民国史资料丛稿》译稿第五辑,田琪之译,中华书局,第36页。

㉜㉝ 《中华民国史资料丛稿》专题资料选辑《台儿庄战役资料选编》,《台儿庄战役资料选编》编辑组、中国第二历史档案馆史料编辑部合编,中华书局,第32页。

㉞㉟ 《中华民国史资料丛稿》专题资料选辑《台儿庄战役资料选编》,《台儿庄战役资料选编》编辑组、中国第二历史档案馆史料编辑部合编,中华书局,第246页。

㊱ 《中华民国史资料丛稿》专题资料选辑《台儿庄战役资料选编》,《台儿庄战役资料选编》编辑组、中国第二历史档案馆史料编辑部合编,中华书局,第229页。

㊲ 《中华民国史资料丛稿》专题资料选辑《台儿庄战役资料选编》,《台儿庄战役资料选编》编辑组、中国第二历史档案馆史料编辑部合编,中华书局,第66页。

㊳ 《中华民国史资料丛稿》专题资料选辑《台儿庄战役资料选编》，《台儿庄战役资料选编》编辑组、中国第二历史档案馆史料编辑部合编，中华书局，第156页。

㊴ 《中华民国史资料丛稿》专题资料选辑《台儿庄战役资料选编》，《台儿庄战役资料选编》编辑组、中国第二历史档案馆史料编辑部合编，中华书局，第291页。

㊵ 《第二十七师台儿庄战役详报》，中国人民政治协商会议广西壮族自治区委员会文史资料研究委员会编，第69页。

㊶ 《中国事变陆军作战史》第二卷第一分册，日本防卫厅防卫研究所战史室著，引自《中华民国史资料丛稿》译稿第五辑，田琪之译，中华书局，第37页。

㊷ 《抗日御侮》第五卷，蒋纬国总编著，黎明文化事业公司印行，第143—145页。

㊸㊹ 《李宗仁回忆录》下册，中国人民政治协商会议广西壮族自治区委员会文史资料研究委员会编，第732—734页。

㊺ 《中华民国史资料丛稿》专题资料选辑《台儿庄战役资料选编》，《台儿庄战役资料选编》编辑组、中国第二历史档案馆史料编辑部合编，中华书局，第70页。

㊻ 《中华民国史资料丛稿》专题资料选辑《台儿庄战役资料选编》，《台儿庄战役资料选编》编辑组、中国第二历史档案馆史料编辑部合编，中华书局，第233页。

㊼ 《中华民国史资料丛稿》专题资料选辑《台儿庄战役资料选编》，《台儿庄战役资料选编》编辑组、中国第二历史档案馆史料编辑部合编，中华书局，第320—321页。

㊽ 《抗日御侮》第五卷，蒋纬国总编著，黎明文化事业公司印行，第146页。

㊾㊿ 《中国事变陆军作战史》第二卷第一分册，日本防卫厅防卫研究所战史室著，引自《中华民国史资料丛稿》译稿第五辑，田琪之译，中华书局，第38—40页。

㉛ 《中华民国史资料丛稿》专题资料选辑《台儿庄战役资料选编》，《台儿庄战役资料选编》编辑组、中国第二历史档案馆史料编辑部合编，中华书局，第291页。

㉜ 《中华民国史资料丛稿》专题资料选辑《台儿庄战役资料选编》，《台儿庄战役资料选编》编辑组、中国第二历史档案馆史料编辑部合编，中华书局，第42页。

㉝ 《抗日战争正面战场》上，中国第二历史档案馆编，凤凰出版社，第680页。

㉞ 《中华民国史资料丛稿》专题资料选辑《台儿庄战役资料选编》，《台儿庄战役资料选编》编辑组、中国第二历史档案馆史料编辑部合编，中华书局，第119页。

㉟ 《中华民国史资料丛稿》专题资料选辑《台儿庄战役资料选编》，《台儿庄战役资料选编》编辑组、中国第二历史档案馆史料编辑部合编，中华书局，第263页。

㊱ 《中国事变陆军作战史》第二卷第一分册，日本防卫厅防卫研究所战史室著，引自《中华民国史资料丛稿》译稿第五辑，田琪之译，中华书局，第41页。

㊲ 《史迪威与美国在华经验》上册，〔美〕巴巴拉·塔奇曼著，商务印书馆，第259页。

㊳ 《台儿庄大战资料选辑》上卷，中国社会科学出版社，第101—102页。

㊴ 《史迪威与美国在华经验》上册，〔美〕巴巴拉·塔奇曼著，商务印书馆，第259页。

⑩ 《抗日战争正面战场》上，中国第二历史档案馆编，凤凰出版社，第684页。

⑪⑫ 《台儿庄大战资料选辑》下卷，中国社会科学出版社，第612—613页。

⑬ 《中华民国史资料丛稿》专题资料选辑《台儿庄战役资料选编》，《台儿庄战役资料选编》编辑组、中国第二历史档案馆史料编辑部合编，中华书局，第249页。

⑭ 《抗日战争正面战场》上，中国第二历史档案馆编，凤凰出版社，第686页。

⑮ 《中华民国史资料丛稿》专题资料选辑《台儿庄战役资料选编》，《台儿庄战役资料选编》编辑组、中国第二历史档案馆史料编辑部合编，中华书局，第291页。

第十一章注释：

① 《抗日御侮》第二卷，蒋纬国总编著，黎明文化事业公司印行，第20—21页。

② 《中国抗日战争正面战场作战记》上册，郭汝瑰、黄玉章主编，江苏人民出版社，第742页。

③ 《中共中央文件选集》第十一册，中央档案馆编，中共中央党校出版社，第481—482页。

④⑤⑥ 《中华民国重要史料初编——对日抗战时期》第四编（一），中国国民党中央委员会党史委员会编印，第48—55页。

⑦⑧ 《近代日本霸权战略》，熊沛彪著，社会科学文献出版社，第189—190页。

⑨⑩⑪⑫⑬ 《中国事变陆军作战史》第二卷第一分册，日本防卫厅防卫研究所战史室著，引自《中华民国史资料丛稿》译稿，田琪之译，中华书局，第44—48页。

⑭ 《徐州会战——原国民党将领抗日战争亲历记》，孙连仲、刘斐等著，中国文史出版社，第28页。

⑮ 《李宗仁回忆录》下册，中国人民政治协商会议广西壮族自治区委员会文史资料研究委员会编，第749页。

⑯ 《李宗仁回忆录》下册，中国人民政治协商会议广西壮族自治区委员会文史资料研究委员会编，第741页。

⑰ 《中华民国重要史料初编——对日抗战时期》第二编（二），中国国民党中央委员会党史委员会编印，第268页。

⑱ 《抗日战争正面战场》上，中国第二历史档案馆编，凤凰出版社，第692页。

⑲ 《徐州会战——原国民党将领抗日战争亲历记》，孙连仲、刘斐等著，中国文史出版社，第29页。

⑳㉑㉒㉓ 《中国事变陆军作战史》第二卷第一分册，日本防卫厅防卫研究所战史室著，引自《中华民国史资料丛稿》译稿，田琪之译，中华书局，第50—52页。

㉔ 《抗日战争正面战场》上,中国第二历史档案馆编,凤凰出版社,第686—687页。

㉕ 《徐州会战——原国民党将领抗日战争亲历记》,孙连仲、刘斐等著,中国文史出版社,第123页。

㉖ 《抗日战争正面战场》上,中国第二历史档案馆编,凤凰出版社,第688页。

㉗㉘㉙ 《徐州会战——原国民党将领抗日战争亲历记》,孙连仲、刘斐等著,中国文史出版社,第42—47页。

㉚ 《徐州会战——原国民党将领抗日战争亲历记》,孙连仲、刘斐等著,中国文史出版社,第279页。

㉛ 《抗日战争正面战场》上,中国第二历史档案馆编,凤凰出版社,第695页。

㉜㉝㉞ 《中国事变陆军作战史》第二卷第一分册,日本防卫厅防卫研究所战史室著,引自《中华民国史资料丛稿》译稿,田琪之译,中华书局,第58—65页。

㉟ 《抗日御侮》第五卷,蒋纬国总编著,黎明文化事业公司印行,第152—153页。

㊱ 《抗日战争正面战场》上,中国第二历史档案馆编,凤凰出版社,第702页。

㊲ 《徐州会战——原国民党将领抗日战争亲历记》,孙连仲、刘斐等著,中国文史出版社,第32页。

㊳㊴ 《抗日战争正面战场》上,中国第二历史档案馆编,凤凰出版社,第703—704页。

㊵ 《中国事变陆军作战史》第二卷第一分册,日本防卫厅防卫研究所战史室著,引自《中华民国史资料丛稿》译稿,田琪之译,中华书局,第74页。

㊶ 《中国抗日战争正面战场作战记》上册,郭汝瑰、黄玉章主编,江苏人民出版社,第726—727页。

㊷ 《中国事变陆军作战史》第二卷第一分册,日本防卫厅防卫研究所战史室著,引自《中华民国史资料丛稿》译稿,田琪之译,中华书局,第67页。

㊸㊹ 《徐州会战——原国民党将领抗日战争亲历记》,孙连仲、刘斐等著,中国文史出版社,第52页。

㊺ 《李宗仁回忆录》下册,中国人民政治协商会议广西壮族自治区委员会文史资料研究委员会编,第745—746页。

㊻ 《抗日御侮》第五卷,蒋纬国总编著,黎明文化事业公司印行,第167页。

㊼ 《中原抗战——原国民党将领抗日战争亲历记》,陈家珍、薛岳等著,中国文史出版社,第68—69页。

㊽ 《中原抗战——原国民党将领抗日战争亲历记》,陈家珍、薛岳等著,中国文史出版社,第60页。

㊾ 《中国抗日战争正面战场作战记》上册,郭汝瑰、黄玉章主编,江苏人民出版社,第730—731页。

㊿ 《中原抗战——原国民党将领抗日战争亲历记》,陈家珍、薛岳等著,中国文史出版社,第46页。

○51○52 《中国抗日战争正面战场作战记》上册,郭汝瑰、黄玉章主编,江苏人民出版社,第731页。

○53 《中国事变陆军作战史》第二卷第一分册,日本防卫厅防卫研究所战史室著,引自《中华民国史资料丛稿》译稿,田琪之译,中华书局,第79页。

○54 《中国抗日战争正面战场作战记》上册,郭汝瑰、黄玉章主编,江苏人民出版社,第735页。

○55 《中原抗战——原国民党将领抗日战争亲历记》,陈家珍、薛岳等著,中国文史出版社,第84页。

○56 《中原抗战——原国民党将领抗日战争亲历记》,陈家珍、薛岳等著,中国文史出版社,第86—87页。

○57 《中国事变陆军作战史》第二卷第一分册,日本防卫厅防卫研究所战史室著,引自《中华民国史资料丛稿》译稿,田琪之译,中华书局,第81页。

○58 《中原抗战——原国民党将领抗日战争亲历记》,陈家珍、薛岳等著,中国文史出版社,第87页。

第十二章注释：

① 《武汉会战——原国民党将领抗日战争亲历记》,薛岳、赵子立等著,中国文史出版社,第164页。

② 《抗日战争正面战场》上,中国第二历史档案馆编,凤凰出版社,第733页。

③ 《中华民国重要史料初编——对日抗战时期》第二编(二),中国国民党中央委员会党史委员会编印,第314页。

④ 《抗日战争正面战场》上,中国第二历史档案馆编,凤凰出版社,第736页。

⑤ 《抗日战争正面战场》上,中国第二历史档案馆编,凤凰出版社,第741页。

⑥⑦ 《武汉会战——原国民党将领抗日战争亲历记》,薛岳、赵子立等著,中国文史出版社,第14—15页。

⑧ 《抗日战争正面战场》上,中国第二历史档案馆编,凤凰出版社,第746页。

⑨ 《武汉会战——原国民党将领抗日战争亲历记》,薛岳、赵子立等著,中国文史出版社,第17页。

⑩ 《中华民国重要史料初编——对日抗战时期》第二编(二),中国国民党中央委员会党史委员会编印,第317—319页。

⑪ 《真相——裕仁天皇与侵华战争》,〔美〕赫伯特·比克斯著,王丽萍、孙盛萍译,新华出版社,第262页。

⑫ 《中国事变陆军作战史》第二卷第一分册,日本防卫厅防卫研究所战史室著,引自《中华民国史资料丛稿》译稿,田琪之译,中华书局,第90—91页。

⑬ 《中国抗日战争正面战场作战记》下册,郭汝瑰、黄玉章主编,江苏人民出版社,第766页。

⑭ 《中国事变陆军作战史》第二卷第一分册,日本防卫厅防卫研究所战史室著,引自《中华民国史资料丛稿》译稿,田琪之译,中华书局,第112页。

⑮ 《抗日御侮》第五卷,蒋纬国总编著,黎明文化事业公司印行,第206页。

⑯ 《中国事变陆军作战史》第二卷第一分册,日本防卫厅防卫研究所战史室著,引自《中华民国史资料丛稿》译稿,田琪之译,中华书局,第98页。

⑰ 《中国事变陆军作战史》第二卷第一分册,日本防卫厅防卫研究所战史室著,引自《中华民国史资料丛稿》译稿,田琪之译,中华书局,第93页。

⑱ 《日本大陆政策史》,沈予著,社会科学文献出版社,第568页。

⑲ 《中国事变陆军作战史》第二卷第一分册,日本防卫厅防卫研究所战史室著,引自《中华民国史资料丛稿》译稿,田琪之译,中华书局,第96页。

⑳ 《日本大陆政策史》,沈予著,社会科学文献出版社,第572页。

㉑ 《冈村宁次回忆录》,〔日〕稻叶正夫编,天津市政协编译委员会译,中华书局,第334—335页。

㉒ 《抗日御侮》第五卷,蒋纬国总编著,黎明文化事业公司印行,第215页。

㉓㉔㉕㉖ 《抗日战争正面战场》上,中国第二历史档案馆编,凤凰出版社,第752—761页。

㉗ 《中国事变陆军作战史》第二卷第一分册,日本防卫厅防卫研究所战史室著,引自《中华民国史资料丛稿》译稿,田琪之译,中华书局,第21页。

㉘ 《民国纪事本末——抗日战争时期》(五)上册,魏宏远主编,辽宁人民出版社,第350页。

㉙ 《中国事变陆军作战史》第二卷第一分册,日本防卫厅防卫研究所战史室著,引自《中华民国史资料丛稿》译稿,田琪之译,中华书局,第89页。

㉚ 《中华民国重要史料初编——对日抗战时期》第四编(一),中国国民党中央委员会党史委员会编印,第338—341页。

㉛㉜ 《一个时代的侧影:中国1931—1945》,陈晓卿、李继锋、朱乐贤著,广西师范大学出版社,第201—202页。

㉝㉞㉟㊱㊲ 《冈村宁次回忆录》,〔日〕稻叶正夫编,天津市政协编译委员会译,中华书局,第337—360页。

㊳ 《民国纪事本末——抗日战争时期》(五)上册,魏宏远主编,辽宁人民出版社,第324—325页。

第十三章注释:

① 《毛泽东军事文集》第二卷,军事科学出版社、中央文献出版社,第268页。

②③④⑤ 《汪伪政权全史》上卷,余子道、曹振威、石源华、张云著,上海人民出版社,第200—208页。

⑥⑦⑧⑨⑩⑪ 《毛泽东军事文集》第二卷,军事科学出版社、中央文献出版社,第267—343页。

⑫ 《政坛回忆》,程思远著,广西人民出版社,第119页。

⑬ 《民国纪事本末——抗日战争时期》(五)上册,魏宏远主编,辽宁人民出版社,第335页。

⑭ 《八路军——参考资料》1,中国人民解放军历史资料丛书编审委员会编,解放军出版社,第81—82页。

⑮ 《八路军——参考资料》1,中国人民解放军历史资料丛书编审委员会编,解放军出版社,第73页。

⑯ 《晋绥抗战——原国民党将领抗日战争亲历记》,陈长捷、韩伯琴等著,中国文史出版社,第188页。

⑰ 《八路军——参考资料》1,中国人民解放军历史资料丛书编审委员会编,解放军出版社,第83—86页。

⑱⑲ 《八路军——回忆史料》1,中国人民解放军历史资料丛书编审委员会编,解放军出版社,第315—319页。

⑳ 《八路军——参考资料》1,中国人民解放军历史资料丛书编审委员会编,解放军出版社,第95页。

㉑ 《八路军——回忆史料》1,中国人民解放军历史资料丛书编审委员会编,解放军出版社,第327页。

㉒ 《八路军——参考资料》2,中国人民解放军历史资料丛书编审委员会编,解放军出版社,第104页。

㉓ 《八路军——回忆史料》1,中国人民解放军历史资料丛书编审委员会编,解放军出版社,第334—335页。

㉔ 《八路军——参考资料》2,中国人民解放军历史资料丛书编审委员会编,解放军出版社,第107页。

㉕㉖ 《八路军——参考资料》1,中国人民解放军历史资料丛书编审委员会编,解放军出版社,第118—119页。

㉗ 《八路军——综述》,中国人民解放军历史资料丛书编审委员会编,解放军出版社,第45页。

㉘ 《民国纪事本末——抗日战争时期》(五)上册,魏宏远主编,辽宁人民出版社,第302页。

㉙ 《八路军——文献》,中国人民解放军历史资料丛书编审委员会编,解放军出版社,第47页。

㉚ 《八路军——文献》,中国人民解放军历史资料丛书编审委员会编,解放军出版社,第175页。

㉛ 《民国纪事本末——抗日战争时期》(五)上册,魏宏远主编,辽宁人民出版社,第304页。

㉜㉝ 《八路军——参考资料》2,中国人民解放军历史资料丛书编审委员会编,解放军出版社,第114—119页。

㉞ 《八路军——参考资料》1,中国人民解放军历史资料丛书编审委员会编,解放军出版社,第246页。

㉟ 《中国抗日战争史》中卷,军事科学院军事历史研究部著,解放军出版社,第66页。

㊱ 《新四军——参考资料》1,中国人民解放军历史资料丛书编审委员会编,解放军出版社,第32页。

㊲㊳ 《八路军——参考资料》1,中国人民解放军历史资料丛书编审委员会编,解放军出版社,第208—210页。

㊴ 《八路军——参考资料》1,中国人民解放军历史资料丛书编审委员会编,解放军出版社,第616页。

㊵㊶㊷㊸ 《新四军——参考资料》1,中国人民解放军历史资料丛书编审委员会编,解放军出版社,第14—19页。

㊹ 《新四军——参考资料》1,中国人民解放军历史资料丛书编审委员会编,解放军出版社,第63页。

㊺ 《新四军——参考资料》1,中国人民解放军历史资料丛书编审委员会编,解放军出版社,第51页。

㊻ 《毛泽东军事文集》第二卷,军事科学出版社、中央文献出版社,第308—340页。

㊼ 《毛泽东军事文集》第二卷,军事科学出版社、中央文献出版社,第359页。

“八·一三”淞沪会战要图

［1937年8月13日～11月13日］

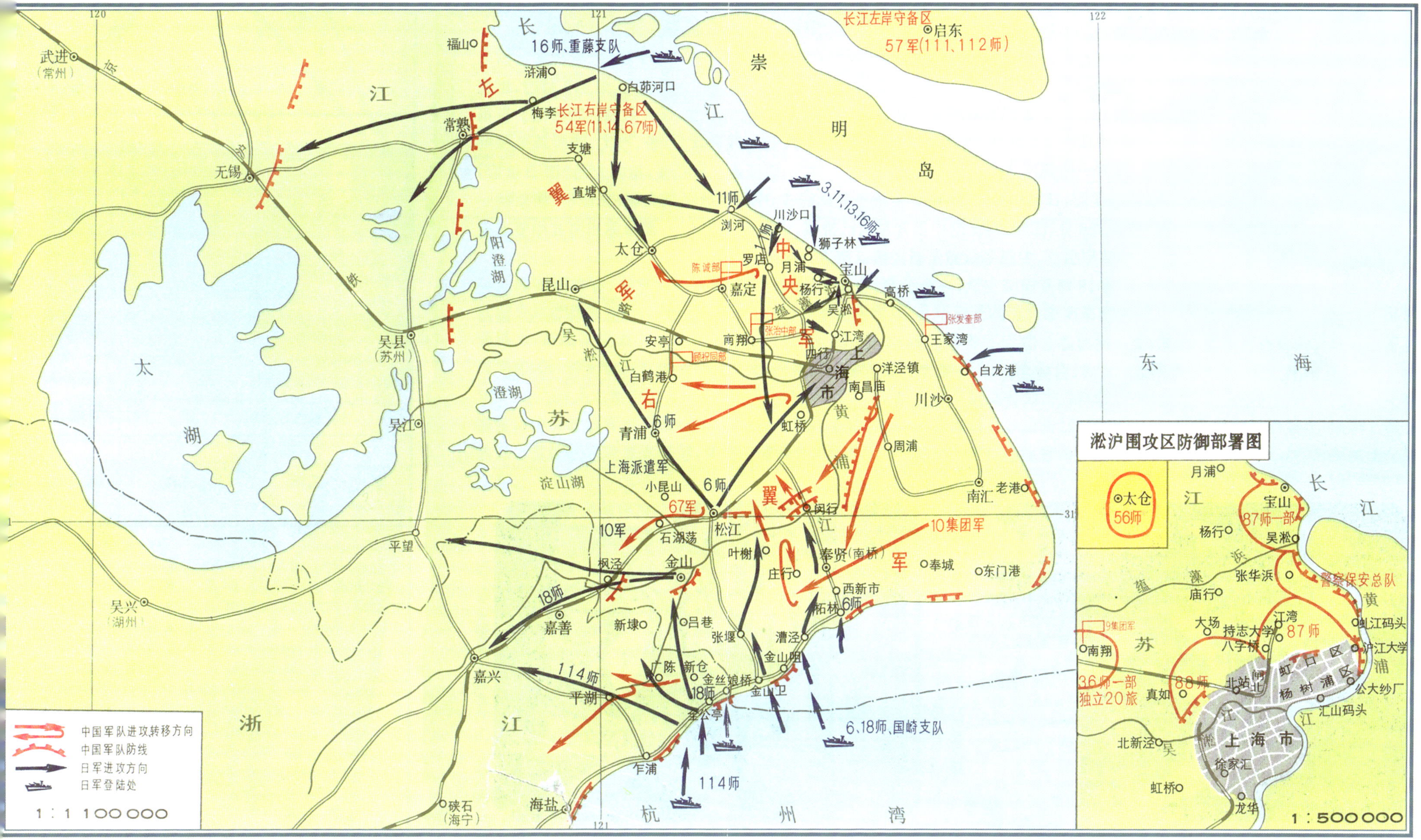

八路军配合忻口战役示意图
[1937年10月~11月10日]

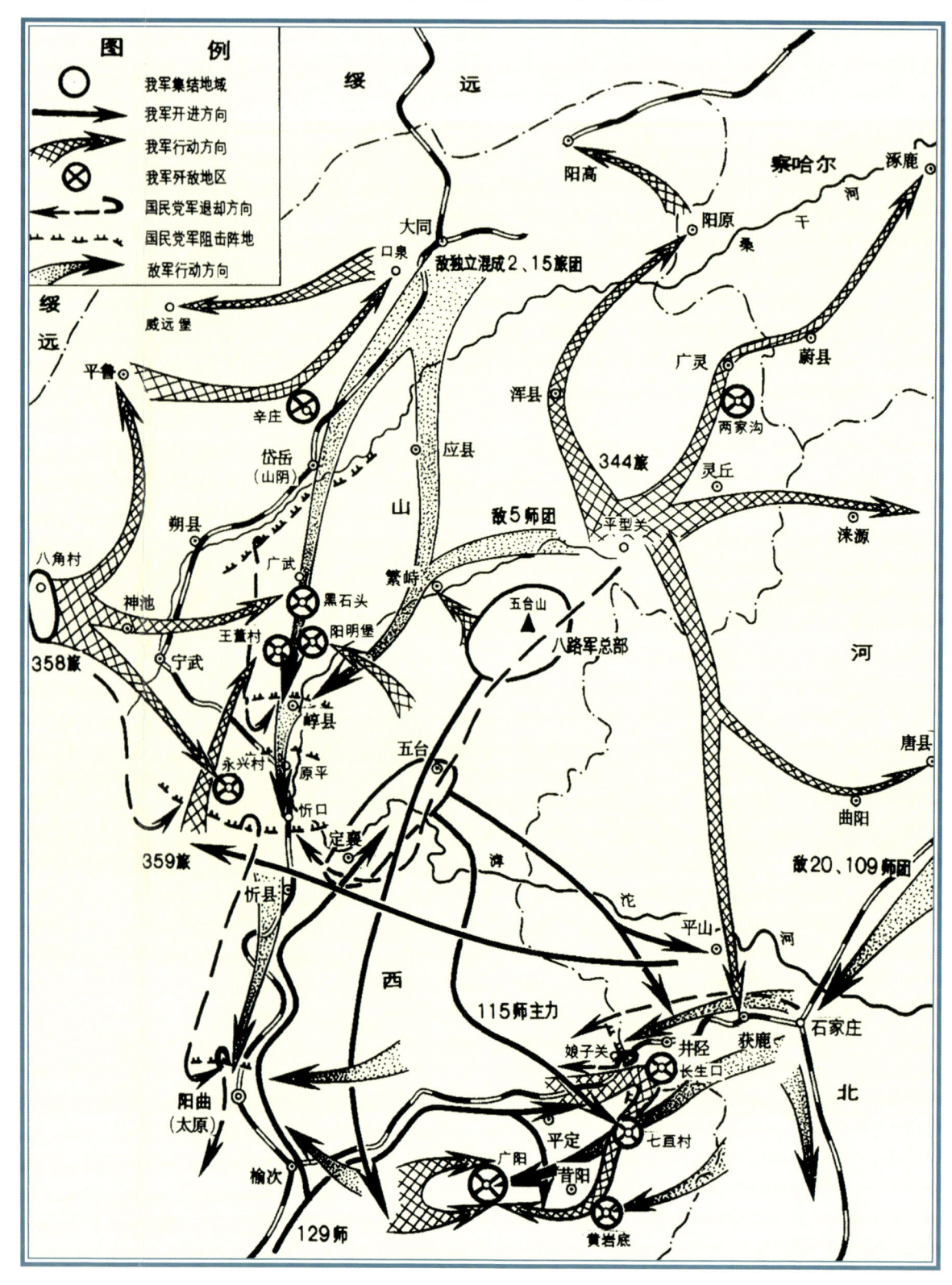

▲ 八路軍 華北烈士

▲ 軍事委員會調查統計局

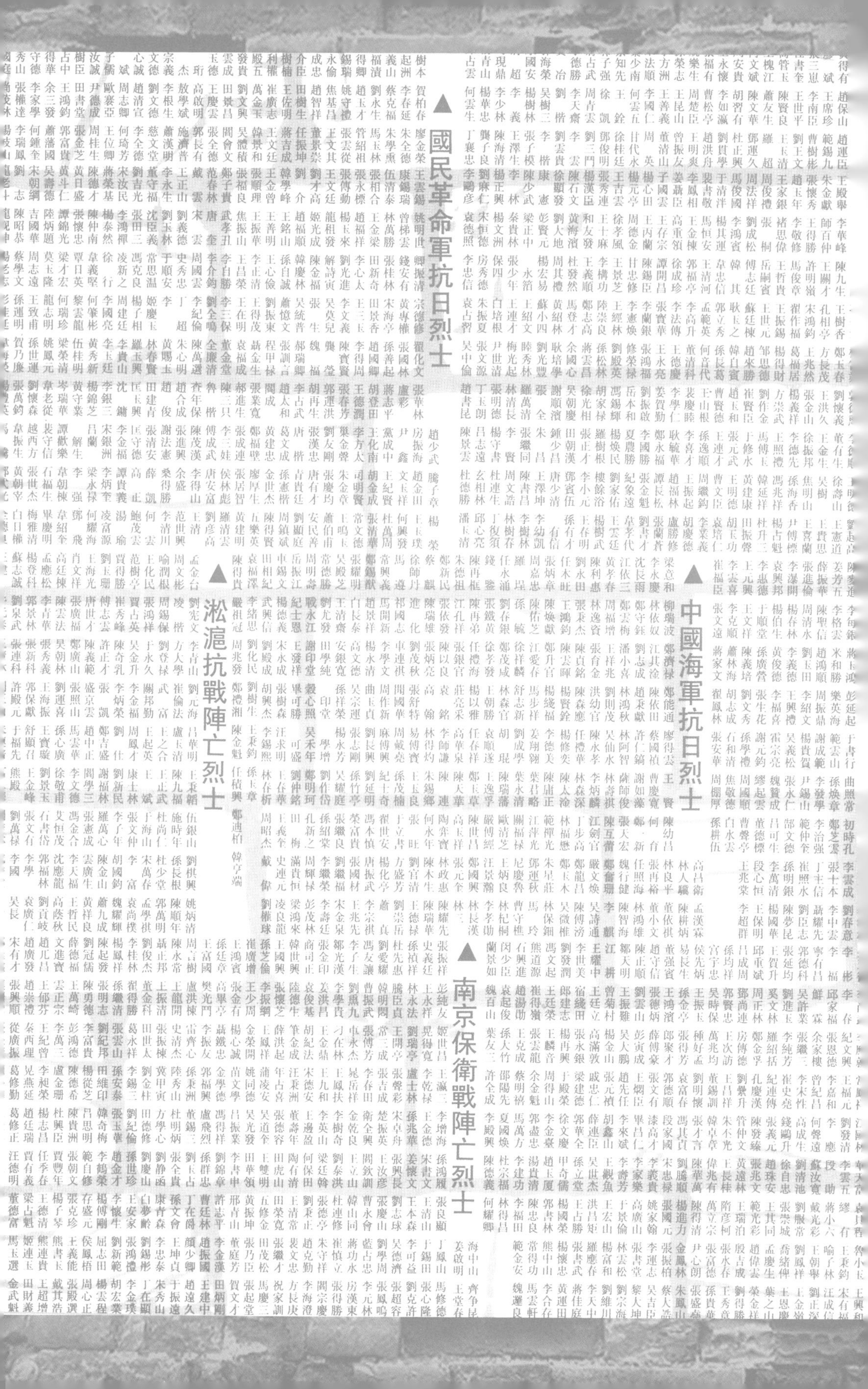

國民革命軍抗日烈士
中國海軍抗日烈士
淞滬抗戰陣亡烈士
南京保衛戰陣亡烈士

题图及地图来源：

1《中国抗日战争史地图集》，武月星主编，中国地图出版社。

2《中国人民解放军历史资料图集》，长城出版社画册编辑部编，长城出版社。

3《抗战中国国际通讯照片》，秦风老照片馆编，广西师范大学出版社。

4《国家记忆》，章东磐主编，山西人民出版社。

5《中国抗日战争图志》，杨克林、曹虹编著，天地图书有限公司、新大陆出版社有限公司。

6《我们的烽火岁月》，中央通讯社主编，中央通讯社。

7《中华民国抗日战争图录》，李云汉主编，近代中国出版社。

策　　划：：王　瑛
特约编辑：：刘　健　梁康伟　王　蔚
书籍设计：：刘　静